Ich fordere Gerechtigkeit

Skandal um Nausikaa

Hans Dieter Stöver

C. V. T. im Dienste der Caesaren

Ich fordere Gerechtigkeit

Skandal um Nausikaa

✦ ✦ ✦

Zwei Romane in einem Band

Bocola
Verlag

www.bocola.com

Satz und Herstellung: Jasmin Sebastian

Wir danken Alfons Kühr für abschließende Redaktion und Korrektur.

Bibliografische Information der deutschen Bibliothek
Die Deutsche Bibliothek verzeichnet diese Publikation in der Deutschen Nationalbibliografie; detaillierte Daten sind im Internet über http://dnb.ddb.de abrufbar.

Druck und Bindung: Westermann Druck Zwickau GmbH

1. Auflage

ISBN 987-3-939625-10-0

www.bocola.com

Hans Dieter Stöver, geboren 1937 in Wissen an der Sieg, hat Pädagogik, Geschichte, Kunstgeschichte und Altertumswissenschaften studiert. Neben zahlreichen Sachbüchern zur Geschichte des römischen Reiches hat er historische Romane für Erwachsene und Jugendliche veröffentlicht. Er war lange Jahre Mitarbeiter des WDR und lebt heute als freier Autor in der Nähe von Köln.

INHALT

✦ ✦ ✦

C. V. T. im Dienste der Caesaren

ICH FORDERE GERECHTIGKEIT

»AVARUS ANIMUS NULLO SATIATUR LUCRO.«

»WANN MACHT WOHL EIN GEWINN DIE HABSUCHT SATT?«

PUBLILIUS SYRUS, SPRÜCHE, A 55

Aus Titelschutzgründen konnte der
Originaltitel ICH KLAGE AN
für diese Ausgabe leider nicht wieder verwendet werden.

I

Es ging gegen Mittag, als sich ein leichter Reisewagen der alten Stadt Caere[1] von Süden her näherte. Er passierte schon die etruskische Gräberstadt und würde gleich das Südtor erreichen; doch dann bog er vorher rechts ab und folgte dem eingefahrenen Feldweg, der sich, im Bogen ansteigend, von der Stadt entfernte. Man erreichte über ihn einige außerhalb des Ortes gelegene Güter.

Schon die Beschaffenheit der Straße – wenn die harten, holprigen Spurrillen diesen Namen verdienten – zeigte etwas von den Verhältnissen der abseits gelegenen Siedlungen. Sie war von Unkraut überzogen, das sich schon anschickte, die Radspuren zu verwischen; hier wurde nicht oft gefahren. Die Anrainer des Weges schienen sich mit allem Lebensnotwendigen selbst zu versorgen und nur dann in die Stadt zu kommen, wenn es Dinge zu erwerben galt, die man selbst nicht herstellte.

Auch die kleinen überdachten Altäre an den Abzweigungen der Feldwege machten einen vernachlässigten Eindruck. Tote Blumen moderten in beschädigten Vasen. Den Statuetten der schirmenden und segnenden Gottheiten fehlten Finger, Nasen, Teile des Gewandes und vereinzelt sogar die Köpfe. Moos deckte die Wunden im Stein an manchen Stellen zu.

Es war sehr still.

Nur der Sperber oder Falke bei Tage, nächtens die Käuze benutzten die morbiden Gebilde als erhöhten Anstand bei der Jagd auf Mäuse, Hasen, Echsen und anderes Kleingetier, das es hier in Fülle gab.

Der Mann im Wagen schien für derlei triste Reminiszenzen weder Blick noch Sinn zu haben; mit schmal geschlossenem Munde schaute er unbe-

teiligt über die alten tuscischen Lande, suchte, so gut es ging, die rabiaten Stöße der Räder gelassen zu meistern und stützte sich mit vorgestelltem Bein am Boden der Kabine ab.
Der Wagen fuhr nun langsamer, nicht nur des schlechten Weges, sondern der Steile der Straße wegen, die eine Terrasse zu überwinden hatte. Nach einer Weile bog der Kutscher erneut in eine Abzweigung ohne zu zögern ein, und das ließ erkennen, daß er den Weg nicht zum erstenmal nahm. Gestrüpp von Dornen und wilden Rosen bildete Spalier, dahinter, auf den sanft ansteigenden Hängen, wucherte es mächtig zwischen Obst- und Olivenbäumen; steife, trockene Stauden von Kletten und anderem wilden Gewächs, schon längst ohne Samen und strohig, zitterten, wenn der Westwind darüber hinfuhr.
Unvermittelt tauchte hinter einer letzten Steigung ein Hain uralter Eichen auf. Nestartig schützend umfaßten die gewaltigen Bäume den langgestreckten Körper eines gutsherrlichen Anwesens. Auch hier überall Zeichen des Verfalls. Rostiges Ackergerät lehnte am brüchigen Putz der Mauern, der wie Schorf in Schollen von den Wänden blätterte. Die Türen zu Stall und Scheune hingen schief in den Angeln und hatten im Halbkreis tiefe Rillen in den harten Lehm des Bodens geschürft. Kein Huhn scharrte auf dem verrotteten Misthaufen, und vor der wackligen Hundehütte döste ein greisenhafter Bastard ohne Kette. Er blickte nur kurz hoch, rührte sich nicht von der Stelle, sondern bettete sein graubärtiges Maul träge zwischen den Pfoten.
Der Mann – er mochte Mitte Vierzig sein – stieg aus der Kabine. Er ordnete seine *Lacerna*[2] , blickte um sich, nickte sich, im Selbstgespräch murmelnd, zu. Dann sagte er zum Kutscher: »Warte hier! Es wird nicht lange dauern.«
Der Bursche zog die Decke höher, kauerte sich in die Ecke und fiel in einen Dämmerzustand, den er sich in den langen Jahren seiner Tätigkeit angeeignet hatte – halb schlafend, doch auf der Stelle bereit, zu Zügel und Peitsche zu greifen. Er hörte, wie sein Herr zum Haupteingang ging und den Türklopfer betätigte. Er mußte es zweimal wiederholen, ehe drinnen ein Riegel geschoben und die Tür einen Spaltbreit geöffnet wurde. Der Kutscher blinzelte aus seiner Ecke hinüber. Eine junge Frau mit abgetragener Stola um Hals und Schultern öffnete. Es war, als überschatte sich ihr Gesicht, und unwillkürlich griff sie zum Tuch und legte es wie schützend enger um den Hals.

»Du wirst immer schöner, mein Kind«, sagte der Fremde und versuchte, mit seinem Handrücken an ihrer Wange entlangzufahren. Doch sie wich zurück, und seine Hand schwebte eine Weile vor ihrem Gesicht. Alles an ihr war Abwehr. Lächelnd betrachtete er sie, und sein Blick tastete ihre Figur ab.

»Willst du mich nicht deinem Vater melden, schöne Gessia?« Es klang gestelzt ironisch und hochmütig.

Auf dem Flur näherten sich schwere Schritte. Sextus Considius kam aus der Küche, auch er vermummt in allerlei Wollzeug, die Tunika[3] grau, fleckig und abgetragen, die Beine umwickelt, die Füße in brüchigem, glanzlosem Schuhwerk. Noch im Gehen sagte er, und sein Ton klang höchst ungehalten:

»Meliton? Schon wieder? Was willst du?«

Sie reichten sich nicht die Hand, sondern starrten sich an wie alte Bekannte, die eine lange Feindschaft pflegen; süffisant lächelnd der eine, ernst und abweisend, ja voller Verachtung der Bauer.

»Mit dir reden«, sagte Meliton und trat ganz in den Flur. »Und gegen einen Glühwein hätte ich auch nichts einzuwenden. Man macht die Fahrt in diese gottverlassene Gegend nicht zu seinem Vergnügen.«

Und als Considius sich nicht rührte, ging Meliton mit herausfordernd sicheren Schritten an ihm vorbei in die Küche. Wie alles in diesem Hause hatte auch sie bessere Zeiten gesehen, doch fiel es hier, in einem Raum, der ganz nach Zweckmäßigkeit eingerichtet war, kaum auf. Holzscheite brannten auf dem offenen Herd und hielten eine Suppe im kupfernen Kessel seit Stunden am Kochen, denn die Erbsen, hart wie Kiesel, stammten noch vom letzten Jahr.

Alles war blitzsauber; die kupfernen und eisernen Töpfe an der Wand neben dem Herd, das einfache irdene Geschirr auf dem Bord, die Flaschen und Krüge mit Wein, Essig und Öl, und auch der Boden, gelegt aus hochkant stehenden Ziegeln in Fischgrätenmuster, abgewetzt seit Generationen, war bis in die Winkel und Ecken gefegt. Ein Reisigbesen lehnte griffbereit an der Wand neben einem Bottich, der Haken, Eisen und Schaufel zum Schüren des Feuers enthielt.

Considius trat hinter Meliton in die Küche und schloß die Tür, nachdem er seiner Tochter mit einem Blick bedeutet hatte, draußen zu bleiben. Meliton ging zum Herd und rieb sich die Hände über der wärmenden Flamme.

»Sehr früh dieses Jahr, die Kälte!« Er trat zurück, griff sich einen dreibeinigen Hocker und setzte sich in die Nähe des Feuers. »Ich habe das Dach dieses Hauses gesehen; da sind Lücken!«

Considius schwieg. Er stand da mit hängenden Armen, und sein Gesicht wechselte langsam die Farbe. Nur mit Mühe gelang es ihm, eine zornige Antwort im Zaume zu halten.

»Was willst du?« stieß er endlich hervor, blieb aber mißtrauisch, ja lauernd stehen. Da wandte Meliton sich ihm zu, und sein Lächeln war gefährlich:

»Das fragst du noch? Du hast den Termin um zehn Tage überschritten! Die Geduld meines Herrn ist erschöpft. Zweitausend Sesterzen[4] waren fällig.«

»Wir hatten einen Aufschub ausgemacht!« Considius sagte es leise, aber doch bestimmt. Meliton behielt sein Lächeln bei.

»Gewiß. Aber was du nicht weißt: Du hast es meiner Güte zu verdanken, daß der Patron solche Langmut zeigt.«

Meliton stand auf und stellte sich vor Considius.

»Und meine Güte«, fuhr er fort, »könnte auch weiterhin dein Schutz sein. In vierzehn Tagen sind wiederum zweitausend Sesterzen zu zahlen. Wie willst du das schaffen, wo du noch nicht einmal soviel im Beutel hast, um ein paar lumpige Dachziegel zu kaufen?«

»Meine Sache! Das geht dich nichts an!«

Meliton blickte zum Feuer und fuhr leise fort: »Ich könnte dich auch weiterhin über Wasser halten.«

Considius spürte instinktiv, daß hinter diesem Entgegenkommen eine Schurkerei steckte.

»Was willst du?«

»Hm...« Meliton lächelte. »Du hast eine sehr hübsche Tochter. Sie ist siebzehn, nicht wahr?«

»Ja, und?«

»So etwas Feines findet man nicht alle Tage. Ich bin nicht abgeneigt, deine gesamten Schulden zu begleichen, wenn...« Er lächelte vielsagend: »Ich könnte eine junge, anstellige Frau in meinem Hausstand gebrauchen, na, sagen wir, als Köchin. Und du hättest ein für allemal ausgesorgt.«

Er hatte den Satz kaum beendet, als Considius vor ihm stand. Seine harten Bauernhände packten ihn an den Schultern und schüttelten ihn. »Du geiler Hund! Du Schwein!« In jähem Zorn holte er aus und schlug

Meliton die flache Hand ins Gesicht. Dann riß er die Tür auf, stieß ihn aus der Küche, trat wütend nach ihm und schlug ununterbrochen auf ihn ein.

»Aber Vater! Vater! Bei allen Göttern! So halt doch ein! Du wirst uns alle ins Unglück bringen!«

Considius aber hörte seine Tochter nicht, stieß sie zur Seite, sah nur das Objekt seines Zorns, ja seines Hasses. Was sich seit Jahren in ihm angestaut hatte, brach aus ihm hervor wie aus einem berstenden Vulkan. Schlagend und tretend scheuchte er Meliton wie einen Hund vor sich her, während dieser sich mit den Händen an Kopf und Hals zu schützen suchte.

»Du elender Hund! Du Speichellecker! Du dreckiges Schwein! Ich werde dich lehren, lüstern nach meiner Tochter zu greifen!«

Er prügelte ihn durch den Flur und zur Tür hinaus. Gessia aber hielt die Hände vor den Mund und begann zu schluchzen.

»Ich werde dich lehren!« Er griff sich einen Knüppel vom Boden, prügelte drauflos und hätte ihn totgeschlagen, wenn nicht Quintus, sein achtzehnjähriger Sohn, aus dem Stall dahergekommen und dem Vater in den Arm gefallen wäre.

»Vater! Was ist geschehen?«

In plötzlicher Schwäche griff sich Considius nach dem Herzen, fuhr mit der anderen Hand zu Meliton hin, drohte ihm und stieß gepreßt hervor: »Laß dich nie wieder hier blicken! Nie! Hörst du? Oder ich schlage dich tot wie einen räudigen Hund!«

Meliton hastete humpelnd zum Wagen. Blut tropfte ihm aus der Nase. Der Kutscher, der wie gelähmt das Geschehen von seinem Sitz aus verfolgt hatte, kletterte endlich vom Bock und half seinem zitternden Herrn in den Wagen. Dann sprang er auf seinen Sitz, riß die Zügel an sich und hieb mit der Peitsche auf die Pferde ein, daß sie erschrocken mit einem gewaltigen Satz anzogen und im Galopp davonjagten. Der Wagen schlingerte gefährlich hin und her.

Considius, blutleer im Gesicht, setzte sich schwankend auf die Schwelle seines Hauses und stammelte immer wieder: »Dieser elende Hund! Aber ich habe es ihn gelehrt!... Ich schlage ihn tot, wenn er...« Bruder und Schwester warfen sich einen besorgten Blick zu. Quintus ging zum Vater, half ihm auf die Füße und führte den zitternden Mann ins Haus. Sie setzten ihn auf die Bank in der Küche. Der Junge füllte einen

Becher halb mit Falerner und flößte ihn Considius ein, der, nur halb bei Bewußtsein, alles mit sich machen ließ.
Dann winkte Quintus Gessia nach draußen und ließ sich berichten.

2

Considius saß stumm und passiv auf der Bank in der Küche, stierte in die Flammen und murmelte in Abständen Verwünschungen über Meliton, über den Patron und »die ganze Sippschaft«, die »Spitzbuben«, »Speichellecker«, die einen braven Mann »ins Grab« brächten.
Gessia suchte ihn zu beruhigen, legte Brot, Schinken und Käse vor ihn hin; und er aß, ohne zu merken, was er aß, noch mehrmals unterbrochen von Zornesausbrüchen. So verging eine Stunde. Quintus machte sich im Stall zu schaffen, suchte dann aus dem Haufen beschädigter Ziegel, die an der Scheune gestapelt lagen, die noch brauchbaren heraus und brachte sie mit der Schubkarre vors Haus. Es würde reichen, die schlimmsten Löcher im Dach des Hauptgebäudes zu flicken, damit man während des Winters im Trockenen saß.
Ihm fiel ein, daß im Abstellschuppen hinter der Scheune noch einige unbenutzte Ziegel lagen. Sie stammten aus besseren Tagen, als man noch genügend Geld für derlei Anschaffungen auf Vorrat hatte.
Als er über den Hof ging, näherte sich über den Fahrweg ein Reiter. Quintus blieb stehen. Der Reiter preschte in den Hof, sprang vom Pferd und kam hastig näher.
»Tullius Cimber! Warum so aufgeregt?«
Tullius schien zu zittern. Er kam ganz nahe heran.
»Du solltest es dir ansehen!«
»Was?«
Tullius' Auge flackerte, und Quintus spürte, daß jener Angst hatte. Er kannte den Nachbarn als beherzten Mann und war verwirrt über sein aufgelöstes Verhalten.
»Du solltest es dir ansehen!« wiederholte Tullius. »Komm!« Quintus zögerte. »Beim Styx! Was denn?«
Tullius blickte um sich, ob einer mithöre: »Ein Toter!«
»Wo?«
»Komm mit.«
Quintus lief in den Stall, holte den Braunen, das letzte Pferd, das sie noch besaßen, und schwang sich ohne Sattel auf den Rücken des Tieres. Tullius wartete schon bei den Eichen.
In schnellem Trab, bisweilen in Galopp fallend, erreichten sie den Grenzstein des Besitzes.

Gleich wenige Fuß[5] daneben lag eine männliche Gestalt, die Arme ausgestreckt, auf dem Bauche. Die Finger hatten sich nicht geschlossen. Links von der Wirbelsäule, unterhalb der Schulter, ragte der Griff eines langen Messers aus dem Stoff der *Lacerna.*
Quintus und Tullius sprangen von den Pferden und betrachteten lange die liegende Gestalt. Es war keine Schleifspur zu erkennen. Tullius beugte sich hinunter und begutachtete das Messer, während Quintus zum Kopf des Toten trat – und der Schreck fuhr ihm in die Glieder: Mit weit aufgerissenen Augen starrte ihn Meliton an!
Auch Tullius hatte ihn erkannt. Er blickte Quintus lange an und stammelte:
»Mögen die Götter uns gnädig sein! – Dieser Ort ist verhext! Schon vor zwanzig Jahren fand man an gleicher Stelle einen Erschlagenen.« Er schaute zum Griff des Messers, und der Blick, mit dem er daraufhin Quintus ansah, drückte Erstaunen, Angst und Befremden aus.
»Was hast du?« fragte Quintus.
Tullius wies auf die Mordwaffe: »Schau dir den Griff an! Das Messer gehört deinem Vater. Ich kenne es gut; wir haben erst kürzlich damit sein letztes Schwein geschlachtet.«
Quintus beugte sich hinunter und erkannte die im Griff eingekerbten Buchstaben: CONS.
»Aber – er kann es doch gar nicht gewesen sein!« rief Quintus. »Er sitzt seit einer Stunde am Küchentisch und grübelt. Und Meliton ist um diese Zeit aufgebrochen.«
»Auch das noch!« rief Tullius. »Wer begleitete ihn?«
»Sein Kutscher.«
Tullius überlegte nicht lange. Beherzt griff er nach dem Messer, zog es mit beiden Händen aus dem Körper des Toten und warf es in weitem Bogen in das Dornengestrüpp zu seiten des Weges.
»Das darf auf keinen Fall bei ihm gefunden werden.«
»Ja – willst du... soll er denn hier liegenbleiben?«
Tullius überlegte. Er ging bis zur Biegung des Weges, der von dort ab steil zu Tal führte. Niemand kam. Schnell kehrte er um.
»Faß mit an!«
Er packte Meliton an den Armen, Quintus griff nach den Beinen, und so schleppten sie ihn zum Gebüsch, drängten sich hinein und legten die Gestalt ab.

»Wir müssen bis zur Dunkelheit warten. Man kann ihn hier nicht liegenlassen. Komm!« forderte Tullius Quintus auf.
Sie stiegen auf und ritten zurück.
Considius saß immer noch auf der Bank, als Tullius und Quintus die Küche betraten. Tullius und Considius kannten sich seit Jahrzehnten, und ihr Verhältnis zueinander war mehr als das einer gutnachbarlichen Beziehung. Tullius erschrak, als er Considius am Tisch sitzen sah: Der Mann war am Ende seiner Kraft.
»Meliton war hier?«
Considius nickte.
»Was wollte er?«
Considius hob müde den Kopf. »Das Übliche. Aber ich habe ihn gelehrt...«
»Jaja«, unterbrach ihn Tullius. »Er wird nun nicht mehr kommen.«
»Das würde ich ihm auch nicht raten!«
Tullius maß ihn mit einem langen Blick: »Er kann nicht mehr kommen. Er ist tot.«
Er beobachtete Considius genau, registrierte dessen ungläubigen Blick. »Unmöglich! Er war eben noch sehr lebendig, verdammt lebendig!« Quintus trat dazu. »Vater, er liegt an der Grenze zu Tullius' Besitz. Er hatte ein Messer im Rücken.«
»Dein Messer!« ergänzte Tullius. Dann setzte er sich auf einen Hocker vor Considius. »Was ist hier vorgefallen?«
Considius, der es nicht fassen konnte, gab kurz Bericht und sparte dabei nicht mit derben Flüchen. Danach schwiegen sie eine Weile, bis Tullius sehr ernst sagte:
»Man wird ihn vermissen, suchen und finden. Der Kutscher wird den Streit mit dir bezeugen. Man wird dich des Mordes anklagen.« Considius stierte vor sich hin, das Blut schoß ihm ins Gesicht – als ob er erst jetzt begriff, welche Konsequenzen sich für ihn ergeben konnten. »Aber ich habe ihn nicht... Ich saß die ganze Zeit über hier am Tisch. Du glaubst doch wohl nicht, daß ich...«
»Natürlich nicht«, beruhigte ihn Tullius. »Aber wie die Dinge liegen, wird sich der Verdacht zweifellos auf dich richten. Du kannst hier nicht bleiben.«
Considius nickte ergeben. »Es wäre sowieso darauf hinausgelaufen.«
»Steht's denn so schlecht?«

»Allerdings. Ich hätte die fällige Summe nicht zahlen können – und die nächste auch nicht.«
»Du könntest einige Zeit bei mir wohnen. Aber es wäre zu gefährlich. Sie werden jeden Schlupfwinkel im Umkreis von zehn Meilen[6] nach dir durchsuchen. Du mußt hier verschwinden, solange der Fall nicht geklärt ist. Am besten, du gehst nach Rom. Dort kannst du untertauchen. Ich werde dich eine Weile mit Geld über Wasser halten.« Tullius legte ihm die Hand auf die Schulter. »Und ich werde dir Nachrichten über den Stand der Dinge schicken.«
Considius blickte ihn an und sagte leise: »Wie gut, daß Gessia davon nichts mehr mitbekommt. Aber was ist mit den Kindern?«
»Sie müssen mit. Man könnte sie sonst als Geiseln benutzen, um an dich heranzukommen. Vor allem dürft ihr keine Zeit verlieren. Morgen, wenn nicht schon heute abend, werden sie hier sein und mit ihrer Untersuchung beginnen. Vergiß nicht: Publius Aurelius Serenus ist ein vermögender und einflußreicher Mann, der alles in Bewegung setzen wird, den Mord an seinem Verwalter aufzuklären, da er sich selbst angegriffen fühlt.«
»Jaja, du hast recht. Aber was machen wir mit dem Toten? Er kann doch nicht einfach da in der Gegend herumliegen und verfaulen.«
»Darüber solltest du dir nicht den Kopf zerbrechen. Ob sie ihn finden oder nicht, hat keinen Einfluß auf den Gang der Dinge. Zumal der Kutscher aussagen wird, daß Meliton, bevor er hier wegging, von dir geprügelt worden ist. Im übrigen hast du keine Zeit, dich darum zu kümmern. Wir können ihn erst nach Einbruch der Dunkelheit bestatten, aber dann könnte es für dich zu spät sein. Also packt das Wenige, das ihr braucht, ein. Ich schicke dir in einer Stunde meinen Wagen.«
»Auf keinen Fall! Das zieht dich in die Sache hinein. Ich nehme meinen eigenen.«
»Dann mach einen Umweg über die Dörfer abseits der Via Cornelia.«

3

»Und halt dich nicht so lange bei Loco auf! Quatsch auch nicht jeden Händler nach einem Mittel gegen Haarausfall an! Der Schrank im Salbzimmer quillt über von deinen Wässerchen, Tinkturen und Essenzen.[7] Ich erwarte dich in einer Stunde wieder zurück. Wiederhole deinen Auftrag!«

Gaius Volcatius stand im Atrium des Volcatischen Hauses, das auf dem Caelius[8] lag, und maß seinen großen Meister mit einem strengen Blick.

»Jawohl!« tönte Alexander und stand stramm.

»Was ‚Jawohl'?«

»Nicht lange Loco! Nicht wegen Mittelchen quatschen! Schrank überquellen! Wiederhole den Auftrag!«

»Ja, wird's bald!«

»Jawohl! Es wird: Ich soll der Herrin Clodia die Blumen geben...«

»Unsinn! Du sollst sie an der Tür abgeben!«

»Jawohl, Tür abgeben! Nichtsdestoweniger auch den Brief und auf Antwort desselbigen warten!«

»So ist es. Und nun spute dich!«

»Jawohl, sputen!... Warum, Herr?«

»Weil ich es sage.«

Gaius' Geduld war am Ende, und sein Ton klang scharf. Aber Alexander war in der Stimmung, es auf die Spitze zu treiben.

»Herr!«

»Was denn noch?«

»Die Herrin Clodia hat seit kürzerem eine neue Zofe...«

»Und?«

»Es könnte durchaus sein, daß sie öffnet...«

»Fein. Dann gibst du ihr Blumen und Brief!«

»Gewiß, Herr. Aber es könnte zweifellos durchaus der Fall eintreten, daß sie mich ins Haus bittet.«

»Dann sagst du, daß du keine Zeit hast und im Atrium auf Antwort warten möchtest.«

»Sie ist aber sehr hübsch, Herr!«

»Ihr gutes Recht.«

»Dürfte ich ihr nichtsdestoweniger auch eine Blume...?«

»Selbstverständlich, wenn du an der Via Sacra[9] noch drei Löwenzahn findest.«
»Na, dann eben nicht...« Er sackte in sich zusammen.
»Jetzt hör gut zu, mein Junge! Du kannst ihr meinetwegen einen ganzen Strauß Rosen schenken. Aber den bezahlst du selbst! Und jetzt verschwinde!«
Und er tat es. In stolzer Haltung schritt er aus der großen Halle.
Das war vor einer halben Stunde. – Er hatte dann tatsächlich alles gut erledigt, der Herrin Clodia Blumen und Brief übergeben lassen und das Billett mit der Antwort eingesteckt. Zu seinem Kummer hatte statt der schönen Dienerin der griesgrämige Hausmeister selbst geöffnet und ihn im vorderen kahlen Flur warten lassen, so daß er notgedrungen mit dem gewaltigen Strauß Astern wieder aus dem Haus treten mußte. Seinen Freund, den Meister Loco, hatte er ebenfalls nicht persönlich angetroffen, und so mußte er die Bestellung – es ging um einige Paar gelber Sandalen aus Ziegenleder – einem der Gesellen übergeben.
So schlenderte er nun, mit dem Strauß in der Hand, vom Aventin links um den Circus Maximus herum, trat auf die Via Sacra und machte, da er noch Zeit hatte, einen Umweg über das Forum. Er war, was bei ihm selten vorkam, in schlechter Stimmung, hatte er doch das Bouquet nicht an seine derzeitige Herzensdame übergeben können, hatte sie noch nicht einmal gesehen. Er könnte ihr ja auch schreiben – als ihm einfiel, daß er der lateinischen Schrift nicht mächtig war.
»Na, dann eben nicht...«, brummelte er. Doch gleich darauf machte er sich Mut: »Du wirst es Anbetracht dessen zweifellos noch schaffen!«
Und in diesem Augenblick hatte er sich entschlossen, die hohe Kunst des Schreibens zu erlernen. Er könnte Selenus, den Sekretär des Patrons, fragen. Selenus schien ihm zwar etwas »von oben herab«, aber er war zu ihm stets freundlich. Vielleicht würde Selenus ihn sogar unentgeltlich unterrichten, da er, Alexander, ihm schon manchen Dienst erwiesen hatte.
Und im übrigen gab es noch eine bessere Möglichkeit: Caesar hatte ihm vor Wochen, als sie noch in Gallien waren, diesen zehnjährigen Knaben geschenkt.[10] Sie hatten ihn der Einfachheit halber Gallus getauft. Alexander begann laut zu denken:
»Ich werde dem Herrn den Vorschlag machen, Gallus von Selenus unterrichten zu lassen. Anbetracht dessen wird er dem zweifellos zustimmen

und meinen Eifer loben. Und dann kann ich die gleichen Übungen durchaus mitmachen. Das wird den Herrn freuen.«
Ihm wurde wieder einmal schmerzlich bewußt, daß die des Schreibens Unkundigen den anderen unterlegen waren. »Aber du wirst das zweifellos durchaus schaffen!« ermunterte er sich mehrmals und rechnete sich aus, welche Zeit er wohl benötigen werde, um die notwendigen Kenntnisse zu erlangen, daß er der Melitta – so hieß Clodias Mädchen – ein schön geschriebenes Billett, versteckt in einem Strauß Rosen, schicken könnte. Aber Rosen gab es erst wieder in einem halben Jahr. Na, bis dahin würde er auch mit seinen kalligraphischen Übungen soweit sein.
Dies alles ging ihm durch den Kopf, als er sich durch die Menge zwängte, was ihm nicht schwerfiel, da er die meisten Zeitgenossen um Haupteslänge überragte.
Allmählich wurde ihm der Strauß Astern lästig. Er konnte ihn kaum mit nach Hause nehmen, denn der Herr würde über den mißlungenen Versuch, mit Clodias Zofe anzubändeln, gewiß eine ironische Bemerkung machen. Er konnte den Strauß natürlich Selenus' Frau Eugenia überreichen. Er mochte Eugenia, sie war sehr mütterlich, obwohl sie keine Kinder hatte. Das würde sich auch gut auswirken auf sein Ansinnen, von Selenus unterrichtet zu werden.
Kurz entschlossen machte er kehrt und eilte nun schnellen Schritts den Weg zurück in Richtung Caelius. Dem Sonnenstand nach ging es gegen die zehnte Stunde[11]. Er hatte immer noch etwas Zeit, und als ihm an einer Bude der Duft kräftiger Erbsensuppe mit Speck in die Nase stieg, stellte er fest, daß er hungrig war. Und ein Becher Falerner konnte auch nicht schaden! Er blickte kurz hin: An der Bude trieb sich wie üblich proletarisches Gesindel herum, und er hatte keine Lust, von einem dieser genialen Taschendiebe ausgenommen zu werden. Außerdem schmeckte es bei Asconius besser. Er hatte seine Kneipe bei der Abzweigung des Clivus Scauri[12]. Alexanders Heimweg führte direkt daran vorbei.
Nach drei Minuten hatte er den Ort erreicht. Seit der Aventin starken Zuzug von erfolgreichen Kaufleuten und Handwerkern hatte, war auch mit der Kundschaft des Asconius eine allmähliche Veränderung vor sich gegangen. Trafen sich früher hier noch Bettler, Stadtstreicher, Dirnen und allerlei Habenichtse, so sah man jetzt immer öfter Angehörige des Gesindes wohlsituierter Häuser.

Der geschäftstüchtige Asconius hatte die Zeichen der Zeit denn auch erkannt und sichtbar das äußere Bild der Schenke verwandelt. Erst kürzlich hatte er den gesamten Innenraum von einem in diesem Metier erfahrenen Maler und Stukkateur neu herrichten lassen. Alle Wände strahlten in neuem vornehmen dunklen Rot, unterbrochen von allerlei verspieltem Rankenwerk, und der alte, einfach gemauerte Tresen war mit rötlichem Marmor verkleidet worden.

Nur noch wenige der ehemaligen unterbemittelten Stammgäste tauchten hier auf – der Laden war ihnen zu fein und zu teuer geworden. Sie wichen in die Lokale am Viehmarkt und in der Subura[13] aus.

Alexander trat vor den Eingang und fand eine neue, sehr große Tafel. Darauf war ein gefährlicher Fisch abgebildet, den er noch nie gesehen hatte; darunter standen anscheinend Name und Preis des Untiers. »Demnächst bieten sie noch den Kopf der Hydra als Nachspeise an!« murmelte Alexander. Konnte man hier überhaupt noch normal essen? Er runzelte die Stirn, schnupperte in den Eingang und war erleichtert. Erbsensuppe! Speck! Er reckte sich und betrat das Lokal. Es war mäßig besucht, denn die meisten Gäste kamen im Herbst erst gegen Sonnenuntergang. Alexander schaute sich kurz um. Asconius war nicht da. Einer seiner Leute stand hinter der Theke, säuberte Becher und Gläser, stellte einige Krüge ins Wasser und scheuerte die Marmorplatte zum hundertsten Male blank.

Er ging zur Mitte des Raumes. In einer Ecke saßen einige Legionäre beim Wein und würfelten. Auf der anderen Seite zwei Fremde, vielleicht Syrer oder Ägypter. Und ganz hinten ein älterer Mann, der etwas auf eine Wachstafel schrieb. Alle übrigen Tische waren frei. Aber Alexander saß nicht gerne allein. Er ging auf den Mann zu, griff nach dem hochlehnigen Stuhl mit Bastsitz und sagte, bereits sitzend:

»Nichtsdestoweniger noch frei?«

Der Mann blickte kurz auf, lächelte freundlich und sagte:

»Wie? – Ja, natürlich.«

Alexander hörte sogleich am Akzent, daß er keinen Stadtrömer vor sich hatte. Der Mann nahm einen sparsamen Schluck aus dem Becher, wandte sich wieder seiner Tafel zu und schrieb. Alexander betrachtete ihn genau. Seine Tunika war zwar leicht verschossen, aber peinlich sauber. Das Gesicht glatt rasiert. Die Haare frisch geschnitten. Seltsam die Hände: breit, sehr knochig, mit starken Wülsten an den Fingern und

harter Lederhaut innen, zeugten sie von schwerer körperlicher Arbeit – und doch waren die Nägel hell und sauber wie bei jemandem, der großen Wert darauf legt, einen guten Eindruck zu machen.
Die Bedienung kam.
»Was darf es sein?«
Alexander fixierte den Burschen: »Seit wann wird man in diesem Hause nicht mehr gegrüßt? Merke dir für alle Zeiten: Ich bin Alexandros, Sohn des Alexandros aus Theben, und ich sage dir, du wirst ab morgen zweifellos nur noch die Straße fegen, wenn du Anbetracht dessen vergißt, wie man einen Volcatier zu bedienen hat!«
Der Sklave, ein Mann um die Zwanzig, war verunsichert; er verbeugte sich artig und stotterte: »Ver... Verzeihung!«
»Nichtsdestoweniger bringst du mir eine Erbsensuppe mit Speck.«
»Sehr wohl! Erbsensuppe mit Speck! Und was möchtest *du* essen?« Er wandte sich an den Fremden.
»Ich? – Danke. Nichts.«
Alexander hatte deutlich das Gefühl, daß die Situation dem Mann peinlich war. Hatte er kein Geld?
Nun lächelte der Sklave überlegen: »Du sitzt hier seit über einer Stunde bei einem halben Becher Falerner. Wenn du nichts bestellst, muß ich dich bitten, zu gehen.«
Alexander sah, wie es um den Mund des Fremden zuckte. Seine Finger zitterten, als er nach seinem Brustbeutel griff und umständlich die verlangten Münzen herausholte. Er legte sie nebeneinander auf den Tisch. Dann schickte er sich an, zu gehen.
»Das ist zuwenig«, stellte der Sklave fest.
»Augenblick!« Alexander drückte den Mann auf dessen Stuhl zurück. Er zählte die Geldstücke, reckte sich und sagte mit einem gefährlichen Grollen in der Stimme:
»Wieso ist das zuwenig? He! Seit hundert Jahren kostet so ein lumpiger halber Falerner fünf As[14] bei Asconius!«
»Das war einmal«, versuchte es der Sklave sachlich. »Seit einem halben Jahr kostet er zehn As!«
»Und der Rest ist wohl für dich, du Spitzbube!«
Der Sklave errötete, zwang sich aber zu einer höflichen Antwort: »Du wirst lange nicht hiergewesen sein...«
»Allerdings!« rief Alexander. »Während ich in Gallien für dich und dei-

nesgleichen die Kastanien aus dem Feuer geholt habe, hattet ihr die Frechheit, so einfach die Preise zu verdoppeln!«

»Recht hat er!« rief einer der Legionäre. »Asconius ist ein Halsabschneider!«

Dies, wie auch das Vorherige, mußte der Wirt in der Küche gehört haben, denn er kam flink aus dem Nebenraum und wischte sich die Hände an der Schürze ab; beflissenes Wohlwollen überstrahlte sein volles Gesicht. »Ah! Der große Alexander!« rief er und trippelte mit einem gewinnenden Lächeln und ausgebreiteten Armen zu der Tischgruppe.

»Du warst lange nicht hier! Hast also die Neueröffnung versäumt! Das müssen wir nachholen! Heraclius! – Einen Krug Falerner für Alexander! Und was möchtest du essen?«

»Erbsensuppe«, wiederholte Heraclius die Bestellung.

»Was? Erbsensuppe? Er muß natürlich die Spezialität des Hauses probieren! Muräne in Fischsoße mit Pilzen!«

»Ich möchte aber Erbsensuppe mit Speck!« beharrte Alexander. Und Asconius, der blitzschnell einen Vergleich der Preise anstellte, rief freudig: »Selbstverständlich! Erbsensuppe! Die beste von ganz Rom!«

»Und für ihn auch.« Alexander wies ungerührt auf den Fremden.

»Natürlich! Zwei Terrinen Erbsensuppe! Auf Kosten des Hauses!«

»Und für ihn auch einen Krug Falerner!«

Asconius stutzte, überschlug mit wortlos murmelnden Lippen die Ausgabe und kam zu dem Schluß, daß es immer noch billiger als Muräne mit Pilzen war.

»Aber natürlich! Und richte deinem Herrn, dem edlen Volcatius Tullus, meine Empfehlung aus! Ich hoffe, daß er gesund ist.«

Nach dieser Laudatio verbeugte er sich noch einmal und verschwand wieder in der Küche. Alexanders grimme Miene aber wandelte sich zu einem breiten, zufriedenen Lächeln, als er sich wieder seinem Tischgenossen zuwandte.

»So muß man Anbetracht dessen mit diesen Brüdern reden. Nichtsdestoweniger laß dir die Suppe schmecken, mein Alter.«

Der Fremde, immer noch staunend über die rigorose Art und Weise, wie hier ein Sklave mit einem allem Anschein nach wohlhabenden römischen Schankwirt umsprang, legte bescheiden beide Hände flach auf den Tisch und sagte leise, fast schüchtern:

»Ich weiß nicht, wie ich dir danken soll, Freund. Du hast mir aus einer großen Verlegenheit geholfen. Ich... eh...«

»Ich weiß, du hättest den versauerten Honigsaft da nicht bezahlen können.« Alexander grinste ihn breit an. »Kenne das. Ist mir in Gallien auch durchaus schon passiert. Schon mal in Gallien gedient?«

»Wie? – Nein.«

»Na, kann ja noch kommen, falls die Arverner wieder mal verrückt spielen. Solltest dich da oben vor zwei Dingen in acht nehmen; vor gallischen Weibern und Bären, besonders vor ersteren, denn sie sind zweifellos durchaus gefährlicher als die braunen possierlichen Tierchen, wenn man sie reizt.«

Der Fremde nickte höflich, obwohl er nun doch leicht verwirrt war von der seltsam gespreizten und umständlichen Sprache seines Gegenübers, deren offensichtliche Fehlerhaftigkeit in sonderbarem Gegensatz zu seiner Autorität stand, mit der er soeben einen knauserigen Wirt zur Räson gebracht hatte.

Da kam das Essen, und sie ließen es sich schmecken. Alexander entging nicht, wie der Fremde mit Heißhunger die Suppe in sich hineinschlang, ließ ihn aber gewähren und freute sich, dem Mann geholfen zu haben.

»Heraclius!«

Der Sklave, der gerade bei den Ägyptern kassierte, ließ sofort alles stehen und liegen und eilte herbei.

»Ein Brot!« befahl Alexander.

»Sehr wohl, ein Brot!« Heraclius wandte sich schon um, als er stutzte: »Ein... ein Brot? – Du meinst eine Scheibe Brot...«

»Du scheinst schlecht zu hören, mein Junge. Kenne da einen guten Arzt, Athenodoros, behandelt vorzugsweise auch durchaus schlechte Ohren. Oder soll ich die Schüssel mit den Fingern auslecken?«

»Sehr wohl, ein Brot!«

Er ging, es zu holen, und brachte gleich den Wein mit. Der Fremde, dem dies alles zunehmend peinlich wurde, war dann sehr überrascht, als Alexander ihm den runden Laib zusteckte und sagte: »Das dürfte zweifellos bis morgen reichen.«

»Aber ich bitte dich! Wofür hältst du mich?«

Da blickte ihn Alexander ernst an. »Zweifellos für einen, der seit Tagen nicht mehr satt geworden ist. Bin nicht blind, Gevatter. Wenn du's nicht

mehr verdauen kannst, nimm's den Kinderchen mit! Der Halunke Asconius wird schon nicht pleite gehen deswegen.«
Alexander klopfte dem Mann auf die Schulter. Dann sagte jener: »Gut, daß Gessia das alles nicht mehr erleben muß.«
»Wer ist Gessia?«
»Meine Frau. Sie starb vor drei Jahren.« Er trank einen Schluck Wein.
»Was machst du hier in Rom?«
»Ich suche eine Wohnung für mich und die Kinder.«
»Wie alt?«
»Quintus ist achtzehn, Gessia siebzehn.«
»Wovon lebst du?«
»Von einer Handvoll Denare[15], die mir ein Freund lieh.«
»Netter Freund! Aber warum bist du überhaupt hier? Siehst aus wie ein Bauer, der sich Anbetracht dessen für die Römischen Spiele feingemacht hat, aber seinen Hof verloren hat.«
»Das zweite stimmt. Die Spiele sah ich schon zwanzig Jahre nicht mehr.«
»Hast nichts versäumt. Warum hast du deinen Hof verlassen? Zweifellos hat dir ein Schwachkopf den Floh ins Ohr gesetzt, in Rom würden einem die gebratenen Täubchen ins Maul fliegen.«
»Daran habe ich noch nie geglaubt. Und jetzt erst recht nicht.«
Das Gesicht des Bauern blieb traurig. Alexanders Neugier war nun geweckt.
»Du mußt unbedingt gute Gründe haben, dein geregeltes Auskommen an den Nagel zu hängen.«
Der Bauer schwieg, und Alexander sah, wie sein Blick unruhig wurde.
»Hast du«, fuhr Alexander fort und blickte ihn aus der Nähe besorgt an, »hast du Dreck am Stecken?«
Der Bauer spielte nervös mit dem leeren Becher. Alexander schüttete ihm neu ein. Sie tranken sich zu.
»Mann, du hast doch was! Du solltest Anbetracht dessen darüber reden. Du sitzt doch ganz tief drin! Kenne das von Leuten in Gallien. Saßen auch so in den Kneipen herum und ließen sich vollaufen. – Mann, nun spuck's doch schon aus! Dein Glück, daß du Alexander begegnet bist! Du kennst in dieser verdammten Stadt keinen – oder?«
Der Alte schüttelte langsam den Kopf. »Nein. Niemand.«

»Und du siehst auch nicht aus wie Catilina, der die Consuln[16] ermorden will. Ich sage dir ins Gesicht: Du hast Angst!«
Der Blick des Alten flackerte zwischen Alexander und dem Becher hin und her. Aber Alexander ließ nicht locker: »Wenn dir einer helfen kann, dann ist das Alexander. Habe kürzlich einem durchaus verzagten Senator[17] seine entführten Kinderchen zurückgebracht. Habe einen mächtigen Herrn, der tut, was ich sage. Würde Anbetracht dessen gerne über den Fall mit ihm reden. Brauche aber Tatsachen! Also, fang an!«
Und er blickte ihn mit seinen großen schwarzen Kinderaugen so intensiv und offen an, daß der Fremde sich einen Ruck gab, seufzte und begann: »Mein Name ist Sextus Considius .«
»Schöner Name!« nickte Alexander. »Weiter!«
»Meine Familie wohnt schon seit Urzeiten auf einem Hof hinter Caere...«
Und dann berichtete er nach einer kurzen Einleitung über die Größe des Anwesens und das harte, doch zufriedene Leben auf dem Lande. Schließlich kam er auf seine zugespitzte Lage in den letzten Monaten zu sprechen, als er nicht mehr fähig war, das hochverzinste Darlehen, das ihm der römische Ritter Publius Aurelius Serenus gegeben hatte, in pünktlichen Raten zurückzuzahlen.
»In den Hades mit diesen Halsabschneidern!« rief Alexander.
Es folgte die makabre Geschichte mit Meliton, die mit dem Entschluß zur Flucht nach Rom endete.
Alexander hatte mit wachsendem Interesse zugehört und rief nun: »Das ist die größte Schweinerei, die mir je zu Augen gekommen! Die Sache stinkt! Werde meinem Herrn darüber berichten. Brauche deine Adresse. Wo wohnst du?«
Considius zögerte: »Ich weiß die Adresse nicht.«
»Verstehe. Kennst dich in diesem Städtchen nicht aus. Ist ja auch der reinste Irrgarten. Was zahlst du für deine Bruchbude?«
»Zwanzig Sesterzen pro Person und Tag.«
»Wieviel hast du noch?«
Considius klappte die Wachstafel auf, las und sagte: »Ich kann noch bis morgen bezahlen.«
Da holte Alexander seinen Brustbeutel hervor und legte mit großer

Geste hundert Sesterzen in verschiedenen Münzen auf den Tisch. »Hier, kauf den Kinderchen was zum Beißen! Und keinen Sesterz mehr für den Vermieter! Werde dir ein besseres Quartier besorgen. Habe gute Beziehungen. Wir treffen uns morgen zur gleichen Zeit hier!«
Alexander erhob sich, als ihm noch etwas einfiel: »Kannst du schreiben?«
»Ja. Warum?«
»Solltest mir eine hübsche Quittung ausstellen. Kann das durchaus absetzen! – Heraclius!«
Der Jüngling zuckte beim Klang der Stimme zusammen und näherte sich eilfertig.
»Ein Blatt Papyros! Tinte! Feder!«
»Sehr wohl...« Doch zu seinem Kollegen an der Theke flüsterte er: »Gleich verlangt er noch Hammer und Meißel! Der spinnt!« Doch der andere erwiderte leise: »Mit dem darfst du dich nicht anlegen. Du ziehst immer den kürzeren!«
Als das Blatt auf dem Tisch lag, tauchte Alexander die Feder ein, zögerte, schob alles zu Considius hin und sagte mit Kennermiene:
»Es ist besser, du schreibst selbst.«
»Natürlich«, sagte Considius, und Alexander diktierte:
»Ich, Sextus Considius, freier römischer Bürger, durchaus im Vollbesitz meiner geistigen Kräfte...«
»Muß das sein?« fragte Considius.
»Natürlich! Bei vielen ist oben etwas locker. Also: ...meiner geistigen Kräfte, habe heute von Alexandros, Sohn des Alexandros aus Theben, auch und im Namen seines Herrn, des großen und berühmten Gaius Volcatius Tullus, Sohn des Senators und Altconsuls Lucius Volcatius Tullus, hundert Sesterzen erhalten. Alexandros hat mir das Geld vorgestreckt.«
Als Considius fertig war, sagte er kleinlaut: »Es wird lange dauern, bis ich dir das Geld zurückzahlen kann.«
»Wie kommst du denn darauf? Ich meine damit, daß *ich* das Geld meinem Herrn vorgestreckt habe. Nun unterschreib mit deinem schönen vollen Namen.«
Danach reichte ihm Considius das Blatt, und Alexander »las« es, nickte befriedigt und faltete es zusammen. Plötzlich hatte er es sehr eilig. »Also dann, bis morgen, um die gleiche Zeit!«

Er griff nach seinen Blumen, und in ungeheuer senkrechter Haltung verließ er das Lokal.

4

Etwa zur gleichen Zeit schaute Gaius Volcatius Tullus in Eugenias Küche hinein und schnupperte entzückt: »Hm! – Truthahn?«
»Ja, Herr. Athenodoros hat ihn dem Patron verordnet. Sein Magen ist sehr empfindlich in letzter Zeit.«
Sie rührte die Sauce um, griff einen Holzlöffel und reichte Gaius eine Probe.
»Hm! Lecker! Solltest du öfter machen!« lobte er.
Eugenias Blick ruhte wohlwollend auf ihrem »Großen«, und sie sagte: »Das hast du schon vor zwanzig Jahren gesagt. Weißt du noch, wie du mir zuschautest, als ich einer Henne die Federn ausrupfte?«
»Ja«, lachte Gaius. »Ich fragte dich, ob das dem Vogel nicht weh tue. Und dann zog ich mir selbst einige Haare aus.«
Er schaute ihr eine Weile zu, wie sie sicher und schnell hantierte. Eugenia war genau das, was man im uralten Sinne des Wortes eine Matrone nannte: mütterliche Herrscherin des Hauses, von mittlerer Statur, füllig, aber flink in den Bewegungen, immer mit etwas Nützlichem beschäftigt, hatte sie beim Gesinde in jeder Situation unbestrittene Autorität. Gaius hing an ihr, weil sie seit dem frühen Tode seiner Mutter deren Stelle eingenommen und sich in seinen Kinderjahren ganz ihm gewidmet hatte. Doch nun war »ihr Gaius« der älteste, erwachsene Sohn des Patrons, und obwohl niemand es von ihr je verlangt hatte, war er für sie der »Herr«, eine Anrede, die ihrem stolzen Selenus nie über die Lippen kam. Und sie empfand für ihn ähnlich wie eine leibliche Mutter – mit einer Mischung aus Respekt, Bewunderung und doch stets vorhandener Autorität, da sie im Erwachsenen immer auch den Knaben sah.
Sonderbar, welchen Frauen manche Männer mit ganzer Seele anhingen. Gaius konnte sich nicht entsinnen, je Zeuge eines Streites zwischen Eugenia und Selenus gewesen zu sein. Sie respektierte ohne Frage den ihr weit überlegenen Intellekt des Partners und ließ bisweilen eine stille Bewunderung für ihn erkennen, wenn sie Dritten gegenüber mit einem einzigen Satz auf diese oder jene außergewöhnliche Fähigkeit hinwies: »Da solltest du besser Selenus fragen…«, hieß es. Oder: »Geh zu Selenus, er wird mit dem Patron darüber reden…«
Und in der Tat war Selenus' Einfluß auf Lucius Volcatius Tullus, das Haupt der *Gens Volcatia*[18], unbestritten und allen Mitgliedern des

Hauses, das Gesinde inbegriffen, bekannt. Wenn Lucius, ein wortkarger, stiller Mann, einen Freund hatte, dann war es der Grieche. Selenus war auch der einzige im Hause, den der Patron noch nie hart angefahren hatte. Außerdem war es ungeschriebenes Gesetz, daß Selenus in allen Dingen der hierarchischen Ordnung gleich hinter Lucius rangierte und selbst die erwachsenen Söhne immer erst zu Selenus gingen, wenn sie erkunden wollten, wie denn ihre Argumente oder Bitten beim Vater am klügsten vorzubringen seien.
Selenus kannte zu jeder Zeit den jeweiligen Zustand des Patrons und wußte dies geschickt dem Frager mit ein, zwei Sätzen zu umreißen, ohne daß jemals der Eindruck entstand, als ob er hinter dessen Rücken intrigierte.
Ja, manchmal schien es Gaius, daß der eine sich gerne im anderen spiegelte, denn bei aller Verschiedenheit von Herkunft, Begabung und Stand hatten sie eine unbeugsame Vorstellung von Recht, Ordnung, Anstand und humaner Loyalität gemeinsam. In wichtigen Fragen, wenn sie die aktuellen Probleme der Tagespolitik, der senatorischen Intrigen oder der wirtschaftlichen Schwankungen betrafen, holte Lucius stets den klug wägenden, alle Einzelheiten erfassenden Rat des Griechen ein. Und Selenus war der einzige im Hause, der den Patron unaufdringlich in diese oder jene Richtung lenkte, und es konnte dann heißen: »Ich hätte es damals eher so oder so gemacht...« Oder: »Wenn du mich fragst, würde ich...«

»Fährst du heute noch nach Tusculum[19]?« fragte Eugenia und riß Gaius aus seinen Gedanken.
»Ich weiß es noch nicht.«
»Wenn ja, werde ich dir einen kalten Braten mitgeben und frische Leberpastete.«
»Danke!« Gaius lächelte, denn sie hielt immer noch nicht viel von den Künsten seiner eigenen Köchin auf dem Tusculanum[20]. Er griff in den Korb auf dem Tisch und zwickte sich einige Trauben ab. Sie sah es und sagte:
»Dein Bruder Lucius sollte mehr Obst essen. Er sieht schlecht aus.«
»Er sollte vor allem früher zu Bett gehen. Als ich in seinem Alter war, gab es Spektakel, wenn ich zum Abendessen nicht im Hause war.«

»Ach«, seufzte sie, »die strengsten Väter verhätscheln immer die Jüngsten. Du solltest mit ihm einmal ein hartes Wort reden!«
»Ich eigne mich nicht gerade als Ersatzvater.«
»Das meine ich nicht. Dich bewundert er. Darum wird er auf dich hören.«
»Mal sehen...« Er stopfte sich drei Trauben in den Mund und ließ sie laut knacken.
»Sag mal«, fragte er mit vollem Mund, »hat er eigentlich eine Freundin?«
»Da guckst du nicht so genau hinter«, sagte sie.
»Wohin geht er denn abends?«
»Zu Freunden. Sagt er jedenfalls.«
»Ich werde bei Gelegenheit mit ihm reden. – Wann essen wir?«
»In einer Stunde.«

Gaius verließ die Küche, durchquerte das Atrium und ging in die Bibliothek. Sein Vater stand am Pult und las in einer Rolle.
»Du bist schon zurück?« fragte Gaius.
»Ja. Cato hat die Grippe und arge Migräne, trägt aber beides – wie könnte es anders sein – mit Fassung.«
»Da wir gerade von ihm reden – warum hat er eigentlich im Sommer die Wahl verloren?«
»Nun«, Lucius legte die Rolle an ihren Platz zurück, »Rechtschaffenheit allein scheint heute nicht mehr zu genügen, um die Menge von der Notwendigkeit einer bestimmten Politik zu überzeugen. Du kennst meine Meinung, und sie ist die Catos: Obwohl Pompeius seit Februar dieses Jahres als alleiniger Consul die Möglichkeit hatte, Caesars Machenschaften energisch entgegenzutreten...«
»Welche Machenschaften?« fiel ihm Gaius ins Wort.
»Mein Junge, wir wollen uns nicht wieder mit dem alten Streit über Caesar entzweien! So viel steht doch fest: Obwohl er durch den Krieg in Gallien vollauf in Anspruch genommen wird – und ich weiß seine militärischen Leistungen sehr wohl zu schätzen –, sucht er seinen Einfluß in der Hauptstadt mit Geschenken und Geldsendungen, aber auch durch die Umtriebe seiner Freunde zu festigen.«
»Warum sollte er das denn nicht? Wo man ihm hier doch das Wasser abgraben will!«

Lucius blieb ganz ruhig und fuhr unbeirrt fort: »Catos Voraussagen zeitigten immerhin so viel Erfolg, daß Pompeius seine Arglosigkeit ablegte und die Gefahr zu ahnen beginnt.«

Gaius hatte eine scharfe Erwiderung bereit, doch schwieg er. Lucius fuhr fort: »Aber noch immer ist er voller Bedenklichkeiten und kann sich nicht aufraffen, Caesars Wühlarbeit energisch entgegenzutreten. Das war denn auch der Grund, daß Cato sich für das kommende Jahr um das Consulat bewarb, damit er Caesar energisch entgegentreten könnte. Er hatte zwei Mitbewerber, beides rechtschaffene Männer. Da aber der eine von ihnen, Sulpicius…«

»…der Jurist?«

»Ja… da Sulpicius Rufus aus Catos Ansehen und Einfluß bei Volk und Adel manchen Vorteil gezogen hatte, fand man, er zeige wenig Besonnenheit und sei überdies undankbar. Nun, Cato selber beschwerte sich nicht, sondern meinte: ‚Was Wunder, wenn einer keinem andern überlassen will, was er selber für das größte Gut ansieht?' – Danach beredete er den Senat zu dem Beschluß, die Anwärter auf das Consulat hätten persönlich um das Volk zu werben, kein anderer dürfe mehr für sie herumgehen und die Bürger um ihre Stimmen bitten.«

Gaius nickte, denn er sah den Unbestechlichen vor sich. Er sagte lächelnd: »Damit setzte er sich natürlich zwischen alle Stühle!«

»Ja, der Masse der Bedürftigen sprach er damit das… nun, das Gewohnheitsrecht ab, die Jahr für Jahr unter stillschweigendem Konsens aller Konkurrenten ausgeteilten Wahlgelder einzustecken; und da es sich hierbei mittlerweile um erkleckliche Summen handelt, brachte er die Ärmsten um einen nicht unbedeutenden Teil ihres Einkommens. Und den Kandidaten nahm er die Gelegenheit, eine *Gnade* auszuteilen.

Überdies hat Cato wenig Talent, für sich selbst zu werben. Ein Mann wie er zieht es vor, die Würde des Lebens strikt zu wahren, statt sich zu leutseligem Händeschütteln herabzulassen, um die Würde eines Amtes zu gewinnen. Und da er auch seinen Freunden alle Werbemethoden untersagte, fiel er bei der Wahl durch.«

»Und wie nahm er's hin?«

»Na, wie wohl?« Lucius hob resigniert die Hand. »Wir alle, seine Freunde, waren beschämt und niedergeschlagen. Er hingegen nahm die Niederlage leichten Herzens hin.«

Lucius setzte sich bequem in einen Sessel und rieb die Finger aneinander.
»Was sagte Cicero dazu?«
»Cicero? Ich war dabei, als er Cato in scharfem Ton den Vorwurf machte, daß er zu einer Zeit, da der Staat eines Führers von Fähigkeiten dringend bedürfe, so wenig Eifer an den Tag lege und sich nicht einmal die Mühe mache, das Volk durch freundliches Benehmen zu gewinnen, ja den Kampf überhaupt aufgebe und nun auch für die Zukunft allen Ansprüchen auf das Consulat entsage.«
»Und was hatte er dazu zu sagen?«
»Er stellte fest, daß diese Consulwahl, im Gegensatz zu früheren, korrekt durchgeführt worden sei. Dabei aber habe er erkannt, daß auch der einfache Bürger an seinem Wesen Anstoß nehme. Ein verständiger Mann ändere jedoch seinen Charakter nicht, um andern zu gefallen, sondern bleibe sich selber treu, setze sich aber auch kein zweites Mal dem gleichen Mißgeschick aus.«
Gaius nahm gegenüber seinem Vater Platz und sagte:
»Aber abgesehen davon entwickeln sich die Dinge doch in deinem und deiner Freunde Sinne...«
Lucius schaute ihn ernst an: »Wer will das wissen? Alles wird in nächster Zeit davon abhängen, welche Ziele Caesar von Gallien aus verfolgt. Aber darüber dürftest du mehr wissen als ich.«
»Keineswegs«, sagte Gaius und lächelte fein. »Du überschätzt meine Beziehungen zu ihm. Unsere privaten Gespräche kreisten stets um Fragen der Philosophie, Literatur, Kunst. Über Politik oder gar über seine Pläne wurde nie gesprochen. Im übrigen meine ich, daß die Entscheidung über die Zukunft Roms und des Reiches nicht in Gallien, sondern hier in Rom fällt. Wenn man den Fehler begeht, ihn, den verdienstvollen Feldherrn, aus Neid kaltstellen oder gar entmachten zu wollen, indem man ihn seines Amtes als Proconsul[21] beider Gallien enthebt, dann dürfte es allerdings zum endgültigen Bruch kommen.«
Lucius hatte genau zugehört und sagte nun leise und mit Wärme: »Mein Junge, ich glaube aus deiner Bemerkung eine gewisse Skepsis gegenüber seiner Person herauszuhören. Bei unserer letzten Auseinandersetzung über ihn – und das ist noch kein Jahr her – war deine Rede hitziger.«
»Ach, Vater...« Gaius blickte auf seine Hände. »Ich habe ihn ganz nahe

erlebt, wir führten ein Gespräch über den Tod... ein andermal über die Macht im allgemeinen, und er sagte, jeder, der sie habe, mache sich schuldig... Ich bewundere seinen Umgang mit den Menschen, seine Fähigkeit, jedem gemäß seinem Können eine Aufgabe zu stellen. Sein Vermögen, sich blitzschnell mitten in der Schlacht auf neue Gefahren oder Ziele einzustellen, ist wohl einmalig...«
»Aber?« Mit großer Befriedigung witterte Lucius, daß Caesars Bann seinen Sohn nicht zum willenlosen Bewunderer des Proconsuls verzaubert hatte.
»Nun«, Gaius zögerte, »... die Umstände, unter denen er den Vercingetorix demütigte, ihn nach der Übergabe von Alesia[22] in Ketten legen und nach Rom transportieren ließ, waren barbarisch. Ich hatte deswegen einen Zusammenstoß mit ihm.«
Lucius hob den Blick. »Und wie reagierte er?«
»Natürlich souverän und überlegen. Wir schieden in Freundschaft.«
Lucius stand auf und legte Gaius kurz seine Hand auf die Schulter. »Es ist gut, daß du Abstand zu Gallien gewinnst. Du bist nun vierzehn Tage hier und scheinst mir ruhiger geworden zu sein.«
Gaius schwieg.
»Wir sollten über deine Zukunft reden. Was hast du vor?«
Gaius erhob sich ebenfalls und sagte mit einigem Schwung: »Ich möchte mich für einige Zeit als Anwalt für das einsetzen, was Rom groß gemacht hat: das Recht.«
Mit freudiger Überraschung nahm Lucius das zur Kenntnis. »Damit machst du mir eine große Freude!«
Gaius sah, wie des Vaters Augen leuchteten.
»Ich wußte, daß du dich deiner Vorfahren würdig erweisen würdest. Sie alle, und auch ich, haben es als ihre oberste Pflicht angesehen, immer und überall für das Wohlergehen der *Res publica*[23] zu wirken. Ich weiß, solches klingt in unseren korrumpierten Zeiten altväterlich und wird von den Jungen belächelt. Aber du siehst am Beispiel Catos, wie wenig stoische Haltung allein vermag. Wir dürfen uns nicht in private Integrität flüchten, wir müssen uns mitten in den Strom stellen. Ich selbst bin zu alt für diesen Kampf. Ich habe in meinen frühen Jahren das Meine dazu getan. Nun bist du an der Reihe.«
Er ging auf Gaius zu und umarmte ihn. »Danke!« sagte er leise, und Gaius war zutiefst angerührt von der Lauterkeit dieses alten Mannes,

der sonst nie so viele Worte machte. Doch es war, als ob eine versteckte Tür geöffnet worden wäre, denn Lucius kam sogleich auf die näheren und weiteren Schritte zu sprechen:
»Wir werden verbreiten lassen, daß Gaius Volcatius Tullus sich ab sofort als Anwalt betätigen wird. Du wirst einige Prozesse führen und die Öffentlichkeit auf dich aufmerksam machen. Im nächsten Sommer werden wir dich für ein öffentliches Amt vorschlagen. Dabei ist es von größtem Nutzen, daß du dir in Gallien militärische Meriten geholt hast. Als Sohn eines Volcatiers und Offizier Caesars wirst du für beide Seiten interessant sein. Jeder wird sich um deine Gunst bewerben. Ob wir dann das Volkstribunat oder die Aedilität[24] als Ziel ins Auge fassen, wird später zu entscheiden sein.«
Lucius, ganz im Schwung einer neuen, besseren Zukunft, ging munter auf und ab und plante weiter:
»Es wäre zu überlegen, ob wir dir hier in der Nähe, vielleicht am Palatin, ein Haus mieten oder kaufen, damit du standesgemäß wohnen und arbeiten kannst. Es wird viel Unruhe geben, und das Haus hier dürfte zu eng werden.«
Gaius, der seinen Vater bisher nur als äußerst sparsamen Mann kannte, kam aus dem Staunen nicht mehr heraus, denn Lucius war noch nicht am Ende:
»Selbstverständlich wird Selenus dir in allem zu Diensten sein – wie auch seine Schreiber. Und in gewissen Abständen wirst du Empfänge geben und namhafte Leute einladen. Daß ich selbst meinen ganzen Einfluß für dich einsetzen werde, brauche ich nicht zu betonen.«
Da polterte jemand zur Tür herein.
»Oh, Verzeihung!« sagte Alexander, denn er hatte den Patron gesehen und wollte auf der Stelle kehrtmachen, rechnete er doch mit einem Rüffel, weil er ohne anzuklopfen eingetreten war. Lucius war der einzige Mensch auf dem Erdkreis, vor dem er immer und überall, auch in kleinen Dingen, ungeheuren Respekt hatte. Doch traute er seinen Ohren nicht, als er hörte:
»Du kannst ruhig hereinkommen, Alexander. Wir sind fertig.«
Und dann reichte der Patron ihm doch tatsächlich fünf Goldstücke. »Hier! Hast dich mal wieder tapfer für deinen Herrn Gaius geschlagen da oben im wilden Norden.«

Sprachlos starrte Alexander den Patron an. Und Lucius lachte: »Na, willst du's nicht?«
Da machte Alexander eine tiefe Verbeugung, schluckte und nahm das Geld.
»Danke! Vielen Dank, Herr!« Er betrachtete staunend die Goldstücke. Lucius aber hatte ein beinahe jungenhaftes Lächeln im Gesicht. »Nach dem Essen sollten wir im einzelnen über die nächsten Schritte reden. Ich gehe mich frisch machen.«
Er verließ den Raum.
Alexander legte das Geld auf den Tisch und fragte: »Wieviel ist das, Herr?«
Gaius warf einen Blick darauf. »Na, fast tausend Sesterzen.«
Alexander holte seinen Brustbeutel hervor und verstaute das Gold. »Wenn ich dir jährlich zweimal das Leben rette, werde ich zweifellos noch römischer Ritter werden.«
»Davor sei Apollo!« sagte Gaius. »Römische Ritter sind vor allem pünktlich von ihren Geschäften zurück. Wo hast du dich herumgetrieben?«
Seltsamerweise überhörte Alexander die Rüge. Statt dessen baute er sich vor Gaius auf, reichte ihm ein Blatt Papyros und meldete geschäftsmäßig: »Anbetracht dessen schuldest du mir hundert Sesterzen!«
»Wie bitte?«
»Jawohl! Das ist der Schuldbeschein!«
»Schuldschein!« verbesserte Gaius, nahm das Blatt und las. Dann schüttelte er den Kopf. »Ich darf wohl auf eine mehr oder weniger starke Verwirrung deines Geistes schließen! Was habe ich damit zu schaffen? Ich höre!«
Gaius' Blick war streng, doch Alexander hielt ihm ohne weiteres stand. »Jawohl! Hören!«
Er suchte seine Gedanken zu Argumenten zu ordnen.
»Nachdem ich alles, was du mir aufgetragen habest...«
»... hattest!«
»Herr, wenn du mich immer unterbrichst, kann ich dir nicht von dieser Schweinerei berichten!«
»Weiter!«
»Also, als ich das alles...«

»Warst du auch bei der Herrin Clodia?«
»Jawohl, hier ist ihre Antwort.« Er gab ihm eine Rolle, und Gaius legte sie auf den Tisch.
»Also«, fuhr Alexander fort, »komme ich auf dem Rückweg bei Asconius vorbei...«
»Wieso Rückweg? Du meinst wohl Umweg!«
»Das kommt auf den Standpunkt an, Herr. Ich wäre ja auch unbedingt längst hier gewesen, wenn ich nicht diesen Considius da getroffen hätte.«
»Considius? Ich habe noch nie gehört, daß du jemandem hundert Sesterzen schenktest.«
»Ich nicht, Herr. Du hast sie ihm geschenkt!«
»Kann mich nicht entsinnen, je einen Considius kennengelernt zu haben.«
»Keine Sorge, Herr, du wirst ihn kennenlernen!«
»Wüßte nicht, warum.«
Doch nun entfaltete Alexander sein ganzes rhetorisches und pantomimisches Können und brachte einen Bericht zutage, der prall gefüllt war mit blutigen Ereignissen, farbigen Schilderungen von Erpressung und hinterhältigen Aktionen.
»... Anbetracht solcher Schurkereien hielt ich es durchaus für angebracht«, schloß er, »daß du ihm hundert Sesterzen schenktest, um ihn und die zarten Kinderchen vor dem Verhungern zu bewahren. Denn ich wußte, du bist der edelste Mensch des gesamten Erdkreises und würdest es niemals zulassen, daß...« Ihm ging der Faden verloren, als er Gaius' ironisches Lächeln sah.
»Na, dann eben nicht...« Er zog seinen Schmollmund und schickte sich an, zusammengesunken den Raum zu verlassen. Gaius spielte mit und ließ ihn bis zur Tür gehen.
»Augenblick!« rief er endlich, und sofort war Alexander neben ihm.
»Wie heißt der Mann, der dem Bauern das Darlehen gab?«
»Publius Aurelius Serenus!«
Gaius notierte den Namen auf einer Wachstafel, und Alexander merkte an:
»Siehst du, ich wußte, daß dich der Fall interessieren würde.« Gaius nickte und fragte: »Wo wohnt dieser Considius?«
»Das weiß ich nicht, aber er weiß es selbst auch nicht.«

»Wie? – Ah, verstehe, er kennt sich hier nicht aus.«
»So ist es, Herr. Aber ich habe mich für morgen durchaus mit ihm verabredet. Will mit Loco reden. Vielleicht kann der ihm eine Wohnung besorgen.«
»Das ist lobenswert. Geh aber nicht aus dem Hause, bevor ich mit dir gesprochen habe.«
»Jawohl! Nicht aus dem Hause! Sprechen!«
Das bedeutete an sich das Ende des Gesprächs, aber Alexander blieb in Habachthaltung stehen.
»Ist noch was?« fragte Gaius, der wohl sah, wie Alexanders Augen auf den »Schuldschein« gerichtet waren.
»Nein, es ist nicht!«
»Jetzt hör gut zu, mein Junge: Daß du dem unglücklichen Considius so spontan geholfen hast, finde ich großartig. Aber da du eben mal wieder ein kleines Vermögen kassiert hast, bist du zahlungskräftig genug, diese noble Ausgabe zu verkraften. Ansonsten wäre deine Barmherzigkeit nichts wert. Ich glaube, wir haben uns verstanden!«
Alexander schluckte und meldete: »Verstanden!«
»Im übrigen habe ich wegen der Sache nachher noch mit dir zu reden. Wegtreten!«
Alexander machte Männchen, grüßte zackig und stolzierte hinaus. Gaius aber begann, versonnen auf und ab zu gehen, nickte sich mehrmals zu und murmelte den Namen Publius Aurelius Serenus…

5

»Schaut mal, welch hübsche Astern Alexander mir mitgebracht hat!« Eugenia zupfte ein geknicktes Blatt ab. Ein riesiger Strauß quoll aus dem Krug mitten auf dem Tisch.
»Sehr schön!« lobte Selenus. »Und was wollte er von dir?«
»Nichts«, sagte Eugenia mit entrüstetem Unterton. »Er hat sie mir nur so mitgebracht.«
»Na, das wird noch kommen. Er hat einen langen Atem und läßt nicht locker, wenn er auf etwas Bestimmtes aus ist.«
Eugenia stemmte die Arme in die Hüfte. »Da muß ich aber lange nachdenken, um festzustellen, wann du mich mit Blumen beehrt hast!« Sie ging um den Tisch herum und fragte: »Können wir abräumen?«
»Bitte!« sagte der Patron, und Eugenia gab dem Mädchen ein Zeichen. Man pflegte einfachere Essen sitzend im kleinen familiären Speisezimmer einzunehmen.
Eugenia wandte sich an den Patron: »Möchtest du noch einen Schluck Chios[25], Herr?«
»Was heißt da einen Schluck? Einen Becher voll! Halb und halb! Und für Selenus und Gaius dasselbe!«
Während Eugenia Wein und Wasser mischte und die Silberbecher verteilte, überlegte Selenus, was Lucius denn in so gehobene Stimmung gebracht haben könnte.
Er sollte es bald erfahren, denn als Speisereste und Geschirr abgeräumt waren und die drei Männer allein um den Tisch saßen, hob Lucius seinen Becher:
»Laßt uns gemeinsam trinken auf ein gutes Gelingen dessen, was sich Gaius vorgenommen hat. Er ist eigentlich erst heute in dieses Haus zurückgekehrt.«
Sie stießen an und tranken. Lucius' Augen glänzten.
»Du sprichst dunkel wie der delphische Apoll!« bemerkte Selenus.
»Keineswegs«, sagte Lucius. »Es handelt sich um sein weiteres Fortkommen.«
Und dann wiederholte er alles, was er vor einer Stunde vorgeschlagen hatte, hier und da ergänzt mit weiteren Facetten.
»Ich denke«, schloß er, »daß du mit von der Partie bist!«

»Aber natürlich!« rief Selenus. »Ich könnte mir keine interessantere Aufgabe vorstellen. Was will er denn werden? Quaestor[26] ist denn doch etwas zu klein für ihn!«
Das klang ironisch, war aber ernsthaft gemeint.
»Nun mal langsam!« meinte Gaius gelassen. »Zunächst möchte ich erst einmal einen Prozeß führen und ihn gewinnen.«
»Recht so, mein Junge!« rief Lucius mit vom Wein geröteten Wangen. Und Selenus: »Das klingt ja schon ganz so, als ob du einen bestimmten Fall im Auge hättest.«
»Genau«, sagte Gaius, erhob sich, ging zur Tür und rief nach Alexander.
»Gewiß, Herr! Hier, Herr! Ich komme, Herr!« hörte man ihn von oben rufen. Dann polterte er die Treppe herunter und stand keine zehn Sekunden später im Türrahmen. Gaius setzte sich wieder, und Alexander erschrak, denn alle drei fixierten ihn sehr interessiert, was ihn zu der Vermutung brachte, er habe ohne eigenes Zutun wieder mal in dieses oder jenes Fettnäpfchen getreten.
»Zu Diensten, Herr!« Er hatte bereits ein schlechtes Gewissen im voraus, erst recht, als Gaius mit gewählten Worten umständlich begann:
»Ich werde dir einige Fragen stellen, und du wirst sie korrekt beantworten!«
»Jawohl! Korrekt!« Er reckte sich.
»Wer ist Aurelius Serenus?«
»Ein römischer Ritter.«
»Und Meliton?«
»Sein Verwalter.«
»Und Considius?«
»Ein armes Schw... Oh, Verzeihung, ein Bauer.«
Die drei Zuhörer grinsten.
»So, nun erzähle uns die Geschichte noch einmal, so wie du sie mir erzählt hast. Konzentriere dich auf das Wesentliche und laß weg, wie und wo du diesen Considius kennengelernt hast!«
»Jawohl! Weglassen!« Obwohl er damit um einen sehr dramatischen Teil des Ganzen gebracht wurde, bei dem er selbst die Hauptrolle spielte, verstand Alexander es dennoch, das Übrige sehr farbig darzustellen, wobei er besonders die Szenen ausmalte, wie Considius den Meliton aus

dem Hause prügelte und der Nachbar des Bauern den toten Verwalter fand. Mit wachsendem Interesse hatten Selenus und Lucius zugehört. Gaius sagte:
»Du hattest Gelegenheit, diesen Considius genau zu beobachten. Welchen Eindruck machte er auf dich?«
»Anbetracht dessen zweifellos durchaus eines ehrlichen Mannes.«
»Wieso?«
»Ganz einfach, Herr: Warum hat er mir das alles erzählt? Er war froh, jemanden gefunden zu haben, dem er das Herz... vor die Füße...«
»... ausschütten konnte«, half ihm Gaius.
»Genau, Herr, und weil er kein Geld hatte.«
»Aber das konnte doch ein Gaunerstreich sein!«
»Nein, Herr, kenne Gauner! Dem Mann war durchaus zum Heulen! Gauner heulen nicht!«
»Danke, das genügt. Du kannst jetzt gehen, aber bleib im Hause!«
»Jawohl! Bleib im Hause!«
Er grüßte, verbeugte sich und ging aufrecht aus dem Zimmer. »Na, was sagt ihr dazu?« fragte Gaius.
»Die Sache ist faul«, kommentierte Selenus.
Und Lucius: »Sehr faul! Ich glaube diesem – wie hieß er noch?«
»Considius!«
»Nun ja – er ist ja leider kein Einzelfall. Ganz Rom wimmelt von diesen armen Kreaturen, die, meist ohne eigenes Verschulden, ins Elend geraten sind. Was hältst du von der Sache, Selenus?«
»Es dürfte sich genau um den Fall handeln, mit dem Gaius sich ins Getümmel stürzen sollte. Etwas Besseres kann ich mir nicht vorstellen. Wir sollten uns diesen Considius einmal ansehen.«
»Alexander trifft ihn morgen wieder«, sagte Gaius.
Und Lucius ergänzte: »Dann soll er ihn gleich mitbringen. Und wenn der Eindruck seiner Person dem Bild entspricht, das Alexander von ihm entwarf, muß dem Mann geholfen werden. Um die Einzelheiten wirst du dich ja kümmern, Gaius.«
»Natürlich. Als erstes muß ihm eine menschenwürdige Wohnung besorgt werden.«
»Gut«, schloß Lucius die kurze Beratung. »Ich gehe noch zu Cicero. Ihr haltet mich auf dem laufenden.«

Alle erhoben sich, und nachdem Lucius aus dem Raume war, sagte Gaius zu Selenus:
»Könntest du nicht im Archiv nachsehen, ob wir irgend etwas über diesen Publius Aurelius Serenus haben?«
»Das hatte ich ohnehin vor. Was machst du?«
»Ich hab' oben noch was zu erledigen.«
Gaius ging auf sein Zimmer und las noch einmal Clodias Zeilen:

Lieber!
Du vernachlässigst mich in letzter Zeit. Du bist schon vierzehn Tage in Rom und hast mich erst zweimal besucht. Vergiß nicht, ich kann wild wie eine Löwin werden! Du kennst bisher nur das Kätzchen.

Gaius legte das Blatt hin und seufzte. Es stimmte, er hatte sie arg vernachlässigt. Und wie die Dinge sich entwickelten, würde sich daran in Zukunft wenig ändern.
Dann ging er zu Selenus, um ihm bei der Suche zu helfen; doch sie fanden nichts von Bedeutung – außer dem, was sie ohnehin wußten: daß Aurelius, römischer Ritter und potenter Landbesitzer, bisher nicht sonderlich aufgefallen war.

6

Gleich am nächsten Morgen schickte Gaius Alexander zu Loco auf den Aventin. Bis vor einem Jahr wohnte und wirkte der Meister in der Enge der Subura. Noch vor fünf Jahren tat er als Centurio[27] in Caesars berühmter X. Legion[28] Dienst in Gallien, hatte dann nach zwanzig Dienstjahren seinen Abschied genommen – trotz Caesars verlockendem Angebot, ihn in einen höheren Offiziersrang zu erheben. Er entsann sich des in der Jugend erlernten Berufes und richtete mit der erklecklichen Abfindungssumme und dem Geld, das er in zwei Jahrzehnten angespart hatte, eine Schuhmacherwerkstatt ein. Dabei nutzte er seine Beziehungen zu gallischen Tierfängern, Jägern und Händlern, die ihn mit allerlei Pelzwerk und Leder der Tierwelt aus nordischen Wäldern belieferten. Seine Spezialität aber waren anschmiegsam weiche Sandalen aus gelbem Ziegenleder, und die Nachfrage nach diesem bequemen Schuhwerk stieg binnen kurzem so gewaltig, daß die Werkstatt im Erdgeschoß einer Insula[29] der Subura zu klein wurde und er auf dem Aventin von der Witwe eines Weinhändlers ein älteres, leicht verfallenes Haus günstig kaufte, das er umbauen und erweitern ließ. Dort beschäftigte er seit kurzem zwei römische Gesellen und acht Sklaven, und er trug sich nun schon mit dem Gedanken, gleich am Forum einen zweiten Laden zu eröffnen, der sich ganz auf modisches Schuhwerk, auch solches aus den östlichen Provinzen, spezialisieren sollte. Die eigentliche Herstellung würde jedoch nach wie vor in der aventinischen »Manufaktur« – wie er sie nicht ohne Stolz nannte – stattfinden.

Alexander fand den Meister in der Werkstatt, die er hinter dem Wohnhaus auf dem rückwärtigen Teil des alten verwilderten Gartens angelegt hatte.

Die Begrüßung war kurz und prosaisch, sie kannten sich seit den ersten Kriegsjahren in Gallien.

»Du willst doch wohl nicht schon die Sandalen abholen, die du erst gestern bestellt hast?«

»Durchaus nicht.«

»Ich komme nämlich den Aufträgen kaum nach. Die Leute tun ja gerade so, als ob sie bis jetzt immer barfuß gelaufen wären und bis vor einer Woche noch nie das Wort Schuh gehört hätten!«

»Anbetracht dessen solltest du dich aber freuen, während andere ein Hundeleben führen. Die Welt ist verdammt ungerecht!«
Da Alexander dies nicht, wie sonst, lächelnd, sondern mit ernstem Gesicht von sich gab, stutzte Loco:
»Was ist denn mit dir los? Hast du etwa Prügel bekommen?«
»Wofür hältst du mich?« Er reckte sich. »Ich komme unbedingt im Auftrag meines Herrn.« Er tat sehr wichtig.
»Aha. Und worum geht's denn?«
»Zweifellos um ein armes Schwein namens Considius.«
»Considius? Nie gehört! Was ist mit dem Mann?«
Endlich bekam Alexander die Gelegenheit, einen ausführlichen, dramatischen Bericht zu gestalten, denn Loco konnte gut zuhören, unterbrach ihn nicht, sondern nickte allenfalls ermunternd. Als Alexander fertig war, sagte Loco, und sein Blick reichte in weite Fernen:
»Ja, ich kenne das. Meinem Vater erging es vor dreißig Jahren ähnlich. Nur lag damals kein toter Geldeintreiber in der Gegend herum... Weißt du« – er schaute Alexander mit großem Ernst an –, »ich habe mir geschworen, es denen da oben zu zeigen! Und wenn es noch zehn Jahre dauert!« Er drohte mit der Faust.
»Bist auf dem besten Wege, Loco! Weitermachen! Aber vergiß das Fußvolk nicht!«
»Was will dein Herr? Er kann dem Mann besser helfen als ich!«
»Was das Geld angeht, hast du Anbetracht dessen recht.«
»Aber?«
»Der Mann braucht für sich und die Kinderchen eine Wohnung. Und du siehst und hörst immer mal wieder, wo eine solche frei wird.«
»Ha!« lachte Loco kurz auf. »In Rom eine anständige Wohnung zu finden – da fragst du lieber gleich nach, wann das nächste Schiff nach Karthago abgeht! Da kriegst du die Ruinen nämlich inzwischen nachgeschmissen!«
»Er will aber durchaus nicht nach Karthago. Und mein Herr erst recht nicht.«
»Was hat Volcatius damit zu schaffen?«
Da kam Alexander ganz nahe heran: »Kannst du schweigen?«
»Wie ein Grab!«
»Ich auch.«

»Laß den Quatsch! Also?«
Alexander begann zu flüstern: »Volcatius geht in die Politik!«
»Nicht möglich!« Loco staunte offenen Mundes.
»Beim Bart meiner Großmutter, ja! Und er wird unbedingt reinen Tisch machen mit all den Schweinereien von denen da oben!«
»Recht so! Habe Volcatius immer so eingeschätzt, wenn er auch selbst dazugehört.«
»Ja, und so wird er als erstes durchaus diesem Aurelius auf die Finger klopfen.«
»Aber das hat der nicht gern.«
»Wird sich wohl Handschuhe anziehen müssen. Also, was ist mit der Wohnung?«
Loco überlegte. »Der Mann muß nach allem, was du mir erzählt hast, wohl im verborgenen leben.«
»So ist es.«
»Das wird nicht möglich sein, wenn ihr ihn in eine Insula einpfercht – mit zehn Mann auf einem Zimmer.«
Alexander nickte eifrig: »Laß dir was Besseres einfallen!«
»Hab' ich schon. Er kann eine gewisse Zeit hier im Hause wohnen. Ich hab' da noch zwei leere Zimmer.«
»Und die Kinderchen?«
»Wie alt?«
»Siebzehn und achtzehn, ein Junge und ein süßes Mädchen.«
»Hm...« Loco rieb sich das Kinn. »Sie könnte meiner Frau im Hause zur Hand gehen. Seit unsere Tochter weg ist, wird ihr das alles doch ein bißchen viel. Und der Junge... Na, wir werden sehen. Für ewig ist es ja nicht.«
»Bist ein verdammt feiner Kerl, Loco!« Alexander strahlte. »Werde wahrscheinlich heute abend mit den drei hier einmarschieren. Treffe den Mann heute nachmittag. Sollst es nicht umsonst machen.«
»Was denn, was denn? Ich hab's mir geschworen!« Loco ballte die Faust und schüttelte sie. »Und beim Iupiter, dem Beschützer des Gastes: Ich werd's denen da oben zeigen!«

7

Am Nachmittag hatte sich der Himmel über Rom zugezogen. Die Dämmerung setzte früh ein. Es nieselte. Mit einem Fluch trat Alexander aus dem Hause, blickte zum trüben Himmel und zog sich die Kapuze seines gallischen Mantels über den Kopf. Schon nach wenigen Schritten hatte er nasse Füße. Er hätte besser festes Schuhwerk anziehen sollen. So ging er nahe an den Wänden der Häuser entlang den Clivus Scauri hinunter, darauf bedacht, nicht in eine Pfütze zu treten.
Alexander blieb an der Ecke gegenüber Asconius' Schenke stehen und blickte nach rechts. Die Straße war leer; nur ein altes Mütterchen trug hinkend, in gebeugter Haltung, einen Korb nach Hause. Das unfreundliche Wetter hielt die Menschen in ihren Häusern. Alexander wollte gerade die Straße überqueren, als er rechts eine vermummte Gestalt ausmachte, die sich schnellen Schritts näherte. Es war Considius. Er blickte sich mehrmals um und beschleunigte seine Schritte. Und dann sah Alexander den Grund: In einigem Abstand folgte ihm hastig ein Mann, und die Entfernung zwischen beiden verringerte sich. Parallel mit ihm ging auf der anderen Straßenseite ein zweiter noch schneller, und es sah so aus, als wolle er den ersten überholen.
Considius warf einen hastigen Blick zum Eingang von Asconius' Schenke, zögerte wohl, ob er die Straße überqueren sollte.
Alexander überlegte, ob er ihm ein Zeichen geben sollte, auf dieser Seite zu bleiben. Aber da hatte Considius den gleichen Gedanken, denn er sah seine Rettung darin, in den Clivus Scauri einzubiegen und dort auf Passanten zu treffen. Schnell trat Alexander hinter die Ecke zurück. Considius kam heran.
»He! Ich bin's! Geh weiter! Lauf!« rief Alexander mit gedämpfter Stimme. Und Considius, nach einem gewaltigen Schrecken, befolgte den Rat. Der Bursche hinter ihm begann schon zu laufen, Alexander hörte seinen stoßweisen Atem. Er lächelte voller Vorfreude.
Da schoß der Fremde um die Ecke – aber er kam nicht weit, denn Alexander stellte ihm nur leicht seinen Fuß in den Weg, und der Bursche stürzte zu Boden.
»Solltest durchaus besser auf deine Füßchen aufpassen!« kommentierte Alexander die unfreiwillige gymnastische Übung. Dann war er schon über ihm, packte ihn von hinten beim Halse, stellte den Verdutzten auf-

recht, nahm kurz Maß, und ein gewaltiger Fausthieb ließ den Burschen erneut zu Boden gehen.
Doch da war der zweite am Platze und näherte sich Alexander in der drohenden Haltung eines Faustkämpfers – leicht gebeugt, die Fäuste schlagbereit vor der Brust –, als der erste sich wieder aufgerappelt hatte und rief:
»Mensch, das ist der Falsche! Hau ab!«
»Ich bin immer der Richtige!« grollte Alexander, und nach einem blitzschnellen Täuschungsmanöver – er schlug mit der Rechten zu und trat zugleich mit dem Fuß – krümmte sich der verhinderte Boxer und hielt seinen schmerzenden Magen.
»Mensch, nun komm doch! Das gibt Ärger!« rief der andere aus einige Entfernung. Und da mittlerweile Considius zurückkam und Anstalten machte, mit seinen kräftigen Bauernhänden tätig zu werden, machte der zweite sehr schnell kehrt und lief seinem Kumpan in Richtung Circus Maximus hinterher. Doch dann wandte er sich noch einmal um und rief:
»Wir sehen uns wieder!«
»Dagegen ist nichts einzuwenden, wenn du gleich eine Bahre mitbringst!« konterte Alexander und rieb sich die Knochen seiner Rechten.
»Zweifellos mehr Holz als Stroh im Kopf! Na ja, jedem das Seine.«
»Bist du verletzt?« fragte Considius.
»Nein, nur etwas aus der Übung. Wann hast du bemerkt, daß die Brüder dir folgten?«
»Erst auf der Straße. Am Forum waren zu viele Bürger.«
»Wieso Bürger? Die Hälfte davon sind durchaus Halunken! Mein Herr erwartet dich.«
»Ich dachte…«
»Mein Herr tut immer, was ich sage. Und er sagte: Bring mir den Considius. Dein Glück, daß ich um die Ecke kam, sonst müßten wir dich nun zweifellos im Atrium aufbahren und die Klageweiber bestellen. Aber vielleicht hätte mein Herr auch die Begräbniskosten übernommen. Er hilft allen, auch den Toten.«
Considius, an solche Art trockenen Humors nicht gewöhnt, starrte seinen Retter verwirrt und staunend an, was diesen zu einer abschließenden Feststellung animierte:
»Siehst du, so geht das hier jeden Tag! Immer haben es solche schlecht erzogenen Knäblein auf zarte Seelen abgesehen. Anbetracht dessen

sollten brave Bäuerlein aus Caere im Dunkeln nicht allein spazierengehen. Aber keine Sorge, werde ihnen die mißratenen Leibesübungen in Kürze austreiben!«

Währenddessen stiegen sie schnell den Clivus aufwärts und hatten nach fünf Minuten das Volcatische Haus erreicht. Alexander führte Considius ins Atrium, wo der Bauer wie versteinert stehenblieb: Hector, die riesige Dogge, kam neugierig näher und beschnupperte den Fremden.

»Keine Angst! Er beißt nur böse Sterbliche. Hector! Pfui! Platz!« Und der Hund trollte sich zu einer Säule, hockte sich hin und ließ Considius nicht aus den Augen. Da kam Gaius die Treppe herab und sagte: »Ah, Considius, nicht wahr!?«

»Ja, ich...« Der Bauer wußte nicht, wohin mit den Händen. Gaius reichte ihm die Rechte und legte ihm die andere kurz auf die Schulter. »Sei ganz ruhig. Hier bist du sicher. Hast du schon gegessen?« Considius ließ ein zögerndes »Ja« hören, doch Gaius schickte Alexander in die Küche, wo man ein kleines Essen bereitgehalten hatte. Eugenia ließ es sich nicht nehmen, dem Gast selbst die Speisen aufzutragen. Das geschah in einem der beiden seitlichen Empfangszimmer. Considius, verschüchtert durch die vornehme Umgebung, setzte sich nur auf die Kante des Stuhles, aber Eugenia redete ihm gut zu, und Gaius aß eine Kleinigkeit mit, um ihm die Scheu zu nehmen.

Als dann abgeräumt war, bat er Considius in die Bibliothek. Dort hatte Selenus sich mehrere Wachstafeln bereitgelegt, um dieses oder jenes aus dem nun beginnenden Gespräch zu notieren. Auch er begrüßte Considius sehr herzlich.

Dann setzten sich alle drei, konnten aber noch nicht beginnen, weil Alexander erst seinen Rapport über den Zwischenfall mit den beiden »Knäblein« loswerden mußte. Als er seinen blumigen Vortrag beendet hatte, sagte Gaius:

»Sehr schön! Nur schade, daß die Knaben ihre Namen nicht genannt haben.«

»Werde sie durchaus beim nächsten mal danach fragen, Herr.«

»Tu das. Dafür sagte der eine etwas anderes...«

»Ja. *Mensch, nun komm doch! Das gibt Ärger!* rief er.«

»Damit wissen wir«, sagte Selenus, »daß sie im Auftrag handelten. Ihrem Auftraggeber ist also bekannt, daß Considius in der Stadt ist. Ferner dürfte er wissen, wo er wohnt. Es müßte schon ein großer Zufall sein,

wenn die beiden ihn einfach auf dem Vicus Patricius oder im Gewimmel des Forums entdeckt haben.«
Gaius nickte und fragte Considius: »Bist du oft außer Hauses gewesen?«
»Nein. Nur gestern. Ich habe mich in verschiedenen Schenken nach einer billigeren Wohnung umgehört.«
»Ganz einfach!« rief Alexander. »Sie werden alle in Frage kommenden Spelunken abgegrast haben. Und irgendein dämlicher Zeitgenosse hat zweifellos eine hübsche Rede gehalten über einen Mann aus Caere, der eine Villa für sich und die Kinderchen sucht.«
»Möglich«, meinte Gaius, wandte sich dann an Considius: »Du kannst natürlich nicht dort wohnen bleiben. Im Schutz der Dunkelheit wirst du zusammen mit Alexander deinen Sohn und deine Tochter holen und mit den notwendigsten Sachen zu einem anderen Quartier gehen, das wir dir besorgt haben. Dort bist du sicher.«
Vor soviel Hilfsbereitschaft eines allem Anschein nach vermögenden und einflußreichen Aristokraten wurde Considius verlegen, und er stammelte:
»Ich... eh... Warum machst du dir soviel Mühe mit einem einfachen Bauern... Du wirst dir nur Ärger... Womit habe ich das verdient? Du kennst mich nicht, und ich kann es dir nie...«
»Mein Herr hat durchaus eine Schwäche für Bäuerlein aus Caere!« rief Alexander. »Du solltest immer fein das tun, was er sagt, und du wirst in Zufriedenheit ein hohes Alter erreichen im Kreise deiner Liebsten!«
»...Lieben!« verbesserte Gaius. »Zur Sache! Ich will dir nicht verhehlen, daß dein Fall für mich von einigem Interesse ist, weil ich vermute, daß sich dahinter ein ganzer Sumpf von Schurkerei, Betrug und Verbrechen verbirgt. Und es ist an der Zeit, diesen Auswüchsen mit den Mitteln des Gesetzes entgegenzutreten. Doch zuvor mußt du uns einige Fragen beantworten. Woher kennst du Aurelius Serenus?«
»Kennen? Ich kenne ihn nicht, wenn du damit meinst, daß wir geschäftlich miteinander zu tun hatten.«
»Aber er hat dir doch Geld geliehen. Wieviel war es?«
»Zehntausend Sesterzen.«
»Wie kam es dazu – ich meine, warum hast du das Geld geliehen? Oder ist es dir unangenehm, darüber zu reden?«
»Keineswegs. Nur – es ist eine längere Geschichte ...«

»Wir möchten sie zweifellos durchaus hören. Nicht wahr, Herr?«
»So ist es.«
Considius besann sich einen Augenblick und begann:
»Der Besitz ist schon seit Generationen in der Familie. Mein Großvater wußte allerdings zu erzählen, er sei ursprünglich viel größer gewesen. Alle umliegenden Höfe seien in etruskischer Zeit in einer Hand gewesen.«
Selenus fragte: »Bist du weitläufig verwandt mit Considius Longus, der vor sechs Jahren Praetor[30] war?«
»Das kann schon sein, aber nur sehr entfernt. Die Sippe teilte sich schon vor Zeiten in verschiedene Zweige. Und es mag sein, daß die Ländereien bei Caere einst alle einem Considius gehörten.«
»Du hast doch römisches Bürgerrecht?« fragte Gaius unvermittelt.
»Natürlich. Warum fragst du?«
»Nun, das ist sehr wichtig für unsere Prozeßführung«, erklärte Selenus.
»Prozeß?« Erstaunt, aber auch ängstlich starrte Considius sie an.
»Es ist so...« Gaius lächelte freundlich. »Wenn wir den Hintergründen des Mordes auf die Spur gekommen sind, werden wir alles vor einem ordentlichen Gericht offenlegen, damit du zu deinem Recht und der oder die Täter zu einer angemessenen Strafe kommen. Es könnte ja sein, daß du aus diesen oder jenen familiären Gründen nur latinisches Bürgerrecht besitzt. Ob du das eine oder andere hast, bestimmt die Zusammensetzung des Gerichtshofes. Aber zur Sache! Wie kam der Hof in Schwierigkeiten?«
»Nun, zur Zeit meines Großvaters blühte das Anwesen und warf Gewinn ab. Er baute Getreide an, züchtete Vieh und Geflügel und hielt einige hundert Olivenbäume. Aber dann kam die Zeit des Bürgerkrieges zwischen Marius und Sulla. Mein Vater erkannte die Ziele des Marius als die seinen und schlug sich in mehreren Schlachten für die Sache der Populares. Solange mein Großvater lebte, konnte er den Betrieb in Gang halten und mit Gewinn wirtschaften. Doch dann starb er plötzlich am Schlag.«
»Der Großvater?«
»Ja. Als mein Vater zurückkam, war er ein kranker Mann, denn er war marodierenden Scharen der Sullaner in die Hände gefallen. Sie hatten ihn und den Hof übel zugerichtet. Alles, was nicht niet- und nagelfest war, hatten die Plünderer mitgehen lassen. Meine Mutter überlebte

den Schock einer Vergewaltigung nicht lange und starb in meines Vaters Armen. Trotzdem gab er nicht auf. Ein Bauer beginnt immer wieder von vorne, so wie er ja auch jedes Frühjahr von vorne beginnt.«
Er schwieg, und Gaius sah einen Bauern vor sich, wie er gebückt den steinigen Boden bearbeitete. Auch seine Vorväter waren Bauern gewesen. Ihren Tugenden, ihrem Fleiß und dem Willen, nie klein beizugeben, hatte die Gens Volcatia ihren Aufstieg zu verdanken.
Großer Zorn stieg in ihm auf, als er das Jetzt und Hier zum Vergleich nahm. Doch freundlich hob er die Hand und nickte Considius zu, fortzufahren.
»In den folgenden Jahren ging alles seinen ruhigen Gang. Aber dann kam der furchtbare Sklavenkrieg[31]. Eines Tages stürmten sie heran, Spartacus' Scharen! In kleinen Trupps verteilten sie sich rings um Caere. Sie blieben nur kurz, aber das, was sie anrichteten, übertraf das Vorherige. Drei uns treue Knechte, die sich ihnen tapfer entgegenstellten, wurden erschlagen, zwei andere machten mit ihnen gemeinsame Sache. Mein Vater wurde am Balken über dem Brunnen aufgeknüpft.«
Er mußte eine Pause einlegen, denn die Schreckensbilder der Vergangenheit erschütterten ihn aufs neue.
»Nur weil ich mit meiner Frau und den Kindern in Caere war, überlebten wir. Alle Höfe östlich von Caere lagen in Schutt und Asche. Wir richteten alles notdürftig wieder her und begannen von vorne.
Da wir über keine Rücklagen und Vorräte verfügten – sie hatten alles mitgehen lassen –, konnten wir nur einen Teil bewirtschaften, denn es fehlte das Geld, um die notwendige Anzahl an Knechten zu bezahlen. Das Wenige, das wir erwirtschafteten, ging drauf für die Wiederherstellung von Haus, Stall und Scheune. Wir lebten von der Hand in den Mund, und es gab Tage, an denen wir außer Haferbrei und Brunnenwasser nichts zwischen die Zähne bekamen. So ging es langsam, sehr langsam wieder bergauf.«
»Das klingt – gemessen am Vorherigen – doch recht gut«, meinte Gaius. »Kam es zu neuen Schwierigkeiten?«
»Ja! In normalen Zeiten hätten wir es schaffen können. Aber mittlerweile hatten sich einige Dinge in ganz Italien von Grund auf geändert. Das, was meinem Vater und Großvater das Leben schwermachte, waren ja keine Einzelfälle. Wir waren noch glimpflich davongekommen. Es gab andere – ich könnte dir auf Anhieb zehn, zwölf Namen nennen –, deren

Höfe und Äcker so darniederlagen, daß ihnen nichts übrigblieb, als alles zu einem Spottpreis zu verkaufen und nach Rom zu gehen.
Als Käufer traten damals Senatoren, Ritter und andere betuchte Leute auf, denen die Kriegswirren nichts anhaben konnten, weil sie sich an ihren Feinden nach dem Bürgerkrieg hatten schadlos halten können. Hinzu kam, daß es sich bei ihnen fast immer um potente Leute handelte, die meist zum Freundeskreis eines Statthalters gehörten und sich in den Provinzen saniert hatten – sei es durch günstigen Kauf von Sklaven oder von riesigen Ländereien. Daß es dabei nicht mit rechten Dingen zuging, brauche ich nicht zu betonen. Damit konnten sie aber in Rom und Italien die Preise drücken. Es dauerte nicht lange und es wurde sinnlos, Getreide anzubauen. Ich richtete mein Augenmerk mehr auf Gemüse, Obst und Oliven. Aber das konnte nur so lange gutgehen, wie das Wetter uns keinen Streich spielte.«
»Und das tat es«, nickte Gaius. »Ich entsinne mich eines verregneten Sommers vor einigen Jahren. Hier in Rom brachen zahlreiche Häuser in den überfluteten Vierteln am Tiber zusammen.«
»Ja. Damals war die Arbeit eines ganzen Jahres umsonst! Wir hungerten. Und ich trug mich wirklich ernsthaft mit dem Gedanken, alles hinzuwerfen...«
»Aber du tatest es nicht...«
»Nein. Ich sah meinen Vater und Großvater vor mir. Sie hätten es als Verrat angesehen. Ich weiß, das klingt altmodisch...«
»Keineswegs! Ich verstehe dich«, sagte Gaius. »Es ehrt dich. Ich nehme an, damals bist du auf den Gedanken gekommen, dir einen größeren Betrag zu leihen, um dich über Wasser halten zu können.«
Considius nickte. »Verflucht der Tag, an dem ich das Geld erhielt!«
»Wie kam es dazu? Ich meine, wie kamst du auf Aurelius Serenus?«
»Nun, die Aurelier besitzen noch nicht lange Ländereien um Caere...«
»Stammen sie nicht aus dem Sabinischen?« fragte Selenus.
»Das weiß ich nicht. Jedenfalls hatte Aurelius Geld und Einfluß genug, um nicht zwischen den politischen Fronten zerrieben zu werden. Vor allem war er in der Lage, einige vierzig unfreie Knechte zu beschäftigen. So konnte er auch ohne weiteres auf dem Markt mit seinen Produkten mithalten. Ich lernte ihn über Tullius Cimber, meinen Nachbarn, kennen. Tullius gehört zum Rat von Caere und hatte ein Wort mitzureden, als es

um den Ausbau einer Straße zum Gut der Aurelier ging. Er brachte mich mit ihm zusammen.«

»Wo?«

»In Caere. Tullius hat noch ein Haus in der Stadt.«

»Was ist Aurelius für ein Mensch? Wie trat er auf?«

Considius dachte eine Weile nach. »Leutselig, ja, man kann es leutselig nennen.«

»Genauer bitte! Ist diese Leutseligkeit gespielt, ist sie Maske? Verbirgt er dahinter andere Ziele?«

»Hm, das ist schwer zu sagen. Er stellte mir nur kurz einige Fragen, wozu ich das Geld brauchte. Einzelheiten wollte er nicht wissen.«

»Und dann gab er dir das Geld. Wollte er Sicherheiten?«

»Nein. Wir setzten einen Vertrag auf.«

»Zu welchem Zinssatz lieh er dir das Geld?«

»Zu dreißig Prozent. Ich war damals der Meinung – Tullius Cimber übrigens auch, daß das durchaus annehmbar sei. Es gab andere, die bis zu vierzig Prozent verlangten.«

Gaius warf Selenus einen bedeutungsvollen Blick zu.

»Welche Laufzeit hatte der Vertrag?«

»Ich würde vierteljährlich tausend Sesterzen zurückzahlen.«

»Das kann viel oder wenig sein, unter deinen Umständen viel – oder?«

»Wie sich bald herausstellte: ja!«

»Was machtest du mit dem Geld?«

»Ich kaufte Vieh, Saatgetreide und besserte die schlimmsten Schäden an den Gebäuden aus.«

»Wie ging die Rückzahlung vonstatten, ich meine, wem übergabst du die jeweils fälligen Raten?«

»Seinem Verwalter Meliton.«

»Würdest du uns ihn beschreiben!?«

Considius' Züge verfinsterten sich. »Meliton? Ein schmieriger, gemeiner, hinterhältiger Kerl! Er nutzte seine Stellung aus, um an die Mägde heranzukommen. Von Tullius hörte ich, daß er es andernorts genauso trieb.«

»Heißt das, daß Aurelius anderen Bauern in der Gegend auch Geld lieh?«

»Ja. Er gab jedem, der ihn bat.«

»Zum gleichen Zinssatz?«

»Wahrscheinlich.«
Gaius dachte eine Weile nach, fragte dann: »Du batest ihn beim vorletzten Mal um Stundung?«
»Ja, schon vorher.«
»Hattest du bis dahin die Raten pünktlich bezahlt?«
»Ja. Aber ich hatte einiges in den Ankauf von Fasanen gesteckt. Ich hoffte, sie vor dem Winter mit Gewinn verkaufen zu können. Ich hatte bereits Kontakt mit einem römischen Großhändler aufgenommen.«
»Wußte Aurelius davon?«
»Nein.«
»Und dann kam unvermittelt Meliton, um das Geld zu kassieren?«
»Ja.«
»Wie erklärst du dir das?«
»Keine Ahnung.«
»Geschah die Stundung schriftlich oder mündlich?«
»Mündlich.«
»Über Meliton?«
»Ja.«
»Dann könnte es doch sein, daß Aurelius davon gar nichts wußte.«
»Das ist möglich.«
»Hast du Aurelius noch einmal gesehen?«
»Nein.«
»Noch eine letzte Frage. Was weißt du über die wirtschaftlichen Verhältnisse der anderen, denen Aurelius Geld lieh?«
»Es wird ihnen wohl ähnlich gehen wie mir.«
»Das heißt, es wäre denkbar, daß einer von ihnen auf irgendeine Weise von Meliton erpreßt wurde?«
»Das weiß ich nicht. Es wäre denkbar.«
Gaius nickte und erhob sich. Er gab Selenus ein Zeichen. Der Grieche stand auf und ging ins Nebenzimmer. Gaius sagte zu Considius: »Das wär's für heute. Alexander wird dich nun zu deiner Unterkunft begleiten. Ihr nehmt alles Notwendige mit und begebt euch zu Loco. Loco, ist ein alter Freund von mir. Du darfst das Haus nur im Dunkeln verlassen. Wir werden Kontakt miteinander behalten.«
Da kam Selenus aus dem Nebenzimmer zurück und gab Gaius einen prall gefüllten Lederbeutel. Gaius wog ihn spielerisch in der Hand,

reichte ihn dann Considius und sagte: »Das sind zweitausend Sesterzen in Gold, Silber und Kupfer. Es dürfte für eine Weile reichen.«
Considius bekam einen roten Kopf, und es war schwer zu sagen, ob vor Scham oder Überraschung.
»Aber das kann ich nicht annehmen! Ich werde es dir nie zurückzahlen können.«
Da feixte Alexander: »Anbetracht dessen habe ich von Zurückzahlen durchaus nichts gehört. Nicht wahr, Herr?«
»So ist es«, sagte Gaius. »Kommt Zeit, kommt Rat. Du hast von nun an, bis zur Klärung des Falles, meinen Schutz. Und ich verspreche dir, du wirst im Besitz deines Hofes bleiben. So, und nun macht euch auf den Weg. Seid vorsichtig!«
Gaius reichte Considius die Hand und begleitete ihn bis zur Tür. Er und Alexander waren sogleich im Dunkel der Straße verschwunden.

»Hast du alles Wichtige notiert?« fragte Gaius den Selenus, als er wieder in die Bibliothek trat.
»Ja. Und es sieht so aus, als ob wir in nächster Zeit allerlei zu tun bekommen.«
»Was schlägst du vor?«
»Wir sollten uns als erstes in Caere umschauen und diesen Tullius Cimber aufsuchen.«
Gaius nickte. Selenus griff nach seinen Notizen. »Ich werde davon eine Reinschrift anfertigen.«
Sie gingen auseinander.

8

Alexander war nicht zum erstenmal bei Nacht in Rom unterwegs, aber diesmal dauerte es eine Weile, bis sich seine Augen an die Dunkelheit gewöhnt hatten.

»Anbetracht dessen solltest du dich in meiner innigen Nähe halten, sonst geh' ich dir verloren.«

Er meinte es zwar umgekehrt, aber das lief auf dasselbe hinaus. »Wo hast du eigentlich deine Zelte aufgeschlagen?«

Considius versuchte anhand markanter Punkte der Stadt eine Beschreibung, der Alexander entnahm, daß es sich um ein Haus in der Nähe von Locos altem Quartier in der Subura handeln mußte.

Beim Forum konnten sie sich nach dem Licht des Vestatempels richten; anheimelnd leuchtete es aus der Öffnung der Rotunde und erhellte mit flackerndem Schein die in der Nähe stehenden Gebäude. Zwischen Curia und Basilica Aemilia bogen sie vom Forum ab in das Argiletum und von dort in die Subura. Hier war es heller und lauter, da viele Anwohner den Abend in den zahlreichen Schenken verbrachten. Einige Wirte hatten Fackeln neben den Eingang gesteckt. Lautes Reden, ausgelassenes Lachen und das Kreischen von Frauen drang auf die Straße.

»Wo es laut ist, bist du immer sicher«, belehrte Alexander den Bauern. Mit schnellen Schritten erreichten sie den Häuserblock, in dessen Erdgeschoß Meister Loco bis vor kurzem noch seine Werkstatt betrieb. Nun hatte sie ein Flickschuster bezogen.

»Wo ist es?« fragte Alexander.

»Gleich um die Ecke.« Considius wies in die angegebene Richtung. Sie bogen in eine schmale Gasse ein, nicht viel breiter als zwei ausgestreckte Arme. Ein unglaublicher Gestank schlug ihnen entgegen: eine Mischung aus aufgewärmter Erbsensuppe, Essig, Fisch und Wein.

»Beim Iupiter!« flüsterte Alexander und rümpfte die Nase. »Anbetracht dessen ein achtes Weltwunder, daß die Leute nicht am Gestank erstikken.«

»Alles Gewohnheit«, meinte Considius. »Nach drei Tagen riechst du's nicht mehr.«

Er ging nun voraus und wandte sich zu einem offenstehenden Torbogen. Sie traten ein. Der Gestank wurde hier unerträglich. Die Anwohner schienen die Nischen des Ganges als Latrine zu benutzen. Es war dunkel.

Considius tastete sich zum seitlichen Treppenaufgang und warnte: »Halte dich rechts an die Mauer. Das Geländer fehlt!«
Sie stiegen behutsam hintereinander nach oben. Die hölzernen Stufen knarrten und quietschten bei jedem Tritt. Als sie die letzte Kehre zum vierten Stock erreichten, mahnte Considius noch einmal:
»Paß auf! Die vierte Stufe ist durchgebrochen!«
Alexander tastete mit dem Fuß zur nächsthöheren und erreichte sie mit einem leichten Schwung. Von irgendwoher zog es. Die Wand war feucht. Sie erreichten einen Flur, an dessen Ende aus einer Kammer ein Lichtschimmer fiel. Die Tür hing schief in den Angeln und ließ sich nicht schließen.
Sie traten ein, und Alexander traute seinen Augen nicht: In einem Raum von sechs Schritten im Quadrat hausten sechs Personen – mit Considius sieben. In der Mitte stand ein wackliger, roh zusammengehauener Tisch aus splittrigem Holz, darauf eine rußende, fettige Öllampe. Neben der Tür ein schimmeliger Bottich mit Urin. An den rissigen, unverputzten Wänden war Stroh aufgeschüttet. Darauf lagen oder hockten die Bewohner des Raumes: in der Ecke neben dem Fenster eine alte, asthmatisch röchelnde Frau mit greisenhaft eingefallenen Wangen – die Lippen des zahnlosen Mundes zuckten. Sie murmelte ununterbrochen vor sich hin. In der anderen Ecke lagen zwei Kinder, das jüngere schlief, das andere, ein Mädchen von vielleicht fünf Jahren, starrte mit großen müden Augen aus fiebrigem Gesicht in die Flamme der Lampe. Neben ihm, an der Wand, saß eine junge Frau und flocht an einem Korb. Sie blickte nur kurz auf und wandte sich wieder ihrer Arbeit zu. An der gegenüberliegenden Wand lag ein junger Bursche auf dem Rücken. Er hatte die Hände hinter dem Kopf verschränkt. Quer durchs Zimmer war eine Leine gespannt. Hier hantierte eine zweite junge Frau und nahm einige verschossene, unansehnliche Tücher herunter, faltete sie und verstaute sie in einem grauen Leinenbeutel.
Sie wandte sich um, sah ihren Vater mit einem Fremden und erschrak. Auch der junge Mann richtete sich auf, sein Blick war wachsam und kritisch, als er fragte:
»Wer ist das?«
Er setzte sich aufrecht, wie auf dem Sprung. Considius machte eine beruhigende Handbewegung. »Ein guter Freund, den uns die Götter geschickt haben.«

Dann sprach er leise weiter, um das schlafende Kind nicht zu wecken. »Packt eure Sachen zusammen!«
Sie verstanden. Er mußte bereits vorher Andeutungen gemacht haben. Es gab nicht viel zu packen, da das Wenige, was sie mitgenommen hatten, in verschnürten Bündeln und Beuteln bereitlag.
»Anbetracht dessen solltet ihr euch durchaus etwas Wärmeres anziehen.«
Quintus warf seinem Vater ob dieser gedrechselten Rede mit gerunzelter Stirn einen fragenden Blick zu, doch Considius nickte ermunternd. »Das ist der Mann, von dem ich euch erzählt habe.«
Und Alexander: »Habe mir die lieben Kleinen durchaus nicht so groß vorgestellt. Nun kommt, wir haben einen ziemlichen Spaziergang vor uns.« Alexander, Gessia und Quintus gingen zur Tür, als Considius sagte: »Augenblick...«
Er holte den Lederbeutel hervor, entnahm ihm einige Münzen und legte sie auf den Tisch. Zu der jungen Frau sagte er:
»Laß für die Alte einen Arzt kommen und kauft euch morgen was zum Essen!«
Die junge Frau erhob sich und brachte das Geld schnell unter dem Stroh ihres Lagers in Sicherheit.
Vorsichtig stiegen sie im Dunkeln die Treppe hinunter. Alexander schöpfte erleichtert Luft, als sie die Straße betraten. Auf der anderen Seite, Locos ehemaligem Laden gegenüber, eilte ein hinkendes Weib mit einem Korb am erleuchteten Eingang einer Kneipe vorbei. Alexander stutzte: War das nicht die gleiche, die am Nachmittag bei Asconius vorbeiging?
»He!« rief er ihr zu. »Paß auf, daß du nicht unter die Räuber fällst! Junge Mädchen sollten zweifellos durchaus nicht allein im Dunkeln spazieren gehen!«
Sie mußte es gehört haben, aber sie ging weiter, ein Bein bei jedem Schritt flink im Bogen nachziehend. Mit hoher Stimme kicherte sie: »Kannst ja mit mir gehen, Kleiner! Und mich beschützen! Hi-hi-hi!«
»Na, dann eben nicht...« Trotzdem war ihm unbehaglich, als ihr Blick ihn im Licht der Fackel kurz streifte; ihm war, als ob er in glimmende Kohlen blickte.
»Vor solchen Hexen muß man sich durchaus in acht nehmen! Sie sind noch schlimmer als die in Gallien!«

Sie machten sich auf den Weg. Alexander ließ mehrmals halten und spähte intensiv nach allen Seiten, doch außer ihnen war niemand unterwegs. Es hatte aufgehört zu regnen, und sie schritten schnell voran. Nach einer guten halben Stunde erreichten sie Locos Haus auf dem Aventin, und Alexander ließ Considius und die beiden ein Stück weitergehen. »Man kann zweifellos nie wissen!«
Doch es folgte ihnen niemand. Sie kehrten um, und Alexander betätigte den Klopfer an Locos Haustür. Der Meister öffnete selbst, und an seinem »Kommt herein!« erkannten sie, daß er sie erwartete. Schon im Flur sagte Loco:
»Habe von der unglaublichen Geschichte gehört. Hier seid ihr sicher und könnt bis zur Klärung des Falles wohnen. Kommt, ich zeige euch eure Zimmer.«
Die Räume befanden sich im Obergeschoß. Loco ging voran. Als sie den oberen Flur erreichten, kam Lavinia gerade aus einem der Zimmer. Loco machte sie mit Considius, Gessia und Quintus bekannt. Und Lavinia, die gehört hatte, daß die beiden seit Jahren ohne Mutter waren, sagte mit Wärme:
»Per deos![32] Wie sie aussehen! – Jetzt bringt erst mal eure Sachen aufs Zimmer, dann wird gebadet und gegessen!«
Sie griff sich eines der Bündel und ging voraus. Considius und Quintus bekamen das eine, Gessia das andere Zimmer. Die drei standen zunächst sprachlos im Türrahmen: Die Betten waren mit frischem Leinen bezogen, die kleinen Rundtische mit Deckchen belegt; darauf eine Schale mit Äpfeln, Birnen und Trauben. Alles strahlte Frische und Sauberkeit aus. Considius stand da und suchte nach Worten; schließlich sagte er leise:
»Ihr beschämt uns!«
»Ich wüßte nicht warum«, sagte Loco, und in gespieltem Ernst: »Du solltest jetzt keine langen Vorträge halten, sondern tun, was Lavinia sagt. Und sie sagt meistens das Richtige. Stimmt's, Alexander?«
»Zweifellos durchaus!« feixte der und genoß die Freude der anderen. Doch dann wurde er ernst – es kündigte sich mit einem Recken der Schultern an:
»Herhören! Diese Brüder werden nichtsdestoweniger nach der Genesung von ihren mißlungenen gymnastischen Übungen einen zweiten Versuch machen, mit Considius und den Kinderchen ins Gespräch zu kommen.

Befehl! Das Haus wird bis auf weiteres nicht verlassen, weder bei Tage noch bei Nacht, allenfalls in der Dunkelheit! Werde euch immer mal wieder auf dem laufenden halten – und ihr mich desgleichen! Noch Fragen?«
Loco, der sich ein Grinsen nicht verkneifen konnte, fiel in den gleichen Ton ein aus den alten Zeiten der Zehnten:
»Keine Fragen. Schätze, wir werden sie noch das Fürchten lehren – und ihre Herren dazu! Du aber gehe hin und melde deinem Herrn Volcatius: Alles in Ordnung! Keine besonderen Vorkommnisse!«
Und die übrigen trauten ihren Augen nicht: Zack! flog bei beiden die Rechte in die Höhe. Dann entfernte Alexander sich in einer äußerst senkrechten Haltung. Considius blickte ihm nach und sagte:
»Er redet zwar manchmal sonderbar, aber er ist ein prächtiger Kerl.«
Loco lachte lautlos und meinte: »Fast wörtlich habe ich das Caesar einmal sagen hören. Wenn du ihn auf deiner Seite hast, kann nichts schiefgehen. Er ist ein Hätschelkind Fortunas.«
Dann führte er die Gäste nach unten und zeigte ihnen das Bad.

9

Gaius und Selenus waren am nächsten Morgen sehr früh auf den Beinen und verließen schon kurz vor Sonnenaufgang das römische Stadtgebiet, passierten den Pons Aemilius[33], folgten eine kurze Strecke der Via Aurelia, bogen dann nach Norden ab und erreichten die Via Cornelia, seit Urzeiten die schnellste Verbindung nach Caere und Südetrurien.
Gedankenverloren blickten sie aus den Fenstern des geschlossenen Wagens in die hügelige Landschaft, die einmal heißumkämpftes Grenzgebiet war, doch nun still und belanglos vor den Toren Roms lag – ohne jede Bedeutung für das Lebensgefühl der Bewohner.
»Wie siehst du den Fall?« fragte unerwartet Gaius.
»Wahrscheinlich so wie du«, sagte Selenus. »Considius ist nicht nur unschuldig, man will hier ein Verbrechen auf ihn abschieben. Die Frage ist nur: War es Absicht, von langer Hand geplant, oder schienen dem Mörder die Umstände durch einen Zufall so günstig?«
»Du gehst also davon aus, daß die Prügelszene auf dem Hof dem Mörder bekannt war?«
»Das ist möglich und könnte einen ausgezeichneten Anlaß gegeben haben, zuzuschlagen.«
»Aber der einzige, der davon wußte, war der Kutscher. Wir müssen ihn uns vornehmen.«
»Gewiß, aber er wird sich auf irgendeine Weise durch ein Alibi so abgesichert haben, daß er außerhalb jeden Verdachtes steht. Im übrigen muß er es nicht gewesen sein.«
Gaius nickte, und sie hingen wieder ihren Gedanken nach. Der Wagen fuhr durch den Ort Artena; einfaches Landvolk bewegte sich auf den Straßen, überall sah man bröckelnde Fassaden.
»Noch drei Meilen bis Caere«, sagte Selenus.
»Warst du denn schon mal hier?«
»Ja, vor etwa zwanzig Jahren. Zusammen mit dem Bruder des Patrons, Titus Volcatius.«
»Das... das muß doch zur Zeit des Sklavenkrieges gewesen sein.«
»Ja, kurz davor.«
»Du wolltest mir immer einmal davon erzählen.«
»So? Wollte ich das?«
Diese seltsame Antwort bestätigte Gaius wieder einmal mehr, daß

damals in der Familie Dinge geschehen waren, die man tabuisiert hatte. Sobald die Rede auf den Sklavenkrieg kam, hüllte sich Selenus in eisiges Schweigen, das mit keiner noch so provozierenden Frage zu durchbrechen war.
»Was habt ihr damals hier gemacht?«
»Ach, wir schauten uns auf einem großen Gestüt um. Dein Vater züchtete damals noch Pferde für die Rennen. Dein Onkel Titus führte auf dem Tusculanum die Regie. Er war der geborene Bauer.«
»Schade, daß ich ihn nie kennengelernt habe.«
Titus war im ersten Jahre des Sklavenkrieges von marodierenden Scharen des Spartacus auf dem Landsitz in Tusculum erschlagen worden. Aber Gaius stellte hartnäckig die immer gleiche Frage: »Wann wirst du mir erzählen, was damals geschehen ist?«
»Ich kann dir immer nur die gleiche Antwort geben, Gaius: Wenn dein Vater es für richtig hält.«
»Und wann wird das sein?«
»Das weiß nur er – oder die Götter.«
»Ich werde nicht lockerlassen.«
»Das ist dein gutes Recht.«
Die Mauer von Caere kam in Sicht. Gaius ließ am Tor halten und den Kutscher nach dem Haus des Tullius Cimber fragen. Gleich am Forum! hieß es. Neben der Basilica. Man erkenne es am schönen alten Portal. Neugierig wurde der große, reich mit Schnitzereien verzierte Reisewagen von einigen Jungen umringt, als er vor dem Hause hielt. Und auch ältere Bürger reckten die Hälse und raunten Mutmaßungen hinter der Hand, als sie sahen, wie dem Gefährt zwei vornehm gekleidete Römer entstiegen. Selenus ging zum Tor und betätigte den Klopfer. Nach einer Weile öffnete ein junger Bursche und blickte leicht verwirrt die Fremden an. Hatte er wohl zunächst eine barsche Frage auf der Zunge, so entschied er sich schnell für eine zuvorkommende Höflichkeit.
»Ja? – Zu wem wollt ihr?«
Selenus trat einen Schritt vor und sagte:
»Ist Tullius Cimber im Hause?«
»Ja.«
»So melde ihm bitte, Gaius Volcatius Tullus, Sohn des römischen Senators Lucius Volcatius Tullus, möchte ihn sprechen.«

Der junge Mann merkte beim Klang des Namens auf, ja ein geradezu strahlendes Lächeln huschte über sein Gesicht:
»Ist es der Tribun[34] aus Caesars Gallien-Armee?«
»Derselbe...«, lächelte Selenus zurück, und der Jüngling starrte Gaius mit einer Mischung aus Respekt und Neugier an.
»Darf ich bitten!« Er machte eine tiefe Verbeugung, ließ die Besucher eintreten, schloß die Tür und eilte schnell voraus.
»Vater!« rief er. »Vater! Besuch aus Rom!«
Sie hatten mittlerweile den Flur verlassen und standen in einem hübschen kleinen Atrium. Tullius Cimber kam aus einem der seitlichen Räume; er hielt eine Rolle in der Hand. Im Gegenlicht kniff er die Augen zusammen und musterte die Fremden, die er noch nie gesehen hatte.
»Aus Rom? Soso...«
»Vater! Das ist Gaius Volcatius Tullus!«
Tullius begriff nicht sogleich.
»Aber Vater! Gallien! Aulus hat unter ihm gedient als Schreiber im Stab!«
Da ging ein freudiges Lächeln über Tullius' Gesicht: »Gaius Volcatius! Natürlich, Aulus war bis vor ein paar Tagen auf Urlaub hier und hat mir von deinem abenteuerlichen Ausbruch aus Avaricum erzählt.[35] Phantastisch! Es ist eine große Ehre für uns, dich unter diesem Dach zu sehen.« Er verbeugte sich, und es war keine Schmeichelei gegenüber dem Aristokraten, sondern Respekt vor dem Offizier Caesars.
»Mein Sekretär Selenus!« stellte Gaius den Griechen vor, und Tullius neigte auch vor ihm das Haupt.
»Was führt euch zu mir? Aber wir sollten uns doch setzen!«
Gaius fiel das selbstsichere Auftreten des Mannes auf. Und das war ihm angenehm, denn er verabscheute Servilität. Tullius Cimber eilte voraus, öffnete eine Tür und bat sie, einzutreten.
Der Raum war in Pastelltönen ausgemalt, die Decke wurde von sehr alten, unregelmäßigen Eichenbalken getragen. Das Mobiliar war einfach, gediegen bäuerlich und mußte schon mehreren Generationen gedient haben: ein eichener Tisch, ringsherum harte Stühle, in der Ecke ein hoher, geflochtener Sessel. Natürlich wurde er Gaius angeboten, und dieser mußte wohl oder übel darin Platz nehmen, wenn er auch einen Stuhl bevorzugt hätte.

»Es muß einen triftigen Grund geben«, begann Tullius Cimber noch im Stehen, »daß du dich auf den Weg nach Caere machst, Tribun.«
»Allerdings«, sagte Gaius. »Ich nenne dir nur einen Namen: Meliton!«
Tullius erschrak so gewaltig, daß es Gaius leid tat, ihn so überrumpelt zu haben. Tullius riß die Augen auf und stammelte:
»Bist du etwa... in amtlicher Eigenschaft hier, um...«
»Nein, keine Sorge. Wir sind privat hier. Ich darf dir Grüße von Considius ausrichten.«
»Considius? – Wie geht es ihm?«
Sein Gesicht drückte große Sorge aus.
»Nun, wir haben uns etwas um ihn gekümmert. Es geht ihm gut, er ist in Sicherheit.«
Erleichtert setzte sich Tullius. »Den Göttern sei Dank! Ich rechnete schon mit dem Schlimmsten. Aber was habt ihr mit ihm zu schaffen?«
Gaius gab Selenus einen Wink, und der Grieche referierte kurz und sachlich über das, was sie von Considius wußten und was sich in den beiden letzten Tagen ereignet hatte.
Tullius Cimber hatte mit großem Interesse zugehört und nickte nun:
»Man wird auch weiterhin auf ihn aufpassen müssen. Unter dem mächtigen Schutz eines Volcatiers dürfte das nicht schwerfallen.«
»Das wird sich zeigen«, meinte Gaius. »Dazu brauchen wir deine Hilfe.«
»Was wollt ihr wissen?«
»Alles, was du über Considius und Aurelius Serenus weißt.«
Tullius betrachtete seine Hände. »Considius und ich sind zusammen aufgewachsen. Wir sind Freunde und Nachbarn.«
»Aber du wohnst in der Stadt!«
»Zeitweise, ja, wenn draußen die Arbeit getan ist. Aber nahe genug, um gleich nach dem Rechten sehen zu können.«
»Ist dein Besitz umfangreicher als der von Considius?«
»Etwas, ja.«
»Und deine Einkünfte sind größer?«
»Nein, eigentlich nicht.«
»Wieso kam dann Considius in Schwierigkeiten, du aber nicht?«
»Ich betreibe hier im Ort noch eine Töpferei. Und auch der Weinbau macht mich unabhängiger.«
»Verstehe. Und du würdest sagen: Considius ist in jeder Beziehung unschuldig am Niedergang seines Hofes.«

»Völlig. Er ist, wie so viele hier, ein Opfer der Wirren unserer Zeit. Sein Besitz ging zweimal in Flammen auf, mich erwischte es nur einmal, während des Sklavenkrieges. Wenn du außerdem bedenkst, daß er seit Jahren ohne Frau wirtschaftet, hast du die Erklärung. Es ist fast ein Wunder, daß er sich überhaupt so lange halten konnte.«

»Gut«, sagte Gaius. »Kommen wir zum traurigen Geschehen. Wie schätzt du diesen Meliton ein?«

»Meliton...« Tullius überlegte. »Er war in der ganzen Gegend gefürchtet und verhaßt.«

»In der ganzen Gegend? Trieb er denn noch bei anderen Gelder ein?«

»Ja. Du mußt wissen: Diese Region hier, der Südzipfel des alten etruskischen Städtebundes, ist sehr verarmt. Das ist das Ergebnis der Verfolgung Sullas, weil sich im Bürgerkrieg fast alle auf die Seite des Marius gestellt hatten. Sullas Kommandos verwüsteten fast den gesamten Landstrich. Denn seit den Gracchen[36] steht die hiesige Bevölkerung auf seiten der Populares. Das ist ja auch der Grund, warum ein Großteil derer, die sich freiwillig zu Caesars Gallien-Armee melden, von hier kommen.«

In diesem Augenblick kam der jüngere Sohn mit einem Krug Wein, einem weiteren Krug Wasser, holte von einem Wandregal drei Zinnbecher und schenkte ein.

»Auf eine gute Zukunft für Considius!« sagte Tullius, und sie tranken sich zu. Dann kam Gaius auf seine Frage zurück.

»Du sagtest, Meliton wurde gefürchtet. Warum? Er war doch nur ein Bote seines Herrn.«

»Ha!« lachte Tullius kurz und bitter auf. »Sicher, aber diese Kreaturen nutzen die Macht ihrer Herren zu ihrem eigenen Nutzen und Vergnügen. Und bei ihm stand das Vergnügen obenan. Keine Magd war vor ihm sicher.«

»Hältst du es für möglich, daß sein gewaltsamer Tod mit diesen Dingen zusammenhängt?«

»Ohne weiteres. Es könnte die Rache eines Knechtes gewesen sein, dessen Mädchen er – na, sagen wir: mehr als nur angesehen hat.«

»Könnte es nicht auch einer der Bauern dieser Gegend getan haben?«

»Warum nicht?«

»Hattest du auch mit ihm zu tun?«

»Ja. Aber mir gegenüber trat er betont korrekt auf. Er wußte, daß sein Patron auf mein besonderes Wohlwollen angewiesen war.«

»Wegen deiner amtlichen Tätigkeit...«
»Ja. Aurelius Serenus brauchte die Erlaubnis des Rates, eine neue Straße zu seinem Besitz zu bauen. Wie er überhaupt gegenüber den Oberen dieser Stadt einen sehr moderaten Ton anschlägt, denn er trägt sich mit dem Gedanken, ein Mustergut aufzubauen.«
»Versteht er denn etwas von der Landwirtschaft?«
»Ich glaube schon. Er läßt, wenn das Gespräch auf solche Dinge kommt, hin und wieder Zitate bekannter Fachautoren einfließen.«
»Will er damit Eindruck machen? Ich meine, ist das Eitelkeit oder echtes Interesse an der Sache?«
»Ich glaube schon, daß es Liebe zur Landwirtschaft ist. So sagte er letztlich, ich möchte ihm melden, wenn ich jemanden kenne, der im Besitz älterer Schriften über agrarische Fragen sei.«
Gaius überlegte. »Was meinst du, wußte er von der skrupellosen Tätigkeit seines Verwalters?«
»Wer will das wissen? Du müßtest ihn selbst danach fragen.«
Gaius nickte. Das war alles nicht viel mehr als das, was sie bereits wußten oder sich selbst ergänzt hatten. Sie schwiegen eine Weile, dann fragte Selenus:
»Du warst, soweit wir wissen, der erste, der die Leiche Melitons fand. Und du hast sie zusammen mit des Considius Sohn Quintus in ein Gebüsch geschafft.«
»Ja.« Tullius wußte nicht, worauf Selenus hinauswollte.
»Wußte außer dir noch jemand davon?«
»Nein.«
»Und du hast mit niemandem darüber gesprochen?«
»Nein. Nicht einmal mit meiner Frau. Jedenfalls nicht, bevor...«
»Ja?«
»... nun, ich ging natürlich davon aus, daß das Verschwinden Melitons irgendwann seinem Patron zu denken geben würde. Vielleicht war der Kutscher Zeuge des Mordes, wenn es überhaupt ein Mord war.«
»Wie meinst du das?«
»Hin und wieder findet man hier Durchreisende, die von einer Räuberbande überfallen worden sind. Die Gegend ist seit jeher unsicher.«
»Interessant!« meinte Gaius. »Ein ganz neuer Gesichtspunkt. Aber das müßte doch schon ein seltsamer Zufall sein.«
»Sicher, aber es wäre möglich.«

»Stammen diese Burschen hier aus der Gegend?«
»Das weiß niemand. Das eine hängt mit dem andern zusammen: Diese Banden werden immer in Zeiten aktiv, wenn es hier wirtschaftlich bergab geht; das war unter Sulla so und auch während des Sklavenkriegs.«
»Eine letzte Frage«, sagte Gaius. »Wo wohnt Aurelius?«
»Wenn ich Nachricht für ihn hatte, schickte ich jemanden auf seinen Gutshof auf der Höhe östlich von Caere.«
»Warst du selbst schon dort?«
»Nein.«
Gaius stand auf, und Tullius sagte: »Tja, mehr kann ich euch nicht sagen. Und ob es euch weiterbringt...«
»Wir werden sehen. Würdest du uns zum Hof des Considius begleiten?«
»Gerne.«

10

Sie benutzten den Volcatischen Wagen. Es ging zunächst durchs Tor und ein Stück in Richtung Süden, dann, bei den Gräbern, zweigte der Weg links ab und führte in steiler Windung aufwärts. So erreichten sie nach kurzer Fahrt die Stelle, an der Tullius die Leiche Melitons gefunden hatte. Gaius ließ halten, und sie stiegen aus.

»Hier war es«, sagte Tullius und wies auf den Grenzstein.

Gaius trat neben ihn. »Er lag mit dem Gesicht auf der Erde?«

»Ja.«

»Du hast dir damals den Ort genau angesehen. Fandest du irgendwelche Hinweise dafür, daß ein Kampf stattgefunden hat?«

»Nein. Aber der Boden war trocken und fest. Ein Kampf hätte kaum Spuren hinterlassen.«

Gaius nickte und ging einige Schritte suchend auf und ab. Selenus sagte: »Du hast uns noch gar nicht erzählt, wie lange die Leiche hier gelegen hat. Oder hast du dich nicht darum gekümmert?«

»Aber natürlich. Zunächst sorgte ich dafür, daß Considius von hier verschwand. Quintus Considius, sein Sohn, und ich, wir hatten den Leichnam in jenes Gebüsch getragen und verborgen abgelegt. Ich wollte nicht, daß andere davon Kenntnis bekämen und falsche Schlüsse zögen. Als ich am gleichen Tag in der Abenddämmerung nachschaute, war der Tote verschwunden.«

Gaius stutzte. »Am gleichen Abend? Du irrst dich nicht?«

»Nein, ich weiß es genau, weil ich mit meiner Frau vorher darüber gesprochen hatte.«

Sie gingen zum Gebüsch, zwängten sich durch die widerborstigen Dornen. Außer einigen abgebrochenen Zweigen wies nichts mehr darauf hin, daß hier mehrere Menschen hantiert hatten. Hinter dem Gestrüpp führte ein schmaler Weg entlang.

»Wohin kommt man auf diesem Wege?« fragte Gaius.

»Das ist der alte Höhenweg zwischen einigen Dörfern am Rande der Berge. Früher wurde er eifrig benutzt. Seit aber die Via Cornelia ausgebaut wurde, verwildert er langsam.«

Sie gingen zum Wagen zurück, stiegen ein und erreichten nach wenigen Minuten den Hof des Considius. Der Wagen stand noch nicht, als ein großer, bulliger Hund heran stürzte und sie wütend ankläffte.

»Minos! Zurück!«
Widerwillig gehorchte der Hund, blieb aber wachsam in der Nähe. Ein breitschultriger, großer Mann von etwa vierzig Jahren stapfte heran. Mißtrauisch und abweisend verfolgte er, wie die drei aus dem Wagen kletterten. Selbstbewußt baute er sich vor ihnen auf.
»Das ist Privatbesitz! Betreten verboten!«
Gaius lächelte überaus freundlich und sagte:
»Wir möchten Sextus Considius sprechen.«
»Hier gibt es keinen Considius. Schert euch zum Hades!«
Gaius schien das zu überhören und sagte, immer noch freundlich:
»Das muß ein Irrtum sein. Bis vor kurzem wohnte er noch hier. Er hat mich eingeladen.«
Man sah, wie der bärbeißige Mann einen Augenblick lang verunsichert war. Er kannte Gaius und seine Begleiter nicht. Er versuchte es diplomatisch:
»Das mag schon sein, aber Considius ist nicht mehr im Besitz des Anwesens.«
»Aha«, nickte Gaius. »Wem gehört es denn jetzt?«
»Was geht das dich an?«
Gaius war froh, daß er Alexander nicht dabei hatte, denn der hätte eine sehr handgreifliche Antwort auf diese unverschämte Frage gefunden.
»Ach, es interessiert mich eben. Bist du der neue Besitzer?«
»Ich sagte: Das geht dich einen Dreck an! Und jetzt verschwindet!«
»Na, dann ein andermal. Und vielen Dank für die freundliche Auskunft.«
Der Mann starrte ihn an, als ob er an Gaius' Verstand zweifle, zuckte mit der Schulter, drehte sich um und ging ins Haus.
Die drei blickten ihm nach. Huschte da nicht jemand zur Seite, als die Tür geöffnet wurde?
»Ich hab's deutlich gesehen«, bestätigte Tullius eine entsprechende Vermutung von Gaius, als sie wieder im Wagen saßen. »Im Haus befindet sich noch jemand. Und ich denke, es war ein Mann.«
»Kennst du diesen Cerberus[37]?«
»Nein.«
Sie fuhren zurück. Nach einer Weile sagte Gaius:
»Ich hätte eine Bitte, Tullius. Würdest du einmal eine Liste mit den

Namen aller Bauern zusammenstellen, die in ähnlichen Schwierigkeiten wie Considius sind?«

»Das dürfte nicht schwerfallen. Die könnt ihr sofort haben.«

»Danke.«

»Bleibt ihr zum Essen? Meine Frau würde sich freuen, einen Offizier Caesars...«

»Das ist nett von dir, aber wir brechen gleich wieder auf. Vielleicht ein andermal. Ich habe das sichere Gefühl, daß wir noch öfter zusammenkommen. Ich möchte dich bitten, mir unverzüglich zu melden, wenn sich hier irgendwelche Dinge ereignen, die du nicht als normal bezeichnen würdest.«

Eine halbe Stunde später lag die Mauer von Caere schon weit hinter ihnen.

11

Bereits am frühen Nachmittag waren sie wieder in Rom. Selenus nutzte die Zeit und begab sich zu Tiro, Ciceros Sekretär, mit dem er seit Jahren befreundet war. Mochten ihre Interessen auch verschieden sein – Selenus war mehr der Natur und ihren belebten und unbelebten Erscheinungen zugetan, Tiro lebte ganz in den Bereichen von Philosophie, Sprache und Geschichte –, so hatten sie eine Grundhaltung gemeinsam: unerschöpfliche Neugier, die Fähigkeit zu staunen und eine ausdauernde Liebe zum Kleinen, in dem sich ihnen das Umgreifende spiegelte. Beide legten größten Wert auf Ordnung und Überschaubarkeit dessen, was sie selbst erarbeitet und aus den Werken der großen Denker exzerpiert hatten, und so wuchsen die Schätze in den Regalen ihrer Bibliotheken von Jahr zu Jahr, mit Akribie sortiert und katalogisiert. Dies war nur möglich, weil beider Herren, Cicero wie Lucius Volcatius, ihnen in diesen Dingen völlige Freiheit ließen, denn beide Griechen waren auch in den wirtschaftlichen und politischen Bereichen zu unentbehrlichen Helfern geworden, ohne deren gleichsam lexikalisches Denken ihre Herren sich in den Querelen des politischen Alltags nicht mehr zurechtgefunden hätten. Es war bekannt, daß Cicero die philologischen Vorarbeiten, das Suchen, Finden und Sammeln von Zitaten und Äußerungen früherer Denker zu den ihn beschäftigenden Fragen durch seinen Tiro erledigen ließ. Beiden, Tiro wie Selenus, stand ein Stab von Schreibern zur Verfügung, und sie spannten ihre Korrespondenz zu den Großen der Wissenschaft über den gesamten bekannten Erdkreis. Wenn also Selenus, wie jetzt, zur Person eines Publius Aurelius Serenus Fakten brauchte, konnte man sicher sein, daß Tiro etwas finden würde.

So war Gaius mit Alexander allein im Hause, denn Lucius traf sich mit einigen Senatoren bei Cato, um, wie er sagte, den erkrankten Stoiker bei Laune zu halten, in Wahrheit jedoch, um sich von dem Unbestechlichen Instruktionen für die Zukunft zu holen.

Alexander polterte ins Zimmer.

»Gut, daß du kommst«, sagte Gaius. »Du mußt einiges erledigen. Reite zum Tusculanum und hol den Archelaos!«

»Jawohl! Archelaos holen! – Warum?«

»Ich habe für euch eine interessante Aufgabe.«

Alexander strahlte, denn er sah sich bereits wieder im Mittelpunkt dramatischer Ereignisse.
»Wir werden es diesen Brüdern durchaus zeigen!« Er drohte mit der Faust.
»So ist es. Aber erst müssen sie überführt werden.«
»Jawohl! Werde sie in den Hades überführen!«
»Langsam! Tote reden nicht!«
»Natürlich! Werde sie durchaus zum Reden bringen. Was soll ich tun, Herr?«
Er stand, wie üblich bei solchen Befehlsausgaben, in strammer Haltung vor Gaius und hing an seinen Lippen.
»Mehreres: Du nimmst den Weg über den Aventin und schaust kurz bei Loco herein. Dann ab nach Tusculum und den Archelaos holen! Auf dem schnellsten Weg zurück! Weitere Instruktionen abwarten! Wiederhole den Auftrag!«
»Jawohl!« Er verschluckte sich vor Eifer. »Schnellsten Weg! Loco herein! Archelaos! Wiederhole den Auftrag!«
»Korrekt! Nimm meinen Braunen.«
Zack! Alexanders Rechte flog nach oben, aber er ging nicht. »Herr…«
»Ja, was ist?«
»Du kannst sehr schön schreiben…«
»Wie bitte?«
»Selenus kann auch schön schreiben…«
»Ja – und?«
»Ich, ich möchte auch schreiben lernen.«
Gaius' Blick fiel auf die Pranken seines großen Meisters.
»Warum willst du schreiben lernen?«
Alexander betrachtete interessiert seine Hände. »Caesar hat mir doch bei Alesia den Gallus geschenkt…«
»Ja.«
»Ich möchte, daß er schreiben lernt. Ich bin ja nun – das hat Caesar durchaus gesagt – Anbetracht dessen sein Vater…«
»Du bist es!«
»Ja, und er soll es einmal weiter bringen als ich. Und das kann er durchaus nur, wenn er schreiben kann.«
»Das ist richtig. Aber wieso willst du...?«

»Ja, ich dachte, du könntest bei Selenus ein gutes Wort einlegen, daß er den Gallus unterrichtet.«
»Dem steht nichts im Wege.«
»Ja, und dann könnte ich doch mit Gallus zusammen üben.«
»Das ist sehr lobenswert. Ich werde mit Selenus darüber reden.«
Er riß die Augen auf: »Ehrlich?«
»Aber ja.«
Alexander hätte ihn fast umarmt. »Du bist der bestmögliche Herr, den ich kenne, Herr!«
Zack! Er grüßte – und weg war er.
Gaius lächelte still vor sich hin, denn er sah den Athleten vor sich, wie er mit größter Anstrengung den schmalen Griffel zu zierlichen Linien zwingen wollte, und er schüttelte staunend den Kopf.
Dann breitete er den Plan auf dem Tisch aus, den Tullius Cimber ihm mitgegeben hatte. Es war eine Übersicht aller Höfe, die östlich von Caere sich halbkreisförmig um die Stadt lagerten, durchweg Anwesen mittlerer Größe wie das des Considius. Nur der Hof, den Aurelius gekauft hatte, war bedeutender. Die neue Straße war bereits eingezeichnet.
Welches Interesse konnte ein vermögender Mann wie Aurelius daran haben, sich auf diesem Gut niederzulassen? Ein Musterbetrieb? Ein Alterssitz? Man mußte es herausfinden.
Gaius erhob sich, um ein Bad zu nehmen, und ging nach unten. Eugenia kam mit einer Vase aus der Küche.
»Schau mal, Alexander hat mir schon wieder einen Strauß Astern geschenkt!«
»Sehr schön! Und was wollte er?«
»Nichts.«
»Na, das wird noch kommen.«
Gaius ging ins Bad, aalte sich im heißen Wasser, kühlte sich im Frigidarium[38] ab und ließ sich anschließend massieren. Als er wieder ins Atrium kam, meldete Eugenia:
»Besuch für dich, Herr!«
»Wer?«
»Eine Überraschung!«
»Wo?«
»In der Bibliothek.«

Neugierig ging er hinein. Ein großer, schlanker Mann mit schwarzen Locken drehte sich um:
»Du scheinst den Tag wohl nur noch mit süßem Nichtstun hinter dich zu bringen. Er sitzt im Bad, hieß es.«
»Cornificius! Seit wann bist du in Rom?«
»Seit gestern. Und da mußte ich doch gleich nach dem verknöcherten Veteranen schauen.«
Sie gingen aufeinander zu und umarmten sich.
»Ich soll dir Grüße von Caesar ausrichten.«
»Danke, wie geht's ihm?«
»Blendend. Er hat sich in Gallien wie ein König eingerichtet.«
»Das solltest du öffentlich nicht laut sagen.«
»Ich weiß. Man sägt hier an seinem Ast, wie ich höre.«
»Sie vergessen allerdings, daß sie selbst mit drauf sitzen. – Wie lange bleibst du?«
»Das hängt vom Essen ab, das du mir anbietest – mehr noch vom Wein.«
»Dann geh lieber gleich; ich meinte, wie lange du in der Stadt bleibst. Hast du deinen Abschied genommen?«
»Ich weiß das selbst nicht so recht. Es hängt von der weiteren Entwicklung ab.«
»In Gallien?«
»In Rom!«
Eugenia erschien in der Tür: »Ich habe für euch gedeckt. Möchtet ihr Chios oder Falerner?«
»Chios!« rief Cornificius. »In Gallien gab's nur Falerner. Ich kann ihn nicht mehr riechen.«
Sie schlenderten ins Speisezimmer.
»Was macht dein Epos über den gallischen Krieg?« fragte Gaius.
»Der erste Gesang steht.«
Sie setzten sich, und Eugenia reichte ihnen die Speisen.
»Was treiben die Arverner?« fragte Gaius.
»Sie versuchen, ihr schlechtes Gewissen loszuwerden und den siegreichen Proconsul mit Annehmlichkeiten bei guter Laune zu halten. Neulich war er in einem ihrer greulichen Tempel. Sie hatten sein Schwert, das er bei Gergovia verloren hatte, dort aufgehängt und wollten es ihm nun zurückgeben.«

»Und er?«
»Laßt es hängen! sagte er. Es gehört den Göttern!«
»Typisch Caesar.« Gaius lachte, denn er sah die staunenden Gesichter der gallischen Fürsten vor sich. Die Anekdote rief in ihm Szenen und Bilder des Krieges wach, die ihn oft bis in seine Träume verfolgten.
»Und du?« fragte Cornificius. »Was macht ein stellungsloser Kriegstribun...«
»Legat[39] bitte!« grinste Gaius.
»Legat?« staunte Cornificius. »Seit wann?«
»Seit ich nicht mehr bei der Armee bin. Er teilte mir die Beförderung beim Abschied mit.«
»Gratuliere! Aber das ist ein schlechtes Omen.«
»Wieso?«
»Wenn er dich beim Abschied zum Legaten befördert, dann bedeutet das, daß er in Kürze Feldherren für neue Legionen braucht. Den Rest kannst du dir selbst zusammenreimen.«
»Hab ich.«
»Und?«
»Auf einem Bein steht sich's schlecht. Ich gehe in die Politik.« Cornificius blieb beinahe das Brot im Halse stecken. Er schluckte und rief:
»Du? – In den Hexenkessel? Ich habe da noch ganz andere Äußerungen von dir im Ohr: Politik verdirbt den Charakter... und ähnliches.«
»Ich bleibe auch dabei: den Charakter der Schwachen!«
»Ah, ich verstehe.« Er deklamierte ironisch: »Nächtens trat das Erbe der Ahnen an ihn heran, also sprechend: Gehe denn hin, mein Sohn, und erfülle deine verdammte Pflicht und Schuldigkeit, so wie auch wir einst mit eigenem Blute...«
»So ist es«, sagte Gaius trocken.
Cornificius starrte ihn an: »Tu, was du nicht lassen kannst.«
»Weißt du was Besseres?«
»Allerdings. Gedichte schreiben!«
»Davon haben wir mehr als genug. Ein Catull konnte die Welt auch nicht verbessern.«
»Aber er hat auch keinem geschadet. Sag mal, ich zweifle, ob ich hier das richtige Haus betreten habe. Du bist ja schon mitten drin!« Er wies mit dem Zeigefinger auf Gaius' Gesicht. »Das sind die bekannten Symptome: tödlicher Ernst, verbissene Züge, absolute Humorlosigkeit.

Aber ich sag's ja immer: Wen die Götter verderben wollen, den schlagen sie zuvor mit Wahnsinn. Du solltest beizeiten den großen Arzt Athenodoros kommen und deinen Puls prüfen lassen.«
In diesem Augenblick trat einer der Hausklaven ein, bat für die Störung um Verzeihung und meldete:
»Ein Bote aus Caere wartet, von dir, Herr, empfangen zu werden.«
Gaius sprang so erregt auf, daß Cornificius erschrak.
»Aus Caere? Von...«
»Tullius Cimber schickt ihn, wie er sagt.«
»Bring ihn herein!«
Es war der Sohn des Tullius, der den Raum betrat. Er machte einen erschöpften Eindruck. Das verschwitzte Haar klebte ihm an der Stirn.
»Was ist geschehen?« fragte Gaius.
»Mein Vater schickt mich. Ich soll dir dies übergeben«
Er reichte Gaius ein gefaltetes Blatt. Gaius öffnete es und las halblaut:

> *Du hattest uns kaum verlassen, als mir gemeldet wurde, man habe den Besitz von Geminus überfallen und in Brand gesteckt. Stall und Scheune sind verbrannt, das Wohnhaus halb. Ich teile Dir dies in Eile mit und erwarte Deinen Rat. Wenn es der Sache nützlich ist, soll Marcus Dir zu Diensten sein.*

Gaius reichte Cornificius das Blatt und sagte: »Ich erkläre dir gleich die Zusammenhänge.«
Dann rief er nach Eugenia und bat sie, für Marcus Tullius Cimber eine Mahlzeit zusammenzustellen. Er fragte den Jungen:
»Wann ist das geschehen?«
»Wir nehmen an, während der frühen Morgenstunden.«
»Wart ihr schon am Tatort?«
»Ja.«
»Ist es im Ort bekannt?«
»Natürlich, solche Dinge verbreiten sich mit Windeseile.«
Gaius nickte. »Du ißt eine Kleinigkeit, reitest zurück und meldest deinem Vater, daß ich noch heute abend Leute vorbeischicke.«
Marcus nahm am Tisch Platz und aß schnell einiges von dem kalten Truthahn.
Gaius aber eilte nach oben in sein Zimmer und kam zwei Minuten später

mit dem Lageplan von Caere und Umgebung zurück. Er setzte sich und breitete den Bogen auf seinen Knien aus. Cornificius rückte seinen Stuhl daneben und betrachtete neugierig die Karte. Gaius beschrieb mit dem Zeigefinger einen Bogen und murmelte:
»Considius... Geminus... sehr interessant!«
Und zu Marcus: »Wo ist Geminus?«
»Im Hause meines Vaters.«
»Das ist gut.«
Cornificius aber rief: »Was geht denn hier eigentlich vor? Ist der Bürgerkrieg wieder ausgebrochen?«
»Ich erklär' es dir später.«
Da wurde die Tür aufgerissen, und Alexander betrat mit Archelaos den Raum. Er grüßte und meldete:
»Auftrag ausgeführt! Loco keine besonderen Vorkommnisse! Considius wohlauf! Die Kinderchen demgleichen!«
»... desgleichen!« verbesserte Cornificius ungerührt.
»Jawohl! Archelaos durchaus mitgebracht! Nicht wahr, Archelaos?«
»So ist es.« Archelaos grinste freundlich.
»Gut«, sagte Gaius. »Ihr reitet auf der Stelle zusammen mit Marcus nach Caere. Dort werdet ihr mit einigen Leuten von Tullius Cimber die Höfe von Geminus und Considius im Auge behalten. Seid vorsichtig! Ich werde morgen nachkommen. Wiederhole den Auftrag!«
Alexander stand wie eine Säule: »Auf der Stelle mit Marcus nach Caere! Einige Leute! Geminus! Considius! Auge behalten! Wiederhole den Auftrag!«
Während Cornificius ein Grinsen nicht unterdrücken konnte, starrte Marcus zuerst Alexander, dann Gaius an und begriff allmählich, daß hier zwischen Herr und Sklave eine ganz besondere Sprachregelung bestand, an die er sich erst noch gewöhnen mußte.
»Nehmt eure Mäntel mit, die Nacht wird kalt werden.«
Kaum waren die drei aus dem Hause, fragte Alexander den jungen Tullius: »Schon mal gedient in Gallien?«
»Nein, aber mein Bruder.«
»Netter Bruder! Einheit?«
»Stab der zweiten Legion.«
»Name!«
»Aulus Tullius Cimber.«

»Kenne ihn! Habe ihm ein Mittel gegen Haarausfall verkauft.«
»Aber er hat doch volles Haar!«
»Macht durchaus nichts. In Gallien fallen vielen die Haare vor Schreck aus. Solltest dich Anbetracht dessen besonders in acht nehmen. Hatte da mal ein Erlebnis mit einem Bären...«
Aber das kennen wir schon...

12

Kurze Zeit später – Gaius hatte den Freund in das Geschehen und den Stand der Ermittlungen eingeweiht – kam auch Selenus zurück. Er begrüßte Cornificius, den er ein halbes Jahr nicht gesehen hatte, sehr herzlich und kam dann unverzüglich zum Thema:
»Wir haben die volle Unterstützung Ciceros. Er wird dir gegebenenfalls helfen, die Anklageschrift in den entscheidenden Punkten aufzusetzen.«
»Dann hast du den Prozeß schon halb gewonnen«, sagte Cornificius.
Gaius nickte in Gedanken. »Bis dahin wird es eine Menge Arbeit geben. Hat der Patron ihm davon erzählt?«
Selenus wußte, daß Gaius bemüht war, die Arbeit allein zu bewältigen. Er blickte ihn offen an und sagte ernst:
»Wir sollten Ciceros Hilfe in jedem Fall in Anspruch nehmen. Er ist nicht nur der größte Rhetor Roms, sondern in Kriminalfällen ein Fuchs. Ich sah und hörte ihn vor Jahren als Ankläger gegen Verres, der der Korruption und Ausbeutung Sicilias während seiner Statthalterschaft angeklagt war. Verres verließ die Stadt vor dem Ende der Verhandlung und ging freiwillig in die Verbannung nach Massilia[40]. – Nein, Cicero wußte bereits von dem Fall. Er kam zufällig dazu, als ich mit Tiro über Aurelius Serenus sprach.«
Selenus nahm zur Kenntnis, wie Gaius sich entspannte, und er lächelte fein. Er kannte den Stolz und den Ehrgeiz seines ehemaligen Schülers.
»Was sagte er?« fragte Gaius.
»Der römische Ritter Aurelius Serenus gilt in den Kreisen der Finanzleute als ehrenwerter Mann, dem niemand etwas vorzuwerfen habe.«
»Woher hat er seinen Reichtum?«
»Vom Vater geerbt. Die Familie besitzt schon seit langem große Ländereien im Süden. Außerdem betreibt er Handelsgeschäfte mit den Ostprovinzen und hat Niederlassungen in Alexandria, Antiochia und Ephesos.«
»Was hält Cicero von ihm?«
»Er kennt ihn nicht persönlich, meint aber, man könne dem, was so geredet werde, nicht immer Glauben schenken.«
»Und was meint er zu den Ereignissen in Caere?«
»Es überraschte ihn nicht. Die Region sei seit Jahrzehnten nicht zur Ruhe gekommen. Er erinnerte daran, daß er bereits in seinen Reden gegen

Catilina auf die dortigen Mißstände hingewiesen habe, denn dort habe Catilina den größten Zulauf außerhalb Roms gehabt. Es habe sich aber in der Folgezeit nichts zum Guten verändert. Also müsse man sich nicht wundern, wenn... und so weiter.«

»Kennt er die familiären Verhältnisse des Aurelius?«

»Er habe zwei Söhne und eine Tochter. Der ältere betreibe mit Erfolg die Geschäfte seines Vaters im Osten. Der jüngere gehe ihm hier zur Hand. Die Tochter sei längst verheiratet und außer Hauses.«

»Mit wem?«

»Mit einem Claudier. Die Ehe sei glücklich, obwohl wirtschaftliche Überlegungen bei beiden Familien für den Zusammenschluß ausschlaggebend gewesen seien.«

»Wußten Tiro oder Cicero etwas über die Gründe, die Aurelius in Caere so aktiv werden ließen?«

»Nein, so direkt nicht. Aber Cicero bestätigte, daß Aurelius sich mit zunehmendem Alter für Fragen der Landwirtschaft interessiere.«

»Mit anderen Worten: Cicero hält Aurelius solcher Verbrechen nicht für fähig.«

»Das hat er nicht gesagt. Ich habe ihn auch nicht danach gefragt.«

Gaius informierte Selenus über den neuerlichen Anschlag. Dann erhob er sich und bat sie in die Bibliothek.

»Ich möchte euch etwas Interessantes zeigen.«

Sie gingen hinüber, und Gaius breitete auf dem Tisch den Plan aus. »Das hier ist das Grundstück von Tullius...« Er zeigte es. »Südlich davon liegt das des Considius, daran schließt das des Geminus an. Und hier, im Norden von Tullius, liegt das Gut des Aurelius.«

Sie betrachteten die Karte und suchten nach einem Zusammenhang. »Dahinter könnte ein System stecken«, meinte Gaius. » Es sieht so aus, als ob sich jemand daranmacht, alle Bewohner östlich von Caere von ihrem Grund und Boden zu jagen.«

Mit gespielter Heiterkeit ergänzte Selenus: »Dann wäre ja bald auch Aurelius an der Reihe.«

Gaius stutzte und blickte den Griechen überrascht an: »Warum meinst du das?«

»Ach, nur so eine verrückte Idee. Es gäbe jedenfalls zwei interessante Möglichkeiten:

Erstens: Die Anschläge müssen nicht auf das Konto von Aurelius gehen.

Wenn nicht, steht nichts der Möglichkeit im Wege, daß als nächstes das Gut des Ritters an der Reihe ist.
Zweitens: Die Anschläge könnten durchaus von Aurelius verübt worden sein; indem er seinen eigenen Besitz nicht schont, steht er auf den ersten Blick ohne Verdacht da.«
Cornificius schüttelte den Kopf: »Aber warum sollte er sein eigenes Gut in Brand stecken, wenn er gerade dabei ist, das Anwesen zu erweitern?«
»Eben deswegen. Es könnte sein, daß er aus einem uns nicht bekannten Grunde die gesamte Flur östlich von Caere in seinen Besitz bringen will. Es gibt Leute, die irgendeiner fixen Idee anhängen und über Leichen gehen, um sie zu verwirklichen.«
»Und wenn er überhaupt nichts damit zu tun hat?«
»Dann trifft dasselbe auf einen Unbekannten zu.«
»Wer auch immer es ist, es ist ein Mensch von absoluter Skrupellosigkeit«, stellte Gaius fest. »Warum erschlägt er Meliton, den Verwalter und doch zumindest in Geschäftsdingen den Vertrauten des Aurelius? Warum stellt er dem Considius nach? Warum steckt er den Hof des Geminus in Brand? – Das alles ist sehr verwirrend und scheint nicht zusammenzupassen.«
Alle drei starrten auf die Karte, als ob sie irgendein Geheimnis enthalte, das sich hinter den darauf verzeichneten Namen verbergen könnte. Schließlich sagte Gaius: »Wir müssen nach Caere und mit Geminus reden. Vorher möchte ich mir aber gerne den Aurelius vornehmen.«
»Wie willst du das anstellen?« fragte Selenus.
»Nun – er hat vor den Toren der Stadt ein Gestüt. Ich interessiere mich für seine Pferde. Du, Selenus, solltest mich begleiten, sozusagen als Fachmann in hippologischen Fragen, der du obendrein ja auch bist.«
»Das trifft sich gut«, lächelte Selenus. »Noch vor ein paar Tagen machte der Patron die Bemerkung, wir bräuchten einige junge Renner.«
»Na gut, wann machen wir's?«
»Morgen, in der Frühe«, sagte Selenus. »Dann dürften wir ihn am ehesten antreffen. Denn ich schätze ihn als einen Mann ein, der zeitig aufsteht.«
»Und was ist mit mir?« meldete sich Cornificius.
»Du reitest morgen mittag mit nach Caere«, sagte Gaius bestimmt.
Cornificius seufzte: »Man darf nicht in seine Nähe kommen, und schon steckt man mitten drin in Verbrechen, Brandstiftung, Mord! Und ich

dachte, in der hochgelobten Urbs[41] einen erholsamen Urlaub zu verbringen.«
»Irren ist menschlich«, meinte Selenus trocken.

13

Selenus hatte sich von Tiro eine genaue Beschreibung der Lage des Aurelischen Gestüts geben lassen. Es ging ein kurzes Stück über die Via Salaria nach Norden, dann, kurz vor der Brücke über den Anio, rechts ab. Schon nach etwa zwei Meilen sah man rechts die Villa auf einer lichten Anhöhe; linker Hand, in der Nähe des Flusses, lagen die Wirtschaftsgebäude.

Sie waren die ganze Strecke über schweigend gefahren, als Gaius, eine halbe Meile vor dem Ziel, aus dem Fenster schaute und sagte:

»Seltsam...«

»Was?«

»Hier ist irgend etwas anders.«

Selenus lachte. »Allerdings. Die Felder, die Weiden, die Koppeln, die Straße! Ich habe noch nie ein so aufgeräumtes Gelände gesehen.«

»Wenn der Alte so ist wie sein Besitz, dann hilf, Athene!«

Der Wagen fuhr in den großen Hof ein, der hufeisenförmig vom Hauptgebäude und seinen Flügeln eingerahmt wurde. Er war ganz mit unregelmäßigen Platten belegt und peinlich sauber. Das Gebäude schien erst kürzlich neu getüncht worden zu sein, denn sein Weiß hob sich strahlend ab von den fahlbraunen Tönen der halb entlaubten Bäume und des herbstlich falben Rasens im Park. Mehrere Sklaven waren dabei, das Laub zusammenzurechen und fortzuschaffen. Sie schienen dies täglich zu besorgen, denn ihre Ernte war trotz der gewaltigen Kronen von Kastanien- und Nußbäumen gering. Im übrigen nahmen sie keine Notiz von den Besuchern.

Der Wagen rollte im Bogen vor das Portal und hielt. Eine breite, dreistufige Treppe mit flachen Stufen betonte die Mitte des Langhauses. Rechts und links brachten zwei bronzene Rossebändiger einen dramatischen Akzent in die Ruhe der horizontalen und senkrechten Linien der Architrave und Säulen der Vorhalle. Säulen, Simse und Giebel, sämtlich aus grau geädertem Marmor, harmonierten reizvoll mit dem Weiß der glatten Wände.

Der Kutscher sprang vom Bock, öffnete die Wagentür und schickte sich, an, seinen Herrn zu melden.

»Laß nur!« sagte Selenus. »Ich mache das selbst!« Und zu Gaius, schmunzelnd: »Du solltest im Wagen sitzen bleiben!«

»Seit wann achtest du auf solche Äußerlichkeiten?« grinste Gaius zurück.
»Nur wenn ich es mit einem Pedanten zu tun habe.«
Selenus ging, nein, schritt die drei Stufen aufwärts, hatte dabei das sichere Empfinden, von innen heimlich beobachtet zu werden. Dreimal, in gemessenem Takt, betätigte er den Klopfer.
Erstaunlich schnell wurde geöffnet. Selenus hatte die Fähigkeit, im Gesicht, besonders im Auge eines Fremden zu lesen und sehr schnell auf den Charakter schließen zu können. Dann folgte ein schneller Blick auf Kleidung, Haltung und Gebärde, und meist wußte er, mit wem er es zu tun hatte:
»Du bist der Vorsteher der Dienerschaft, nicht wahr?« stellte er lächelnd fest. »Wie ist dein Name?«
»Aberkios.«
»Gut, Aberkios, geh und melde deinem Herrn Aurelius, Gaius Volcatius Tullus, der Sohn des Senators Lucius Volcatius Tullus, bittet, empfangen zu werden.«
Das kam so ungemein selbstsicher, ja mit einer vollkommenen Vornehmheit in einer unaufdringlich distinguierten Sprache über die Lippen und wurde von einem beeindruckend weltmännischen Lächeln begleitet, daß der Mann nach einem schnellen Blick auf den aristokratischen Vierspänner eine tiefe Verbeugung machte, zum Wagen trat, Gaius beim Aussteigen half und ihn mit einem »Bitte zu folgen, Herr!« ins Haus bat. Während sie hineingingen, zwinkerte Selenus Gaius kurz zu.
Das Atrium war von ungewöhnlicher Höhe und Weite. Das Sonnenlicht fiel schräg ein und traf eine herrliche Plastik: In halber Lebensgröße bäumte sich in einer Nische ein arabischer Hengst, und er zog sogleich die Blicke auf sich.
Wieder verbeugte sich Aberkios, sagte, er werde seinen Herrn benachrichtigen, und ging. Es war still. Nur aus der Schale des bronzenen Knaben, der sich in leichter Drehung aus dem Impluvium[42] nach oben reckte, hörte man ein leichtes Plätschern.
Dann näherten sich bedächtige Schritte, und Aurelius Serenus trat zwischen den Säulen hervor: groß, schmal, mit vollem Silberhaar, das er locker nach vorn gekämmt trug, war er nicht das, was sie sich nach dem Hörensagen vorgestellt hatten. Sein Gesicht war von subtiler Feinheit und geistiger Tiefe, die besonders von großen, ruhigen, stahlblauen

Augen ausging. Die schmalen Lippen des großen Mundes hielt er leicht offen, und sie zeigten ein Lächeln, das zugleich höflich und reserviert war. Es spiegelte sich in den Fältchen zu seiten der Augen. Das waren nicht die Züge eines skrupellosen Opportunisten, und schon gar nicht wollten dazu die Hände passen: gepflegt, schmal, mit feingliedrigen Fingern, gehörten sie eher einem Philosophen oder Poeten als einem grob zupackenden Landmann.

Noch mehr überraschte die volltönende warme Stimme, als er zu sprechen begann:

»Gaius Volcatius Tullus! Das ist aber eine Überraschung!«

Er reichte Gaius die Hand, anschließend Selenus.

»Ich habe deinen Onkel Titus gut gekannt. Aber das ist lange her...«

»Zwanzig Jahre«, sagte Gaius.

»Zwanzig Jahre«, überlegte Aurelius. »Ja, er kaufte damals einige Araber.«

Er betrachtete Selenus. »Warst du nicht auch dabei?«

»So ist es«, lächelte Selenus.

»Wie die Zeit vergeht. Es war kurz vor dem Sklavenkrieg, der uns alle arg gebeutelt hat. Wir mußten danach von vorne...«

Gaius wies mit der Hand um sich. »Und das scheint dem Anwesen gut bekommen zu sein. Deine Geschäfte gehen gut.«

»Geschäfte? – Ohne Fleiß kein Preis!« stellte Aurelius sachlich fest. Selenus wies auf die Pferdeplastik: »Ein Lysippos, nicht wahr?«

»Donnerwetter, ja! Die meisten stehen ratend davor.«

Er betrachtete Selenus sehr wohlwollend.

Gaius wies auf den Griechen: »Er hat einen Pferdeverstand.«

»Gewiß, ja«, nickte Aurelius. »Aber hier geht es doch wohl mehr um Kunst. Auf Anhieb einen Lysippos zu erkennen! Er ist der erste, der...«

Gaius und Selenus registrierten, daß Aurelius anscheinend die Gewohnheit hatte, in unvollendeten Sätzen zu reden.

»Tja«, fuhr der Hausherr fort, »was ist der Grund eures... Was, eh, was führt euch zu mir?«

Die Frage kam mit höflicher Neugier. Wußte er es wirklich nicht? »Ach«, sagte Gaius, »ich hörte, daß du auch Araber züchtest. Und da ich zwei Pferde brauche, dachte ich...«

»Gewiß, ja«, nickte Aurelius. »Du möchtest sie dir anschauen, natürlich...«

War die Zerstreutheit gespielt?
»Ich werde sie dir persönlich vorführen. Wenn ihr mir...«
Er ging schon voraus, und Selenus warf Gaius einen schnellen Blick zu: Sei auf der Hut!
»Aberkios!« Er rief es nicht allzu laut, doch schon nach wenigen Augenblicken war der Mann zur Stelle. Gaius beobachtete ihn: Haltung und Ausdruck ließen erkennen, daß er seinen Herrn unbedingt respektierte. Das war insofern erstaunlich, als Aurelius auch ihm gegenüber diesen scheinbar zögernden Ton gebrauchte:
»Würdest du die vier Araber... mit Sattel und Zaumzeug...«
Aberkios nickte nur und ging. Aurelius wandte sich wieder an seine Besucher:
»Das wird eine Weile... Möchtet ihr eine Kleinigkeit...?« Er meinte wohl ein kleines Frühstück.
»Nein, danke!« wehrte Gaius freundlich ab. Aurelius nickte und sagte:
»Darf ich euch denn... damit euch die Zeit nicht zu lang... meine Sammlungen...?«
»Aber gerne!« rief Gaius.
Sie verließen das Atrium, und er führte sie durch einen Gang in den linken Seitentrakt, der im Erdgeschoß einen großen, hallenartigen Raum bildete. Überrascht blieben sie in der Tür stehen. Aurelius hatte hier einen ganzen Tiergarten steinerner Wesen versammelt. Da setzte eine Raubkatze zum Sprung an; fünf Jagdhunde balgten in tödlichem Kampf mit einem wehrhaften Eber; eine marmorne Dogge hielt Wache an der Tür; ein Hirsch behauptete auf einem Felsen stolz den Platz; ein Knabe spielte mit einer Katze; ein ungeheurer großer dreiköpfiger Cerberus bannte die Geister.
Auf der anderen Seite kämpfte Herakles mit dem Nemeischen Löwen neben einer Sphinx. Die Krönung des Ganzen aber war eine herrliche keusche Artemis, zu deren Füßen einige ihr heilige Tiere des Waldes kauerten.
»Du hast da die schönste Blütenlese griechischer Tierplastiken versammelt, die ich je gesehen!« rief Gaius begeistert aus und ließ den Blick bewundernd über die Gestalten wandern. Selenus sah, wie Aurelius sich über das Lob kindlich freute.
»Ich begann bereits mit zwanzig Jahren zu sammeln. Die Werke sind rar, sehr rar, und man braucht schon große Ausdauer, um sie...«

Gaius nickte, da der Satz unvollendet blieb.
Aberkios kam und meldete, die Pferde seien bereit.
»Ja, dann... Wenn es euch recht ist...«
Sie gingen nach draußen, überquerten den Hof und erreichten durch den Park eine rund abgesteckte Koppel. Je ein Knecht hielt ein Pferd am Zaumzeug und wartete auf die Befehle seines Herrn. Wieder fiel Gaius auf, daß nur eine leichte Handbewegung oder ein Neigen des Kopfes genügte, um Mensch und Tier in Bewegung zu setzen. Nacheinander führten die Knechte die Pferde am kurzen Riemen im Kreise. Fachmännisch erklärte Aurelius:
»Wir streben edles Vollblut an, hohe Hufe, weiche Beugen, starke Polsterung an Brust und Schenkeln, knochigen Kopf mit kleinen Ohren, hohen Widerrist, tiefe Flanken, kurze flache Hüften und kleine Hoden.«
Gaius und Selenus folgten mit Kennerblick diesen detaillierten Angaben.
»Und es ist dir wahrhaftig gelungen!« lobte Gaius.
Ein erneuter Wink von Aurelius, und man ließ die Tiere traben. Gaius' Blick kehrte immer wieder zu einem Rappen zurück. »Wie alt ist der Schwarze?«
»Wie alt? Drei Jahre. Du hast auf Anhieb das beste Pferd...«
»Ist er schon eingeritten?«
»Ja. Möchtest du ihn...?«
Gaius nickte. Und während Aurelius dem Knecht seine Anweisungen gab, raunte Gaius Selenus zu:
»Ich werde ihn kaufen. Das wird unsere Fragen erleichtern. Außerdem ist es ein herrliches Tier. Oder?«
Selenus, großer Pferdekenner, sagte: »Es wird nicht billig sein!«
»Der Hengst ist es wert.«
Und Selenus überlegte, ob damit ihre Fahndungen oder das Tier gemeint sei. Mittlerweile war der schwarze Hengst gesattelt und auf den neben der Koppel liegenden großen Parcours gebracht worden. Sie gingen hinüber.
»Wie heißt er?« fragte Gaius.
»Castor«, sagte Aurelius.
»Und wo ist Pollux?«
»Im Stall. Er ist nicht ganz... Er hat sich eine Verletzung an der Schulter...«
Gaius ging zu Castor, legte ihm die flache Hand auf die Nüstern,

strich und tätschelte ihm mit der anderen den Hals und sprach leise und zärtlich auf ihn ein. Dann hielt ihm ein Knecht die verschränkten Hände hin, und Gaius schwang sich in den Sattel.
Der Hengst tänzelte und wartete auf den Schenkeldruck. Er kam, und er schoß los. Binnen kurzem waren Roß und Reiter am Ende der Bahn hinter Büschen und Bodenwellen verschwunden. Selenus meinte gelassen: »Ich glaube, du kannst die übrigen wieder in den Stall führen lassen. Aber wir hätten dann noch gerne den Pollux gesehen.«
»Gewiß, ja«, sagte Aurelius. »Pollux! Noch ein paar Tage, und er ist wieder . .. Ich kann ihn gerne . .. Aber es wäre nicht gut für seine...«
»Na gut; wir können uns auch so ein Bild machen. Sind die beiden Brüder?«
»Brüder? Gewiß, ja. Pollux ist ein Jahr älter. Sie haben die gleichen Eltern.«
Da kam Gaius herangesprengt, brachte Castor abrupt zum Stehen und saß ab.
»Großartig!« rief er und tätschelte Castors Hals. »Gute Erziehung! Er beherrscht die Gangarten!«
»Die Gangarten, ja! Seit zwanzig Jahren sammle ich alles, was ich über dies hochinteressante Problem der zusätzlichen Gangarten... und versuche vor allem, sie unter dem Sattel auszuprobieren...«
Und dann, während sie langsam in Richtung Hauptgebäude schlenderten, referierte Aurelius sachlich über die verschiedenen Gangarten und vertiefte mit ausführlichen Sätzen, untermalt durch eine vornehme Gestik, seine Vorstellungen zur Pferdezucht – immer wieder unterbrochen von klugen Fragen und fachkundigen Einschüben des Griechen.
So ging das eine Weile fort, bis Aurelius ausrief:
»Endlich ein Mann, der große Kenntnis... Ich arbeite seit Jahren an einer Darstellung... Wir müssen uns einmal zusammensetzen, um gemeinsam... Du bist mir jederzeit willkommen, Selenus!«
»Gerne!« sagte der Grieche und lächelte freundlich.
»Aber nun sollten wir ins Haus... Ich habe dort ein kleines Frühstück...! Bitte!«
Er wies zum Haupthaus, und die Besucher folgten gerne der Einladung.

14

Das »kleine Frühstück« erwies sich als ein Essen zu mehreren Gängen, zusammengestellt aus kaltem Braten, Geflügel, Brot, Salz- und Käsegebäck sowie Früchten und allerlei Salaten. Dazu wurden verschiedene Weine aus eigenen Kellereien eingeschenkt.
Sie lagerten sich auf den Clinen[43]. Sklaven reichten Wasser und Tücher. Nach einigen höflichen Bemerkungen über das Anwesen, besonders die steinerne Sammlung, sagte Gaius:
»Ich habe gehört, daß du dich vergrößern willst – in Caere…«
Sie beobachteten sehr genau Aurelius' Reaktion, aber er zeigte keine außergewöhnliche Regung. Er lächelte nur: »Caere! Gewiß, ja. Aber verkleinern, nicht vergrößern!«
Die Besucher warfen sich einen heimlichen Blick zu.
»Wie meinst du das?«
»Nun, ich denke, ich habe hier in den letzten dreißig Jahren genug… Servius wird sich um das Gestüt… Ich möchte mich mehr den Pflanzen zuwenden. Caere hat dazu die besten… ja, und dort habe ich vor allem die Muße, um endlich im stillen Kämmerlein meine Erfahrungen und Forschungen der letzten Jahre zu Papier… Ich liebe Caere und seine Umgebung.«
»Dann muß man sich hier also nächstens an Servius halten?«
»Wie? – Gewiß, ja, an Servius. Aber er ist mit den Pferden groß geworden. Das alles wird mir zuviel. In meinen Jahren will man ernten, nicht mehr pflügen und säen. Besonders, seit mir Meliton fehlt. Er hat mir vieles abgenommen. Schade um Meliton!«
Gaius und Selenus warfen sich einen schnellen Blick zu.
»Man hörte so einiges…«, sagte Gaius gelassen und spielte den höflich Interessierten. »Es heißt, er sei erschlagen worden.«
»Erschlagen? Nein, erstochen! Furchtbar! Was für Zeiten, was für Sitten!« Er nahm einen Schluck Wein.
»Er war dein Verwalter, nicht wahr?«
»Verwalter? Gewiß, ja. Aber er war mehr als… Er nahm mir diesen verdammten Schreibkram ab, den ich nun selbst…«
Gaius nickte mitfühlend. »Hatte er Feinde?«
»Feinde? Meliton? Nein. Ein durch und durch korrekter Mann, ja! Man konnte sich in jeder Lage auf ihn… Aber es trifft immer die Besten!«

Gaius nickte. »So ist es. Aber – vielleicht galt der Anschlag gar nicht Meliton, sondern – dir?«
»Mir? Der Anschlag?« Er lachte. »Das könnte der Mörder hier weit besser erledigen.«
»Aber du wirst doch öfter in Caere gewesen sein.«
»In Caere, gewiß, ja. Aber nicht in der Gegend, in der Meliton...«
Gaius mußte von nun an vorsichtiger formulieren, damit er nicht den Anschein erweckte, als ob er Aurelius verhöre.
»Sonderbar, das Ganze!« sagte er und schüttelte bedächtig den Kopf.
»Wie man's nimmt. Auf dem Lande läuft allerhand Gesindel herum. Ich kenne diese Leute zur Genüge.« Und er setzte zu einem zornigen Resümee an: »Diese Leute stammen aus den von Sulla gegründeten Siedlungen. Im allgemeinen wackere und tüchtige Männer, ja, aber darunter auch solche, die sich bei dem unverhofften Besitz allzu verschwenderisch und übermütig aufspielten. Während sie wie die Glücksritter bauten, an zahlreichem Gesinde und üppigen Gelagen ihre Freude hatten, stürzten sie in gewaltige Schulden. Diese Leute haben auch die Alteingesessenen, die in dürftigsten Verhältnissen leben, zu Raub und Plünderung angestachelt!«
Glaubte er wirklich selbst, was er da erzählte? Aber Gaius bekräftigte es ernst: »Interessant! Von der Seite habe ich es noch gar nicht betrachtet.«
»Von der Seite? Gewiß, so muß man es aber... Und dann gibt es noch die Gruppe jener, die teils durch Trägheit, teils durch schlechtes Wirtschaften, aber auch durch großen Aufwand in alten, ja, in alten Schulden versunken sind, die sich nach Zwangsversteigerung ihres Besitzes unter die Plünderer und Räuber der rechtschaffenen Bürger begeben haben. Sie schrecken vor nichts zurück, vor nichts! Man muß sich in Rom etwas... So kann das nicht...!«
Listig fragte Gaius: »Hast du denn keine Bedenken, in eine Gegend zu ziehen, in der sich in letzter Zeit Mord und Totschlag häufen?«
»Bedenken? Nein, warum? Ich werde im stillen meinen Interessen nachgehen und mein Buch über die Landwirtschaft... Dein lieber Selenus sollte mich dort hin und wieder, ja, besuchen. Man trifft heute sehr selten solche Kenner der... Ich werde morgen dort sein.«
»Danke für die...«, verfiel nun der Grieche schelmisch in die gleiche torsohafte Art. Aber da wechselte Gaius das Thema:

»Wir müssen über Castor noch zum Abschluß kommen. Wie ist der Preis?«

»Castor, gewiß, ja, mein Liebling, der Feine. Drei Jahre alt! Stammbaum bis auf Hannibal! Aber ich werde ihn nicht mehr... Er ist mir zu temperamentvoll. Ja, der Preis... Er ist fünfzigtausend wert. Aber einem Kenner lasse ich ihn für fünfunddreißigtausend.«

»Das kann ich nicht annehmen!«

»Gewiß, aber ja! Er wird unter Selenus' Händen gedeihen und Vater ganzer Geschlechter... Kein Widerspruch! Fünfunddreißigtausend!«

»Gut. Und wenn Pollux genesen ist, schaue ich mir ihn an. Ich werde Castor bald holen lassen.«

Sie saßen gerade im Wagen, als Selenus meinte: »Entweder ist er der größte Fuchs, der mir je begegnet ist – oder ein Trottel!«

Gaius nickte: »Wir werden es bald wissen.«

15

»Reiten oder fahren wir?« fragte Cornificius.
»Wir reiten. Dann sind wir beweglicher und schneller. Außerdem nehmen wir Hector mit!«
Sie standen im Atrium. Gaius wandte sich an Selenus:
»Ich weiß nicht, wann wir zurück sind. Bitte, informiere den Patron. Und schicke im Laufe des Vormittags jemanden zu Loco, der nach dem Wohlbefinden seiner Gäste sieht. Wenn wir heute abend nicht zurück sind, mach dir deswegen keine Sorgen... Dies noch: Sende zu Kreon nach Tusculum! Einer der Leute soll Castor bei Aurelius abholen.«
Selenus nickte. »Seid vorsichtig!« Dann ging er in sein Zimmer.
Die Via Cornelia war um diese frühe Nachmittagsstunde wenig belebt, und so ritten sie nebeneinander her. Gaius berichtete dem Freund über den morgendlichen Besuch bei Aurelius.
»Was ist nun?« fragte Cornificius. »Hältst du den Alten für den Drahtzieher des Ganzen?«
»Ich bin mir nicht sicher. Man wird aus ihm nicht so recht klug. Jedenfalls scheint ihn das Elend der Bauern bei Caere kaltzulassen.«
»Junge, was hast du denn erwartet? Ein Mann seiner Herkunft hat Bedürftigkeit und Abhängigkeit nie am eigenen Leibe erfahren.«
»Er gibt vor, demnächst bei Caere das zurückgezogene Leben eines Privatgelehrten führen zu wollen.«
»Warum nicht? Das könnte zusammenpassen.«
»Was?«
»Nun, Leute seiner Art spinnen sich mit zunehmendem Alter eine fiktive Welt ihrer mehr oder weniger weltfremden Interessen zurecht. Sie leben wie mit Scheuklappen und nehmen nicht mehr wahr, was um sie herum vorgeht. Zumindest berührt es ihre Interessen nicht. Meist geht das allerdings einher mit zunehmender Weltfremdheit. Man könnte es auch naiv nennen.«
»Das kann schon sein – wenn er uns nicht eine Komödie vorspielte. Aber eine Äußerung gab mir zu denken. Als ich zu ihm sagte, er sei doch öfters in Caere gewesen, antwortete er verdächtig schnell: Aber nicht in der Gegend, in der Meliton erstochen wurde.«
»Das muß nichts besagen.«

»Dann seine scheinbare Großzügigkeit! Er erklärte, der Hengst sei fünfzigtausend wert, verkaufte ihn dann aber für fünfunddreißigtausend!«
»Und wie taxierte der Pferdekenner Selenus ihn?«
»Er meinte, Castor sei auf dem Markt seine fünfzigtausend schon wert.«
»Bei Fortuna! Dann freu dich doch! Er scheint einen Narren an dir...«
»Ach was! Diese Kulanz ist verdächtig. Kein Mensch verkauft einem Fremden so ein edles Tier unter Preis! Dahinter steckt Berechnung! Er will vorbeugen. Er muß etwas von unserem Interesse an den dunklen Ereignissen von Caere wissen. Ein Mann, der kaltblütig seine Gläubiger ausquetscht wegen lumpiger zweitausend Sesterzen, der verschenkt nicht fünfzehntausend, nur weil ihm der Käufer sympathisch ist!«
»Du solltest auf jeden Fall in freundschaftlichem Kontakt mit ihm bleiben.«
»Tu' ich. Und ich werde mir in Kürze den Pollux anschauen.«
»Was ist mit dem Sohn, der das Gestüt übernimmt?«
»Servius? War nicht im Hause.«
Von nun an schwiegen sie, und jeder hing seinen Gedanken nach. Tullius Cimber trafen sie nicht in seinem städtischen Hause an; Alexander und Archelaos waren ebenfalls nicht da. So hielten sie sich nicht länger in Caere auf, sondern ritten, in Begleitung eines Knechtes, zum Tullianischen Hof.
Zunächst folgten sie dem bekannten Wege, der an den alten Gräbern vorbeiführte, bis zu der Gabelung, wo man Melitons Leiche gefunden hatte. Geradeaus ging es zu Considius' Anwesen, halb links zu dem des Tullius.
Die Anlage des Gutes war ähnlich der des Considius. Aber hier fiel schon nach einem ersten Blick die Frische, die Sauberkeit und Aufgeräumtheit von Hof, Gerät und Gebäuden ins Auge.
Quintus, des Tullius Jüngster, kam ihnen aus dem Stall entgegen und strahlte schon von weitem, als er die zwei Reiter erblickte.
»Vater ist im Hause!« rief er, nahm die Pferde in Empfang und führte sie in den Stall. Tullius Cimber, der wohl mit ihrer Ankunft um diese Zeit gerechnet hatte, trat aufgeräumt aus dem Hause und begrüßte sie herzlich.
»Gibt's was Neues?« fragte Gaius.

»Nein, bis jetzt nicht. Aber die beiden sind noch nicht zurück.«
»Alexander und Archelaos?«
»Ja. Sie waren fast die ganze Nacht auf den Beinen und haben heute morgen eine Mütze voll Schlaf genommen. Tolle Burschen!«
»Das freut mich zu hören«, sagte Gaius, hatte er doch befürchtet, Alexander werde durch seine großsprecherische Art unangenehm auffallen.
»Sie müssen jeden Augenblick hier sein. Wollt ihr ein Bad nehmen?«
»Danke, sehr freundlich, Tullius, später. Aber ich würde mir gerne den Hof ansehen.«
Tullius, der sich sehr geschmeichelt fühlte, begann den Rundgang in der Kelter, zeigte die Fässer, die Presse und die Amphoren.
»Er wird gut werden dieses Jahr!«
»Tafelwein?«
»Ja. Ich ziehe Reben, die sowohl in der Frucht wie im Holz kräftig sind, denn das eine wirkt sich auf den Ertrag, das andere auf die Lebensdauer des Stockes aus. Die Frucht ist dann von guter Qualität, wenn sie nicht zu schnell Laub treibt, möglichst früh abblüht und nicht allzu langsam reift, so daß sie Reif, Nebel und Sonnenbrand leichter aushält und im Regen nicht fault. Eine solche Rebe würde ich auch dann wählen, wenn sie nur mittelmäßig trägt, vorausgesetzt man verfügt über einen Boden, auf dem der Wein einen edlen und kostbaren Geschmack entwickelt.«
»Das ist aber hier nicht der Fall?«
»Teils, teils. Die flachen Lagen sind immer leicht und billig, bringen dennoch Gewinn, weil ich sehr ertragreiche Reben gepflanzt habe. Hanglagen bringen Trauben von angenehmerem Geschmack.
Hier bei uns in Caere ist die Rendite, die der Weinbau abwirft, außerordentlich hoch. Ich habe schon Reben gehabt, die mehr als zweitausend Trauben getragen haben, so daß sie manchmal bei achthundert Stöcken zwei Jahre nach dem Auspflanzen sieben Cullei[44] Wein brachten. Dennoch gibt es immer noch Leute, die meinen, Wiesen, Weiden und Wälder würfen ihrem Besitzer einen glänzenden Gewinn ab, wenn sie sich pro Jahr mit hundert Sesterzen pro Morgen rentieren – ganz zu schweigen vom Getreideland, denn ich kann mich kaum entsinnen, wann dieses sich jemals mit dem vierten Teil rentiert hätte.«
Gaius, den das alles nicht nur persönlich, sondern auch besonders im Zusammenhang mit der Verschuldung so vieler Bauern dieser Region interessierte, hatte aufmerksam zugehört und warf nun ein:

»Dann verstehe ich nicht, warum – einmal abgesehen von den kriegerischen Ereignissen – so wenige Bauern den gewinnbringenderen Weinbau betreiben!«
»Nun«, Tullius lächelte überlegen, »der Weinbau steht bei den meisten durchaus in schlechtem Ruf.«
»Warum denn das?«
»Schuld daran ist nicht er selbst, sondern die Beschränktheit der Leute. Einmal, weil fast kein Bauer genug Sorgfalt auf das Aussuchen der Stecklinge verwendet und deshalb Weingärten von schlechter Qualität angelegt werden. Zweitens versorgen die meisten die Pflanzen nicht in der Weise, daß sie kräftig werden und austreiben, ehe sie austrocknen. Aber selbst wenn sie heranwachsen, pflegen die Bauern sie nicht sorgsam genug...«
So fuhr er sehr fachmännisch und kenntnisreich eine Weile fort, bis er Gaius anschaute und sagte:
»Aber was rede ich? Du hast andere Dinge im Kopf.«
»Nein, Tullius, das interessiert mich alles sehr. Bei Gelegenheit mußt du mir mehr von deinen Erfahrungen berichten.«
»Gerne.«
Sie gingen noch durch Stall und Scheune, aber Tullius faßte sich nun kurz.
»Das Haus ist sehr schön und alt«, sagte Gaius, als sie ins Atrium kamen. Er klopfte mit den Fingerknöcheln gegen die eichenen Stützbalken des Daches. Tullius erklärte nicht ohne Stolz: »Ja, ich schätze, so an die dreihundert Jahre. Nur das Dach wurde mehrmals erneuert.«
Gaius nickte anerkennend. »Du und deine Väter haben es gut instand gehalten.«
Die einzelnen Räume wiesen keinerlei Luxus auf, alles war nach Zweckmäßigkeit eingerichtet, jedoch – eine kleine Bibliothek war vorhanden.
»Ich wohne zwar meist in der Stadt, doch wenn ich den Drang habe, allein zu sein, ziehe ich nach hier oben. Nur einige Mägde und Knechte leben immer hier. So kann ich jederzeit über die Räume verfügen. Da du ja wohl zur Nacht bleibst...« Er blickte Gaius fragend an: »Wo willst du schlafen? Hier oder unten im Ort?«
»Wenn es dir keine Mühe macht, hier! Ich liebe diese alten Gemäuer. Sie müßten erzählen können.«
»Ja, mir geht es ähnlich... Es ist schon alles vorbereitet.«

Sie betraten den nicht sehr großen Speiseraum. Sowohl die Liegen als auch der mittlere Tisch waren aus Stein. Sauberes, weißes Linnen deckte die Tafel, die Clinen waren mit Decken, Kissen und Fellen anheimelnd weich ausgelegt.
Die Dämmerung hatte längst eingesetzt, und ein Knecht zündete überall im Hause die Lampen an. Obwohl es, der Jahreszeit entsprechend, draußen sehr schnell abkühlte, blieb es im Innern angenehm warm. Gaius legte die flache Hand an eine Wand und staunte: »Oh, ein Hypokaustum[45]?«
»Ja, man war hier schon sehr früh auf das Angenehme bedacht. Die Warmluftheizung zieht, die Küche ausgenommen, durch alle Böden und hier in den Wänden aufwärts. Ich brauchte nichts umbauen oder erweitern zu lassen.«
Cornificius, der, wie es oft seine Art war, bisher alles schweigend und doch aufmerksam verfolgt hatte, bemerkte:
»Das beweist wieder einmal, daß wir eigentlich sehr wenig brauchen, um uns wohl zu fühlen.«
Tullius Cimber nickte eifrig. »So ist es. Nur wird es immer schwieriger, das den Leuten klarzumachen. Selbst in einer unbedeutenden Provinzstadt wie Caere greift diese Sucht um sich, mit allerlei überflüssigem Schund die Häuser auszustatten oder sie gar abzureißen, um Platz für verweichlichende Bequemlichkeiten zu schaffen. Jedes Provinznest äfft Rom nach, doch da dann die Mittel und Möglichkeiten nicht adäquat sind, wirkt das Ergebnis geradezu lächerlich.«
Eine junge Frau erschien. »Soll ich auftragen, Herr?«
Tullius nickte. Sie hatten sich gerade niedergelassen, als Alexander und Archelaos in den Raum polterten. Ihre Tuniken sahen aus, als seien sie seit Wochen nicht gewaschen worden. Zack! flog bei beiden die Rechte nach oben, und Alexander meldete:
»Alexandros und Archelaos von Spähtrupp zurück! Keine besonderen Vorkommnisse, es sei denn!«
»Ja?« fragte Gaius.
»Vor etwa einer Stunde trafen zwei weitere Halunken auf dem Hof des Considius ein!«
»Wieso weitere?«
»Weil Anbetracht dessen durchaus schon zwei vorhanden waren!«
»Hm, und was machten die?«

»Nichts.«
»Was heißt das?«
»Sie gingen unbedingt ins Haus und ließen sich nicht mehr blicken. Wir konnten auch nicht näher heran, weil es durchaus zu hell war.«
»Immerhin läßt das auf bevorstehende Aktivitäten schließen«, meinte Cornificius.
Tullius sagte:
»Ihr könnt ein Bad nehmen und euch frisch einkleiden. Gebt eure Sachen der Eurykleia zum Waschen. Dann sind sie morgen sauber und trokken.«
»Jawohl! Eurykleia waschen! Sauber und trocken!«
»Und dann soll sie euch in der Küche beköstigen.«
»Jawohl! Küche beköstigen!«
Alexander blieb in Habachthaltung stehen.
»Was gibt's noch?« fragte Gaius.
»Eine Beobachtung.«
»Raus damit!«
»Einer der beiden ersten Halunken hat durchaus das große Wort.«
»Woran erkennt man das?«
»Weil... der zweite Halunke und die Brüder, die später den Hof bevölkerten, machten vor ihm unbedingt den Rücken krumm. Nicht wahr, Archelaos?«
»So ist es.«
»Auch der Kyklop, der schon auf dem Hof war?« fragte Gaius.
»Der am meisten! Nicht wahr, Archelaos?«
Archelaos nickte.
»Wie sieht er aus?«
»Durchaus wie einer, der noch grün hinter den Ohrläppchen ist, aber Macht hat, große Sprüche von sich zu geben.«
»Alter?«
»Zweifellos jünger.«
»Kleidung?«
»Einfach.«
»Haltung?«
»Sehr senkrecht.«
»Was sagte er?«
»War aus der Entfernung nicht zu verstehen.«

»Wo stecktet ihr denn?«
»In dem lieblichen Eichenhain.«
»Gut. Geht euch nun frischmachen. Eßt etwas. Dann legt euch schlafen. In zwei Stunden schauen wir uns den Ort der Handlung noch einmal an.«
»Herr, wir haben ihn uns schon lange genug angesehen. Wir sind Anbetracht dessen müde.«
Tullius blickte überrascht ob solchen Widerspruchs zu Gaius, legte aber ein gutes Wort ein:
»Das stimmt, Tribun. Sie sollten sich schlafen legen. Sie können ja kaum noch aus den Augen schauen. Und was sollte in dieser Nacht zu beobachten sein?«
»Na, meinetwegen. Aber dann schlaft auch und quatscht nicht so lange von alten Zeiten.«
»Jawohl! Meinetwegen! Alte Zeiten! Komm, lieber Freund!«
Sie gingen.

16

Gaius, Cornificius und Tullius machten es sich bequem, aßen und tranken mäßig, und als die Speisen abgeräumt waren, plauderten sie noch eine Weile über dies und jenes, als Cornificius noch einmal auf die Ereignisse zu sprechen kam:
»Es müßte doch festzustellen sein, wer dieser junge Anführer der Bande ist.«
»Nach dem, was Alexander sagte, könnte es sich durchaus um Servius, den jüngeren Sohn des Aurelius, handeln«, meinte Gaius.
»Durchaus möglich«, pflichtete Tullius bei.
»Kennst du ihn?« fragte Gaius.
»Nein.«
»Hm. Jedenfalls legt er Wert darauf, nicht erkannt zu werden. Warum versteckte er sich gestern, als wir auf dem Hof waren? Das würde im übrigen auch erklären, warum er heute morgen nicht auf dem Gestüt war.« Cornificius sagte: »Wenn du demnächst wegen Pollux vorsprichst, müßtest du ihn kennenlernen, da sein Vater, wie er ankündigte, aufs Land geht.«
»Gut«, rief Gaius, »aber was wissen wir dann? Wenn er mit der Person auf Considius' Hof identisch ist, haben wir noch lange keine Beweise, daß er mit dem Mord in Verbindung steht. Kein römisches Gericht nimmt uns das ab!«
»Ja, das ist richtig«, sagte Tullius. »Ihr braucht Fakten, keine Vermutungen. Wir werden wohl abwarten müssen.«
Sie schwiegen und stierten in die Flämmchen der Lampen. Schließlich meinte Cornificius spaßhaft:
»Am Ende handelt es sich um Geister, die den alten Gräbern entstiegen sind.« Er lachte.
Aber Tullius sagte ernst:
»Solche Geschichten kursieren tatsächlich unter den Alten. Niemand wagt sich bei Nacht in die Stadt der Toten.«
»Es sei denn, es wären Ausgestoßene«, meinte Cornificius. »Mir erzählte einmal jemand, nach der Beendigung des Spartacusaufstandes durch Crassus hätten sich einige aus dem Süden geflohene Sklaven in den Felshöhlen und Totenhäusern verkrochen.«

»Das ist durchaus möglich«, sagte Tullius. »Dort wären sie sicher gewesen.«
»Mein Gewährsmann berichtete außerdem«, fuhr Cornificius fort, »im ersten Jahre des Sklavenkrieges hätten sich die Sklaven, die sich unter der Führung eines gewissen Krixos vom Hauptheer getrennt hatten, längere Zeit in dieser Gegend verschanzt, ehe sie von römischen Entsatztruppen vernichtet worden seien.«
»Das ist richtig«, nickte Tullius. »Damals gingen hier alle Höfe außerhalb der befestigten Mauern in Brand auf. Auch der Hof des Considius.«
Cornificius fügte noch an: »Er machte einen sehr interessanten Zusatz: Als sie sahen, daß sie sich nicht halten konnten, hätten einige ihrer Anführer große Schätze an Gold, Silber und Geschmeide hier irgendwo vergraben.«
»Ich weiß.« Tullius lächelte. »Leider ist der Schatz bis heute nicht gefunden worden.«
Cornificius schien der Gedanke zu faszinieren:
»Aber nehmen wir doch einmal an, jemand findet ihn! – Wem gehört er?«
»Ganz einfach, mein lieber Praefect[46] und Dichter«, erklärte Gaius. »Wenn er ihn auf eigenem Grund und Boden findet, natürlich ihm. Wenn nicht, muß er ihn mit dem Eigentümer teilen. Allerdings dürfte er den Vorfall nicht an die Öffentlichkeit dringen lassen.«
»Warum?«
»Na, weil es sich um Geld und Besitz von ordentlichen, friedlichen Bürgern handelt, die ausgeplündert wurden oder gar dabei ihr Leben verloren. Der Besitz wäre unmoralisch.«
»Was ist da für ein Unterschied!« ereiferte sich Cornificius. »Besitz ist fast immer unmoralisch! Weil er auf Kosten anderer erworben wurde.« Dabei lächelte er Gaius ironisch an.
Gaius erwiderte: »Ich kann mich nicht entsinnen, daß die aufständischen Sklaven je solche Gedanken im Sinn hatten, als sie gegen ihre Herren losschlugen. Durch Fleiß erworbener Besitz ist die Voraussetzung des Gemeinwohls. Ich halte es da allerdings mit der Maxime der Stoiker: Eintracht herrscht da, wo der Nutzen des einzelnen sich deckt mit dem der Gesamtheit!«
»...was am Ende auf dasselbe hinausläuft!« beharrte Cornificius. »Da

wir aber in Zeiten leben, in denen jeder zunächst an sich denkt, dürfte sich der Zustand der Massen kaum bessern.«

»Um so mehr ist es für uns eine Verpflichtung, in Einzelfällen – wie bei Considius – für Gerechtigkeit zu sorgen.«

»Dann wären wir uns wieder einmal einig.«

Cornificius gähnte, und es wirkte ansteckend. Nach fünf Minuten erhoben sie sich.

Tullius zeigte ihnen ihre Zimmer, und nach einem freundlichen Gutenachtgruß ging jeder in seinen Schlafraum.

Trotz großer Müdigkeit zogen an Gaius noch einmal alle Bilder und Ereignisse der letzten Tage vorbei. Und immer wieder kreisten sie um die Erscheinung von Aurelius Serenus. Spielte er ihnen eine Komödie vor? Konnte es nicht sein, daß er mit den Anschlägen überhaupt nichts zu tun hatte? War es am Ende sein Sohn Servius, der, aus was für Gründen auch immer, die Anschläge plante und ausführte? Es war auch denkbar, daß der Alte selbst nichts damit zu tun hatte und doch davon wußte, daß er in väterlicher Verblendung aber die Verbrechen seines Sohnes deckte. Gaius war entschlossen, den Sohn kennenzulernen. Dann schlief er ein. Er hörte nur noch, wie Hector sich mehrmals, wie es seine Art war, erhob und im Kreise drehte.

»Brav, mein Guter! Nun schlaf du auch schön!«

Er mußte lächeln, als er hörte, wie die Dogge die freundliche Ansprache mit heftigem Schwanzklopfen auf den Boden beantwortete. Dann war es still. Nur die Deckenbalken ächzten hin und wieder, und der Wind rüttelte an den Fensterläden. Gaius zog sich das Fell höher und kuschelte sich auf die Seite.

Er wußte nicht, wie lange er geschlafen hatte, ja er meinte zunächst, er träume. Da war ein tiefes Grollen. Dumpf spürte er, wie seine Hand von etwas Kaltem, Feuchtem berührt wurde. Dann grollte es wieder. Noch halb im Schlaf, tastete er mit der Hand zur Seite und erkannte Hectors Schnauze. Er setzte sich aufrecht, nun hellwach, denn Hector knurrte erneut.

»Ruhig, mein Braver! Du weckst das ganze Haus!«

Aber Hector ließ sich nicht beruhigen. Gaius wurde mißtrauisch. Er lauschte. Im Hause blieb es ruhig. Dann aber schlug draußen eine Tür. Wo? Beim Stall? Er hörte, wie sich ein Pferd galoppierend entfernte. Hector lief zur Tür, knurrte und kratzte mit der Pfote am Holz. Im Nu

war Gaius aus dem Bett, warf sich hastig die Tunika über, schlüpfte in die Sandalen und ging zur Tür. Er öffnete sie vorsichtig und lauschte. Das Haus war völlig ruhig. Er überlegte, wie spät es sei. Vielleicht eine Stunde vor Sonnenaufgang?!
»Komm her! Sei leise!« Er strich ihm über Stirn, Ohren und Nacken. Dann ging er auf Zehenspitzen durch den Gang, erreichte das Atrium. Die ewige Flamme am Hausaltar gab so viel Helligkeit, daß er die Säulen unterscheiden konnte. Der Hund schnupperte am Boden.
»Ruhig, Hector!«
Er ging weiter durch den Flur zum Ausgang, griff nach der Klinke. Die Tür war nicht verschlossen. Er öffnete sie vorsichtig, trat auf die Schwelle und blickte über den Hof. Nichts rührte sich.
Er trat ganz hinaus. Der Himmel war klar, die Luft kalt. Er erschauerte. Langsam, immer nach einigen Schritten verhaltend, erreichte er das Ende der freien Fläche, von wo man weit über die tiefer gelegenen Wein- und Obstgärten blicken konnte. Und da sah er es! Im Norden, genau unter dem Himmelspol, loderten mächtige Flammen in die Höhe. Sein erster Gedanke: Aurelius! Doch zugleich schätzte er aus der Entfernung, daß es zu weit weg war. Aurelius' Gut lag mehr nach Osten. Collatinus! Er sah die Karte vor sich: Dessen Besitz schloß sich im Norden an den des Aurelius an. Also war das eingetreten, was er befürchtet hatte. Grimmig starrte er hinüber, die Flammen schossen in wechselnden Eruptionen aus den Gebäuden. Funkenflug trieb mit leichtem Wind nach Osten.
Mit schnellen Schritten ging Gaius zurück ins Haus. Tullius' Schlafraum befand sich rechts vom Atrium am Ende des Ganges. Er klopfte. Es kam keine Antwort. Er klopfte noch einmal. Nichts rührte sich drinnen. Er öffnete die Tür, ging zum Lager, beugte sich hinunter und suchte den Körper des Schlafenden, um ihn wachzurütteln. Er griff aber nur in weiches Bettzeug.
Schnell verließ er den Raum und weckte Alexander, der neben seinem eigenen Zimmer schlief. Gaius wußte, was nun kam.
»Halunken!« knurrte Alexander. Und als Gaius derber zugriff: »Spitzbuben! Werde es euch zweifellos durchaus zeigen...«
Er setzte sich aufrecht, verlangte sein Schwert und brüllte: »Mir nach! Wir treiben sie zu Scharen!«
»Natürlich, mein Kleiner. Aber erst stehen wir auf!«

»Jawohl! Aufstehen!« Er kam allmählich zu sich. »Warum, Herr?«
»Es brennt!«
»Wasser! Holt Wasser!« Er fuchtelte wild mit den Händen, sprang aus dem Bett.
»Später! Erst anziehen! Archelaos wecken! Bereithalten!«
Er stand zitternd stramm: »Jawohl! Archelaos anziehen!«
»Korrekt! Beeil dich! Und dann holt eure und unsere Pferde aus dem Stall.«
Gaius verließ schnell den Raum, um Cornificius zu wecken. Doch der trat ihm auf dem Flur schon verschlafen entgegen, gähnte jaulend und maulte:
»Ich glaube, ihr spinnt alle ein bißchen. Weißt du, wie spät es ist? Sind wir hier denn in Gallien!?«
»Das ist durchaus möglich. Du solltest dir schnell was anziehen und nach draußen kommen.«
»Warum denn das?«
»Du wirst es sehen können.«
Fünf Minuten später ritten sie, so schnell das fahle Morgenlicht es ermöglichte, über Feldwege nach Norden.
»Wo ist denn Tullius?« rief Cornificius und gähnte noch einmal.
»Keine Ahnung«, entgegnete Gaius. Aber er wußte es.

17

Als sie den Hof des Collatinus erreichten, war das Schlimmste vorbei. Wo die Scheune gestanden hatte, lag ein Haufen glühender Asche und verkohlter Balken. Etwa zehn Leute waren damit beschäftigt, vom Stall zu retten, was zu retten war. Das Feuer hatte das halbe Dach verzehrt. Sie hasteten mit Eimern, Kannen, Schüsseln, nassen Tüchern und Fellen von der Tränke beim Brunnen zum Stall und reichten die Gefäße einem Mann nach oben, der das Wasser von einer Leiter aus auf die gefährdeten Teile des Daches schüttete. Es war Tullius Cimber! Wenn er sich niederbeugte, sah man nur das Weiß seiner Augen, alles andere war von Ruß und Asche verdunkelt.

»Helft mit!« befahl Gaius Alexander und Archelaos. Doch die beiden waren bereits abgesessen und zeigten den staunenden Knechten, wie man Wasser trägt.

»Macht Platz, Jungs! Alexander kommt!« Er schleppte allein eine riesige Amphore herbei, reichte sie Tullius in die Höhe, doch hatte der nicht die Kraft, das schwere Gefäß nach oben zu ziehen. Seine Arme versagten; er gab auf.

Da stellte Alexander das Gefäß gegen die Wand, griff mit beiden Armen nach Tullius und setzte ihn wie eine Statue vorsichtig auf den Boden. Dann stieg er selbst hinauf, Archelaos reichte ihm die Amphore, und Alexander verteilte das Wasser schwungvoll über die glühenden Balken, Latten und die noch intakten Ziegel. Das wiederholte sich mehrere Male, und schließlich stieg nur noch weißer Wasserdampf in den Nachthimmel. Alexander kam herunter.

Tullius kam allmählich wieder zu Atem. Gaius ging auf ihn zu und sagte mit leisem Vorwurf:

»Du hättest uns wecken sollen!«

»Es war schon zu spät.«

»Woher wußtest du es?«

»Einer von Collatinus' Leuten gab Bescheid. Er klopfte an mein Fenster. Ich habe einen leichten Schlaf.«

»Trotzdem«, sagte Gaius. »Mit vereinten Kräften wäre der Stall wohl zu retten gewesen.«

»Wohl kaum«, beharrte Tullius und wies nach dem Platz, wo die Scheune

gestanden hatte. Gaius sah, daß einige Kühe und Schweine frei herumliefen.
»Wie hoch sind die Verluste?«
»Das müssen wir noch feststellen.«
Sie gingen zum Stall und schauten sich im zerstörten Teil um. Zwei Kühe und drei Schweine lagen verendet unter den rauchenden Trümmern des Daches.
»Das ist nicht das schlimmste. Seine gesamte Weizenernte ist vernichtet… Stroh, Heu… alles verbrannt!«
»Wo ist er?« fragte Cornificius.
»Dort!« Tullius wies auf einen großen Mann, der wie gelähmt vor den Trümmern seines Besitzes stand. Neben ihm eine schluchzende Frau. Zwei Kinder klammerten sich an sie und weinten. In der Nähe standen Männer in kleinen Gruppen beisammen und stellten Mutmaßungen über das Ausmaß und die Ursache des Brandes an; es waren wohl Bürger aus Caere.
Gaius wollte gerade zu Collatinus gehen, als sich zwei Reiter über den Hauptweg in schnellem Trab näherten. Es dämmerte bereits im Osten, und Gaius stieß Cornificius an:
»Schau mal, wer da kommt!«
Cornificius blickte wie alle andern hin. »Wer ist das?«
»Der große Aurelius Serenus mit seinem Faktotum Aberkios!«
Die Reiter erreichten den Hof. Aberkios glitt vom Pferd, lief zu seinem Herrn und half dem alten Mann vorsichtig auf den Boden. Aurelius starrte verwundert über die Szene, schüttelte den Kopf und blickte sich suchend um. Gaius ging auf ihn zu.
»Welch eine Überraschung!«
»Überraschung? Gewiß, ja! Ganz meinerseits!« Er reichte Gaius die Hand.
»Was… was machst du denn hier?«
Gaius fixierte ihn mit hartem Blick: »Das wollte ich dich gerade fragen.«
Aurelius überhörte es. »Furchtbar! Das… das ist furchtbar!«
»Allerdings.«
»Ist das nicht der Hof meines Nachbarn? Wie heißt er noch?«
»Collatinus.«
»Collatinus! Gewiß, ja. Wo ist der arme Mann?«
»Dort drüben! Ich denke, du wolltest erst heute kommen.«

»Heute? Gewiß, ja, aber wir haben ja heute!«
Gaius warf Cornificius einen vielsagenden Blick zu. Aurelius ging zu Collatinus. Gaius und Cornificius folgten langsam.
»Collatinus?« Aurelius streckte dem Mann die Hand hin, und der Bauer erwiderte abwesend den Gruß.
»Wie ist denn das...?«
»Brandstiftung!« sagte Cornificius lakonisch.
»Brand... Soso, aber warum denn das?«
Gaius hatte eine sehr scharfe Bemerkung auf der Zunge, aber er hielt sie zurück, erklärte stattdessen gelassen:
»Das ist nun schon der dritte Anschlag innerhalb von vierzehn Tagen.«
»Der dritte... gewiß, ja... aber wieso denn der dritte?«
»Nun«, Gaius zählte es ihm an den Fingern ab, »zunächst wird dein Meliton erschlagen. Dann wird der Hof des Geminus in Brand gesteckt. Und heute ist also Collatinus an der Reihe.«
Cornificius grinste kalt: »Ja, und dann wäre eigentlich der des Aurelius als nächster fällig!«
Aurelius fuhr herum: »Wer ist das?«
»Mein Freund, der Dichter Quintus Cornificius.«
»Cornificius, der Dichter? Soso. Kenne einiges aus seiner Feder... Ja, aber was macht ein Dichter...« Plötzlich starrte er Gaius an: »Was machst du eigentlich...?«
»Ich werde es dir heute noch erklären, wenn du uns erlaubst, dich auf dein Gut zu begleiten.«
»Erlaubst? – Aber ja! Doch zunächst sollten wir uns um den armen Collatinus...«
Er wandte sich an Collatinus: »Kannst du in deinem Hause noch – ich meine, ist es bewohnbar?«
Collatinus nickte stumm.
»Es ist nicht das Haus! Er hat seine Existenzgrundlage verloren. Die Ernte dieses Jahres ist vernichtet. Die Hälfte der Tiere tot. Ein Wunder, daß niemand verletzt wurde.«
Es war Tullius Cimber, der dies sagte, und sein Ton war scharf, doch Aurelius schien das zu überhören.
»Furchtbar, ja. Ich werde mich in den nächsten Tagen um ihn kümmern.« Laut wandte er sich Collatinus zu: »Ich schicke dir morgen, nein, noch heute, einige Leute und Handwerker, die dir beim Wiederaufbau helfen.

So, und ihr meint« – dies richtete sich wieder an Gaius –, »daß es Brandstiftung... Was sind das für Menschen, die solches...?«
Er schüttelte fassungslos den Kopf. Dann rief er: »Aberkios!... Ja, ich werde mich selbst sofort darum kümmern... Aberkios!«
»Hier, Herr!«
Er hatte die ganze Zeit still neben ihm gestanden.
»Du reitest sofort nach Rom und läßt einen Trupp Handwerker kommen. Zimmerleute, Maurer!«
Aberkios nickte. Dann wandte Aurelius sich wieder an Gaius: »Darf ich euch denn, trotz der frühen Stunde, zu mir einladen?«
»Aber ja«, sagte Gaius – und zu Alexander: »Wir treffen uns zur dritten Stunde bei Tullius Cimber.«
Sie schwangen sich in den Sattel, Aberkios half seinem Herrn aufs Pferd, und sie ritten los. Die Sonne ging eben strahlend über den östlichen Bergen auf und tauchte Wälder, Weingärten und Felder in eine reine, strahlende Helle. Doch sie waren zu sehr mit dem abermaligen brutalen Zuschlagen des Unbekannten beschäftigt, daß sie wohl alles sahen, aber die kosmische Unberührtheit des frühen Tages nicht wahrnahmen. Auf dem ganzen Wege wurde kein Wort gesprochen.
Wie erwartet war das Personal auf Aurelius' Anwesen schon auf den Beinen, doch fiel Gaius auf, daß es nur wenige Leute waren, die still ihren Tätigkeiten nachgingen. Man nahm die Pferde in Empfang, und Aurelius bat die Freunde ins Haus.
»Möchtet ihr ein Bad?«
»Danke.«
»Ja, dann – ein kleines Frühstück zur Erfrischung.«
Diesmal bot man Früchte, Weißbrot und Käse an, und die Freunde, aber auch Aurelius, griffen zu, denn die frische Morgenluft hatte alle hungrig gemacht.
»Glaubst du mir nun«, kam Gaius direkt zum Thema, »daß es hier nicht mit rechten Dingen zugeht?«
Aurelius sah ihn an: »Rechte Dinge... gewiß, ja! Ich gestehe, ich hielt deine gestrige Rede allerdings für übertrieben, aber nun... Ich werde wohl nachts Wachen aufstellen lassen.«
Er reichte ihnen selbst die Speisen.
»Hinter all dem«, fuhr Gaius fort, »scheint System zu stecken.«

»System, ja! Das ist alles sehr... Aber ich verstehe nicht, wieso du...? Ein seltsamer Zufall, daß wir zur gleichen Zeit...«
»Ach, ich kenne Tullius Cimber. Von ihm kam auch der Rat, bei dir Pferde zu kaufen.«
»Tullius Cimber! Aha. Ein fleißiger, ordentlicher Mann! Besser als viele andere hier. Ein großer Kenner der agrarischen... Werde mir manchen Rat bei ihm...«
So wechselte das Gespräch zu landwirtschaftlichen Fragen, aber nach einer Weile kam Gaius auf Collatinus zurück.
Vorsichtig sagte er: »Tullius meinte, Collatinus sei sehr hoch verschuldet.«
»Hoch verschuldet? Nun, das weiß ich nicht. Aber das kann natürlich sein. Sie haben ja alle Schulden hier.«
»Bei dir auch?« Cornificius fragte es, und die Freunde beobachteten scharf Aurelius' Gesicht.
»Bei mir? Das mag schon sein.«
»Wieviel?« hakte Gaius nach.
Da lächelte Aurelius: »Bei Fortuna! Das weiß ich nicht.«
»Das weißt du nicht?«
»Nein. Meliton hat das immer... Ich muß mir nun wohl die Mühe machen, demnächst selbst die Bücher einzusehen. Na, viel kann's nicht sein. So ein-, zweitausend.«
Gaius nahm einen Schluck Wein und stellte fest: »Er wird dir das Geld nach den heutigen Ereignissen nicht zurückzahlen können.«
»Zurückzahlen? Collatinus? Nein, braucht er auch nicht. Werde dem armen Mann helfen, wieder auf die Beine zu kommen. Habe mir überhaupt zum Ziel gesetzt, diese Gegend wieder zu einer Kornkammer zu machen.«
»So?« staunte Cornificius. »Und wie willst du das machen?«
»Wie? Nun, Tullius Cimber wird dabei helfen. Er hat großen Einfluß im Rat von Caere. Hier gibt's eine Menge zu tun. Ich werde zunächst einmal dafür sorgen, daß anständige Straßen, ja, gebaut werden. Ferner werde ich vorschlagen, daß die Leute sich zusammenschließen, ihre Erfahrungen austauschen, ja, und vor allem, daß sie gemeinsam die Preise absprechen. Die Preise! Nur so haben sie eine Chance, überleben zu können.« Überrascht schwiegen Gaius und Cornificius. Und plötzlich hatte es Gaius sehr eilig.

»Treffe ich heute deinen Sohn auf dem Gestüt an?« Er stand auf.
»Servius? Antreffen? Gewiß, ja, warum hast du es so eilig?«
»Ich habe in Rom noch einiges zu tun.«
»Schade. Wenn dein Selenus einmal Zeit und Lust hat, möchte ich gerne mit ihm über all diese Fragen...«
»Ich werde es ihm ausrichten. Und du solltest gut auf dein Haus aufpassen!«
»Aufpassen? Ja, ich glaube, du hast recht, gewiß!«

18

Sie ritten die anderthalb Meilen zu Tullius' Anwesen, doch weder er noch Alexander und Archelaos waren vom Brandort zurück. Gaius hinterließ die Nachricht, daß Alexander und Archelaos nach Rom nachkommen sollten. Dann machten sie sich auf den Rückweg. Hector lief brav neben ihnen her.

»Warum sprangst du denn auf einmal, wie von einem Skorpion gestochen, auf?« fragte Cornificius.

»Als Poet und Mann der logischen Verknüpfung müßtest du selbst drauf kommen.«

»Du verdächtigst jemanden, der nicht anwesend war...«

»Ja, das heißt, der Kreis der verdächtigen Personen hat sich seit heute nacht erweitert.«

»Solange du mich nicht einbeziehst, habe ich nichts dagegen einzuwenden. Aber nun sprich, du Schrecken aller Mörder, Brandstifter und Wegelagerer, denen das Wort auf der Zunge gefriert, so sie deiner ansichtig werden!«

»Nun, wen würdest du beim derzeitigen Stand unserer Ermittlungen denn in die engere Wahl ziehen?«

Cornificius dachte eine Weile nach.

»Also, am meisten verdächtig erscheint mir nach wie vor der Kreis um Aurelius Serenus. Er tritt als menschenfreundlicher Biedermann auf; er bietet spontan dem Collatinus seine Hilfe an; er faselt etwas daher von der Bildung einer agrarischen Interessengemeinschaft. Kurz, er entwirft von sich das Bild eines zupackenden, hilfreichen Mannes, dem nichts mehr am Herzen liegt als das Wohl aller Bauern östlich von Caere. Da man ihm das anscheinend abnimmt, kann er ungestört im trüben fischen. Zustatten kommt ihm dabei seine Trotteligkeit, die in Wahrheit nur gerissene Maske ist.«

Sie überholten einen Ochsenkarren.

»Weiter! Wen sonst?« drängte Gaius.

»Dann natürlich sein Sohn Servius! Wir haben ihn noch nicht zu Gesicht bekommen. Aber es wäre möglich, daß er das in die Tat umsetzt, was der Alte heimtückisch plant.«

»Gut. Und darum suchen wir den wackeren Jüngling jetzt auf!«

»Was versprichst du dir davon? Du kannst nicht beweisen, daß er den Brand gelegt hat!«
»Das ist richtig. Aber ich möchte mir ein Bild von ihm machen.«
»Einverstanden – aber du hast doch noch anderes im Sinn!«
»Ja. Die Ereignisse – immerhin steht am Anfang ein Mord! – haben inzwischen ein Ausmaß angenommen, daß ich dahinter eine fast strategische Planung vermute. Es muß sich um ein großangelegtes Unternehmen handeln, bei dem enorme wirtschaftliche Interessen auf dem Spiel stehen. Es begann mit einem Paukenschlag: Wenn ich das Risiko eines Mordes eingehe, muß mir jemand ganz empfindlich meine Kreise gestört haben.«
»Mein lieber Junge«, sagte Cornificius auf einmal sehr ernst, »du bist dir doch hoffentlich im klaren darüber, daß du selbst im Augenblick derjenige bist, der dem großen Unbekannten die Kreise stört. Denn ich gehe davon aus, daß der Täter über alles, was du denkst und treibst, bestens unterrichtet ist, entweder weil er selbst unter den Personen zu suchen ist, mit denen wir zu tun haben, oder weil er durch einen von ihnen informiert wird. Du solltest vorsichtig sein und dich nicht ohne Begleitung außerhalb des Hauses bewegen.«
»Du bist ja bei mir!« spöttelte Gaius.
»Laß das! Wir sind hier nicht in Gallien, wo wir die Bewegung des Feindes beobachten können.«
»Ja, du hast recht.«
Sie ritten eine Weile schweigend weiter. Dann sagte Cornificius: »Du hast aber noch jemanden in Verdacht. Wer ist es?«
»Ach, es ist nur so ein vages Gefühl... aber ich komme nicht umhin, jemanden einzubeziehen, den wir noch nicht kennen.«
»Wen?«
»Ich weiß es nicht, Dichterfürst. Aber es ist jemand, der uns genau beobachtet, der auch Aurelius kennt. Es ist unsere Aufgabe, dies bald herauszufinden. Es muß jemand sein, der über die Verhältnisse der Betroffenen genau Bescheid weiß.«
»Und er muß diesen Meliton gekannt haben!«
»Natürlich. Nach allem, was wir von Meliton wissen, ist es schon denkbar, daß er seine Hände im Spiel hatte. Vielleicht wußte er zu viel und mußte als unbequemer Zeuge beseitigt werden. Vielleicht erpreßte er den Täter.«

»Wir sollten uns den Considius noch einmal vornehmen. Es ist doch sehr seltsam, daß er in Rom verfolgt wurde. Vielleicht weiß er mehr, als er sagt.«
Gaius nickte. »Und wir müssen seinen Hof genau in Augenschein nehmen.«
»Warum hast du Aurelius nicht danach gefragt?«
»Nun, wenn er mit der Sache zu tun hat, würde er mit irgendeiner Ausrede oder sogar einer unanfechtbaren Rechtsposition kommen. Wir dürfen zu diesem Zeitpunkt nur den allgemein Interessierten spielen, um ihm keine Handhabe für weitere Anschläge zu geben.«
In diesem Augenblick galoppierte ihnen ein Reiter entgegen. »Der hat's aber eilig!« staunte Cornificius.
Der Mann ritt direkt auf sie zu und brachte sein Pferd unmittelbar vor ihnen zum Stehen. Er mußte die ganze Zeit über galoppiert sein, denn Roß und Mann waren außer Atem.
»Wer... wer von euch ist der Tribun Gaius Volcatius Tullus?« stieß er hervor.
»Ich«, sagte Gaius.
Da griff der Mann in die Satteltasche, entnahm ihr ein gefaltetes Blatt und reichte es Gaius, der es auseinanderfaltete und las:

Considius ist verschwunden. Alles weitere mündlich.
Selenus

Gaius reichte die Nachricht Cornificius und fragte den Boten: »Wer schickt dich?«
»Loco, das heißt der Sekretär Selenus.«
»Wer bist du?«
»Einer von Locos Gesellen. Mein Herr schickte mich zu deinem Haus am Caelius, Herr. Dort unterrichtete ich den Sekretär Selenus. Er schickte mich mit einem deiner Pferde nach Caere.«
»Woher wußtest du, daß ich Gaius Volcatius bin?«
»Selenus sagte, du hättest einen großen Hund und einen Begleiter bei dir.«
»Gut. Reite zurück und melde Selenus und deinem Herrn Loco, daß du mich getroffen hast. Sage Loco, er solle Haus und Garten scharf bewachen. Ich käme gegen Mittag zu ihm. Das gleiche melde dem Selenus.«

Der Mann machte kehrt und trabte davon.
»Nun wird's ernst!« sagte Cornificius und gab Gaius das Blatt zurück.
Gaius nickte. »Komm, wir kürzen den Weg ab!«
Da sie nicht mehr weit vor Rom waren, bogen sie über einen Feldweg von der Via Cornelia nach Norden ab, erreichten bald darauf die Via Flaminia, wo sie über den Pons Mulvius[47] den Tiber kreuzte, ritten auf Nebenwegen zur Via Salaria und näherten sich nach etwa einer Stunde dem Aurelischen Gestüt.
Einer der Leute, die gestern die Pferde vorgeführt hatten, ging über den Hof. Er erkannte Gaius und kam diensteifrig näher.
»Der Patron ist nicht zu Hause, Herr.«
»Ja, ich weiß. Melde mich seinem Sohn Servius!«
Der Bursche zögerte einen Augenblick, dann sagte er: »Folgt mir bitte!«
Er rief einen jüngeren Sklaven herbei, der sich um die Pferde kümmerte. Dann gingen sie ins Haus. Und wieder hatte Gaius das Gefühl, von irgendwo beobachtet zu werden. Wie gestern warteten sie im Atrium, und nach einer auffallend kurzen Zeit trat Servius Aurelius zwischen den Säulen hervor. Sofort registrierten Gaius und Cornificius das übernächtigte Gesicht, die fahle Haut und den nervösen Blick. Doch seine Stimme klang selbstsicher:
»Es tut mir leid, aber Vater ist nicht im Hause.«
»Ich weiß, wir haben ihn noch heute morgen in Caere getroffen.«
Er zeigte keinerlei Überraschung. »Ich nehme an, ihr kommt wegen Pollux.«
»Ja, wie geht's ihm denn?«
»Prächtig. Es war ja nur eine leichte Fleischwunde.«
Er führte sie über den Hof zur Koppel. Man hatte Pollux einen Ballen Heu hingeworfen, um ihn anzulocken, und er kam neugierig näher. Die Freunde betrachteten ihn genau. Er hatte an der rechten Schulter einen waagerechten Riß, der von einer Kruste bedeckt war.
»Wo hat er das denn her?«
»Ach«, Servius lachte, »er ist ein ganz Wilder. Neulich ist er mit einem der Knechte durchgegangen. Zu seinem Pech war ihm dabei eine Dornenhecke im Wege. Es war dort hinten...«
Er wies lässig mit der Hand über die Weide. Am Ende erkannten sie einen dunklen Streifen Gebüsch.

»Schade, er wird eine Narbe behalten.«
»Ja, Vater sagt, du kannst ihn zum halben Preis haben.«
»Und das wäre?«
»Zwanzigtausend. Aber das mußt du selbst wissen.«
»Gut. Ich nehme ihn. Was ist Castor ohne Pollux!«
»Wie du meinst. Wann läßt du ihn holen?«
»Ich nehme ihn gleich mit. Einer meiner Leute wird dir heute nachmittag das Geld bringen.«
Servius ließ Pollux satteln und zäumen. Gaius stieg auf und ließ ihn gehen. Er gehorchte.
»Ich bleibe gleich hier sitzen. Würdest du unsere Pferde holen lassen?«
»Aber gerne.«
Servius kümmerte sich selbst darum und ging.
Cornificius zischte halblaut: »Sag mal, deswegen machst du diesen Umweg? Um ihm ein paar höfliche Worte zu sagen und dich von diesem Roßtäuscher übers Ohr hauen zu lassen?«
»Ich erklär's dir später. Sei freundlich zu ihm!«
»Ich sag's ja immer: Wen der Gott verderben will...«
»Sei still, er kommt zurück!«
Cornificius bestieg seinen Braunen und nahm die Zügel des anderen Pferdes.
»Du mußt wissen, was du tust«, sagte Servius.
Gaius erwiderte lächelnd: »Ich weiß immer, was ich tue. Grüße deinen Vater herzlich von uns!«
Und ohne sich noch einmal umzudrehen, ritten sie davon, während Servius ihnen sehr ernst nachblickte und dann schnell ins Haus ging.

19

Etwa eine Meile vom Gestüt entfernt führte der Weg durch ein kurzes Waldstück. Gaius ritt langsamer und spähte nach beiden Seiten. Da bog zwischen mannshohem Gesträuch ein kleiner Pfad links ab und verlor sich im Dickicht zwischen Eichen, Buchen und Nußbäumen. Gaius hielt an.

»Was ist?«

»Wirst du gleich sehen.«

Sie ritten in das Wäldchen bis zu einem Gestrüpp, das die Pferde vor Blicken von der Straße schützte. Gaius saß ab, band Pollux an einem tiefhängenden Buchenast fest und schlich zur Straße zurück. Cornificius folgte ihm, nachdem er die beiden anderen Pferde versteckt hatte. Sie legten sich hinter einer großen Wurzel flach auf den Boden.

Nach wenigen Minuten näherte sich ein leicht trabendes Pferd von rechts und passierte ihr Versteck.

»Ah!« sagte Cornificius, als Servius vorbei war. Sie erhoben sich.

»Komm!« sagte Gaius.

»Willst du ihn einholen?«

»Nein. Mich vergewissern.«

Sie holten ihre Pferde, kehrten auf die Straße zurück und ließen sie ebenfalls traben. Als sie die Via Salaria erreichten, war von Servius weit und breit nichts zu sehen. Sie hielten einige Reisende an und fragten, ob sie einen einzelnen Reiter gesehen hätten. Sie beschrieben ihn genau; doch er war in beiden Richtungen von niemandem gesehen worden.

Gaius blickte über die Straße nach Norden. »Er hat die gleiche Abkürzung nach Caere genommen wie wir.«

»Sollen wir ihm nach?«

»Nein. Er wird unterwegs darauf achten, ob er verfolgt wird, und dann sein Ziel ändern. Wichtig ist: Er ist auf dem Weg nach Caere.«

Sie gaben ihren Tieren die Zügel frei und ritten nach Süden, auf Rom zu.

»Er rechnete mit unserem Erscheinen; daß wir so früh kamen, paßte ihm wohl sehr in seinen Plan.«

»Aber warum mußtest du unbedingt dieses Pferd kaufen? Die Wunde wird eine sehr breite Narbe hinterlassen.«

Gaius lächelte geheimnisvoll. »Eben deshalb. Warte, bis wir bei Selenus sind, sonst muß ich alles zweimal erzählen.«

Immer dann, wenn die Ereignisse hohe Wellen schlugen, war Selenus die Ruhe selbst. Gaius fand ihn, wie erwartet, in seinem Arbeitszimmer neben der Bibliothek; er war mit dieser und jener Korrespondenz für den Patron beschäftigt. Doch er unterbrach sofort seine Schreibarbeit, als die Freunde den Raum betraten.

»Wo hat er euch gefunden?«

»Kurz vor Rom.«

»Aber dann hättet ihr doch längst hier sein müssen.«

»Wir machten noch einen Abstecher zu Aurelius' Sohn Servius.« Gaius berichtete kurz, was sich während der Nacht bei Caere ereignet hatte, und kam dann auf Servius und den Kauf von Pollux zu sprechen. »Er hat auch mir noch nicht erklärt, warum er den lädierten Gaul unbedingt haben wollte«, maulte Cornificius. Gaius begann:

»Also, dann paßt auf. Servius behauptete so nebenbei, das Tier habe sich die Wunde zugezogen, als es am Ende der Weide durch Dornengestrüpp gebrochen sei. Das erscheint mir kaum glaubhaft. Es gibt keinen Dorn von Brombeer- oder Rosensträuchern, der eine so tiefe, glatte Wunde reißt. Im übrigen handelt es sich bei den Sträuchern und Hecken, durch die er gejagt sein soll, um Ginster, Tuja und ähnliches Gewächs ohne Dornen. Ich war gestern in der Gegend. Ich möchte, daß du dir die Verletzung einmal genau anschaust, Selenus.«

Selenus nickte. »Wo hast du ihn stehen?«

»Im hinteren Hof beim Stall.«

»Dann kommt!«

Sie verließen das Hauptgebäude, gingen durch den rückwärtigen Garten bis zur Mauer, die das Grundstück von einem verwachsenen uralten Pfad im Rücken des Anwesens trennte. Dort befand sich ein mit Eisen stark gesichertes Tor.

Auf der anderen Seite befanden sich Pferdestall und Schuppen für die Wagen, Kutschen und das Gerät des Gärtners, der auch die anfallenden Arbeiten eines Schmieds erledigte, die Pferde beschlug und die Wagen in Schuß hielt.

Pollux stand neben der Stalltür vor einer Krippe und ließ sich den Hafer schmecken. Selenus ging um ihn herum, betrachtete ihn genau, nahm dann besonders Schultern und Vorderbeine in Augenschein.

»Halte ihn bitte ganz ruhig!«

Gaius griff ins Zaumzeug und strich Pollux über die Nüstern. Selenus beugte sich hinunter und betrachtete die Wunde, fuhr mit den Fingerspitzen vorsichtig über die Oberschenkel, an manchen Stellen mehrmals. Dann trat er zurück.
»Und?« fragte Gaius.
»Die Wunde stammt auf gar keinen Fall von einem Dorn, nicht einmal von einem durchgebrochenen Ast. Die Haut ist dafür zu glatt durchtrennt worden. Es kann nur eine scharfe Waffe, ein Schwert oder Dolch gewesen sein.«
Gaius und Cornificius schauten sich an.
»An beiden Oberschenkeln«, fuhr Selenus fort, »sitzen kleine Splitter. Ich werde sie entfernen.«
Er öffnete einen kleinen Holzkasten und entnahm ihm ein winziges Federmesser und eine Pinzette.
»Halte ihn ruhig! Sprich mit ihm!«
Gaius tat es, während Selenus mit geübtem Griff aus beiden Oberschenkeln winzige Dornen entfernte und auf eine kleine Schale im geöffneten Kasten legte. Dann erklärte er mit Kennermiene:
»Das da sind die Spitzen von Dornen, wie sie die wilde Rose bei Caere ausbildet.«
»Woher weißt du das?« fragte Cornificius.
»Weil ich seit zwei Jahrzehnten Rosen züchte und alle einheimischen Arten mit wilden gekreuzt habe. Diese hier sind besonders in Südetrurien verbreitet. Ich selbst habe sie bei Caere schon gefunden.«
»Phantastisch!« staunte Cornificius. »Damit wissen wir...«
»Langsam!« mahnte Selenus. »Sicher ist, daß Servius euch belogen hat. Das Pferd ist während eines Kampfes verletzt worden. Die Dornen stammen von wilden Rosen. Alles andere ist Vermutung.«
»Aber«, sagte Gaius, »das Tier muß doch stark geblutet haben.«
»Nicht unbedingt. An der Stelle liegt keine große Ader.«
»Gut. Aber du sagtest, Pollux sei bei einem Kampf verletzt worden. Ein gegnerischer Reiter könnte nicht so tief schlagen!«
Selenus griff sich einen Knüppel vom Boden und führte ihn langsam, so wie ein Schwert.
»Der Hieb wurde von einem stehenden Mann ausgeführt, der sich wahrscheinlich der Attacke des Reiters zu erwehren hatte.«

Alle drei sahen sich abwechselnd an. Gaius sagte:
»Meliton!«
»Das ist möglich, aber nicht sicher.« Selenus packte seine Geräte wieder ein. »Übrigens«, meinte er abschließend und ließ den Blick über Pollux gleiten: »Abgesehen von seiner Verletzung ein herrliches Tier. Was hast du für ihn bezahlt?«
»Zwanzigtausend.«
»Dann hast du ihn fast geschenkt bekommen.«
Selenus tätschelte Pollux den Hals und ließ ihn in den Stall führen.
In Gedanken schlenderten sie zurück ins Haus und setzten sich in der Bibliothek um den großen Tisch.
»Wie erklärst du dir das Verschwinden von Considius?« fragte Gaius.
Selenus überlegte: »Es gibt zwei Möglichkeiten: Er ist entführt worden oder aus freien Stücken gegangen.«
»Aus freien Stücken?« Cornificius öffnete erstaunt den Mund.
»Ja, warum nicht? Was wissen wir denn von ihm, außer diesem sicherlich wahren Bericht über die vergangenen Jahre? Aber der ist so allgemein gehalten, daß er auf jeden Bauern östlich von Caere zutrifft.«
Die Freunde nickten. In diesem Augenblick trat ein Sklave ein und meldete:
»Das hier fand ich soeben unter der Tür.«
Er reichte Gaius einen Fetzen Papyros.
»Von wem?«
»Das weiß ich nicht, Herr. Vor zehn Minuten lag noch nichts da, weil ich den Flur gekehrt habe.«
»Gut, mein Junge. Danke!«
»Was ist das?« fragte Cornificius.
Gaius las:

> *Wenn Du mehr wissen willst, komm heute abend nach Sonnenuntergang zum Grenzstein bei Caere. Du weißt schon, welchen ich meine.*

Die drei sahen sich an. Gaius reichte ihnen das Blatt.
»Es ist Griechisch. Sie halten uns ganz schön auf Trab. Und ich wollte heute nacht wieder mal im eigenen Bett schlafen.«

»Bleib du hier!« sagte Selenus. »Das kann ich erledigen.«
»Hm, vielleicht traut er dir nicht. Nein, ich reite mit. Die Zeit reicht gerade noch, bei Loco hereinzuschauen.«
»Und was ist mit mir?« fragte Cornificius.
»Ja, das könntest du machen.«
»Loco?«
»Ja, dann kehrst du um, hältst hier die Stellung und unterrichtest den Patron!«
»Na gut. Kommt ihr heute noch zurück?«
»Wenn nichts dazwischenkommt – ja. Ich glaube, daß wir heute der Lösung einen großen Schritt näherkommen.«
Sie machten sich zu Pferde auf den Weg.

20

Sie hatten gerade den Tiber überquert, als ihnen zwei Reiter entgegenkamen, die müde in ihren Sätteln hingen und kaum auf die Straße achteten.
Erst im letzten Augenblick bemerkten sie, daß die beiden, die ihnen da aus Rom entgegenkamen, genau auf sie zuhielten.
»He! Wohl Kürbisse auf den Augen, wie?! – Oh, durchaus Verzeihung, Herr!«
Plötzlich saß er sehr gerade und erklärte: »Anbetracht dessen wähnte ich dich zweifellos in Rom, Herr.« Sie hielten an.
»Das war der schönste Satz, den ich je aus deinem Munde gehört habe«, lobte Gaius.
Daraufhin hielt Alexander den Kopf schief und wog ab, ob das ironisch gemeint war, entschied sich dann aber für das Gegenteil und strahlte.
»Herhören!« sagte Gaius bedeutungsvoll. »Wir haben Grund zu der Annahme, daß wir heute abend wichtige Informationen erhalten. Einer von euch reitet nach Hause und leistet Cornificius Gesellschaft. Der andere begleitet uns nach Caere. Werdet euch einig!«
»Ich!« riefen beide.
»Ja, was denn?«
»Bestimm du es, Herr!«
»Nein, werdet euch einig! – Komm!« Er winkte Selenus zu, und sie ritten weiter.
Alexander und Archelaos begannen nun ein äußerst seltsam kompliziertes Spiel mit ihren Fingern, um den Sieger zu ermitteln. Und es dauerte einige Minuten, bis die Rangfolge feststand; da sie aber vorher nicht ausgemacht hatten, ob der Sieger nach Caere oder Rom reiten dürfe, mußte die Prozedur wiederholt werden, so daß ein Reisender, der des Weges kam, anhielt, den Kopf schüttelte und sagte: »Die spinnen! – Und so was sitzt auf einem Pferd! Tsss...«
Nach einer Viertelstunde kam Alexander daher geprescht.
»Ich habe gewonnen!«
»Warte es ab!« sagte Gaius trocken.
»Na, dann eben nicht...«
»Doch, großer Meister, aber heute heißt es auf der Hut sein!«
»Jawohl! Hut! – Warum, Herr?«

Gaius erklärte es ihm. Dann fragte er:
»Habt ihr irgend etwas Besonderes gehört oder gesehen?«
»Jawohl, eine ganze Cohorte Handwerker hat den Hof des Collatinus erobert und tut so, als ob der Stall wieder aufgebaut wird.«
»Waren Tullius Cimber und Aurelius noch anwesend?«
»Tullius – nein. Aurelius – ja. Aber er steht den Leuten nur im Wege und hält große Reden.«
Gaius zwinkerte Selenus zu.
»Wir sollten uns beeilen. Vor Einbruch der Dunkelheit müssen wir am Ort sein.«
Sie ließen die Pferde traben.
Es dämmerte bereits, als sie, kurz vor der Mauer von Caere, den Weg zur Höhe erreichten. Am Ende des Hohlwegs ließ Gaius halten.
»Alexander, du wartest hier mit den Pferden, bis du gerufen wirst.«
Sie saßen ab und banden die Tiere aneinander. Als sie höher stiegen, tauchte die Sonne rot ins Meer und legte einen geheimnisvollen Schimmer über die östlichen Hügel.
Sie erreichten die Terrasse und hatten einen Blick über das Plateau bis zu den Bergen, über denen die Dämmerung schon ihren Mantel breitete.
»Der Grenzstein liegt gleich links hinter der Hecke.«
Vorsichtig, nach allen Seiten sichernd, näherten sie sich dem Gestrüpp, verhielten und lauschten. Gaius beugte sich vor, hob einen Zweig und erstarrte.
»Per deos immortales!«[48]
Ein Mann lag bäuchlings neben dem Stein – genau wie Meliton. Auch ihm stak ein Messer im Rücken.
Selenus kam langsam näher. »Kennst du ihn?«
»Ja, du auch.« Gaius beugte sich zum Gesicht des Toten hinunter. »Es ist Aberkios, des Aurelius Sekretär.«
Betroffen starrte Selenus auf den Toten. Gaius erhob sich, ging zum Hohlweg und rief mit gedämpfter Stimme nach Alexander.
»Was hat der Mensch zu sagen, Herr?« fragte er, als er oben ankam.
»Er kann nichts mehr sagen. Er ist tot.«
Alexander schluckte. »Durchaus wie in Gallien, Herr. Die Gallier halten auch nicht immer ihre Versprechungen.«
»So ist es. Du reitest jetzt zu Aurelius und bringst ihn her. Mach kein Aufsehen!«

»Jawohl!« Angesichts des Toten enthielt er sich einer längeren Wiederholung des Wortlauts. Gaius erklärte ihm den schnellsten Weg. Und schon saß Alexander im Sattel und galoppierte davon. Selenus band die beiden anderen Pferde an einem Busch fest, kam zurück zu dem Toten und meinte:
»Er kannte die Hintergründe – und den Urheber des Ganzen. Aber er hat sich durch eine Unvorsichtigkeit verraten.«
Gaius blickte lange in Gedanken auf die liegende Gestalt.
»Mir ist nur rätselhaft, warum es wieder einen Mann von Aurelius' Anhang trifft.«
Er ging um die Gestalt herum, aber es war schon zu dunkel, um nach Spuren zu suchen.
»Im übrigen würde ich mich nicht wundern, wenn auf der Waffe die Buchstaben CONS stehen.«
Sie gingen einige Schritte zur Seite. Feldsteine, vom Acker aufgelesen, hatte man hier zu einem Haufen gestapelt. Sie setzten sich.
»Irgend jemand hat behauptet, daß die Welt die beste aller möglichen sei. Ich beginne allmählich daran zu zweifeln.« Gaius hatte es leise gesagt.
Selenus schwieg eine Weile, sagte dann: »Sie kann es wieder werden, wenn dem Recht, das göttliche Vorsehung uns setzte, wieder Achtung verschafft wird. Die Himmlischen sehen die Schwächen aller Menschen, und so gibt es die Guten nur, weil es Böse gibt.«
Auf dem Feldweg näherten sich Lichter; sie hüpften auf und ab. Gaius stand auf.
»Heute wird er mir Rede und Antwort stehen. Und beim Iupiter! Er wird sich nicht herausreden können!«
Die Reiter erreichten den Platz. Es waren Aurelius, Alexander und zwei Knechte. Man half dem Alten vom Pferde.
»Wo... wo ist er?« Aufgeregt hastete er heran. Er blickte mit entsetzt aufgerissenen Augen um sich.
»Dort«, sagte Gaius. Er wies mit der Hand zur Seite.
»Leuchtet!«
Alle gingen hinüber. Im Licht der Fackeln beugte sich Aurelius hinunter. Seine Hände zitterten über dem Gesicht des Toten.
Dann richtete er sich auf. Sein Atem ging schwer. Es war, als ob er Halt suche.
»Gewiß, ja... Er ist es... mein guter... braver Aberkios!«

Gaius und Selenus blickten sich kurz an, dann trat Gaius neben Aurelius:
»Laß die beiden Knechte hier! Wir reiten zurück. Du schickst einen Wagen.«
Aurelius schien nichts zu hören, denn er stierte abwesend vor sich hin. Dann nickte er. Da rief einer der Knechte voller Entsetzen:
»Bei allen guten Göttern! Herr, der Ort ist verhext! Niemand kann hier alleine...«
»Ihr feigen Memmen!« schnauzte da Alexander. »Ich bin Alexandros, Sohn des Alexandros aus Theben, und ich sage euch: Bevor ihr euch in die Sandalen pinkelt, verdrückt euch in eure Bettchen und zieht unbedingt die Decke über die Ohren! Ich werde die sterbliche Hülle des edlen Aberkios bewachen und vor allen bösen Geistern Etruriens schützen!«
»Korrekt!« lobte Gaius und klopfte Alexander auf die Schulter. »Ich schicke dir einen Wagen.« Und zu Aurelius: »Würdest du bitte mitkommen. Ich habe eine Menge Fragen an dich.«
Da hob Aurelius den Blick und starrte Gaius lange an; und es war eine große, tiefe Trauer in seinen Augen.
»Wie? – Gewiß, ja.« Er hatte es ganz leise gesagt. Sie saßen auf und ritten wortlos zum Aurelischen Gut.

21

Er führte sie in einen Raum, der Bibliothek, Arbeits- und Ruhezimmer in einem war, geschmackvoll eingerichtet mit edlen Hölzern, Teppichen, einer bequemen Liege, zwei Sesseln und mehreren Stühlen.
»Bitte!« Er bot ihnen die Sessel an, nahm selbst auf einem Stuhl Platz. Immer noch schien er von dieser geistigen Lähmung umfangen zu sein, denn seine Bewegungen waren fahrig, und seine Augen fanden keinen Halt an den Gegenständen des Raumes.
»Sein Tod scheint dich sehr zu treffen«, begann Gaius. »Mehr als der von Meliton…«
Aurelius nickte, langsam, müde. »Gewiß, ja, Aberkios war mehr als nur ein Sekretär. Er stand mir sehr nahe.«
»Wie lange arbeitete er für dich?«
»Wie lange? Ich habe nie darüber… Es müssen wohl bald zwanzig Jahre sein.«
Gaius' Fragen gingen unmerklich in ein Verhör über:
»Hatte er Feinde?«
»Aberkios? Feinde? – Er war der sanftmütigste Mensch, den ich je… Nein, niemals!«
»Um so rätselhafter erscheint die Tat. Könnte es nicht sein, daß er von Dingen wußte, die er besser nicht gekannt hätte?«
Da hob Aurelius jäh den Kopf, und seine Stimme klang plötzlich scharf: »Was meinst du damit?«
Gaius blieb noch ruhig: »Das soll heißen, daß er Einblick in gewisse Hintergründe der Ereignisse hatte, Melitons Ermordung zum Beispiel! Die Brandanschläge auf die Höfe von Geminus und Collatinus!«
Aurelius fixierte Gaius, und alles professorale Gehabe war von ihm gewichen:
»Ich muß doch bitten! Wer gibt dir denn das Recht, solche Vermutungen auszusprechen? Wie kannst du es wagen, mir in meinem Hause solche Fragen zu stellen?«
Gaius warf Selenus einen schnellen, fragenden Blick zu, und der Grieche nickte ermunternd.
»Das kann ich dir sagen«, fuhr Gaius fort. »Weil ich die Interessen eines gewissen Sextus Considius vertrete und nicht eher ruhen werde, bis ich

die Wahrheit, die ganze Wahrheit, ans Licht gebracht und dem Mann zu seinem Recht verholfen habe!«
Gaius war aufgestanden.
»Und ich warne dich! Wage es nicht, mich weiterhin mit verharmlosenden Reden hinters Licht zu führen!«
»Soll das etwa heißen, daß ich mit all diesen Verbrechen zu tun... Ich werde dich vor die Tür...!« Er machte Anstalten, sich zu erheben.
»Das wirst du hübsch bleiben lassen, weil es ein Eingeständnis deiner Mittäterschaft wäre.«
»Beim Hercules! Du mußt verrückt sein!« schrie Aurelius. »Ich werde dich vor einem römischen Gericht wegen Verleumdung und Beleidigung...«
Gaius blieb ganz ruhig, und ein überlegenes Lächeln spielte um seinen Mund:
»Auch das wirst du nicht tun – wie du es ja auch versäumt hast, den Mord an deinem Geldeintreiber Meliton vor ein Gericht zu bringen.«
Aurelius, schon im Begriff, hart zu antworten, hielt inne, starrte Gaius erstaunt an und sagte ruhiger:
»Was willst du? Meliton war kein römischer Bürger.«
»Sklave?«
»Ja, und es liegt, wie du weißt, ganz im Ermessen des Herrn, ob er...«
»Dann darf ich also davon ausgehen, daß du auch in diesem Falle keine Anklage erheben wirst.«
»Gegen wen sollte ich denn...?«
Gaius ging auf ihn zu und sagte leise:
»Ich finde es sehr verdächtig, daß gleich nach dem Weggang des Considius eine Räuberbande auf seinem Hof einzieht.«
»Räuberbande? Gemäß den Abmachungen fällt der Hof mir zu, wenn der Schuldner zahlungsunfähig ist.«
»Woher willst du wissen, ob er das ist?«
»Er hat die Termine nicht eingehalten.«
»Also: Hast du diese Spitzbuben dort einquartiert?«
Die Antwort kam etwas zu langsam: »Diese Leute werden die Gebäude reparieren und wieder bewohnbar machen.«
Gaius wußte, daß dies eine Lüge war.
»Ich habe bisher nichts davon bemerkt!«
»Spionierst du mir also nach?«

»Dir nicht.«
»Wem denn?«
»Dem, der das alles plant, durchführt und wohl auch sehr wenig Rücksicht auf deine Menschenfreundlichkeit nimmt.«
Draußen näherten sich Schritte, dann klopfte es an der Tür, und schon stand Alexander im Raum:
»Hier ist die Tatwaffe, Herr. Ich habe sie gewaschen und durchaus mit einem Tuch getrocknet.«
Er reichte sie Gaius, der sie genau betrachtete, nickte und sagte: »Das habe ich mir gedacht.«
Aurelius konnte kaum seine Neugier bezähmen, stellte aber keine Frage. Gaius reichte das Messer Alexander zurück und sagte: »Paß gut darauf auf!«
»Jawohl! Aufpassen!«
Er wickelte es wieder in das Tuch ein, hielt das Päckchen mit beiden Händen fest und nahm im Türrahmen breitbeinig Aufstellung, den Blick grimmig auf Aurelius gerichtet.
Gaius wandte sich wieder an den Hausherrn:
»Da du also nicht gewillt bist, Anklage zu erheben, werde ich es tun.«
In Aurelius' Gesicht zuckte es, er lief rot an, begann zu zittern und rief:
»Das wirst du nicht! Dazu hast du kein Recht!«
»Ach, sieh mal einer an...« Gaius lächelte kalt. »Hier laufen die Mörder frei herum, aber niemand hat das Recht, sie anzuklagen. Wie willst du mich denn daran hindern? Soll ich dir den entsprechenden Passus aus dem zuständigen Codex vorlesen?«
Gaius setzte sich wieder. Alexander feixte von der Tür her:
»Wenn du es für nötig hältst, Herr, werde ich das hübsche Büchlein Anbetracht dessen unbedingt holen!«
Aurelius wäre am liebsten auf Alexander losgegangen. Alle drei hielten ihn scharf im Auge, und sie sahen, welche Kraft es ihn kostete, ruhig zu bleiben. Aber er schwieg.
»Gut«, sagte Gaius. »Ich sehe, du willst nicht reden. Selenus, wir kommen auch ohne ihn weiter.«
Selenus und Gaius erhoben sich. Da sprang Aurelius von seinem Stuhl, hob verzweifelt beide Hände und rief:
»Wartet! Setzt euch! Ich... eh... Schick diesen schrecklichen Menschen hinaus!«

Gaius gab Alexander einen Wink: »Warte draußen!«
»Na, dann eben nicht...« Er wandte sich Aurelius zu: »Aber ich sage dir: Du wirst mich durchaus noch um Gnade anflehen, bei meinem Herrn unbedingt ein hübsches Wort für dich einzulegen!«
Zack! flog die Rechte nach oben, so daß Aurelius erschrak. Und in einer einwandfrei militärischen Haltung verließ er den Raum.
»Bitte, setzt euch wieder!« Er suchte den souveränen Hausherrn zu spielen und nahm selbst wieder Platz.
»Ich... ich verstehe, daß euch dies alles sehr seltsam, ja verdächtig vorkommt. Aber glaubt mir, ich habe mit all den schrecklichen Vorfällen nichts zu tun.«
»Habe ich das je behauptet?« stellte Gaius fest.
» Behauptet? – Nein, aber du stellst es so dar, als ob ich...« Er rieb nervös die Finger aneinander. »Bitte, fragt, was ihr wissen wollt.«
Selenus nickte und faßte auf seine kühle Art zusammen:
»Ich brauche wohl nicht alle Einzelheiten der bisherigen Verbrechen zu wiederholen...«
Aurelius hob sehr zuvorkommend und zugleich ablehnend die Hand.
»Gut. Greifen wir also nur die schwachen Stellen heraus. Es ist erwiesen, daß Considius den Meliton nicht erschlagen hat, weil er zum Zeitpunkt des Mordes mit Sohn und Tochter im Hause war.«
Aurelius warf ein: »Die Aussagen der nächsten Blutsverwandten sind, wie ihr wißt, anfechtbar und spielen in einem Strafprozeß keine entscheidende Rolle.«
Selenus lächelte: »Aus deiner Antwort schließe ich, daß du ihn für schuldig hältst.«
»Das habe ich nicht gesagt«, wich er aus. »Ich gab nur zu bedenken, daß ein römisches Gericht...«
»Übergehen wir das! – Seltsam ist ferner, daß die Besitzer all der Höfe, die in Brand gerieten, bei dir verschuldet sind.«
»Auch das habe ich nie bestritten. Im übrigen sehe ich da keinen Zusammenhang.«
»Nun, es könnte sein«, fuhr Selenus ruhig fort, »daß du dich auf die gleiche Weise wie bei Considius in den Besitz der Anwesen bringst, weil die Eigentümer nicht die Mittel haben, die Gebäude wieder aufzubauen.«
Nun lächelte Aurelius: »Das klingt hübsch, ja, ist mir aber zu konstruiert, darum falsch. Wenn ich in den Besitz dieser Ländereien kommen möchte,

kann ich sie Geminus und Collatinus abkaufen. Im übrigen habe ich überhaupt kein Interesse an ihrem Boden, da das, was ich hier gekauft habe, für meine Vorhaben völlig ausreicht. Ich werde vielmehr den beiden Betroffenen meine uneigennützige Hilfe zukommen lassen. Und was den Considius betrifft – jedes Gericht wird mir meinen Anspruch bestätigen, den Hof zu kassieren, zumal ich nachweisen kann, daß ich bis zuletzt eine große Langmut gegenüber dem Schuldner bewiesen habe. Bitte! Es geht hier ums Prinzip! Sind wir denn schon so weit gekommen, daß jeder Spitzbube, der über seine Verhältnisse lebt, von seinem Gläubiger durchgepäppelt werden muß? Ich glaube kaum, daß ein Lucius Volcatius dafür Verständnis hätte. Und nun entschuldigt mich bitte, ich habe noch zu tun. Es muß für einen guten Freund eine Totenfeier besorgt werden.«
Der Abschied war kühl und höflich.

Sie waren noch keine hundert Schritt geritten, als Selenus fragte: »Was war mit dem Messer?«
»Es ist wie das, mit dem Meliton erstochen wurde, mit CONS gekennzeichnet. Ich vermute sogar, daß es sich um die gleiche Mordwaffe handelt.«
Sie ritten schweigend weiter und erreichten die Stelle, an der Aberkios gelegen hatte. Der Mond trat aus einer Wolke und legte beinerne Blässe über Büsche und Weg. Dunstschleier schwebten über den Senken zwischen den Hügeln.
»Mögen die Götter ihnen gnädig sein!« sagte Selenus.
»Wen meinst du?«
»Beide, den Mörder und sein Opfer.«
In diesem Augenblick hörten sie aus den Büschen und Hecken ein hämisches Gelächter. Sie schraken zusammen und hielten an. Dann schrillte eine hohe Stimme:
»Hi-hi-hi!... Einer von euch wird der nächste sein!«
Sie hörten, wie ein Pferd davon galoppierte.
»Werde diesem Großmaul unbedingt die Freude nehmen, nächtliche Wanderer zu erschrecken. Komm, Herr, wir fangen uns den Geist!«
»Nein, das ist zwecklos. Er kennt hier Weg und Steg. Wir würden ihn im Dunkeln nicht finden.«

Sie ritten weiter, den Hohlweg abwärts, dann an den Gräbern vorbei und erreichten die Via Cornelia.

»Sollen wir Tullius Cimber informieren?« fragte Gaius.

»Nein, er wird noch bei Collatinus sein«, sagte Selenus. »Wir sollten nach Rom reiten und in Ruhe überlegen, was zu tun ist. Der Täter wird heute nichts mehr unternehmen, da er davon ausgeht, uns verwirrt zu haben.«

Gaius seufzte: »Was ihm ja auch gelungen ist.«

»Das würde ich nicht sagen. Mit jeder Aktion grenzt er seinen eigenen Radius ein und bringt uns seinen geheimen Absichten näher. Da er sich von uns permanent beobachtet weiß, wird es ihm immer schwieriger werden, seine wahren Motive zu verbergen. Er mag uns drohen – und weiß doch, daß seine eigene Gefährdung mit jedem seiner Anschläge wächst. Vor allem muß er davon ausgehen, daß wir mehr wissen, als es tatsächlich der Fall ist. Die Ermordung des Aberkios zeigt, daß er verletzlich ist. Es muß noch andere geben, die von seinen Taten Kenntnis haben. Solche Leute müssen wir ausfindig machen. Zu diesem Zweck sollten wir eine Liste erstellen über die Taten und die Personen, die davon betroffen sind, die davon wissen oder wissen könnten. Und natürlich müssen wir uns um Considius kümmern. Er scheint der Schlüssel zum Ganzen zu sein.«

Da der Mond nun, unbehindert von Gewölk, den Himmel behauptete, kamen sie zügig voran und erreichten eine gute Stunde später das Volcatische Haus am Caelius. Es mochte zwei Stunden vor Mitternacht sein, und sie fanden Cornificius in der Bibliothek schlafend vor, eine Buchrolle auf den Knien. Auf dem Tisch neben dem Tintenfaß lag eine trockene Feder.

Vorsichtig nahm Gaius dem Schläfer die Rolle aus der Hand und las:

> WIEVIEL VOM ZINSESPFLICHTIGEN ASIA GENOMMEN SICH ROMA.
> SCHÄTZE, DREIMAL SO VIEL, WIRD WIEDERUM NEHMEN ASIA VON ROMA,
> DEN VERDERBLICHEN STOLZ WIRD ES RÄCHEN AN IHR.

Dann sagte er laut: »Seit wann bist du unter die Propheten gegangen?«

Cornificius fuhr hoch:

»Wieso Propheten? Ein Spruch des Sibyllinischen Orakels von Cumae!« Und er rezitierte:

> KOMMEN WIRD EINST ÜBER DICH VON OBEN,
> HOCHNACKIGE ROMA,
> NIEDER VOM HIMMEL DER GLEICHE SCHLAG,
> UND DU WIRST BEUGEN DEN NACKEN ALS ERSTE...

»Sehr schön!« lobte Gaius ungerührt. »Aber so weit sind wir noch nicht!«
Cornificius sah Alexander grinsen und sagte:
»Na, dann eben nicht...«
Und Gaius: »Doch, du unsterblicher Meister des Wortes, aber später! Noch sind die Himmlischen uns gewogen.«
»Damit spaßt man nicht!« Alexander verließ schmollend und in erbärmlicher Haltung den Raum.
»Was hat er denn?« fragte Cornificius.
Selenus lachte: »Du hast seine ureigenste Redewendung mißbraucht. Da ist er sehr empfindlich.«
»Laß ihn nur«, sagte Gaius. »In einer Minute ist er wieder der alte.« Und schon bellte der Befehl: »Alexander!«
Nichts rührte sich.
»Alexander!«
Es blieb ruhig. Dann wurde die Tür aufgerissen:
»Hier, Herr!«
»Befehl! Du gehst jetzt zu Bett! Morgen müssen wir frisch sein. Ich war heute sehr zufrieden mit dir. Nun leg dich schlafen!«
Er strahlte und wuchs zu herkulischer Größe:
»Jawohl! Frisch sein! Ich bin mit dir sehr zufrieden!«
»So ist es! Wegtreten!«
Zack! – Na, den Rest kennen wir schon...
»Nein, nein, nein!« Cornificius schüttelte kichernd den Kopf. »Wie bist du nur zu dem Burschen gekommen?!«
»Ich weiß es selbst nicht«, lachte Gaius. »Er war halt immer schon da.«
Sie waren alle sehr müde. Gaius gähnte ungehemmt und steckte die beiden an, aber nur Selenus hielt sich die Hand vor den Mund. Dann sagte Gaius:

»Wir sollten auch zu Bett gehen. Ich kann heute abend keinen klaren Gedanken mehr fassen. Deiner verschlafenen Beschaffenheit, göttlicher Poet, entnehme ich, daß hier nichts Besonderes vorgefallen ist und du dich nur auf Pegasus' Flügeln außer Hauses begeben hast.«
»Was dagegen?«
»Mitnichten!« Gaius stand auf. »Wir sollten früh aufstehen und uns mit klarem Kopf an die Arbeit machen.«
Zehn Minuten später lagen Gaius und Cornificius bereits in tiefem Schlaf, doch Selenus saß noch eine Stunde in seinem Zimmer und füllte einen Bogen mit Namen und Zeichen. Dann nickte er und ging ebenfalls in seine Privaträume nach oben. Eugenia erwachte, als er sich hinlegte.
»Mußt du denn immer so spät zu Bett gehen?«
Selenus überhörte das und murmelte nur: »Weck uns bei Sonnenaufgang!«

22

Gaius war gerade mit der Rasur fertig, als Archelaos ins Zimmer kam und eine Rolle auf den Tisch legte.
»Sie wurde eben für dich abgegeben, Herr.«
»Danke. Sind die andern schon auf?«
»Ja, bis auf Alexander.«
»Dann wirf ihn aus dem Bett!«
»Mach' ich gerne«, grinste Archelaos.
»Irgendwas Neues von Loco?«
»Nein, Herr.«
»Gut.«
Archelaos ging.
Gaius griff nach der Rolle und löste Caesars Siegel. Der Proconsul hatte mit eigener Hand geschrieben, und das war ein gutes Zeichen.

Gaius Julius Caesar grüßt seinen Gaius Volcatius Tullus

Gaius lächelte: Es fehlte jede magistrale oder militärische Anrede! Das Schreiben war ganz privat gehalten.

Dein Brief und die Bücher erreichten mich schon in Ravenna, wo ich mich drei Wochen wegen einiger Prozesse und Klagen vor meinem proconsularischen Stuhl aufhalte.

Gaius berechnete kurz die Entfernung für Hin- und Rückweg des Boten und nickte. Er hatte dem Proconsul einige Tage vor dem entscheidenden Gespräch mit dem Patron geschrieben.

Die Bücher und Schriften Deines Großvaters über Fragen der Wasserbautechnik sind in der Tat faszinierend und genau das, was mich zur Zeit in meinen Mußestunden interessiert. Wie dies überhaupt der erste Winter seit Beginn des Krieges ist, den ich frei von militärischen Überraschungen verbringe. Es werden nur friedliche Dinge abgehandelt, und endlich kann ich mich in Muße meinen eigenen literarischen Plänen zuwenden. So wird jetzt letzte Hand an den Commentarius über den Gallischen

Krieg gelegt, und Dein wohlgeordnetes Archiv aller Ereignisse der letzten Jahre kommt mir sehr zustatten.[49] *Außerdem sitze ich abends ein, zwei Stunden an meinem Versuch über die Reinheit der Sprache. Und was ich in diesem Werkchen postuliere, muß in dem anderen eingehalten werden.*
Wie ich höre, bist du intensiv mit Deinem Fortkommen beschäftigt. Recht so!

Gaius erschrak. Woher wußte er das denn schon wieder!? Er war stets bestens über das Tun und Treiben seiner Freunde unterrichtet, doch diese Detailkenntnis hatte er nun wirklich nicht für möglich gehalten. Und da stand es:

Es ist sehr lobenswert, daß Du Dich der verschuldeten Landleute Südetruriens annimmst. Wir werden hier noch viel zu tun haben. Was in diesem Zusammenhang den Aurelius Serenus betrifft: Seine Marotte ist es, in halben Sätzen zu reden, womit er den Eindruck von Trotteligkeit erweckt. Diese geht ihm freilich auch in lebenspraktischen Dingen nicht ab, doch schätzt man ihn in agrarischen Fragen und besonders solchen der Pferdezucht als großen Kenner. Ich würde in seinem Fall sehr vorsichtig mit Verdächtigungen sein…

Es folgten einige höfliche Anfragen nach dem Befinden des Patrons, dann hieß es:

Calpurnia wird, wie sie schreibt, in Kürze einen kleinen Empfang geben. Ich habe ihr Dich und Cornificius sehr empfohlen…

Gaius überflog noch einmal die Zeilen.

Wir werden hier noch viel zu tun haben…

Das war einer jener Sätze, die Caesar gelegentlich in einen Brief einfließen ließ, der dem Kenner mehr von seinen Intentionen verriet als eine ganze Abhandlung, obwohl die Diktion so unverfänglich gewählt war, daß jeder unvoreingenommene Leser oder Beobachter, der die angespro-

chenen Verhältnisse kannte, die Äußerung als ein allgemeines, moralisches Ziel deutete und gutheißen mußte. Gaius aber erkannte dahinter den ganzen Caesar. Dieser Satz war ein heimlicher Hinweis auf zukünftige Pläne und Taten im Interesse des Ganzen – jenseits der römischen Cliquenwirtschaft. Im übrigen brachte der Brief, was Aurelius betraf, keine neuen Gesichtspunkte.
Er legte das Schreiben aus der Hand und ging nach unten. Bis auf Alexander waren alle im kleinen Speisezimmer versammelt. Kaum war Gaius im Raum, sprach ihn Cornificius an:
»Gegrüßet seist du, wackrer Entsager des Schlafes, der du nicht ruhest noch rastest, bis du alle Schurken des Erdkreises treibest zu Scharen!«
Gaius nickte ungerührt und entgegnete in großer Pose:
»Sprach's und hieb seine wackligen Beißer tief in die göttliche Kruste des Brotes, daß sie verloren drin steckenblieben – so wie die Axt im Holze des Baumes, getrieben von mächtiger Hand, doch der hölzerne Stiel geht in Fetzen und splittert – also schlug er hinein die lockeren Zähne, und alle gingen verloren… Guten Morgen!«
Gaius setzte sich und griff nach Brot und hartem Käse, seit Menschengedenken alleiniger Bestandteil des Volcatischen Frühstücks im Hause. Dazu wurde reines Wasser getrunken.
»Wo ist der Patron?« fragte er.
»Schon unterwegs«, sagte Selenus. »Begutachtet ein Haus am Palatin.«
»Und Bruderherz?«
»Schläft noch.«
»Das hätte ich mal wagen sollen!«
Sie aßen und kauten langsam. Zum Abschluß reichte Eugenia getrocknete Feigen. Gaius nahm sich eine und sagte:
»Wirf den Jungen aus den Federn!«
Darauf Eugenia: »In dem Alter braucht man viel Schlaf! Laß ihn nur…«
»So? Ich mußte mit weniger auskommen.«
»Er fühlte sich gestern abend nicht wohl.«
»Weiß der Himmel, wo er sich herumtreibt. Es wird Zeit, daß er zur Armee kommt!«
Selenus, der um Gaius' Empfindlichkeit in diesem Punkt wußte, kam, um eine Eskalation zu vermeiden, zum Thema. Er stand auf und sagte:

»Ich habe da schon mal ein Papier vorbereitet.« Er ging zur Bibliothek, um es zu holen.
Eugenia räumte ab und sagte mütterlich zu Gaius: »Du tust deinem Bruder wirklich unrecht. Er hatte gestern abend Fieber.«
Gaius brummte etwas wie »War ja nicht so gemeint« und legte Eugenia seine Hand auf den Arm. Sie lächelte ihn kurz an und ging.
»Was wärt ihr ohne Eugenia!« stellte Cornificius fest. »Sie ist besorgter als manche leibliche Mutter. Wenn ich da an meine denke...«
Er seufzte.
»Du hast auch keinen Bruder!«
»Dafür eine Schwester!«
»Dann danke den Göttern!«
»Ich werd' mich hüten. Das Verhältnis von Iuno zu Minerva ist dagegen von himmlischer Eintracht.«
Selenus kam zurück, legte ein großes Blatt auf den Tisch und setzte sich. Gaius bewunderte wieder einmal Pflichtgefühl und Gründlichkeit des Griechen.
»Hast du etwa gestern abend noch...?«
»Ja.« Er lächelte bescheiden. »Dann kommen uns die besten Gedanken. Ich lese es euch mal vor – oder?«
»Ja, natürlich!«
Sie lehnten sich zurück und lauschten.
»Zunächst die Fakten:
– Considius schuldet Aurelius eine größere Summe. Des Aurelius Geldeintreiber Meliton erscheint, um das Geld zu holen. Sie streiten sich. Considius prügelt Meliton aus dem Hause. Er ist einem Schlaganfall nahe. Sohn und Tochter kümmern sich um ihn.
– Tullius Cimber, auf dem Wege zu Considius, findet den Meliton erstochen am Grenzstein beider Anwesen. Die Mordwaffe gehört Considius. Da der Kutscher des Meliton Zeuge des vorangegangenen Streites war, wird der Mordverdacht auf Considius fallen. Tullius überredet dann Considius, mit Sohn und Tochter nach Rom zu fliehen und dort unterzutauchen.
– Considius lebt schlecht und recht in Rom. Als er sich mit Alexander trifft, wird er von zwei Burschen verfolgt, die ihn beseitigen oder entführen wollen. Considius bekommt bei Loco eine Bleibe.
– Die Situation in Caere: Alle Nachbarn des Considius schulden Aurelius

Geld. Die Höfe von Geminus und Collatinus gehen kurz hintereinander in Flammen auf. Der Hof des Considius wird von Fremden besetzt. Wie es später heißt, sollen sie im Auftrag des Aurelius dort sein.
– Aberkios, Sekretär des Aurelius, wird, nachdem er sich mit uns treffen will, beim gleichen Grenzstein erstochen aufgefunden.
– Considius ist seit gestern verschwunden.
Nun zu den Personen:
– Considius! Er ist nach allem, was wir wissen, unschuldig am Tode des Meliton.
– Rätselhaft bleibt, warum er verschwunden ist.
– Aurelius! Seine Mittäterschaft ist möglich, aber nicht sicher, schon eher seine Mitwisserschaft, denn sein gestriges Verhalten macht ihn sehr verdächtig.
– Servius, sein Sohn! Er scheint die Schlüsselfigur zu sein.
– Tullius Cimber! Auch er scheint integer zu sein, wenngleich zwei Dinge ihn verdächtig machen könnten…«

»Was meinst du?« fragte Gaius.

»Nun, er ist es, der vorgibt, den toten Meliton gefunden zu haben. Er behauptet, daß die Leiche plötzlich verschwunden sei. Dann sein nächtliches Verschwinden zu Pferde, ohne uns zu benachrichtigen.«

Gaius nickte. »Genau das hat auch mir schon zu denken gegeben. Aber fahr bitte fort!«

»Es bleiben einige Fragen offen. Was weiß Melitons Kutscher? Was geschah mit Considius? Was sind das für Leute, die sich auf Considius' Hof eingenistet haben? Wer waren und wer schickte die Burschen, die Considius verfolgten?«

Selenus legte das Blatt vor Gaius und ergänzte:

»Alles in allem ist das zu wenig, um Anklage erheben zu können.«

»Es sei denn«, lächelte Cornificius, »wir selbst klagen den Mörder des Meliton und Aberkios an.«

»Gegen wen willst du vorgehen?« warf Selenus ein.

»Ich habe da eine Idee…« Gaius stierte einige Zeit auf den Tisch. »Wir müssen Considius in ihre Gewalt bringen.«

»Das ist er doch!« rief Cornificius.

»Das glaube ich eben nicht. Wir müssen Considius finden und ihn dazu bringen, sich zu stellen.«

»Wozu? Sie werden ihn umbringen!«

»Nein, weil die Übergabe vor Zeugen stattfindet. Sie müssen ihn anklagen, um selbst von dem Verdacht des Mordes loszukommen.«
»Und dann? Alles spricht gegen ihn! Man wird ihn zum Tode verurteilen und hinrichten!«
»Das werden wir, notfalls mit Gewalt, zu verhindern wissen. Während sie sich in Sicherheit wiegen, werden sie Fehler machen und sich Blößen geben, die uns den Drahtzieher des Ganzen finden lassen.«
»Und was ist, wenn er nicht mitspielt?«
»Er wird! – An die Arbeit! Ich werde gleich zu Loco gehen und mit den Kindern reden. Wer nimmt sich den Kutscher vor?«
»Ich«, sagte Cornificius.
»Gut. Und heute abend werden wir uns in Caere noch mal umsehen.«
In diesem Augenblick trat ein maulender Alexander ins Zimmer: »Kann man denn in diesem Hause durchaus nie pünktlich geweckt werden?« Er blickte zerknittert über den abgeräumten Tisch.
»Du bist doch geweckt worden!«
»Nein!«
»Aber sicher! Von Archelaos!«
»Das kann nicht sein, Herr! Als ich die Augen öffnete, war ich durchaus allein.«
»Armer Junge.«
»Na, dann eben nicht...« Mit hängenden Schultern wandte er sich zur Tür, und Gaius ließ ihn gehen. Erst als er den Griff berührte, zögerte er, hielt den Kopf schief und schielte zurück.
»Ist was?«
»Nein, nichts. Aber in Caesars Zehnter bekam man wenigstens ein anständiges Frühstück.«
»Kannst gerne wieder hin.«
Er öffnete die Tür. Endlich kam der Befehl:
»Alexander!«
Wie der Blitz machte er kehrt, stand stramm und brüllte:
»Zu Diensten, Herr!«
»In die Küche gehen! Frühstücken! Dann hältst du dich bereit für besondere Aufträge!«
»Jawohl! Küche bereithalten! Besonderes Frühstück! Aufträge!« Zack! – und weg war er.

Cornificius schüttelte den Kopf: »Also, das nimmt allmählich schon rituelle Formen an!«
»Er braucht das für sein gesteigertes Selbstwertgefühl!«
»Mir scheint, du auch! – Also, ich breche jetzt auf. Wann treffen wir uns wieder?«
»Zur neunten Stunde.«

Der Tag brachte nicht viel Neues, außer daß Cornificius auf dem Gestüt erfuhr, daß der Kutscher, der Meliton zu fahren pflegte, anderwärts beschäftigt sei, was wohl bedeutete: in Caere.
Und was Considius betraf, wußte Loco nur zu sagen, daß er nachmittags spurlos verschwunden sei. Gessia und Quintus waren in großer Aufregung und Sorge und befürchteten für den Vater das Schlimmste. Vergebens suchte Gaius sie zu beruhigen.
So war die Stimmung nicht die beste, als Gaius mit den Freunden wieder zusammentraf.
»Wenn er da nur keine Dummheit gemacht hat!« argwöhnte Cornificius.
»Was könnte er denn für Gründe haben, erneut unterzutauchen?«
Selenus meinte: »Entweder will er auf eigene Faust einiges aufklären, oder er sucht Tochter und Sohn aus der Gefahrenzone zu halten.«
»Das wäre unsinnig«, rief Gaius. »Vielleicht hat er doch noch andere Kontakte, die wir nicht kennen.«
»Das könnte möglich sein«, meinte Selenus. »Im übrigen gefällt mir dieser Tullius Cimber nicht.«
»Warum?« fragte Gaius.
»Er redet mir zu viel und zu selbstgerecht.«
Gaius dachte eine Weile nach. »Ich schlage vor, daß wir uns die Aufgaben teilen. Alexander sollte sich in der Stadt umhören.«
»Hatte schon immer gute Ohren! Werde aber durchaus ein Wörtchen mitreden! Werde zunächst noch einmal die Kinderchen besuchen, Herr.«
»Meinetwegen. Sei vorsichtig und halte die Augen offen!«
»Jawohl! Offen! Vorsichtig!«
»Gut. Selenus könnte noch einmal Freund Tiro besuchen.«
»Ja«, sagte dieser. »Vor allem werde ich Cicero, falls er in seinem Haus am Palatin ist, nach den Modalitäten eines Kriminalprozesses fragen. Du

und Cornificius, ihr solltet euch in Caere umschauen. Ich spüre deutlich, daß wir auf irgendeine Kleinigkeit nicht geachtet haben.«
»Das hat noch etwas Zeit!« Lucius Volcatius, der Patron, war in der Tür erschienen. Er strahlte. »Alles geregelt, mein Junge! Kommt, schaut euch das Haus doch gleich einmal an. Caere hat Zeit bis morgen.«
Selenus lächelte fein: Selten hatte er den Patron in den letzten Jahren so heiter gesehen.

23

»Was willst du! Ich kann den Mann nicht am Tischbein anketten!« brauste Loco auf.
»Nichtsdestoweniger hättest du besser auf ihn aufpassen müssen, Meister der Sandalen! Wenn dir das in Gallien passiert wäre, hätte Caesar dir unbedingt den Kopf vor die Füßchen gelegt.«
»Beim Hercules! Wir sind hier nicht in Gallien. Was kann ich dafür, wenn der Mann in sein Unglück rennt? Ich habe getan, was ich konnte. Und überhaupt – war das etwa meine oder deine Idee, ihn hier einzuquartieren?« Er hob entrüstet beide Hände.
»Na, dann eben nicht…«, sagte Alexander moderat, behielt aber die Schultern oben. »Anbetracht dessen solltest du nun ein schärferes Äuglein auf die Kinderchen haben.«
»Die sind alt genug, um selbst auf sich aufzupassen! – Und warum das ganze Theater? He! – Junge, ich werde es denen da oben noch zeigen!« Er hob die Faust über den Kopf.
»Siehst du, so gefällst du mir unbedingt schon besser. Und wenn du was Neues hörst, gib Bescheid, ja?!«
Alexander sprach mit ihm wie eine besorgte Mutter. Sie reichten sich die Hand, denn zwischen ihnen war am Ende immer bestes Einverständnis.
»Weißt du, der Mann tut mir unendlich leid. Wenn ich denke, ich müßte so leben…«
»Mußt es ja nicht. Kannst feine Schühchen machen, und ganz Rom kauft bei dir. Paß nur auf, daß du nicht Anbetracht dessen eines Tages durchaus zu denen da oben gehörst!«
Dann war er verschwunden.

Er ging langsam. Er wußte nicht, wohin er sich wenden sollte. So überließ er sich dem Lauf der Straßen, passierte den Circus Maximus, folgte der Via Sacra und geriet in das um diese Zeit immer noch heftige Treiben rings um das Forum.
Er wollte gerade eine Portion Erbsensuppe an einer der Buden zu sich nehmen, als er sie sah, wie sie mit einem Sack auf dem Rücken aus dem Argiletum humpelte: die Alte, der er nun schon zweimal begegnet war.
Alexander blieb stehen und beobachtete, wie sie mit diesem seltsamen Gang – das linke Bein im Bogen nachziehend – flink vorwärts kam. Nun

hob sie die freie Hand, als ob sie jemandem ein Zeichen gebe, und – Alexander traute seinen Augen nicht! – da kam ein großer Bursche auf sie zu, verbeugte sich artig und hörte schweigend auf das, was die Alte ihm mitteilte. Dann nickte er, verbeugte sich wieder und verschwand.

»Beim Styx!« rief Alexander. »Das ist zweifellos durchaus dieser Fünfkämpfer, dem ich seine gymnastischen Übungen vermasselt habe!« Er rief das so laut, daß im Umkreis von zehn Schritt alle Passanten erschraken.

Ihm nach! – Das war sein erster Gedanke, doch dann zögerte er. Es würde sehr schwierig sein, ihn im Gedränge wiederzufinden; und wenn der Verfolgte seiner ansichtig wurde, war es ihm ein leichtes, in der Menge unterzutauchen. Er mußte sich an die Alte halten, sie war langsamer zu Fuß und konnte ihm nicht entkommen.

Aber da unterschätzte er sie. Es dauerte eine ganze Weile, bis er ihrer wieder ansichtig wurde, und er verlor sie immer wieder aus den Augen, weil sie sich, wenn auch behindert, so doch unglaublich flink fortbewegte, wobei ihr zustatten kam, daß sie, schon von Natur aus nicht groß, durch ihre gebeugte Haltung leicht zwischen den Menschen verschwand.

Energisch zwängte sich Alexander durch die Passanten, steckte manchen Tadel von behäbigen Bürgern ein, überhörte diese und war schon weiter, wenn die Entrüsteten lauthals über den Verfall der guten Sitten einen längeren Vortrag an die Zeitgenossen hielten.

Er durfte die Alte nicht aus den Augen verlieren. Gegenüber der Basilica Aemilia bog sie in den Vicus Tuscus ein. Die Straße führte zum Forum Boarium, dem Viehmarkt am Tiberhafen. Was wollte sie dort? Doch sie humpelte an den Lagerhallen und Speichern vorbei, nahm den Weg an der Kaimauer entlang flußaufwärts und eilte dann links über den Pons Aemilius.

Alexander zögerte, ihr zu folgen, denn die Brücke war wenig begangen – er konnte leicht auffallen, wenn sie sich umwandte. Er ließ ihr daher einen größeren Vorsprung und folgte in einigem Abstand nach. Doch sie wähnte sich völlig sicher, verließ die Brücke und verschwand links im Viertel der Wassermühlen, Walker und Wäscher auf dem rechten Tiberufer.

»Verdammt!« fluchte Alexander und ging langsam weiter. Hier hauste das sonderbare Völkchen der Syrer, Phönizier und Hebräer, vermischt mit den Ärmsten Roms, denen die Stadt drüben keine Herberge mehr bot: Arbeiter aus den Gerbereien, Elfenbeinschnitzer, Kunsttischler, Müller, die ihre Mühlen am Tiber betrieben, Lastträger der unzähligen Lagerhäuser und Arbeiter aus den Ziegeleien an den Vaticanbergen. Sie alle wurden angezogen vom gegenüberliegenden Hafen, der von Jahr zu Jahr zum größeren Umschlagplatz von Gütern, Nahrung und Luxus des ganzen Erdkreises wurde, um den unersättlichen Bauch der wild wuchernden Hauptstadt zu füllen.

Trotzdem – es müßte möglich sein, sie hier wiederzufinden; denn obwohl all diese abhängigen Habenichtse zu Tausenden in baufälligen Buden, Katen, Hütten und zusammengeschusterten Verschlägen hausten und von der Hand in den Mund lebten, glich doch keiner dem andern, und selbst hier mußte eine alte, bucklige Vettel auffallen.

Langsam und argwöhnisch ging er die Straße entlang, und seine Haltung und Kleidung lockte sogleich einen Bettler herbei. In kriecherisch sich anbiedernder Weise folgte er ihm seitlich, machte während des schlurfenden Gehens seine Bücklinge und gab einen auswendig gelernten Sermon von sich:

»Nur ein As, edler Herr! Ein As für ein Stück Brot, Herr! Und alle Götter Roms und des Erdkreises werden dich segnen für deine Großmut. Hundert Jahre und mehr sollst du werden, und die Himmlischen werden dich mit Gesundheit und Wohlergehen belohnen!«

Alexander blieb stehen und musterte den Alten in der Haltung eines Centurio aus der X. Legion, beide Hände in die Hüfte gestemmt.

»Wie heißt du?«

»Name ist Schall und Rauch, edler Herr!«

»Nun gut, so höre, Schall und Rauch!«

Der Alte verbeugte sich und kam heran; sein Atem roch widerlich nach Knoblauch und billigem Wein, und Alexander hielt abwehrend die Hand hoch.

»Schon mal gedient?«

»Halten zu Gnaden, edler Herr, ich diene jedem.«

Wieder ein Bückling, und so blieb er wie ein geprügelter Hund vor ihm stehen, blinzelte von unten aus wäßrigen Augen.

»Auch so ein Drückeberger!« polterte Alexander. »Na, dann eben nicht...«

»Doch, edler Herr, ich kann k-k-kehren... s-s-singen... auf die K-k-kinder aufpassen...«

»Maul halten! Laß die Komödie! Du kannst dir unbedingt fünf Sesterzen verdienen! Vielleicht auch zehn. Aber hör mit dem Singsang auf!«
»Halten zu Gnaden, edler Herr!«
Alexander entnahm seinem Brustbeutel einige Münzen. Der Alte verfolgte jede Bewegung wie ein Hund, der seinen Herrn von unten am Abendtisch beim Essen zuschaut, bereit, einen Wurstzipfel in der Luft aufzuschnappen.
»Herhören! Ich suche durchaus ein altes Weib, das hinkt. Sie ist eben unbedingt in diese verdammte Gasse eingebogen. Die Alte zieht das linke Bein nach und ist sehr flink. Nun sprich, du König der Bettler, kennst du sie?«
»Per deos!« rief der Alte und blickte sich erschrocken um. »Sprich leise, Herr!«
Er war ganz aufgeregt und zog Alexander zur Seite in einen Hauseingang.
»Du sollst mich nicht verstecken, Lumpenkönig, sondern mir Anbetracht dessen sagen, wo die Alte wohnt.«
Der Bettler hob die zittrige Krüppelhand und fuchtelte mit dem knöchernen Zeigefinger durch die Luft.
»Lamia! Du meinst Lamia!«
»Nun, meinetwegen, Lamia. Und?«
»Lamia ist ein Gespenst von grausiger Gestalt, Herr. Ein Unhold, der Kinder raubt!«
»Wie? Was? Du redest irre!«
»Nein, Herr. Sie wurde einst von Hera wahnsinnig gemacht, da sie die Geliebte des Zeus war...«
»Ihr gutes Recht!«
»...und da tötete sie ihre Kinder. Raubt auch die Kinder anderer Mütter! Durch Zeus hat sie die Gabe beliebiger Verwandlung. Sie ist eine gefürchtete Hexe!«
»Soso«, lächelte Alexander kalt. »Dir scheint sie auch dein Hirn ausgesaugt zu haben. Wo ist sie? Wo wohnt sie?«
»Überall.«
»Was heißt das?«
»Mal hier – mal dort.«
Alexander drehte eine Münze zwischen den Fingern.

»Na, werde zweifellos durchaus einen andern fragen müssen…« Er schickte sich an, zu gehen.
»Warte, Herr! Warte!«
Er hielt Alexander am Ärmel.
»Hände weg! Mag das nicht! Will von dir keine Märchen erzählt bekommen. Brauche ihre Adresse. Zeig sie mir!«
Er lockte mit der Münze. Der Alte wollte danach greifen.
»Erst die Wohnung!«
»Wenn ich huste, dann links. In der alten Mühle!«
»Gut. Nun geh und setz deine klapprigen Knöchlein in Bewegung!«
Er reichte ihm das Geld, und der Mann erging sich in einer raschen Folge von Verbeugungen.
»Nun mach schon! Ich bin nicht Iupiter!«
Ängstlich hinkte der Alte voraus, winkte mit der Hand und trippelte los. Alexander folgte ihm langsam. Nach etwa zweihundert Schritt begann der Alte zu husten, setzte dann seinen Gang fort.
Alexander blieb stehen und schaute nach links. Alles an dem Haus, wenn es denn diesen Namen verdiente, war baufällig, mürbe, verfallen. Die Läden waren geschlossen, die Tür hing schief in den Angeln. Entschlossen ging er darauf zu.

24

Das Haus, das der Patron gekauft hatte, übertraf Gaius' Erwartungen. Es lag an der Nordostecke des Palatins mitten im Zentrum der ummauerten Stadt; alle Hügel, Viertel, Tore und Ausfallstraßen waren von hier aus gleich gut zu erreichen. Nur wenige hundert Schritt entfernt wohnten Cicero und der Redner Quintus Hortensius. Und zu Clodia war es ein Weg von drei Minuten.

Größe und Anordnung der Räume glichen denen im Hause der Familie auf dem benachbarten Caelius. Der vormaligen Besitzerin – der kinderlosen Witwe eines Ritters – war das Anwesen zu groß und seine Unterhaltung zu aufwendig geworden; sie verbrachte ihren Lebensabend ohnehin in einem Landhaus in der Campania bei Pompeji und hatte den römischen Besitz über einen Mittelsmann zum Kauf angeboten.

»Die Räume sind jahrelang nicht benutzt worden«, erläuterte Lucius, als sie durchs Haus gingen. »Gebälk, Putz und Böden sind in sehr gutem Zustand; du kannst die Wände nach Belieben ausmalen lassen. Mir wären sie so etwas zu düster. Das Haus zeigt im übrigen mehr Geschmack als Pracht, und das ist für unser Vorhaben die richtige Mischung. Du brauchst nichts zu ändern, außer wo Altersschäden dazu nötigen. Hausrat ist in mäßiger Menge vorhanden – hier sollten wir einiges neu und von besserer Qualität anschaffen.«

Unterhalb des Erdgeschosses befanden sich gewölbte Kammern, doch nicht als Kellerräume, sondern wohnlich eingerichtet.

»Diese Räume«, erklärte Lucius, »sind als kühler Aufenthalt für die Sommermonate gedacht.«

Sie entsprachen genau den Vitruvschen[50] Anforderungen.

»Alle Räume kannst du nach deinen Bedürfnissen einrichten. Vor allem müssen Regale her für die Ablage und Registrierung aller Papiere und Vorgänge. Selenus wird dir dabei sicherlich mit Rat und Hilfe zur Hand gehen.« Er blickte auf die Wasseruhr. »Oh, es geht schon auf die dritte Stunde. Ich muß in den Senat.«

Lucius ging zum Ausgang, und Gaius begleitete ihn.

»Vater, ich danke dir.«

Lucius wandte sich noch einmal um: »Wenn du das Ziel erreichst, das du dir vorgenommen hast, hat sich der Ankauf bezahlt gemacht. – Wann kommt ihr zurück?«

»Das läßt sich schwer sagen.«
»Na gut. Bis später. Geht überlegt vor!«

Als Gaius zurückkam, fragte er Cornificius: »Welches Zimmer möchtest du zum Arbeiten haben?«
Erstaunt blickte der Freund ihn an: »Das war doch nur ein Spaß!«
»Und ich meine es ernst. Das Haus ist zu groß für mich allein. Du wärst hier beim Nabel der Welt und doch in vollkommener Ruhe.«
Cornificius überlegte. »In gewissem Sinne hast du recht.«
»Was heißt da in gewissem Sinne? Das Angebot ist eindeutig!«
»Aber nur solange du den Raum nicht für deine Zwecke brauchst.«
Er wählte schließlich ein Zimmer des Obergeschosses mit Blick in den Garten und darüber hinaus zum Caelius. Als sie wieder nach unten kamen, stand Selenus bereits im Mantel und sagte:
»So, ich gehe zu Tiro. Und ihr solltet euch auch auf den Weg machen.«
Er hatte recht. Archelaos wurde beauftragt, mit einigen Leuten das Haus zu reinigen, auf schadhafte Stellen zu achten und alles Selenus zu melden, wenn er zurückkam. Dann machten sie sich erneut auf den Weg nach Caere.
Sie ritten zunächst zu Collatinus und – staunten. Die Mauern des Stalles waren schon so weit ausgebessert, daß die Kehlbalken und Sparren des Daches neu gesetzt werden konnten. Gaius ließ den Vormann der Truppe kommen, einen Mann, der den zuverlässigen Eindruck eines gestandenen Handwerkers machte. Freundlich sprach er ihn an:
»Wer hat euch herbestellt?«
»Einer von den Leuten des Ritters Aurelius Serenus.«
»Und wer bezahlt euch?«
»Natürlich Aurelius! Warum?«
»Ach, ich wollt's nur wissen.«
Dann fragten sie Collatinus: »Was hat Aurelius dir gesagt? Ich meine, hat er dir ein Angebot gemacht?«
»Nein. Er übernimmt die Kosten des Wiederaufbaus.«
»Unter welcher Bedingung?«
»Unter keiner.«

Sie ritten weiter zu Tullius Cimber, trafen ihn aber nicht an. Es hieß, er sei in Caere, wo er zu tun habe.

»Dann schauen wir uns Considius' Hof noch einmal an.«
Sie nahmen aber nicht den Fahrweg, sondern ritten über abgelegene Feldwege im Schutz von Weingärten, Olivenplantagen und Hecken einen großen Bogen, so daß sie sich dem Anwesen von Osten her näherten. Etwa ein Stadion[51] vor dem Ziel stiegen sie aus dem Sattel, banden die Pferde an den nächsten Bäumen fest und schlichen sich im Schutz der Büsche und Hecken näher. Sie hatten erst die halbe Strecke zurückgelegt, als sie Geräusche hörten.
»Klingt so, als ob mit Hacken und Schaufeln gearbeitet wird«, meinte Cornificius.
Gaius nickte. »Wir müssen noch näher ran!«
Der Weg machte eine Biegung. Vorsichtig lugte Gaius um die Ecke und zog sofort seinen Kopf zurück.
»Was ist?« flüsterte Cornificius.
»Sie haben Posten aufgestellt. Hier kommen wir nicht weiter.«
Sie zogen sich im Schutz der Hecke zurück und schlugen einen größeren Bogen, so daß sie von einem Hügel oberhalb des Hofes einen Überblick über das gesamte Gelände gewannen. Auf der Rückseite des Hauptgebäudes waren mehrere Leute dabei, eine Art Graben auszuheben. An anderen Stellen schien dies schon geschehen zu sein.
»Merkwürdig«, sagte Gaius. »Was wollen sie da bauen?«
Cornificius blickte aufmerksam hinüber und meinte: »Noch seltsamer, daß sie Posten aufgestellt haben.«
Sie beobachteten die Szene eine Weile.
»Sieht aber nicht so aus, als ob sie etwas bauen wollen.«
»Vielleicht Entwässerungsgräben.«
»Wozu? Das Gelände ist trocken.«
Plötzlich stieß Gaius gepreßt hervor: »Das ist er!«
»Wer?«
»Servius Aurelius! Der Mann, der gerade einer Gruppe Anweisungen gibt, wo noch ein Graben auszuheben ist.«
»Also, ich verstehe nichts mehr«, sagte Cornificius. »Was regst du dich darüber auf, daß der Sohn des Aurelius Erdarbeiten auf einem Stück Land beaufsichtigt, das seinem Vater – so wie die Dinge liegen – nach dem Gesetz gehört?!«
»Da bin ich eben ganz anderer Meinung. Komm!«

»Wo willst du hin?«
»Ich habe so eine Idee...«

25

Die Tür war nicht verschlossen – man hätte sie wohl auch nicht einrasten lassen können –, und Alexander bewegte sie langsam; trotzdem quietschte sie aufdringlich. Er fluchte leise.
Der Flur war düster, schmutzig, roch nach faulendem Holz und feuchten Wänden, in denen der Schwamm nistet. Es war sehr still. Irgendwo plätscherte Wasser. Es mußte sich um eine der alten, schon verrotteten Mühlen am Tiber handeln, deren Wasserräder man vom Forum Boarium aus sehen konnte.
Wohnte sie hier? Allmählich gewöhnte sich sein Auge an das Zwielicht. Der Boden des Flures bestand aus dicken, aber morschen Bohlen, die sich bei jedem Schritt senkten, so daß er vorsichtig auftrat, aus Sorge, irgendwo durchzubrechen und sich dann im Schlamm des Flusses wiederzufinden. Seitlich befanden sich Kammern mit allerlei Gerümpel, Rädern, verrostetem Werkzeug, Krügen und vermoderten Säcken. Überall zwischen den Balken, auch auf den Gegenständen, mächtige Spinngewebe, selbst schon vermodernd und mit Staub bedeckt, so daß sie größer, unheimlicher wirkten, als sie waren. Am Ende des Ganges führte rechts eine Treppe nach oben. Er begutachtete sie und entschloß sich, hinaufzusteigen. Jede Stufe knarrte. Er erreichte den oberen Flur, der, bedingt durch die Dachschräge, nur halb so lang wie der untere war.
Auch hier führten mehrere Türen in seitliche Räume. Er ging sie der Reihe nach durch, doch sie waren, bis auf die letzte, verschlossen. Als er diese öffnete, schoß eine Katze zwischen seinen Beinen hindurch nach draußen.
»Komm nur herein, Söhnchen!«
Das war sie! Er erkannte ihre Stimme wieder, riß die Tür ganz auf und trat ein. Sie saß in einem riesigen, hochlehnigen Korbsessel wie auf einem Thron, und sie wirkte größer, als er sie in Erinnerung hatte.
Der Raum war vollgestopft mit den seltsamsten Dingen. Da lauerten in den Ecken ausgestopfte Vögel, Schlangen, Krebse und eine Echse. Auf einem Regal grinste ein Totenschädel; auf einem anderen standen Gläser mit allerlei Pülverchen, Kräutern und Kieseln in den verschiedensten Farben; daneben verschieden große Mörser und Schalen; auf dem Tisch, vor ihrem Sessel, eine schillernde Glaskugel. Die Vorhänge des Fensters waren zugezogen, und nur aus mehreren winzigen Öllampen flackerten

Flämmchen und tauchten den Raum und seine magische Einrichtung in ein geheimnisvolles Licht.
»Tritt nur näher, Söhnchen! Ich wußte, daß du mich besuchen würdest, hihihi…«
Ihr Kichern klang nicht gefährlich. Es war nicht das erste Mal, daß Alexander mit zauberkundigen Frauen zu tun hatte, und er war nicht gewillt, sich durch ihr Gehabe und die Einrichtung des Zimmers einschüchtern zu lassen.
Zu lange stand er bereits unter dem aufgeklärten Einfluß seines nüchtern denkenden Herrn.
»Und ich wußte, daß du das durchaus sagen würdest, Mütterchen.«
Er grinste. Sie ging nicht darauf ein.
»Nimm nur Platz, Söhnchen!«
Er griff sich einen Stuhl und setzte sich vorsichtig. Der Totenschädel grinste ihn an. Er stand auf, packte ihn und drehte ihn mit dem Gesicht zur Wand.
»Mag das nicht, so angeglotzt zu werden.«
Er setzte sich wieder.
»Er sieht dich immer, auch wenn du ihn nicht siehst.«
»Sein gutes Recht, Mütterchen. Woher weißt du, daß ich kommen würde?«
Sie sah ihn an, lange und durchdringend, doch er hielt ihrem Blick ohne weiteres stand.
»Hast mir neulich einen guten Rat gegeben, Söhnchen.«
»Würde ihn dir auch jetzt geben. Es ist Anbetracht dessen nicht gut, wenn alte Mädchen so allein leben.«
Sie kicherte mit zahnlosem Mund. »Gefällst mir, Söhnchen. Solltest aber vorsichtiger sein und dich nicht um Dinge kümmern, die dich nichts angehen.«
»Was sind das für Dinge?«
»Spionierst mir nach, Söhnchen!«
»Kann mich unbedingt nicht daran erinnern. Weiß aber, daß zwei Burschen nach deiner Pfeife tanzen. Habe ihnen durchaus neue Tanzschrittchen beigebracht. Sah einen der Knaben heute bei dir.«
»Braver Junge! Tut immer, was ich ihm sage. Hat dich wohl verwechselt.«

»Soll mich nicht noch mal verwechseln. Werde ihn in den Hades schicken.«

»Das solltest du nicht machen. Sie sind die Stütze meines Alters.«

»Mußt dich nach einer anderen umsehen.«

»Wie wär's denn mit dir? Hihihi...«

Alexander verzog keine Miene, sondern fragte ohne Übergang: »Was hast du mit Considius zu schaffen?«

Mitten im Kichern hielt sie ein. Und plötzlich stand Alexander drohend vor ihr: »Schluß jetzt mit dem Theater! Antworte, Alte! Was hast du mit Considius gemacht? Wo hältst du ihn versteckt?«

»Aber Söhnchen, so kannst du doch nicht mit mir reden. Sollst das Alter ehren! Komm, wir trinken ein gutes Tröpfchen miteinander, und dann will ich dir deine Fragen beantworten.«

Sie stand auf, holte zwei silberne Trinkschalen, schenkte aus einer grünen Flasche ein und reichte Alexander die Schale. Dann sprach sie seltsam:

> BLUT, ICH SAH'S, ES TRÖPFELTE NIEDER VON STERNEN,
> BLUTIG UND PURPURROT SAH ICH DES MONDES ANTLITZ.
> TRINK, SÖHNCHEN, DENN DAS LEBEN WELKT SO SCHNELL DAHIN!

Sie trank selbst, und auch Alexander – beruhigt, als er sie trinken sah –, hob die Schale und trank; der Wein schmeckte vorzüglich. Sie fuhr fort:

> NÄCHTLICH FLIEG ICH VERWANDELT DURCH DUNKEL UND SCHATTEN, VOGELFEDER BEDECKT HÜLLEND DEN ÄLTLICHEN LEIB!
> STATT EINER BLITZEN IM AUGE MIR ZWEI PUPILLEN!
> UND ANDERES SEH ICH, WAS KEINES STERBLICHEN AUGE SAH!
> TIEF AUS VERMODERTEM GRABE ZITIER' ICH AHN UND URAHN UND MIT GROSSEM GEBET SPALTE ICH BODEN UND FELS!
> TRINK, SÖHNCHEN, DENN DAS LEBEN WELKT SO SCHNELL DAHIN WIE DIE ZARTE PURPURBLÜTE DES MOHNS AM SOMMERWEGE!

Mehr hörte er nicht mehr; er nickte nur noch, suchte die Hand zu heben, doch sie fiel kraftlos herab, und langsam folgte der Kopf nach. »... des Mohns am Sommerwege!« lallte er. Dann umfing Nacht sein Bewußtsein.

26

Sie ritten zurück nach Rom, trafen Selenus im Volcatischen Hause am Caelius, und Gaius fragte ihn unverzüglich:
»Soviel ich weiß, hast du doch eine Menge Aufzeichnungen über den Spartacuskrieg…«
Selenus blickte erstaunt hoch, denn er vermied, wenn er konnte, dieses Thema.
»Ja. – Warum?«
»Hast du darunter auch Berichte über die Ereignisse, die sich in und bei Caere abspielten? Die Gegend soll ja damals von den Scharen, die sich unter der Führung eines gewissen Krixos vom Hauptheer getrennt hatten, gebrandschatzt worden sein.«
»Ja, das ist richtig.«
»Hast du davon irgendwelche Aufzeichnungen?«
»Ich müßte nachsehen.«
»Bitte tu das!«
Selenus ging. Cornificius fragte:
»Willst du mir nicht endlich verraten, was du im Sinn hast?«
»Warte's ab, Fürst des Wortes. Das hängt von dem ab, was Selenus findet.«
»Na, dann eben nicht…«, sagte Cornificius und gähnte.
»Doch, mein Junge, und ein Glück, daß der große Alexander nicht deine Imitation hört. Er ist da sehr empfindlich.«
»Sein gutes Recht.«
Selenus kam mit einigen Papieren.
»Ich habe mir da vor Jahren Aufzeichnungen nach einem Gespräch gemacht, das ich mit einem Sklaven unseres Gesindes vom Tusculanum hatte. Der Mann war von ihnen mitgeschleppt worden. Bei Kämpfen in Südetrurien war er verwundet worden. Er schleppte sich dann zurück bis nach Tusculum und starb wenige Tage später an seinen Verletzungen.«
»Was erzählte er?« Selenus blickte auf seine Aufzeichnungen.
»Was willst du wissen?«
»Keine Kampfberichte! – Wo wohnten die Leute?«
»Natürlich in den Dörfern, die sie brandschatzten, sofern sie kein Lager aufschlugen.«
»Auch bei Caere?«

»Ja, natürlich. Krixos selbst... Augenblick, ich habe mir das wörtlich notiert.« Er las vor:

> *Krixos und seine Unterführer hielten sich mehrere Tage in einigen Höfen bei Caere auf. Dorthin kehrten sie auch immer wieder zurück, wenn sie von ihren Raubzügen ermüdet waren...*

»Hat der Mann das damals wörtlich gesagt?«
»Ja, ich habe es so notiert. Es war noch ganz im Anfang des Krieges, bevor ich...« Er hielt inne.
Gaius sah ihn scharf an: »Ja?«
»Nichts. Das hat nichts damit zu tun.«
Das war wieder der Punkt, an dem Selenus in eisiges Schweigen fiel.
»Hat er«, fragte Gaius nach, »irgend etwas von Schätzen erzählt, die die Plünderer mitbrachten?«
»Direkt nicht. Aber das meinte er wohl, wenn er von Raubzügen sprach.«
Gaius ging einige Schritte auf und ab, blieb dann beim Tisch stehen und sagte:
»Liebe Freunde! Wenn meine Vermutung stimmt, stehen wir kurz vor des Rätsels Lösung.«
»Na, dann fang mal an!« rief Cornificius und setzte sich auf den nächsten Stuhl. Selenus, gleichfalls neugierig, nahm ihm gegenüber Platz. Gaius begann:
»Vor einundzwanzig Jahren lag das ganze Land außerhalb der befestigten Städte den raubenden Sklavenscharen wehrlos ausgeliefert da.«
»Ein langer, schöner Satz!« lobte Cornificius und grinste. »Werde mir ihn für deine Biographie merken müssen!«
»Laß das!«
»Na, dann eben nicht...«
»Doch, mein Junge, aber später.«
Gaius fuhr ernst fort: »Die Scharen des Krixos hatten sich vom Hauptheer des Spartacus getrennt und zogen plündernd und mordend durch Mittelitalien. Bevor sie nach Süden abgedrängt und von der römischen Armee unter dem Praetor Arrius beim Mons Garganus in Apulien geschlagen wurden, hielten sie sich längere Zeit in Südetrurien auf. Dabei hatten sie Probleme mit den geraubten Schätzen an Gold, Silber und

Geld. Ein Teil der Beute wurde auf einem Hof östlich von Caere vergraben, um ihn später…«
»Jetzt verstehe ich!« rief Cornificius.
»Ich nicht ganz«, meinte Selenus. »Warum werden die übrigen Höfe in Brand gesteckt? Warum verschwindet Considius? Warum geschehen diese Morde?«
Gaius nickte. »Ich sehe es so: Jemand weiß aus einer uns noch nicht bekannten Quelle, daß östlich von Caere erhebliche Mengen Edelmetall und Geschmeide vergraben sind. Er versucht nun mit allen Mitteln, sich in den Besitz des in Frage kommenden Terrains zu bringen, um mit Suchgrabungen zu beginnen.«
»Also wäre Servius, der Sohn des Aurelius, unser Mann!« sagte Cornificius.
»Da bin ich nicht so sicher. Welches Interesse könnte er daran haben, zwei treue Diener seines Vaters, Meliton und Aberkios, zu ermorden? Es sei denn…«
In diesem Augenblick flog die Tür auf, und mit krampfhaft aufgerissenen Augen torkelte ein Mann herein, der Mühe hatte, sich auf den Beinen zu halten, denn er drohte bei jedem Schritt in sich zusammenzufallen: Alexander!
»Das ist denn doch der Gipfel!« sagte Gaius schneidend. »Während wir unterwegs sind, läßt du dich vollaufen! Wo warst du?«
»Nein… Nicht doch…«, versuchte es Alexander mit letzter Kraft und strebte auf einen freien Stuhl zu. Selenus sprang auf und half ihm, ehe er zu Boden glitt, auf den Sitz. Alexander streckte alle viere von sich, der Kopf fiel auf die Brust.
»Nicht doch…«, lallte er noch einmal, schüttelte den Kopf und schlief auf der Stelle ein.
Nun erst bemerkten sie sein schmutziges Äußere. Selenus schnupperte an Alexanders Atem und sagte: »Das war kein Alkohol!« Und schon ging er Wasser und Tücher holen.
Währenddessen rutschte Alexander immer tiefer und drohte auf den Boden zu gleiten, so daß Cornificius und Gaius ihn von beiden Seiten hielten, bis Selenus mit Eugenia zurückkam.
Sie rieben ihm Gesicht, Hals und Nacken mehrmals kalt ab, dann flößte Selenus ihm reines Brunnenwasser ein. Alexander verschluckte sich, hustete, wurde dadurch wach, kam, nach einigen derben Klatschern auf

die Backen, vollends zu sich. Allerdings wußte er nicht sogleich, wo er sich befand, denn als er Eugenias Gesicht vor sich sah, begann er nach ihr zu schlagen und brüllte:

»Werd's dir durchaus zeigen, verdammte Hexe!... des Mohns am Sommerwege... mit mir nicht!... werde den Tänzer in den Hades schicken... mußt dich nach einer anderen Stütze deines Alters...«

Er griff mit beiden Händen und irrsinnig geweiteten Augen nach ihrem Hals, um sie zu würgen. Erst zwei kräftige Ohrfeigen von Selenus brachten ihn zu sich.

»Na, dann eben nicht...« Er gähnte zufrieden und wollte wieder einschlafen.

»Komm zu dir, Junge!« Gaius rüttelte ihn.

Und Alexander, lächelnd: »...des Mohns am Sommerwege...«

»Was heißt da Sommerwege? Wir stehen vor dem Winter!«

Endlich öffnete er die Augen und blickte wie von Sinnen um sich, erkannte allmählich den Raum und die Gesichter seiner Lieben.

»Wo warst du? Was ist geschehen?« fragte Gaius.

»Ich... ich war bei ihr.«

»Bei wem?«

»Bei der Hexe! Lamia!«

Alle schauten sich fragend an.

»Weiter!«

»Wein!«

Gaius gab Eugenia ein Zeichen, und sie kam mit einem Becher unverdünnten Falerners. Alexander griff ihn mit zitternder Hand. »Es war der Wein! Sie hat ihn vergiftet!«

Er kippte ihn mit einem Schluck in sich hinein, rülpste – »Oh, durchaus Verzeihung!« – und atmete tief durch.

»Sie weiß, wo er ist! Wir müssen sofort hin!« Er sprang auf, die Freunde drückten ihn auf den Stuhl zurück.

»Erst dein Bericht! Konzentriere dich! Erinnere dich!«

»Jawohl! Konzentriere dich!« Er hob die zitternde Rechte und versuchte einen militärischen Gruß.

Endlich begann er, und das, was er zu erzählen hatte, ließ alle aufhorchen. Als er zu dem Totenschädel kam, legte er ein sehr schön gestaltetes Intermezzo ein:

»Hasse Tote, die grinsen, besonders wenn sie nur aus Köpfen bestehen!

Haben keinen Grund dazu. Hätte ihr den Schädel am liebsten an den Kopf geworfen. Nahm im letzten Augenblick Abstand davon. Habe ihn aber unbedingt mit den Äuglein zur Wand gedreht. Müßte inzwischen durchaus ein Loch in der Wand sein vom Glotzen.«

»Gut, gut, wir werden das feststellen«, meinte Gaius lakonisch. »Erzähl weiter!«

Nach dem Genuß des Weines sei er binnen kurzem ohnmächtig geworden und in einen Tiefschlaf gefallen. Er habe sich wiedergefunden auf einem Müllplatz im Süden der Stadt, zwischen Scherben von Amphoren und stinkendem Unrat.

»Ah, der Mons Testaceus!« sagte Selenus. »Er liegt außerhalb der Mauer südwestlich vom Aventin zwischen der Via Ostiensis und dem Tiber.«

»Korrekt!« nickte Alexander. »Wollte durchaus nicht da liegenbleiben. Habe mich dann Anbetracht dessen auf allen vieren auf Wanderschaft begeben und den Weg in dies traute Heim gefunden.«

»Fein, mein Junge. Nun solltest du ein heißkaltes Wechselbad nehmen und dich von Eugenia mit Hilfe einer guten Fleischbrühe zu einem auferstandenen Heroen verwandeln lassen.«

»Jawohl! Auferstanden! Eugenia! Fleischbrühe! Mag sie sehr!«

»Wen?« fragte Cornificius.

»Beide!«

»Dann komm, mein Junge!« Eugenia half dem Vielgeprüften aus dem Raum.

»Das nutzt er jetzt drei Tage aus«, sagte Selenus. »Er hat bei ihr einen Stein im Brett!«

»Eifersüchtig?« grinste Cornificius.

»Manchmal.« Selenus seufzte. »Die Seele des Menschen steckt voller Geheimnisse.«

»So ist es«, beendete Gaius den kleinen philosophischen Exkurs und kam zum Thema zurück. »Damit haben wir einen weiteren interessanten Gesichtspunkt. Diese Frau kennt Considius, und sie hat etwas mit seinem Verschwinden zu tun.«

»Und sie scheint ihm gewogen zu sein«, sagte Selenus.

»Wieso?«

»...weil es eine Kleinigkeit gewesen wäre, Alexander zu töten und irgendwo in den Tiber werfen zu lassen. Sie weiß von unseren Aktivitäten und scheint davon auszugehen, daß wir den Fall zugunsten des Considius aufklären. Also will sie sich nicht mit einem unsinnigen Mord belasten, der niemandem, auch ihr selbst nicht, nützt.«

»Warum dann diese Geheimniskrämerei?« wollte Cornificius wissen.

»Nun«, sagte Selenus, »vielleicht weiß sie mehr als wir von den vergrabenen Schätzen und spekuliert, selbst dabei auf ihre Kosten zu kommen.«

»Das würde voraussetzen, daß sie Considius aus früheren Jahren kennt.«

»Es könnte sein.«

»Dann sollten wir unverzüglich Considius' Sohn Quintus fragen!«

Gaius aber faßte sich an den Kopf und meinte: »Trotzdem habe ich das Gefühl, daß noch ein Dritter seine Hände im Spiel hat.«

»Sagte Alexander nicht etwas von Zaubersprüchen? Tief aus vermodertem Grabe...«, warf Selenus ein.

»...zitier ich Ahn und Urahn«, vervollständigte Cornificius. »Das muß nichts bedeuten. Zauberkundige Frauen reden oft von Blut und Grab.«

»Aber es könnte doch sein«, gab Selenus zu bedenken, »daß sie, da sie sich ununterbrochen mit den chthonischen[52] Mächten befaßt, tatsächlich ein bestimmtes Grab damit meint...«

Gaius starrte ihn an und rief: »Aber ja! Warum eigentlich nicht? Caere hat eine große alte Nekropole!«

Cornificius winkte ab: »Wie willst du unter Tausenden von Gräbern...?«

»Doch! Wir müssen sie in Augenschein nehmen. Es ist keine Zeit zu verlieren!«

Es wurde beschlossen, Sohn und Tochter des Considius wegen »Lamia« auszufragen und dann noch einmal in der Umgebung Caeres zu forschen.

27

Die Nachforschungen bei Gessia und Quintus ergaben: Ja, vor Jahren habe ihr Großvater eine Magd im Hause gehabt, die nach einem Unfall – sie sei bei der Ernte unter ein Wagenrad gekommen – hinke.
– Woher sie das wüßten. Ob sie diese Frau noch gekannt hätten.
– Nein, sie seien zu der Zeit noch nicht geboren gewesen. Ihr Vater habe ihnen aber später von diesem Unfall erzählt.
– Was denn später aus der Frau geworden sei.
– Das wüßten sie nicht. Sie sei im ersten Jahre des Sklavenkrieges verschwunden und nie mehr wiedergekehrt.
– Ob sie Kontakte zu den Aufständischen gehabt habe.
– Das wüßten sie nicht. Da müßte man den Vater selbst fragen.
– Ob ihr Vater denn in der Erinnerung gut oder schlecht von ihr gesprochen habe.
– Weder das eine noch das andere. Im übrigen hätten zu dem Zeitpunkt, als der Vater ihnen davon erzählt habe, die Ereignisse mindestens schon zwölf Jahre zurückgelegen. Sie selbst seien noch Kinder gewesen und hätten natürlich mehr auf die spannende Geschichte als auf den Charakter der geflohenen Magd geachtet.
– Ob ihnen der Name »Lamia« etwas sage.
– Nein. Sie wüßten nicht, wie die Frau hieß.
Als Gaius dieses Gespräch an Selenus und Cornificius weitergab, stand für sie fest, daß es sich bei Lamia und der Magd um die gleiche Person handeln mußte.

Man hatte Alexander zwei Stunden schlafen lassen, und ein guter Schluck Falerner brachte seine Lebensgeister schnell wieder in Schwung. Er machte den kundigen Führer, als sie zu viert hinüber in das Viertel am jenseitigen Ufer des Tibers ritten.
Sie betraten entschlossen das Haus und verteilten sich. Alle Türen standen offen.
»Sie wohnt oben«, sagte Alexander und stürmte schon voraus, den Gang entlang. Überrascht blieb er stehen.
»Was ist?« fragte Gaius hinter ihm.
Alexander wies in den Raum. »Der Vogel ist durchaus ausgeflogen.«

Das Zimmer war leer geräumt. Nur die Regale standen verstaubt an den Wänden.

»Hier saß sie im Sessel! Hier grinste der Schädel! Hier habe ich gesessen! – Na, dann eben nicht…«

Enttäuscht lehnte er sich gegen den Türpfosten.

Cornificius sagte: »Jemand aus der Nachbarschaft muß den Auszug gesehen haben.«

»Keineswegs. Kommt mal runter!« rief Selenus von unten. Er zeigte ihnen, in Fortsetzung des Flurs, eine Tür zur alten Mühle. Sie traten in den verrotteten Mahlraum. Der Staub vieler Jahre bedeckte Boden und Gerät.

» Sie ist über den Fluß auf und davon. Hier!« Er wies auf die frischen Trittspuren im Staub der Bodenbretter. Sie führten zu einer weiteren Tür, die sich zum Fluß hin öffnete. Neben dem alten Mühlrad befand sich der Rest einer hölzernen Anlegestelle. Fehlende oder brüchige Teile hatte man mit Brettern abgedeckt und so einen primitiven Steg erhalten.

»Zweifellos schade, Herr. Hätte mich unbedingt gerne für die Schale Wein bedankt.«

»Wirst es noch können. Wir treffen sie wieder!«

Er wandte sich zu Selenus: »Wir reiten gleich weiter nach Caere. Würdest du bitte den Patron unterrichten?«

Selenus nickte. »Seid vorsichtig. Wir haben mehr als einen Gegner.«

»Werde allen dreien Anbetracht dessen ein persönliches Schlafmittel verabreichen, das sie bis in den Hades geleitert!«

»…geleitet!« verbesserte Selenus.

28

Als erstes suchten sie Aurelius auf, der nicht gerade entzückt war über ihr neuerliches Erscheinen.
»Ich habe zu tun. Was wollt ihr?«
Er machte keine Anstalten, sie hereinzubitten.
»Nur eine kleine Auskunft.« Gaius lächelte zuvorkommend.
»Bitte!«
»Auf dem Hof des Considius werden Erdarbeiten vorgenommen. Geschieht das auf deine Veranlassung?«
»Erdarbeiten? Meine Ver...? Gewiß, ja, Servius will den Stall... Aber was geht das euch an?«
»Ach, nur so eine Frage. Das war's, danke!«
Sie sahen, wie Skrupel sein Gesicht überschatteten.
»Wollt ihr nicht doch zu einem Becher...?«
»Danke, ein andermal.«
Sie machten auf der Schwelle kehrt, gingen zu den Pferden, saßen auf und ritten davon, ohne weiter Notiz von ihm zu nehmen.
Aurelius aber blickte ihnen lange nach und murmelte: »Und deswegen kommen sie von Rom daher, um mich...«
Mit zittriger Hand fuhr er sich über das Gesicht, dann rief er einen der Knechte herbei, sprach leise mit ihm und schickte ihn zu Pferde davon.
Kurze Zeit später trafen die drei auf Collatinus' Hof ein.
»Na, das geht aber gut voran hier!« rief Gaius dem Bauern zu, nachdem sie die Pferde einem Knecht anvertraut hatten.
»Ja, sie arbeiten fleißig wie die Bienen. Aurelius will den Stall sogar noch vergrößern!«
»Was sagst du da?« Cornificius hielt staunend den Mund offen und sah Gaius bedeutsam an.
»Wo?« fragte Gaius.
»Auf der Rückseite.«
»Kann man das mal sehen?«
»Sicher. Kommt!«
Collatinus führte sie hinter den Stall. Mehrere Sklaven waren dabei, Gräben auszuheben und auch die dazwischenliegende Grasnarbe abzunehmen. Alles sah sehr ordentlich aus.
»Ein bißchen tief für einfache Stallfundamente – oder?« meinte Gaius.

»Soll ja auch lange halten«, entgegnete Collatinus.
»Aha. Und warum heben die den zukünftigen Stallboden so tief aus?«
»Sie wollen eine sichere Bodenentwässerung bauen.«
»Sehr schön. Na, da freust du dich doch!«
»Natürlich. Auf Aurelius lasse ich nichts kommen!«
»Hat er das hier selbst angeordnet?«
»Nein. Die Leute wußten schon Bescheid.«
»Soso. Na, gute Planung. Respekt!«
Gaius warf einen schnellen Blick über das gesamte Gelände. »Und was wird da hinten gebaut?«
»Nichts. Sie vermuten Wasseradern im Berg. Haben Probegrabungen gemacht. Sie wollen ganz sichergehen.«
»Ausgezeichnet. Na, das freut mich aber für dich.«
Er hatte dies alles sehr laut gesprochen und sah, wie der Vormann der Arbeiter auf jedes seiner Worte achtete.
»Gute Arbeit!« rief Gaius ihm zu. »Macht so weiter!«
Der Mann – er hatte das Gesicht eines Spitzbuben – verbeugte sich und sagte: »Wir tun, was wir können, Herr.«
»Davon bin ich überzeugt.«
Gaius, Cornificius und Alexander gingen mit Collatinus zurück auf den Hof.
»Sag mal…« Gaius lächelte. »Ich hörte, bei den Gräbern drüben soll es nachts spuken.«
Collatinus erschrak. »Allerdings. Charun mit dem Hammer schlägt dort nachts wieder zu. Besonders der Ort, an dem die Morde geschahen, ist verhext!«
»Charun?«
»Ja, andere wollen auch schon den schrecklichen Tuchulcha gesehen haben, einen Dämon mit Krallen, ledernen Schlangen, Geierschnabel und Echsenhaut.«
»Bist du Etrusker?«
»Ja. Meine Familie wohnt schon seit Menschengedenken hier.«
»Interessant«, nickte Gaius. »Und an welchem Grab spukt es besonders?«
»Sie sagen, es ist das oberste, beim Hohlweg, keine hundert Schritt von der Stelle entfernt, wo man diesen Meliton fand.«
»Aha. Und spukt es nur an bestimmten Tagen?«

»Das weiß man nie im voraus.«
»Die Stelle wird natürlich gemieden...«
»Natürlich! Kein Sterblicher wagt sich nach Eintritt der Dunkelheit dorthin. Manchmal soll auch eine bucklige Hexe dort tanzen.«
»Was?« Cornificius und Gaius riefen es gleichzeitig.
»Ja. In letzter Zeit will man sie öfter in der Nähe gesehen haben. Wenn ihr mehr darüber wissen wollt, fragt Tullius Cimber!«
»Tullius Cimber?«
»Ja, er beschäftigt sich schon lange mit diesen Dingen. Neulich hörte ich ihn mit Aurelius darüber reden.«
»Mit Aurelius?«
»Ja, es heißt, er arbeitet an einem Text über diese geheimnisvollen Dinge.«
»Wer? Aurelius?«
»Nein, Tullius.«
»Das ist ja auch alles sehr interessant. Na, dann bis bald.«
Gaius reichte dem braven Mann die Hand, und Collatinus machte eine tiefe Verbeugung. Sie saßen auf und ritten den Weg zurück in Richtung Caere.
»Charun mit dem Hammer...«, überlegte Gaius. »Ich habe den Namen schon oft gehört, weiß aber nicht viel damit anzufangen.«
Nun konnte der belesene Cornificius glänzen: »Das ist ein uralter etruskischer Todesdämon, der den leicht abgewandelten Namen des griechischen Unterweltfährmanns Charon trägt. Allerdings spielt er nicht die gleiche Rolle. Auf etruskischen Grabmalereien und Sarkophagen ist Charun mit schrecklichen Gesichtszügen dargestellt. Er trägt einen Hammer, mit dem er den tödlichen Schlag versetzt. Er ist es auch, der den Toten raubt und in die Unterwelt entführt. Du als Sproß aus altetruskischem Hause müßtest ihn eigentlich kennen.«
»Keine Sorge, Herr! Werden ihn kennenlernen und ihm unbedingt den Spaß verderben, mit dem Hämmerchen tödliche Spielchen zu treiben!«
»So ist es.« Damit war Gaius einer längeren Antwort auf die Anspielung des Freundes enthoben. Er ließ halten.
»In einer Stunde setzt die Dämmerung ein, solange müssen wir warten. Ich kann mir die ungefähre Lage des Grabes denken. Wir sollten gemächlich zu Tal reiten. Beobachtet werden wir ohnehin. Die Pferde stellen

wir in der Herberge am Tor unter und machen uns zu Fuß auf in die Totenstadt. Einverstanden?«

»Jawohl! Zu Fuß! Wird Anbetracht dessen ein netter Abend werden!«

»Wollen wir's hoffen«, sagte Cornificius.

29

Noch vor der Dämmerung machten sie sich auf den Weg. Sie benutzten nicht den vor der Stadt abzweigenden Hohlweg, der auf halber Höhe am Grenzstein vorbeiführte, sondern schritten die Via Cornelia eine Meile nach Süden entlang, um von dort aus das Gräberfeld im Bogen zu umgehen und sich ihm von den Hügeln im Südosten zu nähern.
Es ging zunächst über eine steile, steinige Höhe. Sobald sie einen Hügel erreichten, machten sie halt und blickten aus dem Schatten tiefastiger Bäume über die seltsam unwirkliche Szenerie der Nekropole: in der Tat eine Stadt der Toten, die Straßen im Wechsel gesäumt von Tumuli und Gräbern, teils in den Fels gehauen mit monumentalen Prachtfassaden, teils künstlich errichtet, gemauert und überwölbt. Doch an vielen Stellen war dieses Werk, von den Lebenden den Ahnen zur Wohnstatt geschaffen, selbst dem Verfall preisgegeben – sei es, daß die alten Geschlechter ohne Söhne und Töchter verdorrten, sei es, daß die Nachkommen nicht mehr die Mittel, noch weniger den Willen hatten, solchen Aufwand zu Ehren der unterirdischen Mächte zu treiben, da schon die Lebenden zu sehr mit den diesseitigen Fragen des Überlebens vollauf beschäftigt waren. An wenigen Stellen nur wehrten die Erben der mächtig wuchernden Kraft der Natur und hielten die Anlagen und Wege frei von Kräutern und wildem Gewächs. Weithin aber moderte es im Gestein und am Wege, und das sanfte Gelände leuchtete in sehr reinem Grün – einem Grün von jener geheimnisvollen Zartheit, die nur die späte, schräg einfallende Sonne hervorbringt. In der Ferne glänzte das Meer schon golden unter ihren letzten Strahlen.
Sie stiegen langsam und vorsichtig hügelwärts. Kühle senkte sich von den mächtigen Zypressen, die heilige Stille des Ortes griff auf ihre Seelen über. Schweigend gingen sie hintereinander.
Dann, als sie den höchsten Punkt der Totenstadt vor sich sahen, hielten sie an, um sich zu orientieren. Ein kleiner Wald schloß sich im Osten an die letzten Gräber an. Dahinter lag die leicht gewellte Terrasse mit den Olivenhainen von Considius und Geminus. Cornificius ließ den Blick schweifen und meinte:
»Wir sollten uns am Rande des Wäldchens verteilen und auf Geräusche und Bewegungen achten.«
Sie tauchten durch das dornige Unterholz und schlichen am Rande des

Hains auf Zehenspitzen weiter, bis sie meinten, den in Frage kommenden Abschnitt erreicht zu haben.
»Sobald einer etwas Auffälliges bemerkt, informiert er die andern.«
Gaius übernahm den mittleren Abschnitt, Alexander den in der Nähe des Grenzsteins und Cornificius den südlichen.
Längst hatten sie ihre Mäntel übergezogen, denn von den Bergen floß kühle Abendluft zu Tal. Jeder suchte eine Stelle, wo er, von Bäumen und Buschwerk gedeckt, seinen Abschnitt gut übersehen konnte.
Lange rührte sich nichts. Stille lag über Kuppeln, Felsen und Wegen. Die Sonne zog ihre letzten Strahlen zurück – da sah Gaius, wie zwischen zwei Tumuli links eine kleine, bucklige Gestalt hervorkam, nach beiden Seiten Ausschau hielt und dann hastig davoneilte, wobei sie das linke Bein flink im Bogen nachzog.
Er gab das verabredete Zeichen – den Ruf des Kauzes – und preschte schon aus dem Versteck hervor, rannte den Weg in riesigen Sätzen abwärts. Zugleich nahm er wahr, daß die beiden ihm folgten.
Er erreichte die Stelle, an der die Gestalt abgebogen war, blickte um sich – nirgends war sie zu sehen. Alexander und Cornificius kamen heran.
»Das war Lamia. Sie kann nicht weit sein. Alexander!«
»Hier, Herr!«
»Geh zurück bis zur Wegkreuzung, versteck dich dort und warte!«
»Jawohl! Verstecken! Warten! Wegkreuzung!«
Wie eine große Katze schlich er lautlos davon. Gaius wies Cornificius nach rechts. »Komm! Sie muß hier irgendwo sein.«
Sie suchten jeden Grabeingang, jedes Gesträuch ab, kletterten auf Schutthügel, hielten Ausschau – doch sie blieb wie vom Erdboden verschluckt.
Enttäuscht und wütend gingen sie zum Hauptweg, der nach unten führte, zurück. Cornificius sagte:
»Sie scheinen sich mehrere Verstecke angelegt zu haben. Ich nehme an, sie bewohnen einige der Gräber.«
Gaius nickte. »Und wir bräuchten Wochen, um sie alle zu untersuchen.«
In diesem Augenblick hörten sie aus einiger Entfernung ein dämonisches Gelächter, das sich zu irrsinnigem Kreischen steigerte.
Cornificius wollte losrennen, doch Gaius hielt ihn am Arm fest:
»Bleib hier! Sie will uns nur narren und irreführen und von hier oben fortlocken.«
Schauerlich hallte das Lachen noch mehrmals von verschiedenen Stellen.

»Komm!« Er wies nach oben, wo Alexander irgendwo wartete. Als sie näherkamen, trat er aus dem Schatten eines Grabeinganges.
»Und?« fragte Gaius.
»Nichts, Herr. Habe nur mit ein paar Mäuslein gesprochen, hatten das aber nicht gern und verschwanden durchaus ohne Gruß.«
Gaius blickte in den Seitenweg, der hier abzweigte.
»Von dort ist sie gekommen.«
Vorsichtig, jedes Geräusch vermeidend, huschten sie von Deckung zu Deckung.
Es mußte sich hier um einen sehr alten Teil des Friedhofes handeln, denn die Eingänge der meisten Gräber waren zerstört.
»Darin brauchen wir gar nicht erst zu suchen. Sie werden ein intaktes, verschließbares Grab benutzen«, mutmaßte Gaius.
Es blieben nur noch zwei große Kuppelgräber übrig. Dahinter begann der unberührte Fels des Gebirges. Aufmerksam suchten sie im letzten Licht des verlöschenden Tages den Boden nach Spuren ab, doch es fand sich nichts. Auch die Portale der Gräber waren unberührt. Kein Stein ließ sich verrücken oder herausnehmen.
»Es gibt nur eine Möglichkeit – und das wäre für sie auch die sicherste...« Cornificius blickte zur Kuppel. »Sie könnten sich von oben einen Eingang verschafft haben.«
Gespannt gingen sie um das vorletzte Grab herum. Ohne ein Hilfsmittel war es unmöglich, den Rand der Kuppel zu erreichen. Alexander betrachtete genau die vertrockneten Gräser an der Kante der Kuppel und flüsterte:
»Hier sind sie zweifellos hoch! Gras und Moos ist hübsch beschädigt.«
»Dann müssen sie eine Leiter oder ähnliches in der Nähe versteckt haben.« Gaius machte sich in den umgebenden Büschen und Steintrümmern auf die Suche.
»Aha!« rief Cornificius mit gedämpfter Stimme. »Ich hab' sie!«
Er zog in zehn Schritt Entfernung eine etwa acht Fuß lange Leiter aus einem Busch hervor und trug sie zum Grab. Sie paßte genau an die Stelle, die Alexander entdeckt hatte.
»Durchaus Maßarbeit, Herr! Unbedingt für uns gemacht!«
»So ist es. Probier sie aus!«
Alexander kletterte nach oben, die beiden folgten nach. Es war bereits so

dunkel, daß es schwerfiel, Einzelheiten im Gestein der Kuppel auszumachen. So tasteten sie mit den Händen das Gemäuer ab.
»Es muß nicht der Schlußstein sein«, sagte Gaius, »weil er den gesamten Gewölbedruck aushält. Sie werden am seitlichen Rande einsteigen. Wie wollen sie sonst auch innen auf den Boden gelangen?!«
Stein für Stein tasteten sie die gewölbte Fläche ab, klopften mit den Fingerknöcheln dagegen und lauschten, ob der Stein hohl klang. Einige Partien waren mit Gras- und Moospolstern bedeckt. Alexander spürte, daß ein solches Polster wie eine Matte nur locker auflag. Er faßte mit der flachen Hand darunter und hob ein etwa schildgroßes Stück wie einen Fladen ab, tastete mit den Fingern und fühlte Holz.
»Haben sie wieder fein gemacht! Hier ist durchaus der Eingang zum Hades!«
Die beiden andern kamen herbei und knieten sich neben Alexander, der mit den Fingerspitzen über das Holz fuhr und schließlich in der Mitte der Platte ein Loch entdeckte.
»Kann an sich Löcher nicht leiden, besonders in Schuhsohlen.«
»Mußt sie rausschneiden!« empfahl Cornificius.
»Werde es unbedingt Loco vorschlagen.« Alexander steckte drei Finger in die kleine Öffnung und hob vorsichtig die Platte an.
»Na, wer sagt's denn!« flüsterte Gaius. Alexander hob die Bohle ganz heraus und legte sie zur Seite. Dann beugte er sich über die Öffnung. Stickige Luft verschlug ihm zunächst den Atem.
»Hallo! Ist da ein Sterblicher?« rief er mit gedämpfter Stimme in die Tiefe. Statt einer Antwort hörten sie ein gurgelndes Geräusch.
»Na, dann eben nicht... Ist wohl schon gestorben. Könnte aber auch Anbetracht dessen dieser Schnabelgeist mit dem Hämmerchen sein.«
Ein leichtes Stöhnen kam von unten, dann vernahmen sie schürfende Geräusche.
»Kenne das aus Gallien, Herr. Hatten da mal einen Druiden gefesselt und geknebelt. Befleißigte sich auch durchaus so einer Stöhnsprache, die niemand verstand. Werde mal nachsehen, ob dem Geist noch zu helfen ist«
»Sei vorsichtig, mein Junge!«
»Werde ihn schon nicht umbringen!«
Alexander setzte sich auf die Kante der Öffnung und suchte mit den Beinen nach einem festen Halt.

»Wenn der Hammergeist mich holt, wirst du mir unbedingt einen schönen Grabstein setzen!«
»So ist es. Und Corni schreibt ein heroisches Gedicht: Hier ruht Alexander der Große…«
Alexander hing mit beiden Oberarmen auf den Kanten der Öffnung, suchte mit den Füßen nach einem Halt, starrte Gaius angestrengt und offenen Mundes an, und ehe er wegtauchte, vervollständigte er noch seine Grabinschrift:
»…Sohn des Alexandros aus Theben, und im Angesicht des Todes gab er seinen Geist auf.«
Weg war er! Sie hörten, wie er auf Steinstufen abwärts stieg und sich dann vorsichtig auf steinigem Boden bewegte.
»Au! – Das sollte unbedingt verboten sein!«
»Was denn? Was hast du?«
»Nur eine Beule!«
Er tastete sich weiter. Dann vernahmen sie wieder dieses Stöhnen.
»Ich hab' ihn!«
»Wen? Den Hammerdämon?«
»Nein, den lebenden Toten! Kommt runter!«
»Bleib du für alle Fälle hier«, sagte Gaius zu Cornificius. »Man kann nie wissen.«
Dann stieg er vorsichtig nach unten. Die Moderluft betäubte ihn fast.
»Wo bist du?«
»Hier! Paß auf, da ist ein Türsturz!«
Aber schon hatte sich auch Gaius daran gestoßen. Er spürte die Dunkelheit fast körperlich. Wie ein dicker Mantel hüllte sie ihn ein. Er folgte dem Geräusch von Alexanders Atem, tastete sich mit gespreizten Fingern wie ein Blinder vor und berührte etwas Weiches.
»Alexander?«
»Nein, der Verstorbene! Er liegt auf der Bahre.«
»Aber er lebt doch!«
»Sein gutes Recht. Hat durchaus noch ein paar Jährchen vor sich. Ist gefesselt und geknebelt.«
Der Mann stöhnte wieder. Gemeinsam gelang es ihnen, den Knebel zu lösen und mit ihren Dolchen vorsichtig die Stricke zu zerschneiden. Der Mann holte zuerst einmal tief Luft und stieß sie mit einem Seufzer wieder aus.

»Considius!?« mutmaßte Gaius.
»Ja.« Er hauchte es nur. »Mir ist schwindlig.«
»Wie lange bist du schon hier?«
»Ich weiß es nicht.«
»Kannst du gehen?«
»Ich glaube, ja.«
Die beiden stützten ihn, halfen ihm die Stufen hinauf, während Cornificius ihm durch die Öffnung die Hände reichte.
»Wußte gar nicht, daß Verstorbene Treppen steigen können.«
»Laß das jetzt!« zischte Gaius.
»Na, dann eben nicht...«
»So ist es!«
Sie ließen Considius erst einmal kräftig durchatmen.
»Bist du verletzt?«
»Nein.«
»Gut.« Und zu Alexander: »Schau dich unten noch einmal um, und sieh, ob du irgend etwas findest, das uns nützlich sein könnte.«
»Jawohl! Nützlich!«
Er verschwand noch einmal in der Tiefe.
»Ich hatte bereits mit dem Leben abgeschlossen«, sagte Considius leise.
Alexander tauchte wieder auf.
»Hast du was gefunden?«
»Ja, das hier.«
Er reichte Gaius etwas Weiches.
»Es fühlt sich unbedingt an wie Vogelfedern. Seit wann bauen Vögel ihre Nester in Gräbern, Herr?«
»Das werden wir feststellen. Nun nichts wie weg hier!«
»Nach Rom?« fragte Cornificius.
»Nein. In die Herberge.«

30

Das Stadttor von Caere war natürlich schon längst geschlossen. Alexander polterte mit den Fäusten mehrmals kräftig gegen das Holz. Ein mürrischer Posten lugte im Licht von Fackeln über die Zinne:
»Wohl verrückt geworden, wie? Nichts da! Das Tor ist geschlossen!«
»Was du nicht sagst! Dann wirst du es Anbetracht dessen unbedingt öffnen!«
»Nichts da! Das Tor ist geschlossen!«
»Hör zu, du König der Nachtwächter: Du solltest durchaus mal deinen Arzt fragen, warum du jeden Satz zweimal ausspuckst!«
»Auch noch frech werden, wie? Das Tor...«
»...wird geöffnet! Hier steht nämlich und spricht Alexandros, Sohn des Alexandros aus Theben, und ich sage dir: Nicht länger mehr wirst du im Mondschein die Zinnen dieses brüchigen Mäuerchens bepinkeln, da du bei Wasser und Brot deine ferneren Tage durchaus im Loch verrinnen siehst wie Wasser im Sande!«
Oben war ein zweiter Mann dazu getreten.
»Sag mal, der spinnt doch...«
Der erste überlegte: »Alexandros aus Theben? – Kenn ich nicht.« Dann rief er laut herunter: »Das Tor bleibt verschlossen!«
Aber da kamen sie bei Alexander an den Falschen.
»Schon mal gedient?«
»Wie? – Ja, natürlich. Warum?«
»Wo?«
»Wo? – In Gallien.«
»Sehr schön. Einheit?«
»Zehnte!«
»Noch besser! Und nun höre, du renitenter Gallienveteran: Hier steht die Führung der zehnten Legion: Gaius Volcatius Tullus, ruhmreicher Tribun und Bezwinger von Alesia! Quintus Cornificius, Fürst der Dichter und hochgelobter Sieger über Avaricum! Alexandros, persönlicher Freund des Imperators Gaius Iulius Caesar! Und sie haben unbedingt nicht vor, die Nacht an die Mauer gelehnt zu verbringen.«
Oben setzte leises Palaver ein. Sie entschieden sich, die Genannten von nahe zu betrachten, und kamen herunter. Die Seitenpforte wurde geöffnet, und der zwar eingeschüchterte, aber kritische Verteidiger des

nächtlichen Caere trat mit gezücktem Schwert in die Öffnung, während der andere mit einer Fackel leuchtete. Schlagartig veränderten sich Gesicht und Haltung des Mannes, als er Gaius erkannte. Er stand stramm und meldete:
»Posten Silvanus am Südtor! Keine besonderen Vorkommnisse!«
»Weitermachen, Jungs! Werde eure Wachsamkeit lobend erwähnen!«
Zack! Bei beiden flog die Hand zum Gruß hoch. Die »Jungs« waren entlassene Veteranen und mochten die Fünfzig schon überschritten haben. Der erste kam näher und fragte erschrocken:
»Wo steht die Zehnte?«
»In Gallien!« sagte Gaius trocken, ließ den verdutzten Mann stehen und trat mit Cornificius, der Considius stützte, und Alexander durchs Tor. Alexanders Brauen aber zogen sich zusammen, er näherte sich den tapferen Kriegern und bellte:
»Herhören! Ihr habt nichts gesehen und gehört! Hier ist niemand durchs Tor geschritten! Geheimes Sonderkommando! Bei eurem Leben und dem eurer Kindlein! Verstanden?«
»Jawohl!«
»Na also!«
Die Stadt lag, wie erwartet, still da, und auch die Schenke der Herberge war nur von vier braven Bürgern besetzt, die kurz aufblickten, als die vier den Schankraum betraten. Dann wandten sie sich wieder ihren Brett- und Würfelspielen zu.
Alexander winkte den Wirt zur Seite und flüsterte:
»Vier Zimmer!« Er spielte mit einem Goldstück und gab es dem erfreuten Mann.
»Sehr wohl! Vier Zimmer!« Er wollte davoneilen.
»Halt!«
Erschrocken spürte der Wirt Alexanders Pranke am Oberarm.
»Herhören! Geheime Aktion! Absolutes Stillschweigen!« Er drückte ihm noch ein Goldstück in die Hand.
»Schon mal gedient?«
»Nein… hatte dazu noch nicht die…«
»Auch so ein Drückeberger! Na, macht nichts. Maul halten!«
»Ja sicher.«
»Das heißt jawohl!«
»Jawohl!«

Alexanders Augen schossen Blitze.
»Unter deinen Gästen befindet sich ab sofort ein Mann namens Considius...«
Der Wirt erblaßte. »Considius... Ich... ich dachte...«
»Durchaus nicht denken! Maul halten!«
»Jawohl!«
»Wenn du den Rest deines erbärmlichen Lebens in durchaus guter Gesundheit im Kreise deiner Liebsten verbringen willst, wirst du schweigen wie ein Grab!«
»Jawohl!«
Der Mann war ganz Ohr und zitterte.
»Niemand hat bei dir übernachtet!«
»Beim Iupiter! Niemand!«
»Es sei denn Alexandros!«
»Es sei denn...« Er versuchte, seine Gedanken zu ordnen.
»So, und nun zeige deinen Gästen die Zimmerchen!«
»Wie?« Er zuckte verwirrt mit den Augen. »Ja, natürlich!«
Er begrüßte die übrigen Gäste, verbeugte sich mehrmals, geleitete sie dann nach oben. Eine letzte Ermahnung Alexanders ließ den Mann erschauern:
»Wenn du nur ein Sterbenswörtchen verlauten läßt, wirst du unbedingt wegen Wucher, Betrug, Hexerei, Verleumdung und Beihilfe zum Mord zur Verantwortung verklagt!«
»...gezogen!« verbesserte Gaius und lächelte den verstörten Herbergsbesitzer an. »Bring uns was zu essen und zu trinken!«
Cornificius, der das Intermezzo stumm verfolgt hatte, konnte kaum an sich halten und gluckste los, als sie allein waren. Gaius aber erklärte:
»Die Hälfte der Ermahnungen hätte auch genügt!«
»Na, dann eben nicht...« Er ließ die Schultern hängen.
»Doch, großer Meister, aber spar dir die Wortkünste für ernstere Fälle!«
»Jawohl! Sparen! Ernstere!«
»So ist es. Kommt in mein Zimmer!«
Als erstes untersuchte er das Bettzeug nach Wanzen, doch alles schien sauber und frei von nächtlichen Plagegeistern zu sein.
Es klopfte. Der Wirt trat ein und brachte ein großes Tablett mit kaltem Braten, Brot, Früchten und Wein.
»Wir möchten nicht gestört werden.«

»Selbstverständlich!« Er verbeugte sich dreimal. »Wann wünschen die edlen Gäste geweckt zu werden?«
»Bei Sonnenaufgang.«
»Sehr wohl! Bei Sonnenaufgang!«
Gaius wartete, bis der Wirt wieder unten war. »So«, sagte er und legte Considius die Hand auf die Schulter, »da hast du uns ja einiges zu erzählen.«
Alle setzten sich, wie es sich ergab – auf die Bettkante, einen Hocker und einen Stuhl.
»Ja, natürlich...« Considius rieb sich verlegen die Hände. Alexander kam auf das Nächstliegende:
»Wir sollten erst essen, Herr, ein voller Bauch kann unbedingt besser zuhören!«
Gaius nickte. Nachdem sie gegessen hatten, putzten sie sich die Hände an bereitliegenden Tüchern ab und stellten die Speisereste vor die Tür. Endlich konnte Considius beginnen:
»Ihr werdet euch gefragt haben: Wie ist es möglich, daß Considius am hellichten Tage verschwindet...«
»Zweifellos durchaus!« nickte Alexander.
»Nun, am Morgen des besagten Tages – ich war dabei, Locos Garten umzugraben – erschien plötzlich über der Gartenmauer der Kopf eines Burschen...«
»Kenne den Knaben!«
»Er winkte mich heran und warf mir einen Zettel zu. Dann verschwand er.«
»Was stand darauf?« wollte Gaius wissen.
»Wenn dir das Leben deiner Kinder wichtig ist, komm zur sechsten Stunde an die jenseitige Rampe des Pons Aemilius.«
»Du gingst hin...«
»Ja. Ich nahm die Drohung ernst – nach all den Vorfällen.«
»Du hättest uns benachrichtigen müssen!« tadelte Gaius.
»Nein, denn ich nahm an, daß das die Kinder in Gefahr bringen würde.«
»Wie kamst du ungesehen aus dem Haus?«
»Über die Gartenmauer.«
»Ah-ja. Weiter!«

»An der Brücke näherten sich mir zwei Burschen. Der eine war der Mann von der Mauer.«
»Kenne ihn!« rief Alexander. »Ist schon mal über meine Füßchen gestolpert!«
»Sie waren sehr höflich...«
»Werde ihnen die Höflichkeit austreiben!«
»...und führten mich zu einer alten Mühle am Tiber...«
»...wo du von einer Alten, einer ehemaligen Magd deines Vaters, empfangen wurdest«, ergänzte Gaius.
»Ja. Woher weißt du, daß sie...?«
»Wir haben das Zweite Gesicht!« klärte Alexander ihn auf.
»Wie legte sie ihre, nun, ihre Mitwisserschaft dar?«
»Sie erzählte, wie sie während des Sklavenkrieges von einem Trupp unter dem Kommando eines gewissen Krixos verschleppt worden sei. Eine Zeitlang sei sie dessen Geliebte gewesen. Sie hätte alle Raubzüge in dieser Gegend mitgemacht, bis Krixos und seine Leute von einer römischen Abteilung aufgerieben worden seien.«
»Seine Geliebte? Sie ist doch...«
»Ja«, lächelte Considius. »Freilich hinkte sie, aber sie war damals ein sehr schönes Mädchen. Dann sei sie nach Rom geflohen. Der Knabe, den sie geboren habe, sei nach kurzer Zeit an einer Krankheit gestorben. Seitdem lebe sie schlecht und recht von Wahrsagerei und ähnlichen Künsten.«
»So habe ich mir das schon gedacht«, sagte Gaius und fragte: »Nun der entscheidende Punkt: Warum interessiert sie sich für deine Person?«
»Sie behauptete – heute weiß ich, daß das eine Finte war – zu wissen, daß ich in großer Gefahr sei. Die Mörder von Meliton und Aberkios wüßten um mein Versteck und wollten mich entführen und töten. Sie aber hänge auch heute noch am Sohn ihres alten Patrons und wolle das verhüten. Ich solle ihr vertrauen. Sie wisse ein besseres Versteck.«
»Sagte sie etwas von einem Schatz?«
»Ja. Krixos habe ihn auf einem der Höfe hinter dem Stall vergraben. Man wisse aber nicht, auf welchem.«
»Nannte sie Namen?«
»Nein. Aber sie sagte, sie werde erpreßt. Wenn sie nicht mitspiele, würde man sie den Behörden zur Kenntnis bringen als entlaufene Sklavin, die

an Plündereien und Morden während des Sklavenkrieges teilgenommen habe.«
Gaius nickte und blickte Cornificius an. »Und wie bist du in das Grab gelangt?«
»Das weiß ich nicht. Ich wurde plötzlich sehr müde und verlor das Bewußtsein.«
»Kenne das!« rief Alexander. »Hast es aber durchaus wiedergefunden! Werde dafür sorgen, daß du es nicht noch einmal verlierst!«
»Wer kümmerte sich um dich in dem Grab?«
»Die Alte.«
»Sonst noch jemand?«
»Da war einmal noch ein Mann…«
»Erkanntest du ihn?«
»Nein. Es war zu dunkel. Er sprach auch nicht, sondern lachte nur höhnisch.«
»Die Stimme eines alten oder jüngeren Mannes?«
Considius überlegte: »Mehr eines jüngeren.«
»Könnte es Servius gewesen sein?«
»Ich kenne Servius nicht. Ich sah im Zwielicht nur die mächtige Gestalt eines Mannes.«
Gaius stand auf. »Alexander!«
»Hier, Herr! Zu Diensten, Herr!« Er war aufgesprungen.
»Geh zum Wirt und laß dir Papyros und Schreibzeug geben!«
»Jawohl! Wirt! Papyros!«
Er stolzierte zur Tür.
»Halt!«
Er machte kehrt.
»Der Stallknecht soll dein Pferd satteln!«
»Jawohl! Stallknecht satteln!«
Erst an der Tür ging ihm der Sinn auf: »Warum?«
»Du wirst noch in dieser Nacht nach Norden reiten!«
»Wohin?«
»Ravenna!«
»Caesar?«
»So ist es.«
»Das werde ich in dieser Nacht nicht schaffen, Herr.«

»Darum wirst du ja gleich aufbrechen. Du gönnst dir kaum Ruhe! Wechselst alle vier Stunden das Pferd! Übergibst mein Schreiben dem Proconsul, wartest auf Antwort und bist in sechs Tagen wieder in Rom! Wiederhole den Auftrag!«
Alexander bebte vor Einsatzwillen:
»Aufbrechen! Du gönnst dir kaum Ruhe! Pferde! Schreiben! Antwort! Caesar! Sechs Tage! Wiederhole den Auftrag!«
»Korrekt! Wegtreten!«

31

Das Schreiben, das Alexander eine Stunde später in der Satteltasche verstaute, lautete:

Gaius Volcatius Tullus grüßt den Proconsul Gaius Iulius Caesar

Da ich selbst verhindert bin, bitte ich Dich brieflich in einer dringenden Angelegenheit um Auskunft. Ich wäre Dir sehr dankbar, wenn Du, da die Sache eilt, meinem Alexander die Antwort gleich mitgeben könntest.
Es handelt sich um einen jungen Mann namens Aulus Tullius Cimber, Sohn eines Tullius Cimber aus Caere. Ich wüßte gern, von wann bis wann der Mann im Stab als Schreiber oder in sonstiger Eigenschaft tätig war, ferner, ob er zur Zeit beurlaubt ist. Sehr dienlich wäre mir auch die Meinung seiner Vorgesetzten über seine Fähigkeiten, vor allem seinen Charakter.
Sobald der Fall abgeschlossen ist, werde ich – Dein Interesse vorausgesetzt – Dir gerne und ausführlich darüber berichten. Ich hoffe, daß du gesund bist.

Aus Caere

»Hier hast du Geld für Pferde und Übernachtung. Nimm an jeder Station die schnellsten Hengste! Sei nicht knauserig! In sechs Tagen bist du zurück!«
»Und wenn er nicht in Ravenna ist?«
»Dann reitest du bis nach Gallien!«
»Auch in sechs Tagen?«
»Nein, in sieben!«

Die Posten am Tor machten nun keine Schwierigkeiten mehr.
»Paß auf dich auf, Junge!«
»Jawohl! Aufpassen!«
Und im Galopp stob er davon. Der Mond schien von einem kaum bewölkten Himmel, so daß er den Weg nicht verfehlen konnte.
Sie gingen ins Haus zurück.
»In sechs Tagen wieder zurück?« Considius wiegte zweifelnd den Kopf.

»Ist das nicht ein bißchen viel verlangt?«
»Von dir vielleicht. Alexander kann es schaffen. Er reitet acht Meilen pro Stunde, das macht bei zehn Stunden pro Tag achtzig, in drei Tagen zweihundertvierzig Meilen.«
»Donnerwetter!« staunte Considius.
Sie setzten sich wieder in Gaius' Zimmer zusammen.
»Was versprichst du dir davon?« fragte Cornificius.
»Gewißheit!«
»Worüber?«
»Über diesen Aulus...«
Der Wirt klopfte.
»Habt ihr noch Wünsche?«
»Nein, aber komm nur herein!«
»Zu Diensten!« Er verbeugte sich.
»Ein Wirt«, begann Gaius freundlich, »ist meist der bestinformierte Mann in einer Stadt wie Caere, weil sich die Leute an seiner Theke alles vom Halse reden, was sie hören, sehen, was sie bedrückt und beunruhigt.«
»Ja, das ist schon so.« Er lächelte wissend.
»Gut. Was redet man denn so in der Stadt über Aulus Tullius Cimber?«
Der Wirt wischte ganz in Gedanken den Staub von einer Stuhllehne und meinte zögernd:
»Als er noch hier war, und das ist nun schon wieder zwei Wochen her, da spielte er den Gernegroß und warf in den Schenken der Stadt nur so mit dem Geld um sich.«
»Kann er sich das leisten?«
»Was weiß ich? Der alte Tullius ist ziemlich vermögend – aber auch knauserig.«
»Dir gefällt der Junge nicht?«
»Ganz und gar nicht. Er hat so etwas – etwas Herrisches und Selbstgerechtes an sich. Er ist ganz anders als sein Vater.«
»Was hat er für Freunde?«
»Junge, naive Burschen, vor denen er sich aufspielen kann.«
»Könnte man sagen, daß er der Anführer einer – na, einer solchen Rackerbande ist?«
»Nein, das nicht. Dazu war er ja nur kurze Zeit hier. Er ist ja wieder nach Gallien.«

»Aha!«
»Ja, er soll ein fähiger Unterführer sein.«
»Wer sagt das?«
»Sein Vater.«
»Eine andere Frage: Hast du schon einmal gehört, daß es da draußen bei den Gräbern spukt?
Der Mann schrak sichtlich zusammen.
»Bei allen guten Göttern! Ja! Ich habe ihn schon selbst gesehen!«
»Wen?«
»Tuchulcha, den Geierschnabel mit der Echsenhaut!«
»Wo?«
»Beim Grenzstein des Considius.« Er schaute ängstlich zu Considius. »Dort, wo man die Toten gefunden hat.«
»Sprach der Dämon?«
»Nein. Er lachte nur irrsinnig.«
»Wann war das?«
»Kurz vor der Ermordung dieses...«
»Meliton!«
»Ja. Wir machten in der Abenddämmerung einen Spaziergang, um von der Höhe den Sonnenuntergang zu sehen. Niemand wagt sich mehr in diese Gegend – und in die Stadt der Toten auch nicht!«
»Danke. Du kannst gehen.«
Wieder verbeugte er sich.
»Ich wünsche euch eine gute Nacht.«
»Danke.«
Als er unten war, sagte Cornificius: »Die Aktionen sind von langer Hand vorbereitet. Durch den Spuk halten sie sich jeden Beobachter vom Leibe.«
»Ja«, sagte Gaius, und plötzlich glitt ein strahlendes Lächeln über sein Gesicht, und er rief: »Das ist die Lösung!«
»Was?« riefen Considius und Cornificius.
Gaius griff sich einen Stuhl und setzte sich rittlings darauf.
»Wir müssen unseren Plan ändern, nur leicht, aber dann...« Er rieb sich vergnügt die Hände.
»Würdest du bitte die Leutseligkeit haben und uns in deine einsamen Entschlüsse einweihen!« forderte Cornificius.
»Mit Vergnügen!« Er wies mit dem Finger auf den Freund:

»Du wirst den Bauern Considius wegen Mordes vor dem römischen Kriminalgericht anklagen!«
Cornificius sprang auf. »Bist du verrückt geworden?«
»Ganz und gar nicht.« Gaius wurde ernst, auch er stand auf:
»Also, du erhebst Anklage – im Namen des römischen Ritters Publius Aurelius Serenus!«
Cornificius wies mit dem Zeigefinger auf seine Stirn, blickte Considius an und murmelte:
»Ich sag's ja immer: Wen die Gottheit verderben will, den schlägt sie zuvor mit Wahnsinn! – Wie käme ich dazu, im Namen des Aurelius…«
»Langsam, Dichterfürst! Hör erst das Ganze, dann entscheide! Also, wir gehen morgen früh zu ihm hin und überzeugen ihn davon, daß zwei Morde nicht ungesühnt bleiben können.«
»Er wird mich auslachen!«
»Keineswegs. Er sitzt in der Klemme. Er selbst hat, dessen bin ich sicher, mit den Vorfällen ursächlich nichts zu tun. Sein Sohn um so mehr. Er wird sich hüten, Einspruch zu erheben. Du wirst außerdem so nebenbei bemerken, daß du seit längerem mit Aberkios – wenn nicht befreundet, so doch gut bekannt warst. Du redest von literarischen Interessen und dergleichen mehr.«
»Hm, und dann?«
»Wir werden ihn ohne Zweifel dahin bringen, daß er dein Vorhaben für eine gute Sache hält, die seinen Namen reinwäscht. Im übrigen möchtest du eine Karriere als Anwalt der schuldlos Verfolgten beginnen.«
»Moment mal! Du vergißt Considius!« rief Cornificius.
»Nein, nein, laß ihn nur!« winkte dieser ab. »Was er macht, ist schon richtig.«
»Das meine ich nicht«, beharrte Cornificius. »Aurelius wird doch wissen, daß wir Considius befreit haben!«
Gaius schüttelte den Kopf. »Nein, ich gehe davon aus, daß er es eben nicht weiß. Ich nehme sogar an, daß er erst durch uns davon erfahren wird. Daß er verschwunden war – so argumentieren wir –, ist der Beweis, daß er schuldig ist.«
»Woran?«
»An allen Anschlägen!«
Cornificius blickte den Freund an. »Und das alles soll er dir beziehungsweise mir glauben?«

Gaius lachte. »Es bleibt ihm nichts anderes übrig.«
»Na gut, ich klage ihn also an – und was dann?«
»Ich werde ihn verteidigen! Indem wir Considius vor Gericht bringen, haben wir die einzige Gelegenheit, alle Verbrechen offenzulegen.«
»Mit anderen Worten: Du schickst mich in einen Prozeß, damit ich ihn verliere?«
»So ist es.«
»Damit wäre meine Karriere als Advokat von vorneherein beendet.«
»Auch das ist richtig. Dichter sollten sich nicht in juristische Händel einlassen. Du kannst den Stoff gerne später zu einer Komödie ausarbeiten.«
»Du meinst: Tragödie!«
»Da siehst du wieder, wie nahe beide Gattungen beieinanderliegen.«

32

Publius Aurelius Serenus glaubte nicht recht zu hören, als ihm am nächsten Morgen schon eine halbe Stunde nach Sonnenaufgang gemeldet wurde, Gaius Volcatius Tullus und der Dichter Quintus Cornificius wünschten, von ihm empfangen zu werden. Aber er kam nicht umhin, dem sehr höflich vorgebrachten Ersuchen stattzugeben.
»Wir hoffen, dich nicht beim Frühstück zu stören.«
Ihm fiel sogleich die heitere Miene des Fragers auf, und das machte ihn unsicher.
»Frühstück? Nein, ich habe bereits...«
»Du bist immer so früh auf den Beinen?«
»Auf den... Gewiß, ja.«
»Tja, wir hätten wirklich gerne und ernsthaft mit dir gesprochen.« Gaius' Lächeln wurde noch gewinnender.
»Ernsthaft – ja, dann kommt doch bitte herein!«
Im Atrium trat Cornificius nahe an den Hausherrn heran und flüsterte:
»Hast du einen Raum, wo wir vor jedwedem Lauscher absolut sicher sind?«
Aurelius riß, wie er es bisweilen als Ausdruck seines Erstaunens zu tun pflegte, die Augen auf und murmelte:
»Lauscher? – Ja, dann sollten wir in mein Arbeitszimmer...«
Er führte sie nach oben. Der Raum hatte zwei verglaste Fenster und gewährte einen herrlichen Blick über die Hügel und die sanft zum Meer hin abfallende Landschaft. Auf eine diesbezügliche Bemerkung von Gaius sagte Aurelius:
»Ausblick? – Gewiß, ja. Solche Arbeitszimmer sollten immer nach Nordwesten liegen. Die Hitze! Man kann im Sommer besser... Ja, und das Licht, es scheint milder herein.«
Die Freunde bewunderten in einem kurzen Rundgang die bibliophilen Schätze, besonders ein reich illustriertes Exemplar von Mago des Puniers Buch »Über die Landwirtschaft«, und Aurelius wußte auf seine umständliche und leicht zerstreute professorale Weise zu jedem Wissenswertes zu sagen. Dann nahmen sie in hübschen Korbsesseln um den mittleren runden Tisch Platz.
»Ja, also denn... Ernsthaft! Ihr wolltet ernsthaft mit mir...« Um Sachlichkeit bemüht, schaute er von einem zum andern.

Gaius gab dem Freund ein Zeichen, und Cornificius begann:
»Zunächst einmal müssen wir vorausschicken, daß unsere Nachforschungen ergeben haben, daß du, was die tödlichen Anschläge angeht, über jeden Verdacht erhaben bist!«
»Erhaben? Ich? – Gewiß, ja, das freut mich aber ganz außerordentlich!«
Sie beobachteten ihn genau und sahen die Erleichterung, die sich in seinem Gesicht ausdrückte. Nur die Hände, die, leicht zitternd, aneinander rieben, verrieten seine innere Unruhe.
»Ich muß dir ferner mitteilen, daß mich der Tod deines Aberkios doch mehr getroffen hat, als ich es dir gegenüber zunächst zugeben mochte. Die Umstände...«
»Ja, natürlich!« unterbrach ihn Aurelius. »Die Umstände! Es sind immer die Umstände!« Er nickte mehrmals. »Ja, der gute Aberkios hatte eigentlich nur Freunde. Es freut mich, daß auch du dazu...«
»Ja«, pflichtete Cornificius bei. »Im übrigen hat sich für uns eine neue Sicht der Dinge ergeben.«
»Eine neue Sicht? Sehr interessant! Welche neue...?«
»Considius!« Cornificius machte ein bedeutungsvolles Gesicht.
Aurelius beugte sich vor: »Was ist mit ihm?«
»Er ist urplötzlich verschwunden! Untergetaucht!«
»Soso. Sehr interessant!«
»Ja, und das bedeutet, daß er...«
»Gewiß, ja, ich verstehe. Considius! Wer hätte das gedacht?«
Die Freunde warfen sich einen vielsagenden Blick zu.
»Das«, fuhr Cornificius fort, »das vereinfacht die Dinge natürlich sehr.«
»Vereinfacht? Natürlich! Ich verstehe.«
»Ja – wie soll ich sagen? Nachdem wir anfangs, was deine Reputation anging, doch sehr verunsichert waren, hielten wir es für unsere Pflicht, dir unser volles Vertrauen auszusprechen.«
War die Rührung echt? Aurelius wischte sich über die Augen und sagte:
»Ich kann euch nicht sagen, wie mich das – nun: freut!«
»Ganz unsrerseits!« Cornificius verbeugte sich leicht im Sitzen, und auch Gaius hob im gleichen Sinne die Hand.
Cornificius fuhr fort: »Es sind nun aber zwei brutale, gewissenlose Morde geschehen, dazu Brandanschläge, die beinahe die Existenz zweier

ehrbarer Landleute vernichtet hätten, wenn du nicht in vorbildlich humaner Weise spontan geholfen hättest.«

Hier riß Aurelius wieder die Augen auf und sagte leise: »Nun, man tut, was man kann.«

»So ist es«, nickte Cornificius. »Und auch ich fühle mich verpflichtet, meinen Teil dazu beizutragen.«

»Du? Beitragen? Aha. Aber wie?«

»Nun, wir fühlen uns dir gegenüber verpflichtet. Wir können uns sehr wohl in deine Lage versetzen und wissen, wie schwierig es für dich ist, in beiden Mordfällen Anklage zu erheben. Du hast viele Neider, und solche Leute würden natürlich sofort einen Zusammenhang herstellen zwischen der Tatsache, daß du diesen verarmten Bauern großzügig mit Darlehen auf die Beine geholfen hast, während gleichzeitig Anschläge auf ihren Besitz stattfanden, so daß es für diese Leute am Ende leicht scheint, das eine mit dem anderen zu verbinden. Kurz, du hättest – so könnten sie sagen – sie durch Brandstiftung in die Lage gebracht, dir ihren Besitz als Pfand abzutreten, da sie zahlungsunfähig sind.«

»Aber das stimmt doch nicht!« brauste er auf.

»Eben, außer im Fall des Considius.«

»Considius, gewiß, ja. Der Mensch wird mich ins Unglück stürzen!«

»Keineswegs. Im Gegenteil!«

»Im Gegen...?«

»Ja, denn ich werde Considius vor Gericht des Mordes, begangen an Meliton und Aberkios, anklagen!«

Die Freunde beobachteten ihn: Er schien mit sich zu ringen. Ahnte er die Finte?

Aurelius stand auf und ging zum Fenster.

»Keine leichte Sache, das! Das muß genau und gründlich...«

»Ich kann dir nicht verhehlen«, fuhr Cornificius fort, »daß ich dabei allerdings auch ganz private Interessen verfolge.«

Aurelius fuhr herum, die Augen weit geöffnet. Witterte er die Falle?

»Private...? Was, was ist es?«

»Nun, ich habe vor, mich in einigen Prozessen als Anwalt zu betätigen. Einige erfolgreich geführte Verhandlungen wären mir sehr wichtig – als Sprungbrett für eine öffentliche Ämterlaufbahn. Du verstehst...«

Erleichtert ging Aurelius zu seinem Platz zurück. »Verstehe.« Aber er zögerte noch. »Du würdest also als Anwalt in meiner Sache...?«

Cornificius hob abwehrend die Hand: »Nein, nicht in deiner! Selbstverständlich in eigener Sache! Als Anwalt des verstorbenen Aberkios!«
»Aberkios... Ja, das ist... Du hast natürlich meine volle Unterstützung. Ich stehe dir jederzeit zur Verfügung. Und solltest du irgendwelche Unkosten...«
»Nun, wir werden sehen.« Cornificius erhob sich, Aurelius und Gaius ebenfalls. Gaius reichte Aurelius die Hand und sagte:
»Es freut mich, daß wir nun doch in gutem Einvernehmen voneinander scheiden.«
»Einer...? Gewiß, ja, ganz meinerseits!«
Er geleitete sie bis zu den Pferden.

33

»Was machen wir mit Considius?« fragte Cornificius, als sie wieder zu Tal ritten.

»Er wird im Haus am Palatin wohnen. Wir werden Tag und Nacht Wachen aufstellen.«

»Ist er denn noch in Gefahr?«

»Jetzt erst recht.«

»Aber nicht durch Aurelius!«

»Nein.«

»Deine sehr klaren Äußerungen machen denen des Orakels zu Delphi Konkurrenz!«

»So ist es.«

»Und wie bringen wir Considius dorthin?«

»In einem gedeckten Wagen.«

Ein solcher wurde beim Wirt der Herberge gemietet und sogleich auf die Reise geschickt. Sie folgten in einigem Abstand, doch in Sichtweite, nach. Mit dem Kutscher hatten sie ausgemacht, daß er am Forum Boarium warten solle, bis die »Kiste mit der wertvollen Holzschnitzerei« abgeholt werde. Cornificius übernahm dort selbst unauffällig die Wache.

Eine halbe Stunde später schritten vier Sklaven mit einem länglichen, sargähnlichen Gebilde durch die Straßen in Richtung Palatin, und manch frommer Bürger blieb mit entblößtem Haupt stehen, bis der »Tote« vorbeigetragen war. Und ein altes Mütterchen meinte: »Ja, ja, es ist weit gekommen mit den Armen, nun begräbt man sie schon in Kisten und ohne Anteilnahme.«

Considius wurde eingeschärft, bis zum Prozeßtag das Haus nicht zu verlassen, komme, was da wolle. Und er beschwor es bei Iupiter.

Selenus und auch der Patron wurden in den neuesten Stand der Dinge eingeweiht, und Lucius meinte:

»Eure Mittel sind zwar etwas, nun, sagen wir: etwas ungewöhnlich und am Rande der Legalität! Aber sehr intelligent! Ich werde Cicero darüber berichten und ihn bitten, Cornificius einige Ratschläge für die Form seiner Anklage zu geben.«

Schon am Nachmittag kam die positive Antwort des Rhetors, und Cornificius machte sich mit Selenus auf den Weg.

Gaius fand einige Billetts von Clodia vor, deren Inhalt von »Klagen einer einsamen Geliebten« bis zu spitzen Attacken und Verdächtigungen reichte. Er schrieb ihr ein paar Zeilen des Inhalts, daß er heute noch komme. Dann machte er sich an die Einrichtung des Hauses am Palatin, und Archelaos strahlte, als der Herr ihm die Aufsicht über das Personal übergab. Einer der Leute wurde nach Tusculum geschickt, um fünf Knechte nach Rom zu holen, die auf dem Landsitz zu dieser Jahreszeit leicht entbehrt werden konnten.

Am Nachmittag erschien Gaius dann mit einem riesigen Strauß Rosen (aus Selenus' Gewächshaus) bei Clodia, und sie empfing ihn mit einem herrlichen Schmollen.

»Ein Glück, daß wir nicht verheiratet sind! Deine ständige Vernachlässigung meiner Person wäre ein Grund zur Scheidung.«

Er küßte sie auf Stirn, Wangen und – sie gestattete es – auf den Mund. Dann wurde miteinander gespeist, und er mußte ihr bis ins Detail über den Stand der Ermittlungen berichten. Sie hörte interessiert zu und fand die Schwachstelle:

»Und wie willst du dem Gericht den Täter bringen?«

»Ich werde ihm eine Falle stellen.«

»Wie?«

»Du wirst es im Prozeß erfahren.«

Er lachte sie jungenhaft an.

»Armer Cornificius!«

»Wollen wir's hoffen!«

»Und das nennt sich Freundschaft!«

»Eben.«

Sie überlegte, und er konnte sich wieder einmal nicht sattsehen an ihren tiefbraunen Augen, die durch ihn hindurch blickten, als sie sagte:

»Da es sich um keinen politischen Prozeß handelt, wird der Ausgang ganz davon abhängen, wer als Richter den Vorsitz führt.«

»Ja, ich weiß.«

»Ich werde mit meinem Bruder Gaius reden.«

»Ich denke, er hat sich ganz aus dem öffentlichen Leben zurückgezogen?«[53]

Sie nickte. »Eben darum hat er einen klaren Blick für das Mögliche. Er steht mit Pompeius auf gutem Fuß.«

Sein Gesicht verfinsterte sich. »Ich brauche nicht die Hilfe des Pompeius!«
»Aber Lieber!« Sie legte ihre Hand auf die seine. »Dies ist dein erster Prozeß, und den mußt du gewinnen, wenn du...«
»Ich werde ihn gewinnen! Aber allein!«
»Ja, natürlich. Aber nun sei doch vernünftig! Ich will, daß du ihn gewinnst.«
»So. Du willst es!«
»Aber Liebling! Ich will, daß du ihn gewinnst, weil die Sache, für die du eintrittst, gerecht ist. Aber du mußt nun einmal auf die Umstände, die in dieser Stadt...«
»Die Umstände! Immer heißt es: die Umstände!« Er sprang auf. »Gegen diese Umstände kämpfe ich! Sie sind unwürdig! Dein Bruder Clodius mochte etwas verrückt sein, aber ich habe ihm immer hoch angerechnet, daß er auf die Umstände keine Rücksicht nahm!«[54]
»Du vergißt, daß er darum erschlagen wurde.«
Sie trat zu ihm.
»Ich liebe an dir deine Wahrhaftigkeit, deine Verletzlichkeit, deinen Idealismus. Aber du lebst nicht allein in dieser verrückten Stadt. Und wenn du demnächst etwas verändern willst, mußt du Schritt für Schritt Erfolg haben. Und der erste Schritt ist dieser Prozeß, den du gewinnen mußt. Du machst dich doch von niemandem abhängig, wenn ich dir helfe, daß du einen gerechten Richter findest. Vergiß nicht, daß du hier als Geschöpf Caesars giltst! Alle wichtigen Posten sind von Leuten des Pompeius besetzt. Bitte, sei vernünftig, und vergiß nicht, daß ich dich liebe.«
Sie strich ihm über das schwarze, lockige Haar. Er aber schlug sich unwirsch in die Hand.
»Vor dir komme ich mir immer wie ein Knabe vor!«
Sie lächelte ihn an. »Das bist du ja auch, wenn du dich so störrisch gibst!«
Sie zog ihn auf die Liege zurück.
»Nun hör zu und nimm den klugen Rat Clodias an, einer Frau, die sogar von Cicero gefürchtet wird.«
Sie wandte sich ihm zu und fuhr sachlich fort: »Also, ich werde darüber mit Gaius reden. Er kommt heute abend wegen einer familiären Vermögenssache vorbei. Er wird sich umhören, die Termine der anstehenden

Verhandlungen feststellen und die Namen der jeweiligen Vorsitzenden erfahren. Und nun laß uns von angenehmeren Dingen reden.«

Er verließ das Haus erst am späten Nachmittag.

34

In den nächsten Tagen sah man Gaius und Cornificius nicht in der Stadt, und die heimlichen Beobachter, die das Haus am Palatin, aber auch das am Caelius unauffällig beschatteten, wußten ihrem Auftraggeber nichts zu berichten, außer daß dieser und jener Sklave aus- oder einging und daß alle Eingänge von bewaffneten, athletischen Gestalten wie eine Festung bewacht wurden. Kein Fremder bekam Einlaß.
Dabei wurde gerade in diesen stillen Stunden mit Energie und Phantasie am Konzept der Prozeßstrategie gearbeitet. Die Freunde saßen in ihren Arbeitszimmern, eine Unmenge von Zetteln und Papieren, aber auch Schriftrollen um sich verstreut. Und Selenus wandelte beratend, lesend, zitierend, denkend und mahnend zwischen ihnen hin und her, lobte, tadelte, änderte, strich dies, ergänzte das – und ansonsten herrschte im Hause großes, gespanntes Schweigen.
Manchmal erschien der »Ankläger« beim »Verteidiger« selbst, um ihn auf einen bestimmten Punkt hinzuweisen, den er zur Sprache bringen werde, damit dieser sich darauf einstellen konnte, wie auch umgekehrt die »Verteidigung« die »Anklage« um Rat fragte, wie diese oder jene Klippe gefahrlos zu umschiffen sei. Auch der »Angeklagte« selbst mußte manche Information beisteuern.
Am zweiten Tag bekamen beide Advokaten Damenbesuch. Clodia, in herrlicher Stola, beinahe mit der Unnahbarkeit einer Vestalin[55] schreitend, versammelte die Kontrahenten um sich und eröffnete ihnen:
»Cornificius! Es sieht böse für dich aus!«
»Bei Fortuna! Womit habe ich das verdient?«
»Der Senator Quintus Petelius wird in eurem Streitfall den Vorsitz führen – wenn ihr euch beeilt!«
»Was heißt beeilt?« fragte Gaius.
Selenus erklärte die Prozedur: »Cornificius wird sofort die Hauptanklagepunkte ins reine schreiben und zu Petelius gehen. Er wird Considius gleich mitnehmen!«
»Warum das?« fragte Cornificius.
»Langsam! Auch die Verteidigung wird erscheinen. Dann wirst du, Cornificius, die Anklage vortragen und schriftlich einreichen. Petelius wird Considius fragen, ob er sich in dem genannten Sinne schuldig bekennt.«

»Und wenn er das bejaht?«
»...wäre der Prozeß bereits zu Ende. Petelius hätte das Recht, Considius mit der angemessenen Strafe zu belegen.«
»Aber er wird verneinen.«
Selenus nickte. »Genau. Daraufhin wird Petelius einen Termin zur Verhandlung ansetzen. Nach der Lex Cornelia de Sicariis et Veneficiis, dem Gesetz, das Sulla erließ, um gegen die Zunahme von Gewaltverbrechen in der wachsenden Großstadt anzugehen, wird ein Geschworenengericht eingesetzt, das für Meuchelmord und das Herumstreichen mit Waffen in mörderischer oder räuberischer Absicht sowie Giftmord, Giftmischerei, Gifthandel und bösen Zauber zu schlimmen, das heißt mörderischen Zwecken zuständig ist. Der Gerichtshof setzt sich zu je einem Drittel aus Senatoren, Rittern und Aerartribunen zusammen.«
»Aerartribunen?« fragte Gaius.
»Ach, nicht wichtig.«
»Ich möcht's wissen!«
»Aerartribunen, das waren ursprünglich mit der Auszahlung des Soldes beauftragte Beamte. Heute sind es die Angehörigen der unmittelbar auf die Ritter folgenden Vermögensklasse. Wichtiger ist, daß wir einige namhafte Senatoren und Ritter unter den Geschworenen sitzen haben. Ich werde das feststellen.«
Noch am gleichen Tage wurde die Klage eingereicht und zu den Akten genommen. Der Kläger wurde eindringlich ermahnt, den der Tat verdächtigten Considius in gutem Gewahrsam zu halten, was denn auch öffentlich sichtbar dargestellt wurde, denn Considius wurde gefesselt vor- und abgeführt, was gewisse stille, aber aufmerksame Beobachter ihrem Auftraggeber denn auch prompt hinterbrachten.
Petelius teilte mit, in vier Tagen zur neunten Stunde sei die Basilica Aemilia für die Verhandlung frei, da ein anderes Verfahren wegen formaljuristischer Mängel verschoben werden müsse. Wollten die Parteien einen baldigen Entscheid, dann sollten sie diesen Tag nutzen. In Anbetracht der Häufung noch unerledigter Fälle könne es sonst über einen Monat dauern, bis man zum Spruch komme. Die »Parteien« sagten zu, pünktlich zu erscheinen.
Wieder im Hause, sagte Cornificius:
»Wenn das mal gutgeht... Ich meine Alexander! Du spielst ein gefährliches Spiel mit hohem Einsatz!«

Gaius sagte ruhig: »Die Zeit muß reichen. Ich kann mich auf Alexander verlassen.«
Den Rest des Tages verbrachten sie damit, eine Liste von Zeugen der Anklage und der Verteidigung zu erstellen und, unabhängig voneinander, die in Frage kommenden Leute zur Verhandlung zu laden.
»Ich bin gespannt, ob sie alle kommen«, argwöhnte Cornificius.
»Darauf kannst du dich verlassen! Es ist, wie sie meinen, die beste Gelegenheit, ihr Gesicht zu wahren.«
Boten brachten die offiziellen Schreiben zu den Empfängern. Beide gingen noch einmal gemeinsam ihre Texte durch, baten Selenus hinzu, der ihnen noch den letzten stilistischen Schliff gab. Dann trugen sie sich gegenseitig ihre Plädoyers vor. Selenus nickte zufrieden und meinte: »Gut. Und nun lernt sie auswendig!«
Sie machten sich an die Arbeit. Und alle im Hause, Selenus, Archelaos, das Gesinde, auch Lucius, wenn er kurz hereinschaute, gingen auf Zehenspitzen durch die Räume und lauschten bisweilen dem Klang der scharf argumentierenden Stimmen, so daß sie, nach mehrmaligem Hören, den Text selbst hätten rezitieren können.

35

Der Tag der Verhandlung brach an. Trotz der Spannung der letzten Stunden hatten beide Anwälte gut geschlafen. Clodia kam kurz herüber – mit der erfreulichen Nachricht, Bruder Gaius werde für einen erkrankten senatorischen Geschworenen einspringen. Die Mehrheit des Gerichts setze sich aus ehrenwerten Männern konservativer Gesinnung zusammen; im ganzen bestehe der Gerichtshof aus elf Senatoren, elf Rittern und zehn Aerartribunen. Handele es sich auch nicht um ein politisches Verfahren, so sei doch das Interesse an der Verhandlung in allen Lagern groß, einen Mann Caesars, dazu noch einen Volcatier, agieren zu sehen.
Im übrigen kümmerte sie sich nun selbst um das leiblich-seelische Wohl beider Kontrahenten und lud sie zu einem Frühstück in ihr Haus.
Cornificius konnte seine Nervosität kaum verbergen.
»Was ist, wenn Alexander nicht kommt?«
»Dann wirst du langsamer und ausholender reden, damit ich für meine Antwort Zeit gewinne und so das Ganze bis zum Sonnenuntergang hinauszögern kann, denn dann muß die Verhandlung abgebrochen und vertagt werden. Aber er wird kommen!«
Nach einer Stunde brachen sie auf, nahmen bei Gaius ein Bad und gingen ein letztes mal ihre Texte durch. Lucius kam, um sie zu ermuntern.
»Wirst du dort sein, Vater?«
»Selbstverständlich, mein Junge! Ich werde zusammen mit Cicero auf der Empore sitzen!«
»Auch das noch!« rief Cornificius, und das Lampenfieber stand ihm im Gesicht. Der Patron sagte:
»Freut euch! Es ist eine große Ehre für euch! Denkt an seinen Rat: Langsam sprechen! Pausen machen! Damit das Gesagte wirken kann! Nicht zu viel mit den Händen gestikulieren! Das Wort muß überzeugen, das Wort! Nicht die Hand!«

Dann war es soweit. Eine gute Stunde vor der Zeit erschienen im Atrium Freunde und Klienten der Familie, um Gaius zum Ort des Geschehens zu geleiten. Fast das gesamte Gesinde der Volcatischen Häuser vom Caelius, vom Palatin und aus dem Tusculanum war angetreten. Selbst der alte Kreon, der Verwalter des Landsitzes in Tusculum, war da und sagte

zitternden Hauptes: »Ich habe der Athene im Atrium täglich geopfert, Herr, und sie wird ihre schirmende Hand über dich halten.«
Gaius zog den Alten an sich: »Danke!«
Für Cornificius war es Zeit, zu verschwinden. Lucius ging auf ihn zu, reichte ihm die Hand und sagte: »Das werde ich dir nicht vergessen, Quintus.«
»Mir bleibt wenigstens der Trost, daß auch Cicero schon manchen Prozeß verloren hat. Na, dann eben nicht...«
Unauffällig machte er sich davon, um seinerseits die moralischen Stärkungen seiner Klienten und Sklaven entgegenzunehmen, die in seinem Hause auf ihn warteten.

So bewegten sich denn kurze Zeit später zwei Züge von Norden und Süden auf das Forum zu. Vorläufer walteten ihres Amtes:
»Platz, Leute! Schafft Platz dem edlen Praefecten Quintus Cornificius! Platz dem edlen Cornificius!«
Und auf der anderen Seite tönte es:
»Platz dem Tribunen Gaius Volcatius Tullus! Schafft Platz, Leute, Platz dem edlen Tribunen Gaius Volcatius Tullus!«
Die Gruppe um Gaius hatte den kürzeren Weg und erreichte die Basilica als erste. In der Ladenstraße zum Forum hin herrschte in den Säulenhallen noch das rege Treiben der Handelsleute. Die Sklaven hatten Mühe, sich vor dem mittleren der drei Eingänge einen Weg durch die Gaffer zu bahnen, damit Gaius mit seinem Anhang ungehindert das Innere der gewaltigen Halle betreten konnte. Der riesige Raum von zweihundertzehn Fuß Länge und neunzig Fuß in der Breite wurde durch Säulenreihen aus afrikanischem Marmor in vier Schiffe gegliedert. Hell fiel das Licht durch die Fenster des mittleren Obergeschosses. Die Sitze der Geschworenen waren erst zur Hälfte besetzt, während die Bänke der Freunde, Anhänger und Verwandten der Anwälte für Neuankömmlinge kaum noch Platz ließen. Einige hundert Bürger saßen und standen im Mittelschiff.
Gaius warf einen Blick zu den Emporen: Gerade nahm Lucius neben Cicero Platz. Gaius machte eine leichte Verbeugung, die Cicero mit ermunterndem Lächeln freundlich beantwortete.
Nun wandte sich Gaius zur gegenüberliegenden Seite, suchte eine Weile – und da winkte sie ihm mit der Hand zu, schloß eine Sekunde die

Augen und nickte. Er lächelte zurück, und eine Weile blieb sein Blick an ihrem raffiniert geschminkten Gesicht haften.
»Petelius läßt dich fragen, ob die Zeugen der Verteidigung da sind. Er will anfangen.«
Gaius erschrak, denn er fühlte sich ertappt. Einer der Gerichtsdiener stand neben ihm und näselte mit der Gleichgültigkeit dessen, der täglich Hochmut und Fall, Sieg und Ehrverlust sieht und hört und nur noch gefühllos funktioniert.
Gaius blickte zu seiner Zeugenbank: Ja, sie waren alle da – bis auf Alexander. »Sage ihm, wir können beginnen!«
Er verfolgte, wie der Mann hinüber zu Cornificius ging und ihm die gleiche Frage stellte. Einer fehlte noch: Aurelius Serenus.
Petelius nahm auf seinem erhöhten Sitz Platz und wurde ungeduldig. Aber da entstand am mittleren Eingang Bewegung. Aurelius erschien mit einigem Gefolge, darunter sein Sohn Servius. Er orientierte sich kurz, sah Gaius und eilte auf ihn zu.
»Ich bitte dich um Entschuldigung für die Verspätung.«
Gaius lächelte ihn überaus freundlich an. »Aber das macht nichts. Wir wollten eben erst beginnen.«
»Beginnen? Gewiß, ja...« Er wollte in der Nähe von Gaius Platz nehmen, als dieser, immer noch freundlich, sagte:
»Verzeih, Aurelius – drüben! Cornificius führt die Anklage!«
»Cornificius? Natürlich! Und du bist hier nur als... als Zeuge?«
»Nein. Ich habe die Verteidigung übernommen.«
Das Lächeln war schlagartig verschwunden. Sie starrten sich an. »Die Ver...? Du? – Nun, das ist denn aber doch...«
»...eine Überraschung! Gewiß, ja!«
Es hatte Aurelius die Sprache verschlagen.
»Darf ich den römischen Ritter Aurelius Serenus bitten, auf der Zeugenbank der Anklage Platz zu nehmen!«
Petelius wurde nun wirklich ungehalten.
»Wie?... Auf der An...? Gewiß, ja...«
Er trippelte mit Servius hinüber. Sie setzten sich und tuschelten eine Weile miteinander, wobei sie Gaius zornige Blicke zuwarfen. Und dann – Gaius sah es deutlich – wollte Servius aufspringen, aber der Vater drückte ihn auf den Sitz zurück und sprach wieder auf ihn ein.

Nun beugte sich Tullius Cimber zu Gaius und flüsterte: »Das scheint den beiden aber gar nicht zu gefallen.«
»So ist es«, sagte Gaius und nickte Tullius lächelnd zu.

36

Ein großer Gong ertönte. Allmählich kehrte Ruhe in der Halle ein. Alle Blicke richteten sich nach vorne. Quintus Petelius, Iudex quaestionis, Vorsitzender des Geschworenengerichts, strich sich eine Falte seiner makellos weißen Toga[56] glatt, blickte über die Versammelten und begann:
»Ich eröffne die Sitzung des Gerichtshofes für Mordsachen. Die Vorschriften wurden eingehalten: Ein unbescholtener römischer Bürger, der Praefect Quintus Cornificius, hat Anzeige erstattet. Sie wurde dem Gericht zur Kenntnis gebracht und zur Verhandlung angenommen.
Die Annahme begründet für den Anzeigenden die Pflicht, als Kläger zu fungieren. Ich frage den hier anwesenden Quintus Cornificius: Bist du bereit?«
Cornificius erhob sich und antwortete klar und deutlich:
»Ihr Richter, ich bin bereit!«
Er setzte sich wieder. Petelius fuhr fort:
»In der Voruntersuchung wurde der Angeklagte, der römische Bürger und Bauer Sextus Considius, vom Kläger dem Vorsitzenden des Gerichts vorgeführt. Er wurde beschuldigt, den Verwalter des römischen Ritters Aurelius Serenus, Meliton, sowie den Sklaven und Sekretär des römischen Ritters Aurelius Serenus, Aberkios, heimtückisch ermordet zu haben. Außerdem wurde er der Zauberei mit böswilliger Absicht und in zwei Fällen der Brandstiftung beschuldigt. Gemäß dem Gesetz wurde er gefragt, ob er sich im Sinne der Anklage schuldig bekennt. Der Angeklagte verneinte das. Damit wurde der Fall dem Geschworenengericht zur Verhandlung übergeben.«
Ein Murmeln ging durch die Halle.
»Ich frage den Kläger, ob er den angeklagten Sextus Considius dem Gericht vorführt?«
Cornificius stand auf und wies auf Considius:
»Ja. Hier ist er.«
Petelius wandte sich an Considius:
»Ich frage dich, Sextus Considius: Wirst du deine Sache selbst vertreten, oder hast du einen Sachwalter zu deiner Verteidigung bestellt?«
Gaius stand auf: »Ich, Gaius Volcatius Tullus, habe die Verteidigung des angeklagten Sextus Considius übernommen.«

Petelius nickte, und Gaius nahm wieder Platz. Ein Raunen ging durch die Menge. Petelius wandte sich wieder an Cornificius:
»Was hast du gegen diesen Mann vorzubringen?«
Das war der eigentliche Beginn der Verhandlung. Cornificius stand auf, ordnete seine Toga und trat in den freien Raum vor den Richtern.
»Seit die Sterblichen den Erdkreis bewohnen, gibt es unter ihnen Streit, Tumult und Krieg. Unzählbar ist die Zahl jener, die von fremder Hand fielen. Meist sind es Taten aus unbedachtem Zorn, aus gekränkter Ehre oder aus Eifersucht, also Fälle, für die man meist Erklärungen finden kann, die in der unvollkommenen Natur des Menschen liegen. Worüber aber heute hier verhandelt und Recht gesprochen werden soll, ist ein Fall, vor dem alle Erklärungen versagen. Dieser Mann hat Verbrechen begangen, für die der menschenfreundlichste Richter, selbst der nächste Verwandte, der Sohn, die Tochter, keine Erklärung, kein Verständnis, kein Mitgefühl mehr aufbringen können.«
Hoffentlich überzieht er nicht! dachte Gaius, denn er sah, wie im Publikum, aber auch unter den Geschworenen, einige Köpfe nickten.
»Ich werde, ihr Richter, darlegen, daß diese heimtückischen Morde einzig in der Absicht begangen wurden, eigenes Versagen zu verdecken und sich auf Kosten anderer, ehrenwerter Bürger zu bereichern. Das schändlichste, verabscheuungswürdigste Motiv, das man sich überhaupt denken kann!«
Aurelius und sein Anhang nickten eifrig. Gaius blickte hinauf zu Clodia, und sie hob Schultern und Hände, was wohl bedeutete: Was willst du? Er muß so argumentieren!
Cornificius' Beweisführung lief darauf hinaus, daß Considius sich seit Jahren nur auf seinem Hofe halten konnte, weil er die Großmut des Aurelius als Geldgeber ausnutzte. Mehrmals hätte der integre Ritter ihn gemahnt, die anstehenden Summen zurückzuzahlen, doch ohne Erfolg. Wie uneigennützig Aurelius sei, habe er bewiesen, als er, ohne dazu verpflichtet zu sein, dem Bauern Collatinus, einem Nachbarn, nach einem Brandanschlag beigestanden habe. Der Zeuge Collatinus bestätigte dies wortreich.
»Der erste Mord geschah nach einem Streit, als Meliton, von Aurelius geschickt, ein letztes mal auf die Einhaltung der vertraglich ausgemachten Frist hingewiesen hatte.«

Für den Streit, der dabei entstanden sei, gebe es einen Zeugen, den Kutscher! Der Mann wurde befragt und bestätigte es.
»Gibt es aber einen besseren Beweis für die Schuld des Angeklagten, als daß er noch am gleichen Tage, kurz nachdem er Meliton mit einem Messer erstochen hatte, verschwand!?«
Gut! dachte Gaius. Aber nun wurde es schwieriger.
»Dann war es die pure Rachsucht, die diesen Mann erneut zuschlagen ließ: Wohl um die Schuld auf Aurelius abzuwälzen, indem er dessen allen bekannte Integrität in Frage stellen wollte, zündete er die Höfe des Geminus und des Collatinus an. Beiden hat Aurelius nach einer Mißernte geholfen, über den Winter zu kommen. Der Brand beider Höfe hätte, wenn nicht Aurelius gewesen wäre, in der Tat den Ruin beider Bauern bedeutet, so daß sie niemals ihre – im übrigen nur geringen – Schulden hätten zurückzahlen können.«
Er schilderte nun anschaulich die Zerstörungen. Dann kam er auf den zweiten Mord zu sprechen: Man müsse davon ausgehen, daß Aberkios, der Sekretär des Aurelius, ihn dabei ertappt und gestört habe, so daß auch dieser rechtschaffene Mann als Zeuge habe beseitigt werden müssen.
Nun kam er auf die Geistererscheinungen beim Grenzstein zu sprechen, brachte Zeugen vor, die von Spuk zu berichten wußten, und zwar genau zu der Zeit, als die Morde eben bei diesem Stein begangen wurden. »Er nutzte den frommen Glauben der Einheimischen, ihre Furcht vor den Totengeistern der Nekropole, um ungestört seine Taten durchführen zu können!«
Cornificius hatte schon über eine Stunde gesprochen und warf Gaius einen schnellen Blick zu: Wo bleibt Alexander?
Wie geplant, faßte er noch einmal den gesamten Hergang zusammen, wiederholte dies und jenes, und die Eingeweihten, Gaius, Lucius, Selenus und Clodia, spürten, wie er Zeit zu gewinnen suchte. Aber er mußte zum Ende kommen, wollte er sich nicht unglaubwürdig machen.
»Gemäß den Gesetzen unserer Väter fordere ich darum, Sextus Considius des zweifachen Mordes schuldig zu sprechen und ihn mit der in diesem Falle angemessenen Strafe zu belegen. Der Henker walte seines Amtes!«
Cornificius setzte sich, und ein Teil des Publikums klatschte Beifall: Man wollte Blut sehen!

Petelius wandte sich an die Geschworenen, ob sie Fragen zu dem Gehörten hätten. Dies wurde verneint. Man wolle erst die Gegenposition der Verteidigung hören.
Petelius hob die Hand:
»Ich erteile Gaius Volcatius Tullus, dem Anwalt des Angeklagten, das Wort.«
Gaius verneigte sich und trat vor.

37

»Ich sehe eure Gesichter, ihr Richter: Ihr seid erstaunt, weshalb gerade ich mich erhoben habe, um vor diesen Schranken für einen Mann einzutreten, den außer mir niemand in Rom kennt.«
Er blickte sich um.
»Nun, gerade diese Unscheinbarkeit und Bedeutungslosigkeit, die Anonymität dieses Mannes, das ist der Grund, warum ich mich seiner angenommen habe.«
Er wies zur Anklage hinüber. »Ihr seht hier Leute von großer Macht und hohem Ansehen versammelt, um einem Mann ohne jeden Einfluß den Garaus zu machen. Wenn Unverschämtheit auf dem Markt und vor den Gerichten ebenso viel gälte wie Dreistigkeit auf dem Lande und in einsamen Gegenden Etruriens, dann müßte unser Sextus Considius allerdings jetzt im Prozeß vor der Unverschämtheit des Aurelius Serenus nicht weniger zurückweichen, als er vordem bei der Anwendung von Gewalt vor dessen Dreistigkeit zurückwich!«
Schon diese ersten Sätze ließen erkennen, daß hier jemand stand, der seiner Sache sehr sicher war.
»Ich habe allerdings nicht vor, in irgendeiner Weise Rücksicht auf die Reputation gewisser einflußreicher und angesehener Männer zu nehmen, nur weil sie einflußreich und angesehen – nein: nicht sind, sondern scheinen! Man sollte auch nicht den Fehler begehen, dies meiner bisherigen Enthaltsamkeit oder gar meiner Unerfahrenheit in gerichtlichen Dingen anzulasten! Mir redeten Männer zu, deren Klugheit, Freundschaft, fördernde Hilfe und Integrität größten Einfluß auf mich haben.
Vielleicht fragt ihr euch, welcher Schrecken, welches Maß von Furcht so zahlreiche und bedeutende Männer an der Bereitschaft zu hindern vermag, in gewohnter Weise für Leben und Gut eines Mitbürgers einzutreten. Es ist nicht verwunderlich, daß ihr darüber im unklaren seid. Denn mit Bedacht hat der Ankläger die Umstände, die dieses Verfahren in Gang gesetzt haben, mit keinem Wort erwähnt.«
Er trat neben Considius und wies mit ausgestrecktem Arm auf ihn. »Ihr seht hier einen Mann, der durch übelste Verleumdung zum Sündenbock gemacht und für Verbrechen geopfert werden soll, die – daran gibt es keinen Zweifel – gewiß geschehen sind, die sogar in größter Nähe

seines Hofes verübt wurden, mit denen er dennoch nicht das geringste zu tun hat. Dies, ihr Richter, will ich euch kurz darlegen.«

Er schilderte zunächst den Lebenslauf des Considius, stellte ihn dar als fleißigen, rechtschaffenen, pflichtbewußten Mann, stets besorgt um das Wohl der Familie und bedacht auf einen guten Leumund. Dann aber kam er in allgemeiner Form auf den Niedergang der Landwirtschaft in Etrurien, ja in ganz Italien zu sprechen und stellte fest:

»Schon vor elf Jahren kam Marcus Tullius Cicero, als er die Anhängerschaft Catilinas analysierte, auf Mißstände und Versäumnisse zu sprechen, die jene Leute ins Elend getrieben haben, die keinen anderen Ausweg als den der Gewalt sahen. Damals sagte er:

Die vierte Gruppe ist ein sehr bunt zusammengewürfelter Haufen unruhiger Leute; von solchen, die sich, verärgert durch gerichtliche Fehlurteile und Zwangsversteigerung ihres Besitzes, in großer Zahl aus der Hauptstadt und vom Lande in Catilinas Lager begeben haben...

Nun, heute müßte er sagen: ...die sich in großer Zahl vom verelendeten Lande in die Hauptstadt geflüchtet haben!

Geht doch einmal mit offenen Augen über das Forum, werft doch einmal einen Blick in die Mietshäuser der Subura, schaut doch einmal in die einfachen Schenken des Volkes, damit ihr seht, wie sie zusammengepfercht, krank, hungrig, ohne Geld, ohne Hoffnung zu zehn, zwölf und mehr in nassen, zugigen, kalten Bruchbuden dahinvegetieren, auf faulem Stroh, zwischen Ratten, Mäusen, Wanzen, Flöhen. So würdet ihr nicht eure niedersten Sklaven hausen lassen! – Sklaven? Ich rede von frei geborenen römischen Bürgern!

Muß ich denn in Erinnerung rufen, wie sich ein Tiberius Gracchus bereits vor achtzig Jahren über das gleiche Übel entrüstete:

Die wilden Tiere, die in Italien hausen, haben ihre Gruben; jedes von ihnen weiß seine Lagerstätte, seinen Schlupfwinkel. Nur die, welche für Italien fechten und sterben, können auf nichts weiter als Luft und Licht rechnen! Unstet, ohne Haus und Wohnsitz, müssen sie im Lande herumstreichen. Die Feldherren lügen, wenn sie in den Schlachten die Soldaten ermuntern, ihre Grabmäler und Heiligtümer gegen die Feinde zu verteidigen; denn von so vielen Römern hat keiner einen väterlichen Herd, keiner eine Grabstätte seiner Vorfahren aufzuweisen. Nur für die Üppigkeit und den Reichtum anderer müssen sie ihr Blut vergießen und sterben. Sie heißen Herren der Welt, in Wirklichkeit aber können sie keine einzige Erdscholle ihr Eigentum nennen.«

Er hatte kaum zu Ende gesprochen, als in der Halle tosender Beifall einsetzte. Gaius blickte kurz zur linken Empore und sah, wie Cicero und sein Vater ihm ermunternd zunickten. Er sah aber auch, wie das Sonnenlicht, schon sehr schräg durch die Fenster des Hauptschiffes tretend, die gegenüberliegende Empore beleuchtete. Noch eine Stunde, dann würde einer dieser mechanischen Gerichtsdiener zu Petelius treten und melden: Die Sonne ist soeben hinter den Horizont getreten! – Wo blieb Alexander? Er mußte zum konkreten Thema, zur Anschuldigung des Doppelmordes zurückkehren, wollte er seine Beweisführung vor dem Verlöschen des Tageslichtes zu Ende bringen.

»Ihr Richter!« fuhr er entschlossen fort. »Es ist hier nicht der Ort, eine Suche nach den Ursachen und den Verantwortlichen des allgemeinen Verfalls von Sitte und Ordnung zu beginnen – Senat und Volksversammlung wären das geeignetere Forum. Ihr seht hier freilich eines der namenlosen Opfer vor euch! Gehen wir darum gemeinsam die entscheidenden Punkte der Anklage durch!«

Er schilderte den Besuch Melitons und ließ Considius kurz über Charakter und triebhaftes Leben des Aurelischen Verwalters berichten, ließ letzteres von Gessia bestätigen. Es folgte die Szene, wie Tullius Cimber ins Haus trat und die Auffindung des Toten meldete. Dies wurde von Tullius Cimber bestätigt.

Dann schilderte er die Verzweiflung, die über Considius kam, mit dem Entschluß, den Hof aufzugeben und in der Hauptstadt unterzutauchen. Wo blieb Alexander?

Um Zeit zu gewinnen – so hatten sie es abgesprochen –, sprach Considius selbst von seiner Suche nach einer menschenwürdigen Wohnung, vom tagelangen Hunger, vom Mietwucher der Besitzer. Dann kam die Stelle, wie er Alexander traf, und Considius blickte fragend zu Gaius: Es war nicht zu umgehen! Gaius nickte ihm zu, und Considius wollte fortfahren.

Da entstand beim mittleren Eingang Bewegung! Anscheinend verwehrten die Gerichtsdiener jemandem den Zutritt, denn deutlich hörte man eine kernige, empörte Stimme rufen:

»... Und ich sage dir, du wirst deine Knöchlein durchaus neu ordnen müssen, so du mir Anbetracht dessen den Weg nicht freigibst!«

Alles schaute zum mittleren Portal, auch Petelius, und er rief ungehalten: »Wer wagt es, diese Verhandlung zu stören?«
Aber da war er schon drinnen: Strahlend, in ungeheuer senkrechter Haltung, den Mantel lässig um die Schultern, eine Rolle in der Linken, stolzierte er wie ein Feldherr in die Mitte des freien Raumes, verschwitzt, dreckig, unrasiert, mit übermüdeten und doch leuchtenden Augen.
»Ich!«
Viele Zuschauer schmunzelten.
»Wer bist du? Was soll das?«
Da nahm sein Körper eine bislang noch nie erreichte Geradheit an, und er deklamierte mit zum militärischen Gruß erhobener Rechten: »Ich bin Alexandros, Sohn des Alexandros aus Theben, und komme, um dieses feine Röllchen durchaus meinem erhabenen Herrn Gaius Volcatius Tullus, Sohn des Senators Lucius Volcatius Tullus, auszureichen!«
»...auszuhändigen!« verbesserte Gaius, ging zu ihm hin, klopfte ihm anerkennend auf die Schulter, nahm die Rolle und wandte sich an Petelius: »Es handelt sich hierbei« – er hielt die Rolle hoch –, »um ein wichtiges Papier, das den Angeklagten entlastet!«
»Das hätte früher hier sein müssen!« rügte Petelius scharf.
»Hohes Gericht! Ich bitte um Verständnis. Es ging nicht früher.«
»Warum nicht?«
Gaius wies auf das Siegel der Rolle und erklärte:
»Es handelt sich hierbei um eine sachdienliche Mitteilung des Proconsuls beider Gallien: Gaius Iulius Caesar!«
Der Einsturz einer Säule hätte keine größere Verblüffung hervorrufen können. Im Publikum setzte aufgeregtes Palaver ein; auf den hinteren Reihen stand man auf oder reckte man die Köpfe; auf den Emporen beugte man sich über die Brüstung; selbst die Geschworenen steckten die Köpfe zusammen. Alexander aber neigte sich zu Gaius und flüsterte ihm etwas ins Ohr. Gaius' Gesicht hellte sich auf, er lächelte siegessicher: »Das hast du ausgezeichnet gemacht, mein Junge!« Dann wies er ihm seitlich einen Platz an, und Alexander setzte sich.
Petelius hatte sich wieder gefaßt und rief:
»Ruhe! Ich verlange Ruhe! Das Wort hat Gaius Volcatius Tullus!«
Gaius hatte längst das Siegel gelöst und den Inhalt des Schreibens überflogen. Nun trat er wieder vor Petelius:

»Der Proconsul entsprach einer Bitte – wie ihm ja immer auch und gerade das Wohl der Ärmsten am Herzen liegt.«

Einige Geschworene blickten sich an.

»Es ist nun an der Zeit, den wahren Hergang der Verbrechen offenzulegen.«

Er sah, wie Aurelius unruhig auf seinem Sitz hin und her rutschte und Servius nervös mit den Fingern spielte.

»Am gleichen Tage, an dem Meliton bei Considius erscheint, um die ausstehende Rate einzutreiben, wird er ermordet bei einem Grenzstein aufgefunden. Da der Kutscher des Meliton Zeuge des vorausgegangenen Streites war, rät Tullius Cimber dem Considius, nach Rom zu gehen und so lange zu verschwinden, bis die Sache geklärt sei. Considius befolgt den Rat.

Schon kurze Zeit später wird der verlassene Hof von Leuten des Aurelius in Besitz genommen...«

»Mein gutes Recht! Mein gutes!« rief Aurelius und fuchtelte erregt mit dem Zeigefinger durch die Luft.

»Aber ja!« Gaius lächelte kalt. »Niemand macht es dir streitig.« Und zu Petelius: »Durch meinen Sklaven Alexander erfuhr ich von dem Unglück des Considius.«

Es folgte die Episode bei Asconius in der Schenke und der tätliche Angriff am nächsten Tage.

»Von diesem Zeitpunkt an war mir klar, daß Considius in Lebensgefahr war. Ich nahm mir vor, Erkundigungen einzuziehen und selbst den Hintergründen nachzuspüren.«

Er gab, da die Zeit drängte, eine geraffte Darstellung der Brandanschläge, des zweiten Mordes und schließlich vom Verschwinden des Considius und seiner Wiederauffindung. Dann schritt er im Halbkreis an allen Beteiligten entlang und blieb vor Aurelius stehen. Er fixierte ihn: »Vieles, ihr Richter, deutet auf Aurelius hin. Denn ihm schulden alle Besitzer der Nachbarhöfe Geld.«

»Wie? Ich? Muß ich mir das...?«

Unbeirrt fuhr Gaius fort: »Oder sein Sohn Servius? Trifft auf ihn doch zu, was der Dichter Titius schon vor Zeiten über seinesgleichen ausrief: *Sie würfeln mit Hingabe, triefen von parfümierten Salben, sind umringt von Dirnen!*«

»Haha!« lachte jemand laut im Publikum, und es wirkte ansteckend. Servius zuckte unter seinem Blick zusammen.
»Ein neuer Gesichtspunkt tauchte auf, als ich von verschiedenen Personen erfuhr, daß es in der Totenstadt bei Caere spuke.«
Er rief den Wirt aus Caere als Zeugen auf und ließ ihn berichten von der Erscheinung Tuchulchas mit dem Geierschnabel. Zugleich gab er Alexander ein Zeichen, und der verschwand nach draußen. Kurze Zeit später hüpfte eine grauenhafte Gestalt herein, mit Geierschnabel, ledernen Schlangen im Haar, gefährlichen Krallenfingern und schuppiger Echsenhaut.
»War das der Geist?«
Der Wirt erblaßte: »Bei Charun und Tuchulcha! Das war er!« Er wich ängstlich zurück.
»Es ist gut!« sagte Gaius, und Alexander zog Maske, Gewand und Handschuhe aus. Da sprang Aurelius auf und rief:
»Considius! Es wird Considius gewesen sein, der...«
»Gewiß, es hätte Considius sein können. Aber er war es nicht, wie er auch nicht Aberkios und Meliton erschlagen und die Höfe in Brand gesteckt hat!« Gaius blickte zu den oberen Fenstern. Er mußte sich beeilen, in einer Viertelstunde ging die Sonne unter. Er gab Alexander ein Zeichen: »Bring ihn herein!«
Alexander grüßte: »Jawohl! Hereinbringen!«
Dann verließ er die Halle. Aller Blicke waren erneut auf den Eingang gerichtet. Nach einer Weile betrat ein Kommando die Halle: vorneweg Alexander, dann, flankiert von zwei kräftigen Burschen, denen man trotz der bürgerlichen Tuniken die Soldaten ansah, ein heruntergekommener, verwahrloster junger Mann, den flackernden Blick vor sich auf den Boden gerichtet. Man führte ihn gefesselt vor. Er machte den Eindruck, als ob er mit dem Leben abgeschlossen habe.
Alexander trat vor Gaius und meldete: »Auftrag unbedingt ausgeführt, Herr. Übergebe ihn dir zu treuen Händen!«
»Danke!« Gaius ging auf den Gefesselten zu.
»Das ist der Geist, der sich erkühnte, brave Bürger zu schrecken, um sie vom Ort des blutigen Geschehens fernzuhalten!«
»Das ist Lüge! Das ist unmöglich!« Tullius Cimber war aufgesprungen. »Mein Sohn leistet in Gallien seinen Dienst ab. Er kann es nicht gewesen sein!«

Alle, auch die Richter, spürten, daß die Verhandlung eine unvorhergesehene Wendung nehmen würde. Es war so still in der Halle, daß man Cimbers aufgeregten Atem hörte.
»Nun, dann hören wir uns doch einmal an, was der oberste Vorgesetzte deines Sohnes über ihn zu berichten weiß. Ich bitte das Gericht um Erlaubnis, das Schreiben zu verlesen.«
»Bitte!« Petelius hob die Hand und nickte. Gaius entrollte das Schreiben und las:

Du fragst nach einem jungen Mann namens Aulus Tullius Cimber. Ich ließ Erkundigungen über ihn einziehen. Danach ist er zwölf Tage zu spät von seinem Urlaub in Caere zurückgekehrt. Er sollte sich in Ravenna melden. Er gilt als Aufschneider, Weiberheld und Spieler. In seinem Gepäck wurde ein seltsames Kostüm gefunden mit Geierschnabel, ledernen Schlangen, Echsenhaut und Krallenhandschuhen. Darauf angesprochen, erklärte er, es sei ein Theaterkostüm, das er von einem Komödianten geschenkt bekommen habe, dem er einst die Zeche zahlte.
Der Mann steht, in Erwartung eines Militärgerichtsverfahrens, unter Arrest. Ich schicke ihn Dir, damit er zur Aufklärung des Falles beitragen kann, unter Bedeckung nach Rom...

Gaius reichte dem Vorsitzenden das Schreiben. Petelius las es, nickte ernst und gab es Gaius zurück.
»Fahr bitte fort, Gaius Volcatius!«
Gaius verbeugte sich.
»Damit ist das Rätsel des Spuks gelöst, ihr Richter. – Wer aber ist derjenige, der all diese Verbrechen geplant und durchgeführt hat?« Er ging einige Schritte auf und ab.
»Es müßte ein Mann sein, der stets von meinen nächsten Schritten unterrichtet war – ein Mann, der unter der Maske des Biedermannes und Menschenfreundes kalt berechnend seine Ziele verfolgte.« Er schaute nach links.
»Aurelius!«
Aurelius' Gesicht erstarrte zu einer Maske.
»Aurelius? – Nein, er mag zwar in Gelddingen knauserig sein, ein Mörder ist er nicht. Auch ist er viel zu sehr mit seinen Sammlungen und agrari-

schen Studien befaßt, um Zeit für eine so genaue, vorausschauende Planung zu haben. Lassen wir also Aurelius wieder zu Atem kommen und das nächste Kapitel seines Buches schreiben.«
Gaius wandte sich an Petelius, wie im Zwiegespräch:
»Der Mann müßte neben kalter Intelligenz vor allem auch Zeit haben.«
Er wies auf Tullius Cimbers Sohn Aulus.
»Auch diesem Burschen stand nicht alles zur Verfügung. Vor allem mangelte es ihm an Zeit, wie wir eben hörten. Er handelte nur auf Befehl!«
Petelius konnte seine Neugier und Ungeduld kaum noch bändigen.
»Du solltest endlich zur Sache kommen, Gaius Volcatius!«
»Sofort. Nur einer kannte von Anfang an die Umstände, weil er sie ja selbst geschaffen hatte: der Mörder!«
Alle hingen wie gebannt an seinen Lippen. Er reckte sich, und es kam wie ein Befehl:
»Tullius Cimber! Steh auf!«
Mit fahrigem Blick stierte Tullius um sich. Das Blut schoß ihm in die Wangen. Er stand da wie ein verwundetes Tier, bereit, sich mit letzter furchtbarer Kraft auf den Gegner zu stürzen. Gaius gab den Bewachern des Aulus ein Zeichen, und sie nahmen Cimber in die Mitte, bereit, Hand an ihn zu legen.
»Dieser Mann ist der Mörder deines Meliton, Aurelius!«
Aurelius riß die Augen auf: »Der Mörder? Melitons? Gewiß, ja, aber warum denn?«
»Nun, Tullius Cimber wußte, daß auf einem der Höfe östlich von Caere jener Goldschatz vergraben liegt, den Krixos und seine Leute dort vergraben hatten, bevor sie von römischen Truppen geschlagen wurden. Er beschäftigt sich schon lange mit alten etruskischen Schriften und ist auch ein großer Kenner der heimischen Götterwelt – wovon dann auch sein Sohn profitierte. Meliton hatte er in seine Pläne eingeweiht und ihn als Komplizen gewonnen. Auf irgendeine Weise wollten sie in den Besitz der Höfe gelangen. Außerdem kannte Tullius Cimber eine gewisse Lamia. Sie war Magd auf dem Hofe des Considius, allerdings zu Zeiten seines Vaters. Tullius erpreßte sie, um sich weitere Anhaltspunkte über den Ort zu verschaffen. Für alle Fälle jedoch mußte Considius von seinem Besitz vertrieben werden.
Meliton aber wollte seine eigenen Wege gehen. Es kam offenbar zum Bruch. Nun plante Tullius Cimber kaltblütig den Mord! An jenem Mor-

gen erstach er nach einer heftigen Auseinandersetzung mit Meliton diesen mit des Considius Messer. Der vorausgegangene schwere Streit zwischen Meliton und Considius, von dem er kurz danach erfuhr, kam ihm wie gerufen und sicherte ihn ab, zumal er nun den besorgten Freund und Nachbarn spielen konnte. Und Considius nahm ihm das auch ab. – Ich übrigens auch eine Zeitlang, denn es sah alles so aus, wie es der Ankläger heute hier dargestellt hat.«
Petelius hob die Hand.
»Gut. Aber Aberkios – warum wurde er erschlagen?«
»Dazu müßte ich Aurelius um die Erlaubnis bitten, seinen Sohn Servius zu befragen...«
»Meinen Sohn? Fragen? Gewiß, ja.«
Gaius wandte sich an Servius:
»Du wußtest von dem Schatz?«
Servius zögerte: »Ja.«
»Woher?«
»Von Meliton.«
»Hast du deinem Vater davon erzählt?«
»Nein.«
»Natürlich hast du's! Und darum wurde Considius' Anwesen so schnell in Besitz genommen! Stimmt das?«
»Ja. Aber mit den Morden haben wir nichts zu tun.«
»Wie willst du das beweisen?«
»Aberkios hinterließ mir eine schriftliche Nachricht, daß er wisse, wer die Anschläge begangen habe.«
Gaius wandte sich an den Vorsitzenden:
»Warum er dann auch getötet wurde – dies herauszufinden ist nicht meine und der Richter Aufgabe. Mir ging es darum, die Unschuld des Bauern Sextus Considius zu beweisen.«
Er wandte sich an die Geschworenen:
»Ihr Richter, ich klage an den römischen Bürger Tullius Cimber und seinen Sohn Aulus, gemeinsam in heimtückischer Weise und zum Zweck der Bereicherung zwei Morde begangen und zwei Höfe aus dem gleichen Grunde in Brand gesteckt zu haben.«
Petelius nickte. »Gut, aber über diesen Punkt hat dieses Gericht nicht zu befinden.«
»Ich!« rief Aurelius. »Ich werde Anklage erheben!«

»Au-gen-blick!« sagte Gaius. »Ihr Richter, bewahrt einen armen, tüchtigen Bauern vor der Habgier anderer! Seid auf das bedacht, was Rom einst groß gemacht hat: daß gleiches Recht für alle gilt, ohne Ansehen von Person, Herkunft oder Vermögen. Nehmt von Considius die Schande der Verleumdung und sprecht ihn frei!«
Petelius wies einen Gerichtsdiener an, die Stimmtafeln einzusammeln. Dann machte man sich ans Zählen, und Petelius gab das Ergebnis bekannt:
»Alle zweiunddreißig Tafeln wurden abgegeben. Für ‚schuldig' stimmte: niemand. Für ‚unschuldig' stimmten: zweiunddreißig. Damit ist Sextus Considius von der Anklage des Mordes, begangen an Meliton und Aberkios, beide Sklaven des römischen Ritters Publius Aurelius Serenus, und der Brandstiftung an den Höfen des Geminus und des Collatinus freigesprochen.«
Er hatte kaum geendet, da setzte tosender Beifall im Publikum unten und auf den Emporen ein. Als erster kam Cornificius und gratulierte Gaius. Dann sagte er:
»Wir sprechen uns noch!«
»Sprechen? Gewiß, ja!« grinste Gaius. »Gut gemacht, Dichterfürst!«
Und dann kam Aurelius daher, stotterte:
»Ja, was soll ich... Ich war immer der Meinung, daß... du hättest mich...«
»Hatte ich!«
»Hattest du? Nun ja – aber was du da über Servius...«
»Wenn du dich in ein besseres Licht setzen willst, solltest du unverzüglich deine Leute von Considius' Hof abziehen!«
»Abziehen? Ich? Warum sollte ich...«
»Weil der Hof schuldenfreier Besitz von Considius ist!«
»Schuldenfrei?... Seit wann denn das?«
»Seit diesem Augenblick!« Und er drückte ihm einen prall gefüllten Lederbeutel in die Hand. »Ich glaube, es sähe nicht gut für dich aus, wenn Considius dich verklagen müßte.«
»Verklagen? Mich? Considius?«
»Ich glaube, wir haben uns verstanden!«
»Aber ja! Gewiß doch. Und wenn du ein gutes Pferd brauchst...«
»...wirst du mir eines schenken! Ich weiß.«
Gaius ließ den verdutzten Ritter stehen.

Da näherten sich Lucius Volcatius und Cicero.
»Gut gemacht!« sagte der Rhetor. »Bis auf den Brief Caesars!«
Gaius stutzte. Er witterte politische Gründe.
»Nein, nein«, lachte Cicero. »Nicht der Inhalt! Ich hätte ihn erst ganz am Schluß gebracht. Die Überraschung wäre noch größer gewesen.«
»Gewiß, ja«, sagte Gaius. »Beim nächstenmal!«

Anmerkungen

In der römischen Revolutionszeit (133-27 v. Chr.) spielen die Auseinandersetzungen zwischen Optimates und Populares eine entscheidende Rolle.
Die Optimates (von »optimas« = zu den Besten gehörig) repräsentieren den Teil der Senatsaristokratie, der sich zur Senatsherrschaft bekennt und sich damit als konservative, staatstragende Schicht der Republik versteht.
Die Populares (von »populus« = das Volk) hingegen gehören dem Teil der Nobilität an, der seine tatsächlichen oder scheinbaren volksfreundlichen Ziele unter Umgehung des Senats allein mit Hilfe der zur Gesetzgebung befugten Comitien (Versammlungen der römischen Bürger, die Stimmrecht besitzen) durchzusetzen versucht.

1 *Caere* (das heutige Cerveteri): etruskische Stadt ca. 35 Kilometer nordwestlich von Rom. Sie wurde 353 v. Chr. von den Römern unterworfen. Berühmt wegen ihrer Nekropole mit Hunderten von Tumuli.
Vornehme Bürger Roms ließen bis zum Ende der Republik ihre noch jungen Söhne in Caere erziehen oder holten Lehrer aus Caere in die Stadt. Zur Zeit unserer Geschichte führen die Bürger Caeres das ruhige Leben in einer unbedeutenden Provinzstadt.

2 *Lacerna:* fransenbesetzter, offener Mantel.

3 *Tunika:* ein aus zwei Teilen genähtes Woll- oder Leinengewand mit kurzen Ärmeln (ursprünglich ärmellos). Sie war gegürtet und etwa knielang.

4 *Sesterz:* siehe Münztabelle (S. 224).

5 *Fuß:* siehe Maßtabelle (S. 224).

6 *Meile:* siehe Maßtabelle (S. 224).

7 vgl. Band 1, Teil 2: *Die Frau des Senators.*

8 *Caelius:* einer der Hügel Roms.

9 *Die Via Sacra,* die Heilige Straße, lag in der Nähe des Forums.

10 vgl. Band 1, Teil 2: *Die Frau des Senators.*

11 siehe die »Tageseinteilung« (S. 225).

12 *Clivus Scauri:* steil ansteigende Straße zum Caelius.

13 *Subura:* dichtbevölkertes, von kleinen Gewerbetreibenden bewohntes und übel beleumundetes Stadtviertel in der Nähe des Viminals.

14 *As:* siehe Münztabelle (S. 224).

15 *Denar:* siehe Münztabelle (S. 224).

16 *Consul:* oberster Beamter der römischen Republik. Es wurden stets zwei Consuln pro Jahr gewählt, die völlig gleichgestellt und nur gemeinsam handlungsfähig waren.

17 *Senator:* Angehöriger des Senats, des Rates der Ältesten. Der Senat war das offizielle Beratungsgremium des römischen Staates. Die Gesamtzahl der Mitglieder betrug zunächst 300, unter Sulla 600. Unter Caesar setzte sich der Senat zeitweilig aus 900 Mitgliedern zusammen. Voraussetzung für die Aufnahme in den Senat – die Zugehörigkeit endete erst mit dem Tod – war die Quaestur. Berufen wurden die Senatoren von den Censoren. Die Senatoren durften seit 218 v. Chr. Italien nicht verlassen und keinen Handel treiben.

18 *Gens Volcatia:* das Geschlecht der Volcatier.

19 *Tusculum* (heute: Frascati): alte Latinerstadt auf den Montes Tusculani, den tusculanischen Bergen, den nordwestlichen Ausläufern der Albaner Berge, in der Nähe der Via Latina.

20 *Tusculanum:* Landsitz der Volcatier in Tusculum.

21 *Proconsul:* Titel der Consuln, die nach Ablauf ihres Amtsjahres in Rom als Statthalter in eine Provinz gingen. Dort hatten sie neben der militärischen auch die oberste zivile Gewalt inne.

22 vgl. Band 1, Teil 2: *Die Frau des Senators.*

23 *Res publica* (wörtlich: die öffentliche Sache): der Staat.

24 *Aedilität:* das Amt des Aedils. Der Aedil war ursprünglich als Verwalter des Cerestempels tätig, später jedoch städtischer Beamter mit Polizeifunktion. Den Aedilen oblag die Aufsicht über öffentliche Gebäude, Straßen, Bäder, Wasserleitungen und Märkte. Außerdem richteten sie die öffentlichen Spiele aus.

25 *Chios:* kostbarer Wein von der gleichnamigen Insel, die dicht vor der kleinasiatischen Küste liegt. Der Falerner, von dem des öfteren die Rede ist, stammte aus der Campania.

26 *Quaestor* (wörtlich: Befrager): zunächst Untersuchungsrichter mit Strafgerichtsbarkeit in Mordfällen, dann von den Consuln als Gehilfen ernannte, ab 447 v. Chr. gewählte Jahresbeamte. Anfänglich gab es zwei, ab 421 vier Quaestoren. Wegen zunehmender Verwaltungsaufgaben wurde die Zahl 82/80 auf zwanzig erhöht.

27 *Centurio:* Befehlshaber einer Hundertschaft in der römischen Armee.

28 *Legion:* die sowohl verwaltungstechnisch wie taktisch in sich geschlossene Truppeneinheit der römischen Republik und der Kaiserzeit, in der nur römische Bürger dienten.

29 *Insula:* Häuserblock

30 Der *Praetor* übte richterliche Funktionen aus. Seit 241 v. Chr. gab es zwei Praetoren, deren Amtszeit ein Jahr betrug, von denen der eine für Prozesse unter römischen Bürgern *(Praetor urbanus)*, der andere für solche zwischen römischen Bürgern und Fremden *(Praetor peregrinus)* zuständig war.

31 Der Sklavenkrieg unter Spartacus (73-71 v. Chr.) verwüstete weite Teile Mittel- und Süditaliens.

32 »*Per deos!*« – »Bei allen Göttern!«

33 *Pons Aemilius:* die Aemilische Brücke.

34 *Tribun:* Stabsoffizier einer Legion.

35 vgl. Band 1, Teil 2: *Die Frau des Senators*.

36 Mit *Tiberius Sempronius Gracchus* begann 133 v. Chr. das Jahrhundert der römischen Revolution.

37 *Cerberus:* dreiköpfiger Hund am Eingang der Unterwelt.

38 *Frigidarium:* Kaltwasserbad.

39 *Legat:* ursprünglich Hilfsbeamter eines außerhalb Italiens tätigen höheren Magistrats. Im militärischen Bereich Führungsgehilfe des Oberbefehlshabers. Hier: Kommandeur einer Legion.

40 *Massilia:* das heutige Marseille.

41 *Urbs* (wörtlich: Stadt, Hauptstadt): Spricht man jedoch wie in diesem Falle von »der Urbs«, so ist damit die Stadt Rom gemeint.

42 *Impluvium:* Regenbassin im Innenhof des römischen Hauses.

43 *Cline:* Liege.

44 *Cullei:* Plural von *Culleus* (Schlauch, Faß). 1 Culleus beinhaltete 521,8 Liter.

45 *Hypokaustum:* Heizgewölbe unter dem Fußboden.

46 *Praefect:* allgemeiner römischer Amtstitel des militärischen und zivilen Dienstes.

47 *Pons Mulvius:* die Mulvische Brücke.

48 »*Per deos immortales!*« – »Bei den unsterblichen Göttern!«

49 vgl. Band 1, Teil 2: *Die Frau des Senators.*

50 *Vitruvius:* römischer Schriftsteller, verfaßte Fachliteratur über Architektur.

51 *Stadion:* siehe Maßtabelle (S. 224).

52 *chthonisch:* unterirdisch.

53 *Gaius Claudius Pulcher,* fünf Jahre älter als Clodia, hatte vor vier Jahren die städtische Praetur verwaltet und sich danach ganz ins Privatleben zurückgezogen.

54 vgl. Band 1, Teil 1: *Mord auf der Via Appia.*

55 *Vestalin:* Priesterin des Vestatempels.

56 *Toga:* Obergewand aus Wollstoff. Die Toga war ein Kreissegment von mehr als drei Meter Länge. Die rechte Schulter blieb beim Drapieren des Tuches frei. Die Toga durfte nur von freien römischen Bürgern getragen werden. Sie war Fest- und offizielles Staatsgewand.

Biographisches zu handelnden oder genannten Personen

In einem historischen Roman agieren nicht nur Personen, die durch die Überlieferung belegt sind, sondern auch solche, die der Phantasie des Autors entsprungen sind. Um den Leser, der vielleicht an anderer Stelle dem politischen Rahmengeschehen vertiefend nachgehen möchte, nicht irrezuführen, steht hinter den Namen der Personen ein (h) für »historisch«, ein (f) für »fiktiv«.

Alexander, Sohn des Alexander aus Theben (f): Sklave des Gaius Volcatius Tullus. Alexander kam zusammen mit seinem Vater während des III. Mithridatischen Krieges (74-64) nach Rom. Wie andere griechische Gemeinden hatte sich Theben auf die Seite des romfeindlichen pontischen Königs Mithridates VI. Eupator geschlagen. Alexander ist um 83 v. Chr. geboren.

Archelaos (f): Sklave des Gaius Volcatius Tullus. Gaius bewahrte ihn, in Zusammenhang mit den Recherchen zu einer Entführung (vgl. Band 1, Teil 1: *Mord auf der Via Appia*), vor dem Henker. Er gehört zum Personal der Volcatischen Villa in Tusculum.

Aurelius Serenus, P. (f): römischer Ritter, reich begütert, der sein Vermögen durch Handelsgeschäfte mit den Ostprovinzen aufgebaut hat. Mehr zu seinem Vergnügen betreibt er eine edle Pferdezucht auf einem Gestüt bei Rom und widmet sich privatim forschend und schreibend Problemen der italischen Landwirtschaft. Soziale Fragen der verarmten Landbewohner interessieren ihn nur im Zusammenhang mit seinen akademischen Interessen.

Clodia (h): jüngste der drei Schwestern des Publius Clodius Pulcher (vgl. Band 1, Teil 1: *Mord auf der Via Appia*). Geliebte des Gaius Volcatius Tullus. Sie galt, zusammen mit ihren Schwestern, als Femme fatale. Clodia repräsentiert die emanzipierte Frau in den aristokratischen Kreisen.

Considius, Sex. (f): Bauer aus Caere, ein typisches Opfer der Bürger- und Sklavenkriege. Er ist der potenten Konkurrenz der Großgrundbesitzer, die mit ihren Sklavenheeren die Preise drücken, nicht gewachsen. Schon ein zu nasser oder zu trockener Sommer gefährdet die Grundlage seiner Existenz.

Cornificius, Q. (h): Entstammt einer plebejischen Familie, die mehrfach im 1. Jahrhundert v. Chr. genannt wird. Sein Vater war 69 Volkstribun, 66 Praetor, bewarb sich als Homo novus für 63 erfolglos um das Consulat. Quintus Cornificius war Offizier in Diensten Caesars, wahrscheinlich 45 Praetor. 44-42 in Africa Vetus in magistralen Aufgaben tätig; er fiel bei Utica. Cornificius gehörte zum Dichterkreis der Neoteriker (Neutöner, wie Cicero sie nannte) um Catull, der ihm das Carmen 38 widmete. Er verfaßte galante Verse, war mit dem jungen Vergil befreundet.

Julius Caesar, C. (h): 100-44 v. Chr.; praet. 62, cos. 59, 48, 46, 45, 44; dict. 49, 48/47, 46, 45, 44. Zur Zeit der Handlung ist er intensiv mit der Befriedung Galliens nach dem Sieg über Vercingetorix beschäftigt.

Loco, C. (f): gelernter Schuster; Centurio, der in Caesars Gallien-Armee diente, nachdem er zuvor unter Pompeius im Osten und Westen seine Laufbahn begann. In Caesars berühmter X. Legion stieg er bis zum 2. Centurio der 1. Cohorte auf, nahm aber kurz vor Erreichen der höchsten Rangstufe seinen Abschied. Mit der Abfindung machte er in Rom eine Schuhmanufaktur auf.

Selenus (f): Freigelassener und Privatsekretär des Lucius Volcatius Tullus; hochgebildeter, feinsinniger Grieche. Erzieher und Hauslehrer der Söhne des Volcatius. Treibt privat gelehrte Studien. Mit Ciceros Sekretär Tiro eng befreundet.

Tullius Cimber, Sp. (f): gutsituierter Bürger aus Caere, biederer Italiker etruskischer Herkunft. Neben der Landwirtschaft betreibt er Weinanbau und eine Töpferei, wodurch er agrarische Krisen unbeschadet übersteht.

Volcatius Tullus, C. (h): Er entstammt einem Geschlecht des römischen Uradels, das seine Genealogie bis in etruskische Zeiten zurückverfolgen kann. Gaius war höherer Offizier unter Caesar in Gallien und später im Bürgerkrieg. Im Jahre 53 v. Chr. wurde ihm das Kommando über die Wache an der Rheinbrücke bei Andernach (12 Cohorten 7200 Mann) übertragen (vgl. Caesar, bell. Gall. VII, 29,3). Im Unterschied zu seinem Vater strebte er zunächst keine politische Laufbahn an. Die kargen Mitteilungen lassen annehmen, daß er zum Legaten befördert wurde. Erst im Jahre 48 wird er wieder genannt (Caesar, bell. civ. III, 52,2), und man wird wieder die Stellung eines Legaten annehmen dürfen. Zur Zeit strebt er eine politische Karriere an und wird darum in einem Prozeß als Anwalt tätig, um die Öffentlichkeit auf sich aufmerksam zu machen. Die Filiation zu Lucius Volcatius Tullus ist nicht gesichert, jedoch denkbar.

Volcatius Tullus, L. (h): cos. 66 v. Chr. Über sein Leben vor diesem Jahre ist wenig bekannt. Man nimmt an, daß er »suo anno«, d. h. in dem von der Verfassung vorgeschriebenen Mindestalter von 43 Jahren, Consul wurde; demnach müßte er im Jahre 109 geboren sein. Freilich kann er auch einige Jahre älter sein.
Um die Aedilität hat er sich erfolglos beworben, gelangte dann aber doch zu höheren Ehrenstellen. Die Praetur dürfte er 69 bekleidet haben. Im Jahre 66 war er zusammen mit M. Aemilius Lepidus Consul. Zur Amtsführung ist u. a. überliefert, daß er vor den Wahlen für 65 ein senatorisches Consilium (Ältestenrat) einberief und als wahlleitender Consul den Catilina von der Kandidatur zum Consulat ausschloß, weil dieser wegen Erpressung und Korruption während seiner Statthalterschaft in Africa angeklagt war. In den folgenden Jahren ist er in der Politik nicht mehr führend hervorgetreten. Die Quellen schildern ihn als einen zurückhaltenden, friedliebenden, aufrechten und zugleich moralisch unbeugsamen Charakter, der z. B. den Mut aufbrachte, Caesar in einer Senatssitzung des Jahres 46 die Stirn zu bieten. Wie lange er lebte, ist nicht bekannt.

Abkürzungen römischer Amtsbezeichnungen

aed.	–	Aedil
cens.	–	Censor
cos.	–	Consul
cos. des.	–	Consul designatus (designierter Consul)
cos. suff.	–	Consul suffectus (im Lauf eines Jahres an die Stelle eines anderen gewählter Consul)
dict.	–	Dictator
mag. equ.	–	Magister equitum (Reiteroberst, dem Dictator untergeordnet)
praet.	–	Praetor
quaest.	–	Quaestor
tr. pl.	–	Tribuns plebis (Volkstribun)

Abkürzungen römischer Vornamen

A.	=	Aulus
Ap.	=	Appius
C.	=	Gaius*
Cn.	=	Gnaeus*
D.	=	Decimus
L.	=	Lucius
M.	=	Marcus
M'.	=	Manius (oder: Manlius)
Mam.	=	Mamercus
P.	=	Publius
Q.	=	Quintus
Ser.	=	Servius
Sex.	=	Sextus
Sp.	=	Spurius
T.	=	Titus
Ti.	=	Tiberius

* Die Schreibung mit C (in der Abkürzung) ist eine archaische Form. Frauen und Mädchen erhielten keinen individuellen Vornamen, sondern trugen den Familiennamen mit der Femininendung a. So hieß etwa die Tochter Caesars »Iulia«, die Tochter Ciceros »Tullia«.

Masse

Fuß (pes) = 29,6 cm
1 Stadion = 178,6 m
1 römische Meile (*milia passuum* = 1000 Doppelschritte) = 1,48 km

Hohlmasse

1 medimnos = 52,4 Liter
1 modius (Scheffel) = 8,73 Liter

Münzen

Die Münznamen sind eigentlich Gewichtsnamen. So hat das römische As ein Gewicht von ursprünglich 327 g, war ein Kupferstück, dessen Wert immer mehr sank – bis auf 27,3 g.

Denar (denarius): entsprach ursprünglich 10 Bronze-Assen, später im Gewicht von 3,89 g.

Sesterz (sestertius): 2,5 Asse, kleinste römische Silbermünze.

Aureus: Goldmünze, am Ende der römischen Republik Einheit der römischen Goldprägung im Werte von 25 Denaren und 100 Sesterzen.

Talent: Gewichtseinheit von 26,2 kg (Gold oder Silber).

Die Umrechnung aller Münzwerte in moderne Währungen ist sehr kompliziert, da sie oft innerhalb weniger Jahre durch Inflation ihren realen Wert ändern. In Analogie gesetzte moderne Werte sagen nichts über die wirkliche Kaufkraft aus; man muß von Fall zu Fall wissen, was etwa Brot, Eier, Schuhe usw. kosten, was für den Bau eines Hauses oder die Unterhaltung einer Armee ausgegeben wurde.

Tageseinteilung

Griechen und Römer teilten die Zeit von Sonnenaufgang (Winter: 7.33, Sommer: 4.27 Uhr) bis Sonnenuntergang (Winter: 16.27, Sommer: 19.33 Uhr) in zwölf gleiche Einheiten, die mit Sonnen- und Wasseruhren gemessen wurden.

Die Nacht hatte vier Abschnitte: Vigiliae = Nachtwachen. Sie begann mit Sonnenuntergang. Der Anfang der ersten Nachtwache fiel also im Sommer auf ca. 19.30 Uhr, im Frühling und Herbst auf ca. 18.00 Uhr, im Winter auf ca. 16.30 Uhr. Die zwölf Stunden des hellen Tages waren ebenfalls in vier Abschnitten zusammengefaßt:

– *mane* (Frühe):	von Sonnenaufgang bis zum Schluß der 3. Stunde
– *ad meridiem* (Vormittag):	bis Ende der 6. Stunde
– *de meridie* (Nachmittag):	bis Ende der 9. Stunde
– *suprema* (Abend):	bis zum Schluß der 12. Stunde (= Sonnenuntergang).

Diese Tagesabschnitte wurden von den Amtsdienern der Consuln öffentlich ausgerufen. Die Stundenrechnung und der Gebrauch von Uhren blieben das Vorrecht der Begüterten und der Stadtbevölkerung.

Die Übersicht auf S. 230 zeigt, wie sich Länge und Beginn der jeweiligen Tagesstunden im Laufe der zwölf Monate veränderten.

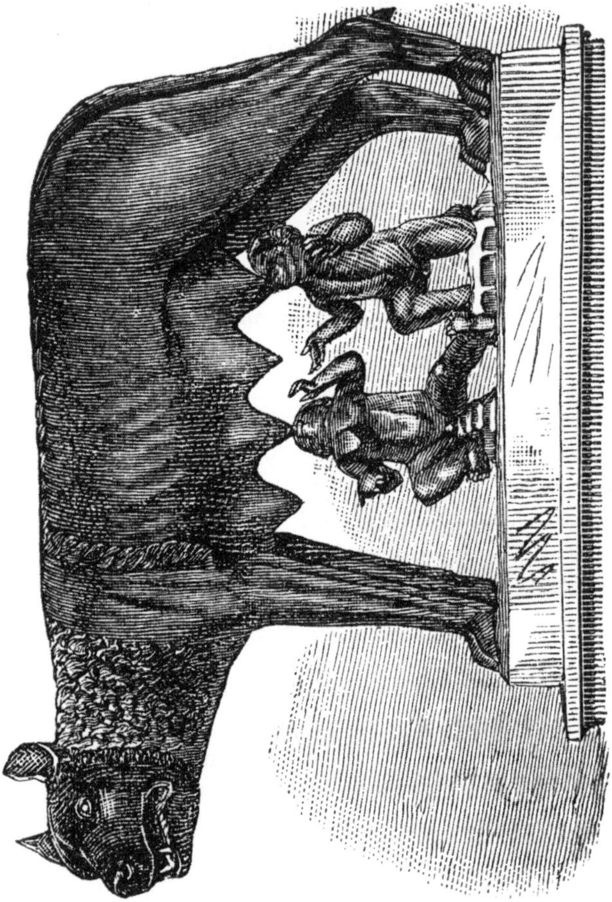

Kapitolinische Wölfin (Kapitol zu Rom)

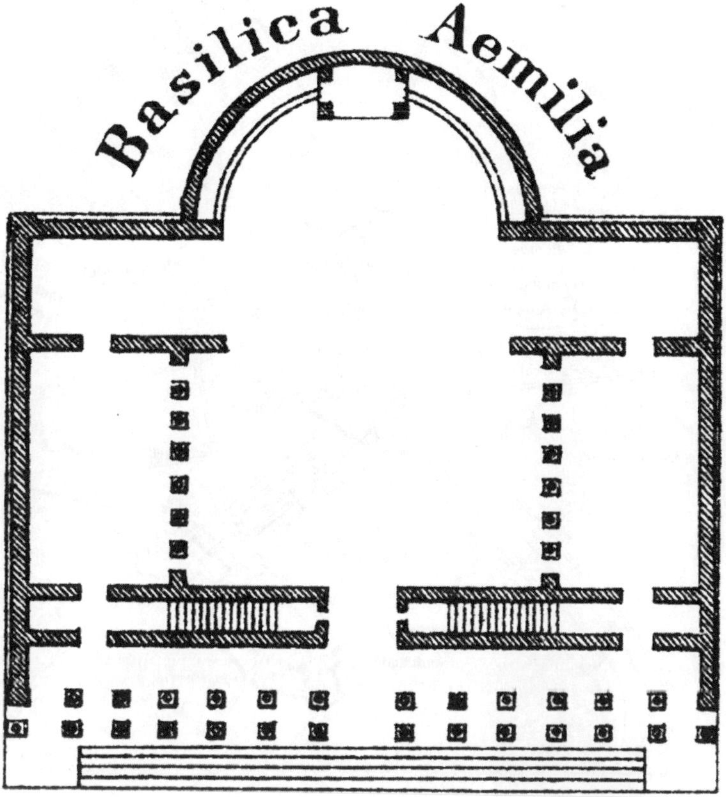

Wahrscheinlich diente die Basilica Aemilia als Gerichts- und Bankgebäude. Der Innenraum war etwa 70 x 30 Meter groß.

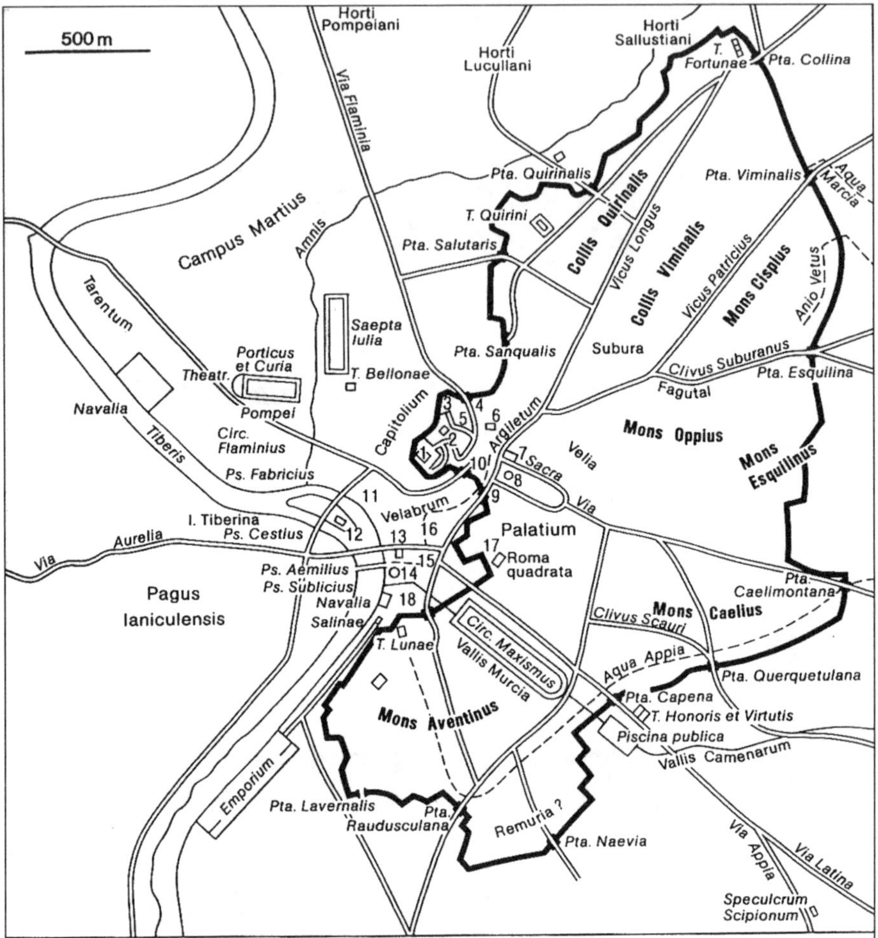

ROM ZUR ZEIT DER REPUBLIK

Sog. Servianische Mauer (318 v. Chr.)
Straßen (Netz im Stadtgebiet nicht überall genau festgelegt)
Regionen des frührömischen Königs Servius Tullius

Circ. – *Circus*
I. – *Insula*
Ps. – *Pons*
Pta. – *Porta*
V. – *Via*
T. – *Templum*

1 *Templum Iovis Capitolini*
2 *Tabularium*
3 *Templum Iunonis Monetae*
4 *Porta Fontinalis*
5 *Carcer (Tullianum)*
6 *Curia Hostilia*
7 *Basilica Aemilia*
8 *Templum Vestae*
9 *Porta Flumentana*
10 *Porta Carmentalis*
11 *Forum Holitorium*
12 *Templum Ansculapii*
13 *Templum Portuni*
14 *Templum Rotundum*
15 *Forum Boarium*
16 *Cloaca Maxima*
17 *Templum Iovis Victoris*
18 *Porta Trigamina*

ROM UND UMGEBUNG

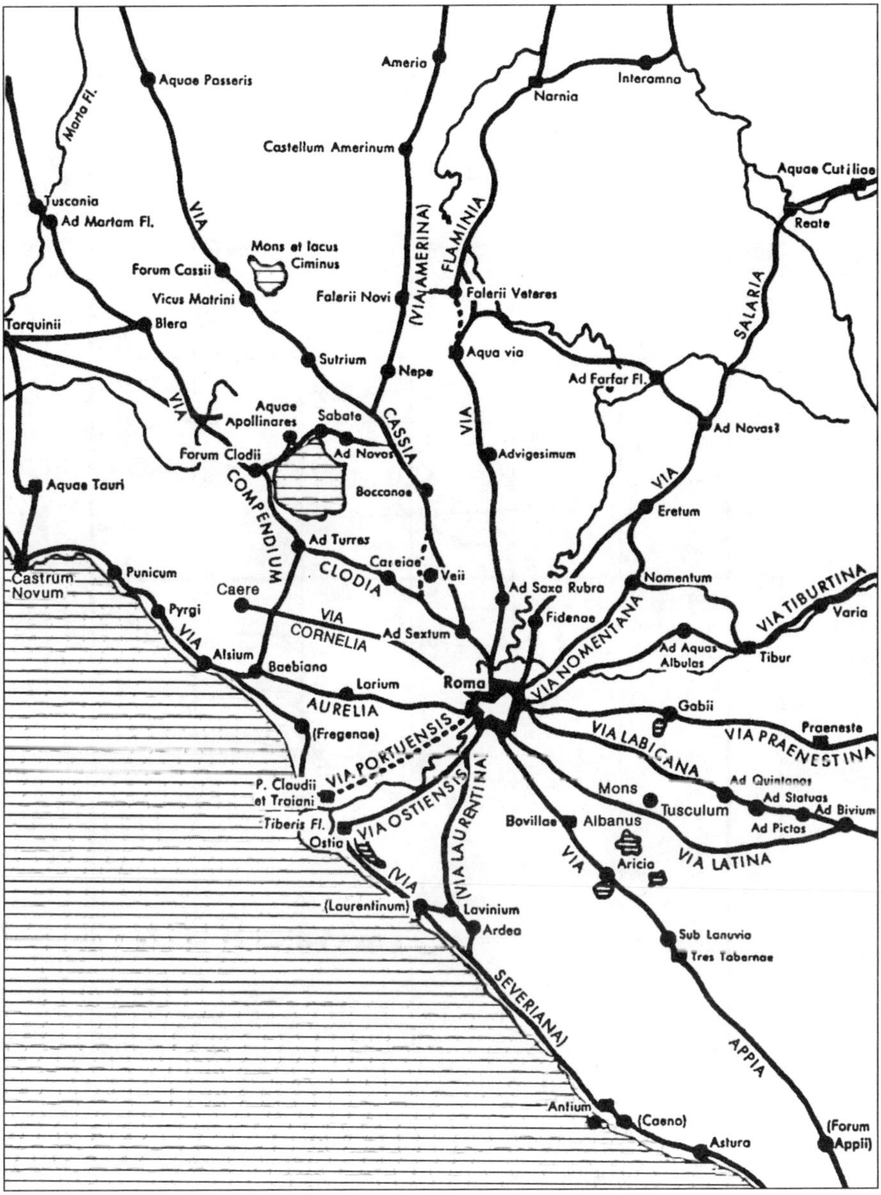

DIE RÖMISCHE STUNDENEINTEILUNG DES TAGES IM LAUFE DER ZWÖLF MONATE

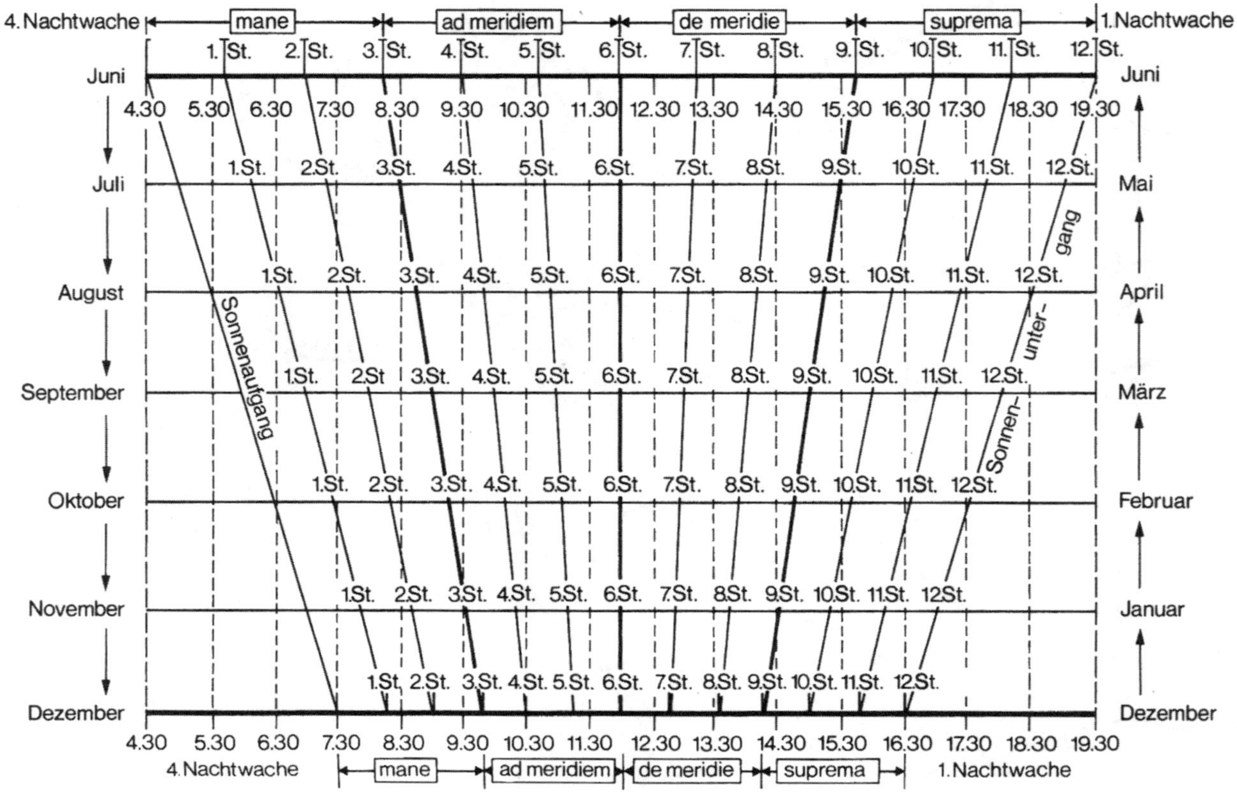

MARCUS TULLIUS CICERO
Büste in den Uffizien zu Florenz

GAJUS JULIUS CÄSAR
Büste im Museo Pio Clementino des Vatikans zu Rom

JULIUS CÄSAR

Grundriss einer Domus, eines Stadthauses

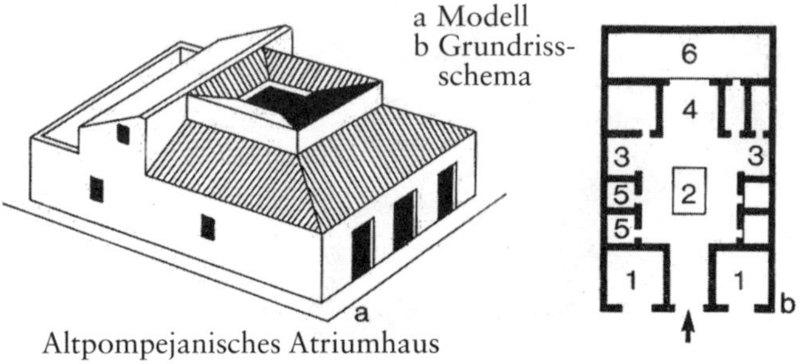

Altpompejanisches Atriumhaus

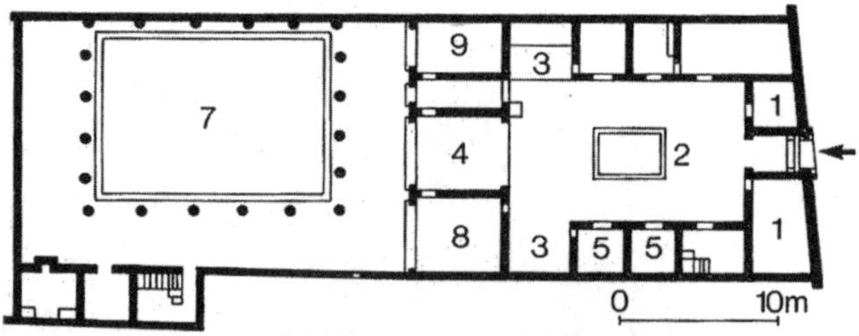

Pompejanisches Peristylhaus

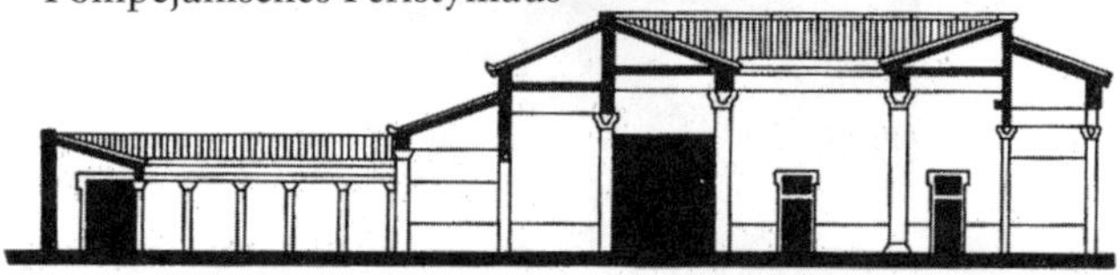

Pompejanisches Peristylhaus (schematischer Längsschnitt)

1 Taberna
2 Atrium
3 Ala
4 Tablinum
5 Cubiculum
6 Garten
7 Peristyl
8 Exedra
9 Triclinium

ATRIUM EINES RÖMISCHEN HAUSES (NACH NICOLLINI)

DAS RÖMISCHE HAUS IN SEINER BAULICHEN ANLAGE UND EINRICHTUNG (NACH A. SCHILL)

DURCHSCHNITT EINES RÖMISCHEN HAUSES (NACH G. REHLENDER)

1 OSTIUM UND VESTIBULUM
2 FAUCES (GANG ZUM ATRIUM)
3 RAUM FÜR DEN TÜRHÜTER
4 ATRIUM
5 ALAE
6 IMPLUVIUM
7 ZIMMER AM ATRIUM
8 VORHANG ZWISCHEN ATRIUM UND TABLINUM
9 (RECHTS UND LINKS) ANDRON
10 SPRECHZIMMER
11 PERISTYL
12 PISCINA
13 GANG ZUR HINTERTÜR UND HINTERTÜR (POSTICUM)
14-16 DIVERSE RÄUME
17 SAAL (OECUS)
18 PORTICUS ZUM GARTEN
19 OBERGESCHOSS
20 LÄDEN

TEMPEL DES JUPITER KAPITOLINUS, NACH CALINAS RESTAURATION

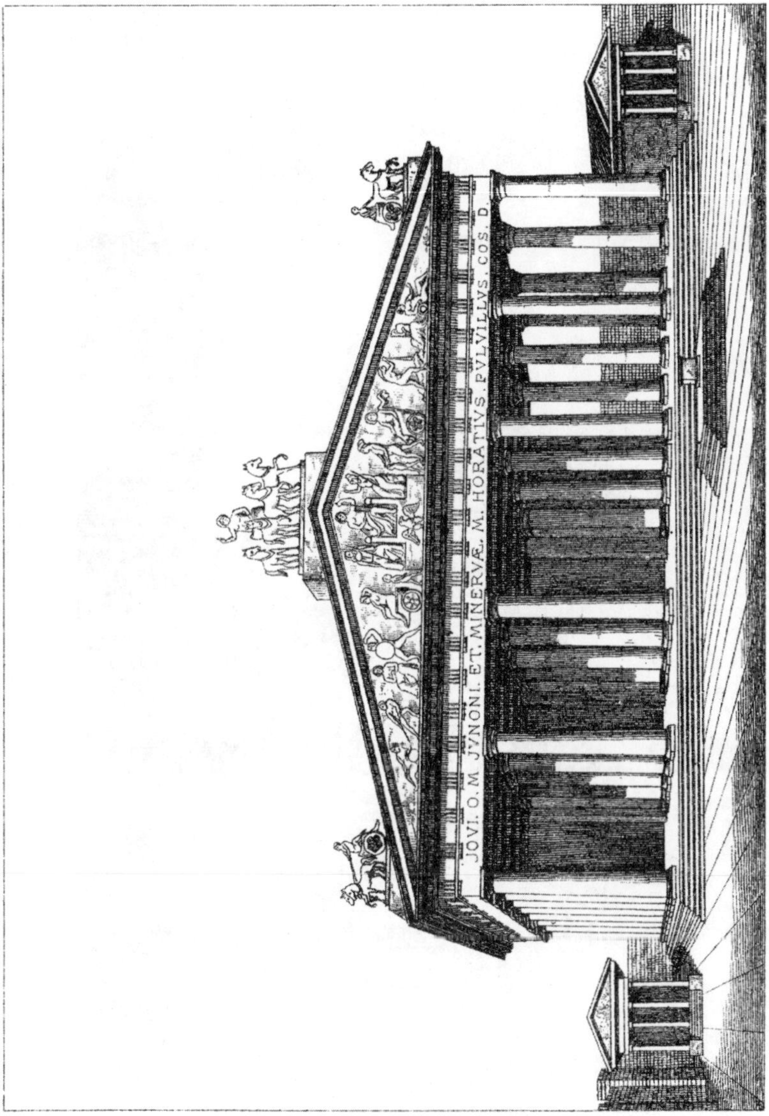

TEMPLUM JOVIS CAPITOLINI

DAS FORUM ROMANUM

FORUM ROMANUM

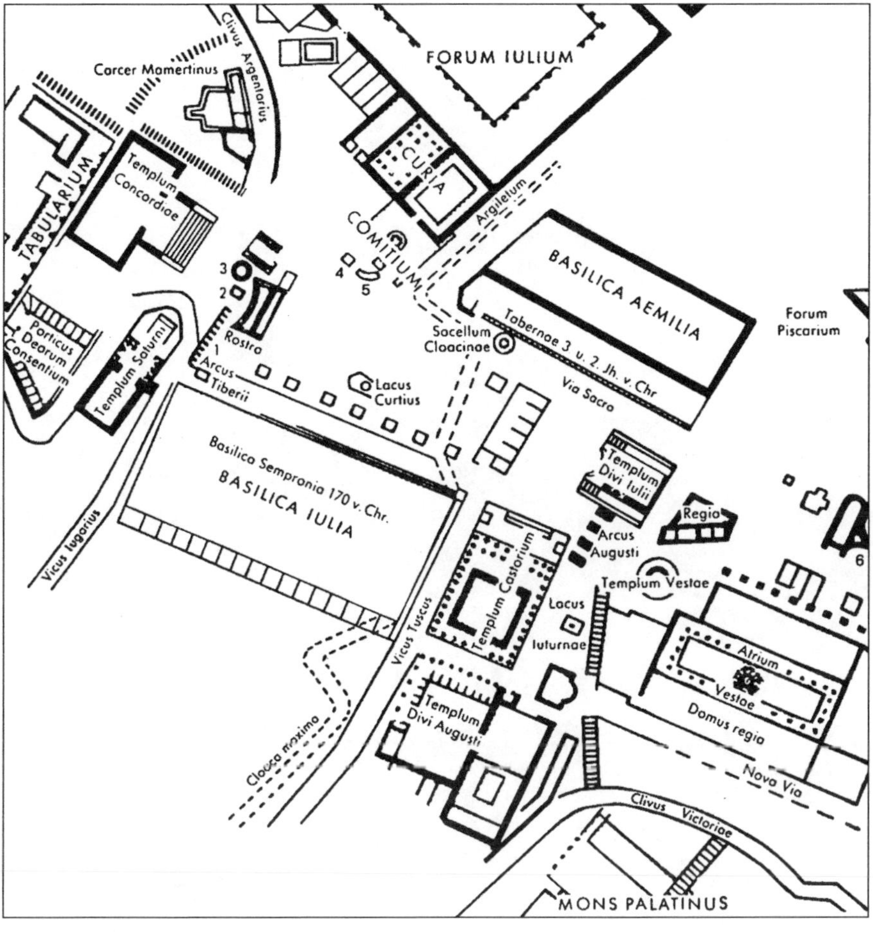

1 Miliarium aureum
2 Volcanal
3 Umbilicus Romae
4 Lapis Niger
5 Rostra Vetera
6 Templum Divi

Skandal um Nausikaa

»RIDENTEM VICARE VERUM, QUID VETAT?«

»Was hindert daran, lächelnd die Wahrheit zu sagen?«

Horaz, Satiren 1,1,24

1

»Du mußt das A oben schließen, Alexander! So wird man es zweifellos mit einem H verwechseln!«
Gallus stand neben seinem »Vater« Alexander und verfolgte kritisch dessen abermaligen Versuch, eine Reihe von Wörtern, die mit A begannen, auf einem Bogen Papyrus niederzuschreiben. Es war genau das eingetreten, was Alexander selbst befürchtet und Selenus vorhergesehen hatte: Gallus, jener elfjährige keltische Knabe, den Caesar dem Alexander für besondere Verdienste nach der Schlacht von Alesia vor einem dreiviertel Jahr geschenkt hatte[2], sprach bereits fließend Latein, beherrschte längst das ganze Abc und war in der Lage, einfache Texte fehlerfrei zu schreiben. Alexander aber mühte sich noch immer mit den Vorübungen ab, die Selenus, der gelehrte Sekretär des Patrons, ihm verordnet hatte, als er mit dem Wunsch an ihn herangetreten war, ihn, Alexander, die hohe Kunst des Schreibens zu lehren.
Der Vorsatz war von Selenus, aber auch von Gaius Volcatius begrüßt worden, wenngleich beide nicht so recht einsahen, was ihren großen Meister von heute auf morgen zu diesem Ansinnen gebracht haben mochte. Doch beide hatten ihn damals gelobt: Selenus, weil er als philologisch gebildeter Mahn ohnehin bedauerte, daß der größte Teil der Menschheit aus Analphabeten bestand; Gaius, weil es nützlich sein konnte, wenn Alexander neben seinen oft bewiesenen praktischen Fähig- und Fertigkeiten demnächst in der Lage sein würde, wichtige schriftliche Botschaften empfangen und lesen oder auch selbst von ferneren Orten Nachricht geben zu können.

Was beide nicht wußten: Alexander beobachtete seit langem, welch stimulierende Wirkung einige schön geschriebene Zeilen – versteckt in einem Strauß Rosen – bei einer Domina haben konnten, da er selbst oft mit derlei Aufträgen seines Herrn zu dessen Freundin und Geliebten Clodia ins Haus am Palatin[3] unterwegs war. Nun hatte Clodia aber eine neue Zofe: Melitta, blond, braunäugig, keck. Und so reifte in ihm der Entschluß, es seinem Herrn gleichzutun und demnächst ebenfalls schön geschriebene Billets – versteckt in einem Strauß Rosen – seiner Herzensdame zu schicken.

Bislang zeigte sich seine Verehrung darin, daß er, falls er Melitta zufällig im Hause Clodias antraf, die Rechte zum militärischen Gruß erhob und durch ein ruckartiges Neigen des Kopfes seinen Respekt ausdrückte; alles, was er dann mit ihr zu besprechen hatte, erschöpfte sich in Bemerkungen über seinen Auftrag oder über das Wetter. Dennoch hatten sich ihre Augen oft getroffen, sie lächelte dann freundlich, und ihr Blick hatte gewisse Hoffnungen in ihm geweckt. Mit einem Wort: Alexander war seit einem halben Jahr verliebt – doch niemand wußte es.

»Schau her, Alexander! So mußt du schreiben! Du hältst auch den Griffel falsch!«

Gallus nahm Alexander Stift und Tafel ab und demonstrierte locker, schnell und akkurat, wie man schön schreibt.

»Du mußt dir mehr Mühe geben! Wenn Selenus das sieht, verzieht er das Gesicht. Und dann mußt du alles noch einmal schreiben!«

Alexander seufzte. Lange betrachtete er die mühsam gemalten Schriftzeichen. Gallus hatte recht. – Im übrigen war sein »Sohn« der einzige, der ihm so offen seine Meinung sagen durfte, ohne daß Alexander aus der Haut fuhr, denn er liebte den aufgeweckten Jungen in der Tat wie ein Vater; und wie ein Vater war er stolz auf ihn. »Du sollst es einmal weiterbringen als ich!« hatte er ihm schon oft gesagt, und sein väterlicher Stolz grenzte bisweilen schon an Narrheit.

Hatten alle Mitglieder des Volcatischen Hauses anfangs befürchtet, er würde den Knaben zu streng anfassen und einen Wald von Verboten und Vorschriften um ihn herum aufbauen, so war genau das Gegenteil eingetreten: Mit einer Zartheit und Geduld, die niemand dem Rauhbein zugetraut hätte, kümmerte er sich um sein Fortkommen und Wohlbefinden. Noch nie hatte er ihn hart angefahren oder gar geschlagen. Ja, es war schon bald so weit gekommen, daß der »Sohn« den »Vater« auf Fehler in seinem Verhalten aufmerksam machte, denn Alexanders Temperament neigte – wie wir wissen – zu Überreaktionen. So nahm Alexander es auch hin, daß Gallus ihn prompt verbesserte, wenn er wieder einmal im Überschwang seiner barocken Gedankengänge sprachlich falsche Wendungen benutzte. Nicht nur das – wollte ein Mitglied des Gesindes etwas vom Intimus des Herrn, dann wandte er sich an Gallus mit der Bitte, in diesem oder jenem Sinne beim grimmen »Alexandros, Sohn des Alexandros aus Theben« vorstellig zu werden. Und fast immer führte dies zum Erfolg.

So war denn Gallus bei allen Mitgliedern der *Familia*[4] wohlgelitten. Besonders die Mägde, die ja wußten, daß er bei Alesia beide Eltern verloren hatte, umsorgten und verhätschelten ihn mütterlich, steckten ihm heimlich manche Leckerei zu, und er dankte es mit jener freundlichen Folgsamkeit, die nicht aus Berechnung, sondern vom Herzen kommt.

Selbst der gichtige alte Kreon – er ging auf die Fünfundsiebzig zu –, seit Menschengedenken Haus- und Hofmeister auf dem Tusculanum[5], hatte einen Narren an ihm gefressen, nahm ihn gerne mit auf sein Zimmer und erzählte ihm Geschichten, Sagen und Märchen aus fernen Zeiten.

»Na, dann eben nicht…«, knurrte Alexander.

»Doch, mein Alexander!« rief Gallus. »Es ist zweifellos durchaus schon viel besser geworden. Du solltest die Seite nur unbedingt noch einmal abschreiben!«

Alexander blickte ihn an und strahlte: In sprachlicher Hinsicht war Gallus schon ganz sein Abbild geworden, denn er hatte schon zeitig, bedingt durch den täglichen Umgang, diese typisch Alexandrinischen Redewendungen übernommen. Niemand sonst im Hause durfte sie ungestraft imitieren – außer Gaius, seinem Herrn. Aber sie verband eine seltsam, nicht in Worte zu fassende Freundschaft – erwachsen in gefährlichen Situationen in Gallien, wo er ihm zweimal das Leben gerettet hatte. Und auch Gaius äffte ihn nur dann ironisch nach, wenn er ihm einen Rüffel geben und ihn in seine Schranken weisen wollte.

In diesem Augenblick trat Kreon ins Zimmer.

»Na? Traktierst du den armen Jungen wieder?«

Alexander fuhr herum. »Hüte deine Zunge! Das geht dich überhaupt nichts an, Alter! Anbetracht dessen du selbst nur griechisch schreibst und römisch rechnest!«

»Wie bitte? Ich kann's noch allemal besser als du! Und ich konnte es schon, als du noch im Schoße deiner Mutter ruhtest!«
»Und ich rate dir durchaus, meine Mutter aus dem Spiel zu lassen. Sie war eine fleißige und anständige Frau. Ganz Theben spricht noch heute von ihr. Und im übrigen gebe ich dir dessenungeachtet den Rat, fortan hübsch anzuklopfen, bevor du es wagst, meinen Unterricht mit deinen Mätzchen zu stören!«
»Wer unterrichtet denn wen, he?« Der Alte ließ sich nicht so leicht aus der Ruhe bringen, denn er kannte den wahren Sachverhalt.
»Auch noch aufmüpfig werden, wie?!« rief Alexander. »Während du nicht weißt, wie du den Tag an den Abend bringst, nutze ich jede freie Minute dergestalt, daß es der Junge Anbetracht dessen weiterbringt. Er wird seine alten Tage einmal in unverkennbar herrlicher Umgebung verbringen und von goldenen Tellern mit silbernen Löffeln essen...«
»...während du noch immer deine Reihen mit A, B, C füllst! Naja, wir waren ja alle mal klein...«
Alexander stutzte. Immer wenn Kreon hartnäckig stichelte, hatte er wegen einer anderen Sache Oberwasser. Er straffte sich und blähte seinen mächtigen Brustkorb: »Wie ich sehe, suchst du Streit! Kannst du unbedingt haben!«
Er trat in der Haltung eines Gladiators vor Kreon und begann, die Fäuste zum Angriff erhoben, auf den Füßen leicht zu federn.
Gallus, der solche sich schnell zuspitzenden Szenen nun schon öfter erlebt und schnell daraus gelernt hatte, daß es am Ende doch immer auf ein gegenseitiges Schulterklopfen hinauslief – denn die beiden mochten sich und schienen sich auf diese Weise ihre Sympathie auszudrücken –, stellte sich zwischen beide Kontrahenten und sagte sehr bestimmt:
»Bitte, Onkel Kreon, du störst uns Anbetracht dessen wirklich bei der Arbeit.«
Dabei lächelte er den Greis freundlich an, und Kreons Zorn, falls es denn Zorn war, schmolz auf der Stelle dahin.
»Hm...«, hüstelte er und hielt plötzlich eine Schriftrolle in der Hand. »Wenn es dich nicht interessiert, kann ich ja wieder gehen.«
Er zog die Brauen hoch und betrachtete sehr interessiert das gerollte Schriftstück.
Alexander, wieder entspannt, wurde neugierig.
»Ein Brief?«

»Sieht so aus, nicht?«
»Woher?«
»Aus Rom.«
»Von wem?«
»Vom Palatin.«
»Wie kam er her?«
»Wurde abgegeben.«
»Von wem?«
»Keine Ahnung.«
»Was heißt das?«
»Er lag vor der Tür.«
»Und? Was geht er mich an?«
»Sehr viel!«
»Warum?«
»Weil dein Name draufsteht.«
Alexander zog die Brauen zusammen.
»Warum kommst du erst jetzt damit? Gib her!«
Er griff danach, doch Kreon versteckte ihn flink hinter dem Rücken.
»Was soll das?« polterte Alexander. »Das ist unverkennbar Unterschlagung! Werde dem Herrn darüber berichten müssen. Na ja, werden dessenungeachtet alle einmal alt.«
»Mein gutes Recht!« lächelte Kreon und wollte sich trollen.
»Halt! Warte!« Alexander packte ihn beim Arm und sagte: »Was willst du? Du willst doch was!«
Kreon lächelte gewinnend: »Ich möchte dich nur bitten, deinem Sohn zu erlauben, mich zu einem Rennen im Circus Maximus zu begleiten.«
Da hob Gallus begeistert die Arme und rief: »Auja! Darf ich? Bitte, Alexander!«
Alexander genoß sichtlich die Rolle des um Erlaubnis zu bittenden Familienoberhauptes. Er straffte sich.
»Nun ja – wir werden mit uns zu Rate gehen. Wann?«
»Übermorgen«, sagte Kreon.
»Na gut. Aber du trägst Anbetracht dessen die volle Verantwortung! Daß der Junge nicht unter die Räder kommt!«
Gallus strahlte, und Kreon zwinkerte ihm zu.
»Den Brief?« befahl Alexander.
»Hier, du besorgter Vater!« Kreon reichte ihn Alexander.

Und während Gallus mit Kreon nach draußen ging, den Alten mit Fragen bestürmte nach den Gespannen, den Favoriten und den ausgesetzten Preisen, betrachtete Alexander die Rolle. – Er war gerührt. Dies war das erstemal in seinem Leben, daß er einen Brief erhielt. Er löste das Band, rollte den Bogen auseinander und begann, jede Silbe vor sich hinmurmelnd, mit der Lektüre:

> *Me-lit-ta grüßt ih-ren A-lex-an-der.*

Das Blut schoß ihm in den Kopf; er begann vor Aufregung so zu zittern, daß er das Schreiben auf den Tisch legen mußte. Satz für Satz ging er mit dem Finger, den Augen, dem Mund durch. Es dauerte zehn Minuten, bis er die wenigen Zeilen entziffert hatte. Dann las er sie immer wieder:

> *Ich danke Dir für die herrlichen Rosen* [sie stammten aus Selenus' beheiztem Gewächshaus]. *Du scheinst zaubern zu können. Sie stehen nun in einer Vase auf meinem Zimmer. Es sind die schönsten Blumen, die ich je gesehen habe. Ich danke Dir von ganzem Herzen.*

Nachdem er den Brief zum fünften mal gelesen hatte, machte er sich an die Interpretation der einzelnen Sätze und Wörter, und dazu setzte er sich an den Tisch.
Und wie immer, wenn er mit einer Sache sehr intensiv beschäftigt war, erging er sich in Selbstgesprächen:
»Sie dankt für die *herrlichen* Blumen... Sie hätte auch einfach schreiben können: *die* Blumen... *die schönsten, die sie je gesehen hat. Damit* drückt sie unverkennbar meine Qualitäten aus, denn die Rosen stammen ja durchaus von mir! Sie weiß durchaus nicht, daß sie aus Selenus' Gewächshaus kommen... Sie dankt!... Nun, das ist zweifellos die angemessene Wendung. Aber sie dankt *von Herzen!* Nein, *von ganzem Herzen! Herz* hätte Anbetracht dessen zweifellos genügt. Sie dankt aber unbedingt *von ganzem Herzen.* Wunderbar!«
Er lächelte entzückt.
»*Sie stehen in einer Vase auf meinem Zimmer...*« Er sah den Raum vor sich. »Sie wird jeden Morgen als erstes einen Blick zum Tisch werfen und abends einen letzten, ehe sie die Lampe löscht... ‚Ach, mein Alexander!'

haucht sie dann. ‚Mein geliebter Alexander! Wann sehe ich dich wieder?‘«
Er war so ergriffen von dem imaginären Bild, daß ihm das Wasser in die Augen trat.
»Ich werde kommen, Melitta! Ich, Alexandros, Sohn des Alexandros aus Theben, werde keinen Widerstand dulden! Ich werde dich entführen wie Romulus die Sabinerinnen! Und du wirst Stammutter eines ganzen Volkes werden! Und der liebe Gallus wird auch eine Mutter bekommen. Melitta, ich liebe dich!«
»Alexander!!!«
Das war die Stimme seines Herrn, und sie klang nach Gallien.
»Na, dann eben nicht...«
Er rollte das Blatt zusammen und – niemand hätte ihm solche Regungen zugetraut – drückte einen Kuß auf den Papyrus.
»Alexander! Wo steckst du denn?«
Das war ganz in der Nähe.
»Hier, Herr! Zu Diensten, Herr!«
Er stand stramm. Gaius kam ins Zimmer, warf einen Blick auf die Blätter und das Schreibgerät.
»Na, was macht die Kunst? Dann wirst du uns wohl nächstens den Homer neu übersetzen?«
Alexander verbarg den Brief hinter seinem Rücken.
»Aber du solltest Gallus nicht überfordern. Der Junge muß viel an die frische Luft. – Oh, du hast einen Brief bekommen?«
»Jawohl!«
»Was Wichtiges?«
»Anbetracht dessen nicht so sehr.«
Er setzte eine gleichgültige Miene auf. Gaius blickte ihn lächelnd an.
»Na ja, deine Sache. Woher hattest du denn die Rosen?«
»Woher weißt du, Herr...?« Mit offenem Mund staunte er.
»Von Clodia. Du hast dem armen Mädchen völlig den Kopf verdreht. Ich hoffe, du nimmst die Sache nicht auf die leichte Schulter – ich meine, wenn euer Verhältnis Folgen haben sollte. Du verstehst!«
Alexander errötete. »Ich bitte dich, Herr! Wofür hältst du mich! Ich... ich... eh... es ist nichts vorgefallen dergestalt, daß...«
Gaius lachte, denn noch nie hatte er seinen Alexander so verwirrt gesehen. Doch dann wurde er ernst.

»Du kannst in deiner Freizeit tun und lassen, was du willst, solange es nicht das Ansehen dieses Hauses berührt. Willst du sie zur Frau nehmen?«
»Das weiß ich nicht, Herr.«
»Was? Ich dachte...«
»Herr, Frauen sind unbedingt die schwierigste Sache von der Welt«
»Da hast du allerdings recht. Wenn die Zeit da ist, machst du mir Meldung! Es wäre gut, wenn Gallus eine Mutter bekäme.«
Alexander stand stramm. »Jawohl! Meldung! Gallus! Mutter!«
»Korrekt. Und nun laß Castor und Pollux satteln. Wir reiten nach Rom!«
In einem seltenen Glücksgefühl ging Alexander zum Stall. Sein Herr hatte also gegen eine offizielle Verbindung nichts einzuwenden. Nun lag es an ihm.
»Aber das wirst du zweifellos durchaus schaffen!«
Als er pfeifend wieder ins Atrium trat, beobachtete das Kreon. Er schüttelte den Kopf und murmelte: »Der spinnt, der Sohn aus Theben!«

2

Wie in jedem Frühjahr hatte Gaius – sofern er in Italien war – mehrere Wochen auf dem Tusculanum verbracht, um mit Kreon und den Knechten die anfallenden Arbeiten auf dem Gut zu besprechen. Ging er dann nach Rom, so war sein Kommen – wie immer nach längerer Abwesenheit – im väterlichen Hause am Caelius angekündigt worden. Und so trat ihm Eugenia, des Selenus Frau und eigentliche Herrin über Haus und Gesinde, freudig entgegen.

»Schön, daß du wieder da bist, Herr!«

Sie wischte sich die Hände, obwohl sie sauber waren, an der großen. Schürze ab, umarmte ihn und drückte ihm je einen Kuß auf beide Wangen.

»Möchtest du was essen?«

Das war immer die erste Frage, obwohl sie die Antwort kannte.

»Nein, danke. Gibt's was Neues?«

Sie kam, ganz nahe, heran und sagte leise: »Dein Bruder Lucius hat anscheinend Streit mit dem Patron. Sie reden seit zwei Tagen nicht miteinander.«

Gaius lächelte: »Treibt er's wieder mal zu toll?«

»Nein, überhaupt nicht. Im Gegenteil!«

Lucius war ihr Hätschelkind.

»Was dann?« fragte er.

»Du solltest Lucius fragen. Er ist auf seinem Zimmer.«

Er nickte.

»Gut. – Sonst noch was?«

»Ja, dein Freund, der Dichter Cornificius, wird gleich kommen. Er fragte schon gestern nach dir.«

Seit Cornificius einmal im Hause einiges aus seinen Werken vorgetragen hatte, war er für sie nur noch »der Dichter«.

Gaius nickte.

»Ja, und da kam ein Brief aus Gallien. Er liegt auf deinem Schreibtisch.«

»Danke! – Eugenia, sag, wie geht's dem Patron?«

Sie schaute ihn ernst an. »Ich glaube, der Ärger mit Lucius macht ihm sehr zu schaffen. Sein Magen! Athenodoros schaute mehrmals nach ihm.«

»Wo ist der Patron?«
»Im Senat[6]. Sie treffen sich fast täglich. – Willst du nicht doch eine Fleischbrühe? Heute gibt's nämlich wieder Truthahn! Mit Rosinen!« Sie pflegte dieses Gericht immer am Tage seiner Ankunft zu zelebrieren. Nun erwartete sie sein Lob.
»Ach, Eugenia! Du bist immer noch die Beste!«
Er faßte ihr Gesicht mit beiden Händen und küßte sie auf die Stirn. »Gib mir Bescheid, wenn Cornificius kommt...«

Er ging nach oben. Lucius' Zimmer lag am Ende des Flurs zum Garten hin. Er klopfte und trat ein. Sein Bruder lag auf dem Bett und las in einer Rolle.
»Grüß dich, du Schwerenöter!«
Lucius legte die Rolle zur Seite, murmelte »Morgen«, blieb aber liegen. Gaius musterte ihn aufmerksam.
»Na, was ist denn wieder in dich gefahren?«
Da sprang Lucius auf, warf sich auf den Stuhl vor dem Tisch am Fenster und stützte wütend den Kopf in beide Hände.
Gaius sagte leise: »Du solltest mehr Rücksicht auf Vaters angeschlagene Gesundheit nehmen, mein Junge!«
»Jetzt fängst du auch noch an! Das hält ja kein Pferd aus!«
»Worum ging's denn wieder?«
»Na, was wohl?!« Lucius' Blick zeigte Zorn und Übermut. »Vater hat erfahren, daß ich an unseren Bruder Titus geschrieben habe. Alle meine Freunde gehen in Kürze nach Gallien! Nur ich nicht!«
»Das war allerdings ein Fehler. Du hättest meinen Rat befolgen und warten sollen, bis ich mit Vater in Ruhe darüber gesprochen habe.«
»Ich will aber nicht mehr warten! Verdammt noch mal, ich bin jetzt neunzehn! Und ich hab' es satt, immer noch wie ein Zehnjähriger behandelt zu werden!«
Gaius lächelte, denn er kannte das cholerische Temperament seines jüngsten Bruders und seine Neigung zu voreiligen Schritten und Reaktionen nur zu gut.
»Hat Titus schon geantwortet?«
»Nein.«
»Gut. Ich wiederhole: Bei Gelegenheit werde ich mit Vater über die Sache reden. Geduld, Bruderherz!«

»Ach!« Er hieb mit der Faust in die Hand. »Das hast du nun schon so oft gesagt!«
»Du kannst dich nicht beklagen. Bisher habe ich noch alles in deinem Sinne bei Vater erreicht, wenn ich es für richtig hielt.«

Gaius ging auf sein Zimmer. Obwohl er seit einigen Wochen am Palatin ein eigenes Haus besaß, wurde ihm dieser Raum stets bereitgehalten, da die Familienangelegenheiten oft seine Anwesenheit hier am Caelius notwendig machten. Auf dem alten Schreibtisch lag der Brief aus Gallien.

> *Gaius Iulius Caesar grüßt seinen Gaius Volcatius Tullus.*
> *Ich habe lange nichts von Dir gehört, doch wie ich Dich kenne, stapeln sich nach dem erfolgreichen ersten Plädoyer für diesen armen Bauern aus Caere[7] auf Deinem Schreibtisch die Anträge und Bitten anderer Klienten.*

Gaius lächelte, denn das traf wirklich zu, doch hatte er sich noch nicht für einen der Fälle entschieden. Sie schienen ihm alle zu uninteressant.

> *Du solltest bis zum Sommer noch fleißig sein, damit Du die Wahl zum Volkstribunen[8] gewinnst. Man muß das Eisen schmieden, solange es heiß ist.*
> *Danach hättest Du wohl Zeit, mir im Herbst einen kleinen Gefallen zu tun.*

Wieso ging er davon aus, daß er das Volkstribunat anvisierte? Und was für einen Gefallen?
Aber das wurde gleich erläutert:

> *Es handelt sich um eine wichtige Mission ins wilde Germanien. Du wirst altbekannte Gesichter treffen. Die Aufgabe verlangt Kenntnis von Land und Leuten – und Fingerspitzengefühl. Du verfügst über diese Voraussetzungen. Worum es geht, wirst Du dann erfahren. Du könntest die Aufgabe zusammen mit unserem Freund Quintus Cornificius erledigen.*

Gaius nickte in Gedanken: Das war keine Bitte, sondern ein klarer

Befehl! Wie hatte er ihm noch vor einem dreiviertel Jahr zugerufen: »Ich verlange von meinen Freunden alles!«
Er las weiter:

Dein Bruder Titus sprach mich unlängst wegen eures Jüngsten an. Nun, der Bereicherung der gallischen Armee um einen weiteren Volcatier steht von meiner Seite nichts im Wege. Aber ich hätte doch gerne, daß Du in der Angelegenheit mit Deinem Vater sprichst. Er hat das letzte Wort, wie es ihm als Pater familias[9] *zusteht.*

Die Ironie war fein, aber unüberhörbar.
Das Folgende war verschlüsselt, und es dauerte eine Weile, bis Gaius die Ziffern in Buchstaben übertragen hatte. Dann las er:

Nun zu einer aktuellen Sache: Mir liegen Nachrichten vor, daß sich in Rom die Dinge zuspitzen. Ich weiß, daß eine starke Senatsgruppe auf meine vorzeitige Abberufung aus meiner Provinz hinarbeitet, womit ich Dir nichts Neues erzähle. In diesem Zusammenhang interessiert mich ungemein jener Kleinkrieg, den unsere wackeren Komödianten Laberius und Publilius Syrus samt ihren Gruppen untereinander austragen. Was ich bislang vernommen habe, klingt recht amüsant, doch scheint sich dahinter mehr zu verbergen, da beide Mimen in ihren neuesten Stücken hintergründige und zweideutige Anspielungen von sich geben, die – wie meine Gewährsleute mir versichern – aufgrund ihrer intelligenten Diktion sehr wohl für Pompeius und gegen Caesar zu interpretieren seien. Vor dem Hintergrund fataler politischer Machenschaften möchte ich nicht, daß die Massen leichtsinnig hinters Licht geführt werden, was, wie Du weißt, gerade durch das lockere Komödiantenvölkchen allzu leicht möglich ist. Gehe klug vor! Ich möchte kein Aufsehen! Schau Dir die Stücke an, und schildere mir Deine Eindrücke. Versuche auch herauszufinden, was Pompeius bewogen hat, ausgerechnet unserem Publilius Syrus sein Theater zur Verfügung zu stellen, bzw. warum Publilius gerade auf dieser Bühne spielt. Versuche mit beiden, Laberius und Publilius, ins Gespräch zu kommen. Nichts wäre jetzt gefährlicher als eine gehässige Kampagne von Wort- und Faktenverdrehungen. Solltest Du Schwierigkeiten haben, laß es mich wissen.

Danach folgten noch einige lobende und kritische Anmerkungen zu neuen Gedichten von Cornificius.
Gaius legte den Brief aus der Hand und murmelte: »Das kann ja heiter werden…«
»Warum auch nicht?«
Gaius schrak zusammen, fuhr herum und sah Cornificius schadenfroh lachen: »Also, entweder war das ein Brief der göttlichen Clodia oder vom Beherrscher des wilden Nordens an der Grenze zum Lande der Kimmerer. Außer den beiden kenne ich keinen, der dich so zu fesseln vermöchte.«
»Von dir war auch die Rede, Dichterfürst!«
Sie reichten sich die Hand.
»Das will ich auch hoffen. Niemand kennt mehr die hehre Größe der Kunst des Wortes und weiß sie zu schätzen als er, der größte von Venus' Söhnen.«
»So ist es. Und darum bist du Teilhaber einer Irrfahrt in die germanischen Wälder!«
»Du redest irre!«
»Durchaus nicht. Wir sollen uns zur Zeit der herbstlichen Nebel bei ihm melden.«
Gaius las ihm den entsprechenden Passus des Briefes vor. Cornificius zog die Brauen zusammen.
»Das gefällt mir überhaupt nicht!«
»Mir auch nicht. Du kannst ja vorher dein Testament machen. – Wo warst du? Hättest ruhig mal auf dem Tusculanum reinschauen können.«
»Der Bruder meiner Mutter war krank, ich habe sie bei ihrem Besuch begleitet.«
»Wie? Nach Pompeji?«
»Ja. Wir sind ihm das schuldig. Nach dem Tod meines Vaters kümmerte er sich um uns.«
»So… Ich wußte gar nicht, daß du Sabinerblut in den Adern hast.«
»So ist es aber, du Sproß uralter Etrusker.«
Dies Geplänkel ging so eine Weile fort – wie immer, wenn sie sich längere Zeit nicht gesehen hatten.

Schließlich sagte Cornificius: »Warum ich komme... Laberius hat sich die Ehre gegeben und mich eingeladen.«
»Der Mime?«
»Gewiß, ja, der große Sproß aus ritterlichem Hause!«
»Privat?«
»Na, was heißt da schon privat? Zu seinem neuen Stück!«
»Was für ein Stück?«
»Die Haubenlerche.«
»Was soll das heißen?«
»Was das heißen soll? Das Stück heißt *‚Die Haubenlerche'!*«
»Und der Inhalt?«
»Keine Ahnung. – Sag mal: Wie redest du denn mit mir? Ist das ein Verhör?«
»In etwa. Wann ist die Aufführung?«
»Morgen nachmittag.«
»Wo?«
»Dreimal darfst du raten.«
»Im Olymp!«
»Nein, aber gleich darunter!«
»Na – im Theater des Pompeius!«
Cornificius staunte: »Das hat dir ein Gott eingegeben – oder Caesar.«
»So ist es, Musensohn. Hier, lies!«
Er reichte ihm die Entschlüsselung aus Caesars Brief. Cornificius nickte oder schüttelte während des Lesens abwechselnd den Kopf, legte die Rolle auf den Tisch und meinte: »Da steht uns ja mal wieder eine interessante Saison ins Haus... Politisches Sommertheater!«
»Sieht so aus. Jetzt fehlt nur noch, daß auch du dich ins Getümmel der Verse wirfst, Meister der Jamben!«
»Davor sei Apollo! Ich habe vor, meinen Kopf auf den Schultern zu behalten.«
»Dein gutes Recht«
»Aber was ist denn in die beiden gefahren?«
»Laberius und Syrus? Mich interessieren mehr die Gründe, die Pompeius bewogen haben, seinen geheiligten Musenbau dem schnöden Wort des *Mimus*[10] zu öffnen.«
»Wir werden es erfahren.«
»Wann?«

»Bei der Probe.«
»Wann ist sie?«
»Heute.«
»Zeit?«
»Nach der achten Stunde.«[11]
»Wo treffen wir uns?«
»An der Ostseite, nördlicher Eingang!«
Das klang nach Verabschiedung, war aber nur ihre launige Art, Verabredungen zu treffen.
Cornificius ging zum Fenster, drehte sich um und setzte sich auf die Marmorplatte.
»Weißt du, eins verstehe ich nicht… Laberius und Publilius Syrus passen zusammen wie Feuer und Wasser. Wie ist es möglich, daß beide in so kurzem Abstand im gleichen Theater spielen?«
»Mir scheint noch interessanter, was Pompeius dazu gebracht hat, beide an seiner Bühne agieren zu lassen.« Gaius stand auf. »Wo ist der Imperator[12] denn?«
»In seinem Haus vor der Stadt. Es gibt zwei Möglichkeiten der Erklärung: Entweder behandeln beide Stücke Themen, die die Schwächen des Senats anprangern – dafür ist Pompeius immer zu haben –, oder unsere Mimen haben sich auf Caesar eingeschossen.«
Gaius winkte ab: »Das kann ich mir eigentlich bei Publilius Syrus nicht vorstellen. Caesar schätzt ihn sehr.«
»Aber schätzt er Caesar?«
»Wer will das wissen? Es gibt noch die dritte Möglichkeit: Pompeius der Große nimmt seinen Beinamen wörtlich und spielt den liberalen, über den Tagesquerelen stehenden Staatsmann und Schirmherrn der freien Meinung.«
»Der Anspruch würde zu seiner Eitelkeit passen.«

3

Gaius machte sich zu Fuß auf den Weg. Es war lange her, daß er die Niederung nordwestlich des Capitols betreten hatte. Sein Urlaub fiel immer in die Wintermonate, wenn der Krieg wie auch der hektische politische Wirbel des Gemeinwesens ruhte, denn die Wahlen fielen ins späte Frühjahr und in den Sommer. Die Magistrate traten ihre Ämter im Januar an.

Es ging auf die achte Stunde, als er das Forum überquerte. Das Gedränge hatte seinen Höhepunkt schon überschritten, denn die letzten Märztage zeigten sich von der unsympathischen Seite: Es war für die Jahreszeit zu kühl. Allerdings schmerzte sein Bein,[13] und das kündigte einen baldigen Wetterumschwung an.

Seit seinem erfolgreichen Prozeß im Herbst wurde er, wenn er sich in der Öffentlichkeit zeigte, oft von fremden Bürgern gegrüßt; ja manchmal angesprochen und wegen seines mutigen Eintretens für den Bauern aus Caere gelobt. So neigten auch jetzt einige Passanten das Haupt und grüßten ihn zuvorkommend und freundlich wie einen wenn auch höher stehenden, so doch guten Bekannten.

Er passierte die Basilica Aemilia, die Abzweigung zum Argiletum und erreichte das Comitium, den uralten Versammlungsplatz des Volkes. Hin und wieder sah er bekannte senatorische Gesichter, grüßte und wurde gegrüßt – als ihm unvermittelt Vitruvius über den Weg lief. Der blieb stehen und musterte Gaius in gespieltem Ernst.

»Beim Zeus!« rief er – Vitruvius benutzte aus Prinzip immer die griechischen Götternamen. »Ich wähnte dich längst im finsteren Norden!«

Sie reichten sich die Hand. Vitruvius hatte vor Jahren maßgeblichen Anteil am Bau der hölzernen Brücke über den Rhein gehabt, deren Kommandant Gaius bis zu seiner schlimmen Verwundung gewesen war.

»Das gleiche dachte ich von dir«, sagte Gaius.

»Ach!« seufzte Vitruvius. »Schlechte Zeiten für Brückenbauer!« Er lachte, als er die Doppelsinnigkeit seiner Wendung erkannte.

»Brücken kann man nie genug haben«, meinte Gaius freundlich. »Was machst du in Rom?«

»Arbeiten.« Vitruvius lächelte.

»Woran?«

»An der Beschaffung von Grundstücken.«
»Wie bitte?« Gaius starrte ihn an.
»Ja, weißt du, als Baumeister darfst du alles, nur nicht einige Jahre fern von Rom sein. Ich gelte nun als Fachmann der Belagerungstechnik, des Brückenbaus, als Spezialist im Erfinden besserer Schleudermaschinen – aber keiner der Fischteichbesitzer[14] läßt sich von mir ein Haus bauen... Offiziell bin ich abkommandiert, hinter der Curia Land aufzukaufen.«
»So?« Gaius staunte. »Für wen?«
»Na, für wen wohl?«
»Verstehe. Aber was soll das denn bezwecken?«
Vitruvius legte die Stirn in Falten: »Es geht das Gerücht, daß er ein neues Forum bauen will.«
»Ach!«
»Ja. Du kannst dir nicht vorstellen, was für einen Papierkrieg ich führe. Mit Gewalt läßt sich da ja nichts machen, weil Caesar in Rom Privatmann ist. So schlägt jeder, der davon hört, drauf, um sich sanieren zu können.«
»Verstehe... Und was machst du sonst?«
»Ach, ich sammle Material... Habe da so eine Idee, unser gesamtes Wissen über Architektur und Mechanik in einer großangelegten Abhandlung zusammenzutragen.«
»Interessant!«
Er meinte es wirklich, fügte aber hinzu, um die Floskelhaftigkeit der Wendung zu vermeiden: »Wie ich dich kenne, wirst du dich nicht mit dem Nachplappern eitler Sprüche zufriedengeben.«
»Ja, das ist mein Ziel.«
Er gab ihm einen Abriß der Themen und Ziele. Währenddessen waren sie über das Comitium geschlendert und näherten sich der Porta Fontinalis, wo die Via Flaminia in gerader Linie nach Norden ihren Anfang nahm. Sie hielten an.
»Wo willst du eigentlich hin?« fragte Vitruvius.
»Zum Pompeius-Theater.«
»Zum Pompeius... Was suchst ausgerechnet du im Theater?«
»Ich kenne es nur vom Hörensagen. Was hältst du davon?«
»Ein Jahrhundertbau! Von solchen Aufträgen träumt man.«
»Wie lange bist du noch in Rom?«

»Das hängt von den Galliern ab. Wenn sie dieses Jahr wieder verrückt spielen, wird man wohl auf mich zurückgreifen.«
Sie reichten sich die Hand, und Gaius sagte: »Du mußt mir gelegentlich von deinen Buchplänen berichten. Mein Haus steht dir jederzeit offen.«
»Welches?«
»Wie? – Ach ja, beide!«
»Na, dann ziehe ich das am Palatin vor.«
Er ging.
Gaius schmunzelte: Seines Vaters Abneigung gegen den sich neureich gebärdenden Emporkömmling hatte sich bis zu ihm selbst herumgesprochen.
Nach wenigen Schritten bog er in eine links abzweigende Straße ab. Mehrere neuere großartige Gebäude, deren Bestimmung er nicht kannte, reihten sich aneinander. Dann ragte unvermittelt die riesige Anlage des Theaters vor ihm auf. Wie eine Festung beherrschte der Bau das ganze weite Areal zwischen dem Capitol und dem Tiberbogen. Er blieb stehen, um das Bild auf sich wirken zu lassen. Einige ältere Sakralbauten behinderten auf dieser Seite den Blick, und so schritt er gemächlich die äußere Säulenhalle entlang. Der *Porticus*[15] an sich war keine Besonderheit, wohl aber seine Ausmaße: Er hatte die Länge von einem Stadion[16].
Gaius blickte durch die Säulen nach innen und erkannte zwischen ihnen die Statuen, von denen Cornificius geschwärmt hatte. Dahinter war ein parkähnlicher Garten mit zwei Platanenhainen angelegt, die in der Mitte von kleinen Brunnen getrennt wurden. Am Ende der Säulenhalle sprang der drei Stockwerke hohe Komplex des eigentlichen Theaters vor, und Gaius folgte in einigem Abstand der gewaltigen Rundung der Tribünenwand, die von Bögen mit dazwischengesetzten Halbsäulen in drei Ordnungen gegliedert wurde: dorische Kapitelle unten, darüber ionische und oben korinthische. Die Fassade zeigte ein in regelmäßigem Wechsel von Licht und Schatten gegliedertes Bild. Dann sprang in der Verlängerung der Längsachse eine Apsis nach Westen vor: die Rückwand des Tempels der Venus Victrix[17], die dennoch nicht kahl oder eintönig wirkte, weil ein Gesims in halber Höhe die Fläche unterbrach.
Er ging noch einige Schritte, um das Ganze in den Blick zu bekommen, und war überwältigt.[18]
»Na, gefällt es dir?«
Cornificius stand plötzlich neben ihm.

»Großartig!« sagte Gaius. »Aber wo kommst du her?«
»Vom Tiber.«
»Was machst du am Tiber?«
»Warten auf den Kuß der Muse.«
»Wie heißt sie denn?«
»Wenn ich das wüßte! – Komm, sie werden schon mit der Probe begonnen haben.«
Sie gingen ganz um die Rundung und traten auf der Südseite in die Säulenhalle. In regelmäßigen Abständen passierten sie die herrlichen Statuen, die alle mit Venus und mit dem Theater in irgendeiner Beziehung standen. So handelte es sich in diesem Teil meist um berühmte griechische Schauspielerinnen und Hetären.
Sie verließen die überdachte Halle und traten in den Platanenhain. Die Knospen der Bäume standen schon im Saft.
»Seltsam, daß er ausgerechnet Platanen gepflanzt hat«, bemerkte Gaius. »Sie erscheinen mir, zumal im Winter, mit ihren rindenlosen Stämmen wie ein Sinnbild des Todes.«
»Ganz und gar nicht!« rief Cornificius und glänzte auf der Stelle mit einem mythischen Vortrag: »Seit alters her ist dieser Baum mehreren Gottheiten heilig. Nach der Überlieferung vereinigte sich Zeus mit Europa unter einer Platane. Der Hain des Gottes zu Olympia besteht größtenteils aus Platanen, und ich hörte schon manchen Griechen bei den Platanen schwören. Aber auch Artemis und Apollo ist der Baum heilig, denn an der kastalischen Quelle zu Delphi, wo beide den Python töteten, stand eine Platane. Entscheidend für die Verbindung mit den großen Göttern dürfte der mächtige, oft riesenhafte Wuchs des Baumes sein, wie ja auch das griechische Adjectivum *platanos* die weit ausgebreiteten, schattenspendenden Äste meint.«
»Danke, das reicht, vielwissender Philologus!«
Sie schritten in der Mitte zwischen den Bäumen und Brunnen entlang. Andere Besucher waren nicht zu sehen.
»Was für eine Verschwendung!« sagte Gaius. »Er muß hier die Einkünfte eines Königreiches verbaut haben! Und wofür?«
»Es liegt an der Unbill des Wetters«, erklärte Cornificius. »Im April wirst du ganz Rom im Schatten der Säulen und Bäume flanieren sehen.«
»Ein Glück, daß es erst März ist! Wer hat ihn bei der künstlerischen Ausstattung beraten?«

»Na, wer wohl? Cicerofreund Atticus! Das Schönste wirst du noch sehen. Die Anlage ist erst letzten Herbst fertig geworden.«
»Warst du bei der Einweihung dabei?«
»Ja, vor vier Jahren. Es war das bisher größte Spektakel dieser Art. In einer Tragödie traten gleich sechshundert Maultiere auf!«
»Spielten sie das römische Volk?«
»Nein – dann hätte man Schafe nehmen müssen... Fünf Tage lang folgten Tierhetzen. Fünfhundert Löwen wurden niedergemetzelt und über vierhundert Panther. Am letzten Tag folgte eine besondere Attraktion: Achtzehn Elefanten kämpften gegen Schwerbewaffnete.«
»Kämpften?«
»Gewiß, und die Massen staunten, ergötzten sich aber in diesem Falle nicht, denn die großen Tiere erregten Mitleid. Einige Elefanten, die verwundet waren, trompeteten so furchtbar, daß die zutiefst erschrockenen Zuschauer sie vom Tode freibaten – nicht zur Freude des Pompeius, wie es heißt. Danach hörte ich Cicero sagen: ‚Wie kann ein kultivierter Mann sich daran ergötzen, wenn ein schwacher Mensch von einer gewaltigen Bestie zerrissen oder ein herrliches Tier mit dem Spieß durchbohrt wird!‘«
Scharf versetzte Gaius: »Er muß es nötig haben!«
»Cicero?«
»Nein. Pompeius.«
»Aber er hat's erreicht. Weithin ragt der Bau aus der Ebene hoch empor, als wolle er es mit dem Capitol aufnehmen. Seine Reputation bei der Menge ist nun unschlagbar.«
»Warten wir's ab. Ich traf eben Vitruvius...«
»Was macht der denn in Rom?«
»Er ist als Caesars Makler unterwegs, um den gesamten Komplex hinter Curia und Basilica Aemilia aufzukaufen.«
»Will Caesar noch ein Theater bauen?«
»Nein. Ein neues, ein Caesar-Forum, einen von Säulenhallen umringten Platz, gleich ans Forum Romanum angrenzend.«
»Das wird aber wesentlich kleiner sein als das Pompeius-Theater.«
»Schon, aber es liegt nicht irgendwo vor der Stadt, sondern direkt im Zentrum. Dort, wo die Entscheidungen fallen, will er durch seine Bauten gegenwärtig sein. Außerdem plant er, auf dem Marsfeld ein großes überdachtes, marmornes Abstimmungsgebäude für die Volksversammlung zu

bauen, das mit einer Säulenhalle von fast einer Meile[19] Länge umgeben sein wird. Dann hätte er Pompeius' Theater auch im Umfang übertroffen.«

»Das wird teuer werden!«

»Allerdings. Allein der Kauf der Grundstücke für das Forum hat schon sechzig Millionen verschlungen.«

Cornificius sagte nur: »Armes Gallien!«

Sie blickten sich an und wußten: Was sich an Weihegeschenken durch die Jahrhunderte in den Heiligtümern Galliens angesammelt hatte, machte er zu Geld, um es in den römischen Machtkampf zu werfen. Das kam zu der sonstigen Beute, dem Erlös aus dem Verkauf von Sklaven, hinzu.

Cornificius ergänzte noch: »Er hat schon so viel Gold nach Rom gebracht, daß dessen Preis bereits um fünfundzwanzig Prozent gefallen ist. Dagegen ist der Zweikampf auf der Bühne spottbillig – und wirkungsvoller!«

4

Wie eine Felswand ragte vor ihnen die riesige Rückseite des Bühnenhauses auf, horizontal in drei Stockwerke gegliedert, mit Nischen, Bögen, vorgesetzten Säulen, Reliefs und steinernem Rankenwerk; dazwischen, in symmetrischer Anordnung, mythische und allegorische Gestalten, die wiederum zum Theater oder seinem Erbauer in Beziehung standen. Das Bühnenhaus hatte die Höhe der *Cavea*[20] und schloß das Theater gegen Garten und *Porticus* ab. An drei Stellen befanden sich torartige Eingänge.

Sie nahmen den mittleren und befanden sich in einer riesigen Halle.

»Wir sind hier unmittelbar hinter der Bühne«, sagte Cornificius.

Der Raum erhielt sein Licht durch die drei Portale, aber auch von vorne, von den Durchgängen zur Bühne. An fünf Stellen war die *Scaenica frons*[21] unterbrochen und gab den Blick frei in das riesige Halbrund des in Terrassen aufsteigenden Zuschauerraums. Zwischen den Ausgängen zur Spielfläche der Bühne befanden sich die Treppenaufgänge zu den oberen Stockwerken. An beiden Enden der Halle lagen Requisitenkammern, Aufenthalts- und Garderoberäume.

Sie engen zur *Porta regis*[22], dem großen mittleren Bühnenaustritt, und Gaius blieb überwältigt stehen: Hoch über den Sitzreihen, in Verlängerung der Längsachse der gesamten Anlage, erhob sich, die oberen Kolonnaden überragend, der herrlich leichte, ja anmutige Tempel der Venus Victrix. Sechs Säulen trugen in ionischer Ordnung Architrave, Gesims und Giebel. Im Schatten der eleganten Säulen erkannte er vier mächtige Gestalten aus weißem Marmor. Auch First und Dachkanten waren mit kleineren Statuen geschmückt.

»Na, was sagst du?« fragte Cornificius.

»Ich hatte einiges erwartet – aber das?!«

Sie traten ganz aus der Nische heraus, und Gaius ließ den Blick wandern, ließ sich ganz gefangennehmen von den gigantischen und doch eleganten Formen des Baues und nickte: »Ich habe nie etwas Monumentales gesehen, das zugleich so leicht wirkt.«

In diesem Augenblick sahen sie am linken Bühnenaustritt eine Gruppe von etwa zehn Leuten, die langsam näher kam. Einige sprachen erregt auf einen hochgewachsenen Mann ein und gestikulierten dabei temperamentvoll mit den Händen.

»Der in der Mitte, ist das Laberius?« fragte Gaius.
»Ja. Und wie du siehst, ist er der Fels im Sturm.«
Gaius beobachtete ihn: Er mochte um die Fünfzig sein. Mit einem Lächeln und ohne weitere Bewegung reagierte er auf das aufgeregte Palaver seiner Schauspieler. Worum es ging, war bei dem hektischen Durcheinanderreden nicht auszumachen. Mit einem »Ich werde sehen, was sich machen läßt« glättete er die Wogen, nickte und trat auf Cornificius zu.
»Schön, daß du gekommen bist, Cornificius!« Er reichte ihm die Hand.
Cornificius wies mit der Linken auf Gaius: »Darf ich dich mit meinem Freund Gaius Volcatius Tullus bekannt machen.«
Laberius blickte Gaius freundlich an, reichte auch ihm die Hand, und Gaius registrierte den wachen, wissenden Blick und den festen Händedruck.
»Es freut mich, dich kennenzulernen«, sagte Laberius. Das klang nicht nach einer Floskel. Er blickte ihn offen an.
Gaius fragte höflich: »Was ist das für ein Stück, das ihr spielt? Cornificius nannte mir nur den Titel.«
Da glitt ein schelmisches Lächeln über Laberius' Gesicht: »Die Haubenlerche… ein hübscher, freundlicher Vogel!«
»Gewiß!« lächelte Gaius zurück. »Aber damit kann ich nicht viel anfangen.«
»Na, ihr solltet es euch anschauen.«
»Darum sind wir hier.«
Laberius wies mit der Hand in die Cavea: »Ihr habt die besten Plätze!«
Dann wandte er sich seiner Gruppe zu. »Können wir anfangen!«
Das war weniger eine Bitte als die energische Anordnung zu beginnen.
Gaius und Cornificius verließen die Bühne über die linke Seitentreppe, überquerten die *Orchestra*[23], stiegen bis zur achten Reihe auf und setzten sich.
Unten war man noch mit technischen Fragen befaßt, und Gaius blickte um sich. »Ich empfinde es als, nun, zumindest merkwürdig, daß hier Theater und Heiligtum baulich miteinander verbunden wurden.«
»Warum? Es ergibt eine interessante Doppelfunktion von Zuschauerraum und *Scaena*. Beide sind einerseits Bestandteil einer einheitlich konzipierten Theateranlage und gleichzeitig ausgerichtet auf den alles bekrönenden Tempel. Das Stufenhalbrund kannst du auch als monumentale Freitreppe ansehen und das Bühnengebäude als triumphales Eingangstor,

denn du kannst ja die Anlage durch den Park und dann durch die Tore des Bühnenhauses betreten.«
Gaius zog die Brauen zusammen: »Ich kann mir nicht helfen, das scheint mir zu dick aufgetragen! Eine Anmaßung! Er benutzt ganz offensichtlich den Kult zu privaten Propagandazwecken!«
Während Cornificius überlegte, ob das die innere Überzeugung des Freundes sei, hatten unten die Schauspieler ihre Ausgangspositionen eingenommen, und Laberius trat an die Rampe, um selbst den Prolog zu sprechen:

> ALS SPRECHER KOMM' ICH IM GEWAND DES PROLOGUS.
> FÜRSPRECHER LASST MICH WERDEN UND VERGÖNNT DEM
> GREIS DASSELBE, WAS DEM JÜNGERN EINST, WO MANCHES STÜCK,
> ALS NEU VERSCHMÄHT, DURCH MICH DES ALTERS RUHM ERRANG.
> ICH WUSSTE, ZUFALL LENKET STETS DER BÜHNE GLÜCK;
> SO WÄHLT' ICH TROTZ UNSICH'RER HOFFNUNG SICHERE MÜH.

Es folgte eine umständliche Rechtfertigung über die Auswahl des Stücks, dann hieß es:

> HÖRT MIR ZULIEB' JETZT MEINEN WUNSCH WOHLWOLLEND AN:
> DIE »HAUBENLERCHE» BRING' ICH, DIE ICH NIE IN RUH'
> VORFÜHREN KONNTE, SO BESTÜRMT SIE MISSGESCHICK.
> DIES MISSGESCHICK WIRD EURE KENNERSCHAFT SOFORT
> ABWEHREN, WENN SIE UNSERM FLEISS ZU HILFE KOMMT...

Erstaunt hob Gaius den Kopf: »Das... das kenn' ich doch! Das ist doch...«
»Terentius[24]! Prolog zur ‚Schwiegermutter'!«
»Warum plagiiert er den Terentius?«
Cornificius lächelte fein: »Er plagiiert nicht – er parodiert!«
»Warum?«
»Hör dir's an!«

Laberius kam zum Ende:

DEM ALTEN BRAUCHE FOLG' ICH BEI DEM NEUEN STÜCK:
ICH WAGE DEN VERSUCH UND BRING' ES VERS FÜR VERS.
DIE »HAUBENLERCHE» HEISST ES, UND DIE FREUNDE WARNTEN:
MAN KÖNNT' ES NICHT AUSSPIELEN UND NICHT WÜRDIGEN,
SEILTÄNZER HÄTTEN DER BETÖRTEN MENGE SINN
UND BLICK GEFESSELT. ZWAR IST DIE FABEL ALT
UND DOCH SO GUT WIE NEU
UND WIRD GAR MANCHEM SCHNELL DIE AUGEN ÖFFNEN,
UND ER SIEHT LÄNGST BEKANNTE DINGE ANDERS,
ALS ER SIE BISHER SAH; DENN UNGESCHMINKT UND EINFACH
TRITT DIE GESCHICHTE DIESES HÜBSCHEN VOGELS VOR EUCH HIN. UND WENN IHR MITLEID MIT DEM LIEBEN TIERCHEN HABT,
SO HABT ES MIT EUCH SELBST!
GENUG DRUM – WIR BEGINNEN!

Laberius verbeugte sich vor dem imaginären Publikum und trat ein paar Schritte zurück.
»Beim Apollo!« rief Gaius. »Er begibt sich auf eine Gratwanderung! Das ist keine Komödie, das ist auf die Bühne gebrachte Satire!«
»Eine exakte Bezeichnung, Freund der Musen. Der Stoff der Handlung ist aus der gleichnamigen Fabel des Ennius[25].«
Das Stück begann, und die Freunde lauschten aufmerksam den launigen Versen.
Laberius hatte die Geschichte so angelegt, daß sie teils erzählt, teils gespielt wurde. Er begann:

'S GIBT EIN KLEINES VÖGELEIN, DAS HAUBENLERCHE HEISST.
SIE HAUST DRAUSS' IM SAATFELD, UND ZUM NISTEN WÄHLT
SIE SICH DEN ZEITPUNKT SO, DASS BEIM NAH'N DER ERNTE
IHRE JUNGEN EBEN FLÜGGE SIND...

Der Vogel, das Nest, die Jungen wurden beschrieben. Dann trat die Vogelmutter in persona auf, in hübschem Federkostüm mit Schnabelmaske, die die Augen frei ließ. Laberius kommentierte dazu:

> EINER WIDERFUHR'S, ZU NISTEN IN WEIT VORGEREIFTEM FELD: GOLDGELB STEHN DIE ÄHREN, ABER UNGEFIEDERT IST DIE BRUT!

Vogelkinder hüpften flatternd über die Bühne.

> EH' SIE DRUM DEN JUNGEN NAHRUNG SUCHEN GEHT, ERMAHNT SIE DIE,
> GUT DARAUF ZU ACHTEN, WAS IN TAT UND WORTEN DORT GESCHEH',
> UND IHR ALLES ZU BERICHTEN, KEHRE SIE VOM FLUG ZURÜCK.

Das wurde nun gespielt. Die Kleinen hüpften um die besorgt mahnende Mutter herum, wiederholten alles, was sie sagte, und die Alte schärfte ihnen ein, fein im Versteck zwischen den Halmen am Boden hocken zu bleiben und sich nicht durch Reden, Zwitschern oder Balgen zu verraten. Die Kleinen versprachen alles.

»Sehr hübsch!« spöttelte Gaius. »Da werden bei einigen entzückten Matronen die Tränen kullern.«

Er verstand nicht, was an der Geschichte ungewöhnlich, aufregend oder in welcher Weise auch immer verdächtig sein sollte. Doch schon wurde er eines Besseren belehrt, als Laberius überleitend fortfuhr:

> DANACH KOMMT DER HERR DES KORNFELDS, RUFT DEN SOHN UND SPRICHT:
> SIEHST DU, WIE DIES ALLES REIF IST UND DER SCHNITTER HAND VERLANGT?

»Das kann doch nicht wahr sein!« entfuhr es Gaius, denn die männliche Gestalt, die da aus der rechten Pforte trat... »Das ist Caesar, wie er leibt und lebt!« rief er.

Der »Herr des Kornfelds« – in Maske, dem Proconsul[26] zum Verwechseln ähnlich – wies mit großer Geste über das »Feld«, und als er sprach, waren selbst Tonfall und Wortmelodie die des Iuliers:

> AUF DENN, MORGEN, SOBALD ES DÄMMERT, GEH ZU UNSERN FREUNDEN HIN UND
> BITTE SIE, ZU KOMMEN UND BEI DER ERNTE UNS ZU HELFEN.
> WIR HELFEN SPÄTER IHNEN AUCH!

Der Sohn ging zu den »Freunden«, und es entspann sich ein längeres Palaver. Auch hier ließen Maske, Kostüm und Sprache stadtbekannte Adelige erkennen. Laberius hatte diese Szene breit ausgestaltet, ließ den Sohn jeden der Freunde einzeln ansprechen und hatte dadurch Gelegenheit, ihre Schwächen bloßzustellen, denn jeder von ihnen hatte Gründe, nicht zu kommen: eine Freundin, ein Fest, ein Gebrechen oder einfach Trägheit und Interesselosigkeit. Ausreden hatten sie alle. Die Lerchenmutter kommt zurück und überlegt:

> DENN WENN DER HERR DIE ERNTELAST AUF DIE FREUNDE ABSCHIEBT,
> DANN WIRD MORGEN NICHT GEMÄHT, UND IST'S NICHT VONNÖTEN,
> DASS ICH EUCH AM HEUTIGEN TAGE SCHON SCHAFFE FORT.

Also fliegt sie wieder zum Futterholen aus. Der Herr wartet vergebens auf die Helfer. Der Tag geht hin. Dann sagt er zum Sohn:

> DU SIEHST, WIE FREUNDE SIND,
> GRÖSSTENTEILS NUR TAGEDIEBE! BESSER IST'S, WIR GEHEN HIN, DIE VERWANDTEN UND SCHWÄGER AUFZUBIETEN,
> DASS SIE SICH MORGEN ZEITIG FINDEN EIN ZUM MÄHEN.

Die Jungvögel haben es gehört und berichten der Mutter. Diese mahnt sie abermals, noch sei kein Grund zur Sorge; seien doch die Verwand-

ten und Schwäger selten so willfährig, daß sie ohne Zaudern zur Arbeit kämen.
Der Sohn bekommt bei den Verwandten ähnliche Ausreden zu hören wie bei den Freunden. Da entschließt sich der Herr, selbst zu handeln:

> LASS DIE FREUNDE FAHREN HIN
> SAMT DER GANZEN SIPPSCHAFT! MORGEN BEI DEM ERSTEN TAGESSCHEIN
> BRINGST DU UNS ZWEI SENSEN HER, DIE EINE NEHME ICH MIR,
> UND DU NIMMST DIE ZWEITE, UND SELBST DANN MÄH'N WIR MORGEN UNSRE FRUCHT,
> SCHAFFEN'S MIT DEN EIGNEN HÄNDEN!

Die Lerchenmutter hat es vernommen und spricht zu ihren Kindern:

> NUN IST'S ZEIT ZU WEICHEN UND ZU WANDERN. DENN GESCHEHN WIRD
> OHNE ZWEIFEL NUN, WAS ER ANGEKÜNDIGT.
> DAS GESCHÄFT LIEGT JETZT DEM OB, DEN'S ANGEHT, NICHT BEI ANDERN, DIE MAN HOLT!

Und sie verläßt mit den Kleinen den gefährlichen Ort. Zum Schluß trat Laberius an die Rampe und verkündete:

> SO VERLEGT DIE HAUBENLERCH' IHR NEST, DER HERR MÄHT AB DAS FELD.
> DIES LASS DIR ZUR LEHRE DIENEN, DIE DIR STETS VOR AUGEN STEH:
> NIE ERWARTE VON DEN FREUNDEN, WAS DU SELBER MACHEN KANNST!

Das Stück war zu Ende. Die Schauspieler zogen sich zurück, um sich für die folgende Tragödie umzukleiden.
Gaius saß da und grübelte. Schließlich schüttelte er den Kopf: »Was soll das? Was will er damit erreichen?«
»Es ist das Recht des Dichters, die Wahrheit zu verstecken!«

»Wahrheit? Welche Wahrheit! Soll das nun eine Warnung an das Volk von Rom sein, die Stadt zu verlassen und wie zu Zeiten der Väter auf den Heiligen Berg zu ziehen – oder ist es ein Wink mit dem Zaunpfahl an Caesar, unverzüglich und allein die politische Initiative zu ergreifen...«
»Frag ihn doch selbst!«
»Wen? Caesar?«
»Nein, Laberius!«
Sie erhoben sich und gingen langsam zur *Orchestra* hinunter. Laberius stand an der Rampe und ließ nicht den Blick von ihnen. Er erwartete einen Kommentar.
»Wann bringst du den hübschen Scherz?« fragte Gaius.
»Im Anschluß an die ,Orestie'. Wir ,haben es nur vorgezogen, damit ihr nicht so lange...«
»Nett von dir. Wann ist die Aufführung?«
»Morgen.«
»Na, dann wünsche ich dir den Erfolg, den du verdienst!«
Laberius kniff die Augen zusammen, da ihm die Zweideutigkeit des Wunsches nicht entging. Dann sagte er: »Man kann es nie jedem recht machen.«
»So ist es«, entgegnete Gaius kühl. »Es kommt eben ganz auf die Sicht an.«
»Genau. Man muß immer beides im Auge haben...«
Sie maßen sich mit einem Lächeln, dann meinte Gaius abschließend: »Schade, daß er das nicht sehen kann.«
»Ja, sehr schade. Aber du kannst ihm ja darüber berichten.«
»Gerne«, nickte Gaius. »Wir hören noch voneinander. Schick mir gelegentlich den Text.«
»Oh, du kannst ihn gleich mitnehmen.«
Er beugte sich zur *Orchestra* hinunter und reichte ihm die Rolle, die er, wohl zu diesem Zweck, die ganze Zeit gehalten hatte.
»Und falls du auf deinem Tusculanum ein Sommerfest. planst – ich stehe immer zur Verfügung!«
Sie winkten sich noch einmal zu, dann wandte Laberius sich um, denn die Probe der »Orestie« begann.
Als sie aus dem Bühnenhaus in den Park traten, sagte Cornificius: »Du hättest ruhig freundlicher zu ihm sein können.«
»Jedem, wie er's verdient! Das Stück ist infam! Dahinter steckt Pom-

peius! Allein die Tatsache, daß diese Satire in seinem Theater uraufgeführt wird, sagt alles.«
»Ja was hast du denn erwartet?«

5

Am Forum trennten sie sich.
»Ich werde mir die Aufführung und die Reaktion des Publikums morgen anschauen«, sagte Cornificius.
»Tu das, Musensohn. Solange du selbst nicht solche Machwerke verfaßt, sei's dir verziehen. So geh denn hin und grüße deine liebliche Schwester!«
»Warum denn das?«
»Sie verdient es!«
Und während Cornificius noch darüber nachdachte, ob Gaius eine bestimmte Absicht damit verfolgte, kam schon die Erklärung: »Dichter pflegen Schwestern sehr selten in ihren Ergüssen zu erwähnen. Drum sei der Gruß des Freundes ihr Ersatz!«
»Wie bitte?«
»Ein Gruß! Nichts sonst! Ein Gruß vom Freund des Freundes ist stets brüderlich!«
»Wie wahr!«
»So geh und richt' es aus!«
»Ich tu's, und sie wird gleiches dir vergelten.
Du aber eile heimwärts und sieh zu, den Zorn, der deine Seele preßt, zu mäßigen!«
»Es sei. Ich geh' und werde diesem Rat gern folgen.«
Da sie diesen Dialog mit allerlei pathetischen Gesten und Blicken begleiteten, blieb ein älterer Bürger verwundert stehen und mummelte kopfschüttelnd: »Jetzt proben sie ihre Komödien schon auf dem Forum!« Dann eilte er aufgebracht nach Hause, den Freunden Bericht zu geben vom fortschreitenden Verfall der guten Sitten.
Gaius ging zurück zum Caelius und fand Lucius, den Patron, in der Bibliothek.
»Ah, Gaius! Gut, daß du da bist!« Sie hatten sich vierzehn Tage nicht gesehen. »Bist du zurechtgekommen?«
»Ja, natürlich, Vater. Den Rest macht die Natur alleine.«
»Fein. Wir sollten uns nachher mit Selenus zusammensetzen und ernsthaft überlegen, wie wir unsere Wahlstrategie für dich anlegen. Wir haben nur noch drei Monate Zeit.«
»Gut. Wann treffen wir uns?«

»In einer Stunde. Selenus hat noch einiges für mich zu erledigen.«
Als er durchs Atrium zur Treppe ging, steckte Eugenia den Kopf aus der Küche: »Da ist noch ein Brief für dich gekommen, Herr. Er liegt auf deinem Tisch.«
»Von wem?«
»Ich weiß nicht.«
»Danke.«
Er ging nach oben.
Die Rolle war unversiegelt. Er öffnete sie und las:

Publilius Syrus grüßt Gaius Volcatius Tullus.
»Viele Feinde kann ertragen, wer sich viele Freunde schafft.
Die größten Dinge müssen klein beginnen.
Dem Bitten folgt man lieber als dem Heißen.«
In diesem Sinne lade ich Dich ein.
Wozu? – Zu einer Probe im Pompeius-Theater.
Wie das Stück heißt?
»Lupus« – Richtig, wie der Wolf!
Wann? Übermorgen zur dritten Stunde.
»Der Freude schönste Quelle ist der Wechsel!« – Bis dann!

Gaius lachte laut auf. Das war ganz Publilius' launige Sprache! Aber warum lud er ihn zur Probe? Konnte er doch unmöglich wissen, daß er ohnehin Interesse an seiner Arbeit hatte.
Gaus war zufrieden und nickte sich selbst zu. Er würde Caesars Bitte schneller entsprechen können, als er gehofft hatte. Im übrigen mußte er sich gestehen, daß Publilius Syrus ihm sympathischer als Laberius war. Und das hatte mit ihren Stücken nichts zu tun.
Er blickte auf die Papiere am linken Rand des Schreibtischs. Er hatte sie in zwei Stapeln geordnet. Der größere enthielt die Fälle, in denen er keinesfalls die Verteidigung übernehmen würde. Da ging es um Betrügereien, Unterschlagungen, Erbstreitigkeiten – alles normale, für ihn unbedeutende Angelegenheiten. Er sollte den Bittstellern gleich morgen früh Absagen schicken. Bei den restlichen drei war er sich noch nicht schlüssig. Es waren Verwicklungen, wie sie so nur auf dem Boden der derzeitigen unübersichtlichen Machtverhältnisse entstehen

konnten: eine Streiterei um Güter, die in den Wirren unter Sulla vor Jahrzehnten den Besitzer gewechselt hatten; die Klage eines Neffen gegen seinen vermögenden Onkel, der ihn enterbt hatte; die Behauptung eines zahlungsunfähigen Kaufmanns, er sei von einem ritterlichen Geschäftspartner betrogen worden.

Gaius seufzte. Der Erfolg seines ersten Prozesses kürzlich zog schon Kreise, und jeder hielt ihn für den kommenden großen Advokaten Roms. Dabei hatte er zu allem Lust, nur nicht zu einem neuerlichen Prozeß. Er mußte mit Selenus darüber reden.

Er schaute zur Wasseruhr. Die Zeit reichte für ein Bad.

Er ging nach unten, legte sich einige Minuten ins heiße Wasser, schreckte sich kalt ab und zwang sich, die Kälte eine Weile zu ertragen.

Erfrischt und wohlig müde, doch mit wachem Geist, trat er in die Bibliothek. Sein Vater hantierte mit einer Rolle und legte sie an ihren Platz im Regal zurück. Gaius fiel sogleich die behende, aufgeräumte Verfassung des Patrons auf – und er wußte: Es hing mit seiner eigenen bevorstehenden Kandidatur zusammen.

Da fiel ihm die Bitte seines Bruders Lucius ein; er nutzte die Gelegenheit und begann nicht ohne List:

»Es gefällt mir nicht, daß Lucius sich abends ziellos herumtreibt!«

Der Patron wandte sich um. »Ganz meine Meinung, Gaius!« Er nickte im Einverständnis.

»Als ich so alt war, mußte ich schon Verantwortung tragen.«

»Ich weiß«, lächelte Lucius. »In Gallien!«

»Und es hat mir nicht geschadet.«

Gaius blickte seinen Vater offen und fragend an: »Du willst ihn doch hoffentlich nicht nach Spanien schicken?«

Der Patron kam näher. »Ich weiß, worauf du hinaus willst, mein Junge. Ich weiß auch, daß es zwecklos ist, mit dir darüber zu streiten. Aber bist du dir auch der Folgen bewußt?«

Er schaute seinen Ältesten eindringlich an. »Wie die Dinge sich entwickeln, wird es über kurz oder lang zum Zusammenstoß zwischen dem Proconsul von Gallien und dem Senat kommen...«

»Du meinst: Pompeius!«

»Das ist dasselbe. Man wird wohl noch in diesem Jahr den Antrag stellen, Caesars Statthalterschaft nicht zu verlängern.«

Gaius nickte ernst. »Ich weiß. Aber so einfach, wie sich das gewisse Leute vorstellen, wird es sich nicht machen lassen, denn sie verlieren dabei einen entscheidenden Punkt aus den Augen.«

»Welchen?«

»Gallien! Die Gallier haben erst kürzlich ihre eigene Stärke entdeckt.«

»Sie wurden bezwungen! Und ich weiß Caesars gewaltige Leistung sehr wohl zu schätzen.«

»Vater – ich kenne viele ihrer Führer, und ich weiß, daß sie nur auf dem Sprung liegen, das römische Joch bei nächster Gelegenheit abzuwerfen. Wenn ihr Caesar entmachtet, verliert ihr Gallien! Ganz abgesehen davon, daß er sich nun nicht mehr wie eine Figur auf dem Brettspiel hin- und herschieben läßt.«

Gaius schwieg in Erwartung einer scharfen Entgegnung; als sie nicht kam, fuhr er fort: »Ich habe hier Dinge gesehen, die – nun, die zumindest geschmacklos sind.«

Lucius horchte auf. »Was meinst du?«

»Zum Beispiel die klammheimliche Verquickung von privaten Interessen und Eitelkeit mit dem Staatskult!«

»Wovon sprichst du?«

»Von Pompeius! Es ist in meinen Augen ein Sakrileg, wie er seinen gigantischen Theaterbau aufgezogen hat: Dem unvoreingenommenen Betrachter drängt er sich doch schon sichtbar als der Sohn der Venus Victrix auf. Die Stufen seines Theaters, auf denen die Leute sitzen sollen, bilden gleichsam den Aufgang zum Tempel. Das grenzt schon an Selbstvergottung. Und im übrigen verstehe ich nicht, warum ihr das ohne den geringsten Widerspruch so einfach hingenommen habt!«

Lucius las im Auge seines Sohnes und glaubte, Verwandtes zu entdecken.

Nach einer Weile sagte er: »Natürlich hast du recht. Aber ich gebe dir zu bedenken: Was würde ein Caesar nicht alles in die Wege leiten, um sein Ansehen bei den Massen zu heben? Ich habe es dir schon einmal gesagt: Trotz allem bleibt Pompeius überschaubar, eben weil er eitel ist. Du darfst nicht vergessen, daß er, gemessen an den Iuliern – oder auch an uns –, aus provinziellen Verhältnissen stammt. Seine Familie kannte vor hundert Jahren niemand. Er braucht diese äußerlich sichtbare Dokumentation seiner Stellung. Seine Eitelkeit ist bekannt, sicher; aber was man kennt, braucht man nicht zu fürchten.

Das entscheidende aber bleibt dies: Er wird nie etwas gegen den Willen der alten Geschlechter unternehmen, da er sich als Vollstrecker altrömischer Tradition sieht. Und wer sagt dir denn, daß sein Venus-Kult nur aus opportunistischem Kalkül kommt? Vergiß doch nicht, daß Caesars Tochter ihn geliebt hat! Das ist allgemein bekannt. Und jeder weiß, daß Iulia ganz und gar in den Bahnen ihres Vaters lebte, dachte und handelte.«
Sie schwiegen und hingen ihren Gedanken und bedrängenden Bildern nach; beide wußten, daß sich hier zwei gewaltige Kräfte aufeinander zubewegten, dabei jedes Hindernis, das sich ihnen in den Weg stellte, zur Seite fegten, und daß letztlich die Entscheidung, wer von beiden der Stärkere sein würde, von ihnen – und nur von ihnen selbst abhängen würde.
Schließlich sagte Lucius -- und es war dasselbe, was Gaius dachte: »Letzten Endes spielt es rein rechnerisch keine Rolle, auf welcher Seite dein Bruder seine militärische Ausbildung erfährt – aber hier steht doch wohl mehr auf dem Spiel.«
»Vater, darf ich ganz offen reden?«
»Aber natürlich! Zwischen uns war nie ein Geheimnis.«
Er nickte ihm ermunternd zu.
»Ich kenne den gesamten Führungsstab der gallischen Armee, und ich kenne die Mentalität der Truppe... Diese Männer – und seien sie auch von verschiedenster Herkunft, Intelligenz und Begabung – sind nach acht Jahren Krieg in Gallien nicht mehr jene, die einst Rom und Italien verließen.«
»Wie meinst du das?«
»Sie haben kein Verständnis mehr für die widerwärtige Vetternwirtschaft und diese traurigen Komödien, die hier in Rom mit der ausgefransten Verfassung getrieben werden. Rom ist für sie mehr als Rom! Sie denken, planen und handeln in größeren Dimensionen. Sollte es zum blutigen Zusammenstoß kommen, werden sie für die Idee eines größeren und besseren Rom kämpfen – und somit für ihre eigene Würde.«
»Mögen die Götter uns gnädig sein...« Lucius hatte es leise gesagt.
Gaius fuhr fort: »Zu vieles sickert aus geheimen Senatssitzungen nach draußen. Die jetzt Zwanzigjährigen sehen und hören Dinge, die uns noch fremd und wie Nachrichten aus einer anderen Welt vorkamen. Vater« – er trat ganz nahe an Lucius heran –, »du würdest weise han-

deln, wenn du deinem Jüngsten die Gelegenheit gäbest, sich selbst ein Urteil bilden zu können.«

Sie blickten sich einige Sekunden an. Dann überschattete sich Lucius' Auge.

»Ach, Gaius... Ich liege stundenlang nachts wach, weil ich nicht weiß, was für uns das beste wäre... Dein Bruder ist anders als du, temperamentvoll, aufbrausend, er läßt sich leicht begeistern... Bei dir bin ich mir immer sicher, daß du aus kühler Überlegung deine Schlüsse ziehst. Lucius – er hat das Draufgängertum meines Vaters geerbt. – Aber ich sehe ein, wir müssen ihm eine Chance geben. Ich weiß, du wirst ein wachsames Auge auf ihn haben, auf dich hört er.«

Gaius, der wußte, welche Überwindung es seinen Vater kostete, so zu entscheiden, sagte: »Ich danke dir, auch im Namen von Lucius.« In diesem Augenblick kam Selenus in den Raum.

»Komme ich zu spät?«

»Nein, wir wollten gerade erst beginnen«, sagte Lucius.

Nach etwa einer halben Stunde stand fest, daß Gaius sich um die Aedilität[27] bewerben sollte, denn sie gingen davon aus, daß der Ältestenrat des Senats dem Überspringen der Quaestur[28] aufgrund von Gaius' militärischen Verdiensten zustimmen würde. Lucius versprach, in diesem Sinne vorzufühlen.

Die Frage, welchen der sich anbietenden Prozesse Gaius übernehmen sollte, blieb noch offen, denn Selenus wollte zunächst noch einmal alle vorliegenden Akten studieren und sich erst dann zu den einzelnen Fällen äußern.

Gaius aber schrieb gegen Abend diesen Brief:

Gaius Volcatius Tullus grüßt den Imperator Gaius Iulius Caesar.
Zu Deiner freundlichen Anfrage, meinen Bruder Lucius betreffend:
Sein Vater und ich sind überzeugt, daß er für einige Zeit in Gallien unter Deinen Adlern seinen Dienst ableisten sollte.

Er strich den letzten Satz, begann noch einmal, und nun hieß es:

...daß er für einige Zeit in Gallien seinen Dienst im Namen des

römischen Volkes ableisten soll. Du wirst mit ihm zufrieden sein. Er wird, sobald hier alles geregelt ist, nach Norden aufbrechen. Zu Laberius und Publilius Syrus: In einigen Tagen werde ich Dir genauen Bericht geben über ihre Stücke, die im Abstand von nur zwei Tagen im Theater des Pompeius zur Aufführung kommen. Ich möchte vor allem die Reaktion des Publikums abwarten. Und das ist Dir ja wohl auch das wichtigere.
Aus Rom.

Dann machte er sich an die Verschlüsselung des Textes.

6

Er war am nächsten Morgen gerade mit dem Frühstück fertig, als sein Bruder ins Zimmer stürmte.
»Danke, Gaius! Warum hast du es mir nicht selbst gesagt?«
»Von wem hast du's denn?«
»Von Selenus. Was muß ich denn alles mitnehmen?«
»Langsam, Bruderherz! Das werden wir in den nächsten Tagen in aller Ruhe besprechen.«
Alexander erschien, hinter ihm, im Türrahmen, Archelaos.
»Kannst dich ja an Alexander halten. Er hat da Erfahrung.«
»Zweifellos durchaus. Nicht wahr, Archelaos?«
»So ist es«, nickte der Kilikier. »Besonders mit gallischen Bären.«
»Was wollt ihr?« fragte Gaius.
Alexander hatte es an diesem Morgen mit der Poesie: »Anbetracht dessen die rosenfingrige Morgenröte soeben über den Horizont steigt, wollen wir solcherart wissen, welche Dinge unserer harren. Nicht wahr, Archelaos?«
Der grinste fröhlich: »Ganz und gar.«
Gaius seufzte, denn nun schickte sich allem Anschein nach auch Archelaos, der stille Kilikier, an, in rituellen Wendungen zu reden, und sei es nur, daß er als Echo Alexanders fungierte.
»Herhören!«
Gaius fixierte sie. Sie reckten sich, standen wie die Säulen in der Basilica Aemilia, und wenn er wollte, überragte Alexander alle Zeitgenossen um Haupteslänge.
»Ihr geht zunächst hier im Hause Eugenia oder Selenus zur Hand. Dann haltet ihr euch zu meiner Verfügung! Wiederhole den Auftrag!«
»Jawohl!«
»Na, wird's bald!«
»Es wird. Eugenia zur Hand! Selenus demgleichen! Meiner Verfügung!«
»Korrekt! Wegtreten!«
Während Archelaos dem Befehl unverzüglich Folge leisten wollte, blieb Alexander in Habachtstellung stehen.
»Ist noch was?«
»Jawohl, es ist!«

»Nämlich?«
»Du hast, Herr, unverkennbar lange keine hübsche Botschaft zur Herrin Clodia geschickt, sodaß die hohe Dame dergestalt auf den Gedanken fallen wird, dir sei unbedingt etwas Ärgeres zugestoßen.«
Gaius' Gesicht blieb ungerührt, da er den wahren Grund hinter diesem angestrebten Botengang kannte. Er spielte mit.
»So?«
»Korrekt, Herr!«
»Und du meinst also...«
»Jawohl. Man darf eine Herrin nicht vernachlässigen, insonderheit wenn sie Clodia heißt.«
»Aha. Seit wann kümmerst du dich denn so intensiv um Clodias Wohlbefinden?«
»Ich... ich... ich habe nämlich neulich ihre traurigen Augen gesehen.«
»Ach!«
»Ja, und sie verdient es nicht.«
»Was?«
Gaius konnte kaum noch an sich halten, fragte aber nach: »Was verdient sie nicht?«
»Traurige Augen, Herr. Sie sitzt jetzt bestimmt in ihrem Kämmerlein und...«
Gaius stand auf.
»Ich glaube, du verwechselst sie durchaus mit ihrer Zofe Melitta!«
»Na, dann eben nicht...«
Er ließ die Schultern hängen.
»Doch, mein Kleiner, aber alles zu seiner Zeit. Sag mal, wo bleibt denn Kreon mit dem kleinen Gallus so lange?«
»Ich habe den beiden unbedingt erlaubt, sich die wilden Bestien in den Käfigen beim Circus Maximus anzuschauen.«
»Du bist großmütig.«
Alexander hielt den Kopf schief, kniff die Augen zusammen und überlegte, ob das ironisch gemeint war, entschied sich dann aber für die wörtliche Bedeutung. »So ist es, Herr.«
Gaius betrachtete ihn wohlwollend. »Es gefällt mir, daß du dich so um das Fortkommen von Gallus kümmerst.«
Alexander strahlte.
»So, und nun geht und überlegt, was mein Bruder Lucius alles in Gallien

braucht. Wenn etwas nicht im Hause ist, beschafft es. Haltet euch an Selenus, er wird euch Geld geben.«
Alexander hakte nach: »Also sollen wir nicht der Eugenia zum Fuß laufen?«
»Nein: Ihr sollt nicht der Eugenia zur Hand gehen! – Wegtreten!«
Zack! flog bei beiden die Rechte nach oben – und weg waren sie.
»Schade«, sagte Lucius.
»Was?« fragte Gaius.
»...daß ich ihn nicht mitnehmen kann.«
»Wen?«
»Na, Alexander!«
»Auf gar keinen Fall!« grinste Gaius. »Es könnte ihm da oben etwas zustoßen. Nein, ich kann ihn hier nicht entbehren. Selenus wird dir jemanden vom Gesinde mitgeben.«

Gegen Abend kam Cornificius.
»Und?« fragte Gaius.
»Wie zu erwarten.«
»Was heißt das?«
»Bei der Orestie weinten sie vor Trauer, bei der Lerche. vor Rührung.«
»Sonst nichts?«
»Doch. Beifall.«
»Bei der Orestie?«
»Nein, bei der Lerche.«
»Du redest irre!«
»Nein, Legat[29]! Ich sah und hörte es. Und wenn du mich fragst...«
»Ich frage!«
»...dann waren das bezahlte Klatscher!«
Sie verabredeten sich für die morgige Probe bei Publilius.

7

Anders als Laberius kam Publilius mit ausgebreiteten Armen auf sie zu, als sie – diesmal von der Außenseite der *Cavea* kommend – den Zuschauerraum betraten. Und natürlich empfing er sie mit seinen Weisheiten.

»Was dir verdächtig ist, erforsche, wie es sei: Was vorher wird verlacht, fügt endlich Schaden bei.«

Er reichte ihnen die Hand.

»Ein neuer Spruch von dir?« fragte Gaius.

»Nein, ein alter von Cato, als er noch jung war.«

»Trotzdem gut. – Was verschafft uns die Ehre deiner Einladung?«

Publilius lächelte fein: »Freundschaft und Neugier. Freunde ohne Neugier sind fade wie abgestand'ner Wein. Doch da ich euch und eure Neigung kenne, die unersättlich ist nach Schönem, selbst wenn es sich verbirgt, so setzt' ich euern Wunsch voraus und lud euch. – ‚Wo du mit Lieben weilst, hast du kein Heimweh.'«

Publilius pflegte fast ausnahmslos in Versen zu reden. Die beiden Freunde kannten das von jenem Abend vor eineinhalb Jahren im Hause des Autronius Paetus[30], wo er mit seiner Truppe für ausgelassene, ja derbe Späße sorgte. Bei jedem anderen wäre es als Absonderlichkeit, Verrücktheit und Grille belächelt worden – nicht so bei Syrus: Er spielte und schrieb nicht nur Komödie, er war der Inbegriff des Komödianten, die leichte Muse seine Mutter, das Theater sein Zuhause, seine Sprache der Vers. Und wie alle großen Mimen war er im Kern seines Wesens Philosoph, stets und überall alles überschauend, das Kleine immer als Teil des Großen erkennend und alles Falsche, Verquere, Eitle entblößend. Die komischsten Gedanken und Verwicklungen brachte er mit todernstem Gesicht. Privat sah man ihn selten lachen.

Cornificius zwinkerte Gaius zu, und aus dem Stegreif kamen die Verse.

»Nun, Freund und Wegbereiter aller Musen, sprich:
Was wirst du bringen?«

Publilius: »Den ‚Wolf'!«

Cornificius: »Den ‚Lupus'?«

Publilius: »Ja, den grauen, den großen, nimmer satten Lupus!«

Gaius: »Ist es derselbe, der vor hundert Jahren das Amt des Magistrats arg mißbrauchte?«

Publilius: »Er ist's! Wir bringen aber auf die Bühne,
wie alle Götter ein Konzil
abhalten über diesen Sünder,
der auch sein Richteramt mißbrauchte,
weil er bestechlich dem sein Ohr lieh,
der ihn mit Gaben reich beschenkte:
Selbst Wahrheit, die der Stärk're setzt, wird Lüge!«

Gaius hatte mit wachsendem Interesse zugehört. Nun stellte er lächelnd fest: »Mein lieber Publilius, du willst mir doch nicht weismachen, daß es dir nur um diesen erbärmlichen Lupus[31] geht!?«

Publilius erklärte:

»Bei keinem Vorgang darf die Vorsicht fehlen.
Nichts geben, wenn man immer gab, lehrt stehlen.
Der Witz ist in Gefahr des Klugen Rettung.«

»Sehr hübsch!« stellte Gaius ungerührt fest. »Aber wen hast du dabei aufs Korn genommen? Lupus – der Wolf, ein Wortspiel... Romulus wurde von der Wölfin gesäugt. – Was soll das alles?«

Publilius antwortete sehr ernst:

»Wem statthaft mehr als recht, will mehr als statthaft!
Und merke dir für alle Zeiten:
Das Heute geht beim Gestern in die Schule.
Denk schlecht von deinem Feind, doch sag es niemals.
Wer hochsteht, nimmt beim Fall viel leichter Schaden.
Kurz: Was soll ich umständlich erklären?
Hast Augen, Ohren, nutze den Verstand!
Erst sieh das Ganze, dann entscheide!«

Und mit einer übertrieben eleganten Geste bat er sie, Platz zu nehmen. Sie ließen sich an der gleichen Stelle wie beim letzten Besuch nieder. Die Bühne war dieselbe, natürlich, und doch war alles anders: keine niedlichen Lerchenkinder, kein behäbiger »Caesar«, kein schneller Szenenwechsel. Schon der Prolog war anders, als Publilius an die Rampe trat und begann:

> WAS IM HIMMEL GESCHEHEN IST, DAMALS, IM MÄRZ, IM ERSTEN JAHR EINER NEUEN ÄRA, ZU BEGINN DES ALLERGLÜCKLICHSTEN ZEITALTERS, DAS WILL ICH DER NACHWELT ÜBERLIEFERN.

WEDER HASS NOCH GUNST SOLL MICH BESTIMMEN!
WAS ICH BERICHTE, IST BUCHSTÄBLICH WAHR.
WENN EINER FRAGT, WOHER MEIN WISSEN STAMMT,
SO WERDE ICH ZUNÄCHST, WENN ICH NICHT MAG,
ÜBERHAUPT KEINE ANTWORT GEBEN.
ICH WEISS, DASS ICH EIN FREIER MANN BIN SEIT DEM TAG,
DA JENER STERBEN... MUSSTE... STARB...

Wie ein Blitz durchzuckte es Gaius: War das ein Versprecher? War es Absicht?

...AN DEM DAS SPRICHWORT SICH ERFÜLLTE: UM FREI ZU SEIN, MÜSSE MAN ENTWEDER ALS KÖNIG ODER NARR GEBOREN WERDEN. WAS ICH BIN, WEISS ICH!
NUN ALSO, ICH TRAF NEULICH, NÄCHTENS, BEIM GRAB DES ROMULUS MEINEN GEWÄHRSMANN, UND HEUTE WEISS ICH, DASS ER BESTE BEZIEHUNGEN ZU DEN JENSEITIGEN HATTE.
WAS ICH VON DIESEM WESEN DAMALS HAB' VERNOMMEN,
DAS BRINGEN WIR HIER HEUTE WAHR UND KLAR,
SO SICHER ICH IHM HEIL UND SEGEN WÜNSCHE.

Er verbeugte sich und trat zurück. Das Spiel konnte beginnen.
Von links trat Mercur auf, kenntlich an Hut, Wanderstab und Flügelschuhen.
Neben ihm eine der Parzen[32].
Es entspann sich nun ein Dialog über die Lebenserwartung des Menschen im allgemeinen und des Lupus im besonderen, denn Mercur sagte:

WAS MAGST DU DOCH, GRAUSAMSTES WEIB,
DEN MANN SO LEIDEN LASSEN?
SOLL ER DENN, SO LANGE GEPLAGT,
SICH NIEMALS DAVONMACHEN?
WAS BIST DU DEM STAATE SO GRAM?

Clotho, die Parze:

ICH, BEI GOTT, ICH WOLLT IHM NOCH EIN BISSCHEN ZEIT
ZULEGEN,
BIS ER DIE PAAR LEUTCHEN, DIE NOCH ÜBRIG SIND,
MIT DEM BÜRGERRECHT BESCHENKT HÄTTE.

Gaius und Cornificius blickten sich an und dachten beide dasselbe: Caesar! Er hatte es den Transpadanern[33] versprochen und damit den tödlichen Zorn einer konservativen Senatsgruppe auf sich gezogen.

...ABER DA MAN'S FÜR GUT HÄLT,
NOCH ETLICHE AUSLÄNDER ALS SAATGUT ZURÜCKZULEGEN,
UND DU ES SO HABEN WILLST,
SO SEI'S DRUM. LASS MICH SPINNEN!

Clotho öffnete eine kleine Kapsel und nahm drei Spindeln heraus.

DAS HIER IST . . .

Sie flüsterte es Mercur ins Ohr.

UND DAS HIER . . .

Sie flüsterte

UND DAS IST ER, LUPUS, UNSER WÖLFCHEN.
DIESE DREI WILL ICH IN EINEM JAHR
KURZ HINTEREINANDER STERBEN LASSEN,
WILL IHN DOCH NICHT OHNE GELEIT ENTSENDEN!
DENN ES GEHÖRT SICH NICHT,
DASS DER, DER EBEN NOCH SO VIELE TAUSEND MENSCHEN
HINTER SICH EINHERGEHEN, SO VIELE
VOR SICH VORAUSZIEHEN SAH,
PLÖTZLICH GANZ ALLEIN GELASSEN WERDE,
EINSTWEILEN MUSS ER SICH
MIT DIESEN KUMPANEN. ZUFRIEDENGEBEN.

Mercur:

SO GEH ICH DENN, DEM VATER
DER GÖTTER UND MENSCHEN ZU BERICHTEN.

Er ging seitlich ab.
Publilius trat an die Rampe:

FORSCHEN NACH DER ZEIT, DA HIMMEL UND ERDE ENTSTANDEN, IST NICHT MEINE AUFGABE, SONDERN DER PHILOSOPHEN.
ICH ERZÄHLE NUR – SO DER GEWÄHRSMANN AM GRABE DES ROMULUS –,
WAS AN DEM UND DEM TAGE IM HIMMEL IST GESCHEHEN.
DA NÄMLICH TRATEN DIE GÖTTER ZUSAMMEN, UND ÜBER DER MENSCHEN
WOHL UND WEHE HIELTEN SIE TAGUNG, UND SIE BERIETEN,
AUF WELCHERLEI ART UND WEISE MAN ROMAS VOLK UND STADT KÖNNE ERHALTEN...

Die Götter versammelten sich. Iupiter als *Princeps senatus*[34] gab die Tagesordnung an:

RETTUNG ROMS DURCH DIE VERNICHTUNG DES LUPUS!

Er begann seine Rede mit einem Stoßseufzer über die Mühe, die menschliche Torheit dem Götterregiment bereitet:

O WIE PLAGT SICH DER MENSCH, UND WIE IST ALLES SO EITEL!

Beifälliges Gemurmel in der Runde.

NUN, SO VERNEHMT MEIN WORT
UND PRÄGT ES EUCH TIEF IN DIE SEELE!

Als Krebsschaden galt ihm außer Lupus auch die große Schar der in seinem Stab sich bereichernden Günstlinge:

...LEGIONEN DIÄTENHUNGRIGER STABSOFFIZIERE,
DIE GLEICH IHM EIN UNWÜRDIGES LEBEN FÜHREN;
FRÜHER WAR ES ANDERS, DA
HASSTEN SIE NOCH DEN ENTEHRENDEN RUF UND DIE
SCHMUTZIGE KNEIPE!

Nun überlegten die anderen Götter, die Rom zu schützen hatten, wie sie des Amtes könnten walten und retten die Mauern. Zunächst wird Romulus, gefragt, und er beginnt altmodisch höflich:

JA, ICH WÜNSCHTE VOR ALLEM - SOFERN'S ETWA TUNLICH
GEWESEN –
JA, ICH WÜNSCHTE, IM RAT, DEN IHR HIMMLISCHEN, WIE
IHR ERWÄHNTET,
EINSTENS HIER GEHALTEN - ICH WÜNSCHTE, ICH WÄR IM
FRÜHREN RATE SCHON MITGLIED GEWESEN.

Apollo schüttelt ob dieser Kleinkariertheit den Kopf und lächelt hochmütig.
Dann klagt Romulus über den in Rom verbreiteten Luxus und die alberne Fremdtümelei:

...JETZT TRÄGT MAN
LYDISCHES UNTERGEWAND UND KLEID UND VERACHTET
ALLES, WAS MAN IM HAUSE ERWORBEN!

So ging das eine ganze Weile fort, wobei besonders Venus als Zielscheibe dienen mußte, denn sie hatte Teil an diesen modischen Neuerungen.
Auch Apollo sprach – indigniert darüber, daß er als Neuling im römischen Pantheon noch nicht das altehrwürdige »Vater« als feierliche Beifügung seines Namens zugebilligt bekam:

...WÄHREND ES SONST IM HIMMEL UND AUF ERDEN BRAUCH

IST, DASS KEINER VON UNS EIN »VATER« NICHT HEISSE UND WÄR ES ZUGLEICH AUCH;
»GROSSER VATER DER GÖTTER«, SO SAGT MAN, UND »VATER NEPTUNUS«;
SAGT ZU SATURN, MARS, LIBER, QUIRINUS UND IANUS AUCH »VATER«!
MICH HEISST MAN NUR »APOLLO PULCHER«[35] – UND WILL NICHT SO HEISSEN,
DENN SO SCHÖN BIN ICH DOCH NICHT,
DASS ICH MICH MESSEN KÖNNTE MIT LEDA!

Drauf unwillig der bärbeißige Neptun:

DUMMKOPF DU, KANNST TANZEN DU UNTER SCHÖNLINGEN?
DEINE PROPHETENGABE IST AUCH NICHT WEIT HER!
HÖRE DENN! WENN DU NICHT WEISST, DASS ICH DAS NICHT WEISS, WAS ICH WISSEN MÖCHTE: WAS TAUGT DEINE WAHRSAGEREI DANN? ODER MUSST DU VIELLEICHT SELBST AUCH ERST FRAGEN?

Saturn ist optimistischer:

UNNÖTIGE SCHWIERIGKEITEN MACHT IHR,
DIE IHR IN BINSEN KNOTEN, IM HELLEN FLEISCH EIN GESCHWÜR
SUCHT. WENN ABER LUPUS BESEITIGT SEIN MUSS, DOCH IHR WERDET NICHT EINIG,
KANN EINES NUR HELFEN: VERTAGUNG! VERTAGUNG!
WIR HABEN JA ZEIT!
MAN KANN SEINEN TOD, WENN NICHT ENDLOS HINAUS, SO DOCH BIS ZUM ENDE DES JAHRZEHNTS VERSCHIEBEN!
VERRÜCKTE GIBT ES GENUG, DIE DAS WÜTEN DES MANNES BEWUNDERN!

Romulus darauf:

ABER ROMA KOMMT NICHT ZUR RUHE, WENN LUPUS LEBT!
IUPITER! SIEH AUF DAS GANZE! BEFREIE DIE STADT VON DEM WOLFE!

Vulcan hat keine rechte Vorstellung von dem Manne:

WIE IST DES MANNES GESICHT, WIE IST SEINE MIENE BESCHAFFEN?

Apollo:

NUN, SEINE MIENE IST WIE DAS GESICHT: TOD, GELBSUCHT UND GICHT NUR.
EIN GEFRÄSSIGER GEIER! BESEITIGT MUSS ER WERDEN, DASS NICHT DAS ÜBEL GLEICH EINEM SCHRECKLICHEN KREBS FORTFRESSEND SICH KÖNNTE VERBREITEN.

Nach längerem Hin und Her fragt Iupiter den Mercur:

DU KOMMST VON DER PARZE, MEIN JUNGE, WAS SAGT SIE?

Mercur:

MIT DREIEN ANDERN NOCH DIESES JAHR
WIRD SIE ZERREISSEN DEN LEBENSFADEN DES LUPUS.

Iupiter spricht in die Runde:

DANN WAR EUER PALAVER - WIE MEIST - ÜBERFLÜSSIG!
SO GEHT FOLGENDER ENTSCHLUSS: ER, DER DAS RECHT GEBEUGT HAT, UM EIGENEN NUTZEN SICH ZU SCHAFFEN, SOLL ZUM NUTZEN ALLER ZUGRUNDE GEHEN...
JA - ABER AN WAS DENN?

Mercur:

AN EINEM BECHER FALERNER!

Iupiter:

GUT, GUT, MEIN SOHN! DIE EINZELHEITEN ÜBERLASS' ICH DIR.

Die göttliche Senatssitzung war beendet, und man ging auseinander.
Publilius rief: »Ich danke euch, Kinder! Pause! Danach das Ganze noch einmal von vorne!«
Gaius und Cornificius erhoben sich. Publilius kam ihnen bis zur Treppe entgegen.
»Und wie geht's weiter?« fragte Gaius.
Publilius entgegnete pfiffig: »Ein guter Grund, sich's morgen anzuschauen. – ‚Wen viele fürchten, der muß fürchten viele. Wer schlecht regiert, verliert sein Regiment.'«
Gaius gab ihm seine eigenen Weisheiten zurück: »‚Der Plan, den man nicht ändern kann, ist schlecht!'«
Publilius entgegnete: »‚Der Gleichmut ist Arznei in Schicksalsschlägen. Wer sich für dumm hält, geht den Weg zur Weisheit.' – Bis später, Freunde! Seht, die Arbeit wartet!«
Und unverzüglich wandte er sich seinen Leuten zu, um den ersten Teil noch einmal Satz für Satz zu proben.

8

»Ich möchte wissen, was in ihn gefahren ist!« rief Gaius aufgebracht, als sie sein Haus am Palatin betraten. »Es scheint ja fast so, als ob er sich mit Laberius abgesprochen hätte.«
Sie gingen in Gaius' Arbeitszimmer.
Cornificius sagte ruhig: »Ich bin mir da nicht so sicher, ob Publilius auf Caesar zielt. Es kann genausogut gegen Pompeius gerichtet sein.«
»In Pompeius' Theater? Niemals!«
»Warum denn nicht? Vielleicht pflegt er tatsächlich sein Bild eines toleranten Herrschers. Zumindest ist das Stück nicht eindeutig zu interpretieren.«
Gaius überlegte: »Wir werden es an der Reaktion des Publikums sehen. Kommst du nachher mit?«
»Natürlich. Ich bin gespannt auf den zweiten Teil.«
Sie trennten sich. Cornificius erwartete den Besuch seines Hausarztes, der nach seiner Mutter schauen sollte. Sie klagte seit Tagen über Schmerzen im Unterleib.
»Wenn er dummes Zeug redet«, rief Gaius ihm nach, »schicke ich dir Athenodoros!«
Gaius beschäftigte sich lustlos mit seinen nicht durchgesehenen Akten und las die Kommentare, die Selenus dazu verfaßt hatte, legte dann beides gereizt zur Seite. Die Fälle interessierten ihn nicht. Er gewann keinen persönlichen Bezug zu den Allerweltsstreitigkeiten dieser langweiligen Leute. So nahm er sich noch einmal des Laberius Stück vor und strich die Stellen an, die ihm caesarfeindlich vorkamen. Das war eine ganze Menge, und – er war sich dessen immer sicherer – es steckte System dahinter.
Er schrieb Clodia ein paar Zeilen des Inhalts, daß er sehr viel zu tun habe und nicht wisse, wann er kommen könne. Dann nahm er ein Bad.
Archelaos fragte ihn nach besonderen Aufträgen. Er schickte ihn auf den Caelius mit genauen Angaben, was für seinen Bruder Lucius noch zu beschaffen und einzupacken sei.
Pünktlich vor Beginn der Aufführung des »Lupus« saß er im Theater. Publilius hatte ihm und Cornificius Plätze in der sechsten Reihe freihalten lassen. Die Tribüne war dreiviertel besetzt. Gaius schätzte die Zahl der Zuschauer auf siebentausend.

Das Stück begann. Publilius trat an die Rampe.

WAS IM HIMMEL GESCHEHEN IST, DAMALS, IM MÄRZ...

Gaius war gespannt, ob an der gleichen Stelle wie am Morgen bei der Probe der Versprecher kam; wenn ja, steckte eine Absicht dahinter.

...ICH WEISS, DASS ICH EIN FREIER MANN BIN SEIT DEM TAG,
DA JENER STERBEN... STARB...

Das war infam; denn jetzt betonte er es so, daß jeder Hörer »mußte« ergänzte.
Im übrigen lief der erste Akt genauso ab wie bei der Probe. Es fehlte nur der lange Nachhall der Stimmen, da die Menge in der *Cavea* den Schall dämpfte.
Zunächst hörte man schweigend zu; dann, als die doppelzüngigen Anspielungen sich häuften und man die persiflierende Absicht erkannte, setzten – zunächst einzeln – die Lacher ein; sie wirkten ansteckend, und schließlich prustete der Großteil des Publikums los, wenn man bei den Bloßgestellten bestimmte Zeitgenossen zu erkennen glaubte.
Gaius blickte sich um und erkannte zahlreiche Freunde und Mitläufer aus Pompeius' Anhang, denen, als sie Gaius erkannten, die Schadenfreude im Gesicht stand. Mit einem gepreßten Lächeln grüßte Gaius zurück.
»Man sollte sich ihre Gesichter merken!« grollte Cornificius.
»Nicht nötig. Er kennt sie ohnehin alle.«
Ohne Zwischenvorhang[36] begann der zweite Akt. Und nun waren die Freunde ganz Ohr. Ging es doch darum, den vom Schicksal und den Göttern verurteilten Lupus mit diesseitigen Mitteln ins Jenseits zu schicken. Gaius war gespannt, wie Publilius dies dramaturgisch lösen würde.
Die Szene begann mit einem Fest. Es wurde eifrig gebechert. Lupus' Gäste, durchweg Karikaturen von bekannten Lebemännern aus Caesars Umfeld, verteilten angetrunken in lässigen Gesprächen ganze Provinzen und Völker.
Die Rolle des Lupus spielte Protogenes, der größte Mime nach Publilius selbst. Er trug, wie alle, keine Maske; eine Glatzkopfperücke ge-

nügte, um die Assoziation »Caesar« zu wecken. Im übrigen parodierte er prächtig Gestik, Mimik und Tonfall des Iuliers, und die Menge krähte vor Vergnügen.
Der närrische Höhepunkt des Festes wurde erreicht, als man einen Esel und einen Affen als Consuln[37] für das nächste Jahr vorschlug. Man führte die Tiere herein und trieb allerlei Schabernack mit ihnen. »Sehr gewagt!« hörte Gaius hinter sich eine Stimme.
Dann spielte Lupus den großmütigen, spendablen Freund und verschenkte kostbares Gut an seine Kumpane.
Einer von ihnen fragte, auf das bedienende Mädchen weisend:

WER IST SIE? NIEMALS SAH ICH SCHÖN'RE MANDELAUGEN!
WOHER KOMMT SIE?

Lupus:

ALS ZEHNTE MUSE ZOG ICH SIE MIR GROSS, UND SELBST
APOLL WÄR' NEIDISCH, WÜSST' ER VON IHRER LIEBLICHKEIT,
BEGABUNG, TREU' UND SCHÖNHEIT!

Gaius betrachtete die Schauspielerin genauer. War sie nicht schon im ersten Akt aufgetreten? Ja, als Venus. Warum die Doppelrolle? Wollte Publilius am Ende durch sie den Knoten lösen?
Sie sah aus wie zwanzig. Aber das konnte raffinierte Schminke sein.
Inzwischen hatte der Dialog ergeben, daß Lupus das Mädchen an den Zechkumpan weitergeben wollte, wenn dieser ihm dafür die Stimmen seiner Klienten bei der nächsten Wahl zusagte.
Der Mann fragte:

WO WOHNT SIE?

Lupus:

HIER BEI MIR.

Der Freund:

SO?

Lupus:

SORGE NICHT! DEIN UND IHRER WÜRDIG IST SIE HIER ERZOGEN.

Der Freund:

WIRKLICH?

Lupus:

WIRKLICH.

Der Freund:

DIE SCHÖNSTEN ROSEN BLÜHEN IM FREMDEN GARTEN.

Lupus:

SIE VEREHR' ICH DIR UND FORDRE KEINEN PREIS.

Der Freund:

DIR, LUPUS, WERD' ICH EWIG DANKBAR SEIN, WIE DU'S VERDIENST, MIT WORT UND TAT.

Lupus:

DANN LASS UNS DIES GESCHENK MIT EINEM TRUNK BESIEGELN! KOMM, MÄDCHEN, FÜLL DIE BECHER, DAS IST NEUER GRUND ZUM FEIERN.

Sie ging zu einem rückwärtigen Tisch, füllte die Becher und reichte sie Lupus und ihrem neuen Besitzer.
Zu Lupus sagte sie:

> FREI STEHT DER LIEBE ANFANG, NICHT IHR ENDE.
> DIE ZEIT VERBIRGT DEN LÜSTLING, ZEIT ENTHÜLLT IHN.

Und zum andern:

> DIE LIEBE KENNT NUR WÜNSCHE, NICHT VERNUNFT.
> EIN LEISES RAUNEN SCHON GENÜGT ZUM UNGLÜCK.

Lupus:

> HASS NUR UND LIEBE KENNT DAS WEIB, NICHTS DRITTES.
> EIN ALTES WEIB, DAS KOST, SPIELT MIT DEM TODE.

Sie stießen an, tranken – und plötzlich wußte Gaius, wer sie war: Nausikaa! Vor anderthalb Jahren hatte er sie bei Autronius Paetus kennengelernt, wo sie eine Rolle in einem derb-sinnlichen Mimus[38] spielte.
Nausikaa also! Sie trat vor Lupus und reichte ihm den Becher. Lupus trank ihn in einem Zug leer und setzte den Becher ab. Dann schnitt er seltsame Grimassen, verdrehte die Augen, schielte, schüttelte sich vor Ekel, und das Publikum hatte seinen Spaß. Nun wankte er wie ein Volltrunkener über die riesige Bühne, lief plötzlich, um das Übergewicht seines Oberkörpers wieder aufzufangen, blieb abrupt stehen, wandte sich mit wahnwitzig weit aufgerissenen Augen zum Publikum – so daß einige unwillkürlich mit gleichem Blick reagierten – und rief:

> BEIM IUPITER! WIE LOCKEND EINE LUST AUCH SEI, SIE SCHADET! WELCH STILLE FOLTER IST EIN SCHLECHT' GEWISSEN.

Wieder schnitt er Grimassen, fuchtelte trunken mit den Händen. Nausikaa kam, trat neben ihn und rief voller Pathos:

DAS LEBEN UND DAS GLÜCK SIND NICHT DEIN EIGEN.
SCHÖN IST DER TOD, DER KOMMT, EH' MAN IHN RUFT!

Dann wandte sie sich mit einer herrischen Geste Lupus zu und wies mit ausgestrecktem Arm auf ihn. Nun ging mit Lupus eine seltsame Veränderung vor. Gaius und Cornificius beobachteten ihn genau: Als ob Krämpfe seinen Leib quälten, hielt er die zuckenden Hände davor, ging einige Schritte, seine Knie gaben nach; mit ausgestreckten Händen suchte er Halt. Und dann sackte er in sich zusammen – wie ein Ziegenbalg, aus dem die Luft entweicht. Die Menge war begeistert.
Gaius aber... die Szene erinnerte ihn an eine ähnliche auf dem Fest bei Autronius Paetus, als er sah, wie Cornificius nach dem Genuß eines vergifteten Weines mit ganz ähnlichen Bewegungen und Grimassen zu Boden ging.
»Das gefällt mir nicht«, sagte er.
»Wieso? Das spielt er doch großartig! Fast, als ob er wirklich... Sag mal, du meinst doch etwa nicht...«
»Ich weiß nicht.«
Zwei andere Schauspieler – es gehörte wohl zur Szene – trugen Lupus hinaus. Der zweite Akt war zu Ende. Man bereitete die Bühne für den letzten vor, der im Himmel spielte und die Ankunft, das Totengericht und die Verbannung des Lupus in den finsteren Hades zum Thema hatte.
Gaius hörte, wie vor, hinter und neben ihm begeistert über die darstellerische Leistung des Protogenes gesprochen wurde. Und natürlich gefiel das Stück, wie immer, wenn Publilius sich auf die Gratwanderung der gewagten Satire begab, die Realität und Traum, Politik und scharfe Kritik, Menschliches und Komödie miteinander verband.
Während er noch darüber nachsann, was den großen Mimen zu solch direkter Stellungnahme mit den gefährlichen Mitteln des Theaters, das ja Macht über die Emotionen von Tausenden hatte, gebracht haben könnte, hastete einer der jüngeren Schauspieler die rechte Treppe hinauf, nahm gleich zwei Stufen auf einmal, zwängte sich, Entschuldigungen murmelnd, durch die sechste Reihe, verbeugte sich vor Gaius und flüsterte ihm zu: »Publilius Syrus bittet dich dringend, hinter die Bühne zu kommen, ohne großes Aufsehen zu machen.«
Gaius hatte verstanden. Leise sagte er: »Gut. Ich komme.« Und zu Cornificius: »Komm bitte mit!«

»Was… was ist denn?«
»Ich weiß nicht.«
Aber er wußte es.

9

Da man in der Pause ohnehin hinter dem Vorhang einiges verändern mußte, entstand im Publikum Bewegung, Bekannte begrüßten sich lauthals und tauschten ihre Meinung über das Stück aus, und so fiel es nicht weiter auf, daß Gaius und Cornificius ihre Plätze verließen.
Der junge Mann führte sie zur rechten Seite, wo sich neben der Treppe ein rechteckiger Vorbau befand, in dem sich die Schauspieler während der Pause auf ihren nächsten Auftritt vorbereiteten. Von dort gelangte man auch in die oberen Stockwerke des Bühnenhauses.
Gaius hatte gerade die Tür hinter sich geschlossen, als auch schon Publilius vor ihm stand. Er schien ganz ruhig, doch Gaius forschte in seinen Augen und sah, daß Schreckliches geschehen sein mußte. Publilius nahm seinen Arm und führte ihn auf die andere Seite des großen Raumes zu einer Liege. Dort hatten sie Protogenes gebettet. Ratlos und ängstlich standen einige Mitglieder der Truppe davor.
»Was hat er?« fragte Cornificius.
Publilius hob resigniert die Schultern.
Gaius betrachtete sachlich die liegende Gestalt. Noch immer waren die Hände verkrampft, als ob sie den Schmerz aus den Eingeweiden reißen wollten. Er lag völlig still.
»Ist er tot?« fragte Cornificius.
Gaius beugte sich herunter und legte sein Ohr auf die Brust von Protogenes.
»Ich fürchte – ja.«
»Was sollen wir denn ohne ihn machen?« rief Publilius verzweifelt.
Gaius fragte: »Tritt er denn im letzten Akt gleich auf?«
»Ja natürlich! Die Szene spielt wieder auf dem Olymp.«
»Kannst du nicht in die Rolle schlüpfen?«
»Doch. Aber was soll ich denn den Leuten sagen?«
»Sag ihnen, Protogenes hatte einen Schwächeanfall... Sag ihnen, seine Mutter sei gestorben! Laß dir was einfallen! Nun geh, die Leute werden schon unruhig!«
Publilius wollte davoneilen. Gaius hielt ihn zurück und fragte: »Wo ist Nausikaa?«
»In ihrer Garderobe. Sie zieht sich für die Rolle der Venus um.«
»Gut. Geh jetzt.«

Publilius nickte und ging. Und mit ihm alle anderen außer zwei Sklaven, die sich scheu im Hintergrund hielten.
Gaius ging zu Protogenes und beugte sich über ihn. Cornificius trat hinzu.
Gaius sagte: »Das Gift muß sehr stark gewesen sein.«
Er hob seine Augenlider an, die Pupillen waren geweitet. Er schloß sie wieder.
Von draußen vernahm man das unzufriedene Maulen und den Protest des Publikums, denn Publilius gab irgendeine Erklärung ab, warum Protogenes nicht weiterspielen könne. Als er dann aber erklärte, er selbst werde die Rolle des Lupus übernehmen, setzte tosender Beifall ein. Das Stück ging weiter.
»Wart ihr die ganze Zeit über hinter der Bühne?« fragte Gaius die beiden Sklaven.
Der eine trat schüchtern vor: »Ja, Herr.«
»Wie heißt du?«
»Calvus.«
»Gut, Calvus. Habt ihr in der Nähe jemanden gesehen, der nicht zur Truppe gehört?«
»Nein, Herr.«
»Kann man von hier ungesehen hinter die Bühne gelangen?«
»Ja.«
Der Sklave ging zu einer rückwärtigen Tür, die auf den Gang führte. Die Freunde folgten und erreichten die hintere Halle, von wo aus man über die verschiedenen Treppen in die Obergeschosse gelangte.
»Nimm du die linke Seite!« sagte Gaius und bedauerte, nicht Alexander und Archelaos dabeizuhaben.
Zunächst suchten sie alle Nischen und Nebenräume im Erdgeschoß ab, stiegen dann vorsichtig nach oben, bemüht, vom Publikum nicht entdeckt zu werden. Gaius kauerte sich auf den Boden und bewegte sich im Schutz der Balustrade auf allen vieren. Und dann sah er sie! Sie lehnte an einer Säule und wartete auf ihr Stichwort. Sie sah ihn nicht, und er konnte in Ruhe eine Weile ihr Gesicht studieren. Sie weinte lautlos und still vor sich hin. Die Tränen rollten in Rinnen über ihre Wangen und hatten die dicke Schminke gelöst.
Da kam das Stichwort. Nausikaa gab sich einen Ruck und trat tapfer aus dem Schatten nach vorne an die Brüstung. Nun war sie ganz Venus,

die schöne, strafende Schutzgöttin Roms, und weit trug ihre warme Stimme über das Halbrund bis zum Tempel.
Vorsichtig zog sich Gaius zurück und ging auf Zehenspitzen nach unten. Er traf auf Cornificius.
»Und?«
»Nichts. Was hast du erwartet?«
Dann eilten sie durch das mittlere hintere Tor in den Park, liefen die Säulengänge entlang und trafen sich am Ende in der Mitte bei einem Brunnen.
»...ist doch Unsinn!« rief Cornificius außer Atem und holte tief Luft. »Wenn es ein Fremder war, ist er längst über alle Berge!«
Sie gingen langsam den mittleren Weg zurück.
»Mir fiel gleich auf, daß bei ihm etwas nicht stimmte.«
Von der *Cavea* her tönte Beifallsgeschrei und Gelächter. Publilius war in voller Aktion.
»Ein harter Schlag für ihn«, meinte Cornificius.
»Nicht nur für ihn.«
»Wie meinst du das?«
»Du vergißt: Nausikaa hat Protogenes den Becher gereicht!«

Als sie das Bühnenhaus erreichten, ging die Vorstellung gerade zu Ende. Sie warteten einige Minuten und schlenderten an den hinteren Toren auf und ab. Ein Teil des Publikums benutzte die Bühnendurchgänge, um den Nachmittag mit einem erbaulichen Spaziergang durch den Park und die Säulenhalle zu beschließen.
»Du starrst sie an, als ob einer von ihnen der Täter sei.«
Gaius verzog keine Miene: »So ist es, Musensohn! Er saß irgendwo im Publikum und weidete sich an den Qualen seines Opfers!«
»Und du setzt schon wieder jenes wild entschlossene Gesicht auf, das dem Kenner deiner Seele verrät, daß du dich festgebissen hast. Und da erzählt alle Welt, Volcatius Tullus wolle nun als Advokat in Privatstreitigkeiten Karriere machen! Was ist mit den Fällen auf deinem Schreibtisch?«
»Uninteressant! Das hier ist unser Fall, Dichterfürst!«
»Wieso unser? Kann mich nicht entsinnen, mein Testament gemacht zu haben. Und das scheint mir immer nötiger, sobald man in deine Nähe kommt.«
»Solltest es schleunigst nachholen. Komm jetzt!«

Und während sie durch das mittlere Tor schritten, murmelte Cornificius: »Ich sag's ja immer: Wen die Gottheit verderben will, den schlägt sie zuvor mit Wahnsinn...«

Publilius trat ihnen in den Weg, riß sich die Perücke vom Kopf und bat sie in den privaten Raum, der ihm als dem Haupt der Truppe zur Verfügung stand. Er wollte Wein kommen lassen, doch Gaius winkte ab. Dann bot er ihnen Stühle an und setzte sich ebenfalls.

Gaius begann ohne Umschweife: »Warum hast du mich rufen lassen? Ich meine, du müßtest doch eigentlich davon ausgehen, daß mir das Stück« – er lächelte vielsagend – »aus ganz bestimmten Gründen mißfallen würde.«

Publilius konnte es nicht lassen und antwortete auch jetzt mit einer Sentenz: »,Was Sicherheit dir gibt, halt stets im Auge. Mag's Unrecht sein: Was nützt, das sieh als recht an!'«

Gaius entgegnete scharf: »Ich kann's dir mit deinen eigenen Worten zurückgeben: ,Wer fremde Ehre raubt, verliert die eigene!' – Aber lassen wir diese Wortspiele. Ich höre!«

Publilius starrte auf seine Hände. »Ich brauche dir nicht zu sagen, daß dieser...«

»Mord!« ergänzte Gaius. »Nenn's nur beim Namen!«

»...daß dieser Todesfall in den verschiedensten Kreisen Furore machen wird...«

»Allerdings, denn er geschah vor den Augen von einigen tausend Menschen.«

»Das meine ich nicht... Ich...«

»Für dich ist es doch die beste Werbung – oder?«

Gaius wurde zornig. Doch Publilius ließ sich nicht provozieren.

»Wenn du's so siehst – gewiß. So sind sie! Und ich kann die Menschen nicht ändern.«

Publilius' Gesicht überschattete sich mit Trauer, und Gaius bereute seine Heftigkeit.

Publilius fuhr fort: »Ich habe dich hergebeten, weil du von allen jungen Anwälten Roms der beste bist...«

»Ach so...«

»Ja, ich war letztlich in der Basilica Aemilia, als du diesen ins Unglück geratenen Bauern Sextus Considius vor dem Henker bewahrt hast...«

»Du?«

»Aber ja! Ich sitze oft im Publikum bei Gerichtsverhandlungen und lausche. Dort ist die einzig wahre Bühne! Die Stücke sind gut und die Rollen stets aufs beste besetzt! Es gibt kein Beiseitesprechen, und jeder ist sich selbst der Nächste. Kurz: Wie die Dinge nach dem heutigen Vorfall liegen, werde ich Ärger bekommen...«

»Den hättest du dir auch ohne den ‚heutigen Vorfall' zugezogen!«

»Das ist mein Schicksal.«

Gaius betrachtete ihn: Sein Gesicht war nicht schön – und doch war es anziehend. Die gebogene, etwas zu lange Nase verriet die syrische Herkunft. Alle Glieder des Körpers waren schmal und fein, seine Haut hatte einen warmen Bronzeton und war von auffallender Glätte. Man würde ihn jünger schätzen, als er war, denn erst bei genauem Hinsehen entdeckte man die feinen Fältchen um Mund, Auge und auf der Stirn. Faszinierend diese dunklen Augen: Sie bewegten sich langsam, sondierend, registrierten jede Schwäche, blickten ebenso in weite Fernen wie auf das Nächste, und nur zu seiten des Mundes verriet ein ironisches Lächeln, daß alles, was diese Augen erkannten, blitzschnell geordnet, gedeutet und nach unbestechlichen Normen bewertet wurde.

»Ich spreche nicht aus Sorge um mich...«

»...sondern Pompeius!?« entglitt es Gaius.

Publilius entgegnete vieldeutig: »‚Schlimmer wird ein Mann verurteilt, dem man sein Fehl verzeiht.' – Nein, was geht mich Pompeius an?«

»Er erlaubte dir, hier zu spielen!«

»Erlaubte?« Er lächelte fein, spann den Gedanken aber nicht weiter, und Gaius dachte sich seinen Teil.

»Was willst du von mir?« fragte Gaius, um dem Geplänkel ein Ende zu machen.

Und ebenso prägnant kam die Antwort: »Deine Hilfe!«

Sie blickten sich an, und jeder spürte, wie eigene Voreingenommenheiten schwanden und nur Sympathie blieb.

Doch nun meldete sich Cornificius zu Wort: »Du verlangst viel!«

»Ich verlange nie! Ich bitte! – ‚Der Habenichts kann nichts verlieren. Wer ungebeten hilft, ist doppelt gütig.'«

»Meine Güte in Ehren!« lächelte Gaius. »Du hast dich zwischen alle Stühle gesetzt.«

»Das ist mein Beruf. Einer muß es tun.«

»Dann hast du auch die Folgen zu tragen. Was geht das mich an?«

»Sehr viel...« Er lächelte listig. »Es wird ein Gerücht entstehen...«
»Mich interessieren Fakten, nicht Gerüchte!«
»Dies hier wird dich, und nicht nur dich betroffen machen.«
»Gut. Wie wird es heißen?«
»Je größer etwas, desto tückischer ist es!«
»Sprich deutlich!«
Publilius lehnte sich zurück. »Es wird heißen: Freunde Caesars hatten ihre Hand am tödlichen Becher.«
Gaius setzte zu einer zornigen Entgegnung an, als Publilius dem zuvorkam: »‚Wenn Jähzorn zu sich kommt, zürnt er sich selber.' – Es geht mir nicht – ich wiederhole – um mich, sondern um das Wohl und Fortkommen meiner Leute. Ich bin wie ein Vater für sie verantwortlich. Ein politischer Mord, wenn es denn einer wäre – was wir nicht wissen –, würde uns alle aus der Bahn werfen.«
»Oder auch nicht. Du willst also, daß ich im Interesse Caesars den dunklen Kräften nachspüre?«
»Wenn nicht in meinem und des dem Iuliers, dann doch in deinem eigenen.«
Ihre Augen trafen sich. Sie hatten sich verstanden.
»Hatte Protogenes Familie?«
»Nein. Er war Sklave.«
»Wessen?«
»Meiner. Ich habe ihn mir großgezogen und ihm schon vor Jahren die Freiheit gegeben.«
Gaius erhob sich.
»Ich werde viele Fragen haben.«
»‚Wer vieles fragt, wird viel erfahren.' – Wen möchtest du sprechen?«
»Alle Mitglieder der Truppe.«
»Jetzt gleich?«
»Ja.«
Die Befragung erbrachte keinen weiterführenden Hinweis. Zum Schluß verlangte Gaius Nausikaa.
»Sie ist schon gegangen«, hieß es.
»Nun, das ist die interessanteste Mitteilung seit einer Stunde«, sagte Cornificius.
Am Ende kam Publilius noch einmal, und Gaius sagte: »Ich habe möglicherweise eine Menge Fragen an dich. Wo kann ich dich finden?«

Publilius hob die Hand. »Morgens im Theater, am Nachmittag nirgends, abends zu Hause.«
»Wo?«
»Auf dem Aventin. In der Nähe von Loco.«
»Du kennst Loco?«
»Wer kennt ihn nicht? Er hat alle hier mit Schuhwerk versorgt. Er macht den bequemsten Kothurn. Sollte ich weder hier noch dort sein, weiß man ungefähr, wo ich bin.«
Cornificius grinste: »Eine äußerst präzise Antwort! Fast wie in Gallien!« Sie reichten sich die Hand. Gaius sagte: »Sollte Außergewöhnliches geschehen… Du weißt, wo ich wohne.«

10

Sie eilten zu Gaius' Haus am Palatin, um den Vorfall, die möglichen Hintergründe und die weiteren Schritte in Ruhe zu besprechen. Gaius war überrascht, von Alexander im Atrium begrüßt zu werden.
»Ich denke, du bist auf dem Caelius und hilfst Lucius beim Packen!«
»So ist es, Herr!« Er stand stramm.
»Ja, was denn? Bist du nun hier oder dort?«
»Dort, Herr!«
»Aha, und wer bist du?«
»Herr, wenn du mich dauernd unterbrichst, kann ich dir nicht Mitteilung geben...«
»...machen!« verbesserte Cornificius.
»Also, was denn nun?« fragte Gaius schroff. Mittlerweile war auch Archelaos dazu getreten.
Alexander holte, wie immer weit aus: »Wir hatten schon all die nützlichen Sächelchen, die man im schönen Gallien braucht, zusammengetragen. Nicht wahr, Archelaos!?«
»So ist es«, nickte der Kilikier.
»Bitte kürzer!« befahl Gaius.
»Jawohl, kürzer! – Und dann warteten wir auf dich.«
Er schwieg.
»Und was dann?«
»Wir warteten. Nicht wahr, Archelaos!?«
»So ist es.«
»*Per deos!*«[39] rief Gaius. »Ihr wartetet also!«
»Jawohl!«
»Wie lange?« Gaius stöhnte auf.
»Bis du unbedingt kommen würdest.«
Gaius war kurz vor einem Zornesausbruch.
»Aber ich kam nicht!«
»Korrekt, Herr. Darum kam jemand andereres.«
»...anderes!« verbesserte Cornificius.
»Wer?«
»Eine Herrin, Herr!«
»Eine... etwa Clodia?«

»Nein, Herr. Aber sie war nichtsdestoweniger durchaus schön. Nicht wahr, Archelaos?«
»Zweifellos!«
»Wie heißt sie?« fragte Gaius.
»Das hat sie unbedingt verschwiegen. Nicht wahr, Archelaos?«
»Korrekt! Das hat sie!«
»Zu wem wollte sie denn?«
»Zweifellos nicht zu mir, Herr:«
»So. Was habt ihr mit ihr gemacht?«
»Wir hielten eine Heeresversammlung ab und kamen zu dem taktischen Entschluß, die unbekannte Herrin unbedingt unter starker Bedeckung nach hier zu beordern. Gut, nicht?«
»Absolut. Wo ist sie?«
»Im Empfangszimmer.«
»Habt ihr der Herrin etwas angeboten?«
»Selbstverständlich, Herr! Ganze Wagenladungen Chios[40] und Apenninwasser! Aber sie sagte nur ‚Danke!'«
»Gut gemacht. Herhören! Ihr haltet euch jederzeit bereit! Das Haus wird nicht verlassen, es sei denn, ich sage es euch!«
Alexander, der an Stimme, Gesicht und Haltung seines Herrn witterte, daß aufregende Dinge ins Haus standen, machte Männchen und brüllte: »Gut gemacht! Jederzeit bereit! Es sei denn!«
»Wegtreten!«
Zack! flog bei beiden die ausgestreckte Rechte nach oben, und sie verkrümelten sich, um die »Wagenladungen« zu verringern, ehe sie diese wieder in der Küche verstauten.
Mit schnellen großen Schritten ging Gaius zum Besuchszimmer. Cornificius folgte ihm neugierig. Gaius öffnete die Tür und blieb überrascht stehen.
»Nausikaa!«
Er ging ins Zimmer und betrachtete sie. Wie vorhin trug sie das volle schwarze Haar am Hinterkopf mit einem goldenen Band gebündelt; in drei dunklen Wellen ringelte es sich um den Hals und fiel locker über die rechte Schulter nach vorne. Hoch über der Stirn faßte ein elegant gearbeitetes Diadem das vordere Haar und hielt es kronenartig zusammen; kleine Löckchen rahmten die Stirn bis fast zu den Augenbrauen.

Sie hatte wohl nicht die Zeit gefunden, Schminke und Puder von Wangen, Kinn und Hals zu entfernen, und so wirkte ihr Gesicht maskenhaft starr. Nur die Augen verrieten etwas von ihrer Unruhe und Angst. Sie stand auf und lächelte unsicher.

»Nausikaa!«

Noch einmal nannte Gaius sie beim Namen und lauschte selbst dem Klang der Vokale.

»Was führt dich zu mir?« Er war leicht verwirrt und fügte steif hinzu: »Darf ich dich mit meinem Freund, dem Dichter Quintus Cornificius, bekannt machen...«

Cornificius verbeugte sich elegant, und Gaius entging nicht, wie ihr schönes Gesicht ihn fesselte.

»Ich bitte dich um Verzeihung, daß ich so unangemeldet in dein Haus komme.«

»Venus kommt immer unangemeldet!« scherzte Gaius und bat sie, doch bitte Platz zu nehmen. Sie überhörte das Kompliment.

»Ich... ich komme wegen...« Sie zögerte, und Gaius fuhr fort: »...wegen des furchtbaren Zwischenfalls. Ja, ich weiß. Es muß ein Schock für dich gewesen sein!«

Sie schaute ihn an und nickte. Und wieder war er angezogen von ihren wissenden Augen – so wie damals bei dem Fest des Autronius Paetus, als sie kurz zwischen zwei Auftritten mit ihm geplaudert hatte.

Die Freunde setzten sich.

Leise fuhr sie fort: »Du... du sagtest mir damals, wenn ich... wenn ich einmal in Schwierigkeiten sei, könne ich mich an dich wenden...«

»Ja, und das gilt immer noch!«

»Ich hätte nie gedacht, in eine Lage zu kommen, daß ich... ich dachte damals nur...«

Gaius lächelte gewinnend. »Ich meinte es so, wie ich es sagte.«

Er hob, sie ermunternd, die Hand. Ihr Gesicht hatte wieder diese Starre angenommen. Nur die Augen schienen zu leben. Doch dann öffnete sie den Mund – Gaius sah, wie ihre Lippen sich langsam voneinander lösten – und sagte:

»Ich bin gekommen, um dich zu bitten, in dem Prozeß meine Verteidigung zu übernehmen.«

Ihre Blicke hielten sich eine Weile fest.

»Was für ein Prozeß?« fragte Gaius.

Sie antwortete leise: »Jemand wird doch... ich meine, ich war es doch, die Protogenes den Becher reichte...«
»Ja, das ist richtig. Ich habe es gesehen.«
»Tausende haben es gesehen.«
»Sicher. Aber wohl kaum einer käme auf die Idee, dich als...«
»Sprich's nur aus: als Mörderin zu bezeichnen!«
Gaius blickte kurz zu Cornificius, sagte dann: »Wer sollte dich denn verklagen? Ohne Kläger kein Prozeß! Und Protogenes hat, wie ich hörte, keine Anverwandten.«
»Ja, das weiß ich. Aber... das Stück!«
»Ja? Was ist mit dem Stück?«
»Ich war von Anfang an dagegen.«
»Warum?«
»Es ist... eine so bissige Satire kann man schreiben, erzählen, lesen. Man sollte sie aber nicht spielen!«
»Ich verstehe. Wessen Idee war es?«
»Syrus' natürlich.«
»Wart ihr dagegen?«
»Einige.«
»Du auch?«
»Ja.«
»Warum übernahmst du dann aber die Rolle der zürnenden Venus?«
»Ich muß leben.«
Gaius blickte kurz zu Cornificius und dann auf seine Hände.
»Wir sollten zunächst einmal abwarten, wie gewisse Leute reagieren. Es besteht kein Grund zur Panik. Sollte man dir, von welcher Seite auch immer, Schwierigkeiten machen, laß es mich wissen. Für den Fall, daß ich noch Fragen an dich hätte: Wo kann ich dich erreichen?«
»Auf dem Aventin. In der Nähe von Publilius.«
Sie stand auf, und auch die Freunde erhoben sich. Gaius fragte: »Hast du einen Verdacht, wer das Gift in den Becher getan haben könnte?«
»Nein.«
Sie hatte es mit klarer Stimme gesagt.
Gaius geleitete sie bis zur Tür.
»Du kannst mich jederzeit hier oder auf dem Caelius erreichen.«
»Ich danke dir.«

Sie reichte ihm die Hand, lächelte aber nicht. Er verbeugte sich leicht, und sie entfernte sich schnell.

Als er ins Atrium trat, traf er auf Alexander, der auf der Stelle eine sehr senkrechte Haltung einnahm und meldete:

»Das hier wurde soeben unbedingt abgegeben!«

Er zeigte Gaius eine Rolle.

»Von wem?«

»Das wurde durchaus verschwiegen.«

Er reichte Gaius die Rolle, hob die Rechte und wollte sich trollen.

»Augenblick!«

Alexander stand wie eine Säule. Seine Augen leuchteten vor Eifer.

»Zu Diensten, Herr!«

Gaius musterte ihn streng.

»Befehl! Du wirst der Herrin, die eben das Haus verlassen hat, folgen und sie unauffällig beobachten! Ich will wissen, wohin sie geht. Wenn möglich, wirst du – ebenso unauffällig – Erkundigungen über sie einziehen! Ich betone: Unauffällig! Wiederhole den Auftrag!«

»Jawohl! Wenn möglich! Wohin! Haus verlassen! Ich betone: Unauffällig einziehen! Wiederhole den Auftrag!«

»Korrekt! Und sei vorsichtig!«

»Jawohl, vorsichtig! – Warum?«

»Es könnte dir ein Dachziegel auf den Kopf fallen! Wegtreten!«

Zack!... na, den Rest kennen wir bereits. Aber schon bevor er das Haus verließ, hatte sein Körper die gewohnte lässige Haltung wiedergefunden.

Cornificius kam Gaius im Atrium entgegen und bemerkte die Rolle.

»Von wem?«

»Keine Ahnung. Die Rolle ist nicht versiegelt.«

Er öffnete sie und las.

»Beim Styx! Er muß gute Spitzel haben!«

»Wer? Lies doch mal vor!«

Gaius tat es:

Gnaeus Pompeius grüßt seinen Gaius Volcatius Tullus

»Seit wann bist du sein Gaius?« fragte Cornificius.

»Seit heute!« – Gaius las weiter:

> *Wir haben uns lange nicht gesehen. Wenn es Deine Zeit erlaubt, bitte ich Dich heute abend zu einem kurzen Gedankenaustausch. Ich befinde mich in meinem Haus vor der Stadt und bin den ganzen Abend zu Hause.*

Auch Cornificius staunte und erklärte: »Er hatte wohl seine Leute im Publikum, sitzen.«
»Nein – in Syrus' Truppe! Das Publikum kennt nur Syrus' Erklärung vor dem dritten Akt!«
»Gehst du hin?«
»Aber ja!«
»Wann?«
»Gleich. Wenn ich mich recht entsinne, wolltest du an deinem Epos arbeiten...«
»Wie bitte?«
»Dein Freund hat dir sogar ein eigenes Arbeitszimmer hier im Hause eingerichtet.«
»Ich verstehe.«
»Du verstehst gar nichts, Dichterfürst. Ich brauche später deine Hilfe.«

11

Nach wenigen Augenblicken hatte Alexander Nausikaa wieder im Blick. Sie ging etwa hundert Schritte voraus auf der Via Sacra in Richtung Forum. Aber hatte Gaius nicht gesagt, sie wohne auf dem Aventin? Was wollte sie um diese späte Nachmittagsstunde am Forum? Und allein!
Sie passierte die Basilica Aemilia. Alexander bemerkte, wie eine Gruppe von Bürgern stehenblieb, ihr nachblickte und dann miteinander tuschelte.
»Ihr gutes Recht!« brummte er.
Sie bog beim Argiletum rechts ein.
»Was will sie denn in der Subura[41]?«
Schon der Name des Viertels weckte in ihm unangenehme Erinnerungen an stinkende Kneipen, Fischläden und Kloaken. Doch bei der nächsten Weggabelung hielt sie sich links und stieg den Vicus Longus aufwärts.
Nun mußte er aufpassen, daß er ihr nicht zu nahe kam und durch auffälliges Verhalten ihre Aufmerksamkeit weckte, falls sie sich einmal umwandte.
Er selbst tat dies mehrmals, denn immer dann, wenn er mit solchen Erkundungsgängen für seinen Herrn unterwegs war – und die häuften sich seit eineinhalb Jahren –, war immer wieder der Fall eingetreten, daß es unsympathische Zeitgenossen auf ihn abgesehen hatten. So blieb er denn in Abständen stehen, kauerte sich hin, um sich die Sandalen neu zu binden, und beobachtete aus den Augenwinkeln die Straße hinter sich. Doch es folgte ihm niemand.
»Na, dann eben nicht…«, murmelte er, und es klang fast so, als ob er es bedauerte.
Er vergrößerte den Abstand, da kaum noch Passanten unterwegs waren. Nun mußte er aufpassen! Vielleicht bog sie links zur Porta Quirinalis ab… nein, sie schritt weiter den Vicus hinauf.
Alexander wunderte sich nicht, denn hier wohnten wie auf dem Palatin potente Patrizier und Ritter, unter anderen auch Ciceros Freund Atticus. All diese Häuser machten von außen einen unscheinbaren, ja tristen Eindruck. Aber das wollte nichts besagen. Ihre Besitzer, durchweg den ältesten Geschlechtern entstammend, hatten es nicht nötig, mit aufgesetztem Zierat zu prunken.
Schon kam die Porta Collina, das nördlichste Stadttor, in Sicht. »Sie will

doch wohl nicht...« Nein, sie trat auf die linke Seite der Straße und ging zum Eingang des letzten Hauses.
Blitzschnell hockte sich Alexander hin und beschäftigte sich mit seinen Sandalen, denn sie würde mit Sicherheit während des Wartens an der Tür die Straße zurückblicken... Ja, sie tat es, wie er mit schnellem Seitenblick registrierte. Aber es war nur eine unwillkürliche Bewegung, sie würde ihn nicht erkannt haben. Die öffnende Person im Türrahmen konnte er nicht erkennen. Sie verschwand ohne Verzögerung im Haus.
Er nickte. »Na, nichtsdestoweniger durchaus etwas! Sie wird zweifellos erwartet!«
Er erhob sich und schlenderte lässig weiter, blickte unauffällig nach links. Das Haus war das letzte auf dieser Seite. Gleich daneben, etwas zurückversetzt, stand der Tempel der Fortuna. Im Vorbeigehen suchte er irgendeine Besonderheit am Hause, doch da war nichts. Wie alle anderen Häuser hier oben hatte auch dieses zur Straße hin keine Fenster. Jedoch fehlten in diesem Viertel die im Zentrum der Stadt üblichen Tavernen, wo Handwerker und Händler sich eingerichtet hatten und wo man die eine oder andere Information erhalten konnte.
»Na, dann eben nicht...«, murmelte er und wollte sich auf den Rückweg machen, als ihm einfiel, daß er die Wachen an der Porta Collina fragen könnte.
Er näherte sich dem Durchgang und nahm seine in solchen Fällen Respekt hervorrufende Haltung ein: Der ganze gewaltige Körper reckte sich, er straffte Brustkorb, Schultern und Hals, so daß er von einem Augenblick auf den andern fast einen Kopf größer wirkte. Er mochte Wachtposten nicht, da die Autorität, die sie zu besitzen vorgaben, nur geliehen war.
Die beiden Zerberusse wirkten etwas lustlos: Der eine lehnte lässig am Torbogen, der zweite, der sich ebenfalls langweilte, ging vor dem Tor auf und ab und schien die Minuten bis zur Ablosung zu zählen. Auf ihn ging Alexander zu.
»Na, mein Junge, bald Ablösung?«
Der ‚Junge', er mochte um die Fünfzig sein, blieb stehen, und Alexander erkannte sogleich an Haltung, Gesichtsausdruck und einer Narbe am Arm den alten Kriegsveteranen.
Aber der Mann antwortete nicht, sondern musterte ihn mürrisch. Alexander trat auf ihn zu.

»Schon mal in Gallien gedient?«
Der Mann blieb stehen, lüftete seinen Helm und strich sich über die Stirnglatze.
»Ja, warum?«
Alexander strahlte: »Wo?«
»Wo? Vor Vesontio[42]. Wurde da verwundet. Hatte sowieso meine Zeit um. Und du?«
Na also! Alexander trat noch näher heran und reckte sich.
»Bin von Anfang an dabei. Habe Alesia erobert. Bin mit Volcatius Tullus aus dem brennenden Avaricum[43] ausgebrochen. Kenne Caesar gut. Habe ihm ein Haarwuchsmittel verkauft. Könntest auch eins vertragen. Wirkt immer!«
Er blickte – da er den Mann um Haupteslänge überragte – von oben auf dessen kargen Bewuchs.
»Wird wohl zu spät sein«, sagte der Mann und setzte seinen Helm wieder auf.
»Es ist nie zu spät. Hatte da zeitweise mal eine ungeheure Glatze. Habe sie mit Wässerchen behandelt, daß es nun eine Freude ist!«
Der Mann blickte skeptisch auf Alexanders Haar.
»Sag mal«, kam Alexander zum Thema, »wem gehört Anbetracht dessen das Häuschen da neben dem Tempelehen?«
Er wies mit der Hand zurück.
»Caelius Rufus«, sagte der Mann prompt.
»Woher weißt du das?«
»Von meinem Kameraden.«
»Warum weißt du das?«
»He?« Der Mann starrte ihn verwirrt an.
Alexander präzisierte: »Dir ist zweifellos durchaus etwas aufgefallen...«
»Aufgefallen? Ja, seit ich hier an der verdammten Porta Wache schiebe – und das ist täglich der Fall –, kreuzt da immer mal wieder so ein hübsches Mädchen auf. Habe sie öfters freundlich gegrüßt, aber sie hat das wohl nicht gerne.«
»Ist das Mädchen heute auch schon...?«
»Ja, vor zehn Minuten.«
»Caelius Rufus, sagst du?«
»Hab' ich was anderes gesagt?«

»Kann mich nicht entsinnen. Ich danke dem tapferen Veteranen. Werde dich lobend bei meinem Herrn erwähnen. Und wenn du Hilfe brauchst: Ich bin Alexandros, Sohn des Alexandros aus Theben. Weitermachen! Seid wachsam! Ordnung! Sauberkeit!«
Er grüßte militärisch und machte sich auf den Rückweg.
Da hob der zweite an der Mauer die Hand und führte mit dem Zeigefinger an der Stirn eine bohrende Bewegung aus.
»Sag mal, spinnt der 'n bißchen?«
»Wahrscheinlich. Er ist aus dem brennenden Avaricum geflohen. So was hat Folgen. Irgendwann trifft's jeden. Kenne da einen ähnlichen Fall...«
»Tja, Gallien! Kein Honiglecken!« nickte der andere, und beide hingen ihren Erinnerungen nach, die nicht die angenehmsten waren.

12

Als die Sänfte sich ihrem Ziel, des Pompeius' Haus vor der Mauer[44], näherte, wuchs Gaius' Neugier. Anders als vor über einem Jahr, als er mit einer Bitte um Unterstützung an den mächtigen Mann herangetreten war – es hatte damals aller Überredungskünste von Selenus bedurft, seinen Familienstolz hintanzusetzen –, konnte er diesmal der Begegnung mit überlegener Ruhe entgegensehen: Pompeius Magnus wollte etwas von *ihm!* Das war insofern erstaunlich, als er, Gaius, in senatorischen Kreisen als Mann Caesars, ja als sein Freund galt, der jederzeit des Proconsuls Interessen in Rom vertrat. Was ihn dennoch für Caesars Gegner so interessant machte, war die Tatsache, daß er erstens aus einem erzkonservativen Hause ältesten römischen Adels entstammte, daß zweitens sein Vater als Mann der Mitte zu allen rational denkenden und handelnden Köpfen – Cicero und Cato zählten zu seinem engsten Freundeskreis – in engem Kontakt stand, daß er aber drittens dabei war, eine politische Karriere zu beginnen. Viele hofften, ihn auf ihre Seite ziehen zu können, zumal auch in Rom durchgesickert war, daß der junge Volcatier sich nicht zum willenlosen Werkzeug Caesars hatte machen lassen, daß es vielmehr vor einem halben Jahr – im Zusammenhang mit der Abschiebung und demütigenden Einkerkerung des besiegten und gefangenen Arvernerfürsten Vercingetorix – im gallischen Bibracte[45] zu einer harten und zeitweise lautstarken Auseinandersetzung zwischen dem Proconsul und seinem Tribunen[46] gekommen war.[47] Solche Dinge fanden schnell den Weg nach Rom. Und selbst die Nachricht, daß Caesar Gaius Volcatius Tullus zum Legaten befördert hatte, wurde von politischen Spekulanten der optimatischen Seite so gedeutet, daß Caesar mit allen ihm möglichen Mitteln den vielversprechenden jungen Mann an sich binden wollte; und da hier mit Geld nichts zu erreichen gewesen wäre – C.V.T. gehörte einer der reichsten und unabhängigsten Familien des Patriziats an –, habe Caesar eben an dessen militärische Reputation gedacht, um ihn so für die Zukunft an sich zu binden.

Gaius war jetzt neunundzwanzig, und daß er in so jungen Jahren die begehrte Stelle eines Legaten innehatte, machte ihn nur noch attraktiver. Ihn selbst ließ es zwar nicht kalt – er wußte die Bedeutung dieses Vertrauensbeweises durch den derzeit erfolgreichsten Feldherrn sehr wohl zu schätzen –, aber er war sich seines eigenen Wertes immer und überall bewußt, was seinem Freund Cornificius, der aus nichtadeligen und bescheideneren Verhältnissen stammte, bisweilen zu denken gab. Das Ansehen der Volcatier stand, bedingt durch ihr Alter und die Zahl der Consuln und Praetoren[48] in der Familie, hoch über dem Geschlecht des Pompeius und war demjenigen Caesars, zumindest was die letzten hundert Jahre betraf, überlegen. Gaius war sich dessen von klein auf bewußt, denn sein Vater hatte ihn als Angehörigen der *Gens Volcatia*[49] erzogen, einer Familie, die seit sechshundert Jahren zu den edelsten Roms zählte.

Gelassen stieg er aus der Sänfte und ließ sich vom Pförtner melden. Und da folgte schon die erste, angenehme Überraschung: Anders als vor einem Jahr hielt es Pompeius für notwendig, den so unvermittelt ins Haus gebetenen Gast selbst im Atrium zu begrüßen.

»Gaius!« rief er freudig, nannte ihn wieder vertraulich nur beim Vornamen – er hätte ja auch sein Vater sein können – und kam gemessenen Schrittes auf ihn zu. Er trug eine leichte weiße Tunika[50], deren einziger Schmuck ein goldener Mäander am unteren Saum und am Halse war. Gaius schien es, als gehe er schon etwas gebeugter als damals, und er registrierte auch, daß die Stirnfalten sich tiefer eingegraben hatten. Nur das gepflegte Haar – seine Schmeichler verglichen es mit dem Alexanders des Großen – fiel jugendlich voll in die Stirn und lockerte den ernsten Gesamteindruck etwas.

»Ich freue mich sehr, daß du meiner Einladung – oder sagen wir Bitte – gefolgt bist.«

Wieder fiel Gaius diese unbedingte Höflichkeit des Imperators auf, die ganz anders als die Caesars in ähnlicher Situation war. Caesar ließ stets eine ironische Bemerkung folgen, die seinen Besucher und sich selbst einschloß. Pompeius war dessen nicht fähig, denn es ging gegen sein sanguinisches Naturell. Er zeigte im Privaten offener seine Gefühle, und darum war er leichter verletzlich. Gaius konnte sich sehr wohl vorstellen, wie Pompeius sich dem leichten geistreichen Geplänkel des Iuliers unterlegen fühlte.

Sie reichten sich die Hand, und Pompeius bat ihn mit freundlicher Geste zu folgen, schritt durch die riesige Halle des Atriums voraus, vorbei an der Statue Sullas, in sein großes Arbeitszimmer.

Auf dem Tisch am Fenster war ein kleines Abendessen aufgetragen. Sie nahmen beide auf Sesseln Platz. Zwei Sklaven reichten stumm Wasser

und Tücher zum Säubern der Hände und entfernten sich auf einen Wink von Pompeius.
Der Hausherr selbst reichte Gaius die Speisen. Gaius schloß daraus, daß das Gespräch, das Pompeius mit ihm zu führen gedachte, keine Zuhörer dulden konnte.
Nach einigen freundlichen Bemerkungen über das Wetter und Fragen nach dem Befinden des Patrons Lucius Volcatius leitete Pompeius unvermittelt zu seinem Anliegen über.
»Wie gefällt dir mein Theater?«
Das war trotz des persönlichen Bezugs eine geschickte Frage.
Gaius gab schlagfertig zur Antwort: »Die Akustik ist hervorragend. Selbst Venus dürfte kein Wort entgehen, das unten gesprochen wird.«
Sie lächelten sich verstehend zu, denn jeder führte im stillen das Bild weiter: Die grausige Nachricht war über das Rund der *Cavea* gedrungen, die ganze Stadt wußte von dem Zwischenfall. Gaius war gespannt, wie er darauf zu sprechen kommen würde. Und dann tat er es so offen, daß es Gaius überraschte.
»Ich möchte nicht lange um die Sache herumreden, zumal du es – dessen bin ich sicher – als außergewöhnlich empfunden haben wirst, daß ich dich zu diesem Gespräch hergebeten habe.«
Gaius verzog keine Miene und sagte lakonisch: »So ist es.«
Pompeius fuhr sehr ernst fort: »In meinem Theater ist ein Mord geschehen... auf offener Bühne. Du mußt zugeben, daß dies zum gegebenen Zeitpunkt Spekulationen auslöst, die nicht nur mich betreffen.«
Er blickte Gaius an, und dieser sagte: »Das verstehe ich nicht.«
Er verstand es sehr wohl. Pompeius, der die Finte durchschaute, lächelte einen Augenblick wissend, kam aber aufgrund dieser Bemerkung nicht umhin, die Spekulationen zu verdeutlichen.
»Ganz gleich, was am Ende nach einer gerichtlichen Untersuchung herauskommt...«
»...falls es eine solche geben wird!« unterbrach ihn Gaius hart, und der Treffer saß.
»Aber selbstverständlich! Der Mord geschah vor aller Öffentlichkeit! Er muß gesühnt werden!«
Er hatte das lauter gesagt, zwang sich aber sogleich zum moderaten Ton des Anfangs und fuhr ruhig fort: »Solange der Täter nicht gefunden wird, wird diese Erklärung hinter der Hand weitergegeben werden:

Pompeius wollte Caesar provozieren! Jemand aus Caesars Umkreis ließ den Schauspieler Protogenes in der Rolle des Lupus beseitigen. Beides wird am Ende darauf hinauslaufen, Caesar habe bei dem makabren Spiel an den Fäden gezogen!«

»Aber das... das ist doch wahnwitzig!«

Gaius war aufgesprungen. Worauf wollte er denn hinaus?

Ruhig sagte Pompeius: »Behalt bitte Platz. Bei mir besteht kein Grund zu solchen Schlüssen.«

Gaius setzte sich und sagte bestimmt: »Dann möchte ich dich bitten, dich präziser auszudrücken!«

Er sah, wie diese scharfe Äußerung Pompeius traf, und war sich plötzlich bewußt, daß es niemand aus Pompeius' Anhang wagen dürfte, in diesem Ton mit dem Feldherrn zu reden. Doch die unglaubliche Verdächtigung konnte nicht unwidersprochen hingenommen werden. Er war es sich und Caesar schuldig. Und als er sah, wie sein Gegenüber gelassen die Arme verschränkte, wuchs seine Neugier. Was wollte er von ihm?

»Ich möchte dir nur klarmachen, welche Gerüchte in Kürze in der Stadt kursieren werden... Und nun laß mich ganz offen zu dir reden.«

Er stützte die linke Hand auf die Lehne, beugte sich vor und fixierte Gaius: »Ich selbst kann an solchen Gedankengängen am allerwenigsten Interesse haben. Jedermann weiß, wie – nun, sagen wir es ohne Beigeschmack: wie schwierig sich das Verhältnis zwischen Caesar und mir in den letzten Jahren entwickelt hat. Daß es soweit kam, liegt sicher nicht nur an den Umständen, wenngleich diese unserem früheren guten Einvernehmen entgegengearbeitet haben.«

Gaius ließ den Blick nicht von ihm, als er einwarf: »Du läßt Komödien in deinem Theater aufführen, die in Wahrheit böswillige, ja verleumderische Satiren sind! Das Volk strömt in Massen ins Theater! Die Stücke vergiften die ohnehin gespannte Atmosphäre. Mit solchen Hetzkampagnen schadest du dir letzten Endes selbst am meisten!«

Ihre Blicke hafteten eine Weile aneinander, dann, sagte Pompeius sehr scharf: »Wir sind uns wohl einig, daß Caesar bei der Wahl seiner Mittel zur Beeinflussung der Massen zu ganz anderen Methoden greift! Aber wir wollen nicht wie zehnjährige Knaben miteinander hadern, Du – du könntest dazu beitragen, den Gerüchten, von denen ich sprach, entgegenzutreten!«

»Ich? Wieso ausgerechnet ich?«

Nun lächelte Pompeius wieder: »Du hast in mehreren verwickelten Fällen bewiesen, daß du der Mann bist, unvoreingenommen und allein deinem Gewissen verpflichtet, verbrecherische Machenschaften von Leuten offenzulegen, die Nutzen aus den verworrenen politischen Verhältnissen ziehen wollen. Ich brauche nur an deinen Auftritt in der Basilica Aemilia zu erinnern. Im übrigen handelst du nicht nur in meinem Interesse, sondern mehr noch in dem Caesars. Es wäre mir nicht recht, wenn unser beider Verhältnis durch eine Mordaffäre noch mehr belastet würde. Politischer Kampf? Ja! Aber mit legalen Mitteln!«
Gaius, sah die Szene auf der Bühne vor sich, wie Protogenes sich in Schmerzen wand, sah das maskenhafte Gesicht Nausikaas, ihre starren blauen Augen. Er blickte hoch: »Was verlangst du von mir?«
»Aber Gaius! Wie käme ich dazu, von einem Volcatier etwas zu verlangen...«
Das war keine Schmeichelei. Gaius wußte es, und wieder war er angerührt von der Wärme in Pompeius' Stimme. Er schaute ihn an. Caesars Tochter hatte ihn geliebt. Er konnte es sich vorstellen. »Ich bitte dich um einen Gefallen«, fuhr Pompeius fort, »so wie du mich einmal gebeten hast...«
»Damals ging es nicht um Politik!«
Pompeius lächelte: »In Rom geht es immer um Politik. Doch solltest du dich bemühen, sie diesmal zu vergessen. Ich bin nämlich fest davon überzeugt, daß hinter dem Anschlag private Motive liegen. Muß ich dich daran erinnern, daß du im Sommer für die Aedilität kandidierst?«
Gaius wollte aufbrausen, doch Pompeius hob besänftigend die Hand: »Du wirst den Fall nach deiner Art ohne Vorurteile lösen und den Mörder vor Gericht bringen. Die Wahl ist dir sicher – auch ohne mich!«
Er zögerte, dann sagte er abschließend: »Leider gibt es sehr wenige junge Leute deines Schlages. Wo du am Ende auch stehen wirst – die Götter wissen es –, du wirst all deine Handlungen von deinem Ethos und nicht von persönlichen Interessen leiten lassen.«
Und sehr leise fügte er noch hinzu: »Das schrecklichste Übel dieses Jahrhunderts ist diese gedankenlose, primitive Vereinfachung der Politik, als ob es nur die Wahl zwischen zwei Möglichkeiten gäbe.« Er erhob sich, und auch Gaius stand auf.
»Solltest du bei der Aufklärung des Falles meine Hilfe brauchen, laß es mich wissen.«

Sie schieden wie Freunde. Und erst auf dem Heimweg wurde sich Gaius bewußt, daß er weder ja noch nein gesagt hatte. Und plötzlich sah er Pompeius mit anderen Augen.

13

Kaum war Gaius wieder im Hause am Palatin, als Cornificius die Treppe herab stürmte, ihm in den Weg trat und fragte: »Und?«
»Wir haben einen neuen Klienten und Auftraggeber!«
»Nicht möglich! Erzähl!«
Und Gaius tat es. Zum Schluß fügte er noch hinzu: »Ich habe weder ja noch nein gesagt…«
Cornificius setzte ein pfiffiges Gesicht auf und sagte: »Dann solltest du dir den Bericht von unserem großen Meister anhören. Das erleichtert deine Entscheidung. – Alexander!«
Man hörte aus der Küche Geklapper von Geschirr, es folgte ein Poltern – er hatte wohl einen der Hocker umgeworfen –, dann marschierte er ins Atrium.
»Hier bin ich!«
Er grüßte mit erhobener Rechter.
»Wir sehen es!« stellte Gaius fest. »Wisch dir den Mund ab!« Alexander tat es mit dem Handrücken und schluckte den Rest der Zwischenmahlzeit hinunter.
Cornificius sagte: »Nun erzähl doch mal deinem Herrn Volcatius, was du mir eben in blumiger Rede erklärt hast.«
»Jawohl! Blumig!« Er schluckte noch einmal. »Ich folgte der Herrin Nausikaa…«
»Auf den Aventin…«, nickte Gaius.
»Durchaus nicht, Herr.«
»Ach!?«
»Jawohl! Sie lustwandelte zum Forum, woselbst ich unbedingt feststellte, wie einige Männlein, die dort eine Volksversammlung abhielten, sich unverkennbar nach ihr umdrehten.«
»Ihr gutes Recht!«
»Aber ja doch! Herr, genau das sagte ich auch.«
»Weiter!«
»Sie verließ das Forum und wandelte über den Vicus Longus aufwärts. Ich folgte ihr über Gebühr und Anstand…«
»…in gebührendem Abstand!« verbesserte Cornificius.
»Korrekt! Als dann die Porta Collina in mein Blickfeld geriet, dachte

ich, sie wolle wie weiland das Volk von Rom auf den Heiligen Berg auswandern.«
»Aber sie tat es nicht...«
»Durchaus nicht. Sie war ja ohne Verpflegung und wäre zweifellos in der heiligen Einsamkeit verhungert. Kurz vor dem Tor steht unverkennbar ein Tempel...«
»...der Fortuna!«
»...und davor ein Haus.«
»Wahrscheinlich. Und?«
»Dort verschwand sie.«
»Interessant. Wir müssen herausfinden, wem es gehört.«
»Hab' ich, Herr! Hab' ich!« Er strahlte. »Ich machte mich zu einem Spähtrupp bereit.«
»Du bist doch wohl nicht von hinten in den Garten..?!«
»Nein, Herr. Ich machte einen Kontrollgang zu den Posten am Tor.«
»Aha. Du hast dich hoffentlich nicht auf Händel eingelassen!« Alexander riß die Augen auf: »Aber Herr! Ich verprügele doch keine wehrlosen Knaben!«
Die Freunde zwinkerten sich zu.
»Was sagten die Knaben?«
»Der eine klagte über seine Glatze. Er hat sie sich in Gallien geholt.«
»Soso... Du brachtest also zunächst deine ‚haarsträubenden' Wässerchen an den Mann. Was dann?«
»Aus tiefer Dankbarkeit begann der Knabe und sprach: Dieses schöne Mädchen kommt oft in dieses Haus...«
»Wem gehört das Haus?«
»Dem römischen Senator[51] Caelius Rufus!«
»Nein!« Gaius rief es überrascht und behielt staunend den Mund offen. Cornificius sagte: »Das kann schon sein. Caelius wohnt auf dem Quirinal.«
Gaius dachte eine Weile nach. Dann hieß es: »Alexander!«
»Hier, Herr!« Er stand wie eine Säule.
»Du gehst jetzt zur Herrin Clodia und kündigst ihr in einer Stunde mein Kommen an!«
»Jawohl! Mein Kommen an! Clodia kündigen!«
»Wegtreten!«

Zack! Alexander machte sich auf den Weg.
»Kommst du mit?« fragte Gaius.
»Wohin? Zu Clodia?«
»Nein, wir müssen unbedingt mit Selenus reden.«

Eine Viertelstunde später saßen sie in der Bibliothek des Volcatischen Hauses am Caelius um den runden Tisch. Gaius gab kurz Bericht von den Ereignissen, von Pompeius' Bitte und von Nausikaas Besuch bei Caelius Rufus.
»Du willst meine Meinung dazu hören?« Selenus schaute seinen ehemaligen Schüler an, und Gaius nickte eifrig.
»Nun, es ist keine Schande, von einem Mächtigen gebeten zu werden.« Er lächelte fein, denn er kannte Gaius' Stolz und seine Abneigung gegenüber der optimatischen Politik.
Dann fuhr er ernst fort: »Pompeius ist ein kluger Mann. Die Folgerungen, die er bezüglich der in Kürze kursierenden Gerüchte zieht, sind natürlich richtig. Falls du seiner Bitte entsprichst, tust du letztlich Caesar einen Gefallen. Aber auch dir selbst!«
»Wie meinst du das?«
Selenus lehnte sich zurück. »Nun, ich gehe davon aus, daß Caesar das größte Interesse daran hätte, den Fall möglichst schnell aufgeklärt zu sehen. Die Nachricht davon wird schon unterwegs nach Norden sein. Indem du aber schon vorher, ohne auf einen entsprechenden Wink von ihm zu warten – der, davon bin ich überzeugt, ohnehin kommen wird –, mit der Aufklärung der Hintergründe beginnst, verpflichtest du ihn dir aufs neue. Da aber zur gleichen Zeit auch Pompeius großes Interesse an der Aufklärung hat, bist du in der glücklichen Lage, im wohlwollenden Interesse beider Machthaber zu handeln. In keinem Fall steht deine Ehre auf dem Spiel! Da sich das alles ohnehin nicht verheimlichen läßt, stehst du in der Öffentlichkeit als Mann des Ausgleichs und der Mitte da. Das aber ist genau die Position, von der aus du deine Kandidatur betreiben solltest.«
Er stellte die Finger gegeneinander. »Ich glaube, dies ist genau der Fall, auf den wir gewartet haben.«
Er lächelte Gaius an. Dieses »wir« schuf mit einem Male großes Einvernehmen, denn es bedeutete nicht nur, daß Selenus selbst mit Rat und

Tat ihn unterstützen würde, er meinte damit auch das Einverständnis des Patrons.

»Gut«, sagte Gaius. »Darf ich dich denn gleich bitten, dein unerschöpfliches Archiv durchzugehen und alles, was du über Caelius Rufus erreichen kannst, zusammenzustellen...«

»Gerne.«

Cornificius staunte wieder einmal über die Noblesse des Griechen, der, obwohl er sicherlich mit anderen Arbeiten befaßt war, immer alles stehen- und liegenließ, wenn Gaius ihn um etwas bat.

Es dämmerte bereits, und Cornificius machte Anstalten, sich zu verabschieden.

»Wann sehen wir uns?« fragte er.

»Morgen früh. Ich bin im Hause am Palatin.«

»Gut. Und grüß Clodia von mir!«

14

»Dies ist das erste Mal seit Monaten, daß du pünktlich bist!«
Er war hingerissen. Mit der Kühle Dianas trat sie ihm im weißen, schmucklosen Gewand entgegen und reichte ihm mit elegant lässiger Geste die Hand. Er hatte sich an diese fast rituelle Form der Begrüßung gewöhnen müssen.
»Du könntest Athene Konkurrenz machen mit deiner Unnahbarkeit!«
Er hob ihre feingliedrige Hand an seine Lippen und machte die Andeutung eines Kusses.
»Früher warst du stürmischer!« Sie fixierte ihn mit ihren tiefbraunen, fast schwarzen Augen. »Aber so ist das eben: Eine eroberte Festung ist langweilig.«
»Ja, denn sie kann nicht so kokettieren wie du!«
Er nahm mit festem Griff ihren Arm und geleitete sie in das kleine anheimelnde Speisezimmer mit Blick auf den Garten. Zwei Sklaven kamen, verbeugten sich tief und fragten nach den Wünschen ihrer Herrin.
»Danke. Ihr könnt gleich gehen. Haltet euch aber bereit.«
Gaius führte sie zu ihrem Sessel, nahm dann selbst ihr gegenüber Platz. Sie aß wenig wie immer, sorgte aber, daß er die besten Stücke von dem Rehbraten bekam. Nachdem die beiden Sklaven Wasser und Tücher gereicht hatten, zogen sie sich zurück.
»Bleibst du über Nacht?«
»Ja, wenn die Göttin es erlaubt…«
Er verzog keine Miene.
»Die Göttin erlaubt. Aber sie blickt in die Seele des sterblichen Mannes und erkennt finstere Gedanken.«
Sie kannte ihn zu lange, um nicht aus der Art, wie er sich gab, ihre Schlüsse zu ziehen.
»Du warst bei Pompeius…«
»Woher weißt du das?« Er blickte hoch.
»Von Alexander.« Sie lächelte hübsch.
»Dieser Schwätzer!«
»Aber nicht doch!« Sie legte ihre Hand kurz auf die seine. »Der gute Junge weiß sich ja vor Aufmerksamkeiten für mich kaum zu lassen. Du rangierst bei ihm gleich hinter Iupiter.«
»Brachte er wieder Blumen mit?«

»Ja.«
Sie wies lachend auf den Strauß weißer Nelken auf dem Tisch.
»Und er pflegt tunlichst die Farben zu unterscheiden. Für Melitta hatte er rote dabei. Außerdem bat er mich, ihr ein ‚Brieflein' zu geben.«
»Der Spitzbube! Irgendwie kommt er immer an sein Ziel.«
»Deine Erziehung!«
»Und was ist mit dem Mädchen? Gefällt er ihr?«
»Ich denke schon.«
»Ich möchte ihn nicht verlieren. Ihr zuliebe sitzt er stundenlang auf dem Tusculanum und übt das Abc, obwohl er Besseres zu tun hätte.«
»Und was macht dieser Junge, den Caesar ihm geschenkt hat? Findest du nicht auch, daß eine Frau ihre Hand über beide halten müßte?«
»Bei Alexander bin ich mir nicht so sicher. Ich frage mich, ob ihm eine dauernde Bindung an eine Frau guttäte.«
Sie schaute ihn von der Seite an.
»Du schließt wohl von dir auf andere.«
»Unsinn! Alexander hat ein einfaches Gemüt.«
»Du also nicht?«
»Was soll das? Suchst du Streit?«
»Aber nein, Lieber. Ich sehe nur, daß du in gereizter Stimmung bist. Verschieben wir also das Thema auf einen späteren Zeitpunkt.«
»Das wäre mir allerdings sehr recht.«
Er sagte es aufreizend höflich. Sie beobachtete ihn. Ihre Blicke trafen sich. Es war Einverständnis zwischen ihnen, da jeder die Freiheit des anderen achtete. Beide wußten, sie würden niemals heiraten, und dies nicht, weil Clodia älter war als er, sondern weil ihr jetziges Verhältnis ihnen als das geeignetere erschien. Hinzu kam, daß Gaius' Vater einer Ehe mit dieser Frau – sie war vor Jahren wegen erwiesener Untreue von Lucullus[52] geschieden worden – niemals zugestimmt hätte, während er die jetzige Liaison ohne weiteres duldete, was man daran erkannte, daß er nie eine kritische Äußerung in diese Richtung machte.
»Du warst bei Pompeius«, nahm sie den Faden wieder auf. »Ich nehme an, es handelt sich um den Mord in seinem Theater.«
Dies konnte sie nicht von Alexander wissen.
»Ja.«
»Er hat dir wahrscheinlich nahegelegt, daß es auch in Caesars Interesse sei, wenn du den Fall klärtest.«

»Ja.«
»Du weißt nicht, wie du dich verhalten sollst...«
»Ja.«
»Ja, ja, ja! Hast du die Sprache verloren?«
»Ich bin mir nicht sicher, wie ich...«
Sie stand auf, zog ihn vom Sitz hoch, legte ihre Arme um seinen Hals und rieb ihre Nase an der seinen.
»Du mußt mir alles im Zusammenhang erzählen. Clodia ist ein kluges Mädchen. Sie wird dir den richtigen Rat geben. Komm!«
Sie verließen das Zimmer und gingen in den Garten, schlenderten unter der *Pergula*[53] entlang, wo die Clematis schon mächtig ihre Blätter entfaltete.
Er berichtete ihr alles, was er wußte. Sie stellte keine Zwischenfragen, sondern sagte am Ende: »Du mußt dich an diese Schauspielerin halten. Wie hieß sie?«
»Nausikaa.«
»Ist sie schön?«
»Sie war es.«
»Woher willst du das wissen?«.
»Man sieht es.«
»Du hast sie dir also genau angesehen...«
»Natürlich.«
»Wie alt ist sie?«
»Das weiß ich nicht.«
»Ist sie Sklavin?«
»Ich glaube nicht.«
»Du mußt das klären.«
»Warum?«
»Davon könnte ihr Verhalten abhängen. Wer gehört zu ihrem Freundeskreis?«
»Wahrscheinlich Caelius Rufus.«
Abrupt blieb sie stehen und starrte ihn an: »Sag das noch mal!«
»Caelius Rufus. Warum?«
Sie faßte seinen Arm fester und sagte nach einer Weile: »Weil er ein Halunke ist! Er hatte auch einen sehr schlechten Einfluß auf meinen Bruder.«[54]
»Was weißt du von ihm?«

»Nicht viel. Das Übliche. Er ist ein Opportunist und Schürzenjäger.«
Langsam gingen sie ins Haus zurück.

15

Als er am nächsten Morgen eine Stunde nach Sonnenaufgang das Haus am Palatin betrat, wartete dort schon ein munterer Cornificius auf ihn und begrüßte ihn mit einem Spruch von Publilius Syrus:
»‚Wer Freundes Laster duldet, nimmt sie an!' – ‚Die Zeit verbirgt den Lüstling, Zeit enthüllt ihn.'«
»Aber ja doch, *Poeta laureatus*[55]! ‚Und es lachten die Himmlischen all auf ihren Sitzen!' – Gibt's was Neues?«
»Nein. Was sagt Clodia dazu?«
»Sie kennt Nausikaa natürlich nicht.«
»Wär' ja auch etwas unter ihrer Würde«, grinste Cornificius.
»Allerdings!«
Cornificius entging nicht die Schärfe des Tons.
»Allerdings hält sie Caelius für einen Schurken.«
»Das bringt uns nicht weiter.«
»Eben. Ich habe ja Selenus gebeten, alles Erreichbare zusammenzustellen. Wie ich ihn kenne, hat er die halbe Nacht damit verbracht.«
»Dann sollten wir uns das schleunigst anhören!«
Als sie eine Viertelstunde später das Volcatische Haus betraten, kam ihnen Alexander entgegen.
»Na, wer hat dich zu so nachtschlafender Zeit aus dem Bett geworfen?«
»Mein Sohn!« meldete er stolz und genoß sichtlich das Recht, dieses Wort in den Mund zu nehmen.
»Wie? Ist Gallus denn noch hier?«
»Nein. Er ist mit Kreon durchaus zurück aufs Tusculanum.«
»Das ist gut. Er würde hier nur stören.«
»Er stört nie!« muckte Alexander auf. Und plötzlich stand Eugenia neben ihm.
»Ein lieber, freundlicher Junge! Du solltest ihn öfter nach Rom holen, Herr.«
»Er wird schon früh genug verdorben«, sagte Gaius.
Aber da reckte sich Alexander und ballte die mächtigen Fäuste: »Wer das wagt, der wird mich unbedingt kennenlernen!«
»Aber ja doch, mein Junge! Später! Noch spielt er ja mit unschuldigen Bauklötzen.«

»Er spielt nicht mit Bauklötzen! Er studiert den Homer!«
»Sehr schön. Dann kann er uns nächstens bei Tisch vorlesen.«
»Er wird nicht bei Tisch...« Alexander stutzte, begriff und fragte: »Ehrlich?« Er kam näher und hielt den Kopf schief.
»Aber ja, warum nicht?!«
Alexander strahlte, erhielt aber sogleich den in solchen Fällen üblichen Dämpfer, denn Gaius hängte noch an: »Und wenn ihm einmal unwohl ist, kannst du für ihn einspringen.«
Alexander wog ab, ob das ironisch gemeint war, und als er Cornificius grinsen sah, ließ er die Schultern hängen und stellte fest: »Ehrliches Bemühen wird in diesem Hause zweifellos nicht gewürdigt. Na, dann eben nicht...«
Cornificius, mittlerweile auch ein Kenner der Alexandrinischen Seelenregungen, suchte die Lage zu retten: »Doch, doch, mein Junge. Nur alles zu seiner Zeit.«
Aber Alexander war schon an der Tür: »Damit spaßt man nicht!«
Er öffnete sie und schlich wie ein geprügelter Hund nach draußen. Gaius stöhnte: »Er ist wieder mal auf Lob aus.« Dann brüllte er: »Alexander!«
Zack! flog die Tür auf, er stand wie ein Centurio[56] aus Caesars Zehnter.
»Hier, Herr!«
»Herhören! Was ist mit dem Gepäck meines Bruders?«
»Es ist!«
»Gut so. Wo ist Archelaos?«
»Hier, Herr!«
Er stand plötzlich hinter Alexander.
»Ihr haltet euch ab sofort für besondere Aufgaben bereit!«
»Jawohl! – Welche?«
»Geheime. Wegtreten!« Sie trollten sich.
Im gleichen Augenblick trat Selenus, aus dem Atrium kommend, zwischen den Säulen hervor. Er trug diese steife und sperrige Tasche, die er sich bei Loco hatte anfertigen lassen, um seine zahlreichen Buchrollen und Manuskripte unbeschadet transportieren zu können. Zu ihrem Erstaunen trat noch eine zweite Gestalt aus dem Schatten der Säulen. Der Mann war von zarter Konstitution, schlank, etwas kleiner als Selenus; das Haar hatte sich an der Stirn gelichtet, er trug es darum nach vorn gekämmt; das feine Gesicht, noch sehr jugendlich, war das

eines Gelehrten; sein Alter ließ sich, bedingt durch die leicht gebeugte Haltung und die feinen Fältchen an Augen und Stirn, schwer schätzen.
»Ah, ihr seid schon da!« rief Selenus forsch. »Darf ich euch mit Marcus Tullius Tiro[57] bekannt machen, Sekretär und Freund Ciceros...«
»Das ist aber eine Überraschung!« rief Gaius freudig und begrüßte den unerwarteten Gast herzlich.
Auch Cornificius reichte ihm die Hand und scherzte: »Wie ist es möglich, daß der fleißigste Mann von ganz Rom am frühen Morgen das Haus verläßt?«
»Das habt ihr mir zu verdanken«, sagte Selenus. »Darf ich euch in die Bibliothek, bitten!«
Er ging voraus, stellte seine Tasche auf den Tisch und entnahm ihr mehrere Rollen.
Gaius bot Tiro Platz und sagte: »Du warst uns – über die Vermittlung von Selenus – schon oft eine große Hilfe. Ohne deine Kenntnisse hätten wir den letzten Fall nicht so schnell lösen können.«
Als Tiro dann sprach, waren Gaius und Cornificius erstaunt über den sonoren Klang seiner Stimme, die in reizvollem Gegensatz zu seinem beinahe zerbrechlich anmutenden Äußeren stand.
»Ehre, wem Ehre gebührt – also bitte nicht mir, sondern meinem lieben Freund Selenus!« Er legte Selenus kurz die Hand auf den Arm und fuhr fort: »Ich hatte sowieso hier in der Gegend zu tun. Und da Selenus wegen Caelius Rufus anfragte, habe ich ihm gleich die Abschriften von Ciceros Rede ‚Für Caelius' mitgegeben.«
»Ah ja...«, nickte Gaius. »Ich entsinne mich: Vor fünf Jahren muß es gewesen sein, daß Cicero als Anwalt für Caelius tätig wurde...«
»Ja«, sagte Tiro, »diese Rede enthält einiges, was uns vielleicht von Nutzen sein kann.«
»Kennst du Caelius näher?« fragte Gaius Tiro.
»Näher? Falls ich ihn näher, und das heißt privat, kennen würde, wäre es trotzdem schwierig, sich ein klares Bild von ihm zu machen. Er ist eine schillernde Figur.«
»Wie alt ist er?«
»Hm, er müßte jetzt... ja, er ist dreißig, dein Jahrgang, Volcatius.«
Eugenia trat leise ein und brachte Gebäck und Wein. Gaius bot dem Gast beides an, und nach einem freundlichen Zutrinken fuhr er fort:

»Du wirst wohl von Selenus erfahren haben, warum wir uns für ihn interessieren.«
»Ja, wegen dieser Schauspielerin, Nausikaa, nicht wahr?«
»Kennst du sie?«
»Nur von der Bühne: die beste Heroine unserer Zeit!«
»Hältst du es für möglich, daß Caelius ein intimes Verhältnis zu ihr hat?«
»Ohne weiteres! Er gilt als der größte Schürzenjäger Roms. Eine solche Geschichte hätte ihm ja auch damals während des Prozesses fast das Genick gebrochen. Aber das wirst du alles in der Rede finden.«
»Ist Cicero mit ihm befreundet?«
»Befreundet? – Das wäre wohl zuviel gesagt. Cicero betrachtet ihn eher als seinen Schützling und Schüler.«
»Eigenartig...«, sagte Gaius.
»Durchaus nicht! Caelius ist – du wirst es erkennen, wenn du mit ihm zu tun hast – feinster Bildung sehr zugetan, aber ebenso raffiniertem Genuß ergeben, zugleich zynisch und skrupellos auf den eigenen Vorteil bedacht. Ich würde ihn sogar dämonisch-zwiespältig und genial-verrucht nennen, nur zu geistesverwandt jenem Mann, von dem er sich in seiner Jugend angezogen fühlte.«
Gaius horchte auf: »Wen meinst du?«
»Catilina! Du wirst in der Rede eine glänzende Analyse Catilinas finden.«
Gaius runzelte die Stirn. »Ich bleibe dabei und finde es eigenartig, daß Cicero sich so intensiv mit ihm beschäftigt.«
»Nun«, Tiro lächelte wissend, »ihr kennt Cicero – aber vielleicht auch nicht: Er glaubt an das Gute im Menschen, so wie er im echt stoischen Sinne die Welt als die beste aller möglichen betrachtet. Aber ich verstehe deine Vorbehalte, sie sind auch die meinen. Wenn Cicero einmal nicht mehr seine Hand über ihn hält, wird er kläglich untergehen. Und dies wird, da Cicero in Kürze als Proconsul in seine Provinz Kilikien geht, nicht mehr lange auf sich warten lassen.«
Tiro stand auf.
»Ich bitte um Entschuldigung, aber ich habe noch eine Menge zu erledigen.«

»Schade«, sagte Selenus, der bisher, wie es seine Art war, beobachtend geschwiegen hatte.
Alle hatten sich erhoben, und Gaius sagte: »Ich würde mich freuen, wenn du Gast beim Abschiedsfest für meinen Bruder Lucius sein würdest. Ich werde Cicero auf jeden Fall einladen.«
»Wann wird das sein?«
»In den nächsten zehn Tagen.«
»Das wird sich einrichten lassen. Cicero und ich brechen am ersten Mai auf. Wohin geht dein Bruder?«
»Nach Gallien.«
»Ah ja...« Es klang zugleich höflich erstaunt als auch selbstverständlich.
»Wenn ihr weitere Fragen in der Angelegenheit habt – ich stehe immer zur Verfügung.«
Gaius und Selenus geleiteten ihn zur Tür und verabschiedeten ihn herzlich.
»Ein vornehmer, interessanter und gewissenhafter Mann!« lobte Gaius. »Schön, einen solchen Menschen zum Freund zu haben.« Selenus war gerührt durch dieses so offene Lob und sagte schnell: »Ich werde die Rede intensiv lesen und die wichtigsten Stellen exzerpieren.«
»Danke, aber das hat Zeit bis heute abend.«
Sie traten wieder in die Bibliothek, wo Cornificius, eine der Rollen in der Hand, mit großer Geste rezitierte, wobei er Ciceros hohe Stimme nachahmte: »Gesetzt, ihr Richter, es wäre jemand hier, der unsere Gesetze, Verfahrensregeln und Gepflogenheiten nicht kennt: Er würde sich bestimmt verwundert fragen, was an diesem Fall so schrecklich sei...«
»Das ist allerdings die Frage! Erhabener Meister des Wortes, wie gedenkst du fortan den begonnenen Tag zu verbringen?«
»Das hängt von deinen göttlichen Eingebungen ab, o Legat!«
»Was schlägst du vor, Selenus?«
Selenus blieb wie immer sachlich und traf den Kern: »Drei Dinge stehen an. Erstens: Erkundigungen über Nausikaa einziehen. Zweitens: Caelius Rufus beobachten. Drittens: Einzelheiten über Protogenes, Publilius Syrus und seine Truppe erfahren.«
Nach kurzer Beratung hieß es: Alexander und Archelaos werden Loco ausfragen und sich, wenn möglich, bei Nausikaas Nachbarn umhören; Gaius und Cornificius werden Publilius Syrus aufsuchen; wie man mit

Caelius Rufus zu verfahren habe, würde von den Ergebnissen der Erkundigungen abhängen.

16

Alexander und Archelaos machten sich ganz gemächlich auf den Weg.
»Hast du's gehört?« begann Alexander. »Cicero geht als Statthalter in deine Heimat!«
»Ich hab's gehört.«
»Hast du Anbetracht dessen keine Lust mitzugehen? Der Herr hätte zweifellos nichts dagegen einzuwenden – und Cicero auch nicht.«
»Nein.«
»Warum nicht?«
»Ich bin schon zu lange von zu Hause weg. Ich käme als Fremder in die Fremde. Hast du denn Lust, deine Vaterstadt Theben wiederzusehen?«
»Unbedingt! Hunderte von Verwandten bevölkern die ganze Gegend. Ich würde sie durchaus der Reihe nach aufsuchen. Besonders meine Großmutter.«
»Lebt die denn noch?«
»Aber ja! Sie ist hundert Jahre alt!«
»Woher weißt du das?«
»Das war sie damals schon.«
Archelaos schwieg, denn es war zwecklos, mit seinem Freund über die Genauigkeit numerischer Angaben zu streiten. Er wechselte das Thema: »Kennst du diese Nausikaa?«
»Unbedingt!«
»Was heißt das?«
»Sie hat Kinderchen zu versorgen.«
»Ist sie verheiratet?«
»Nein. Warum sollte sie denn?«
»Na, es wäre ja möglich, nicht?«
»Schauspielerinnen sind nicht verheiratet.«
»Aha…«
»Ja, das wirkt nämlich unglaubwürdig. Göttinnen sind auch nicht verheiratet.«
»Aber die Venus ist doch verheiratet!«
»Mit wem?«
»Mit Vulcanus!«
»Armer Kerl! Wenn ich Iupiter wäre, hätte ich das unbedingt verboten.

Göttinnen und Schauspielerinnen sollten nicht heiraten, schon gar nicht Schmiedemeister.[58] Gaius ist ja auch nicht verheiratet.«

»Er ist ja auch kein Schmiedemeister. Außerdem liebt er die Herrin Clodia.«

»Sein gutes Recht! Lieben? Ja! Aber heiraten? Wo kämen wir denn hin, wenn alle Verliebten heiraten würden! Nur weil alle verheiratet sind, gehen so viele Ehen kaputt. Man sollte das Heiraten verbieten!«

»Aber Selenus und Eugenia leben doch glücklich und zufrieden miteinander...«

»Das ist ja auch nicht normal!«

»...und du bist ja auch auf dem besten Wege, dich lebenslänglich umgarnen zu lassen!«

Da blieb Alexander stehen und musterte den Kameraden kritisch: »Das ist zweifellos durchaus etwas ganz andereres! Wenn ich Melitta heirate, dann nur aus Sorge und Pflichtgefühl! Erstens muß jemand das Mädchen vor den Fährnissen der Welt beschützen! Und drittens braucht Gallus eine Mutter! Und zweitens hat Caesar es befohlen!«

»Wie bitte?«

»Also sprach er: Du wirst ihm unbedingt eine Mutter besorgen! Und was Caesar solcherart befiehlt, ist mir heilig!«

»Tu, was du nicht lassen kannst...«

»Und das eine kann ich dir sagen: Sie wird Stammutter eines großen Geschlechtes werden! Du aber wirst froh sein, wenn meine Urenkel deine klapprigen Knöchlein in hohem Alter umsorgen. Und fahre nicht fort, Melitta zu beleidigen!«

»Aber ich habe doch gar nichts...«

»Eben!«

»Na also!«

Schweigend gingen sie weiter, und Archelaos hütete sich, etwas Abwertendes über Melitta zu sagen. Aber ein feines Lächeln spielte um seinen Mund, als er sagte: »Na, warten wir's ab...«

Sie fanden Loco in der Werkstatt, die er in dem alten Stall am Ende des Gartens eingerichtet hatte. Der Betrieb ging so gut, daß er einen Anbau hatte erstellen lassen. Er beschäftigte nun schon fünfundzwanzig Leute. Die ganze Halle war erfüllt vom Lärm fleißiger Arbeit. Die Gehilfen hämmerten, nähten, schmirgelten, schnitten zu und blickten nicht auf, als die beiden hereinkamen. Es roch nach frischem Leder.

Wie immer begutachtete Loco als erstes mit schnellem Blick die Füße seiner Besucher.
»Na, da wären aber ein paar Sandalen fällig!«
Er rieb sich das Kinn.
»Lasse sie euch zum halben Preis.«
Und ehe die beiden Einspruch erheben konnten, griff er schon zwei Paar aus einem Regal, kniete nieder und zog sie ihnen an. »Ich setze sie mit auf die Rechnung. Volcatius bestellte neulich zwanzig Paar. Kommt auf zwei Paar mehr oder weniger nicht an. Wollt ihr die alten behalten?«
»Aber ja!«
Alexander hing an ihnen, da sie ihn durch ganz Gallien getragen hatten. Er band sie mit einer Kordel aneinander und hängte sie sich über die Schulter.
»Wir müssen zweifellos mit dir reden!«
»He?« Der Meister hielt die Hand hinters Ohr. »Kommt mit nach draußen!«
Sie gingen in den Garten, wo Lavinia, seine Frau, mit Hacken und Jäten beschäftigt war.
»Na, Alexander!« rief sie, ohne ihre Tätigkeit zu unterbrechen. »Was macht die Liebe?«
Auf diese Frage war er nicht gefaßt. Loco rief seiner Frau zu: »Alexander und Liebe! Er ist der geborene Junggeselle!«
Nun muß gesagt werden, daß Lavinia zu jenem Typ Frau gehörte, vor dem Alexander ungeheuren Respekt hatte, füllig, mit mächtigem Busen, kurzen, stämmigen Armen, die Zupacken gewöhnt waren. Und so suchte er sich mit einem tapferen »Kommt Zeit, kommt Rat!« über die Beklemmung zu retten und war erleichtert, als Lavinia sich wieder ihrer Arbeit zuwandte.
»Also, was ist?« fragte Loco.
Und sogleich war Alexander wieder der alte: Er reckte sich, der Brustkorb wölbte sich mächtig, er stand stramm, und dann tönte es: »Wir laufen hier unbedingt einen Spähtrupp auf den Aventin. Die Order lautet: Haus umstellen! Beobachten! Stärke des Feindes erkennen und melden!«
Loco, seit langem gewöhnt an solche gallischen Reminiszenzen, fragte: »In Ordnung. Welches Haus?«
»Das der göttlichen Nausikaa!«

»Du meinst die Schauspielerin?«
»Selbige!«
»Worum geht's denn?«
Mit einem ebenso farbigen wie dramatischen Bericht weihte Alexander den Meister in das Geschehen und den derzeitigen Stand der Ermittlungen ein.
»Donnerwetter!« staunte Loco. »Und ich dachte immer, sie sei ein anständiges Mädchen!«
»Warum?«
»Na, weil sie immer so besorgt um ihre Kinder ist.«
»Wieviel hat sie denn?«
»Ich kenne drei. Zwei Mädchen und ein Junge.«
»Hat sie noch mehr?«
»Weiß ich nicht.«
»Kennst du sie?«
»Na ja, wie man eben seine Kunden kennt, den einen mehr, den andern weniger.«
»Und sie?«
»Sag mal, hörst du schlecht? Ich sagte: den einen mehr, den andern weniger.«
»Korrekt! Und sie?«
Loco starrte Archelaos an: »Sag mal, ist ihm nicht gut?«
»Sehr gut!« bellte Alexander. »Du sagtest *den* einen mehr!«
»*Per deos!* Wenn du mich auf den Arm nehmen willst, dann...« Loco mußte sich erst wieder an Alexanders seltsam schweifende Gedankengänge gewöhnen. Schließlich lachte er kurz auf: »Solltest doch mal bei Gelegenheit Athenodoros fragen! Soll ein guter Arzt sein!«
Er zwinkerte Archelaos zu.
Alexander reckte sich: »Wenn du Streit suchst, kann ich ja gehen... Na, dann eben nicht...«
Er wandte sich schon ab.
Loco, der diese Alexandrinische Marotte ebenfalls schon von Gallien her kannte, parierte schlagfertig wie Gaius: »Doch, mein Junge, aber später!«
Und sofort tat diese Wendung ihre besänftigende Wirkung: »Dein Glück, Meister der Schuhe! Sonst gingest du unverkennbar der Gelegenheit verlustig, die Stadt und den Erdkreis vor einigen bösen Mächten

zu retten.« Er fixierte ihn wie ein Centurio beim Morgenappell: »Und sonst weißt du nichts?«
»Nein. Ich kümmere mich nicht um das Privatleben meiner Kunden.«
»Und ihres?«
»Wie? – Auch nicht.«
»Dann zeige uns dessenungeachtet, wo die Göttin wohnt!« Loco trat mit ihnen vors Haus und beschrieb den Weg.
»Haltet mich auf dem laufenden! Die Sache interessiert mich!«
Und während sich die zwei entfernten, ging er kopfschüttelnd ins Haus zurück und murmelte: »Nein, diese Schauspieler!«

Das Haus, in dem sie wohnte, war zwar alt, machte aber einen recht ordentlichen Eindruck.
»Was sollen wir hier eigentlich?« fragte Archelaos.
»Beobachten.«
»Aber das bringt doch nichts. Wir fallen nur auf, wenn wir hier den halben Tag herumstehen und darauf achten, ob Leute ein und aus gehen, die wir doch nicht kennen.«
»Du hast zweifellos recht, Pirat! Wir sollten Anbetracht dessen versuchen, ob wir nicht von hinten das hübsche Gärtchen erobern können.«
Sie schlenderten gemächlich weiter, bis sie zu einem schmalen Pfad gelangten, der in Verlängerung zur südlichen Stadtmauer führte. In der Nähe war ein altes Haus abgerissen worden. Die Trümmer lagen, nach Materialien geordnet, herum.
Das Grundstück grenzte an die hintere Gartenmauer von Nausikaas Anwesen, und gleich daneben lag ein Haufen säuberlich gestapelter Steine.
»Haben sie aber wieder mal fein für uns hergerichtet«, sagte Alexander, »denn ich gehe durchaus davon aus, daß das Türchen daneben zweifellos verschlossen ist.«
Sie gingen auf das Tor in der Mauer zu, Archelaos bewegte vorsichtig den Griff und nickte: »Abgeschlossen!«
Alexander begutachtete schon den Haufen Steine, als sie hörten, wie sich vom Pfad her Schritte näherten. Flink verschwanden sie hinter einem der wild wuchernden Rosensträucher.
Eine große Gestalt näherte sich, blieb stehen, vergewisserte sich, ob jemand folgte. Der Mann war nach römischer Art, gekleidet, trug über

der Tunika eine *Lacerna,* jenen weiten, fransenbesetzten Mantel, wie er seit kurzem Mode war unter Leuten, die vorgaben, zu den Fischteichbesitzern zu gehören. Alles an ihm schien römisch – außer dem Gesicht: die Nase war zu lang, die Hautfarbe zu bräunlich, das Haar zu gekräuselt, und die Augen... Er trug eine Maske!

»Der spinnt! Sollte besser seine lange Nase verstecken!« flüsterte Alexander.

Der Mann wandte noch einmal den Kopf nach allen Seiten, dann holte er aus einer Innentasche des Mantels einen Schlüssel hervor, ging zum Tor, schloß auf, öffnete und verschwand. Sie hörten, wie die Tür von innen verriegelt wurde.

Und schon schlüpften sie aus ihrem Versteck, kletterten, so leise es ging, auf die gestapelten Steine und lugten vorsichtig über die Mauer. Am Ende des Gartens stand der Fremde bei einer weiblichen Gestalt und sprach erregt auf sie ein. Die Frau gab keine Antwort. Das währte etwa drei Minuten, dann verbeugte sich der Maskierte leicht und näherte sich wieder dem Tor.

»Los, runter!«

So schnell es ging, erreichten sie den Boden und ihr Versteck. Sie hörten, wie der Fremde das Tor verschloß, und sahen, wie er sich wiederum vergewisserte, ehe er mit schnellen Schritten davoneilte. Sie warteten eine Weile, huschten dann auf den Weg, um ihm zu folgen. Doch als sie die Straße erreichten, war er verschwunden.

»Verdammt!« fluchte Archelaos.

»Durchaus nicht«, meinte Alexander. »Da haben wir dem Herrn zweifellos von einem feinen Knäblein zu berichten, das heimlich alleinstehende Göttinnen besucht.«

17

Entgegen der Ankündigung von Publilius trafen ihn Gaius und Cornificius nicht im Theater an. Daraufhin hatten sich die Freunde getrennt und für den späten Nachmittag verabredet.
So machte sich Gaius im väterlichen Haus am Caelius unverzüglich an die Lektüre von Ciceros Rede »Für Caelius«. Und je länger er las, desto rätselhafter wurde ihm der Mann. Zusammen mit den ergänzenden Angaben von Selenus ergab sich ihm folgendes Bild:
Dem Angeklagten war Störung des öffentlichen Friedens vorgeworfen worden. Caelius zählte damals fünfundzwanzig Jahre.
Er war Sohn eines wohlhabenden Ritters, hatte aber, als gehörte er einem Hause des regierenden Adels an, beizeiten begonnen, sich als Ankläger in politischen Strafprozessen einen Namen zu machen.
So hatte er vor acht Jahren[59] unter anderem den C. Antonius, Ciceros einstigen Kollegen im Consulat, zu Fall gebracht. Drei Jahre darauf belangte er den L. Calpurnius Bestia wegen Amtserschleichung. Der Bestia-Prozeß endete mit einem Freispruch. Doch dann erhob er – aus denselben nicht näher genannten Gründen – gegen denselben Mann ein zweites Mal Anklage, und zwar wieder wegen Amtserschleichung. Nun aber kam Widerspruch: Bestias siebzehnjähriger Sohn klagte seinerseits Caelius an wegen »Störung der öffentlichen Ordnung« – wohl in der Hoffnung, mit Hilfe eines beschleunigten Verfahrens die Anklage des Caelius zu durchkreuzen.
Aus Ciceros Rede war nicht genau zu erkennen, was ihm denn eigentlich zur Last gelegt wurde, da Cicero nur die angeblichen Hintergründe des Prozesses beleuchtete, während der damals noch in Rom agierende Triumvir M. Licinius Crassus[60] den vordergründigen Hauptpart der Verteidigung übernommen hatte. Crassus war nun schon seit zwei Jahren tot, nachdem er bei Carrhae[61] gegen die Parther Schlacht und Leben verloren hatte.
Immerhin war so viel aus dem Plädoyer Ciceros zu erkennen, daß Caelius Rufus sich an Gewaltakten gegen eine königliche Gesandtschaft aus Alexandria beteiligt hatte.
Gaius erinnerte sich: Damals, vor sechs Jahren, befand sich eine Gruppe vornehmer Ägypter unter Führung des alexandrinischen Philosophen Dion in Rom. Es ging um die Rückführung des im römischen Exil

lebenden Königs Ptolemaeus XII. Auletes. Diese Gesandtschaft nun wollte beim Senat vorstellig werden, um gegen die Wiedereinsetzung des verjagten Königs Einspruch zu erheben.
Gaius weilte während dieser Zeit in Gallien, hatte von den Ereignissen nur am Rande gehört und sich im übrigen wenig dafür interessiert, denn die Intrigen und Kabalen am ägyptischen Hofe waren zu einem Dauerzustand geworden. Er war entschlossen, sich von Selenus Fakten über diese Affäre zu beschaffen.
Er las weiter. Nach Aussage der Rede mußte also Caelius in diesem politischen Geschäft seine Finger gehabt haben und nicht vor Mordtaten zurückgeschreckt sein, denn man fand Dion damals tot auf der Straße. Die Anklage lautete: Mord und Beihilfe zum Mord.
Gaius lehnte sich zurück. Handelte Caelius damals im Auftrag des Königs? Klar war, daß die Sache viel böses Blut verursacht hatte. Gaius erinnerte sich, daß Pompeius damals als Förderer des Rückführungsprojektes aufgetreten war. Dann aber hätte Caelius, von Ptolemaeus gekauft, zugleich im Sinne des Pompeius gehandelt. Seltsam, sehr seltsam!
Gaius las weiter. Cicero schilderte, wie er den jungen Caelius in das politische Leben eingeführt hatte – bis während seines Consulats im Zusammenhang mit der Catilinarischen Affäre eine Entfremdung eintrat: Caelius schloß sich vorübergehend Catilina an.
Dann kam er auf den Hauptanklagepunkt, die Ermordung Dions, zu sprechen, und er erkannte nun zwei Vorwürfe an, die auf ein eigenes Fehlverhalten des Caelius zielten: daß sich Caelius Gold geliehen und daß er sich Gift beschafft habe. Und da verschwamm es Gaius vor den Augen! Er mußte es mehrmals lesen:

> *Es handelt sich um zwei Punkte, um das Gold und um das Gift; hierbei geht es um ein und dieselbe Person. Das Gold hat man bei Clodia geliehen und das Gift besorgt, um es Clodia zu geben – so heißt es jedenfalls...*

Gaius starrte auf die Rolle. Clodia! Das war doch nicht möglich! Weiter hieß es:

> *Caelius brauchte das Gold; er lieh es von Clodia und lieh es*

ohne Zeugen; er behielt es, solange er wollte... In diesem Prozeß kommt es für uns einzig und allein auf Clodia an, ihr Richter, auf eine nicht nur berühmte, sondern ebenso berüchtigte Frau – ich will mich über sie nur verbreiten, soweit das für die Widerlegung der Anklage erforderlich ist...

Was dann folgte, ließ Gaius das Blut zu Kopf steigen!

Wenn sie nicht behauptet, daß sie dem M. Caelius Gold geliehen habe, wenn sie nicht den Vorwurf erhebt, Caelius habe sich Gift besorgt, das für sie bestimmt war, dann ist es eine Frechheit von uns, einer Bürgersfrau anders zu begegnen, als es die Achtung vor einer Dame erfordert. Wenn jedoch die Ankläger ohne diese Person nichts vorweisen können, keinerlei Vorwurf und kein Mittel, M. Caelius in Schwierigkeiten zu bringen: Haben wir Anwälte dann irgendeine Pflicht außer der, Verfolger zurückzuschlagen? Und ich täte dies noch nachdrücklicher, wenn ich nicht mit dem Ehemann dieser Person in Feindschaft lebte – mit dem Bruder wollte ich sagen; hier vertue ich mich jedesmal.

Gaius starrte auf die letzte Zeile. Wäre Cicero im Raum gewesen, er wäre auf ihn losgegangen! Doch dann gewann sein Verstand die Oberhand, und er suchte sich verzweifelt klarzumachen, daß die Clodia dieser beleidigenden Passage nicht *seine* Clodia war, sondern ihre ältere Schwester.

Unvermittelt sah er Clodias entsetztes Gesicht vor sich, als er ihr gestern im Zusammenhang mit Nausikaa den Namen von Caelius nannte, und hörte ihre Antwort: »Weil er ein Halunke ist! Er hatte auch einen sehr schlechten Einfluß auf meinen Bruder!« – »Was weißt du von ihm?« – »Nicht viel. Das Übliche...«

Verzweifelt suchte er in ihren Augen zu lesen: War das Unsicherheit? Scham? Lüge? Verstellung? Wie könnte sie so leichthin antworten, wenn...? Oder war es am Ende nur diese Art von Rufmord, die von Jahr zu Jahr zunehmend in den politischen Reden vor Senat, Volksversammlung und Gericht grassierte?

Er las weiter:

Ich will mich also mäßigen und nicht weiter vorgehen, als es mein Auftrag und die Sache selbst erfordern. Denn ich habe nie geglaubt, mit Frauen Feindschaften austragen zu sollen – schon gar nicht mit einer Person, von der alle Welt stets angenommen hat, sie sei eher jedermanns Freundin als jemandes Feindin.

Das war nicht seine Clodia! Er zwang sich weiterzulesen. Wie es Ciceros Art war, ließ er nun einen Vorfahren, den großen, vor über zwei hundert Jahren tätigen Ahnherrn Appius Claudius Caecus, den »Blinden«, die größte Autorität seiner Zeit, mit Clodia reden:

Weib, was hast du mit Caelius zu schaffen, mit einem jungen Mann, mit einem Außenstehenden? Warum warst du so eng mit ihm befreundet, daß du ihm Gold geliehen hast, dann wieder so verfeindet, daß du dich vor Gift fürchten mußtest? Hast du nicht gesehen, daß dein Vater, nicht gehört, daß dein Onkel, dein Großvater, dein Urgroßvater, der Vater und der Großvater deines Urgroßvaters Consuln waren? – Du hattest in einem erlauchten Hause in eine hochangesehene Familie geheiratet: Warum standest du mit Caelius auf so vertrautem Fuße?

Wen meinte er?

War er mit dir verwandt, verschwägert oder ein Freund deines Mannes?

Wen, beim Styx, meinte er? Lucullus?

Nichts von alledem. Was trieb dich also – wenn nicht deine zügellose Leidenschaft?

Nach weiteren rhetorischen Fragen hieß es:

Aber was lasse ich da eine so strenge Persönlichkeit auftreten, ihr Richter? Doch du Frauenzimmer – jetzt rede ich nämlich selbst mit dir –, wenn du deine Taten, deine Worte, deine Verdächtigungen, deine Ränke, deine Vorwürfe als begründet erweisen willst, dann mußt du darlegen und erklären, was es mit dieser Freundschaft, diesem innigen Verhältnis, diesem herzlichen Einvernehmen auf sich gehabt hat. Die Ankläger reden ja ständig von Vergnügungen, Liebschaften und Ehebrüchen, von Reisen nach Baiae, von Strandfesten, Tafeln und Trinkgelagen, von Gesang, Musik und Bootsfahrten, und sie geben zu erkennen, daß sie das alles mit deinem Einverständnis vorbringen. Dich hat wer weiß was für eine Aufwallung und Unbedachtheit getrieben, diese Dinge auf dem Forum und vor Gericht auszubreiten... Wenn du nun willst, daß ich mich moderner gebe, dann lasse ich den unfreundlichen und etwas groben Herrn beiseite und suche mir einen von deiner Generation aus, und zwar am allerliebsten deinen jüngsten Bruder Publius Clodius. Der ist in dieser Hinsicht ganz modern! Der liebt dich innig! Der hat sich angewöhnt – ich vermute, weil er sich ängstigt und vor Nachtgespenstern fürchtet –, stets nur mit dir – das herzige Bürschchen mit seiner älteren Schwester – zu schlafen...

Wütend hieb Gaius mit der Faust auf den Tisch, sprang auf und ging erregt im Zimmer auf und ab. Ja, er hatte von diesen Gerüchten gehört. Solche Dinge erreichten sogar Gallien. Aber er hätte es nie für möglich gehalten, daß ein Mann vom geistigen Niveau Ciceros solcherart im Schmutz wühlen würde, wobei er im übrigen überzeugt war, daß das Ganze aus der Luft gegriffen war. Er würde bei Cicero, falls er ihn vor seiner Abreise in die Provinz noch zu Gesicht bekam, darauf zu sprechen kommen.
Er setzte sich und las weiter.

Dir ist ein junger Mann aus der Nachbarschaft aufgefallen; seine strahlende Erscheinung und sein schlanker Wuchs, sein Gesicht und seine Augen haben es dir angetan. Du bemühtest dich, ihn öfter zu sehen; du hieltest dich mitunter im selben Park auf. Du, eine große Herrin, suchst ihn, den Sohn eines sparsamen und knauserigen Vaters, mit Hilfe deines Geldes an dich zu fesseln: du bringst es nicht fertig. Er ist widerspenstig, weigert sich, lehnt ab – deine Geschenke sind ihm nicht wertvoll genug. Du hast deinen

Besitz, den Park am Tiber, mit Bedacht dort angelegt, wo sich die ganze Jugend zum Baden versammelt! Dort kannst du dir Tag für Tag eine gute Gelegenheit aussuchen – warum setzt du dem hier zu, der nichts von dir wissen will?

Gaius war natürlich klar: Clodia, damals bereits Witwe, die Kronzeugin der Ankläger, sollte diskreditiert werden, sollte als die verlassene Geliebte des Caelius dastehen, so daß ihre haßerfüllten Aussagen gänzlich als unglaubwürdig angesehen werden mußten. Ein wahrhaft dialektischer, ja sophistischer Gedankengang: In einem ersten Schritt benutzte Cicero die von den Anklägern erhobenen und von Clodia bezeugten Vorwürfe der Goldleihe und der Giftbeschaffung, um daraus eine Liebesaffäre zu konstruieren; dann aber, in einem zweiten Schritt, diente die Liebesaffäre dem gleichsam entgegengesetzten Beweis, daß Clodias Zeugnis völlig wertlos sei. Gaius mußte nun, nachdem ihm Ciceros Strategie aufgegangen war, lächeln. Dieser Fuchs!
Er überflog den Rest der Rede, der sich weitschweifig mit Caelius' Lebenswandel befaßte und der sich nun doch entschuldigend auf das jugendliche Alter seines Klienten berief: Man wisse jetzt, mit wem Caelius »Ehebruch« getrieben: mit Clodia. Damit aber falle der Sittlichkeitsvorwurf der Ankläger in sich zusammen – Clodia führe ja das Leben einer Dirne, nicht das einer ehrbaren Frau, und Dirnenliebe sei jungen Männern seit eh und je erlaubt. Dann kam er auf den Mordfall Dion zurück.
Caelius solle sich Gold von Clodia geliehen haben, um damit Handlanger für einen ersten, nicht ausgeführten Mordanschlag gegen Dion zu dingen. Doch dieser Vorwurf werde insbesondere durch das Zeugnis eines gewissen Lucceius widerlegt, Dions römischem Gastgeber. Und zu dem Vorwurf, Caelius solle versucht haben, Clodia durch Gift zu beseitigen, nachdem sie seine Mordpläne erkannt habe, legte er mit triumphierendem Spott dar, daß es der Gegenseite nicht gelungen sei, des Corpus delicti, des Giftes, habhaft zu werden. Dabei zerpflückte er die Argumente der Ankläger und wies Widersprüche in ihrer Argumentation nach.
Die Rede schloß mit einer zusammenfassenden Darstellung von Leben und Charakter des Angeklagten und gipfelte in der Feststellung, die

Richter hätten es im Grunde hier mit einem anständigen, begabten und verheißungsvollen jungen Mann zu tun, gegen den eine Verleumdungskampagne veranstaltet würde.

Ein Nachsatz von Selenus besagte: Cicero vermochte die Geschworenen zu überzeugen, denn Caelius wurde freigesprochen. Damit stand ihm der Weg zu den Ämtern offen.

Gaius legte die letzte Rolle aus der Hand, lehnte sich zurück und überlegte. Ihm war klar, daß diese Geschichte der Liebesaffäre mit Clodia von Cicero – wenn nicht gänzlich erfunden, so doch mächtig aufgebauscht worden wir, um seinem unvorsichtigen jungen Freund aus der Klemme zu helfen.

Zugleich aber bestürmten ihn die Hauptfragen: In welcher Beziehung stand Caelius zu Nausikaa? Hatte Nausikaa etwas mit dem Mordanschlag auf der Bühne zu tun? Wenn ja – dann auch Caelius?

18

Gaius ging langsam nach unten. Er war nicht in der besten Laune, als ihm Alexander und Archelaos begegneten. Alexander hatte bereits die Rechte zum Gruß erhoben und den Mund zur Meldung geöffnet – aber Gaius ging mit abwesendem Gesicht an ihm vorbei in die Bibliothek. Die beiden schauten sich an, und Archelaos hob ratlos die Schultern. Dann folgten sie ihm.

Gaius legte Ciceros Rede auf den Tisch und blickte gedankenverloren in Alexanders Augen. Alexander stand stramm und machte einen neuerlichen Versuch, seine Beobachtungen loszuwerden – und er tat es ganz nach Art eines Centurio aus Caesars Zehnter: »Alexander bittet, Meldung machen zu dürfen!«

Wie ein wachsamer Hund beobachtete er jede Regung seines Herrn. Doch der schien immer noch nichts zu hören. So steigerte sich Alexander in die höchste Stufe des ihm zur Verfügung stehenden Diensteifers. Er wiederholte die stramme Prozedur und brüllte: »Alexandros, Sohn des Alexandros aus Theben, bittet dem Legaten Gaius Volcatius Tullus unbedingt Meldung machen zu dürfen!!!«

»Wie?« Gaius kam zu sich. »Was schreist du denn so? – Ja, dann fang mal an!«

Alexander warf Archelaos einen Blick zu: Na also!

»Meldung! Ein langnasiger Knabe hielt es für notwendig. Nicht wahr, Archelaos?«

»Unbedingt!«

»Was?« fragte Gaius.

»Wir waren gerade dabei, einen Spähtrupp in den göttlichen Garten der Venus zu laufen, als der Knabe erschien. Nicht wahr, Archelaos?«

»So ist es«, nickte dieser.

»Was für ein Knabe?«

»Schon etwas älter.«

»Aussehen?«

»Länglich. Besonders die Nase!«

»Kleidung?«

»Römisch!«

»Gesicht?«

»Nichtrömisch!«

»Wieso?«
»Anbetracht dessen die Nase zu lang war, hatte er die Härchen durchaus zu kurz.«
»Sklave?«
»Nein. Ringellöckchen. Hübsch – nicht wahr, Archelaos?«
»Zweifellos. Nur zu kurz.«
»Hautfarbe?«
»Bronze.«
»Welchem Volk der Sterblichen würdet ihr ihn also zuordnen?«
»Ägypter, Herr! Unbedingt Ägypter! Sie schleichen immer in Gärten herum und stecken ihre zu langen Nasen in Sachen, die sie nichts angehen. Nicht wahr, Archelaos?«
»Sehr korrekt!«
»Gut«, sagte Gaius, und Alexander faßte das als Lob auf. »Berichte weiter!«
Alexander beschrieb nun die Szene in Nausikaas Garten und wies besonders darauf hin, daß der »Knabe« über einen Schlüssel zum Gartentor verfügte.
Gaius hatte mit größtem Interesse zugehört. »Ist euch etwas Besonderes aufgefallen?«
»Jawohl! Statt die Nase versteckte er seine Äuglein unter einer Maske.«
»Ach!«
»Ja, und er hielt es unbedingt für nötig, sich schnell unsichtbar zu machen. Als wir ihm folgten, war er plötzlich wie vom Erdbeben verschwunden!«
»…Erdboden!« verbesserte Gaius. »Das habt ihr gut gemacht!« Sie strahlten.
»Herhören!«
Sie erstarrten zu Säulen.
»Ihr verlaßt auf keinen Fall das Haus! Für Botengänge bereithalten!«
»Jawohl! Boten bereithalten! Auf keinen Fall!«
»Wegtreten!«
Sie trollten sich.
Gaius aber wanderte in Gedanken auf und ab. Man mußte unbedingt mit Publilius Syrus reden. Er rief Archelaos und trug ihm auf, Selenus und Cornificius zu informieren, daß er vielleicht etwas später zurück sein werde. Dann verließ er das Haus.

Er fand die Truppe im Theater. Publilius gab sich wie immer, obwohl er schlecht aussah.
»Ist Nausikaa hier?«
»Nein. Sie hat sich krankgemeldet.«
»Ach! Ist sie öfters krank?«
»Nein. Dies ist das erste Mal, seit sie in meiner Truppe ist. – ‚Ein Weib, das einsam denkt, erdenkt sich Arges!'«
»Du mußt es ja wissen…«
»‚Gut redet, wem die Wahrheit leiht die Zunge.'«
»Sehr schön! Dann wollen wir uns gleich daran halten!«
»Was willst du hören?«
»Was weißt du über Nausikaa?«
»Alles, soweit es für mich wichtig ist.«
»Was heißt das?«
»Sie ist meine beste Darstellerin.«
»Das ist bekannt. Was sonst?«
»Nichts. Mehr brauch' ich nicht.«
»Aber ich. Ist sie Sklavin?«
»Nein. Ich lernte sie in Athen kennen.«
»So? War sie verheiratet?«
»Ja. Aber damals war sie bereits Witwe. Sie sagte es jedenfalls.«
»Das klingt so, als ob du ihr das nicht abnimmst!«
»Das habe ich nicht gesagt.«
»Wie alt ist sie?«
»Unwichtig. Sie ist in den besten Jahren.«
»Hat sie Freunde, Verehrer, Liebhaber?«
»‚Die Frau, die viele freit, gefällt nicht vielen.'«
»Aha. Gehört sie zu diesen?«
»Das ist möglich. Aber mich interessiert ihr Privatleben nicht.«
»Das sollte es aber!«
»Warum?«
»Weil allem Anschein nach Mitglieder deiner Truppe in eine politische Affäre verwickelt sind, auf deren derzeitigem Höhepunkt ein Mord in diesem Theater geschah. Du kannst also nicht so tun, als ob dir das alles gleichgültig sei.«
Publilius ging auf den scharfen Ton nicht ein, sondern entgegnete lächelnd: »‚Besonnenheit siegt leichter als Erregung.'«

Nun konnte Gaius nicht mehr an sich halten und rief: »Ich glaube, noch vor den Totenrichtern im Hades hättest du einen deiner Sprüche auf der Zunge!«
»‚Den Tod verachten heißt die Furcht besiegen. Mord ist Verletzung des Naturgesetzes.'«
»Einverstanden, ja! Aber kommen wir nicht vom Thema!« Gaius spürte, wie seine Ungeduld in Zorn umzuschlagen schien. Doch er riß sich zusammen, weil er wußte, daß Publilius auch und gerade bei einer harten Entgegnung und Rüge um so eher mit einer seiner Sentenzen parieren würde. Behutsam begann er noch einmal: »Du weißt also nicht, mit wem sie Umgang pflegt?«
»Nein.«
»Schade. – Aber eine andere Frage: Wer hat mit dir den Vertrag dieser Aufführung abgeschlossen? Wer bezahlt das Honorar, die Kostüme, die Ausstattung?«
»Ich dachte, du wüßtest es… Caelius Rufus!«
Gaius starrte ihn überrascht an.
»Ach nein! Mit wem hat er verhandelt?«
»Na, mit mir. Mit wem sonst?«
»Soso… Wie kam es dazu?«
»*Per deos!* Du stellst seltsame Fragen! Ich bin nicht nur Dichter und Schauspieler. Ich bin verantwortlich für meine Mimen. Die Leute kommen zu mir, wenn sie ein Stück haben wollen, und ich nenne den Preis.«
»Kann es nicht auch umgekehrt sein, daß du zu den ‚Leuten' gehst und ihnen ein Stück anbietest?«
»Nein. Wie stellst du dir das denn vor? Man merkt, daß du lange in Gallien warst: ‚Nichts geben, wenn man immer gab, lehrt stehlen.'«
»Gewiß, Du spielst also für jeden, der dir einen prall gefüllten Beutel auf den Tisch stellt!?«
»Aber ja. Wir leben in Rom und nicht auf der Insel der Seligen.«
»Gut. Sagen wir: Ich komme zu dir, lege dir zweitausend Sesterzen[62] hin und sage: Lieber Publilius, schreib mir eine handfeste Satire über Pompeius! Was machst du?«
Endlich glaubte er, ihn in die Enge getrieben zu haben.
Doch Publilius lächelte überlegen. »‚Menschen denken an sich selber, wenn sie fremdes Leid erbarmt…'«

»Ich habe dich etwas gefragt! Würdest du mir willfahren?«
»Natürlich.«
Die offene Antwort war entwaffnend.
Zornig rief Gaius: »Du bist ein skrupelloser Opportunist!«
Publilius aber entgegnete ruhig: »‚Der Schimpf, den gute Sache bringt, ist Ehre. Der Mensch denkt immer anders als das Schicksal.' – Für mich ist da kein Unterschied, über wen ich schreibe und für wen ich spiele. Ich bin ein Mensch, und nichts Menschliches ist mir fremd. Wann willst du das Stück haben?«
Er hielt ihm schalkhaft die offene Hand hin.
Gaius lachte kurz auf.
»Ich glaube kaum, daß Pompeius dir für das Stück, das ich von dir haben möchte, dieses Theater zur Verfügung stellen würde.«
»Das macht nichts. Dann schlagen wir unsere eigene Bühne daneben auf. Wovon soll die Fabel handeln?«
Meinte er das ernst? Verwirrt nahm Gaius zur Kenntnis, daß Publilius, falls er ihn darum bitten würde, sich auf der Stelle daranmachen würde, eine Satire über Pompeius zu schreiben. Er blickte lange in dieses feine Gesicht und sagte: »Du spielst ein gefährliches Spiel.«
»Du wiederholst dich. Das Leben ist immer ein Spiel. Man muß das Beste daraus machen. Willst du ein Stück haben?«
Und in diesem Augenblick hatte Gaius die wahnwitzige Idee: »Ja. Ich werde dir die Fabel beschaffen. Du wirst von mir hören.«
Und ohne Abschied entfernte er sich schnell.

19

Der Schwung des tolldreisten Gedankens hielt an, als er ins Volcatische Haus trat.
Eugenia steckte den Kopf aus der Küche und sagte: »Endlich sieht man dich wieder mal lachen, Herr!«
»So? Na, stattdessen wird in Kürze einige andere das große Weinen überkommen! – Ist der Patron da?«
»Ja, auch der Dichter. Sie sind bei Selenus in der Bibliothek.« Er betrat forsch den Raum.
»Gut, daß du kommst, Gaius«, sagte Lucius Volcatius. »Ich bin heute abend bei Atticus eingeladen. Er gibt ein Abschiedsessen im kleinen Kreise für Cicero.«
Der Patron war schon im Mantel.
»Das trifft sich gut«, sagte Gaius. »Dann könntest du beide unauffällig nach Einzelheiten des Caelius-Prozesses fragen.«
»Ja. Selenus berichtete mir davon.« Er ging auf Gaius zu. »Würdest du mich bitte zur Tür begleiten...«
Als sie den Raum verlassen hatten, legte ihm Lucius die Hand auf die Schulter und sagte: »Du hast dich da in eine gefährliche Sache eingelassen. Das ist etwas anderes als dein kürzliches Eintreten für diesen Bauern aus Caere. Nach dem, was Selenus mir erzählt hat, läßt sich mit Sicherheit sagen: Du bist dabei, in ein Wespennest zu stechen!«
»Ich weiß es, Vater«, nickte Gaius.
Lucius hängte noch an: »Nur eins beruhigt mich dabei...«
»Pompeius?«
»Ja. Er wird seine Hand über dich halten. Das ist gut.«
»Es bleibt ihm allerdings auch nichts anderes übrig.«
Sie gingen zur Tür.
»Ganz gleich, wie die Sache ausgeht – für dich und für uns alle wird sie einige Bedeutung haben. Brauchst du meine Hilfe?«
»Nein. Es sei denn, du würdest einige interessante Einzelheiten über Caelius Rufus erfahren.«
Lucius nickte.
Sie trennten sich, und Gaius ging zurück in die Bibliothek.
»Ich habe einen neuen Auftrag für dich!« begrüßte Gaius den Freund.

Cornificius, der mit einer Exkursion im Zusammenhang mit dem Fall »Caelius« rechnete, merkte auf: »Gut. Was ist es?«
Gaius reckte sich: »So höre denn, Dichterfürst! Du wirst dir Ciceros Rede *‚Für Caelius‘* vornehmen und alles andere, was Selenus noch auftreibt…«
»Warum denn das?«
»Dann wirst du dich zwei Tage in ein stilles Kämmerlein einschließen, nicht lange auf den Kuß der Muse warten, sondern auf der Stelle mit der Arbeit beginnen!«
»Was denn für eine Arbeit?«
»Du wirst anhand der Fakten des Caelius-Prozesses ein freches Stück zu Papyros bringen – des Inhalts, daß auf einen alexandrinischen Gesandten namens Dion ein Mordanschlag verübt werden soll. Du wirst die handelnden Personen, insonderheit die im Hintergrund agierenden, so zeichnen, daß der dümmste Senator erkennt, um wen es sich in Wahrheit handelt…«
»Sag mal – bist du verrückt?« Cornificius riß Mund und Augen auf.
»Ferner wirst du Pompeius so beschreiben, daß auch er allen Betrachtern und Zuhörern sofort kenntlich wird!«
Gaius hielt inne und betrachtete lächelnd den Freund, der um einen Schritt zurückwich, wie abwehrend beide Hände hob und sich an Selenus wandte: »Selenus! Sag's ihm! Sag du ihm, daß er nun total verrückt geworden ist! Das kann er doch nicht machen!«
Selenus lächelte und sagte: »Ich weiß zwar noch nicht, was er damit bezweckt, aber er wird seine Gründe haben.«
»Hört zu, Freunde!« sagte Gaius. »Ich gehe davon aus, daß Caelius Rufus etwas mit der Sache zu tun hat. Außerdem ist da ein Ägypter aufgetaucht, der sich heimlich mit Nausikaa trifft. Und wißt ihr, wer den *‚Lupus‘* in Auftrag gegeben und finanziert hat? – Caelius!«
»Woher weißt du das?« fragte Cornificius.
»Von Publilius.«
»Dann steckt Pompeius selbst dahinter!« rief Cornificius.
»Schön und gut.« Selenus ergriff das Wort. »Aber nun mußt du uns schon erklären, was du mit diesem Stück, das Cornificius schreiben soll, bezweckst. Mir scheint, wir entfernen uns vom eigentlichen Anlaß des Ganzen, dem Mord an dem Schauspieler Protogenes.«

»Keineswegs. Jeder Schritt bringt uns dem Täter näher. Und das Stück wird – ich weiß zwar noch nicht wie – ein entscheidender Schritt sein. Du solltest sofort damit beginnen. Er wird in diese Falle laufen! Im übrigen werde ich es unabhängig vom Ergebnis unserer Untersuchungen zur Aufführung bringen, um gewissen Leuten einen Denkzettel zu geben. – An die Arbeit, Freunde!«

Er nahm ein Bad. Dann beauftragte er Archelaos, bis nach Eintritt der Dunkelheit das Haus des Caelius an der Porta Collina unauffällig zu beobachten.

»Und ich?« fragte Alexander.

»Mitkommen!«

Nach zehn Minuten hatten sie den Aventin erreicht. An der Haustür zögerte Gaius. Vielleicht war mit einem Blick über die Gartenmauer mehr zu entdecken.
Er ging mit Alexander um den Block herum, den Pfad entlang und erreichte den Bauplatz an der alten Mauer.
Sie lauschten. Nichts regte sich. Die Dämmerung hatte begonnen, und das war für ihr Vorhaben günstig. Gaius gab Alexander mit der Hand ein Zeichen, und sie kletterten auf den Steinhaufen an der Gartenmauer.
»Beinahe wie in Avaricum, Herr!« grinste Alexander.
»Maul halten!« schnauzte Gaius mit gepreßter Stimme.
Sie hoben vorsichtig die Köpfe. Im Garten war niemand zu sehen. Auch das Haus schien ruhig.
Gaius tippte Alexander an: »Los, rüber! Ich folge nach!«
»Jawohl! Nach!«
Und schon rollte er über die Mauerkrone und ließ sich an der Wand hinab gleiten. Gaius folgte ebenso rasch und lautlos nach. Dann schlichen sie im Schutz der Büsche am äußeren Rand des Gartens entlang, bis sie die *Pergula* erreichten. In diesem Augenblick hörten sie hinter sich, an der äußeren Mauer, ein schlurfendes Geräusch. Sie beugten sich zurück und erkannten im Dämmerlicht zwei Gestalten, die wie sie selbst über die Mauer kletterten.
»Die göttlichen Besucher der Venus scheinen alle unbedingt etwas gegen Türen zu haben, Herr...«
»So ist es.«
»Soll ich den Knaben den richtigen Weg zeigen?«
»Später, mein Junge. Wir wollen erst ihren Empfang abwarten.«
Es war schon zu dunkel, um Einzelheiten der Gestalten auszumachen; nur soviel war zu erkennen, daß sie Kapuzen trugen.
»Wußte gar nicht, daß Priester so gut klettern können!«
»Ihr gutes Recht! Maul halten!«
Die »Priester« schlichen in gebückter Haltung den mittleren Weg entlang. Sie schienen sich sehr sicher zu fühlen. Auf halber Strecke machten sie halt und besprachen sich. Gaius und Alexander spitzten die Ohren,

konnten aber nichts verstehen. Dann gingen die beiden in aufrechter Haltung zum Haus und verschwanden. Es blieb ruhig.

»Komm!« flüsterte Gaius.

Sie schlichen zum Haus. Während Gaius noch überlegte, ob die Burschen nur die Wohnung durchsuchen wollten, bemerkte er, wie das hintere Gartentor geöffnet wurde. Im gleichen Augenblick hörten sie im Hause jemanden schreien.

Ohne zu zögern sprangen sie vor und stürzten zum Eingang. Als sie kurz zurückblickten, sahen sie nur noch, wie eine große Gestalt sich hastig zurückzog und das Gartentor schloß.

»Los!«

Sie sprangen auf und erreichten mit gewaltigen Sätzen den Gang, der zum Atrium führte. Die Halle war leer. Der Lärm kam aus einem der seitlichen Räume.

Gaius sprang vor, riß die Tür auf. Einer der beiden stand vor Nausikaa und bedrohte sie mit einem gebogenen Messer. Der zweite schien das Wort zu haben. Doch ehe es sich Gaius und Alexander versahen, flüchtete der zweite durch die offenstehende Tür. Gaius hastete ihm nach.

Der andere fühlte sich sehr sicher, denn er grinste Alexander mit einem höhnischen Blick an. Das war sein Fehler, denn ehe er sich versah, trat und schlug Alexander zugleich: Sein Fuß traf den Magen, die Linke das Handgelenk, und fast im gleichen Augenblick schlug er mit der Rechten zu und zertrümmerte seinem Gegner mit diesem ungeheuren Hieb die linke Schläfe, daß er wie ein Sack langsam zu Boden ging – und großes Erstaunen war in seinem Blick vor seinem Abgang in den Hades.

»Noch Fragen? Na, dann eben nicht...«

Nun erst wandte sich Alexander Nausikaa zu, die diese blitzschnelle Aktion mit weit aufgerissenen Augen, beide Hände vor den Mund gepreßt, verfolgt hatte. Sie zitterte am ganzen Leibe.

Alexander rieb sich die Knöchel seiner Rechten, setzte sein gewinnendstes Lächeln auf und stellte fest: »Das ist unbedingt kein Anblick für zarte Mädchen. Darf ich die Herrin Anbetracht dessen aus dem Raume führen...«

»Wer... wer bist du?« fragte sie, denn sie hatte ihn in der beginnenden Dunkelheit nicht erkannt.

Da reckte er sich zu seiner ganzen Größe und sagte bescheiden: »Ich bin nur Alexandros, Sohn des Alexandros aus Theben. Und ich sage

dir: Nicht länger werden dich hinfort solche Knaben zur Stunde des Sonnenuntergangs mit ihren krummen Messerchen erschrecken.«
Aus dem Atrium kam Gaius atemlos heran. »Wo ist er?«
»Bei seinen Vätern.«
»Schade, ich hätte einige Fragen an den Knaben gehabt, zumal mir der eine entwischt ist. – War das nötig?«
»Es ließ sich durchaus nicht umgehen. Hasse Messerspitzen, die mir entgegengehalten werden.«
Gaius nickte. »Du gehst jetzt zum Caelius und holst vier Leute, die den Burschen hier vor der Mauer verscharren.«
Dann wandte er sich Nausikaa zu: »Wo sind die Kinder?«
»Die Kleinen schlafen.«
»Und der Große?«
»Marcus? Er ist bei Publilius.«
»Was macht er da?«
»Publilius unterrichtet ihn.«
Er stellte keine weitere Fragen nach dem Jungen.
»Wohnst du allein in diesem Hause?«
»Ja, bis auf Sabina.«
»Wer ist das?«
»Eine alte Sklavin. Sie hält das Haus in Ordnung und kümmert sich in meiner Abwesenheit um die Kinder.«
»Wo ist sie jetzt?«
»Auf ihrem Zimmer.«
»Was? Bei dem Lärm!«
»Sie ist schwerhörig.«
Nausikaa ging sie holen. Schon als sie aus dem Flur trat, hielt Sabina die linke Hand hinters Ohr. Sie schien um die Sechzig zu sein, war einfach und säuberlich gekleidet und hatte ihr schütteres Haar in einem dünnen Knoten am Hinterkopf gebündelt. In der Rechten hielt sie eine Öllampe, und das Licht des Flämmchens tanzte geheimnisvoll auf ihrem runzligen Gesicht. Ihre Hände waren knochig und rauh. Sie kam nahe an Gaius heran, machte die Andeutung einer Verbeugung – dabei hielt sie immer noch die Linke am Ohr –, neigte sich nach vorne und hielt sich für eine Frage oder einen Auftrag bereit. Sie war ganz bei der Sache.
»Hast du nichts gehört, Alte?«
Sie hielt den Kopf schief und lauschte dem Klang seiner Stimme nach.

»Nein, Herr. Was… was soll ich denn gehört haben? Dieses Haus ist immer sehr still. Schönes Haus! Schönes Haus!«

Gaius nickte und lächelte ihr freundlich zu: »Bist du immer im Hause?«

Sie verstand nicht, kam noch näher heran und schaute auf Gaius' Mund, als er die Frage wiederholte.

»Ja, ja.« Sie nickte eifrig. »Immer! Immer im Hause. Schönes Haus! Schönes Haus! Schöne Herrin!… Schöne Kinderchen!«

Bei jedem Lob nickte sie eifrig. Gaius wandte sich an Nausikaa: »Sag ihr, sie kann gehen.«

Die Alte schlurfte davon und murmelte: »Schöner Herr!… Schöner Herr!«

»Wie lange hast du sie?«

»Seit vier Jahren. Seit ich hier wohne.«

»Hast du sie mit dem Haus gekauft?«

»Ja. Das war die Bedingung beim Kauf.«

»Weiteres Personal hast du nicht?«

»Nein. Das heißt, manchmal schickt mir Publilius seinen Gärtner. Der Garten wird der Alten zuviel.«

Sie zitterte immer noch leicht. Er nahm ihren Arm und führte sie in den Raum, von dem aus man in den Garten blicken konnte. Nun lag er im Dämmer des Abends. Sie setzten sich.

»Du läßt mich beobachten?«

Mit dieser Frage hatte er gerechnet.

»Sagen wir eher: Ich lasse dich beschützen.«

Er studierte ihr Gesicht. Keine Regung verriet ihre Gedanken. Sie zeigte wieder nur die Maske. Da sie aber keine weiteren Fragen stellte, spürte er, daß sie nicht bereit war, sich ihm zu öffnen, falls er in sie dringen würde. Er versuchte es trotzdem.

»Kanntest du die beiden Burschen?«

»Nein.«

»Was wollten sie von dir?«

»Na, was wohl! Geld… Schmuck!«

Er wußte, es war gelogen.

»Sprachen sie Latinisch?«

»Ja.«

»Mit Akzent?«

Ihm war sogleich das Kraushaar des Toten aufgefallen.
»Ja. Warum?«
»Nun, der Bursche nebenan sieht nicht wie ein Römer, Kelte oder Grieche aus.«
Sie schwieg. Nur ihre Finger verrieten etwas von der großen Spannung, unter der sie stand. Sie bewegten sich unkontrolliert. Und er zögerte nicht, die entscheidende Frage zu stellen.
»Du hast öfters Besuch bekommen...«
»Ich habe viele Freunde. Willst du es mir verbieten?«
»Seltsam, daß er immer die Hintertür benutzt und sie mit einem eigenen Schlüssel öffnet.«
Sie suchte verzweifelt, seinem Blick standzuhalten.
»Wenn du's weißt – warum fragst du?«
»Wer ist der Mann?«
Sie versuchte ein Lächeln: »Darf ich keinen Verehrer haben?«
Er stand auf und sagte hart: »Du scheinst immer noch nicht zu begreifen, in welcher Lage du dich befindest. Du selbst batest mich, in dieser Sache deine Interessen wahrzunehmen. Wenn ich also frage, dann nur, um Klarheit zu gewinnen.«
Er trat vor sie hin.
»Der Mann ist Ägypter, nicht wahr?«
»Ja.«
»Wie heißt er?«
»Ahmose.«
»Woher kennst du ihn?«
»Vom Theater.«
»Ah ja, was will er?«
»Na, was wohl!«
Sie schaute an ihm vorbei in den dunklen Garten.
In diesem Augenblick tat sie ihm unendlich leid – so wie damals auf dem Fest bei Autronius Paetus. In jungen Jahren war es ihr nicht gelungen, einen potenten Verehrer so an sich zu fesseln, daß sie von seinen Geschenken bis ans Ende ihrer Tage leben konnte.
Aber er mußte mehr wissen.
»Was macht er in Rom?«
»Das weiß ich nicht.«
»Ist er Geschäftsmann?«

»Möglich. Wir sprechen nicht darüber.«
»Das solltest du aber tun!«
Er ging auf und ab. Es war ihm klar, daß dieser Ahmose sie aus einem ihm nicht bekannten Grund in seiner Gewalt hatte. Gaius hatte von Anfang an ihre plumpe List durchschaut, den Ägypter für ihren Liebhaber auszugeben. Er überlegte, ob er ihr das auf den Kopf zusagen sollte. Er sah sie an: Sie war immer noch schön, trotz der Schatten unter ihren Augen und den beiden scharfen Falten zu seiten des Mundes. Er trat zu ihr.
»Wenn du noch etwas über diesen Ahmose zu sagen hast… Du weißt, daß ich es gut mit dir meine. Du verschweigst mir etwas! Du hast Angst.«
Er beugte sich zu ihr hinunter.
»Womit bedroht man dich?«
Sie schaute hoch, schnell, gehetzt, senkte den Blick und schwieg. Dann stand sie auf, ging zum Fenster und blickte in den Garten. Leise sagte sie: »Ich habe dir nichts zu sagen.«
Er trat neben sie.
»Ich nehme an, daß du gute Gründe dafür hast. Solltest du deine Meinung ändern, stehe ich dir jederzeit zur Verfügung.«
In diesem Augenblick wurde der Türklopfer betätigt. Gaius öffnete. Es war Alexander mit den Sklaven. Gaius gab ihnen Anweisung, wohin sie den Toten zu bringen hätten. Als er mit Alexander wieder ins Atrium trat, war die Alte dabei, den Boden zu waschen, obwohl der Tote keine Spuren hinterlassen hatte.
»Schöne Leiche! Schöne Leiche!« hörte er sie murmeln.
Beim Abschied sagte Gaius zu Nausikaa: »Ich werde dir einen Priester schicken, der das Haus entsühnt.«
Sie begleitete ihn bis zur Tür.
Er sagte noch einmal: »Wenn man dich bedroht, laß es mich wissen!«
Sie nickte und ging ins Haus zurück.
Gaius und Alexander waren schon hundert Schritt gegangen, als Alexander begann: »Herr!«
»Ja?«
»Die Frau tut mir unbedingt leid.«
»Warum?«
»Sie hat keinen, der Anbetracht dessen auf sie aufpaßt.«
»Korrekt. Darum wirst du das übernehmen.«

»Ehrlich?« Er blieb stehen.
»Aber ja. Nur darfst du nicht jeden Besucher gleich in den Hades schicken.«
Alexander holte ihn wieder ein.
»Gewiß, Herr, nur solche, die mit langen Messerchen herumlaufen.«
»So ist es.«
Nun blieb Gaius stehen.
»Sag mal, die Gestalt am Gartentor, war das der Ägypter, den du, ..?«
»Unbedingt!«
»Wir müssen den Mann finden!«

21

Wieder im Hause am Caelius, bat Gaius Selenus, Cornificius und Alexander zu einer Besprechung in die Bibliothek. Er informierte sie über den Vorfall bei Nausikaa und schloß: »Sie wird mit Sicherheit erpreßt. Die Angst stand ihr ins Gesicht geschrieben.«
Cornificius fragte: »Womit könnte man sie denn erpressen? Wer ist sie denn? Eine völlig belanglose Schauspielerin aus Publilius' Truppe!«
Selenus überlegte: »Sie scheint etwas zu wissen, was mit dem Mord an Protogenes zusammenhängt. Dieses Etwas müssen wir herausfinden. Wie man sie erpreßt, ist belanglos. Man könnte ihr einfach damit drohen, ihre Kinder zu entführen und als Sklaven zu verkaufen. Oder man sagt ihr: Wie die Dinge liegen, sei es einfach, sie vor Gericht zu bringen und ihr den Mord anzuhängen. Nichts ist leichter, als auf einen in die Enge getriebenen Menschen Druck auszuüben.«
Sie schwiegen.
Dann sagte Gaius: »Nach dem, was Alexander und ich gesehen haben, handelt es sich um Ägypter, die sich für sie interessieren.«
»So ist es!« rief Alexander. »Stecken ihre langen Nasen in Sachen, die sie nichts angehen!«
»Das seltsame dabei ist, daß diese Brüder sich aus dem Wege gehen…«
»Werde die Knaben durchaus hübsch zusammenbringen!«
»Warum nennt sie dir nicht die Adresse dieses Ahmose?« fragte Cornificius. »Das ersparte uns Zeit, Mühe und Ärger.«
Gaius nickte.
Cornificius fuhr fort: »Warum hast du ihr nicht auf den Kopf zugesagt, daß Caelius seine Hände im Spiel hat?«
»Das kann ich dir sagen: Diese Frau ist am Ende! Sie würde, um sich und ihre Kinder zu retten, Caelius in jeder Beziehung zu Diensten sein. Mit Druck erreichen wir gar nichts.«
»Was hältst du davon«, sagte Cornificius, »wenn wir Pompeius informieren und ihn bitten, uns eine entsprechende Zahl von Leuten zur Verfügung zu stellen, damit wir die Häuser von Caelius Rufus, Nausikaa und Publilius Tag und Nacht beobachten können?«
Selenus lächelte im voraus, denn er wußte, was nun kam.
»Nichts da!« brauste Gaius auf. »Wir sind nicht die Handlanger des Pompeius! Im übrigen…«

»Beim Mercurius!« fiel ihm Cornificius ins Wort. »Wie willst du denn sonst an die Hintermänner herankommen?! Du kannst doch nicht einfach zu Caelius gehen und beginnen: ‚Ich bin der liebe Gaius Volcatius, würdest du mir bitte sagen, warum du in diesem makabren Spiel mitmachst und welche Rolle du dabei spielst?'«
Statt einer Antwort starrte Gaius den Freund an, was diesen zu der in solchen Fällen üblichen Feststellung animierte: »Aber ich sag's ja immer: Wen die Götter verderben...«
Da rief Alexander: »Durchaus Ruhe! Mein Herr denkt nach!« Und er hob, Aufmerksamkeit heischend, beide Hände.
Alle sahen Gaius an, und endlich begann dieser: »Wir werden Caelius einen Brief schreiben.«
»Briefe sind immer hübsch!« erinnerte sich Alexander.
»...des Inhalts, daß ein gewisser Selenus Fakten sammelt...«
»Sammeln macht auch immer Spaß!«
»...über gewisse Ereignisse im Zusammenhang mit der Ermordung eines gewissen Dion...«
»Die Totengötter seien ihm gnädig!«
»...mit der Begründung, daß besagter Selenus an einem großen historischen Werk über die Geschichte der letzten hundert Jahre arbeitet...«
»Was zweifellos durchaus stimmt! Nicht wahr, Selenus?« Selenus öffnete erstaunt den Mund.
Cornificius rief: »Jetzt ist er total übergeschnappt!«
Gaius hob die Hand: »Ich bin noch nicht fertig. Du, Cornificius, wirst in drei Tagen das Stuck fertig haben und mit Publilius die Besetzung durchgehen. Wir werden überall in der Stadt verbreiten lassen, daß ‚*Die Gesandtschaft*' in Kürze zur Aufführung gelangt. Das Weitere läuft dann von alleine.«
Gaius rieb sich vergnügt die Hände.
Selenus schaute verschmitzt lächelnd von einem zum andern.
»Also, eins muß man dir lassen: Du verstehst es, den Dingen eine unvorhergesehene Wendung zu geben!«
»Deine Schule!« bemerkte Gaius trocken und rief: »An die Arbeit, Freunde! – Alexander!«
»Hier, Herr!« Er bebte vor strammer Geradheit.
»Haus der Nausikaa im Auge behalten! Archelaos wird – wenn er wie-

der hier ist – dich in zwei Stunden ablösen. Falls dieser Ahmose auftaucht, auf den Fersen bleiben! Wohnung feststellen!«

»Jawohl! Archelaos im Auge! Nausikaa ablösen! Wohnung auftauchen!«

»Wegtreten!«

Zack! flog die Rechte nach oben, und in soldatisch einwandfreier Haltung verließ er die Bibliothek.

22

Alexander und Archelaos, dazu einige Sklaven vom Gesinde, wechselten sich bei der Bewachung von Nausikaas Haus und Garten ab, aber die Ägypter ließen sich nicht mehr blicken.
»Das war zu erwarten«, nickte Gaius zu der eingehenden Meldung. Der Brief, den Selenus und Gaius gemeinsam aufgesetzt hatten, ging am nächsten Morgen *mit* einem Boten an Caelius Rufus ab. Er lautete:

> *Selenus Volcatius Tullus grüßt Marcus Caelius Rufus.*
> *Seit langem arbeite ich an einem Buch, das sich zum Ziel gesetzt hat, die Ereignisse der letzten hundert Jahre für die Nachwelt festzuhalten. Einen besonderen Platz nehmen dabei die Geschehnisse ein, deren Zeitgenossen wir alle sind. In diesem Zusammenhang las ich kürzlich eine Abschrift jener Rede, die Cicero vor ein paar Jahren zu Deiner Verteidigung gehalten hat. Dabei sind mir einige unklare Punkte aufgefallen, über die ich mich gerne mit Dir unterhalten würde. So bitte ich um Mitteilung, ob und wann ich Dich aufsuchen kann.*
> *Ich hoffe, daß Du gesund bist.*

Sie waren sich einig, daß Caelius nicht sofort auf diesen Brief reagieren, sondern erst mit sich zu Rate gehen würde. Um seine Gesprächsbereitschaft zu beschleunigen, sollte die Nachricht von der bevorstehenden Aufführung der »Gesandtschaft« überall in der Stadt verbreitet und ihm so auf indirektem Wege zugetragen werden.
Alexander aber bot sich an, das Haus des Caelius Rufus am Quirinal hoch einmal auszukundschaften.
»Wie willst du das machen?« hatte Gaius gefragt.
»Das weiß ich Anbetracht dessen noch nicht. Aber wie ich mich kenne – und ich kenne mich zweifellos seit längerem –, wird mir beim Gang durch das Städtchen unbedingt etwas Vermessenes einstürzen.«
»...etwas Angemessenes einfallen!« verbesserte Gaius.
»Korrekt, Herr! Außerdem wird mich Archelaos begleiten.«
»Gut. Seid vorsichtig. Wir sind hier nicht in Gallien.«
»Schade.«

Er war an diesem Morgen schon früh auf den Beinen gewesen, denn in einem der bisweilen auftretenden Anfälle von soldatischer Mannhaftigkeit und Härte gegen sich selbst hatte er sich gleich nach Sonnenaufgang von Eugenia wecken lassen. In der Küche stopfte er schnell Brot und Käse in seinen Mund, während Eugenia mit Geschirr hantierte.
»Du solltest gut auf den Herrn aufpassen, Alexander!«
»Aber ja doch! Tu ich!« sagte er mit vollem Munde und nahm einen Schluck Apenninwasser – seit Urzeiten das einzige Getränk, das am Morgen im Volcatischen Hause erlaubt war. Dabei schielte er nach dem Weinkrug auf dem Wandregal.
»In Gallien bekam man morgens wenigstens was Anständiges zu trinken!«
»Wir sind hier nicht in Gallien!« sagte Eugenia. »Der Herr, Selenus und auch der Patron trinken morgens nur reines Wasser.«
Alexander versuchte es anders.
»Ich habe aber schlecht geschlafen. Wahrscheinlich habe ich Fieber.« Er ließ Kopf und Schultern hängen.
Sie legte ihre Hand auf seine Stirn.
»Dein Kopf ist aber kühl wie eine Amphore! Du hast kein Fieber!«
»Aber ich habe schlecht geträumt.«
»Du solltest abends eben keinen Wein trinken, wenn du ihn nicht vertragen kannst.«
»Wenn ich keinen Wein trinke, träume ich noch schlimmer. Dann träume ich immer; ich verdurste, weil ich keinen Wein kriege. Außerdem bin ich aus dem Bett gefallen. Ich falle in letzter Zeit immer aus dem Bett.«
»Das kommt davon!«
»Wovon?«
»Vom Wein.«
»Archelaos hat auch Wein getrunken, aber er fällt nie aus dem Bett.«
Sie stellte sich vor ihn hin und stemmte die Arme in die Hüfte.
»Also, jetzt hör gut zu, mein Junge! Wenn du wirklich krank bist, müssen wir Athenodoros holen!«
»Na, dann eben nicht… Nur ein kleines Schlückchen! Es gibt nämlich Krankheiten, die sind zweifellos unsichtbar. Selbst der große Athenodoros würde sie nicht finden. Und auf einmal stirbt man, und dann will es keiner gewesen sein. So ein Becherchen Falerner[63] hat unbedingt schon vielen das Leben gerettet!«

Er merkte, wie sie nicht mehr lange hart bleiben konnte.
»Außerdem habe ich einem schweren Gang vor mir.«
»Armer Junge!«
»Das ist wahr! Immer ich! Archelaos hat es viel leichter als ich!«
»Kannst gerne seine Arbeit übernehmen. Er hat gestern drei Stunden Holz gesägt!«
»Er bringt dir aber nie Blumen mit!«
Er blickte sie ganz unschuldig aus seinen schwarzen Kinderaugen an.
»Ach, du Gauner!«
Sie seufzte, griff nach dem Krug, füllte einen Becher und reichte ihn Alexander. Ehe er ihn ansetzte, stellte er noch fest: »Und ich sitze viele Stunden und lerne schreiben!«
Erst dann trank er ihn in einem Zug leer.
»Durchaus danke!«
Und weg war er.«
Eugenia murmelte: »Man müßte ihm eine Frau besorgen.«
Im Atrium traf Archelaos auf Alexander: »Na, wieder mal mit Eugenia geschäkert? Und nach Wein riechst du auch!«
»Das geht dich überhaupt nichts an. Was willst du zu dieser heiligen Frühe?«
»Dich begleiten.«
»Warum?«
»Es könnte dir ein Dachziegel auf den Kopf fallen!«
»Sein gutes Recht. Komm!«

Eine halbe Stunde später erreichten sie das Ende des Vicus Longus. Beim Hause von Caelius Rufus tat sich nichts. Sie schlenderten daran vorbei und traten durch die Porta. Und da stand er, der Veteran, mit dem Alexander neulich angebändelt hatte. Er erklärte gerade einem Fremden, wie dieser ein bestimmtes Ziel in der Stadt erreichen könnte. Der Fremde dankte und ging.
»Halt dich da raus!« sagte Alexander.
»Aber ich habe doch gar nichts…«, gab Archelaos zurück.
»Eben.«
Alexander ging zu dem Posten.
»Na, Patron, machst du jetzt auch noch den Fremdenführer? Na ja, in dem Städtchen findet man sich ja selbst nicht mehr zurecht.«

Der Posten kam näher.
»Hast wohl Sehnsucht nach dieser Gegend! Was willst du?«
»Dich unbedingt besuchen.«
»Und was verschafft mir die Ehre?«
»Gallien!«
»He?«
»Warst doch in Gallien!?«
»Ja – und?«
»Bleibt immer was hängen!«
»Wieso denn das?«
»Werde dir nächstens zweifellos ein Fläschchen schicken müssen.«
»Ach so!«
Er lüftete den Helm und streichelte seine Glatze.
»Wird wohl zu spät sein.«
»Bei mir ist es nie zu spät. Werde mich Anbetracht dessen deiner erinnern, so du mir einen Gefallen tust.«
»Warum auch nicht! Alte Kameraden halten zusammen.«
»So ist es, Kamerad. Nun höre!« Er trat ganz nahe an ihn heran und flüsterte: »Geheime Aktion! Sonderauftrag! Caesar!«
»Sooo?« Der Mann war auf einmal ganz bei der Sache. »Ich denke, Caesar ist in…«
»Pst! Ist er auch!« Er kam noch näher. »Frage: Wann verläßt die Dienerschaft das Haus des Caelius Rufus, um in der Stadt einzukaufen?«
Der Mann blickte nach dem Schatten der Sonnenuhr am Tor.
»Na, so um diese Zeit.«
»Sehr gut! Zweite Frage: Hast du das schöne Mädchen noch einmal lustwandeln sehen?«
»Nein.«
»Auch gut. – Und nun reiß dich zusammen! Hast du einen langen Ägypter mit einer unverschämten Nase gesehen?«
»Ägypter? Nein.«
»Na, macht nichts. Werde dir trotzdem ein Fläschchen schicken. Caesar hat auch eins bekommen, und sein Haar sprießt, daß er nun drei Barbiere beschäftigt.«
In diesem Augenblick kam ein Reiter den Vicus Longus herauf, passierte das Tor und galoppierte davon.
»Verdammt!« Alexander schlug sich in die Hand. »Das war er!«

»Wer?«
»Der Ägypter!«
»Wirst ihn nicht mehr einholen. Was hast du gegen Ägypter?«
»Nichts. Nur gegen ihre Messerchen und Nasen.«
Der Posten wandte sich um.
»He! Da ist er!«
»Wer? Wo?« Alexander fuhr herum.
»Einer von Caelius' Leuten.«
»Danke!« sagte Alexander schnell. »Werde dich lobend erwähnen. Weitermachen! Ordnung! Sauberkeit!«
Er winkte Archelaos zu, und sie gingen gemächlich den Vicus Longus hinunter.
Archelaos sagte: »Wir müssen mit dem Mann ins Gespräch kommen. Aber wie?«.
»Ganz einfach: Überfall!«
»Wer?«
»Du!«
»Wo?«
»Beim Argiletum!«
»Bleibt er am Leben?«
»Wahrscheinlich. Tote reden durchaus sehr selten.«
»Und dann?«
»Rette ich ihm das Leben.«
»Er aber hatte mit selbigem bereits abgeschlossen.«
»Um so mehr kommt Freude über ihn, noch unter den Sterblichen zu weilen. Er wird mir für die nächsten Jahrhunderte stets dankbar sein...«
»...und dich zu einem Becher Falerner einladen!«
»Es wird aber nicht bei einem bleiben!«
»Auch nicht bei zweien!«
»Ganze Amphoren werden sich aufreihen!«
»Dann wird er dir aus seinem armseligen Leben im Dienste von Caelius Rufus erzählen.«
»Und ich werde gut zuhören.«
»Aber nicht zu lange. Denn ich warte in der Nähe.«
»Dein gutes Recht.«
Sie blieben stehen.

»Archelaos!«
»Alexander!«
»Bereitmachen zum Angriff! Abmarsch in fünf Sekunden!... drei... zwei... eins. Jetzt!«
Sie nahmen voreinander eine sehr ehrerbietige Haltung ein und grüßten militärisch. Dann entfernte sich Archelaos mit großen Schritten.

23

Alexander folgte Archelaos in einigem Abstand. Um diese Zeit – es war eine Stunde nach Sonnenaufgang – nahm das Leben auf dem Vicus Longus schon zu, denn aus den anliegenden Häusern und aus denen der Seitengassen kamen Mägde und Sklaven, um Einkäufe und Botengänge zu erledigen. Die Handwerker und Händler öffneten ihre Läden in den Erdgeschossen, ebenso die Schenken, und von einer Stunde auf die andere herrschte in den Hauptstraßen rund um das Forum die Unruhe eines großen Ameisenhaufens.

Alexander war das recht, denn dann würde Archelaos schnell ungesehen in der Menge verschwinden können.

Archelaos beschleunigte seine Schritte, um näher an seinen Mann heranzukommen. Sie erreichten die Abzweigung zur Subura, und sie mußten sich bald für den »Überfall« entschließen, da sie damit rechnen mußten, daß ihr Mann plötzlich in einem der Läden verschwinden könnte. Doch er ging weiter. Nun bemerkten sie auch, daß er eine Rolle in der linken Hand trug. Also ein Botengang!

Archelaos hatte ihn fast erreicht, wär schon auf gleicher Höhe mit ihm – da geschah es! Alexander nahm nur noch wahr, wie eine Gestalt sich an ihm vorbei drängte, ihm ein Bein stellte – dann fiel er der Länge nach einer älteren Matrone vor die Füße.

»Nun prügeln sie sich schon am frühen Morgen!« rief diese giftig.

»Oh, durchaus um Verzeihung!«

Er rappelte sich hoch, wollte Archelaos warnen, aber da hatte der Bursche bereits Caelius' Boten erreicht. Archelaos wollte wie verabredet handgreiflich werden, als der Bursche blitzschnell nach der Rolle griff.

»Archelaos! Aufpassen!«

Der Kilikier stutzte, völlig überrascht von der unverhofften Wendung. Mit drei riesigen Schritten war Alexander bei ihm, packte den Burschen an der Schulter, drehte ihn um, nahm kurz Maß – und schlug zu.

Doch der Gegner wich mit katzenartiger Gewandtheit aus, und der Schlag ging ins Leere. Und ehe Alexander eine neue Position eingenommen hatte, griff der Mann noch einmal nach der Rolle. Aber vergebens, denn Archelaos versetzte ihm von hinten einen gewaltigen Tritt, daß er zwischen zwei Passanten hindurch geschleudert wurde. Das faßte

er schnell als Zeichen auf, vorsorglich das Weite zu suchen, und rannte in der ihm aufgezwungenen Richtung weiter.
Alexander wollte ihm nach, als ihm plötzlich der Weg versperrt wurde. Vor ihm stand ein Optio[64] mit sechs Mann der Stadtwache. Er und Archelaos waren umzingelt.
»Ihm nach!« rief Alexander. »Ein Dieb!«
Er zeigte in die Richtung.
»Langsam, mein Junge!« sagte der Optio. »Was geht hier vor?«
»Ich hab's gesehen!« rief ein älterer Mann. »Er wollte diesem ehrenwerten Bürger die Rolle da wegnehmen!«
Der Optio fragte laut: »Stimmt das?«
»Auf gar keinen Fall!« geiferte jetzt die Matrone mit hoher Stimme. »Die beiden haben es selbst versucht!«
»Verdammte Lügnerin!« entfuhr es Archelaos.
Das hochnäsige Grinsen des Optio brachte Alexander in Rage. Er sprang auf ihn zu und ballte die Faust.
»Mich hat er auch belästigt! Das nimmt ja allmählich durchaus barbarische Formen an!«
Doch ruhig befahl der Optio: »Festnehmen! Abführen!«
»Hände weg! Ich glaube durchaus, du weißt nicht, mit wem du sprichst! Herhören! Ich bin Alexandros, Sohn des Alexandros aus Theben! Und ich sage dir: Du bist die längste Zeit in deinem göttlichen Amt gewesen, wenn du dieser Chimäre glaubst!«
»Auch noch frech werden! – Abführen! Beide!«
»Na, dann eben nicht...« Aber er behielt die Schultern oben.
Da trat der Bote des Caelius sehr höflich vor den Beamten und sagte: »Was der Mann sagt, das stimmt. Der Bursche hat versucht, mir diese Rolle wegzunehmen!«
Einige Bürger, die die Szene beobachtet hatten, traten hinzu und bestätigten eifrig die Unschuld Alexanders.
»Hm...« Der Optio räusperte sich, wandte sich dann wieder Alexander zu: »Name!«
»Durchaus wie eben: Immer noch Sohn des Alexandros...«
»Dein Herr!«
»Gaius Volcatius Tullus, Sohn des Senators Lucius Volcatius Tullus!«
Mit Genugtuung registrierte Alexander die Veränderung, die im Gesicht des Beamten vor sich ging.

»Nun...« Der Optio nahm Haltung an. »Das Ganze ist offensichtlich ein Irrtum.«
Doch nun schienen die Rollen vertauscht zu sein, denn Alexander wuchs mit einem Male zu herkulischer Größe und bellte: »Name!«
»Wie? – Lucilius. Optio der Fünften Stadtwache bei der Porta Collina!«
»Gut, Lucilius! Werde dich lobend bei meinem Herrn erwähnen. Schon mal in Gallien gedient?«
»Wie?...Nein...«
»Auch so ein Drückeberger! Na, kann ja noch kommen. Nichtsdestoweniger gut gemacht, Optio! Wachsamkeit! Treue! Ordnung! Rom braucht solche Männer!«
Der Mann war völlig konsterniert von Haltung, Ton und Rede des Hünen, der alle anderen um Haupteslänge überragte. Und als Alexander dann noch energisch anhängte: »Abrücken!«, zuckte er zusammen, stand, stramm und beeilte sich zu einem »Ja, natürlich!«
»Das heißt jawohl!«
»Jawohl!«
Er und seine Leute trollten sich.
Alexander aber wandte sich an die Umstehenden: »Herhören! Hier findet zweifellos keine Volksversammlung statt! Weitergehen, Leute! Seid wachsam! Treue! Ordnung! Haltet Rom sauber!«
Und sie gingen auseinander, den Freunden und Bekannten von einem neuerlichen Bandenkampf zu berichten, und bis zum Abend würde aus dem Beinahezusammenstoß eine dramatische Geschichte mit Mord und Aufruhr geworden sein.
»So muß man unbedingt mit diesen Brüdern reden!« schloß Alexander und betrachtete mit Wohlwollen den Boten des Caelius Rufus, der die ganze Zeit verschüchtert zugeschaut hatte.
»Darauf müssen wir einen trinken! Komm, mein Junge!«
»Ja, aber... ich...«, stotterte der. »Ich muß doch...«
Er hielt die Rolle in die Höhe.
»Kannst du. Erst ein Becherchen Falerner! Hast mir unbedingt das Leben gerettet! Kann das nicht auf mir sitzen lassen. Nicht wahr, Archelaos?«
Archelaos, der das Vorherige mit zunehmender Sorge beobachtet hatte, grinste: »So ist es, Sohn aus Theben!«

»Na also. Wo geh'n wir hin?«

Fünf Minuten später standen sie vor dem Eingang zu Asconius' Gasthaus am Fuße des Caelius, wo der Clivus Scauri begann. Es war Alexanders Stammlokal wegen der vorzüglichen Erbsensuppe mit Speck.
Der Gastraum war zu dieser Stunde mäßig besetzt. Alexander steuerte einen leeren Tisch in der hinteren Ecke an. Sofort kam Asconius selbst hinter dem Tresen hervor, putzte sich die Hände an der Schürze ab und trippelte zu ihrem Tisch.
»Oh! Ich weiß die Ehre zu schätzen! Der edle Alexandros, Sohn des Alexandros, mit zwei Freunden!«
Er verbeugte sich. Seit der nahe liegende Aventin Zuzug von betuchten Leuten erhalten hatte, wagten sich kaum noch die ehemaligen Stammgäste, kleine Händler und Handwerker samt ihrem Personal, noch weniger die Habenichtse, Tagediebe und Prostituierten in das Lokal, denn Asconius hielt sich nun selbst für etwas Besseres, hatte auch den gesamten Innenraum mit Marmor und die Außenfront mit Travertin verkleiden lassen und in angemessener Weise die Preise erhöht. Seit aber Alexander vor einigen Wochen gerade deswegen mit Heraclius, einem der Bediensteten, einen harten Zusammenstoß gehabt hatte, pflegte Asconius ihn stets selbst zu begrüßen und untertänigst nach seinem Befinden wie nach seinen Wünschen zu fragen.
»Wie geht es dem edlen Alexander?«
Er verbeugte sich nochmals.
»Sehr gut! Es sei denn, du verdirbst ihm die Laune!«
Asconius lächelte und hielt die Hände vor seinem Bäuchlein verschränkt.
»Na, na, warum sind wir denn so aufgebracht?! Was dürfen wir uns denn bringen?«
»Wieso? Kann mich nicht entsinnen, dich eingeladen zu haben!«
»Aber, aber! Wir sollten einmal die Spezialität des Hauses probieren! Muräne mit Pilzen!«
»Mag keinen Pilz mit Muränen. Anbetracht dessen ich einmal von einer solchen gebissen wurde.«
»Das tut mir leid. Dann vielleicht *Minutal marinum,* Frikassee von Seetieren?«
»Mag keinen Seetang!«

»...oder *Lenticula ex sfondylis,* Linsen mit Muscheln?«
»Mag keine Linsen! Habe danach schlechte Träume! Falle aus dem Bett!«
»Oh! Das tut mir leid!«
»Dein gutes Recht.«
»Dann würde ich *Glires,* Haselmäuse, probieren!«
»Schämst du dich nicht!? Nächstens gibt's wohl noch geräucherte Katzendärme mit Hundezungen! Ich und meine Freunde möchten Erbsensuppe mit Speck!«
Asconius' Lächeln hatte sich längst verkrampft: »Sehr wohl! Erbsensuppe mit Speck! Die beste von ganz Rom!«
Er verbeugte sich und wollte gehen.
»Halt!«
Asconius hielt in der Bewegung inne.
»Dazu einen Krug Falerner! Aber den vom vorletzten Jahr!«
Asconius ging. An der Theke flüsterte er Heraclius zu: »Sei vorsichtig! Heute darfst du dich nicht mit ihm anlegen!«
Heraclius nickte ergeben und beeilte sich, die verlangten Dinge zu bringen. Und in Erinnerung an den Vorfall vor Wochen nahm er gleich ein ganzes Weißbrot mit.
»Na also!« lobte Alexander, und Heraclius zog sich unter Verbeugungen zurück.
»Laßt es euch durchaus schmecken!« Alexander rieb sich die Hände.
In der Zeit, in der Archelaos gerade einen Teller gemächlich aß und der Bote des Caelius sich schüchtern mit einer halben Portion beschäftigte, löffelte Alexander gleich drei Teller Erbsensuppe in sich hinein.
Dann kam der Wein an die Reihe, und er schmeckte vorzüglich. Alexander legte großen Wert darauf, daß des Boten Becher immer randvoll gefüllt blieb. Das Gespräch, das er meistens allein bestritt, nahm die abenteuerlichsten Wendungen.
»Schon mal in Gallien gedient?«
»Nein, ich hatte dazu noch nicht die Gelegenheit«, sagte der Mann höflich.
»Na, das wird aber durchaus Zeit. Prosit!«
Sie tranken.
»Solltest dich da oben besonders vor zwei Dingen in acht nehmen: vor

gallischen Bären und Weibern! Besonders vor letzteren, wenn man sie reizt. Nicht wahr, Archelaos?«
»So ist es.«
»Es lebe Gallien! Prosit!«
Sie kippten nun schon den achten Becher in sich hinein. Verzweifelt rutschte der Bote auf seinem Stuhl hin und her.
»Was hast du, mein Junge? Der Abtritt ist über den Hof!«
»Nnnein-nnnein... isch-muß-nur-noch... d'r Briefff!« lallte er.
»Der hat unbedingt noch Zeit. Wir auch! Nicht wahr, Archelaos?«
»Aber ja!«
Sie tranken ihm zu.
»Sag mal, wie heißt du eigentlich?«
»Isch... isch-hei-se...« Er stierte sie aus trunkenen Augen an. »Ischhei-se Da... Da... Damon!«
»Schöner Name. Nicht wahr, Archelaos?«
»So ist es! Ganz außergewöhnlich!«
Damon griff nach der Rolle und versuchte aufzustehen.
»Wo soll denn der Brief hin?« fragte Archelaos.
Damon überlegte: »Ja-wo-sssoll-der-Briefff-denn-hin?« Er rollte mit den Augen. »Isch-hab's-wergessen!«
»Denk scharf nach, Junge!«
Alexander blinzelte Archelaos an.
Damon lallte: »Da-war-ein-A!...ein-A-war-da-drin!«
»Aventin?«
»Rischtisch!«
»Und der Empfänger?«
»Der-Empfffänger... war-auch-ein-A-drin...«
»Nausikaa?«
»Genausikaa!... Nein.«
»War es ein römischer Name?«
»Das-weis-isch-nischt-mehr... Lebt-wohl-Freunde... Isch-muß-den-Briefff-abgeben...«
Er versuchte zum drittenmal, sich zu erheben, doch Alexander drückte ihn auf den Stuhl zurück.
»Paß auf, Damon! Dir ist nicht ganz wohl. So kannst du nicht auf den Aventin gehen. Herhören: Ich bringe den Brief hin!«
»Tu das! Vielleichfindesdudieadresse... Biseinfeinerkerl!«

Alexander flüsterte Archelaos etwas ins Ohr. Der Kilikier nickte.
»Heraclius!«
Heraclius zuckte beim Klang der Stimme zusammen, ließ alles stehen und liegen und war mit schnellen Schritten am Tisch.
»Besorge dem edlen Damon eine Sänfte! Und mir durchaus eine quittierte Rechnung über das gegorene Honigwasser und den Erbsensirup. Ich kann das nämlich absetzen.«
Fünf Minuten später trugen sie Damon in die wartende Sänfte und gaben den Trägern das Ziel an: das letzte Haus links auf dem Vicus Longus – gleich neben dem Tempel der Fortuna!
Alexander ließ sie aber erst gehen, nachdem sie ihm eine Quittung auf einem Fetzen Papyros ausgestellt hatten.
»In dessen Haut möchte ich nicht stecken!« sagte Archelaos und blickte der Sänfte nach.
»Dein gutes Recht! Komm!«
Und mit Riesenschritten stiegen sie den Clivus Scauri aufwärts.

24

Zur gleichen Zeit saßen Gaius und Cornificius in der Bibliothek und besprachen den Entwurf der »Gesandtschaft«, an dem Cornificius noch bis in den späten Abend gearbeitet hatte.
»Gefällt mir, Dichterfürst! Bis wann wirst du die Reinschrift vorlegen können?«
»Wenn der edle Gaius Volcatius es wünscht, bis vorgestern…«
»Also morgen?«
»Ich denke schon.«
»Gut. Dann gehen wir gleich morgen zu Publilius.«
Da flog die Tür auf. Alexander und Archelaos polterten in den Raum. Ihre Augen strahlten, wenngleich Gaius mit kritischem Blick sogleich bemerkte, daß die Ursache des gläsernen Glanzes nicht nur freudigem Einsatzeifer entsprang.
Sie nahmen nebeneinander Aufstellung, grüßten militärisch und meldeten im Wechsel:
»Spähtrupp wie befohlen durchaus zurück! Archelaos!«
»So ist es. Keine besonderen Vorkommnisse!«
»Wurden nur etwas in Nahkämpfe verwickelt. Feind verließ lebend das Schlachtfeld.«
»Machten danach einen Gefangenen!«
»Schickten ihn aber nicht in den Hades, sondern mit einer Sänfte nach Hause!«
»Wie bitte?«
Gaius' Gesicht hatte sich verfinstert.
»Jawohl! Hier ist die Quittung der Kriegskosten und des Truppentransportes!«
Alexander reichte Gaius das Blatt. Gaius las und sprang auf.
»Ja, was ist denn das?! Siebenundzwanzig Becher Falerner! Fünf Portionen Erbsensuppe! Ein Brot!«
Er trat nahe an die Recken heran und schnupperte.
»Beim Bacchus! Ihr habt wohl den Verstand verloren! Euer Auftrag lautete, euch an das Gesinde heranzumachen. Von Gelage war keine Rede!«
»Das Gesindel hat sich an uns herangemacht!«

»Das ist ja ganz unglaublich! Ich werde euch beide eine Woche lang auf Wasser und Brot setzen!«
Alexander lächelte überlegen.
»Durchaus nicht, Herr! Nicht wahr, Archelaos?«
»So ist es!«
Sie hielten ohne weiteres dem strengen Blick ihres Herrn stand. Ja, sie grinsten ihn herausfordernd an.
»Und warum nicht?« brüllte Gaius.
»Weil du und der Fürst der Dichter sich über dieses Brieflein unbedingt freuen wirst.«
»...werden!« verbesserte Cornificius.
»Was für ein Brief?«
Alexander zwinkerte Archelaos zu und bemerkte triumphierend: »Na also!«
Dann berichtete er ausführlich von allem, was sich zugetragen hatte, und er schloß: »Anbetracht der wackligen Beinchen und des zweifellos vorhandenen Gedächtnisschwundes unseres lieben Damon hielten wir es für angebracht, ihn auf bequemste Weise seinem Herrn Caelius Rufus zurückzuschicken, dergestalt wir ihm eine Sänfte mieteten.«
Gaius und Cornificius schauten erst die beiden, dann sich an. Sie prusteten los, und schließlich schallte ein nicht enden wollendes homerisches Gelächter durch das Haus, so daß Eugenia besorgt zur Tür hereinschaute, sich aber mit einem »Tsss! Alberne Knaben!« schnell wieder zurückzog.
»Das Gesicht von Caelius möchte ich sehen!« rief Cornificius und wischte sich die Tränen aus den Augen.
Gaius nickte und sagte: »Das habt ihr gut gemacht! Laßt euch von Selenus hundert Sesterzen geben!«
»Wir haben aber hundertzweiunddreißig ausgegeben!« erinnerte sich Alexander.
»Hundert für jeden. Das dürfte wohl reichen!«
»Jawohl! Es reicht!«
Gaius griff nach der Rolle.
»An wen ist der Brief gerichtet?«
»Keine Ahnung. Er wußte es nicht mehr.«
Gaius pfiff durch die Zähne. Er betrachtete die Rolle.

»Sie ist nicht versiegelt.«
Er wandte sich den beiden zu: »Nehmt ein Bad und haltet euch danach bereit!«
Sie verließen schmunzelnd die Bibliothek.
Nun wurde Gaius ernst.
»Es gefällt mir gar nicht, diesen Brief zu öffnen...«
Cornificius fuhr auf: »Ich hör' wohl nicht recht! Die Lage spitzt sich zu, wie du an dem neuerlichen Störakt erkennen kannst. Im übrigen können wir den Brief nicht an Caelius zurückschicken. Dieser Damon – der sich ohnehin an nichts mehr erinnert, wenn er aus seinem Rausch erwacht – wird seinem Herrn Stein und Bein schwören, den Brief abgegeben zu haben.«
Gaius nahm die Rolle, löste die Schnur und las laut:

Dies ist die letzte Warnung. Ich werde keine weitere Störung hinnehmen.
Caelius

»Großartig! Jetzt haben wir den ganzen gordischen Knoten vor uns! Willst du ihn zerschlagen?«
»Nein. Er muß vorsichtig aufgelöst werden.«
Selenus kam herein.
»Darf ich Teilnehmer der fröhlichen Runde werden?«
»Aber ja doch!« rief Gaius.
Sie weihten ihn in den neuesten Stand der Ereignisse ein und gaben ihm den Brief.
»Hm...« Er dachte eine Weile nach. »Als Empfänger kommen mehrere Personen in Betracht.
Publilius! Er könnte mehr von den Hintergründen des Mordes wissen, als er vorgibt. – Nausikaa! Sie ist nach wie vor verdächtig wegen ihres seltsamen Verhaltens, vor allem wegen der heimlichen Besuche dieses Ägypters. – Ja, und dann dieser Unbekannte selbst! Der Brief sollte zum Aventin befördert werden. Also muß der Empfänger auch auf dem Aventin wohnen, zumal der Ägypter, wie Alexander sagte, plötzlich verschwunden war, als er ihn nach seinem Besuch bei Nausikaa verfolgen wollte.«
Cornificius brachte einen neuere Gedanken: »Ihr vergeßt Pompeius!«

Gaius winkte ab: »Erstens wohnt er nicht auf dem Aventin, zweitens kann er sich solch dunkle Machenschaften zum gegebenen Zeitpunkt nicht leisten. Und überhaupt: Wie sollte ein Caelius ihm drohen? Lächerlich!«

Cornificius fixierte den Freund: »Und wie wär's denn mit dir?«

»Unsinn. Ich habe mit Caelius nicht gesprochen. – Aber was machen wir denn nun mit dem Brief?«

Da glitt ein spitzbübisches Lächeln über Selenus' Gesicht: »Ich lasse drei Abschriften anfertigen. Dann schicken wir an jeden der drei möglichen Empfänger ein Exemplar.«

»Wo wohnt denn dieser geheimnisvolle Ahmose?« fragte Cornificius.

»Wir müssen es herausfinden.«

Selenus nahm das Schreiben an sich.

»Aus den Reaktionen der Betroffenen werden wir es erfahren. So haben wir drei Eisen im Feuer: meine Anfrage bei Caelius, das neue Stück, den Brief…«

25

Entgegen ihrer Annahme fanden sie, trotz Nachfrage bei Loco, nicht heraus, wo auf dem Aventin ein Ägypter mit Namen Ahmose wohnte. So wurden die Briefe mit gemieteten Boten Nausikaa und Publilius zugestellt. Nun hieß es abwarten.

Am nächsten Vormittag trafen sich Cornificius und Gaius im Hause am Palatin, um den Text des Stückes gemeinsam durchzugehen, als Selenus mit geheimnisvollem Lächeln erschien.

»Der Fisch hat angebissen. Hier, lies!«

Er reichte Gaius einen Brief.

»Von Caelius Rufus?«

»Ja.«

»Wann sollst du kommen?«

»Lies nur!« Er schmunzelte.

Gaius entrollte den Papyros. Er las das Schreiben vor:

> *Marcus Caelius Rufus entbietet Selenus Volcatius Tullus seinen Gruß.*
> *Es freut mich, daß Du Dich in der Sache an mich gewandt hast. Selbstverständlich stehe ich Dir jederzeit zur Verfügung. Würde Dir die vierte Stunde passen?*

Er reichte den Bogen Selenus zurück: »Das ist sehr gut! – Viel Glück! Wir treffen uns zur sechsten Stunde wieder hier. Cornificius und ich gehen gleich zu Publilius.«

Selenus nickte, als ihm noch einfiel: »Übrigens... Der Patron möchte wissen, wann wir das Abschiedsfest für Lucius ansetzen.«

»Das hängt von der weiteren Entwicklung ab. Ich werde noch mit ihm darüber reden.«

Selenus ging.

Gaius rollte die »Gesandtschaft« zusammen: »Wir sollten eine Abschrift machen lassen.«

»Hab' ich schon.«

Cornificius holte eine zweite Rolle aus seiner Ledertasche. »Sehr gut, Dichterfürst! Dann komm!«

Eine Viertelstunde später betätigte Gaius den Klopfer an Publilius' Haustür. Ein wackliger Greis öffnete, zwinkerte aus wäßrigen Augen und hielt die Hand hinter die Ohrmuschel.
»Wir möchten Publilius sprechen! Melde deinem Herrn Gaius Volcatius Tullus und Quintus Cornificius!«
Der Alte bewegte erst einige Sekunden den zahnlosen Mund, ehe er antwortete: »Der große Publilius Syrus empfängt nicht! Der große Publilius Syrus ist krank!«
Er wollte die Tür schließen, aber Gaius hielt einen Fuß in den Spalt, drückte sie wieder auf, näherte sich dem Ohr des Alten und sagte: »‚Der Herr, der Knechte scheut, wird Knecht der Knechte'«
Der Alte hatte angestrengt mit der Hand hinterm Ohr gelauscht. Nun nickte er mehrmals und gab lächelnd zurück: »‚Ein Hemmnis ärgert, doch es weckt den Scharfsinn!' – Wer bist du, Sterblicher, und was ist dein Begehr?«
Cornificius stieß Gaius an und sagte leise: »Gib ihm ein erbauliches Trinkgeld!«
»Der ist darüber hinaus.«
Währenddessen beugte der Alte sich vor, um den Wortlaut zu erhaschen – jedenfalls tat er so –, hielt aber gleichzeitig seine offene Hand hin.
Gaius nahm zehn Sesterzen aus seinem Brustbeutel und drückte sie dem Alten in die Hand.
»‚Der Güte Willigkeit ist ohne Grenzen!'« nickte der. »Der große Publilius Syrus wird euch empfangen.«
Er humpelte voraus, und seine Füße schlurften über den Boden. Sie hörten, wie er etwas vor sich hinmurmelte, konnten aber nichts verstehen. Er führte sie ins Atrium, machte die Andeutung einer Verbeugung und verschwand in einem der seitlichen Räume.
Sie blickten sich um. Das Haus war in einem vernachlässigten Zustand. Farbe und Putz bröckelten von den Wänden, das Dach schien undicht zu sein, denn die Balken zeigten Schimmelbelag.
»Der große Publilius Syrus läßt bitten!«
Der Alte ließ sie stehen und schlurfte mit gekrümmtem Rücken davon.
Sie traten ein und stutzten: Der ganze Boden des Zimmers war mit beschriebenen Blättern bedeckt. Dazwischen in wirrem Durcheinander Buchrollen, Kleidungsstücke, Sandalen, ein halbgegessener Apfel, eine

leere Suppenschüssel. In der Ecke ein Bett. Darin, halb sitzend, bis zum Hals zugedeckt, sahen sie Publilius.
»Hat hier eine Schlacht stattgefunden?« fragte Gaius und blickte um sich.
Publilius unterbrach nicht sein Schreiben, als er sagte: »‚Der Kleine kennt die Schwächen eines Großen. Die Rache an dem Feind gibt neu dir Leben.‘ – Tretet ein, Freunde! Die Schlacht ist noch in vollem Gange! – ‚Den schwachen Feind auch wird der Kluge fürchten!‘ – Ein Stuhl steht drüben in der Ecke! Ihr solltet wechseln, so ihr sitzen wollt!«
Die Freunde warfen sich einen langen Blick zu. Dann griff sich Gaius den Stuhl und nahm am Bett Platz.
»Dein Cerberus[65] meinte, du seiest krank…«
»‚Du stirbst – doch nicht so oft, wie du es wünschest.‘ – Was wollt ihr?«
Cornificius legte ihm die Rolle aufs Bett.
»Daß du dies liest und so bald wie möglich mit deiner Truppe aufführst! Hier ist die Inhaltsangabe!«
Er reichte ihm ein großes, eng beschriebenes Blatt. Publilius vertiefte sich auf der Stelle darin, und sein Gesicht kam in Bewegung, lächelte, staunte, grinste, zürnte im Wechsel.
»Und wo wollt ihr das aufführen?«
Den Freunden fiel auf, daß er nicht mehr in Versen sprach.
»Wenn möglich im Theater des Pompeius«, sagte Gaius.
»Soso. Im Theater des… Warum nicht gleich im Senat? Da hättet ihr die Originalbesetzung!«
Er betrachtete sie mit scheinbar ausdruckslosem Gesicht.
»Wirst du's machen?« fragte Gaius.
»Hm… ich muß an die Zukunft denken…«
»Eben deswegen!« lockte Gaius.
»Es wird nicht billig sein!«
»Was verlangst du?«
Er lächelte: »‚Nur wer auch Fallen stellt, kann Fallen meiden.‘ – Zehntausend! Kosten für Kostüme und Ausstattung extra!«
»Einverstanden! Unter einer Bedingung…«
»Die wäre?«
»Nausikaa spielt die Clodia!«
Ihre Blicke trafen sich.

»Warum auch nicht?«
»Wann kannst du mit den Proben beginnen?«
»Sobald du die Rollen hast abschreiben lassen. Ich denke übermorgen.«
»Gut. Solltest du noch besondere Wünsche haben, laß es uns wissen. Ich werde mit Pompeius reden.«
Er legte ihm einen prall gefüllten Lederbeutel aufs Bett.
»Der halbe Betrag als Anzahlung!«
»‚Wohltaten häufen lehrt, sie zu vergelten.' – Habt ihr Neues erfahren in der Sache?«
»Nein.«
»Weiß Caelius von... von diesem Stück?«
»Ich weiß nicht. Warum?«
»Es könnte ja sein, nicht?«
»Er wird es wohl früh genug erfahren. Bemühe dich nicht von deinem göttlichen Lager. Wir finden den Ausgang in die gewöhnlichen Gefilde schon...«
An der Tür wandte Gaius sich noch einmal um: »Eine Frage: Sagt dir der Name Ahmose etwas?«
Gaius beobachtete genau Publilius' Gesicht. Kaum merklich schlossen sich die Augen, und er sagte schnell: »Ahmose? Nein, warum?«
»Er soll hier auf dem Aventin wohnen. – Ja, dann bis bald. Schick Nachricht, wenn die Proben beginnen.«
Sie gingen.
Unterwegs fragte Cornificius: »Kennt er den Ägypter?«
»Ja. Und er hat Angst vor ihm!«

26

Etwa zur gleichen Zeit wurde Selenus von Caelius Rufus empfangen und in einen kleinen Salon geführt, dessen Einrichtung und Wandschmuck so reizvoll aufeinander abgestimmt waren, daß man sich selbst fast als störend empfand.

Blau, Ocker, Gold und dunkles Rotbraun edler Hölzer bildeten einen wohltuenden Gleichklang. Lautlos huschten und hantierten einige Sklaven im Raum, brachten Wasser und Tücher, einige Tabletts mit kleinen Leckereien: Wein, Obst und kandierte Kirschen, Äpfel und in Wein eingelegte Pfirsiche.

Selenus ging langsam durch den Raum und nahm einige Reliefs und Kleinplastiken in Augenschein, betrachtete entzückt eine Sphinx und einen Schakal aus Alabaster.

Caelius, der ihm seitlich folgte, sagte: »Ich liebe ägyptische Plastiken, wie ich überhaupt für Ägypten schwärme... was wohl auch für meine Gegner ein Grund war, mich mit dem Mord an Dion in Verbindung zu bringen.«

War das Ironie? Selenus ließ sich seine Verwunderung über diese geschickte Eröffnung nicht anmerken. Er würde es nicht leicht haben mit diesem wachen Geist.

»Ja«, sagte er mit einem verständnisvollen Lächeln. »Diese Kunstwerke üben auf uns einen seltsamen Reiz aus. Sie sind so vollkommen, so in sich selbst ruhend, daß man versteht, warum sie in Jahrhunderten nicht verbessert werden konnten.«

Caelius hielt, wie es anscheinend seine Art war, wenn er zuhörte, den Kopf leicht schief, nickte und sagte: »Ich versuche, hinter ihr Geheimnis zu kommen. Mich interessiert ihr religiöser Bezug – aber man muß wohl als Ägypter geboren sein, um ihre zeitlose Starre, die doch zugleich so lebendig ist, zu verstehen. – Bitte!«

Er wies auf einen Sessel, der wie das übrige Mobiliar aus Ägypten stammte. Selenus hatte einige Sekunden Zeit, den Hausherrn zu studieren, dieses schöne, ausgeglichene, jugendliche Gesicht, und er mußte sich gestehen, daß er noch nie edlere Züge bei einem Sterblichen gesehen hatte. Alles vereinigte sich zu einem faszinierenden Ganzen: waagerecht die Bögen der Brauen zum Joch hin, groß und von einiger Tiefe die weit stehenden dunklen Augen; gerade die Nase; die leicht nach innen

geneigten Wangen betonten die Backenknochen, ergänzt von einem scharf konturierten Mund; im Kinn ein Grübchen. Der Gesamteindruck wirkte sehr männlich – nicht zuletzt durch den gut proportionierten Körper, dem man in Haltung und Bewegung die sportliche Übung und Disziplin ansah. Doch überrascht registrierte Selenus sehr schlanke, feinnervige, fast weibliche Hände mit wohlgeformten, gepflegten Nägeln. War er eitel? Wenn ja, suchte er gerade diesen Eindruck zu vermeiden, denn sein Blick war offen und kontrolliert, seine Bewegung ruhig.
Caelius fuhr fort: »Tiro – du kennst ihn?«
»Ja, natürlich, wir sind Freunde.«
»Das ist schön – Tiro, aber auch Cicero haben mir von deinen weitgefächerten Interessen erzählt. Da gibt es ja kaum ein Feld, das du nicht beackerst.«
»Das ist nicht immer Absicht. Die Dinge und Erscheinungen hängen von Natur aus zusammen. Und wenn sie's nicht täten, wäre der Mensch, da er alles im Blick hat, das Bindeglied.«
Caelius sah Selenus an, und sein Blick drückte Sympathie und Bewunderung aus. Dann lächelte er: »Aber am meisten wirst du von den menschlichen Dingen gefesselt?«
»Ja, denn der Mensch ist ihr Maß. Ohne den Menschen wären sie nicht vorhanden, weil das Wort fehlte. Er selbst aber ist mit sich und seinesgleichen zerstritten. Und diesem Widerspruch nachzugehen gehört zum Interessantesten, was uns die Welt zu bieten hat.«
Caelius hatte aufmerksam zugehört und nickte beifällig.
»Und so bist du im Rahmen deiner Studien auf mich und meinen Prozeß gestoßen...«
Seine Offenheit war entwaffnend. Selenus meinte, einen gefährlichen Funken in seinen Augen zu entdecken.
»So ist es. Und mich interessiert dabei weniger das, was man dir während des Prozesses vorwarf, als der Charakter des ägyptischen Königs und dessen Motive.«
Beunruhigte ihn diese Frage?
»Nun, ich habe ihn nur bei diesem und jenem Abendessen bei Freunden kennengelernt. Ich weiß im Grunde nicht viel mehr von ihm als das, was über ihn hinter der Hand erzählt wurde.«
»Was war das?«
»Jedermann wußte um die Thronstreitigkeiten in der ptolemaeischen

Dynastie. Er versuchte mit allen Mitteln, wieder an die Macht zu kommen…«
Er beschrieb ihn als skrupellosen Lebemann, bis über beide Ohren verschuldet, hütete sich aber, auf Caesars oder Pompeius' Aktivitäten in der Angelegenheit zu sprechen zu kommen.
Das alles war Selenus nicht neu, und so warf er scheinbar beiläufig die Bemerkung hin: »Ich hörte in diesem Zusammenhang von einem Ägypter namens Ahmose…«
Er sah, wie Caelius ruckartig den Kopf hob.
»Ahmose? Ein weitverbreiteter Name. Weißt du sonst noch etwas über ihn?«
»Eben nicht.«
»Schade. Es wäre so, als ob du nach einem Römer namens Marcus fragst… Was soll er denn gemacht haben?«
Selenus ging nicht in die Falle.
»Ja, wenn ich das eben wüßte! Ich werde wohl Tiro danach fragen müssen.«
Sie blickten sich freundlich an, und Caelius nickte.
»Ja, tu das. Er weiß immer etwas, was man brauchen kann. Da fällt mir ein: Ich könnte dir das Gerichtsprotokoll des Prozesses mitgeben. Vielleicht findest du darin noch dies oder jenes, was dir weiterhilft. Es sind ja keine Geheimnisse.«
»Das wäre gut, ja…«
»Ich werde das Material gleich aus meinem Archiv holen lassen.« Er gab die entsprechende Anweisung.
Und dann kam die Frage, auf die Selenus schon längst gewartet hatte: »Ich hörte, Gaius Volcatius plant eine Inszenierung mit Publilius' Truppe… eine Komödie?«
»Ja, so kann man es nennen.«
»Oh, ich wußte gar nicht, daß er neuerdings Geld für Komödianten ausgibt…«
Selenus gab lächelnd zurück: »Komödien können bisweilen die Schwächen der Menschen offener zeigen als die sogenannten ernsten Stücke. Und das Volk kommt besser auf seine Kosten. Du selbst bist da ja nicht ganz unerfahren.«
Caelius lachte kurz auf: »So? Meinst du? – Na, vielleicht werde ich mir das Stück ansehen. Wann ist denn die Aufführung?«

»Ich werde dir eine Einladung schicken.«
In diesem Augenblick trat ein Sklave ein und brachte ein verschnürtes Päckchen. Caelius und Selenus erhoben sich.
»Solltest du weitere Fragen haben, stehe ich dir jederzeit zur Verfügung.«
Der Abschied war, wie der Empfang, überaus freundlich.

27

Gegen Mittag trafen alle Beteiligten im Hause am Palatin ein und teilten sich ihre Beobachtungen und Eindrücke mit. Am Ende kam nichts Neues heraus, außer daß sie sich einig waren, Publilius wie Caelius hätten Gründe, so vorsichtig zu taktieren.
Rätselhaft blieb nach wie vor der Unbekannte, der die rüden Burschen auf Damon und Nausikaa angesetzt hatte. Es war auch nicht in Erfahrung gebracht worden, wo dieser Ahmose wohnt.
Am Nachmittag kam von Publilius die Nachricht, er habe zufällig Pompeius gesprochen, und der Imperator habe gegen eine Aufführung der »Gesandtschaft« in seinem Theater nichts einzuwenden.
»Das wäre ja noch schöner!« grollte Gaius, während Cornificius sagte: »Das ist nur ein geschickter Schachzug von ihm. Er muß wissen, daß Caesars Spitzel jeden seiner Atemzüge nach Gallien melden.«
Um ganz sicher zu gehen, wurden Alexander und Archelaos noch einmal, zur Beobachtung auf den Aventin geschickt.
Und von da an überschlugen sich die Ereignisse: Schon eine halbe Stunde später kam Alexander mit Archelaos zurück und meldete, in Publilius' Haus sei eingebrochen worden. Sie hätten Publilius und den alten Diener auf Stühlen gefesselt gefunden.
Gaius machte sich mit Cornificius, Alexander und Archelaos unverzüglich auf den Weg. Publilius trafen sie völlig aufgelöst an. Und diesmal vergaß er sogar, in Versen zu reden. Er rannte ziellos durch alle Räume und raufte sich die Haare.
»Welch eine Unordnung! Welch ein Chaos!«
Gaius konnte zwar keinen Unterschied zum vorherigen Zustand des Hauses und seiner Einrichtung feststellen, suchte ihn aber zu beruhigen. »Hauptsache, du lebst! Alles andere läßt sich regeln!«
Doch Publilius entgegnete: »Keineswegs, keineswegs! Aber ich wußte es! Ich wußte es! Nicht einmal die Dichter sind ihres Lebens mehr sicher! Nicht einmal die Dichter! Die friedlichsten aller Sterblichen! Sie, die den Sterblichen das Göttliche bringen! Ich wußte es! Ich wußte es!«
»Was? Was wußtest du?«
»Daß... daß... Hier, lies das! Die Dichter! Was wollen sie denn von den Dichtern!?«

Er drückte Gaius einen Zettel in die Hand, auf dem stand:

Letzte Warnung! Laß die Finger von Dingen, die Du nicht verstehst!

Gaius reichte das Blatt Cornificius.
Publilius rief: »Das ist nun schon die zweite Drohung! Die zweite!«
Er gab Gaius dessen eigenes Schriftstück. Die Freunde blickten sich an.
»Ich... ich muß verrückt sein, daß ich das mache! Warum mache ich das? He?« Er stellte sich vor Gaius. »Aber ich wußte es! Und du hast mir das eingebrockt! Dann löffel es auch selbst aus! Aber nein! Bei *mir* wird gefälligst der Einbruch verübt! Bei mir! Nicht bei Volcatius! Aber ich wußte es!«
Gaius ließ ihn eine Weile reden. Dann nahm er seinen Arm und führte ihn durch den Wust von Papyros zu einem Stuhl.
»Ich will aber nicht sitzen!«
Doch Gaius drückte ihn sanft nach unten.
»Hör zu, du größter Mime des Erdkreises! Du wirst das Stück spielen!«
Er betonte jedes Wort. Publilius sprang auf.
»Nein, niemals! Bei Apollo!«
Er wollte schwören, doch Gaius drückte ihm schnell die Schwurhand nach unten.
»Doch! Du wirst spielen! Jetzt erst recht. Und ich hafte mit meinem Leben, daß du dabei ungeschoren bleibst.«
»Ich denke ja nicht daran!«
»Ich erhöhe die Summe auf zwanzigtausend!«
»Nein. Nicht mit mir!«
»Fünfundzwanzigtausend!«
»Nein. Spiel es selbst mit deinen Sklaven!«
»Gut. Dann werde ich zu Laberius gehen und ihm erzählen...«
»Das wirst du sein lassen!« Er hielt sein Gesicht auf Nasenlänge an das von Gaius. »Sagtest du fünfundzwanzigtausend?«
»Ich sagte es.«
»Gut. Ich spiele. Ich brauche neue Abschriften! Sie sind weg! In diesem Chaos würde sich selbst Theseus nicht mehr zurechtfinden.«
»Morgen hast du sie.«

In diesem Augenblick hörten sie aus dem Garten einen Schrei. Alexander, der sich bisher in dem allgemeinen Durcheinander ziemlich überflüssig vorgekommen war, kam in Bewegung und sprang mit gewaltigen Sätzen nach draußen. Hastig folgten die übrigen nach.
Im Garten bot sich ihnen ein seltsamer Anblick: Der alte Diener des Publilius saß verstört am Boden und murmelte zitternden Hauptes unverständliche Worte.
»Was ist dir, Alter? Warum setzt du dein zweites Gesicht unbedingt auf die Erde?«
Mit fahrigen Händen versuchte er, vom Boden hochzukommen. Alexander half ihm.
»Na ja, werden alle mal alt…«
Der Greis wies mit zitternder Hand zu den verwilderten Sträuchern.
»Da… da war er!«
»Wer?«
»Anubis! Der… der ägyptische Totengott!«
Gaius und Cornificius kamen näher heran.
»Wer war da?«
»Ich… ich… ich… sah sein Gesicht… die Schnauze des Schakals.«
Sie stürzten in die Büsche, fanden aber nichts. Der Garten endete an einer verfallenen Mauer. Es war ein leichtes, von dort in das Anwesen einzudringen. Sie gingen zurück ins Haus.
»Woher kennt dein Faktotum den ägyptischen Totengott?« fragte Gaius den nun doch ziemlich verstörten Publilius.
»Ich wußte es! Anubis! Der Rächer! Nun hetzen sie schon die Geister der Pharaonen auf die Dichter!«
»Ihr gutes Recht!« sagte Cornificius trocken. »Woher kennt er ihn?«
»Er war lange in Ägypten. – So tut doch etwas!«
Er rannte wieder hin und her.
»Dieses Chaos! Diese Unordnung!«
Gaius winkte Alexander zu sich: »Du wirst zusammen mit Archelaos die Bewachung dieses wohlgeordneten Palastes übernehmen!«
»Jawohl! Palast übernehmen! Werde jeden göttlichen Besucher in den Hades schicken!«
»Das wirst du nicht! Tote Götter reden nicht!«
»Na, dann eben nicht…«

»Doch, mein Junge. Mit Gefühl! Und helft Publilius beim Aufräumen. Vorher war hier alles ordentlich!« Er wandte sich Cornificius zu: »Komm, Dichterfürst, wir müssen die Abschriften beschaffen.«

28

Wieder im Hause am Caelius, befahlen sie alle Schreiber in die Bibliothek, und Cornificius begann mit dem Diktat der »Gesandtschaft«. Spontan erklärte sich Selenus bereit, mitzuschreiben, und ließ es sich auch nicht ausreden.

Gaius ging auf sein Zimmer und nahm am Schreibtisch Platz. Er versuchte sich Klarheit zu verschaffen und die Ereignisse in eine logische Ordnung zu bringen.

Wer war »Anubis«? Was wollte er? Hatte er es nur auf die Abschriften der »Gesandtschaft« abgesehen? Wenn ja, mußte er sich doch darüber klar sein, daß er damit die Aufführung nicht verhindern konnte – es sei denn, er ging davon aus, daß die bei Publilius liegenden Exemplare die einzigen seien. Wer wußte davon? Natürlich Caelius. Und Nausikaa. Gab sie ihr Wissen an Ahmose weiter? War er vielleicht Anubis? War Caelius Anubis? Er hatte eine Plastik des schakalköpfigen Gottes in seinem Hause. Er war Ägyptenkenner. Wozu dann aber die schriftliche Drohung?

Gaius betrachtete das Blatt, das Publilius zuletzt erhalten hatte und legte Caelius' Schreiben daneben: Es waren verschiedene Schriften. Also mußten zwei Personen am Werk sein.

Dennoch mußte er lächeln. Er stellte sich Caelius unter der Maske des Totengottes vor. Eine ganz unmögliche Vorstellung!

Oder doch nicht? Er hätte gute Gründe, unerkannt zu agieren. Caelius wußte, daß in Kürze ein Stück vor die römische Öffentlichkeit kam, in dem er selbst die negative Hauptrolle spielte. Die dort erörterten Vorgänge waren der römischen Bürgerschaft sehr gut bekannt, denn sie hatten zu ihrer Zeit viel Staub aufgewirbelt.

Gaius versuchte sich in die Lage von Caelius zu versetzen: Obwohl er damals, dank Ciceros Plädoyer, freigesprochen worden war, hatte seine Reputation, die ohnehin nicht die beste war, vor den einflußreichsten Senatoren beider Lager gelitten. Da nun auch noch Cicero, sein geistiger Ziehvater, für mindestens ein Jahr als Statthalter nach Kilikien in den Osten gehen würde, war er ganz auf sich selbst gestellt. Ihm fehlte ja der große, potente Sippenanhang, den ein patrizischer Kandidat hinter sich wußte. Falls er sich entschloß, für die Aedilität zu kandidieren, durfte er nicht erneut ins schlechte Licht der öffentlichen Meinung geraten.

Auf Pompeius' Schutz oder Unterstützung konnte er nicht rechnen, und Caesar war für ihn weit vom Schuß. Also ging er hin und suchte Publilius einen Schrecken einzujagen und ihm den Mut zu nehmen, das Stück zu bringen. Allerdings unterschätzte er dessen Eitelkeit.

Gaius dachte an den Anfang der Affäre zurück. Welche Rolle spielte Protogenes? Welches Geheimnis barg Nausikaa? Was wußte Ahmose? – Er bemerkte, wie sich seine Gedanken im Kreise drehten.

Er griff sich einen Bogen Papyros und begann, klar gegliedert und in chronologischer Reihenfolge, Caesar einen Abriß des bisherigen Geschehens aufzuzeichnen.

Er schilderte ihm den Inhalt der vorausgegangenen Stücke und bat ihn um Informationen über Caelius und Publilius, brachte am Schluß auch – es konnte nicht schaden – den Namen Ahmose ins Spiel. Der Brief schloß:

> *Ich weiß, daß es Wochen dauern wird, ehe ich Deine Antwort in Händen halte; aber wie es zur Zeit aussieht, kann es genauso lange dauern, bis wir auf die entscheidenden Fakten stoßen. Du siehst jedenfalls, wie wichtig mir diese leidige Angelegenheit ist, denn es geht nicht nur um Deine Ehre, sondern auch um die des Rechts und der Gerechtigkeit.*
> *Ich hoffe, daß Du gesund bist.*

Er machte sich an die Verschlüsselung des Textes, und das nahm ihn etwa eine Stunde in Anspruch. Er war gerade damit fertig, als Cornificius ins Zimmer stürzte und ihm einen sauber geschriebenen Bogen auf den Tisch warf.

»Lies!«

»Was ist das?«

»Lies!«

Er las:

> *Ich wünsche Dir Glück für die Aufführung der »Gesandtschaft«. Die Zeit drängt. Du solltest nicht zögern. Mögen die Musen euch allen gewogen sein!*

Sie starrten sich an.

»Wer brachte das?«
»Keine Ahnung. Es lag an der Haustür. Eugenia fand es, als sie von einem Einkauf zurückkam.«
Gaius starrte auf das Blatt.
»Die Schrift ist anders als die der Warnung an Publilius. Was hat das zu bedeuten?«
»Nichts. Er beschäftigt verschiedene Schreiber, um uns zu verwirren.«
»Na, ich weiß nicht...«

Gegen Mitternacht war man mit dem Kopieren der einzelnen Rollen fertig. Gleich am nächsten Morgen wurden sie zu Publilius geschickt, der sich schon wieder so weit gefangen hatte, daß er mit einem Versgruß schriftlich antwortete:

An Tapferkeit und Glück rührt keine Mißgunst!

Mündlich ließ er von Alexander und Archelaos ausrichten, daß er noch heute mit den Leseproben im eigenen Haus beginne; falls Gaius und Cornificius Lust hätten, könnten sie dabei assistieren.
Zuvor aber schickte Gaius Archelaos beritten nach Tusculum, um alles männliche Personal, das abkömmlich war, von dem Landsitz abzuziehen, damit Publilius und dessen Haus Tag und Nacht bewacht werden konnten.
Dann gingen Gaius und Cornificius zu Publilius. Er war wieder ganz der alte.
»‚Kurz ist das Leben, lang wird's nur durch Unglück!'« rief er ihnen entgegen und führte sie in sein Arbeitszimmer. Der Raum war kaum wiederzuerkennen. Alle Dinge und Möbel standen und lagen dort, wo sie hingehörten; der Boden war blitzsauber, der Tisch aufgeräumt.
Der zahnlose Alte schlurfte zu den Freunden – hielt dabei schon während des Gehens die Hand hinters Ohr – und begann wie mit alten Bekannten zu plaudern: »Der Totengott hat sich nicht wieder blicken lassen.«
»Sein Glück!« sagte Cornificius.
»Verrückt, ja!« nickte der Alte. »Was möchtet ihr trinken?«
Sie hatten keinen besonderen Wunsch und bekamen versüßten Falerner mit reichlich Wasser. Nach und nach trafen die Spieler der Truppe

ein, zum Schluß Nausikaa. Sie konnte unter der Schminke kaum ihr schlechtes Aussehen und die Schatten an Augen und Wangen verbergen. Gaius trat wie zufällig neben sie und fragte leise: »Hast du mir etwas zu sagen?«
Sie blickte ihn nur kurz an: »Nein.«
Dann hielt sie sich abseits.
»An die Arbeit, Kinder!« rief Publilius und klatschte in die Hände. Dann verteilte er die Texte, und sogleich begann die Leseprobe.
Cornificius hatte den Anfang in parodistischer Absicht fast aufs Wort dem des »Lupus« angeglichen, und bald schon zündete der Witz, zumal Publilius, wo es angebracht war, seine eigenen Spruchweisheiten einflocht.
Er selbst spielte den Dion, den Führer der ägyptischen Gesandtschaft, und die Rolle war ihm in ihrer Mischung aus philosophischer Besserwisserei und römischer Bauernschläue ganz auf den Leib geschrieben. Das Stück entwickelte sich in einer lockeren Folge von Szenen in Anlehnung an die süditalische Farce, wobei reichlich Gelegenheit für derbe Späße eingeplant war. Den Caelius Rufus, der im Stück unter dem demonstrativen Namen *Quirinalis* agierte, spielte ein junger Grieche, Nausikaa die Clodia, die im Stück *Celia* hieß. Dem Kenner der Vorgänge würde es nicht schwerfallen, hinter den Namen *Pompaticus* und *Cicatricosus* Pompeius und Cicero auszumachen, denn neben der Namensähnlichkeit – *Pompaticus* heißt der Aufsehenerregende, *Cicatricosus* bedeutet Flickwerk – parodierten auch Mimik, Gestik, Perücke und Stimme beide Politiker trefflich, besonders Ciceros ewiges »Ich habe in Erfahrung gebracht, daß…«
Der Handlungsablauf lehnte sich eng an die Darstellung von Ciceros Verteidigungsrede an, gestaltete aber die Vorgeschichte ziemlich frei, so daß eine allgemein menschliche Wahrheit von der Verderbtheit der politischen Sitten durch egoistisches Machtstreben aller Akteure in den Vordergrund rückte, und am Ende stand keiner ohne dunkle Flecken da.
»Ein starkes Stück!« bemerkte Publilius in der Pause und lächelte selbst über die Doppelsinnigkeit seiner Bemerkung. »Wann willst du die Aufführung haben?«
»Sobald das Stück steht. Wir werden ganz Rom mobilisieren.«

»,Die Lust packt jeden – mag man's auch nicht merken!' – Sofern Anubis nicht wieder lange Finger macht, proben wir morgen im Theater.«
»Gut. Wir werden da sein. Überleg dir, was du noch für die Ausstattung brauchst.«
»Keine Sorge, du bekommst die Rechnung pünktlich!«

29

Am Nachmittag las Gaius noch einmal intensiv Ciceros »Für Caelius«, machte sich auch an die Durchsicht des Materials, das Caelius dem Selenus mitgegeben hatte, um vielleicht doch noch hier und da einen Anhaltspunkt über Ahmose zu finden, als sein Vater in die Bibliothek kam.

»Na, kommst du weiter, mein Junge?«

»Wenn ich ehrlich bin: Nein.«

Lucius nahm den Mantel ab, legte ihn über den Arm und setzte sich. Sein Gesicht war von Müdigkeit gezeichnet.

»Wir auch nicht. Es scheint, als ob alle von einer großen Lähmung befallen sind. Und das ist gefährlich! Man sieht nichts, hört nichts, und doch brodelt es unter der Oberfläche. Und Pompeius wartet ab!«

»Tat er das nicht schon immer?«

»Als er jung war, handelte er. Aber es ist nicht gut, in jungen Jahren von Fortuna verhätschelt zu werden. Er kommt mir manchmal wie ein Greis vor.«

»Wie alt ist er eigentlich?«

»Fünfundfünfzig. Bei seiner guten Gesundheit zu früh, sich auf den Lorbeeren auszuruhen...«

»...wozu er auch kaum kommen wird.«

Gaius erwartete eine scharfe Bemerkung, aber Lucius fragte nur: »Hast du neue Nachrichten von Caesar?«

»Nein, Gallien bleibt ruhig.«

Gaius betrachtete besorgt seinen Vater: »Du solltest den Sommer auf dem Tusculanum verbringen. Du siehst nicht gut aus, Vater.«

»Vielleicht tu ich's. Zuvor muß deine Kandidatur geregelt und die Wahl gewonnen werden.«

»Wer kandidiert denn für die Aedilität?«

»Caelius Rufus.«

»Nein!«

Gaius war aufgesprungen. »Woher weißt du das?«

»Von verschiedenen Leuten, die es wissen müssen. Wir sollten also gut überlegen, was zu tun ist. Vielleicht wäre unter diesen Umständen das Volkstribunat die bessere Basis für dein Fortkommen.«

»Es werden mehrere Aedilen gewählt!«

Lucius nickte und lächelte.

»Mach du dir darüber keine Sorgen. Ich werde herausfinden, was für dich die bessere Basis ist. Und was Caelius Rufus betrifft: Wenn er der Mann im Hintergrund der Affäre ist, dann mögen ihm die Götter gnädig sein! Du brauchst auf ihn keine Rücksicht zu nehmen, denn ich ahne, er wird schmählich enden – wenn nicht jetzt, dann später.«
Lucius erhob sich. Er wankte leicht. Gaius trat schnell neben ihn, um ihn zu stützen.
»Nicht nötig, Gaius, noch nicht... Ich nehme jetzt ein Bad und lege mich danach eine Stunde hin. Schick mir dann den Selenus. Ich muß noch einige Briefe schreiben.
Gaius blickte ihm nach, und ihm fiel auf, daß sein Rücken gebeugter war und der Gang schwerer, ja schwerfälliger. Eugenia hatte recht: Er war nicht mehr der alte.

Den Rest des Tages verbrachte er mit dem Studium der Materialien, fand aber nichts, was den Hintergrund aufhellte. Gegen Abend kam dann Cornificius, und er war in ziemlicher Aufregung wegen der für morgen angesetzten Probe.
»Das nächste Stück schreibst du, Legat!«
»Ich denke ja nicht daran! Wo kämen wir denn hin, wenn die Feldherrn Stücke schreiben und die Dichter die Schlachten schlagen – außer daß die Dichter von den Strategen sagen, sie seien ja auch ganz gute Stückeschreiber...«
Gaius stand auf.
Cornificius fragte: »Willst du noch weg?«
»Ja.«
»Wohin?«
»Zum Palatin.«
»Clodia?«
»Ja.«
»Ich denke, du hast schon mit ihr gesprochen...«
»Eben nicht.«
»Na, wird dann wohl ein netter Abend werden«, spöttelte Cornificius.
»Sein gutes Recht!«
»Falls du Hilfe brauchst...«
»Davor sei Apollo! Solltest mit Selenus noch einmal das Stück durchgehen.«

»Immer ich! Na, dann eben nicht…«
Sie hoben lässig die Hand, und Gaius ging. Im Atrium trat ihm Alexander in den Weg. »Soll ich mitkommen, Herr?«
»Du weißt doch gar nicht, wohin ich gehe.«
»Das macht durchaus nichts.«
»Na, dann mach den Weg frei!«
Aber Alexander blieb stehen.
»Herr!«
»Ja?«
»Soll ich vielleicht Anbetracht dessen einen Strauß Blumen…«
Gaius wußte die ganze Zeit, worauf das hinauslief.
»Seit wann macht der Herr beim Diener den Boten?« Er lächelte. »Also, deine Herzensangelegenheiten mußt du schon selbst regeln.«
»Na, dann eben nicht…« Er ließ sich hängen.
Gaius meinte jovial: »Ich würde sie an deiner Stelle einmal einladen.«
Alexander riß die Augen auf und beugte sich vor: »Ehrlich?«
»Aber sicher. Zum Beispiel zur Aufführung der ‚Gesandtschaft'.«
»Aber Herr, wie kann ich das, wenn ich nicht mitgehe?«
»Erfahrene Liebhaber pflegen in solchen Fällen galante Briefe zu schreiben…« Er ließ ihn stehen und schritt aus dem Haus.
Alexander verbrachte nun einige Zeit mit dem Aufsetzen eines »galanten Briefes«, der nach etlichen verworfenen Versuchen also lautete:

> *Alexandros, Sohn des Alexandros aus Theben, grüßt seine Herrin Melitta im Hause der Herrin Clodia.*
> *Wie Du wohl durchaus erfahren habest, führt mein Herr, der edle Gaius Volcatius Tullus, ein Stück auf, wie es die Welt noch nicht kennt, da es der edle Quintus Cornificius erst gestern beendet hat. Anbetracht dessen bitte ich Dich, mich zum Zwecke der Aufführung alldahin zu begleiten, dergestalt wir es uns gemeinhin ansehen.*

Nachdem er die Zeilen zum zehnten Male gelesen hatte, nickte er sich zu und sagte: »Das wirst du zweifellos durchaus schaffen!«
Doch dann hatte er das Gefühl, es fehle dem Text noch das, was Gaius »galant« genannt hatte. Es müßte etwas in Versen sein, leicht, elegant, locker, gefühlvoll – eben »galant«.

Entschlossen nahm er den Bogen und ging in die Bibliothek. »Ah! Alexander!«

Cornificius blickte vom Tisch auf und bemerkte das Blatt in Alexanders Hand.

»Eine Nachricht?«

»Nein, durchaus nicht.«

Er blieb unschlüssig stehen und wurde – was ihm noch nie vorgekommen – verlegen. Dann ermannte er sich, setzte sich an die gegenüberliegende Seite des Tisches und überlegte, während Cornificius sich wieder seinen Texten zuwandte.

Alexander griff sich aus der Onyxschale eine Feder, tauchte sie in die Tinte – und sammelte sich. Das wiederholte sich mehrere Male; unterbrochen von gequälten Seufzern.

Cornificius, der das aus den Augenwinkeln verfolgte, fragte sehr höflich: »Schwierigkeiten?«

Statt einer Antwort brummte Alexander etwas Undefinierbares vor sich hin.

»Ein Brief?«

Alexander nickte sehr ernst.

»Soll ich dir helfen?«

Cornificius blickte ihn freundlich an. Alexander zögerte, rutschte auf seinem Stuhl hin und her – und bekam einen roten Kopf. Cornificius legte die Rolle aus der Hand und lehnte sich zurück. »Ich soll dir also nicht helfen?«

Wieder das Gerutsche! Dann stieß der Unglückliche hervor: »Es soll ‚galant' sein, hat der Herr gesagt!«

Cornificius, der längst die Qual des verliebten Autors durchschaut hatte, streckte einladend die Hand aus: »Verstehe. Kannst mir vertrauen. Solche Dinge erfordern Fingerspitzengefühl!«

Wie befreit rief Alexander: »Genau! Zweifellos! Das fehlt! Spitzengefühl!«

»Darf ich?«

Cornificius nahm den Brief, las ihn, nickte und sagte: »Nicht schlecht, nicht schlecht für den Anfang. Aber wir müssen da einiges ändern…«

Der Bann war gebrochen, und Alexander stellte fest: »Dichter haben da zweifellos große Erfahrung.«

»So? – Du solltest ihr noch was Hübsches sagen!«

»Jawohl! Hübsches!«
Er nickte eifrig.
»Du vergehst vor Sehnsucht nach ihrem blonden Haar!«
»Jawohl! Sehnsucht! Vergehen!«
»Du träumst von ihrem süßen Mund!«
»So ist es!«
Nun kamen sie beide recht in Fahrt.
»Du liebst ihre Art, die zarten Hände zu bewegen!«
»Ich liebe es!«
»Du kannst dich nicht satt sehen an ihrem wiegenden Gang!«
»Nein, überhaupt nicht!«
»Ihre Mandelaugen gleichen Kristallen am Grunde eines Bergsees!«
»Mandeln! Kristalle! Wunderbar!«
Er sah sich an einem See stehen.
»Du träumst Tag und Nacht von ihr!«
»Tag und Nacht!«
»Ruhelos treibt es dich von Ort zu Ort...«
»Unbedingt!«
»Dein Herz krampft sich zusammen beim Klang ihres Namens...«
»Furchtbar!«
Er griff zum Herzen.
»Du fieberst der Stunde entgegen, in der du sie in deine starken Arme nehmen...«
»Ich fiebere!«
Er glühte.
»Unheilbar ist diese Krankheit...«
»Unheilbar! Kein Arzt kann da helfen. Auch Athenodoros nicht!«
»Es sei denn...«
»Es sei denn?«
»Du!«
»Ich?«
Alexander starrte Cornificius an.
»Nein, natürlich Melitta!«
»Me-lit-taa!«
Er sang ihren Namen.
»Ich liebe dich!«
»Ich liebe... Wie? – Ja, zweifellos!«

Nun erst bemerkte er, daß Cornificius das alles mit fliegender Feder zu Papier gebracht hatte. Cornificius reichte ihm das Blatt.
»So. Das schreibst du nun fein säuberlich ab!«
»Jawohl! Fein säuberlich! – Ist das durchaus galant?«
»Es ist. Und dann schickst du ihr das Brieflein morgen früh mit einem Strauß Blumen!«
Alexander sprang auf, stand stramm, grüßte mit erhobener Rechter und brüllte: »Jawohl, Praefect[66] und Fürst aller Dichter! Blumen! Brief! Schicken! Werde es dem edlen Cornificius zu Lebzeiten und im Hades nie vergessen!«
Cornificius lächelte: »Noch leben wir…«
Alexander eilte mit dem Blatt aus dem Raum und malte bis nach Mitternacht an der Überfülle der Buchstaben.

30

Der Empfang war eisig. Zunächst hatte sie ihn einige Minuten im Atrium warten lassen: Sein Zorn wallte auf, und er war drauf und dran zu gehen, als sie zwischen den Säulen hervortrat.

»Gut, daß du da bist! Ich habe einiges mir dir zu besprechen.«

Ohne ihn eines Blickes zu würdigen, schritt sie, hochaufgerichtet wie eine Vestalin[67], voraus in das kleine *Cubiculum*[68] mit Blick zum Garten. Sie setzte sich. Er blieb stehen. Sie hob den Blick und ließ ihn nicht von ihm.

»Ich denke, du bist mir eine Erklärung schuldig.«

Seltsamerweise mußte er lächeln: Das dürfte genau der Ton sein, in dem Iuno mit Iupiter gemäß den alten Geschichten abzurechnen pflegte.

»Erklärung? Gerne. Aber schuldig?«

Er lehnte sich gegen den kühlen Marmorrahmen der Tür. Ihre Augen blitzten gefährlich, und der ganze Hochmut und Stolz der *Gens Claudia*[69] stand ihr im Gesicht.

»Erstens! – Du vernachlässigst mich!«

‚Mein gutes Recht!' hatte er auf der Zunge, hütete sich aber, dies auszusprechen, denn der Vorwurf war angemessen.

»Zweitens! – Wie kommst du dazu, meinen Namen zu deinen taktischen Manövern zu mißbrauchen?«

Sie war wohl auf eine temperamentvolle Antwort gefaßt, doch er schwieg lächelnd – und sagte dann mit herausfordernder Freundlichkeit: »Drittens! – Aller guten Dinge sind drei…«

»Ja, drittens! Du machst dieser Nausikaa, dieser Hetäre, den Hof!«

Er lachte kurz auf und ging einige Schritte auf und ab.

»Mein liebes Kind…«

»Ich verbiete dir, so mit mir zu reden! Ich bin neun Jahre älter als du!«

Instinktiv spürte er ihre Angst, er würde sie fallenlassen. Darum blieb er gelassen und begann schelmisch: »Hohes Gericht! Dem Angeklagten wurden hier soeben von Iuno drei ungeheure Vorwürfe entgegen geschleudert. Die Verteidigung des sterblichen Mannes wird sie der Reihe nach entkräften.

Erstens: Wir geben zu, daß der Angeklagte die göttliche Klägerin vernachlässigt hat. Grund: Arbeitsüberlastung. Er zeigt jedoch Reue und wird das Versäumte nachholen.«

Er verbeugte sich.
»Zweitens: Die Anklage irrt, wenn sie behauptet, der Name der Klägerin sei zu taktischen Manövern mißbraucht worden...«
»Was sonst?« rief Clodia.
»Nun, es liegt hier nur eine zufällige Namensgleichheit vor. Tatsächlich handelt es sich um ihre ältere Schwester Clodia...«
Er hielt in Erwartung eines Einwands inne, doch sie schwieg. »Kommen wir zum dritten Punkt. Wie bekannt, handelt es sich hier um die des Mordes verdächtigte Schauspielerin...«
»Laß die Komödie!« unterbrach sie ihn. »Ich kenne diese Art von... von... ach!«
Sie winkte zornig ab.
Gaius, nun sehr ernst, sagte: »Jetzt hör mir bitte einmal zu! Nausikaa ist in Lebensgefahr! Sie wird erpreßt. Und sie muß durchhalten, weil sie drei kleine Kinder zu versorgen hat. Wie kommst du denn auf die Idee...«
Weiter kam er nicht, denn sie sprang plötzlich auf und umarmte ihn heftig.
»Ach, Gaius, verzeih mir!«
Er küßte sie auf die Stirn und streichelte ihr Haar. Dann hielt er ihren Kopf mit beiden Händen und sah in ihre fast schwarzen Augen. »Wollen wir nicht besser vom Hier und Jetzt reden?«
»Ja, komm, erzähl!«
Sie setzten sich nebeneinander. Nun wollte sie alles wissen, und er weihte sie in das Geschehen und seinen Plan mit der »Gesandtschaft« ein. Sie war ganz bei der Sache:
»Die Idee ist gut. Aber seid ihr euch darüber im klaren, daß ihr euch geradezu mutwillig großer Gefahr aussetzt?«
»Du meinst: Caelius...«
»Vielleicht. Caelius ist absolut skrupellos. Meine Schwester haßt ihn – ebenso wie Cicero.«
»Verständlich. Du meinst also, Caelius war damals an der Ermordung Dions beteiligt?«
»Ohne jeden Zweifel: Ja! Und ich traue ihm auch den Mord an diesem Protogenes zu. Interessant an der Geschichte ist, daß diese Nausikaa in seinem Hause ein- und ausgeht. Aber das muß sie nicht unbedingt zur Mittäterin machen.«

»Hast du von diesem Ahmose schon einmal gehört?«
»Ja. Der Name tauchte damals beim Prozeß einmal auf. Ich glaube, Clodia erwähnte ihn.«
»Könnten wir sie nicht fragen?«
»Sie ist in Baiae. Bis ich brieflich Antwort bekäme, würden etwa zehn Tage vergehen. Ich werd's versuchen.«
»Ich hätte gern, daß du dir die Aufführung anschaust. Wegen der Kostüme und der Ausstattung. Ich denke, Cornificius erwartet das...«
»Du Schelm! Du meinst, ich soll mir diese Nausikaa ansehen! Gut, ich komme.«

31

In den nächsten Tagen geschah nichts Außergewöhnliches.
Publilius nahm die Probenarbeit sehr ernst und fand täglich Neues auszusetzen, so daß Cornificius einmal argwöhnte, das sei Verzögerungstaktik.
Nach der fünften Probe sagte Publilius zu Gaius: »Das Stück steht! Wann willst du's haben?«
»Übermorgen. Wir müssen die Leute mobilisieren.«
Ausrufer wurden gemietet, die durch die Straßen zogen und wortgewaltig auf das Ereignis hinwiesen. An allen Plätzen, in vielen Läden, vor allem in den Schenken wurden Plakate ausgehängt, die Selenus mit seinen Schreibern angefertigt hatte. Auf ihnen wurden die Hauptpersonen *Pompaticus* und *Cicatricosus* so karikiert, daß jeder wußte, wer gemeint war. Schriftliche Einladungen ergingen an Freunde und Bekannte, denen die Plätze im Theater reserviert wurden. Pünktlich beim Anbruch der vierten Stunde sollte die Aufführung am genannten Tage beginnen.
An diesem Morgen hatte nun auch Gaius Lampenfieber; ihm war, als ob er selbst gleich auf die Bühne treten müsse. Sie hatten das Frühstück im Volcatischen Hause am Caelius gerade beendet – es waren Gaius, Cornificius und Selenus –, als die Nachricht kam, die alle in große Erregung versetzte. Eugenia brachte Gaius den Zettel.
»Er lag unter der Tür, Herr.«
Hastig faltete er das Blatt auseinander.

> *Ich werde da sein. Alles läuft wie geplant. Nichts wird mir entgehen.*

Er reichte das Blatt Cornificius. Sie schauten sich an.
»Er wird im Publikum sitzen«, sagte Gaius.
Selenus fragte: »Was hat er vor?«
»Keine Ahnung. Er wird einen Skandal inszenieren. Und wir...« – Gaius schlug sich in die Hand – »...wir können nichts tun. Beim Hades! Wir können nicht hinter jeden Besucher einen Posten stellen!«
Cornificius sagte: »Wir könnten absagen.«
»Das ist doch wohl nicht dein Ernst! – Wir können nur eins: Sämtliche Ein- und Ausgänge, auch im Bühnenhaus, im Auge behalten! Und zwar

so, daß man es nicht merkt. Außerdem wird zuvor jeder Winkel, jede Treppe, jeder Raum und jede Nische durchsucht.«
»Dann wird's aber Zeit!«

Sie machten sich unverzüglich auf den Weg: Gaius, Cornificius, Selenus, Alexander, Archelaos und fünfundzwanzig weitere Sklaven, die man von beiden städtischen Häusern abgezogen hatte.
»Clodia könnte uns ebenfalls mit einigen Leuten helfen!« schlug Cornificius vor.
»Gut«, nickte Gaius und schickte Alexander mit einer entsprechenden Weisung zum Haus am Palatin.
Dort wurde er von Clodia freundlich empfangen, und er erklärte ihr nach Art der X. Legion[70], worum es ging.
Er machte Männchen, grüßte zackig und meldete: »Befehl des Legaten! Anbetracht dessen durchaus neue Lage ergeben! Feind ist im Theater! Befehl: Einen Teil der hiesigen Mannschaften abziehen und als Verstärkung zur Verfügung!«
Clodia, mittlerweile an diese verklausulierten Redewendungen gewöhnt, nickte ihm zu und zitierte ihren Hausmeister herbei: »Gesamtes männliches Personal zusammenholen! Alexandros hat das Kommando!«
Sie zwinkerte Alexander zu, und der strahlte. Dann ging sie, um sich für die Aufführung umzukleiden.
Als der Hausmeister zögerte, bellte Alexander: »Wiederhole den Auftrag!«
Endlich konnte er es dem Mann, der ihn des öfteren in seiner hochnäsigen Art hatte warten lassen, heimzahlen.
Der brave Mann stotterte: »Gesamtes Personal? – Ja, warum denn das?«
Er verstand die Welt nicht mehr.
Alexander aber nutzte die günstige Lage aus, um endlich einmal reinen Tisch zu machen: »Name!«
»Wie? – Philetas...«
»Na ja, keiner kann dafür, wie er heißt. Schon mal in Gallien gedient?«
»Wie? In Gallien ge...? Nein, ich hatte dazu noch nicht die...«
»Maul halten! Rede nur, wenn du gefragt bist!«
»Aber du hast doch...«

»Auch so ein Drückeberger!«
Philetas zuckte zusammen.
Alexander sah es und brüllte: »Mann, so nimm doch Haltung an! Es besteht zweifellos kein Grund, sich in die Sandalen zu pinkeln!«
Philetas versuchte es ein letztes Mal: »Ich... ich verbitte mir...« Er lief rot an wie ein Puter.
Doch Alexander war nicht mehr zu bremsen: »Maul halten! Hier gibt's nur Befehl und Ausführung! Verstanden? Sauberkeit! Ordnung! Treue! Nur so wird Rom den Erdkreis überleben!«
Er musterte ihn in der souveränen, überlegenen Haltung eines Centurios der 1. Cohorte[71]:
»Absolute Ruhe! Prompte Ausführung! Werde dich lobend bei meinem Herrn erwähnen! Ganz Rom blickt auf uns! Klar?!«
»Sicher...« Philetas nickte verwirrt.
»Das heißt jawohl!«
»Jawohl...«
»Na also. Abmarsch in fünf Minuten!«
Nach und nach traten die männlichen Angehörigen des Personals verschüchtert aus den verschiedenen Gängen und Räumen hervor und versammelten sich um den gedemütigten Philetas, während die Mägde und Dienerinnen aus den Schatten der Säulen alles beobachteten. Alexander zögerte noch. Wo war Melitta? Er mußte sie unbedingt sprechen, ehe er das Haus verließ.
»Ist das der ganze Haufen?« fragte er Philetas.
»Hau... Jawohl!«
»Dann laß die Jungs draußen mal antreten! Beeilung!«
Verwirrt drängten sie nach draußen. Alexander blickte suchend um sich. Die Mädchen und Frauen betrachteten ihn. Er ging auf und ab, beobachtete sie aus den Augenwinkeln. Die Zeit drängte. Da! – Sie eilte den Gang entlang, er trat ihr entgegen.
»Alexander!«
»Melitta!«
Sie blieben in zwei Schritt Abstand voreinander stehen. Die Mädchen flüsterten hinter der Hand und kicherten. Er bemerkte es.
»Steht nicht rum und glotzt! Wegtreten!«
Unwirsch fegte er sie mit einer abrupten Armbewegung auseinander, und sie flohen wie die Küken vor dem Bussard.

Er trat einen Schritt vor.
»Hat die edle Melitta meinen Brief durchaus bekommen?«
Sie schlug verschämt die Augen nieder.
»Sie hat.«
Sie starrten sich an, und keiner fand das rechte Wort.
»Hat er ihr gefallen?«
Sie errötete.
»Er hat ihr sehr gefallen.«
Er errötete. Er wußte nicht, wohin mit den Händen. Er zog sein Schwert aus der Scheide, betrachtete die Klinge und steckte es wieder hinein.
»Wird sie im Theater sein?«
»Sie wird.«
»Ich habe ihr einen Platz...«
»Danke.«
»Bitte!«
Er hantierte wieder mit dem Schwert.
»Ich werde ihr bald wieder schreiben...«
»Ich werde ihm auch schreiben...«
»Ich muß jetzt gehen. Ich werde vielleicht neben ihr sitzen.«
Da rief Clodia von oben: »Melitta! Wo steckst du? Hilf mir!«
»Ich muß jetzt gehen.«
»Ja. Ich auch.«
Er wollte noch irgend etwas sagen, aber sie eilte schon nach oben, warf ihm aber heimlich von der Treppe einen Handkuß zu. Er versuchte das gleiche, doch entschied er sich während der Bewegung für einen zackigen militärischen Gruß.
»Beim Zeus! Sie liebt mich!« murmelte er und schritt in der wohl senkrechtesten Haltung, die er je eingenommen, nach draußen. Das Personal bildete eine lockere Versammlung um Philetas.
»Mit mir sind es zwanzig Leute«, nickte Philetas ihm zu. Alexander überhörte das.
»In Linie antreten!«
Ein heilloses Durcheinander entstand, und es dauerte einige Zeit, bis sie in einer Reihe standen.
»Abzählen!«
Sie zählten.
»Meldung!«

Philetas meldete: »Ich habe es eben doch schon gesagt…«
»Maul halten! Meldung! Philetas mit neunzehn Mann wie befohlen angetreten! Wiederholung!«
Er tat es.
»Na also!«
Er musterte sie grimmig.
»Herhören! Wir rücken nicht zum Kirschenpflücken aus. Werde aus euch Schlafmützen Männer machen! Der ganze Haufen hört auf mein Kommando! Ich bin Alexandros, Sohn des Alexandros aus Theben, Freund des Proconsuls Gaius Iulius Caesar und habe zweimal dem edlen Gaius Volcatius Tullus das Leben gerettet. Werde aber nicht zögern, jeden unbedingt in den Hades zu schicken, der meine Befehle mißhandelt! Noch Fragen? – Na, dann eben nicht… Philetas!«
Philetas zuckte zusammen.
»Abrücken!«
Philetas bemühte sich um eine irgendwie soldatisch anmutende Haltung und brüllte mit schriller Stimme: »Abrücken!«
Alexander klopfte ihm auf die Schulter.
»Na also! Werde ein gutes Wort für dich einlegen.«
Der vorletzte Mann aber flüsterte seinem Vordermann zu: »Sag mal, ist der nicht ganz richtig im Kopf?«
Der aber gab hinter der Hand zurück: »Der war in Gallien! Da bleibt immer was hängen… Leg dich nie mit ihm an! Du ziehst immer den kürzeren!«

Gaius ließ das gesamte Personal der drei Häuser und die Theaterdiener auf der *Orchestra* antreten und forderte die Leute auf, Augen und Ohren offenzuhalten und auf verdächtige Personen zu achten: vor, während und nach der Aufführung! Dann teilte er sie in Gruppen ein, die den Tempel, die *Cavea,* das Bühnenhaus, dessen einzelne Geschosse und auch den Park mit den Säulengängen zu durchsuchen hatten.

Er selbst machte mit Cornificius einen Rundgang, gab diesem und jenem eine Anweisung und schaute selbst in die hintersten Ecken.

»Wenn er zuschlagen will, wird es ihm so zumindest nicht vor der Aufführung möglich sein.«

»Das wird er wohl selbst wissen«, sagte Cornificius. »Folglich dreschen wir hier Stroh!«

»Möglich, Dichterfürst, aber ich möchte mir später keine Vorwürfe machen.«

Nach und nach kehrten die als Verbindungsleute zwischen den Posten eingeteilten Männer zur *Orchestra* zurück und meldeten, man habe nichts Verdächtiges gefunden. Alle seien wachsam und an ihrem Platz.

»Gut. Verteilt ihr euch auf die Sitzreihen und spitzt während der Aufführung die Ohren! Jede Person, die sich irgendwie verdächtig macht, wird mir gemeldet. Ich sitze rechts am Rande der *Orchestra.*«

Plötzlich stand Alexander neben ihm.

»Ich auch?« fragte er. »Ich meine, soll ich mich Anbetracht dessen auch verteilen?«

»Meinetwegen.«

Alexander verschwand. Er hielt ab sofort zwei Plätze frei, und kein Sterblicher hätte sie ihm streitig machen können.

Gaius gab ein Zeichen. Die Außentore wurden geöffnet, und es waren schon etliche hundert Besucher, die in das Halbrund drängten, um noch die besten Plätze im unteren Drittel zu erhaschen. Selenus sollte die Aufgabe übernehmen, die Ehrengäste zu ihren Sesseln auf der Orchestra zu geleiten. Archelaos, in schneeweißer Tunika, würde ihm dabei assistieren.

Die Getränkehändler und Bäcker zogen ein und mußten den Posten an den Eingängen Rede und Antwort stehen: Nach Name und Wohnung wurde gefragt, die Nummer der von den Aedilen ausgestellten Lizenz

wurde notiert, und wer diese nicht besaß, wurde abgewiesen. Die Eingelassenen verteilten sich mit ihren Bauchläden auf den Rängen.
Zehn Minuten vor Beginn waren die Sitzreihen schon dicht besetzt, und das Stimmengewirr nahm zu. Gaius schätzte die Menge auf acht- bis neuntausend Köpfe.
Dann kamen die prominenten Besucher, und Gaius registrierte nicht ohne Genugtuung, daß sogar Cicero, Atticus und Cato darunter waren. Zusammen mit seinem Vater traten sie aus dem inneren Tor. Gaius begrüßte sie, vor allem Cicero, sehr herzlich.
»Ich freue mich ganz besonders, daß du – obwohl du doch schon in Aufbruchsstimmung bist – dir das Schauspiel nicht entgehen lassen willst.«
Cicero lachte verschmitzt: »Die Erklärung ist einfach, Gaius. Ich bin ja – wenn auch ohne Vorsatz – eine Art geistiger Vater des Spektakels. Lucius« – er wies auf Gaius' Vater – »hat mir in groben Zügen davon wie auch von deinen Absichten erzählt.«
Er neigte sich zu Gaius' Ohr: »Wird Caelius kommen?«
»Ich hoffe es«, sagte Gaius.
Cicero drohte spielerisch mit dem Zeigefinger: »Hoffentlich kommt er nach dem Stück heil hier heraus! Aber so ein Nasenstüber kann ihm nicht schaden. Wie sagt doch Publilius: ‚Den Weisen macht des andern Fehler klüger.'«
»So ist es.«
Gaius verbeugte sich elegant und wies ihm und den anderen ihre Sessel.
Da drängte sich Selenus neben Gaius und flüsterte:
»Er kommt in persona!«
»Wer?«
»Der Liebling der Venus!«
Gaius erschrak, faßte sich aber.
»Ich hatte zwar nicht damit gerechnet... Ein Glück, daß wir ihm und seinem Gefolge Plätze reserviert haben!«
Als Pompeius aus dem Tor trat, setzte beim größten Teil des Publikums tosender Beifall ein. Man feierte den Erbauer des Theaters. Dazwischen waren aber auch deutlich Pfiffe zu hören.
»Na, dann stehen wir wenigstens nicht ganz alleine da!« sagte Gaius.
Er war von der seltsamen Vorstellung ausgegangen, daß Pompeius, der ja immer noch Imperiumsträger war, die Stadt nicht betreten dürfe – aber das Theater lag ja außerhalb der Mauern.

Gravitätisch schritten vor Pompeius seine zwölf Lictoren[72], während er selbst sehr gelockert zu den Rängen hinauf winkte und es sichtlich genoß, gefeiert zu werden. Gaius entsann sich der Zeit – es war noch nicht lange her –, als Pompeius sich nur unter dem Schutz einer Hundertschaft in der Öffentlichkeit zeigen konnte.

Er ging ihm entgegen und begrüßte ihn mit einer leichten, mehr angedeuteten Verbeugung.

Pompeius musterte lächelnd die Bühne und sagte schmunzelnd: »Ich hörte, hier soll heute ein Stück gespielt werden, das ‚Die Gesandtschaft' betitelt ist. Ist das richtig?«

Ebenso verschmitzt gab Gaius zurück: »Das kann schon sein.«

Sie blickten sich an, und der Imperator fügte gutgelaunt hinzu: »Gesandtschaften sind, wie man weiß, sehr wichtig.«

»Ganz meiner Meinung! Und sie sind den meisten Menschen unverletzlich.«

»Gibt es denn Ausnahmen?«

»Es soll sie geben.«

Beide genossen die ironische Gratwanderung, zumal alle in der Nähe stehenden Besucher die Ohren spitzten, um teilzuhaben an dem launigen Geplänkel. Und jedes Wort, das sie hier wechselten, würde bis zum Abend in die entferntesten Winkel der Stadt geflogen sein.

Gaius geleitete den hohen Gast zu seinem Platz. Zwei Lictoren setzten sich rechts und links neben ihn, die übrigen verteilten sich am Rande der *Orchestra*.

Gaius ging zu seinem Platz am rechten vorderen Rande der *Orchestra*, von wo aus Cornificius die ganze Zeit über unauffällig das Halbrund beobachtet hatte.

»Und?« fragte Gaius leise, als sie saßen.

»Caelius kam, während du mit Pompeius sprachst.«

»Allein?«

»Mit einem Mädchen.«

»Wo sitzt er?«

»Rechts, von der Bühne aus gesehen. In der ersten Reihe.«

»Irgendwelche Ägypter gesehen?«

»Nein.«

»Hoffentlich bleibt's dabei!«

Ein Theaterdiener kam, verbeugte sich vor Gaius und sagte: »Publilius läßt fragen, ob wir beginnen können.«
»Noch nicht... Warte hier!«
Gaius stand auf und ging mit suchendem Blick am äußeren Rand der Orchestra entlang.
»Hier bin ich, Herr!« hörte er Alexanders Stimme in der Nähe. Gaius wandte sich nach links und erkannte ihn in der fünften Reihe. Er winkte heftig und wies mit dem Kopf zur Seite, wo ein sehr schönes, zartes Mädchen bescheiden neben ihm saß. Gaius winkte beiden lächelnd zu. Dann müßte Clodia doch auch... Ja, da trat sie aus dem Tor. Er eilte hin und begrüßte sie mit einer sehr eleganten Verbeugung. Er war hingerissen von ihrer Erscheinung.
»Ist er da?« fragte sie.
»Wer?«
»Caelius.«
»Der auch.«
»Wer denn noch?«
»Pompeius.«
»Dann solltest du dich von Herzen freuen. Würdest du mich bitte zu meinem Platz geleiten?«
Wieder verfolgten einige hundert Augenpaare von den Rängen, wie er mit einer der schönsten Frauen Roms am äußeren Rande der *Orchestra* entlangging.
Und man munkelte das Neueste über diese außergewöhnliche Verbindung.
Cornificius sprang mit Elan auf und wandte sich grinsend an Gaius: »Ich glaube, sie hat sich im Platz geirrt! Ihr Tempel steht doch da oben!«
»Du machst mich erröten!« Sie reichte ihm die Hand und setzte sich zwischen die Freunde.
Gaius wandte sich an den immer noch wartenden Sklaven: »Nun geh, mein Junge, und melde dem großen Publilius, daß wir anfangen können!«

33

Publilius, noch nicht im Kostüm des Dion, trat an die Rampe, und allein sein Erscheinen genügte, um die Menge zu einem minutenlangen Beifall zu animieren.

Gaius, der schräg unter ihm saß, bemerkte, wie er ihm zuzwinkerte. Wie immer bei solchen Anlässen, deckte er das Publikum zunächst, mit einer Blütenlese seiner Sprüche ein:

> NICHTS BESSERES KAUFST DU' DIR ALS TREUE FREUNDSCHAFT, DOCH NÜTZ DEM FREUNDE, OHNE DIR ZU SCHADEN! DIE LIEBE IST DER GRUND ZU EITLER UNRUH –
> DER LIEBE WUNDE HEILT NUR, WER SIE SCHLUG.
> WER VOM GLÜCKE WIRD GESEGNET, IST NICHT WEIT VOM EIG'NEN STURZ.
> NACH DEM ZUSAMMENBRUCH IST HILFE KRÄNKUNG.
> WANN MACHT WOHL EIN GEWINN DIE HABSUCHT SATT?
> AUS FREMDEM UNGLÜCK LÄSST SICH GLÜCKLICH LERNEN.
> DOCH WELCHE WAHRHEIT DIESES STÜCK EUCH BRINGT,
> DAS MÖGT IHR SELBST ENTSCHEIDEN: HÖRT UND SEHT'S!

Er verbeugte sich, und auf allen Rängen setzte Beifall ein. Dann verschwand er. Das eigentliche Stück konnte beginnen.

Schon in der ersten Szene zeigte sich, daß der authentische Hintergrund der Handlung nicht vergessen war; denn sobald eine neue Person auf die Bühne trat, setzte sehr schnell Szenenbeifall ein, und von den obersten Rängen tönten ermunternde und herausfordernde Pfiffe.

Gaius bedauerte, Caelius' Gesicht nicht sehen zu können, doch konnte er es sich gut vorstellen: Er würde lächeln, lächeln, lächeln – und im Innern beben vor Zorn.

Publilius gelang es, die dargestellten Intrigen trotz des speziellen Bezugs auf bestimmte Personen – die zum Teil anwesend waren – ins allgemein Menschliche zu steigern, und das kam sowohl beim Publikum als auch bei der Prominenz gut an; denn als Gaius sich zurücklehnte und nach links blickte, sah er Pompeius lachen, ebenso Cato, Atticus und Cicero.

Er beugte sich zu Clodia: »Es sieht gut aus.«

»Ich hoffe für dich, daß es so bleibt. Noch sind zwei Akte zu spielen.«

Der erste Akt ging ohne Zwischenfall zu Ende. Das Publikum belohnte die Schauspieler mit anhaltendem Applaus. Gaius nutzte die Pause, um einen Blick zu Selenus und Archelaos zu werfen. Sie gaben ihm durch ruhige Handbewegungen zu verstehen, daß alles in Ordnung sei.

Cornificius blickte die *Scaena* entlang und meinte: »Was hat er nur vor? Er könnte allenfalls das Gebäude stürmen.«

»Wie denn? Allein? Unsere Leute stehen an allen Aus- und Eingängen. Da käme keine Maus ungesehen durch.«

»Also kann er nur unter den Leuten sitzen.«

Clodia schüttelte den Kopf: »Bildet ihr euch da nicht etwas zuviel ein?«

»Keineswegs.« Gaius reichte ihr die anonyme Botschaft dieses Morgens.

»Trotzdem«, sagte Clodia. »Das muß nichts bedeuten. Er will euch einschüchtern.«

Der Gong ertönte und kündete den Beginn des zweiten Aktes an. Man nahm wieder die Plätze ein. Allmählich verstummten die Gespräche.

War im ersten Teil die prekäre Lage der verschiedenen Konkurrenten im Kampf um die Macht scharf gezeichnet und durch die Ankündigung der ägyptischen Gesandtschaft in Bewegung versetzt worden, so zeigte der zweite Teil deren geheime Machenschaften, wie sie nun über Mittelsmänner versuchten, den größten Einfluß auf den um seinen Thron kämpfenden Ptolemaeus zu gewinnen. Da wurden ganze Vermögen in die Waagschale geworfen, Verbindungen geknüpft und wieder gelöst, und hektischer Mittelpunkt des Ganzen war das Haus der *Celia,* wo alle Beteiligten ein und aus gingen, sich bespitzelten und doch von *Celia* an der Nase herumgeführt wurden.

Gaius, der gespannt auf Clodias Reaktionen achtete, war erleichtert, als sie lächelte und schließlich sagte: »Schade, daß sie das nicht sehen kann!«

Der Akt schloß mit der Szene, in der *Celia* vom Balkon aus in einem langen Monolog über die Verderbtheit der Welt klagte.

Nach einer Weile trat *Quirinalis* vor das Haus, und das Gespräch würde sich allmählich der geplanten Ermordung des Dion zuwenden, ohne daß dessen Name fiel, denn der Reiz bestand darin, daß beide dasselbe im Sinn hatten, ohne es aussprechen zu dürfen.

Celia trat auf den Balkon, ließ den Blick über die Menge schweifen und begann:

> DER ARME MANN ER DAUERT MICH;
> EIN RUDEL WÖLFE KÖNNT' NICHT BESSER
> DEN HIRSCH AUF FREIEM FELDE TREIBEN,
> BIS IHM DIE BEINE IHREN DIENST VERSAGEN:
> ER STEHT, UND DAMPFEND WEICHT DER WEISSE ATEM AUS SEINEN NÜSTERN...

Da beugte sich Cornificius vor und zischte: »Das ist nicht der Text!«
Auch Gaius merkte auf: »Das ist ebenso nicht *unser* Quirinalis. Kommt.«
Und zu Clodia sagte er: »Das war's also!«
Sie griff kurz seine Hand, drückte sie und flüsterte: »Ich bitte dich, sei vorsichtig!«
Er nickte energisch.
»Ja. Achte du auf den Text!«
Sie durften kein Aufsehen erregen und bewegten sich daher ohne Hast, so als ob sie wegen irgendeiner dramaturgischen oder technischen Angelegenheit mit den Mimen zu reden hätten.
Gaius ging auf das rechte innere Tor zu, wandte sich um und hoffte, daß Alexander ihn sehen würde: Ja, er reckte sich fragend hoch. Gaius gab ihm mit der Hand ein unmißverständliches Zeichen. Alexander beugte sich zu seiner Begleiterin, um sich zu entschuldigen, erhob sich und zwängte sich durch die Leute.
Celia rezitierte währenddessen ihren geänderten Text, der sich allmählich zu einer gehässigen Anklage gegen Caesar wandelte. Von den Rängen setzten vereinzelt Pfiffe ein. Da kam Alexander mit Riesenschritten heran.
»Folgen!« sagte Gaius. Er ging durch das Tor, das nach außen führte. Der Gang, der in der äußeren Wandelhalle im Erdgeschoß endete, war leer.
»Was ist, Herr?«
»Paß auf, mein Junge! Alles spricht dafür, daß sie die ganze Truppe in ihrer Hand haben.«
»Werde ihnen unbedingt auf die Fingerchen klopfen!«

»So ist es. Du versuchst, ungesehen von hinten ins Bühnenhaus zu kommen.«
»Sehr schön: ungesehen!«
»Du nimmst dir jeden vor, der nicht zur Truppe gehört!«
»...und schicke ihn in den Hades!«
»Nicht unbedingt.«
»Schade.«
»Ich möchte die Bande, lebend!«
»Auch gut. Das Leben ist ja auch ganz schön.«
»Korrekt.«
Gaius lauschte, ob sich jemand im Gang bewegte. Doch es blieb ruhig.
»Es kann sein, daß sie nach vorne alles abgesperrt haben.«
»Werde das Türchen öffnen!«
»Sicher, aber ohne Lärm! Du darfst vor allem nicht vom Publikum gesehen werden.«
»Schade. Wollte unbedingt auch einmal Beifall bekommen. Na, dann eben nicht...«
»Doch, mein Junge, später. Werde mit Publilius reden.«
»Und was machst du und der Fürst der Dichter?«
»Wir sind im Umkleideraum gleich rechts neben der Bühne. Falls die Tür zum hinteren Bühnengang verschlossen ist – was ich annehme –, warten wir, bis du sie öffnest. Noch Fragen?«
»Keine Fragen.«
»Wegtreten!«
Alexander grüßte und verließ das Gewölbe. Gaius und Cornificius gingen einige Schritte zurück, um besser hören zu können, was da oben gesprochen wurde. Soviel verstanden sie: *Celia* gab einen Abriß der Geschichte Roms als eine ununterbrochene Folge von Grausamkeit, Lüge, List, Verstellung.
»Bin gespannt, worauf das hinausläuft«, sagte Gaius.
»Das kann ich dir sagen: auf den größten Theaterskandal der letzten Jahre!« Cornificius überlegte.
»Wir könnten die Vorstellung abbrechen...«
Gaius schüttelte den Kopf.
»Nein, das läuft auf dasselbe hinaus und würde uns in der Öffentlichkeit unmöglich machen. Wir müssen vor Beginn des dritten Aktes hier

reinen Tisch machen. Laß sie einstweilen Theater spielen. Solange das Publikum nichts merkt, ist die Sache gerettet. Komm!«
Sie gingen zurück in die *Cavea*, bogen dann sofort hinter dem Torbogen links ab zu der Tür des Umkleideraums. Sie war nicht verschlossen.
»Mach dich auf alles gefaßt!« flüsterte Gaius. »Laß die Tür offen! Das Publikum ist unser Schutz!«
Sie blieben zwei Sekunden im Türrahmen stehen und erfaßten blitzschnell die Situation. Publilius lag gefesselt und geknebelt am Boden. Textrollen waren überall verstreut.
Cornificius schloß die Tür. Gaius warf seine Toga[73] ab und stand da in voller Rüstung. Auch Cornificius legte das hindernde Gewand ab. Gaius griff seinen Dolch, durchschnitt Publilius' Fesseln und entfernte den Knebel.
»Ich hoffe, du lebst!«
»‚Nie wird der Weise mit dem Schicksal hadern!'«
»Sehr schön! Wer hadert denn?«
Gaius ging zur hinteren Tür.
»Sie ist verriegelt!« rief Publilius und schöpfte Atem..
»Dacht' ich's doch!« sagte Gaius grimmig. »Wer war es?«
»Sie trugen Masken.«
»Wie lief es ab?«
»Keine Ahnung. Plötzlich stand jemand hinter mir und hielt mir eine Klinge an den Hals, während ein zweiter mich fesselte.«
»Warst du allein?«
»Ja.«
»Wo sind die übrigen von deiner Truppe?«
»Na, draußen. Irgendwo an einer vorgesehenen Stelle.«
»Wie erklärst du dir das alles? Wie konnten sie ungesehen hereinkommen?«
Publilius schüttelte ratlos den Kopf.
»Ich weiß es nicht.«
»Sprachen die beiden, die dich fesselten, miteinander?«
»Nein.«
»Hm...« Gaius betrachtete Publilius. »Wie lange wollen sie das durchhalten?«
Publilius ging zur Tür, die in den Zuschauerraum führte, öffnete sie einen Spalt und lauschte.

»Sie haben das ganze Stück geändert.«
»Ja, und das war ihre Absicht von Anfang an. Aber dann müssen sie doch an die sechs Rollen neu besetzt haben.«
»Für eine erfahrene Mannschaft eine Kleinigkeit.«
Erstaunt blickte Gaius ihn an.
»Hältst du es für möglich, daß Laberius...«
»Ich halte alles für möglich. – ‚Am schlimmsten ist Gefahr, die sich verbirgt.' – Was hast du vor?«
»Warten...«

34

Alexander schlich außen an der Säulenhalle entlang, als jemand hinter ihm leise seinen Namen rief. Er wandte sich um: Archelaos folgte ihm im Eilschritt.
»Wo kommst du feiner Pinkel denn her?«
Das spielte auf die schneeweiße Tunika an, die Gaius ihm gekauft hatte.
»Ich sah, wie der Herr dir ein Zeichen gab.«
»Sein gutes Recht.«
»Was ist denn passiert?«
Alexander wies mit hochgestelltem Daumen zum Bühnenhaus. »Starke feindliche Kräfte haben das Häuschen da durchaus besetzt. Haben unseren Knaben die Röllchen abgenommen. Wollen unbedingt selbst Theater spielen. Haben aber ein eigenes Stückchen mitgebracht.«
»Und das gefällt uns nicht.«
»Ganz und gar nicht.«
»Wie lautet dein Auftrag?«
»Dem Feind in den Rücken fallen. Mauer von hinten durchbrechen. Verbindung zum Stab herstellen.«
»Sehr gut. Und wie willst du das machen?«
Statt einer Antwort schlich Alexander in die Halle, stellte sich hinter eine Säule und winkte Archelaos heran.
»Wo sind denn unsere Posten?« fragte dieser, denn an den drei Eingängen hatte Gaius seine Leute aufgestellt.
»Wahrscheinlich im Hades.«
Archelaos ließ den Blick schweifen.
»Da kommen wir nicht durch. Die Vorteile liegen auf ihrer Seite. Sie beobachten aus dem Schatten der Halle jede Maus, die sich nähert.«
»Wir müssen es trotzdem versuchen. Der Herr erwartet das!« Sie hielten die drei Tore angestrengt im Auge.
»Paß auf, Pirat! Du springst vor zu den Brünnlein und tust durchaus so, als du dich zum rechten Törchen anschleichst…«
»…als ob!« verbesserte Archelaos.
»Anbetracht dessen betrete ich die heilige Halle durch das linke Törchen.«
»In Ordnung.«
Sie nahmen voreinander Haltung an.

»Archelaos!«
»Hier!«
»Fertigmachen!«
»Ich bin es!«
»Angriff!«
Archelaos lief in geduckter Haltung zum nächsten Brunnen, lugte um die Kante der Fassung und sprang über den Mittelweg zum Brunnen auf der anderen Seite.
Alexander beobachtete scharf die drei Eingänge und nickte befriedigt »Wie in Gallien!« – denn am mittleren Tor zeigte sich ein Gesicht und verschwand wieder.
Nun war er an der Reihe. Er tauchte zurück in den Schatten der Halle, legte sich flach auf den Boden und arbeitete sich auf allen vieren bis zum Ende der Kolonnade vor. Dann robbte er im Schutz der dort stehenden Sträucher am Fuß der Bühnenwand entlang bis zum linken Tor. Er lauschte... Nichts rührte sich. Er erhob sich. Archelaos mußte ihn nun sehen. Er gab ihm mit der Hand ein Zeichen.
Archelaos tat so, als ob er sich vorsichtig dem rechten Eingang näherte, sprang aber sehr geräuschvoll zum nächsten Brunnen. Diesen Augenblick nutzte Alexander, huschte um die Ecke und war mit drei Sätzen am inneren Marmorrahmen des Bogens. Leise wie eine Katze bewegte er sich vorwärts, lauschte... Rechts hörte er gedämpftes Flüstern. Er verstand nichts. Er beugte sich vor und spähte um die Ecke. Am rechten Eingang warteten zwei Männer auf das Erscheinen von Archelaos. Sie waren so mit dessen Annäherung beschäftigt, daß sie nicht auf die Halle achteten.
Hinter dem Rücken des ihm zunächst Stehenden schlich sich Alexander an. Nun mußte Archelaos... Ja, er kam mit einem gewaltigen Satz herein. Der Mann vor Alexander wollte vorspringen, aber da hatte ihn Alexander schon an der Schulter gepackt, drehte ihn um – er sah dessen maßloses Erstaunen –, nahm kurz Maß und schlug zu. Sachlich beobachtete er, wie der Mann die Augen verdrehte.
»Noch Fragen?«
Doch der Bursche glitt lautlos zu Boden.
»Na, dann eben nicht...«
Währenddessen beschäftigte sich Archelaos mit dem zweiten, in dessen Hand plötzlich die Klinge eines Dolches blitzte.

»Ich würde das Messerchen unbedingt schnell fallen lassen, so du auch weiterhin unter den lieblichen Strahlen der Sonne lustwandeln möchtest«, lächelte Alexander ihn freundlich an und hielt ihm seine Schwertspitze drohend entgegen. Und da der Bursche in Archelaos' Rechter eine ähnlich gefährliche Waffe entdeckte, ließ er den Dolch fallen und hob die Hände. Archelaos schnallte ihm den Gürtel ab und fesselte seine Hände auf dem Rücken; dann riß er ihm ein Stück von der Tunika, steckte es ihm als Knebel in den Mund und sicherte diesen mit einem weiteren Streifen, den er am Hinterkopf verknotete. Ebenso verfuhren sie mit dem ersten, der gerade wieder zu sich kam.

»Faß an, Pirat!«

Sie legten die beiden wie Päckchen zur Seite.

»Warte hier!« flüsterte Alexander und huschte nach links, die Halle entlang, bis zur Tür, hinter der Gaius und Cornificius warteten. Da hörte er Schritte auf einer der Treppen. Er preßte sich in den Türrahmen und hielt den Atem an: Es war ein Schauspieler, der zur *Scaena* ging und dort seinen Text begann.

Alexander tastete nach dem Riegel, fand ihn und zog ihn zurück. Sofort wurde die Tür von innen aufgerissen, und Gaius stand in Angriffshaltung mit gezücktem Schwert vor ihm.

Alexander nahm Haltung an und meldete mit gedämpfter Stimme: »Befehl wie befohlen! Zwei der Knaben von törichtem Handeln abgehalten! Anbetracht dessen sauber verpackt und vor das Törchen gelegt.«

»Sehr schön!« Gaius zog ihn in den Raum. »Ist sonst noch jemand im Untergeschoß?«

»Einer der Knaben ging auf die Bühne, um seine Sprüche loszuwerden. Archelaos...«

»Archelaos?«

»Ja, der Pirat bewacht die beiden Knaben, die durchaus die Sprache verloren haben.«

Von draußen tönten Pfiffe.

Gaius sagte: »Wir sollten dem Theater ein schnelles Ende machen. Kommt!«

Und Publilius konnte nicht umhin, eine seiner Sentenzen loszuwerden: »,Wer ungebeten hilft, ist doppelt gütig!'«

Gaius, Cornificius, Publilius und Alexander verließen den Raum und huschten den Gang entlang.

»Du bleibst hier unten und hilfst Archelaos!«
Alexander verschwand nach draußen.
»Publilius! Bleib hier am Fuß der Treppe!«
»Es sei! – ‚Die Furcht, nicht Güte bändigt einen Bösen!'«
Gaius und Cornificius stiegen auf Zehenspitzen die Treppe aufwärts. Sie hörten, wie *Celia* sich mit einem Partner unten auf der *Scaena* unterhielt. Sie erreichten den Gang des ersten Stockwerks, blickten um sich. Er war leer. Gaius schlich in gebückter Haltung, das Kurzschwert in der Rechten, zum Austritt des Balkons, auf dem *Celia* stehen mußte. Cornificius folgte ebenso leise. Gaius hob die Hand, und sie verhielten den Schritt. Langsam, ganz langsam bewegte Gaius sich nach vorne und blickte um den Marmorpfeiler. Nausikaa stand an der Balustrade und sprach ihren Text nach unten. Hinter ihr hockte ein Bursche, der mit zwei Dingen beschäftigt war: Er soufflierte ihr den Text – und bedrohte sie zugleich mit einem Messer. Er war so sehr mit beiden Tätigkeiten beschäftigt, daß er nicht wahrnahm, wie sich rechts und links zwei Schwerter seinem Hals näherten – erst als die Spitzen ihn berührten, zuckte er leicht zusammen.
»Keine Bewegung! Kein Laut – und du hast gelebt!« flüsterte Gaius. Starr vor Schreck gehorchte er und ließ Text und Waffe aus den Händen gleiten. Nausikaa wandte sich erschrocken um.
Gaius zischte: »Sprich weiter! Beim Apollo! Sei unbesorgt! Cornificius gibt dir den Text!«
Und der – während er mit dem Finger die passende Stelle suchte – seufzte: »Ich sag's ja immer: Wen die Götter verderben wollen…«
»Das steht da nicht!« grinste Gaius. Dann wandte er sich dem Burschen zu: »Hände hinter den Rücken!«
Gaius griff sich den Dolch, schnitt einen langen Streifen aus der Tunika des anderen und band ihm die Hände.
»Nun langsam zurück! Los!«
In gebückter Haltung erreichten sie den Gang.
»Steh auf! An die Wand!«
Er zitterte, und Todesangst stand ihm im Auge.
Gaius fixierte ihn grimmig: »Wieviel seid ihr?«
»Ich… ich weiß es nicht.«
Da schlug ihm Gaius ins Gesicht, zweimal, mit aller Kraft. Ein rotes Rinnsal lief aus der Nase, seine Wangen begannen zu glühen.

»Wieviel seid ihr?«
»Sechs.«
»Wo sind die anderen?«
»Zwei sind unten. Wo die andern sind, weiß ich nicht.«
»Seid ihr Schauspieler?«
»Ja. Vier von uns...«
»Welche Truppe?«
Er schwieg. Gaius hob drohend die Hand.
»Nein... Nicht!... Wir...«
Der Mann zitterte am ganzen Leibe, und es widerte Gaius an.
»Los! Runter!«
Er stieß ihn mit der Schwertspitze vor sich her.
Alexander kam ihnen unten entgegen.
»Übernehmen! Zu den anderen!«
»Jawohl! Haben schon Sehnsucht nach dem Knaben!«
Archelaos kam aus dem hinteren Torbogen, und Gaius sagte: »Paßt gut auf den Mann auf!«
Dann war auch Publilius da.
Gaius fragte ihn: »Kennst du den Burschen?«
»Nein.«
»Wo könnten sie die übrigen Leute deiner Truppe eingeschlossen haben?«
»Oben, in dem Raum am Ende des Ganges.«
»Stockwerk?«
»Zweites.«
»Gut, du bleibst hier unten. Alexander!«
»Hier!«
»Folgen!«
Sie stiegen wieder nach oben, hörten Nausikaa rezitieren und Cornificius flüstern, nahmen die zweite Treppe und befanden sich dann auf der Höhe der obersten Ränge.
»Schau du links nach!«
Alexander huschte davon. Gaius nahm die andere Seite, aber es war niemand in den Nischen oder auf den Balkonen. Er ging bis zum Ende des Ganges.
Die Tür war verriegelt. Er wartete, bis Alexander heran war, zog dann leise den Riegel und riß die Tür auf. Der Raum war leer bis auf einen Schrank.

»Öffne den Schrank!«
Alexander drehte den Schlüssel, öffnete die Tür – und ein Mumienkasten fiel ihm entgegen.
»Festhalten!«: rief Gaius.
Und da geschah etwas, was Gaius noch nie gesehen hatte: Alexander zitterte!
»Anfassen!« befahl Gaius.
Alexander zögerte.
»Herr, schlafende Hunde soll man nicht wecken... Vielleicht ist es der Schakalgott...«
»Das ist sogar sehr wahrscheinlich.«
Sie legten den Kasten auf den Boden.
»Öffne!«
Sie beugten sich hinunter, hoben den Deckel ab – und ihnen blickte eine Gestalt in der Maske des Anubis entgegen.
»Laßt die Finger davon!«
Sie fuhren herum. Zwei athletische Burschen standen mit gezückten Dolchen hinter ihnen. Sie trugen Masken. Doch ihre Art zu reden und sich zu bewegen paßte nicht so recht zu Angehörigen einer Theatergruppe. Gaius und Alexander rissen ihre Schwerter nach oben und wollten gerade auf sie losgehen, als auf der anderen Seite des Ganges Tumult entstand. Ein Mann kam aus dem Treppenhaus und stürmte nach links. Wenige Sekunden später folgte ihm ein zweiter. Der hielt kurz inne – auch er trug eine Maske – blickte herüber und rief: »Hierher! Hier ist er!«
Die beiden Maskierten machten kehrt und rannten nach der anderen Seite.
»Na, dann eben nicht... Verstehst du das, Herr?«
»Nein, nicht ganz.«
Gaius wandte sich wieder dem Mumienkasten zu.
»Herr, meinst du, sie haben hier einen ägyptischen König begraben?«
»Hier ist alles möglich...«
Gaius hockte sich neben den Kasten und entfernte die Maske von der Mumie.
»Ach! Schau mal an!«
Auch Alexander beugte sich hinunter.
»Ist das der König?«

»Nein, mein Junge, das da – das ist Laberius, wie er leibt und lebt!«
»Vielleicht leibt er nur noch…«, argwöhnte Alexander.
»Bleib du hier und bewache den vergöttlichten Laberius!«
»Lebt die Leiche denn noch?«
»Ich hoffe es.«
Gaius sprang auf und eilte den Gang entlang. Doch die vier Gestalten waren verschwunden, als ob sie sich in Nichts aufgelöst hätten. Er schaute in jede Nische, suchte nach versteckten Türen. Nichts… Er ging zur Treppe und nahm gleich drei Stufen auf einmal. Auch der Gang im Zwischengeschoß war leer. Er hörte, wie draußen Beifall einsetzte, unterbrochen von vereinzelten Pfiffen. Celia kam vom Balkon, Cornificius folgte ihr. Nausikaa war am Ende ihrer Kraft und einer Ohnmacht nahe. Sie lehnte sich an einen Pfeiler.
Gaius sagte nicht ohne Vorwurf: »Das alles hätten wir vermeiden können, wenn du offen gesprochen hättest!«
Sie blickte ihn mit ausdruckslosem Gesicht an.
»Die Kinder!« hauchte sie.
»Ja, ich weiß«, sagte Gaius. Dann kam plötzliche Ohnmacht über sie, und sie glitt zu Boden.
»Kümmer dich um sie, Dichterfürst!«
Gaius rannte zur Treppe und eilte hinunter.

35

Publilius kam ihm entgegen.

»Wo ist Archelaos?« fragte Gaius.

»Wir haben die drei Gefesselten in den Umkleideraum gebracht. Er bewacht sie dort.«

»Gut. Sind hier vier Männer vorbeigekommen?«

»Nein.«

Gaius überlegte.

»Wo ist der richtige Mime, der als Partner von *Celia* vorne auf der Bühne sprach?«

»Verschwunden.«

Gaius nickte grimmig.

»Damit haben sie erreicht, was sie wollten. Das Stück wurde völlig durcheinandergebracht!«

Er blickte Publilius an.

»Wie lange können wir die Pause zwischen den Akten ausdehnen?«

»Zehn Minuten sind üblich. Wir könnten…«

»Was?«

»Ach, nichts. – Und wer hat uns das alles eingebrockt? He?« Er ging erregt auf und ab. »Wer wollte unbedingt ‚Die Gesandtschaft' dramatisieren? Wer? Ich jedenfalls nicht!«

Gaius entgegnete mit einem seiner eigenen Sprüche: »‚Wenn Jähzorn zu sich kommt, zürnt er mit sich selbst!'«

»Ach was!« Publilius winkte wütend ab. »‚Schlimm ist's, der eig'nen Tat sich schämen müssen!'«

In diesem Augenblick betrat einer der Theaterdiener die Halle, ging auf Gaius zu und reichte ihm einen Zettel.

»Wer gab ihn dir?« fragte Gaius.

»Ein fremder Sklave.«

»Von wem?«

»Das sagte er nicht. Er sagte, ich solle ihn dir geben. Es sei dringend. Du wärest hier in der Halle.« Er verbeugte sich und ging.

Gaius las:

> *Erdgeschoß. Links am Ende. Letzter Pfeiler. Beim Iupiter, beeilt euch!*

Er winkte Publilius zu: »Los! Komm!«
Und schon stürmte er den Gang entlang, erreichte die dunkle Nische, hockte sich nieder und tastete den Boden ab. Seine Finger berührten Metall. Ein Eisenring!
»Faß an!«
Publilius half, und sie hoben die Platte an, lehnten sie gegen die Wand. Von unten schlug ihnen muffige Luft entgegen.
»Wußtest du davon?«
»Nein«, sagte Publilius und schüttelte erstaunt den Kopf. Gaius erhob sich.
»Da unten wirst du deine Leute finden. Beeil dich!«
Und während Publilius sich in die Öffnung zwängte, ließ er als letztes hören: »‚Welch Unglück ist's, in Ängsten alt zu werden!'« Gaius eilte den Gang zurück, hörte Schritte auf der Treppe, hielt an: Cornificius und Alexander geleiteten Nausikaa und Laberius nach unten.
Gaius rief: »In Kürze geht das Stück weiter!«
Nausikaa griff nach ihrem Herzen und stammelte: »Ich... ich kann nicht mehr...«
Da ging Gaius auf sie zu, packte sie energisch bei den Schultern und sagte bestimmt: »Du kannst! So wirst du wenigstens einen Teil wiedergutmachen.«
Sie stöhnte auf: »Die Kinder!«
»Ja, ich weiß. Ich kümmere mich um sie. Du mußt mir vertrauen.«
Von der linken Seite näherte sich eine Prozession von etwa acht Leuten, angeführt von Publilius. Gaius ging auf sie zu. Drei von ihnen niesten.
»Gesundheit! – Ist einer verletzt?«
»Nein«, sagte Publilius.
»Sehr gut. Wenn keiner seine Rolle vergessen hat, können wir gleich weiterspielen.«
Da reckte sich Publilius und sagte: »Diese Anschläge waren im Stück nicht vorgesehen!«
»Das stimmt. Ich zahle jedem eine besondere Gefahrenzulage.«
»Sie wird bei Folgeverträgen aber schriftlich fixiert werden.«
»Du hast völlig recht!« meldete sich nun Cornificius. »Man braucht nur in seine Nähe zu kommen – und schon steht man mit einem Bein im Hades!«

»Stehst immer noch drin, Dichterfürst!« Dann wies Gaius auf den bleichen, etwas apathisch wirkenden Laberius: »Wie geht's ihm?«
Sachlich meldete Alexander: »Er leibt immer noch, Herr. Ich habe ihn etwas gestreichelt, und nun lebt er wieder!«
Gaius nickte und sagte zu Publilius: »Paßt gut auf ihn auf!« Dann fixierte er den blassen Konkurrenten des Publilius: »Wir sprechen uns noch!«
Laberius zitterte plötzlich am ganzen Leibe und sackte in die Knie. Alexander fing ihn auf.
Gaius sagte: »Bring ihn in den Umkleideraum! Man wird ihn betäubt haben. Archelaos soll kommen.«
Alexander packte sich den Mann und legte ihn wie einen Sack über die Schulter.
»Geht's wieder?« fragte Gaius Nausikaa.
»Ich kümmere mich um sie«, sagte Publilius. Dann wandte er sich den anderen zu: »Geht an eure Plätze!«
Alexander kam mit Archelaos zurück und winkte Gaius zur Seite: »Herr, das solltest du dir unbedingt ins Auge nehmen!«
»...vor Augen führen!« verbesserte Cornificius.
»Was?«
Alexander ging durchs mittlere Tor in den Park. Gaius, Cornificius und Archelaos folgten.
»Solltest deine klaren Augen zur rechten Rückwand des Häuschens bewegen, Herr!«
Gaius und die übrigen folgten der Anweisung. Vom obersten Stockwerk hing ein dickes Seil nach unten bis auf das Dach der Kolonnade. »Alles klar!« nickte Gaius. »Hätte selbst drauf kommen müssen. Gut gemacht, mein Junge!«
Alexander strahlte.
Gaius überlegte nicht lange. »Ich ahne schon, wo diese Burschen sind...«
»Nausikaa?« fragte Cornificius.
»Ja. Sie werden die Kinder als Geiseln genommen haben.«
»Werde ihnen zweifellos diese gallischen Sitten austreiben!« drohte Alexander.

»Unsitten!« präzisierte Cornificius.
Gaius mahnte: »Kommt!«

Sie zogen alle an den äußeren Eingängen stehenden Posten ab, so daß sie eine Truppe von fünfzehn Leuten zusammenbekamen. Einen von ihnen schickte Gaius in die *Cavea* mit der Nachricht an Clodia, daß er zum Ende des dritten Aktes wieder zurück sein würde.
»Augenblick, Mann!« rief Alexander und flüsterte dem Boten etwas ins Ohr. »Verstanden? – Dritte Reihe!«
»Ja.« Der Bote nickte.
»Das heißt jawohl! Ordnung! Sauberkeit!«
Der Mann zuckte zusammen.
»Jawohl!«
»Also bitte!« grollte Gaius. »Die Saturnalien[74] beginnen erst im Dezember!«
»Na, dann eben nicht…«
»Doch, mein Junge, aber bis dahin ist noch einiges zu tun!«

Halb laufend, halb gehend erreichten sie nach fünfzehn Minuten den Aventin. Gaius ließ Nausikaas Haus, soweit das möglich war, einschließen. Alexander stellte er mit zwei Mann an die Haustür, die übrigen in seitliche Gassen, damit die Fluchtwege abgeschnitten waren. Dann begab er sich mit Cornificius, Archelaos und sechs Mann an die hintere Mauer. Sie waren nicht überrascht, die Türe offenstehen zu sehen. Daneben grasten drei Pferde.
»Gehen wir alle?« fragte Cornificius.
»Ja. Wir können uns nicht mit Vorgeplänkel aufhalten. Es geht um die Kinder!«
Alle zogen blank.
»Ihr erledigt jeden, der sich euch in feindlicher Absicht nähert! – Los!«
In geschlossener Ordnung schritten sie durch den Garten und erreichten die *Pergula*. Auf eine Handbewegung von Gaius blieben sie stehen. Im Hause schien alles ruhig.
»Weiter!«
Sie betraten den Flur und das Atrium. Überrascht blieben sie stehen. Sabina, die alte Dienerin, verband einem Verletzten den linken Arm. »Nicht so schlimm, nicht so schlimm, Söhnchen. Wirst ihn behalten… Schöner Arm! Mußt besser aufpassen…«

Während der Verletzte stöhnte, legte sie ihm fachmännisch einen Verband an.
»Was geht hier vor?« fragte Gaius.
»Frag ihn! Er ist oben«, sagte der Bursche und wies mit dem gesunden Arm zur Treppe.
»Mußt fein stillhalten, Söhnchen…«
»Wer?« fragte Gaius.
»Na, er!« sagte der Mann mit der größten Selbstverständlichkeit. Gaius und Cornificius blickten sich verwirrt an, und Cornificius sagte: »Ich verstehe überhaupt nichts mehr!«
»Los, rauf!«
Sie stürzten zur Treppe und nahmen gleich zwei Stufen auf einmal, als ihnen auf halber Höhe polternd eine Gestalt entgegen rollte und von oben eine harte Stimme mit fremdem Akzent rief: »So – der nächste bitte!«
Dann setzten Kampfgeräusche ein, Metall schlug hart auf Metall. Gaius stieg über den Liegenden – er war schwer verletzt – und erreichte den oberen Gang. Seine Begleiter folgten und stutzten: Ein großer, schlanker Mann schlug sich mit zwei wendigen Burschen, und man sah, daß sie das Übergewicht bekamen. Seltsamerweise trug er eine Maske.
Ein Wink von Gaius, und seine Leute umringten die Kämpfer. »Laßt die Waffen fallen!«
Neun Schwerter drohten von drei Seiten. Der Maskierte und einer seiner Angreifer gehorchten. Der dritte stürzte über den Gang nach draußen und suchte, über das Flachdach zu entkommen.
»Er ist der Anführer«, sagte der Maskierte.
Gaius winkte ab. »Er kommt nicht weit. Das Haus ist umstellt.«
Zu seinen Leuten sagte er: »Gebt ihnen draußen Bescheid und helft ihnen, den Mann einzufangen!« Vier entfernten sich.
Dann trat er nahe an den Unbekannten heran, musterte ihn und fragte: »Wer bist du?«
»Ahmose.«
Die unverdeckten Lippen lächelten freundlich. Gaius riß Mund und Augen auf. Verwirrt rief er: »Ähhh… Nehmt den Mann fest!«
»Einen Augenblick!«
Ahmose griff hinter den Koller, zog ein Blatt hervor und reichte es Gaius, der es auseinanderfaltete und las:

Ich bitte jeden meiner Freunde, den der Inhaber dieser Zeilen um Hilfe bittet, um tatkräftige Unterstützung in einer Angelegenheit, die nicht nur mir, sondern dem römischen Staat zum Schaden gereicht, wenn ihr nicht schleunigst Einhalt geboten wird.
– Gaius Iulius Caesar

Das Papier war vom Proconsul mit eigener Hand geschrieben, unterzeichnet und mit seinem Ring gesiegelt.
Gaius war sprachlos. Er gab das Papier Cornificius. Zu dem Maskierten sagte er: »Das ist... ich dachte...«
Der Mund unter der Maske lachte.
Gaius fragte: »Warum die Maske? Wo sind die Kinder?«
»Später«, sagte Ahmose. »Ich werde euch alles erklären, aber nicht hier. Heute abend! Im Hause meines Freundes Vitruvius!«
»Was? Vitruvius ist dein Freund?«
»Warum nicht? Wir lernten uns in Griechenland kennen. Aber ihr müßt jetzt gehen.«
»Wohin?«
»Na, ins Theater! Der dritte Akt geht in einigen Minuten zu Ende.«
Cornificius reichte dem Maskierten das Blatt zurück und sagte: »Ich kann's nicht fassen.«
Da kam Alexander die Treppe herauf gestürmt: »Herr! Herr! Wir haben ihn!«
»Wen?«
»Ahmose!«
»Waaas?«
Sie starrten Alexander, dann den Ägypter an, und dieser erklärte: »Ich nehme ihn mit. Auch das werde ich wohl oder übel heute abend...« Er klopfte Gaius kameradschaftlich auf die Schulter.
»Nun wird's aber wirklich Zeit!« meinte der resignierend und sagte dann zu seinen Leuten: »Nehmt diesen Burschen hier mit nach unten und paßt auf ihn auf!«
Des Fremden Mund lächelte überaus gewinnend, und mit einer ebenso eleganten wie bestimmten Armbewegung drängte er darauf, daß Gaius und Cornificius gingen. Die Freunde, Alexander und Archelaos schauten sich noch einmal staunend an, dann machten sie sich auf den Weg.

Sie mieden die Hauptgassen und kürzten so den Weg ab, legten einige Strecken im Dauerlauf zurück und erreichten das Theater wenige Minuten vor Ende des letzten Aktes.
Mit fragendem Blick trat ihnen am Tor Selenus entgegen und musterte ihre martialische Aufmachung.
»Man könnte meinen, ihr kommt direkt aus Gallien...«
»So ähnlich ist uns auch«, lachte Gaius. Dann winkte der Grieche sie zur Seite unter den Torbogen und rief zwei Sklaven herbei.
»Das habe ich gefunden.«
Die Sklaven hielten zwei Togen auf dem Arm.
»Beeilt euch! Das Stück geht jeden Augenblick zu Ende!« Er half ihnen beim Anlegen der üppigen Gewänder.
»Wie war's denn?« fragte Cornificius und prüfte den Sitz der Falten an der Seite.
»Ausgezeichnet. Aber warum habt ihr die Handlung im zweiten Akt geändert?«
»Das ist die dichterische Freiheit«, grinste Cornificius.
In diesem Augenblick setzte drinnen tosender Beifall ein. Gaius' und Cornificius betraten die *Cavea*. Alexander war auf einmal neben Gaius.
»Herr?«
»Ja.«
»Darf ich... eh...« Er trat verschämt von einem Bein auf das andere.
»Aber natürlich, mein Junge! Und bring sie gleich mit ins Haus!«
»Ehrlich?« Er hielt den Kopf schief.
»Aber ja! Ich muß mir doch die zukünftige Mutter deines Gallus einmal näher ansehen. Im übrigen hast du heute freien Ausgang. Hier!« Er griff nach seinem Lederbeutel und reichte ihm zwei Goldstücke. Alexander staunte offenen Mundes – dann war er in der Menge verschwunden.
Als sie die *Orchestra* erreichten, erhob sich gerade Pompeius. Er sah die beiden und kam lächelnd näher.
»Ein sehr heiteres Stück! Doch!... Besonders der zweite Akt hat mir gefallen. Großartig diese Verwirrung, die der Dichter dann elegant wieder in den Griff bekam! Ich gratuliere, Cornificius!«
Er reichte ihm die Hand, und Cornificius verbeugte sich.
»Ihr beide müßt mich unbedingt einmal zusammen besuchen!«
Dann näherte er sich dem Ohr von Gaius. »Bist du weitergekommen in der Sache?«

Gaius lächelte. »Wir werden dir die Lösung mitbringen. Wann sollen wir kommen?«
»Wie wär's mit übermorgen?«
»Einverstanden.«
Sie reichten sich die Hand, verbeugten sich und schieden lächelnd.
Das Publikum applaudierte noch immer und forderte die Truppe zum wiederholten Male auf die *Scaena*. Lucius Volcatius kam, begleitet von Cicero.
»Bravo!« rief Cicero. »Kaum zu glauben, was man aus einer Gerichtsrede alles machen kann! – Nur…« – er hielt gedankenvoll den Zeigefinger an die Nase – »…warum habt ihr im zweiten Akt die Schauspieler gewechselt?«
»Aus dramaturgischen Gründen!« erklärte Cornificius ernsthaft.
»Aus drama… soso… Ja, aber es hat dem Stück nicht geschadet. Nein, vieles sah man in einem ganz neuen Licht! Hm… Ja, das sollte man im Auge behalten. Das wird Nachahmer finden! Also, ihr habt mir eine große Freude gemacht. Ihr müßt mich unbedingt noch besuchen, bevor ich in die Provinz gehe. Wie wär's mit übermorgen?« Gaius sagte: »Das geht leider nicht. Pompeius hat uns bereits…«
»Sooo? – Pompeius!«
Man sah ihm sein Erstaunen an.
»Na, dann am Tage danach.«
»Gut, wir kommen.«
Cicero nickte ihnen noch einmal freundlich zu und ging.
Lucius beugte sich zu seinem Sohn: »Gut gemacht, Junge! Bis nachher!«
Er klopfte ihm, aber auch Cornificius anerkennend auf die Schulter.
Und da kam denn auch Caelius Rufus heran, schon von weitem die Arme emphatisch zur Begrüßung geöffnet. Und so blieb er zwei Schritt vor Gaius stehen.
»Herrlich! Gaius! Cornificius! Diese Ironie! Besonders im zweiten Akt! Und der unerwartete Abgang des Schauspielers ins Publikum! Großartig! So muß man's machen!«
Nun ging er auf Gaius zu und reichte ihm, danach Cornificius die Hand.
»Nur eine Frage…« Er lächelte verschmitzt. »Wer war eigentlich dieser Quirinalis?«

»Quirinalis?« Gaius machte ein dummes Gesicht. »Ach, du meinst *den* Quirinalis! Ja, da müßte man den Dichter selbst fragen. Corni, wer war das denn nur?«

Cornificius machte ein todernstes Gesicht. »Hm, es soll, wie mir ein Gewährsmann sagte, ein ganz gerissener Zeitgenosse sein...«

Sie nickten sich ernst und bedeutungsvoll zu, doch plötzlich begannen alle drei zu glucksen, zu kichern, und schließlich platzten sie vor Lachen. Es wirkte so ansteckend, daß alle in der Nähe Stehenden, selbst Cato, fröhliche Mienen aufsetzten.

Caelius faßte sich schließlich und wischte sich die Tränen aus den Augen.

»Das muß gefeiert werden! Wie wär's denn mit übermorgen?«

Die Freunde starrten sich an und prusteten erneut los, was Caelius diesmal überhaupt nicht komisch fand.

»Was ist denn daran so lächerlich?« fragte er frostig.

»Übermorgen...« – Cornificius verschluckte sich fast – »...weil wir übermorgen schon bei Pompeius und Cicero eingeladen sind.«

»Na, dann den Tag danach!«

»Da sind wir...« – er schnappte nach Luft – »...da sind wir auch bei Cicero eingeladen.«

»Ich denke, ihr seid übermorgen...«

»Nein«, sagte Gaius. »Wir kommen dann morgen.«

»Gut. Also morgen.«

Caelius ging und schüttelte den Kopf.

Und dann stand auf einmal Vitruvius neben ihnen. Er wollte gerade etwas sagen, als Cornificius rief: »Nein, übermorgen geht nicht!«

»Morgen auch nicht!« ergänzte Gaius.

»Na, wunderbar!« sagte Vitruvius. »Aber heute abend! Bei mir! Ich habe auch Ahmose eingeladen.«

Gaius stutzte.

»Woher kennst du ihn?«

»Oh, das ist eine längere Geschichte. Heute abend mehr. Bringst du deinen Alexander mit?«

»Er hat heute abend schon eine Verabredung.«

»Dann soll er die Verabredung mitbringen. Ihr kommt also?«

»Wir kommen!«

Sie gingen auf die Bühne, um Publilius zu sprechen. Er sei, hieß es, schon weggegangen.
»Und Nausikaa?«
»Ebenfalls.«
»Und Laberius?«
»Auch.«
»Na, dann eben nicht…«, sagte Gaius. »Nun laufen sie uns nicht mehr davon. – Und wo sind die Festgenommenen?«
Der Theaterdiener erklärte: »Ein Mann namens Ahmose holte sie ab. Publilius war dabei.«
Gaius schüttelte den Kopf: »Der Abend wird noch einige Überraschungen bringen…«

37

Ein milder Abend senkte sich über die Stadt, wie ihn nur der April bereithielt, wenn nach der kurzen Mittagshitze ein leichter Westwind frühe Kühle vom Meer herantrug, und Heiterkeit war's, die die Menschen in Gärten und Schenken bei geselligem Treiben zusammenhielt.
Auch Gaius machte sich in gelöster Stimmung mit Cornificius auf den Weg. Beide kannten Vitruvius' Haus nur von außen. Es war als erste aller römischen Stadtvillen außen mit Marmor verkleidet, und das hatte bei vielen biederen Bürgern böses Blut gemacht – wußte doch jeder, daß Vitruvius, der bescheidenen Verhältnissen entstammte, sich als *Praefectus fabrum*[75] unter Caesar in Gallien saniert hatte. Von den einhundert Millionen Sesterzen[76], die der Proconsul jährlich aus der Provinz preßte, ging ein nicht unerheblicher Teil an seine Freunde – und Vitruvius gehörte dazu.
»Seltsam«, sagte Cornificius, »eigentlich ist er ein völlig unpolitischer Mensch... Ich meine, wie kommt er mit diesem Ahmose in Berührung, immerhin doch einem Mann, der allem Anschein nach seine Finger in dunklen Geschäften hat...«
Sie gingen nicht allzu schnell, denn auch sie genossen die klare kühle Luft des Abends nach den Aufregungen des Tages.
Gaius blieb stehen.
»Genau das habe ich mich auch schon gefragt. Er muß zu dem Ägypter nahe Beziehungen haben. Warum lädt er ihn sonst zu diesem Abend ein!?«
Sie gingen weiter.
Cornificius wechselte das Thema: »Sag mal, hat dein Alexander wirklich ernste Absichten mit diesem Mädchen?«
»Es sieht so aus.«
»Bei der Lieblichkeit Venus', der Schönhintrigen! Das kann nicht gutgehen!«
»Wart's ab, Dichterfürst! Gegensätze ziehen sich an. Schau dir nur Selenus und Eugenia an!«
»Das ist doch was ganz anderes!«
»Wer weiß...«
Jeder hing seinen Gedanken nach, und zwei Minuten später hatten sie das prächtige Haus erreicht. Sogleich trat der Hausmeister auf die Straße,

verbeugte sich und murmelte steif sein »Bitte zu folgen!« Schon im *Vestibulum*[77] kam ihnen der Hausherr in blauer Tunika, mit Mäandern aus Goldfäden am unteren Saum, entgegen. Cornificius musterte ihn von oben bis unten und bemerkte: »Noch trägt er die Tunika passend zu den Wandfarben; nächstens läßt er das Haus neu streichen, weil er lieber Grün trägt...«

Er konnte sich diesen Ton erlauben, denn sie waren Kameraden in vielen Schlachten gewesen.

Vitruvius parierte mit Publilius: »‚Die Undankbaren sind's, die Geiz uns lehren!' – Ich kann euch nicht sagen, wie ich mich freue, euch alte Gallier in meiner ärmlichen Hütte begrüßen zu können!«

Er freute sich wirklich wie ein Junge, denn er wußte um die Abneigung von Gaius' Vater gegen seine Person und seine luxuriöse Art zu leben.

Draußen hielt eine Sänfte, und Clodia ließ sich vom Hausmeister aus der Kabine helfen. Gaius ging ihr entgegen. Sie setzte ihren schönsten Schmollmund auf: »Du hättest mich wirklich einmal abholen können!«

Gaius tat erstaunt: »Ich wußte doch gar nicht, daß du...«

Cornificius grinste: »Ich versteh's auch nicht. Gemeinhin pflegt Venus ihre Besuche stets ohne Anmeldung zu machen.«

Sie reichte beiden die Hand, gestattete einen Handkuß. Dann lehnte sie ihren Kopf kurz an Gaius' Wange und hauchte: »Ich hatte heute große Angst um dich!« Sie hakte ihren Arm bei ihm ein, und er drückte ihre Hand.

Da tönte von draußen eine kernige Stimme: »Also gehe denn hin und melde deinem Herrn: Alexandros, Sohn des Alexandros aus Theben, langjähriger Kämpfer und Freund des gallischen Krieges, insonderheit des Imperators Gaius Iulius Caesar, ist gekommen!«

Anscheinend war die Reaktion des Hausmeisters der Reputation des Besuchers nicht angemessen, denn er schnauzte: »Haltung, Mann! Sauberkeit! Disziplin! – Schon mal in Gallien gedient?«

Die Freunde im Flur grinsten. Cornificius hob die Hand, machte »Pst!« und sagte: »Achtung! Jetzt kommt's!«

Alle lauschten mit angehaltenem Atem. Und da kam es: »Auch so ein Drückeberger! Na ja, kann ja noch werden! Werde ein gutes Wort für dich einlegen!«

Gaius sagte: »Bitte, Corni, du weißt um seine Empfindlichkeit in diesen Dingen. Verdirb ihm nicht den Abend!«

»Na, dann eben nicht...«
Er kam herein: frisch gewaschen, nach Rosenwasser duftend, das Haar geölt, in blitzsauberer weißer Tunika, am Arm die liebliche Melitta in gelbem langem Gewande.
»Da hast du doch etwas nachgeholfen, Göttliche – oder?« flüsterte Gaius Clodia zu.
Sie gab zurück: »Wenn wir schon nicht zusammenkommen, sollten wir es den beiden ermöglichen.«
Gaius seufzte: »Ich komme mir fast vor wie ein Schwiegervater.«
»Großvater!« neckte sie. »Er hat ja schon einen Sohn!«
Alexander war einen Kopf größer als Melitta. Er blieb plötzlich stehen, riß die Rechte nach oben und meldete: »Alexandros, Sohn des Alexandros aus Theben, wie befohlen zur Stelle! Anbetracht dessen durchaus mit Melitta, die von ihrer... hehren...«
»Herrin!« soufflierte Cornificius.
»Jawohl!« Er blickte Clodia aus seinen dunklen Kinderaugen an und machte eine tiefe Verbeugung vor ihr.
»Schön, daß ihr da seid«, sagte Clodia. »Ich habe nachher noch eine Überraschung für euch. Aber nun möchte ich mich erst einmal setzen.«
Doch dazu kam es nicht, weil vier weitere Gäste das Haus betraten: Publilius, Selenus, Archelaos und Nausikaa.
»‚Welch süße Qual ist aufgehalt'ne Freude.'« Publilius machte nicht viele Umstände und begrüßte die Anwesenden reihum mit Handschlag, während die übrigen es bei einer leichten Verbeugung beließen.
»Kommt Laberius nicht?« fragte Publilius.
»Ist schon da!« sagte Vitruvius.
»Ach ja?« staunte Cornificius.
Der Hausherr ging voraus und genoß das Staunen seiner Gäste über Anlage, Einrichtung und Gestaltung des Hauses.
»Darf ich denn zu Tisch bitten?«
Er hatte zwei vom Atrium getrennte Räume herrichten lassen. Den kleineren für die Unfreien Alexander, Archelaos, Melitta und bevorzugte Sklaven des Hauses, den größeren für die aristokratischen Freunde, Clodia, die Mimen und natürlich Selenus.
Der Raum war ganz in dunklem Rot, Grün und Goldocker gehalten; in den Wandfeldern sah man gemalte Durchblicke in Wälder und Gärten. Der Tisch war aus schwarzem Marmor, die Füße der Liegen vergoldet.

Vitruvius selbst geleitete Clodia zu einem thronartigen Sessel, gleich neben seiner *Cline*[78], *auf* der auch Gaius neben Cornificius lag. Jede Liege wurde von einem eigenen *Triclinarius*[79] umsorgt. Diese rückten den Gästen sogleich die Kissen in die bequemste Lage. Auf der mittleren *Cline* nahm Nausikaa mit Publilius, auf der dritten Selenus mit Laberius Platz.
Ein Wink des Hausherrn, und die Knaben reichten Wasser und Tücher zum Säubern der Hände.
Cornificius rief: »Nun möchte ich doch von unserem Laberius wissen, was ihn dazu gebracht hat, sich in eine Mumie zu verwandeln!«
Gaius nickte beifällig und ergänzte, zum Gastgeber gewandt: »Und wo steckt denn dieser Sohn der Isis, Ahmose? Ich hätte eine Menge Fragen an ihn!«
Vitruvius lächelte: »Beides wird sich ganz sicherlich im Laufe des Abends ergeben. Nicht wahr, Laberius?«
»Wie?« Laberius wirkte abwesend. »Ja, natürlich...«
»Und was Ahmose betrifft – er ließ ausrichten, es könne etwas später werden. Er habe noch unaufschiebbare Dinge zu erledigen.«
Publilius, der beobachtete, wie die zahlreichen Leckerbissen auf Wägelchen hereingefahren wurden, rieb sich die Hände und frohlockte: »‚Beim Wagen wächst der Mut, die Furcht beim Zögern!‘ – Wir sollten das Geplänkel mit diesen kleinen Leckerbissen eröffnen!«
Die Speisen, in kleinen Portionen gereicht, waren von erlesener Qualität, und besonders Publilius ließ es sich schmecken. Auch die anderen kosteten von allem und lobten die Kunst des Kochs.
Da trat einer der Haussklaven ein und meldete Vitruvius, Ahmose sei soeben eingetroffen und müsse ihn unbedingt allein sprechen.
»Warum kommt er nicht herein?« fragte Vitruvius ungehalten.
»Er besteht darauf, dich allein zu sprechen, Herr!«
Vitruvius erhob sich.
»Verzeiht! Er hat manchmal schon recht seltsame Umgangsformen.«
»Ja, das kann man schon sagen«, kommentierte Gaius.
Vitruvius verließ den Raum. Kurze Zeit darauf hörte man ihn vom vorderen Flur her in scharfem Ton reden, doch war nicht zu verstehen, was er sagte. Dann lachten beide, und die Haustür schlug geräuschvoll zu.
»Wo will er denn noch hin?« fragte Publilius.

Es näherten sich Schritte, und alle blickten zur Tür. Ein Mann in der Kleidung eines ägyptischen Wesirs – mit einer golddurchwirkten Schärpe in Höhe der Hüfte, auf der Brust ein goldenes Figürchen der Göttin Mâat[80] – betrat den Raum. Das ganze Gesicht war von einer Maske bedeckt.
»Jupiter, steh mir bei!« rief Laberius und wurde blaß.
»Warum denn?« fragte Publilius ungerührt.
»Das... das... das ist er!«
»Wer?« fragte Gaius.
»Der Mann, der mich...« Er zitterte am ganzen Leibe.
»...zur Mumie verwandelte?« ergänzte Gaius.
»Ja, Ahmose, der Ägypter!«
Gaius' Interesse war geweckt, hellwach betrachtete er die Gestalt. Dann fragte er: »Nausikaa, ist das Ahmose?«
Nausikaa, die bisher bescheiden geschwiegen hatte, betrachtete ihn und sagte: »Es könnte sein...«
»Publilius, kennst du den Mann?«
»Nein, das heißt, ich sah ihn heute morgen nur kurz durch den Gang im Bühnenhaus huschen.«
»Nausikaa, hast du ihn je ohne Maske gesehen?«
»Nein.«
Alle schauten sich erstaunt an. Gaius erhob sich, trat hinter seiner *Cline* hervor und ging auf den Ägypter zu.
»Warum verbirgst du dein Gesicht?«
»Darum!«
Er streifte die Maske ab – und alle starrten verblüfft in das Gesicht. Laberius stotterte: »Und ich... ich...«
Gaius ging um den Ägypter herum, betastete den Leinenstoff und stellte fest: »Sieht sehr echt aus. Warum hast du uns diese Komödie vorgespielt, Vitruvius?«
Vitruvius lachte breit und genoß das Erstaunen der Tischgenossen.

38

»Du entsinnst dich«, Vitruvius wandte sich an Gaius, »daß wir uns neulich morgens trafen...«

»Ja. Du erzähltest mir allerlei über das Theater, über Caesar und über deine Pläne...«

»Richtig. Und ich kam gerade vom Pompeius-Theater.«

»Warum?«

»Nun, ich muß wohl etwas weiter ausholen...«

Er nahm einen Schluck Wein.

»Vor sechs Wochen bat ich Caesar wegen einer dringenden privaten Angelegenheit um einen Sonderurlaub. Er gewährte ihn – doch dann nahm er mich beiseite. Er sagte, er habe aus guten Quellen Kenntnis, daß gewisse Kreise in Rom große Anstrengungen machten, die öffentliche Meinung in gehässiger Weise gegen ihn zu mobilisieren. Es gebe Leute, die in alten Geschichten wühlten, besonders in alten Prozeßakten aus der Zeit, als Ptolemaeus Auletes in Rom um seine Rückkehr nach Ägypten kämpfte. Er war der Meinung, man solle schlafende Hunde nicht wecken, da viele seiner Freunde, aber auch Pompeius, damals in die Affäre verwickelt gewesen seien.

Der Status quo einer wohlwollenden Neutralität zwischen Pompeius und ihm dürfe vor den Wahlen in diesem Sommer auf keinen Fall gestört werden.

Ich gab ihm bei meiner Antwort deutlich zu verstehen, daß ich als Techniker und Architekt wohl kaum geeignet sei, mich in politische Vorgänge einzumischen, wie ich auch nicht die Absicht hätte, eine politische Karriere zu beginnen.«

»Recht so!« kommentierte Publilius. »‚Laß eine Schandtat dir nicht Rettung werden!‘«

Man lächelte in der Runde.

»Weiter!« sagte Gaius.

»Ja – und dann rückte er damit heraus, daß eine Gruppe von Ägyptern aus Alexandria in einer ihm unliebsamen Weise aktiv sei. Er nannte den Namen Ahmose...«

»Verstehe«, sagte Gaius. »Und so stattete er dich mit einem Empfehlungsschreiben aus, damit du dich...«

»...nicht so schnell! Zunächst suchte ich nach meiner Rückkehr alte

Freunde auf und erfuhr beiläufig, daß Caelius Rufus bei unserem wackeren Publilius ein seltsames Stück in Auftrag gegeben hatte: ‚Lupus'!«
»Sein gutes Recht!« grinste Cornificius.
»Gewiß, doch dann wohnte ich einer Probe bei und – nun, ihr kennt den Inhalt!«
Publilius rief: »‚Suchst du die Wahrheit, laß die Zunge laufen!' – Was willst du?! Ich muß leben!«
»Und es gelingt dir vortrefflich!« sagte Gaius. »Fahr bitte fort, Vitruvius!«
»Kurze Zeit danach erfuhr ich von deinen Plänen, Gaius. So etwas spricht sich schnell herum.«
»Aber Ahmose! Wie kamst du auf ihn?«
»Um mir Klarheit zu verschaffen, ließ ich Caelius von einigen meiner Leute beobachten. Dabei kam bald heraus, daß ein Ägypter bei ihm ein und aus ging.«
»Und Nausikaa! Du vergißt Nausikaa!«
»Das war in diesem Zusammenhang zunächst nicht so bedeutungsvoll, da sie zu Publilius' Truppe gehörte.«
»Na gut, aber dann kam Protogenes ums Leben!«
Vitruvius schmunzelte seltsamerweise.
»Ich hatte ihn einmal in Gesellschaft dieses Ahmose gesehen. Von Publilius erfuhr ich nicht mehr, als du wohl auch erfahren hast: Er sei sein Sklave gewesen.«
Sie blickten Publilius an, und der rief: »Ich habe mich noch nie um das Privatleben meiner Schauspieler gekümmert!«
Vitruvius fixierte ihn: »Du hast ihn, wie du sagst, in Athen kennengelernt?«
»Ja.«
»Wußtest du, daß er eigentlich aus Alexandria stammte?«
»Nein. Und wenn, hätte es nichts an meinem Verhältnis zu ihm geändert. Mich interessiert, was einer kann, nicht, woher er kommt.«
»Na, lassen wir das einstweilen. Also…« Vitruvius besann sich. »Ich bekam heraus, daß dieser Ahmose stets mit Maske bei Nausikaa erschien, jedenfalls mit vermummtem Gesicht. Ich weiß nun auch warum – aber der Reihe nach.
Meine Leute stellten fest, daß aus Caelius' Haus geheime Botschaften

kamen. Du warst mit deinem Alexander allerdings schneller. Doch nehme ich an, daß es sich bei dem von dir ergatterten Papier nur um eine allgemeine Drohung handelte.«
»Ja, das ist richtig.«
Vitruvius nickte.
»Ich nehme ferner an, daß du die gleichen Schlüsse wie ich gezogen hast...«
»Möglich. Jemand suchte mit allen Mitteln, die Aufführung unseres Stückes ‚Die Gesandtschaft' zu verhindern. Es mußte also eine Beziehung bestehen zwischen Ahmose und Caelius.«
»Ja. Nur hielt sich Caelius, wie schon damals beim Prozeß über Dions Ermordung, so zurück, daß man ihm nichts hätte anhängen können.«
»Bleibt also der Ägypter!«
»Ihr vergeßt Nausikaa!« meldete sich Clodia zu Wort, die mit Interesse der Schilderung gefolgt war. Alle blickten Nausikaa an. Sie spielte nervös mit den Fingern.
»Ich... ich wurde erpreßt!«
»Das wissen wir«, sagte Gaius. »Aber wie?«
»Ihr wißt es. Ich sollte die geänderte Rolle spielen. Wenn ich es nicht täte, würden sie meine Kinder töten.«
»Wo sind sie überhaupt?« fragte Gaius.
»In Sicherheit«, entgegnete Vitruvius.
Gaius und Vitruvius schauten sich an – und lächelten. Zwischen ihnen herrschte Einverständnis.
Erstaunt blickte Cornificius zu seinem Freund. Vitruvius gab einem Diener ein Zeichen. Alle waren gespannt auf das Erscheinen der geheimnisvollen, zentralen Gestalt des Geschehens.
Man führte einen schlanken, großen Mann herein, der genauso wie Vitruvius gekleidet war. Auch trug er die gleiche Maske.
»Ist das der Mann?« fragte Gaius Nausikaa.
»Ja.«
»Kennst du ihn?«
»Ja, ich kenne ihn, und ich kenne ihn leider besser, als mir guttat.«
Sie war aufgestanden, ging zu ihm hin und nahm seine Maske ab.
Da rief Publilius erschrocken: »Protogenes! Beim Styx! Tote werden lebendig und erschrecken die Lebenden!«
Nausikaa starrte ihn ebenfalls an und preßte die Hand vor den Mund.

Ihre Augen blitzten. Sie rief: »Er steckt hinter der ganzen Sache! Er war mein Partner, als ich gezwungen wurde, vom Balkon aus zu ihm zu sprechen! Ich habe ihn an seiner Stimme erkannt.«
»Augenblick!« rief Publilius. »Er war doch tot, als wir ihn von der Bühne trugen!... Gaius, du hast ihn selbst gesehen, sag es!«
Gaius lächelte: »Wir sollten ihn selbst fragen... Vielleicht ist euch noch nicht aufgefallen, daß er keine Anstalten zur Flucht macht.«
Cornificius, der bis jetzt geschwiegen hatte, schüttelte den Kopf: »Ich sag's ja immer, wen die Götter verderben wollen...«
Ein allgemeines Reden setzte ein, bis Selenus rief: »Protogenes will etwas sagen! Ruhe!«
Publilius' Kopf glühte: »Ihr wollt doch wohl nicht behaupten, noch einen dritten Ägypter im Keller zu haben?!«
Protogenes sagte ruhig, zu Nausikaa gewandt: »Ich wurde genauso erpreßt wie du, mein Täubchen.«
»Ja, aber....« Publilius fuchtelte mit den Händen. »Wen haben wir denn da neulich mit einer ungeheuren Grabesrede bestattet?«
»Ihn jedenfalls nicht«, stellte Gaius fest. »Bitte, Protogenes!« Protogenes blickte zu den Tischgenossen.
»Nun, da ist nicht viel zu sagen. Als ich erwachte, fand ich mich in der Gewalt dieses Ahmose wieder.«
»Was wollte er?« fragte Selenus.
»Er gab mir lächelnd zu verstehen, daß es sehr leicht sei, einen Toten unwiderruflich in den Hades zu schicken.«
Da winkte Vitruvius, und zum drittenmal führte man einen Ägypter herein. Der Mann war gefesselt.
»Ich will's kurz machen: Das ist der echte Ahmose!«
Vitruvius nahm ihm die Maske ab. Ein sehr feines Gesicht kam zutage. Er hielt den Blick gesenkt und zeigte keine Regung.
»Nein!« Nausikaa sprang auf.
»So nannte er sich nur! Sein richtiger Name ist Diomedes! Er ist auch kein Ägypter, sondern ein in Alexandria wohnender Grieche. Er ist der Bruder des ermordeten Dion!«
Alle starrten verblüfft Nausikaa, dann Diomedes an.
Leise fügte Nausikaa noch an: »Es wird während des Prozesses sowieso an den Tag kommen...«
»In was für einem Prozeß denn?« fragte Vitruvius. »Wo kein Kläger ist,

ist auch kein Richter. Wie heißt der schöne Spruch: Man soll schlafende Hunde nicht wecken. Es ist kein Mord geschehen. Und daß einer von Diomedes' Burschen in den Hades ging, hat er sich selbst und seinem unvorsichtigen Auftreten Alexander gegenüber zu verdanken. – Nehmt ihm die Fesseln ab! Er ist ein freier Mann.«
»Ja, aber...« Nausikaa starrte Diomedes voll Zorn an. »Dann werde ich ihn verklagen!«
Vitruvius lächelte: »Das würde ich mir an deiner Stelle gut überlegen. Man wird die Sache so darstellen, daß du am Ende nicht gut dastehst. Denn ich weiß aus einer guten Quelle, daß eine hochstehende Persönlichkeit seine Verteidigung übernehmen würde, was unausweichlich zur Folge hätte, aus der angesehenen Schauspielerin Nausikaa eine ehrlose Frau zu machen.«
»Das ist infam!« schrie sie und stürzte aus dem Raum.
Vitruvius wies Diomedes-Ahmose mit einer freundlichen Geste zur Tür: »Ich würde ihr nachgehen. Der Zorn von Schauspielerinnen ist meist nur von kurzer Dauer, aber er genügt, irreparablen Schaden anzurichten...«
»Bei allen Göttern!« stieß Diomedes hervor. »Odysseus hatte es mit seiner Nausikaa leichter!«
Er verließ schnell den Raum.
»Da war es aber umgekehrt!« rief Publilius ihm nach. »,Die Wahrheit geht bei langem Zank verloren. Ein Weib, das einsam denkt, erdenkt sich Arges!'«
Da rief Cornificius empört: »Ja sagt mal – wollt ihr uns nun endlich den Knoten lösen, ehe ich an meinem Verstand zweifle!«
»Ja, natürlich.« Vitruvius ließ sich auf seinem Platz nieder. »Ich glaube, Gaius könnte es ebensogut...«
»Laß mich's mal versuchen!« meldete sich Selenus, legte den Zeigefinger an den Mund und begann: »Du kannst mich verbessern, wenn ich Falsches sage.«
»Bitte!« nickte Vitruvius.
»Dieser Diomedes kennt Nausikaa schon lange...«
Vitruvius nickte.
»Er kennt sie sogar sehr gut...«
»Ja.«
»Er ist der Vater ihrer Kinder...«

Vitruvius nickte.
Cornificius rief: »Also eine ganz private Verwicklung, während wir Neunmalklugen von Anschlägen auf den Frieden des römischen Volkes ausgingen!«
»Ja – und nein!« sagte Selenus und spann seine Gedanken weiter.
»Und zwar aus folgenden Gründen: Ahmose ist vermögend – und einflußreich.«
Vitruvius nickte.
»Er gab über Caelius den ‚Lupus' in Auftrag.«
»Warum?« fragte Gaius.
»Um in der Öffentlichkeit eine feindselige Stimmung gegen Caesar zu erzeugen!«
»Wieso ausgerechnet gegen Caesar?« wollte Cornificius wissen.
»Weil ihm Pompeius als der kommende Mann erscheint – außerdem liegen Pompeius' Interessen ohnehin im Osten.«
Da hob Clodia die Hand und wollte wissen: »Aber warum wandte er sich gerade an Caelius?«
Selenus erklärte: »Weil Ahmose, obwohl er davon ausgehen mußte, daß Caelius bei der Ermordung seines Bruders seine Hand im Spiel hatte, genauso skrupellos taktiert wie der ehemalige Schüler Ciceros...«
»...und sich auch nicht scheute, die Mutter seiner Kinder als Werkzeug zu benutzen!« warf Gaius ein.
»So ist es«, bestätigte Vitruvius. »Es war daher für ihn ein Leichtes, einen Skandal in der Öffentlichkeit zu inszenieren.«
»Was ihm beinahe gelungen wäre!« schloß Cornificius.
»Aber eines verstehe ich nicht«, warf nun Clodia wieder ein. »Was hatte unser Laberius damit zu tun?«
»Fragen wir ihn doch selbst!« grinste Publilius. »Vielleicht schwärmt er für den ägyptischen Totenkult. Es soll ja Leute geben, die in Särgen schlafen!«
Ein heiteres Gelächter machte die Runde.
Laberius sagte mit saurer Miene: »Unsinn! Publilius hatte mich gebeten, ihm bei der Aufführung behilflich zu sein.«
»Ach!« sagte Cornificius. »Ich denke, ihr beiden seid wie Feuer und Wasser!«
»Nur wenn wir zur gleichen Zeit spielen. – ‚Der Ehrbesitz ist eine Art

von Knechtschaft!‘ – Also, ich war nur zufällig im oberen Stockwerk, um nach dem Rechten zu sehen. Da kamen zwei Burschen und sperrten mich ohne viel Federlesens in den Schrank.«
Noch während alle lachten, beugte sich Clodia zu Gaius und flüsterte ihm etwas ins Ohr.
»Sooo?« Erstaunt hob er die Augenbrauen.
Sie flüsterte weiter.
»Wie? Jetzt? Hier? – Das kommt aber etwas plötzlich.«
Publilius, nie um einen Spruch verlegen, kommentierte: »‚Auch Eile ist nur Schneckengang für Sehnsucht!‘«
Clodia bat um Ruhe.
»Vitruvius!«
»Zu Diensten, Herrin!«
»Würdest du bitte den Alexander rufen lassen!?«
»Gerne.«
Er gab einem Sklaven ein Zeichen.
Dann betrat der Hüne den Raum, stand stramm und meldete: »Alexandros wie befohlen der Herrin Clodia zur Stelle!«
Zack! Die Rechte schoß mit gewohnter Präzision nach oben. Clodia betrachtete ihn wohlwollend.
»Steh bequem!«
»Jawohl! Bequem!«
Aber er behielt die stramme Haltung bei.
»Dein Herr hat mit dir zu reden.«
Gaius erhob sich und ging auf den freien Platz vor der Tischgruppe.
»Alexander!«
»Herr!«
Er hing an seinen Lippen.
»Wie lange bist du in meinen Diensten?«
Alexander blickte zur Decke, überschlug murmelnd Zahlen und meldete: »Seit neunzehn Jahren, zwei Monaten, drei Tagen!«
Die Tischgenossen schmunzelten über die ungemein korrekte Antwort.
»Gut gemacht! Ich war mit dir in den meisten Fällen immer zufrieden.«
»Jawohl! Ich auch!«
Seine Augen ruhten auf Gaius.
»Wie ich weiß, sparst du für deine Freilassung.«
Woher wußte er das?

»Jawohl!«
»Wieviel hast du denn schon zusammen?«
Alexander nahm die Finger zu Hilfe.
»Zwölftausenddreihundertunddreizehn Sesterzen!«
»Dann hat er mehr als ich!« staunte Publilius.
»Und was meinst du nun, was du mir wert bist?«
Alexander zuckte zusammen. Verzweifelt suchte er nach einer Summe, die den eigenen Vorstellungen seines Wertes entsprach, die aber zugleich so gering sein mußte, daß er sie bei Lebzeiten noch erreichen konnte. Oder wollte er ihn etwa verkaufen?
Resigniert sagte er: »Anbetracht dessen – das weiß ich nicht!«
»Soso. Nun, du bist mir auch unbezahlbar!«
»Jawohl! Unbe...« Er schluckte und riß enttäuscht die Augen auf.
»Nun höre, Sohn des Alexandros aus Theben! Wenn du die Wahl hättest zwischen deiner Freilassung und Melitta – was würdest du wählen?«
Auf der Stelle kam die Antwort: »Melitta, Herr!«
»Das habe ich nicht anders erwartet. Tritt beiseite!«
Er tat es, und Clodia sagte: »Holt meine Melitta!«
Schüchtern betrat das Mädchen den Raum und senkte schamhaft den Blick.
Clodia sagte ohne Umschweife: »Melitta, möchtest du diesen Alexandros, Sohn des Alexandros aus Theben, zum Manne haben?« Melitta errötete. Leise sagte sie: »Ja.«
Clodia nickte und gab Gaius wieder das Wort, der auf der Stelle fortfuhr: »Alexandros! Vortreten!«
»Jawohl!«
Er zitterte vor strammer Geradheit.
»Ich sagte dir eben, du seiest mir unbezahlbar...«
»Du sagtest es, Herr.«
»Und dabei bleibt es auch!«
Da ließ er den Kopf hängen und murmelte fast unhörbar: »Na, dann eben nicht...«
Doch Gaius hatte es gehört.
»Eben! Und darum schenke ich dir hiermit, auch im Namen des Patrons, vor ehrenwerten Zeugen die Freiheit!«[81]
Alexander stand da, als ob man ihm den Boden unter den Füßen weggezogen hätte. Erst allmählich begriff er den Inhalt dieses schicksalhaf-

ten Satzes, den Gaius so einfach dahergesagt hatte. Und als er ihn endlich voll und ganz erfaßt hatte, rief er: »Aber Herr! Das kannst du doch unbedingt nicht machen! Ich..., ich... Wo soll ich denn hingehen!?«
Gaius, im Innersten angerührt von der Treue dieses Mannes, ging auf ihn zu, umarmte ihn und sagte: »Nirgendwohin wirst du gehen! Es steht dir frei, weiter in meinem Hause zu leben wie Selenus und seine Eugenia. Du wirst allerdings von nun an für dich selbst verantwortlich sein, denn ich werde dir ein festes Gehalt zahlen.«
Da ging Alexander vor Gaius in die Knie und stammelte: »Herr, ich... ich... mir fehlen die Wörter...«
»Worte!« verbesserte Cornificius, während Gaius ihn nach oben zog. Clodia ergänzte: »Es stimmt nicht ganz, was Gaius eben gesagt hat. Du bist von nun an auch für Melitta verantwortlich, denn ich schenke auch ihr die Freiheit.«
Beide ehemaligen Sklaven wußten ob der übergroßen Aufwallung der Gefühle nicht, was sie tun sollten.
»Na...«, rief Publilius, »wollt ihr euch nicht einen Verlobungskuß geben?«
»Jawohl!«
Er ging zu Melitta hin, beugte sich zu ihr hinunter – sie mußte sich auf die Zehen stellen – und gab ihr einen schmatzenden Kuß auf den Mund.
Dann trat Gaius zu ihnen und gratulierte als erster: »So habt ihr schneller, als ich es je für möglich hielt, Caesars Befehl erfüllt: Euer Gallus braucht zweifellos durchaus eine Mutter! – Die Formalitäten erledigen wir morgen in der Stadt. Der Patron ist einverstanden. Mögen alle guten Götter euch beschützen und eure Ehe segnen!«
Er reichte Alexander, der sich plötzlich über die Augen wischte, die Hand und gab Melitta vorsichtig einen Kuß auf die Stirn.
»Na, na, das steht mir wohl eher zu!« rief Clodia und kam hinzu, um beiden Glück zu wünschen.
Vitruvius aber rief: »Bei Venus, der Herrin der Liebe! Das muß gefeiert werden!«
Alle anderen schlossen sich der Gratulation an.

Publilius klopfte Alexander auf die Schulter und sagte: »‚Das Glück kommt leis und unvermerkt gegangen!‘«

Anmerkungen

1 *Alesia* (das heutige Alise-Sainte-Reine): Bei der Hauptstadt der Manubier fand im Jahre 52 v. Chr. die entscheidende Schlacht zwischen Galliern und Römern statt. Trotz des Eingreifens eines gallischen Entsatzheeres mußte sich der Arvernerfürst Vercingetorix dem römischen Heer unter Caesar geschlagen geben.

2 vgl. Band 1, Teil 2: *Die Frau des Senators.*

3 *Palatin:* siehe hier wie auch bei allen anderen topographischen Angaben die Karten »Rom und Umgebung« (S. 229), »Rom zur Zeit der Republik« (S. 228) und »Forum Romanum« (S. 241).

4 *Familia: die* gesamte Hausgenossenschaft der römischen Familie, also Herrschaft und Dienerschaft.

5 *Tusculanum:* Landsitz der Volcatier in Tusculum. Tusculum (das heutige Frascati) war eine alte Latinerstadt auf den *Montes Tusculani,* den tusculanischen Bergen, den nordwestlichen Ausläufern der Albaner Berge, in der Nähe der Via Latina.

6 *Senat:* offizielles Beratungsgremium des römischen Staates. Die Gesamtzahl der Mitglieder betrug zunächst 300, unter Sulla 600. Unter Caesar setzte sich der Senat zeitweilig aus 900 Mitgliedern zusammen. Voraussetzung für die Aufnahme in den Senat – die Zugehörigkeit endete erst mit dem Tod – war die Quaestur. Berufen wurden die Senatoren von den Censoren. Die Senatoren durften seit 218 v. Chr. Italien nicht verlassen und keinen Handel treiben.

7 vgl. Teil 1: *Ich fordere Gerechtigkeit!*

8 Der *Volkstribun (Tribunus plebis) hatte die* Interessen der Plebs, des Volkes also, gegenüber dem Senat zu wahren. Er besaß Vetorecht, was bedeutete, daß er gegen jede Entscheidung des Senats oder der Exekutivbeamten Einspruch einlegen konnte. Grundlage dieser außerordentlichen Machtfülle – sie wurden, wie die Consuln und Praetoren, nur für ein Jahr gewählt – war ihre persönliche Unverletzlichkeit.

9 *Pater familias:* Vorsteher und Oberhaupt der *Familia.*

10 *Mimus:* mitwirkender Schauspieler im *Mimus* (siehe auch Anm. 38).

11 siehe die »Tageseinteilung« (S. 225).

12 *Imperator:* Ursprünglich trägt diesen Titel ganz allgemein der Magistrat, der das militärische Kommando, das Imperium, innehat. In der Zeit, in der unsere Handlung spielt, darf sich nur der Imperator nennen, der nach einem Sieg von den Soldaten als solcher begrüßt und später auch vom Senat anerkannt wird.

13 vgl. Band 1, Teil 1: *Mord auf der Via Appia.*

14 *Fischteichbesitzer:* abschätzige Bezeichnung, die erstmals Cicero gebrauchte, für alt- und neureiche Römer, die einen verschwenderisch luxuriösen Aufwand betrieben.

15 Porticus: Säulengang.

16 *Stadion:* siehe Maßtabelle (S. 224).

17 Die *Venus Victrix, die* sieghafte Venus, wurde von Pompeius wie auch von Caesar als private Schutzgottheit verehrt.

18 siehe auch die Graphiken des Pompeius-Theaters (S. 474/475/477).

19 *Meile:* siehe Maßtabelle (S. 224).

20 *Cavea* (wörtlich: Käfig): Zuschauerraum im römischen Theater.

21 *Scaenica frons:* hintere Begrenzung der Bühne durch die dem Zuschauerraum gegenüberliegende Wand, die oft reich dekoriert war (u. a. Säulen und Statuen).

22 *Porta regis:* das Königstor. Mittlerer, reich geschmückter Austritt vom Bühnenhaus auf die *Scaena.*

23 *Orchestra:* im griechischen Theater Tanzplatz des Chores, im römischen, reduziert auf einen Halbkreis, diente sie als Ehrenloge (siehe auch die Graphiken des Pompeius-Theaters S. 474/475/477).

24 *Publius Terentius Afer:* einer der meistgelesenen römischen Komödiendichter. Er wurde in Karthago geboren (um 190 v. Chr.) und kam als Sklave nach Rom, wo ihm bald die Freiheit geschenkt wurde. Terentius starb 159.

25 Quintus Ennius, geboren 239 v. Chr. in Rudiae (Kalabrien), gilt als der eigentliche Begründer der lateinischen Literatursprache; verfaßte auch Tragödien und Satiren. Ennius starb 169 in Rom.

26 *Proconsul:* Titel der Consuln, die nach Ablauf ihres Amtsjahres in Rom als Statthalter in eine Provinz gingen. Dort hatten sie neben der militärischen auch die oberste zivile Gewalt inne.

27 *Aedilität:* das Amt des Aedils. Der Aedil war ursprünglich als Verwalter des Cerestempels tätig, später jedoch städtischer Beamter mit Polizeifunktion. Den Aedilen oblag die Aufsicht über öffentliche Gebäude, Straßen, Bäder, Wasserleitungen und Märkte. Außerdem richteten sie die öffentlichen Spiele aus.

28 *Quaestur:* das Amt des Quaestors. Der Quaestor (wörtlich: Befrager) hatte zunächst die Funktion eines Untersuchungsrichters mit Strafgerichtsbarkeit in Mordfällen. Später waren sie dann von den Consuln ernannte, ab 447 v. Chr. gewählte Jahresbeamte. Anfänglich gab es zwei, ab 421 vier Quaestoren. Wegen zunehmender Verwaltungsaufgaben wurde die Zahl 82/80 auf zwanzig erhöht.

29 *Legat:* ursprünglich Hilfsbeamter eines außerhalb Italiens tätigen höheren Magistrats. Im militärischen Bereich Führungsgehilfe des Oberbefehlshabers und Kommandeur einer Legion.

30 vgl. Band 1, Teil 1: *Mord auf der Via Appia.*

31 *L. Cornelius Lentulus Lupus* war im Jahre 154 v. Chr. wegen Erpressung verurteilt worden, wurde aber dennoch 147 Censor (Magistrat, dem die Überwachung des sittlichen und staatsbürgerlichen Verhaltens der Bürger oblag). Lupus galt als Schwelger und Verschwender.

32 *Parzen:* römische Schicksalsgöttinnen.

33 Die *Transpadaner* waren Stämme keltischen Ursprungs und lebten jenseits des Po (in der heutigen Lombardei).

34 *Princeps senatus:* der erste in der Senatorenliste stehende und einflußreichste Senator, der im Senat von den Consuln zuerst um seine Meinung gefragt wurde.

35 *Apollo pulcher:* schöner Apollo.

36 Der *Zwischenvorhang* konnte beim Umbau der Bühne herabgelassen werden.

37 Consul: oberster Beamter der römischen Republik. Es wurden stets zwei Consuln pro Jahr gewählt, die völlig gleichgestellt und nur gemeinsam handlungsfähig waren.

38 Mimus: farceartige Komödie mit derben Auswüchsen bis zum Obszönen (siehe auch Anm. 10).

39 »*Per deos!*« – »Bei allen Göttern!«

40 *Chios:* kostbarer Wein von der gleichnamigen Insel, die dicht vor der asiatischen Küste liegt.

41 Subura: dichtbevölkertes, von kleinen Gewerbetreibenden bewohntes und übel beleumundetes Viertel in der Nähe des Vinimals.

42 *Vesontio:* das heutige Besançon.

43 *Avaricum:* das heutige Bourges.

44 Pompeius durfte zu der Zeit, in der unsere Handlung spielt, Rom nicht betreten, da er Inhaber eines *Imperiums,* also Imperator, war. Diesen war der Aufenthalt innerhalb des *Pomeriums,* der geheiligten Stadtgrenze Roms, nicht erlaubt, da sie militärische Kommandogewalt besaßen.

45 *Bibracte:* Hauptort der keltischen Haeduer zwischen Saône und Loire.

46 *Tribun:* Stabsoffizier einer Legion.

47 vgl. Band 1, Teil 2: *Die Frau des Senators.*

48 Der *Praetor* übte richterliche Funktionen aus. Seit 241 v. Chr. gab es zwei Praetoren, deren Amtszeit ein Jahr betrug, von denen der eine für Prozesse unter römischen Bürgern *(Praetor urbanus),* der andere für solche zwischen römischen Bürgern und Fremden *(Praetor peregrinus)* zuständig war.

49 *Gens Volcatia:* das Geschlecht der Volcatier.

50 *Tunika: ein* aus zwei Teilen genähtes Woll- oder Leinengewand mit kurzen Ärmeln (ursprünglich ärmellos). Sie war gegürtet und etwa knielang.

51 *Senator:* Angehöriger des Senats.

52 *L. Licinius Lucullus,* geboren 117 v. Chr., war etwa ab dem Jahre 90 politisch sehr aktiv. Er war u. a. Militärtribun, Quaestor, Praetor und Consul (74). Lucullus starb im Jahre 56 in geistiger Umnachtung.

53 *Pergula:* Säulengang, Laubengang, Vorbau.

54 Clodias Bruder *Publius Clodius Pulcher* war 58 v. Chr. Volkstribun und im Jahre 56 Aedil. Er beherrschte mit seinen Banden, deren Tyrannei stark zum Niedergang der Republik beitrug, in den fünfziger Jahren die Straßen Roms. Am 28. Januar 52 wurde Clodius von der Bande seines Gegners Milo erschlagen.

55 *Poeta laureatus* (wörtlich: lorbeerbekränzter Dichter): öffentlich ausgezeichneter Dichter.

56 *Centurio:* Befehlshaber einer Hundertschaft in der römischen Armee.

57 *Marcus Tullius Tiro,* 103 v. Chr. geboren, wurde im Jahre 53 von Cicero, dessen Sklave er war, freigelassen. Der Sekretär und Freund Ciceros war diesem dank seiner breitgefächerten Bildung und seines sicheren Stilgefühls eine zuverlässige Stütze bei der Abfassung von Briefen und Reden, Tiro starb, fast hundertjährig, im Jahre 4 v. Chr.

58 *Vulcanus:* Alter italienischer Gott des Feuers, in Rom verehrt und mit dem griechischen Gott der Schmiedekunst und des Handwerkes, Hephaistos, gleichgesetzt.

59 59 v. Chr.

60 *Marcus Licinius Crassus,* um 115 v. Chr. geboren, schloß im Jahre 60 mit Caesar und Pompeius einen privaten Geheimbund, das sogenannte Triumvirat. Nach dem verlorenen Feldzug gegen die Parther wurde er im Jahre 53 in Carrhae verraten und dort ermordet.

61 *Carrhae: alte* Stadt im heutigen Irak.

62 *Sesterz:* siehe Münztabelle (S. 224).

63 *Falerner:* häufig getrunkener Wein aus der Campania

64 *Optio:* Adjutant eines höheren Magistrats mit polizeilichen Funktionen.

65 *Cerberus:* dreiköpfiger Hund am Eingang der Unterwelt.

66 *Praefect:* allgemeiner römischer Amtstitel des militärischen und zivilen Dienstes.

67 *Vestalin:* Priesterin des Vestatempels.

68 *Cubiculum:* Wohnzimmer.

69 *Gens Claudia:* das Geschlecht der Claudier.

70 *Legion:* die sowohl verwaltungstechnisch wie taktisch in sich geschlossene Truppeneinheit der römischen Republik und der Kaiserzeit, in der nur römische Bürger dienten.

71 Die Legion unterteilte sich in zehn *Cohorten,* deren Stärke etwa 600 Mann betrug.

72 *Lictor:* Amtsdiener der höheren Magistrate. Sie trugen diesen die *Fasces* voran – die Rutenbündel mit Richtbeil als Zeichen der Amtsgewalt römischer Beamter.

73 *Toga:* Obergewand aus Wollstoff. Die Toga war ein Kreissegment von mehr als drei Meter Länge. Die rechte Schulter blieb beim Drapieren des Tuches frei. Die Toga durfte nur von freien römischen Bürgern getragen werden und war Fest- und offizielles Staatsgewand.

74 Saturnalien: ausgehend von dem Gott Saturn, dem Gott des Ackerbaues, Vater des Iupiter, der ihn stürzte und vertrieb. Die Saturnalien, unserem heutigen Karneval vergleichbar, wurden am 17. Dezember begangen. Bei diesem Fest wurden die Sklaven von ihren Herren bedient.

75 *Praefectus fabrum:* ursprünglich Befehlshaber der Heereshandwerker, erhielt er nach der Abschaffung der Handwerker als eigenständige Einheit eine Art Adjutantenstellung und wurde deshalb oft mit diesem Namen angeredet.

76 100 Millionen Sesterzen waren nach dem heutigen Stand etwa 125 Millionen Euro.

77 *Vestibulum:* Vorhalle zwischen Atrium und Haustür.

78 *Cline:* Liege.

79 *Triclinarius:* Tischsklave.

80 *Mâat:* alltäglicher altägyptischer Begriff, häufig auch als Göttin personifiziert. Mâat galt als Inkarnation der Wahrheit und der Gerechtigkeit. Beim ägyptischen Totengericht beeinflußte Mâat das rechte Gewicht auf der Waage.

81 *Alexander,* der Adlatus des Helden, wird immer als der Sklave des Gaius Volcatius Tullus bezeichnet; doch gehört er ihm nur faktisch, nicht rechtlich. Formalrechtlicher Eigentümer aller dem C.V.T. als Filius familias eingeräumten Vermögensgegenstände, zu denen die Römer auch die Sklaven rechneten, ist nach römischem Recht sein Vater (Pater familias) Lucius. So kann Alexander offiziell nur vom Patron die Freiheit geschenkt werden.

Biographisches zu handelnden oder genannten Personen

Zu den Abkürzungen römischer Amtsbezeichnungen und Vornamen siehe S. 223.

In einem historischen Roman agieren nicht nur Personen, die durch die Überlieferung belegt sind, sondern auch solche, die der Phantasie des Autors entsprungen sind. Um den Leser, der vielleicht an anderer Stelle dem politischen Rahmengeschehen vertiefend nachgehen möchte, nicht irrezuführen, steht hinter den Namen der Personen ein (h) für »historisch«, ein (f) für »fiktiv«.

Alexander, Sohn des Alexander aus Theben (f): Sklave des Gaius Volcatius Tullus. Alexander kam zusammen mit seinem (inzwischen verstorbenen) Vater während des III. Mithridatischen Krieges (74-64) nach Rom. Wie andere griechische Gemeinden hatte sich Theben auf die Seite des romfeindlichen pontischen Königs Mithridates VI. Eupator geschlagen. Alexander ist um 83 v. Chr. geboren.

Archelaos (f): Sklave des Gaius Volcatius Tullus. Gaius bewahrte ihn, im Zusammenhang mit den Recherchen zu einer Entführung (vgl. Band 1, Teil 1: *Mord auf der Via Appia*), vor dem Henker. Er gehört zum Personal der Volcatischen Villa in Tusculum und der beiden Häuser in Rom.

Caelius Rufus, M. (h): um 85-48 (?) v. Chr.; tr. pl. 52; aed. 50; praet. 48. Eine der begabtesten Erscheinungen der damaligen Jeunesse dorée. Freund Catilinas, Liebhaber der Clodia (der älteren Schwester unserer Clodia), 57 wegen etwas undurchsichtigen Affären angeklagt, aber freigesprochen (Cicero: Rede Pro Caelio). In den Jahren 51 und 50 führte er eine reiche, witzige Korrespondenz mit Cicero, der zu dieser Zeit Statthalter in Kilikien war. Insgesamt lebte Caelius Rufus über seine Verhältnisse.

Caesar, C. *Iulius (h):* 100-44 v. Chr.; praet. 62; cos. 59, 48, 46, 45, 44; dict. 49, 48/47, 46, 45, 44. Zur Zeit unserer Handlung ist er intensiv mit der Befriedung Galliens beschäftigt.

Cicero, M. Tullius (h): 106-44 v. Chr.; quaest. 75; aed. 69; praet. 66; cos. 63. Cicero, der wohl unbestrittene Meister der lateinischen Rede, trifft zur Zeit unserer Handlung mit seinem Sekretär und Freund M. Tullius Tiro letzte Vorbereitungen für seine Abreise aus Rom, da er am 1.Mai 51 die Verwaltung der Provinz Kilikien übernimmt.

Clodia (h): jüngste der drei Schwestern des Publius Clodius Pulcher (vgl. Band 1, Teil 1: *Mord auf der Via Appia*), Geliebte des Gaius Volcatius Tullus. Sie galt, zusammen mit ihren Schwestern, als Femme fatale. Clodia repräsentiert die emanzipierte Frau in den aristokratischen Kreisen.

Cornificius, Q. (h): Geburtsdatum unbekannt; quaest. 48. Er entstammt einer plebejischen Familie, die mehrfach im 1. Jahrhundert v. Chr. genannt wird. Sein Vater war 69 Volkstribun, 66 Praetor und bewarb sich als Homo novus für 63 erfolglos um das Consulat. Quintus Cornificius war Offizier in Diensten Caesars, wahrscheinlich 45 Praetor. 44-42 in Africa Vetus in magistralen Aufgaben tätig; fiel bei Utica. Cornificius gehörte zum Dichterkreis der Neoteriker (Neutöner, wie Cicero sie nannte) um Catull, der ihm das Carmen 38 widmete. Er verfaßte galante Verse. War mit dem jungen Vergil befreundet.

Laberius, D. (h): 106-43 v. Chr.; Mimusdichter und Mimus, Konkurrent des Publilius Syrus, dem er 46 in einem Theaterwettstreit unterlag.

Pompeius Magnus, Cn. (h): 106-48 v. Chr.; cos. 70, 55, 52. Im Jahre 55 erhielt Pompeius beide spanischen Provinzen als Proconsul für fünf Jahre zugewiesen, ließ diese jedoch von Legaten verwalten. Er selbst blieb in (bei) Rom, wo die immer unerträglicher werdende Anarchie seine Stellung indirekt stärkte. Nach dem Chaos des Winters 53/52 (vgl. Band 1, Teil 2: *Die Frau des Senators*) wurde er im Einvernehmen mit dem Senat alleiniger Consul *(Consul sine collega)* und stellte die Ordnung wieder her. Zur Zeit unserer Handlung pflegt er intensiv seine guten Beziehungen zum Senat.

Publilius Syrus (h): 1. Jh. v. Chr., genaue Lebensdaten unbekannt. Römischer Mimusdichter und Mimus, jüngerer Zeitgenosse Caesars. Von seinen Stücken, die stark moralisierenden Charakter hatten, sind nur von einigen die Titel bekannt und von anderen nur wenige Fragmente erhalten. Zu prägnantem Ausdruck kam er vor allem in seinen Sentenzen, die schon früh gesammelt und in der Schule gelesen wurden. Etwa 700 Verse von ihm sind erhalten.

Selenus (f): Freigelassener und Privatsekretär des Lucius Volcatius Tullus; hochgebildeter, feinsinniger Grieche; Erzieher und Hauslehrer der Söhne des Volcatius. Treibt privat gelehrte Studien. Mit Ciceros Sekretär Tiro eng befreundet.

Vitruvius Pollio (h): 1. Jh. v. Chr. (vermutlich um 84 geb. und nach 27 gest.), Römischer Architekt und Ingenieur, nach neuerer Vermutung mit Caesars *Praefectus fabrum* Mamurra identisch, dem Luxus und Verschwendung nachgesagt wurden. Unter Augustus war Vitruvius nachweislich Heeresingenieur. Erhalten sind seine zehn Bücher »Über Architektur«, die das gesamte technische Wissen seiner Zeit zusammenfassen.

Volcatius Tullus, C. (h): Er entstammt einem Geschlecht des römischen Uradels, das seine Genealogie bis in etruskische Zeiten zurückverfolgen kann. Gaius war höherer Offizier unter Caesar in Gallien und später im Bürgerkrieg. Im Jahre 53 v. Chr. wurde ihm das Kommando über die Wache an der Rheinbrücke bei Andernach (12 Cohorten = 7200 Mann) übertragen (vgl. Caesar, bell. Gall. VII, 29,3). Im Unterschied zu seinem Vater strebte er zunächst keine politische Laufbahn an. Die kargen Mitteilungen lassen annehmen, daß er zum Legaten befördert wurde. Erst im Jahre 48 wird er wieder genannt (Caesar, bell. civ. III, 52,2), und man wird wieder die Stellung eines Legaten annehmen dürfen. Die Filiation zu Lucius Volcatius Tullus ist nicht gesichert, doch denkbar.

Volcatius Tullus, L. (h): cos. 66 v. Chr. Über sein Leben vor diesem Jahr ist wenig bekannt. Man nimmt an, daß er »suo anno«, d. h. in dem von der Verfassung vorgeschriebenen Mindestalter von 43 Jahren, Consul wurde; demnach müßte er im Jahre 109 geboren sein. Freilich kann er

auch einige Jahre älter sein.
Um die Aedilität hat er sich erfolglos beworben, gelangte dann aber doch zu höheren Ehrenstellen. Die Praetur dürfte er 69 bekleidet haben. Im Jahre 66 war er zusammen mit M. Aemilius Lepidus Consul. Zur Amtsführung ist u.a. überliefert, daß er von den Wahlen für 65 ein senatorisches Consilium (Ältestenrat) einberief und als wahlleitender Consul den Catilina von der Kandidatur zum Consulat ausschloß, weil dieser wegen Erpressung und Korruption während seiner Statthalterschaft in Africa angeklagt war.
In den folgenden Jahren ist er in der Politik nicht mehr führend hervorgetreten. Die Quellen schildern ihn als einen zurückhaltenden, friedliebenden, aufrechten und zugleich moralisch unbeugsamen Charakter, der z.B. den Mut aufbrachte, Caesar in einer Senatssitzung des Jahres 46 die Stirn zu bieten. Wie lange er lebte, ist nicht bekannt.

GNÄUS POMPEIUS

Marmorbüste in Paris
(Nach Helbig)

POMPEIUS

Teilansicht einer Statue im *Pallazzo Spada* in Rom.

THEATER VON ASPENDOS (PAMPHYLIEN)

RUINE DES THEATRUM MARCELLI (NACH PIRANESI)

Zustand ca. 2. Hälfte des 19. Jahrhunderts mit mittelalterlichen Ergänzungen

THEATER DES POMPEIUS (NACH A. SCHILL)

THEATER DES POMPEIUS (NACH G. REHLENDER)

Theater und Bühnen

Wer die gewaltigen, durch Schönheit, Größe und Festigkeit noch heute imponierenden Ruinen der griechischen Theater kennt, der wird sich wundern, wie lange sich die Römer für ihre dramatischen Darstellungen eines bloßen Holzbaues bedienten. Ein solcher blieb zu Rom fast zwei Jahrhunderte lang die unstete Heimat der dramatischen Aufführungen, er wurde nach Bedarf aufgeschlagen und wieder abgebrochen. Allerdings begann man schon im Jahre 154 v. Chr. einmal ein steinernes Theater zu bauen, aber Scipio Rasica ließ den Bau als einen den Göttern verhaßten Luxus durch einen Senatsbeschluß verbieten. In dem alten Holztheater bildete den Zuschauerraum eine halbkreisförmige, nach hinten zu ansteigende Fläche (cavea), die mit Planken eingefriedigt war, aber keine Sitzplätze hatte; nur den Magistraten, Priestern und Senatoren war es seit 194 v. Chr. erlaubt, sich ihre Amtssessel in einen vom übrigen Zuschauerraume getrennten kleinen Halbkreis zunächst der Bühne tragen zu lassen; das ist der Raum, den die Griechen Orchestra nannten und für das Auftreten des Chores verwendeten; dort hatte auch der Festgeber seinen erhöhten Sitz. Im allgemeinen galt das Stehen während der Vorstellung als männlicher; man wollte dadurch auch die Frauen vom Besuche des Theaters fernhalten. Die erhöhte rechteckige Bühne (proscaenium) war tiefer als im griechischen Theater, weil der Chor, der allerdings von den Römern viel seltener verwendet wurde als von den Griechen, wegen der anderen Verwendung der Orchestra mit auf der Bühne agieren musste. Den Hintergrund bildete eine bretterne Wand (scaena). Bei den Spielen zur Feier des Triumphes über Makedonienen im Jahre 145 ließ Mummius zuerst hölzerne, halbkreisförmig aufsteigende Sitzreihen für das gesamte Publikum errichten; seit 133 v. Chr. war die Bühne vor Beginn der Vorstellung durch einen Vorhang (aulaeum) verdeckt, der bei Beginn des Stückes nicht, wie bei uns, hinaufgezogen, sondern herabgelassen wurde. Erst Pompeius baute im Jahre 55 v. Chr. dem Volke ein steinernes Theater, das 40 000 Menschen gefaßt haben soll. In diesem war die scaena durch Säulen verziert, und hinter ihr befand sich eine große Säulenhalle, die rings um einen mit Springbrunnen und Bildsäulen geschmückten Platz angelegt war, um den Zuschauern bei schlechtem Wetter eine Zuflucht zu bieten.

aus: Wilhelm Wägner: Rom. Geschichte des römischen Volkes und seiner Kultur, Leipzig 1905, S. 407.

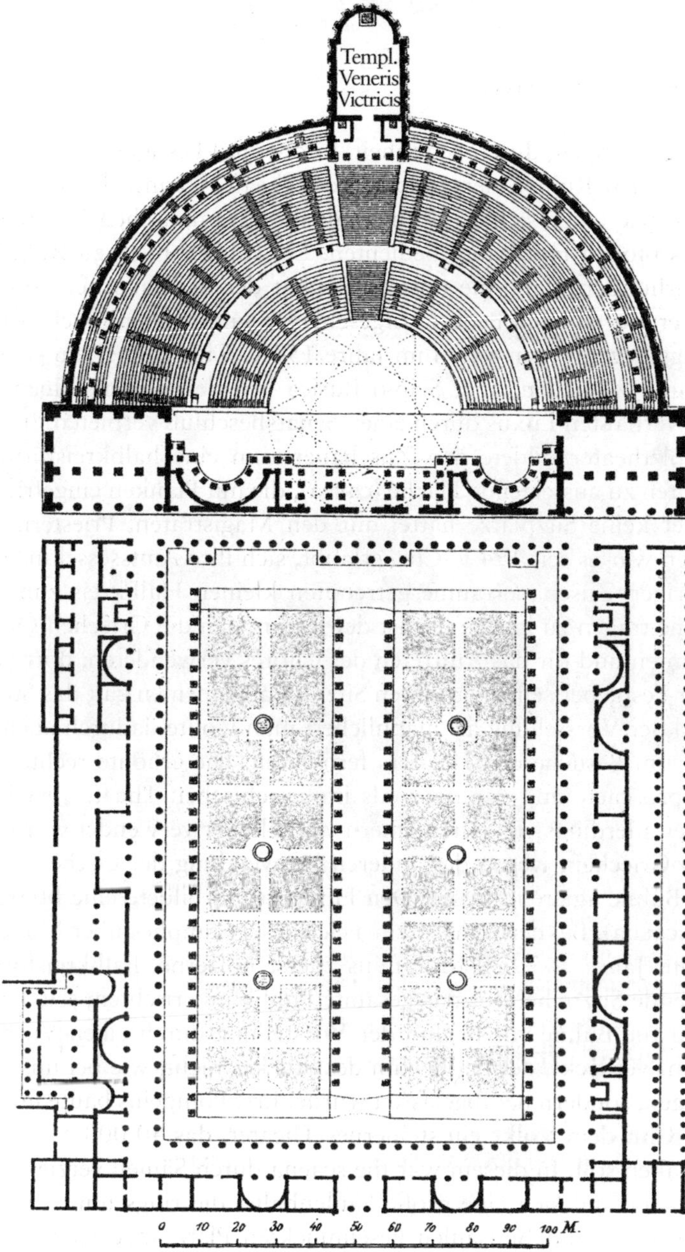

GRUNDRISS DES THEATRUM POMPEJII

Direkt an das Theater hatte Pompeius einen großen Garten mit rechteckigem Säulengang anlegen lassen.

VORBEREITUNG EINER
MUSIKALISCH-DRAMATISCHEN AUFFÜHRUNG

TRAGISCHER SCHAUSPIELER

Polychrome Elfenbeinstatue, gefunden unter den Ruinen einer Villa bei Rieti

HUND, MOLOSSISCHER RASSE
(THESSALIEN)

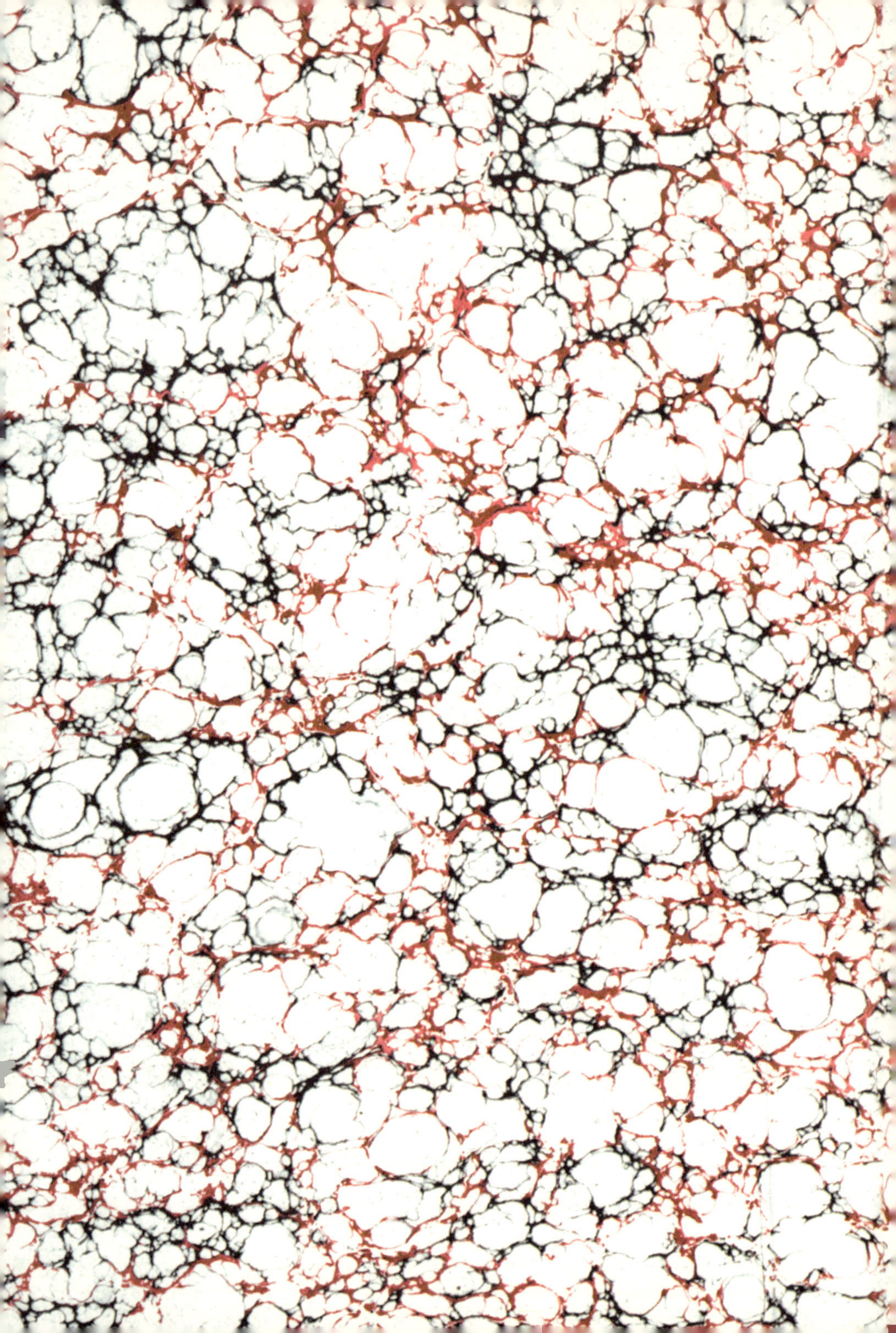